'이상(李箱)'이라는 현상

작가 이상이 경험한 동시대의 예술과 과학

송민호 지음

'이상(李箱)'이라는 현상
작가 이상이 경험한 동시대의 예술과 과학

초판1쇄 인쇄 | 2014년 9월 8일
초판1쇄 발행 | 2014년 9월 13일

지은이 | 송민호
펴낸이 | 최병수 펴낸곳 | 예옥 등록 | 제 2005-64호(등록일 2005년 12월 20일)
주소 | (122-899) 서울시 은평구 진흥로 43-2번지 101호(역촌동)
전화 | 02-325-4805 팩스 | 02-325-4806
e-mail | yeokpub@naver.com

ISBN 978-89-93241-39-6 93800
값 45,000원

CIP2014026501

'이상'이라는 현상

작가 이상이 경험한 동시대의 예술과 과학

송민호 지음

예옥

일 러 두 기

- 본 저서에 인용된 이상의 텍스트는 대부분 발표된 잡지나 신문의 원 출처로부터 발췌하여 현대어로 수정하였다.

- 인용된 이상의 작품 중 일본어로 발표된 작품의 경우, 기존 임종국, 이어령, 김윤식, 김주현, 권영민 등이 펴낸 이상 전집 속에 번역된 내용을 참고하여 필자가 새롭게 번역하여 현대어 번역만을 실었다. 또한 한국어로 발표된 작품의 경우, 필사의 새랑으로 윤문하여 독자가 읽기에 불편함이 없도록 배려하였다.

- 별도로 번역자가 표기되지 않은 외국어 문장은 인용자가 번역한 것이다.

이상(李箱)의 텍스트는 낯선 기호들의 성채(城砦)다. 이미 그가 죽은 뒤 여러 세대가 지났음에도 그의 문학이 여전히 우리에게 문제일 수밖에 없는 것은, 그의 문학이 지금, 여기에 있어서도 여전히 그 전모를 드러내지 않는 낯선 대상으로 남아 있을 수 있다는 얼마간은 인정하거나 믿기 어려운 가능성으로부터 비롯된다. 한없이 낯선 기호들이 빽빽이 숲을 이루고 있는 이상의 텍스트는 우리에게 결코 얼마간의 거리 이상은 허용하지 않는다. 문득 손에 쥐일 듯한 거리로 다가왔다가 손가락 사이로 빠져나가는, 그가 얼기설기 짜놓은 텍스트의 미로 속에서 우리는 종종 길을 잃고 마는 것이다. 해답이 풀리지 않는 퍼즐이나 출구가 없는 미로 같은, 문학만이 제공할 수 있는 길 잃은 시간을 헤매는 매력적이고도 고달픈 경험은 한국 근대문학 작가의 작품 중에서는 오직 이상의 작품을 읽으면서만 경험할 수 있게 되는 즐거움이라고 말해도 지나친 것은 아니다.

한국의 다른 많은 근대문학 연구자들이 그러했던 것처럼, 나 역시 온전히 이상과 이상의 문학에 빠져 어린 시절을 보냈다. 이상의 텍스트 한 줄을 읽어내기 위해, 더듬거리며 한 줄도 채 읽기 힘들었던 책들이 가득 찬 도서관에도 가보았고, 미술관에도 갔었고, 동물원이나 극장에도 갔었다. 그렇게 내 것이 아닌 것만 같았던 공간 속에서, 결코 내 것이 될 수 없었던 책들을 읽으며 더 많은 시간을 보냈다.

하지만 미술과 건축, 물리학과 양자역학, 피카소와 마르크스 등 내게는 너무나도 낯설었던 서가(書架) 속을 헤매면서, 점점이 박혀 있는 다른 세계로 열린 순간의 점들 사이에서, 코가 알싸해질 만큼 많은 시간을 보내다가 다시 내 연구실로 돌아와, 내가 일찍이 닳도록 열어보았던 이상의 텍스트를 다시 펼쳐보면, 당연한 기대처럼 그의 언어가 오롯하게 이해되기는커녕 새삼 애초에 그를 몰랐던 원점보다 더 뒤로 돌아간 느낌마저 들곤 했다. 그의 텍스트 속에는 내가 맹세코 이제까지 한 번도 본 적 없던 낯선 문자들이 천연덕스러운 표정으로 들어앉아 있곤 했던 것이다. 그럴 때마다 다시 한동안 깊은 절망에 빠져 그의 텍스트를 멀리했다가, 그 데면거림의 거리만큼 새삼스러이 다시금 이상의 텍스트들이 이루고 있는 출구 없는 미로를 홀린 듯 헤매는 일이 반복되었다.

이와 같은 과정이 반복될 때마다 나는 부질없게도, 도대체 이상이 가지고 있는 무엇이 사람들을, 또한 나를 매혹시키는 것일까 궁금했다. 그것은 분명 단지 제멋대로 박혀 있는 별들 사이에서 아직 존재하지 않지만 분명 운명적으로 존재할 것만 같았던, 별들 사이의 길을 찾아내거나, 누군가 텍스트 속에 암호처럼 숨겨놓은 아직 발견되지 않았지만 찾아내지 않으면 안 되는 답을 찾아내는 지적 즐거움 때문만은 아니었다. 또한, 이상의 언어들이 오히려 읽힐 수 없거나 읽히지 않도록 에두르고 얽어두어 언어의 화려한 구조적 존재감을 굳이 뿜어내고 있는 까닭만도 아니었다. 게다가 지금까지 이상문학에 대한 어떤 해석자들이 애써 오독해 온 것처럼 그가 보통 사람이 가지지 못한 기괴한 습벽을 가지고 있어 그것이 흥미로웠기 때문만도 아니다. 물론, 당연히 이상의 텍스트가 그것을 읽는 이들에게 마치 암호를 풀어내는 듯한 지적인 즐거움을 주었던 것도 그의 텍스트를 읽고 또 읽게 만드는 이유의 하나였음을 고백하지 않을 수 없겠지만 말이다.

나는 그것이 그의 텍스트 속에 새겨진 그의 언어가 너무나 쉽게 다른 것으로 교환되어 이내 익숙한 피로에 빠지게 만드는 것이 아니라 철저하게 막다른 길의 회로를 생산해 내고 있기 때문이라고 생각한다. 그것은 지폐(紙幣)로도, 은화(銀貨)로도, 다른 어떤 수사적인 메타포로도 결코 교환되지 않는다. 쉽게 교환되지

'이상(李箱)'이라는 현상

않으니 손쉬운 이해가 가능할 리 없다. 겉으로 보기엔 마치 언어유희로만 보이는 그의 수사를 곱씹으면서 문득 입 안에 감도는 피 냄새를 느끼지 않을 수 없었던 것은 그 때문이다. 그의 언어 속에는 마치 절박한 현실 속에서 그것으로부터 탈주하려는 한 인간이 피로 얽어매어 둔 위트와 패러독스가 내장되어 있는 것이다.

따라서 이상의 문학에 이르는 길은 여러 가지이지만, 그 속에 빠져든 인간은 결코 자유로울 수 없다. 이상이 피로 얼기설기 맺어둔 글자에 감응하게 되지 않을 수 없기 때문이다. 우리가 이상의 글을 읽으며 느끼는 기묘한 충족감은 바로 이상이라는 이름이 갖게 마련인 불특정한 상징적 효과 같은 것을 넘어서는 실제적인 조응의 순간이 존재하기 때문일 것이다.

지금까지 학계에서 '이상'이라는 근대문학의 가장 난해한 기호 체계는, 당시의 시대를 뒤덮고 있었던 가장 '현대'적인 문학, 철학, 혹은 과학 등의 이론과 사상을 연구 혹은 분석의 방법론으로 적용하여 '해독'해 내고자 하는 시도에 의하여, 우리나라 근대문학의 수준을 가늠하는 하나의 거울로 기능해 왔다고 말해 볼 수도 있을 것이다. 결국 이상의 문학은 하나의 체계를 갖춘 학문의 대상으로 간주되기보다는 이론들을 맞대어보아 발견되는 새로운 차원의 의미들을 통해 우리 근대문학의 위치를 추정하도록 하는 하나의 계기로 작용해 왔다는 의미이다. 물론 이는 이상의 텍스트 내에서 다른 어떤 한국의 근대문학가들이 보여주지 못했던 근대성에 대한 첨예한 인식 수준을 보여주었다는 판단과 관계된 것이며, 그것이 한국의 척박한 근대문학 수준에 대한 적지 않은 위안이 되었다는 사실과 무관하지 않다. 우리는 이상이라는 '천재'의 문학으로부터 우리 문학이 처해 있는 근대성의 문제와 그것의 극복 문제를 발견해 낼 수 있다는 희망을 소유할 수 있었다. 나아가 이상의 텍스트가 지금까지의 수많은 연구자들의 연구를 통해서도 결코 역사화되지 않았던 배경에는 바로 우리 문학이 모든 근대성의 가치 실현을 이상의 텍스트에 무리하게 주렁주렁 매달아두었던 것에 비롯된다.

하지만 나는, 얼마간 답답한 생각처럼 들릴지도 모르겠지만, 한 인간이 그가 존재하는 시공간을 통해 구축된 물질적인 조건을 넘어서는 일은 일반적으로는 가능하지 않다고 생각한다. 물론 인간의 사유와 상상력이란 개인과 사회에 부과된 모든 종류의 경계를 넘어설 수 있는 자유로운 의지를 가지고 실현되는 것으로 종종 포장되기는 하지만, 실은 인간이란 자기 자신의 신체적인 조건이나 제도적인 조건이 형성하는 경계를 넘는 것만도 큰일인 까닭이다. 하물며, 시대를 통해 구축된 사유와 언어와 제도의 단단한 경계를 넘는 일이라면 더욱 그러하다. 한국의 사상계에서도 모더니티 중심의 사유라든가 식민주의적인 사유 등 끊임없이 극복의 문제제기가 되고 있지만 실천의 영역에 있어서는 아직도 제자리걸음 이상을 벗어나지 못하고 있지 않은가.

만약 어떤 인간이 자신이 처해 있는 정치적인 입장이라든가 물질적인 조건, 혹은 제도적 토대에도 불구하고 그것을 넘어서는 예술적인 표현을 보여주고 있다면 나는 그것을 시대를 초월한 천재가 보여준 뿌리가 없는 신화로 해석하기보다는 그 속에 분명 그 표현에 값하는 영향의 관계가 존재하는 것으로 판단하는 것이 옳다고 생각한다. 따라서 당연하게도 오히려 이상이라는 일반적이지 않은, 천재적인 실천행위를 온당하게 평가하기 위해서는 당대에 그를 얽매고 있던 물질적 조건이나 영향을 살핌으로써 그가 그러한 동시대의 중력으로부터 어떻게 탈주하였는가, 혹은 어떻게 위반하였는가 하는 것을 확인할 수 있어야 우리는 비로소 이상이 남겨둔 숙제로부터 자유로워질 수 있을 것이다.

따라서 이상의 텍스트에 시간적 문맥을 부과하여 역사화하고자 하는 연구는 결코 이상이 가지고 있는 문학적 가치를 훼손시키는 작업은 될 수 없다. 이상은 일본으로부터, 유럽으로부터 동시대의 수많은 기호들을 받아들여 그것을 자신만의 기호로 만들기를 주저하지 않았던 까닭이다. 그기 동시대의 어떤 철학, 어떤 문학, 어떤 예술로부터 영향을 받았으며, 그로부터 우회하여 탈주하기를 시도하였는가 하는 바를 밝히는 것은 오히려 이상이 갖고 있는 가치를 한낱의 바닷가 위에 널어놓듯 드러내는 일이 아닐 수 없을 것이다. 이 책을 쓰면서 이상이 참조한 동시대적인 문화예술적인 기호의 전고(典故)를 밝히는 데 많은 시간을 할애했던 것은 그 때문이었다.

이 책 안에 들어 있는 내용들은 오랜 기간 논문으로 써 발표해 왔던, 내게는 퍽 의미 있는 것들이다. 내가 관심을 가지고 있던 수도 없이 많은 연구 주제들 중에서도 유독 '이상'에 대해서만큼은 결코 한 줄 한 줄 쉽게 써내려갈 수 없었다는 사실을 고백하지 않으면 안 될 것 같다. 물론 이 책의 문장들이 쉽게 쓰일 수 없었던 만큼, 이 서문 역시 쉽게 쓰일 수 없었다. 이 책의 서문을 쓰는 지금 나의 마음은 마치 대학원 석사과정 때 밤새도록 이상에 관한 첫 번째 발표를 준비하여 발표하기 직전의 그때처럼 두근거림이 멈추지 않는다. 그렇게 이상에 대한 연구는 언제나 나에게는 가장 두려움과 뿌듯함을 주는 주제였다.

미풍과 같이 날아온 한때의 기분으로 이 책이 지금까지의 이상의 텍스트에 대한 오해를 바로 잡기를 바란다고 큰소리 치듯 써볼까 하다가, 그것이야말로 '이상'이라는 대상에 대해 또 다른 오해를 불러오고 말 것은 아닐까, 문득 두려워졌다. 분명 새로운 '오해'가 되고 말 이 책에 쓰인 언어들은 이전 시대 치열하게 이상을 읽어내었던 연구자들의 발견과 그로부터 비롯된 앞선 오해가 없었던들 단 한 마디도 쓰일 수 없었을 것이다.

하나, 이 세상의 모든 관계란 오해 없이는 시작되지 않는 법이다. 그리하여, 시작이 오해가 되었다면 그 또한 어쩔 수 없는 일, 이라고 일단 써두고 말기로 한다.

2014년 9월
송민호

1

뒤집힌 가족의 운명적 설계도

나는 지금 희망한다.

그것은 살겠다는 희망도

죽겠다는 희망도 아무것도 아니다.

다만 이 무서운 기록을 다 써서 마치기 전에는

나의 그 최후에 내가 차지할 행운은

찾아와주지 말았으면 하는 것이다.

무서운 기록이다.

펜은 나의 최후의 칼이다.

ㅡ「12월 12일」

처음에는 벙어리인 줄 알았어요. 울 줄 모르기에 꼬집어도 보았죠. 만약 이 아이가 벙어리로 태어났다면 나는 방고래 속으로 들어가야 한다고 생각도 했어요. 그런데, 그러던 아이가 울 때는 정말 반가웠지요. 살 것 같았으니까……. (중략) 해경이는, 그리고 우리 내외의 사랑보다 조부모의 사랑을, 그리고 백부의 사랑을 더 독차지했어요. 우리 내외가 사랑할 틈도 안 주는 것 같았으니까…….

– '이상의 친모 박세창의 증언', 고은, 「이상평전」, 민음사, 1974, 34~35쪽.

처음 공업학교 계통의 교원으로 계시다가 나중엔 총독부 기술직으로 계셨던 큰아버지 김연필 씨는, 슬하에 자식이 없었기 때문에 큰오빠를 양자삼아 데려다 길렀던 것입니다. 그런데 자식을 보겠다고 안간힘을 쓰시던 큰어머니께 작은 오빠가 생겼으니 큰오빠의 존재가 마땅치 않은 것은 너무도 당연한 일입니다.

두 돌 때부터 천자문을 놓고 '따지'자를 외며 가리키는 총명을 귀여워 못 배겨 하시는 큰아버지, 그래서 모든 일을 어린 큰오빠와 상의하시는 큰아버지를 못마땅하게 여기시는 큰어머니가 오빠를 어떻게 대했을까 하는 것은 능히 상상할 수가 있는 일입니다.

"그렇게도 총명하더니 재주 있어도 명(命) 없으니……" 오빠의 지난날을 생각하는 어머님 말씀처럼 그의 총명과 재주가 명 때문에 발휘 못 된 그 먼 원인이 우리 가정적 비극에 있었다고 생각하면 참 원통하기 이를 데 없습니다.

잠시만 자리를 비워도 "해경이 어디 갔느냐?"고 찾으시는 큰아버지의 끔찍한 사랑과 큰어머니의 질시 속에서 자란 큰오빠, 무던히도 급한 성미에 이런 환경을 어떻게 참아냈는지 모릅니다. 하기는 그랬기에 외부로 발산하지 못한 울분들이 그대로 내부로 스며들어 폐를 파먹는 병균으로 번식해 갔는지도 모르겠습니다만, 어쨌든 그런 가운데서도 공부는 무척 했었나 봅니다. 한글을 하룻저녁에 모두 깨우쳐버렸다는 수재형의 오빠는, 일곱 살 때에야 홍역을 치렀고 그래서 아주 중병을 앓았는데, 그 고열에도 머리맡에 책을 두고 공부 못 하는 것을 한탄했다니 말입니다.

– '이상의 동생 김옥희의 증언', 김옥희, 「오빠 이상」, 「신동아」, 1964.12.

이상(李箱), 김해경(金海卿)은 1910년 8월 20일 경성부 북부 순화방 반정동 4통 6호에서 태어났다. 그의 친부였던 김영창(金永昌)은 구한국 정부의 궁내부 인쇄소에서 인쇄 직공으로 일하다가 손가락을 사고로 잃고 난 뒤, 이발소를 개업하여 근근이 생활해 나가고 있었다. 이렇게 궁핍했던 가정에서 아기까지 태어났으니 생활이 제대로 될 리가 없었다. 그의 아버지인 김영창은 두 살이 된 해경을 자신의 형, 즉 해경의 백부인 김연필(金演弼)의 양자로 들여보냈다.

백부는 똑똑하고 재주 있는 아이였던 해경을 퍽 귀히 여겼던 듯싶으나 오히려 그것이 어린 해경의 마음에는 두고두고 마음의 짐이 되었던 듯한 인상이 짙다. 해경은 가난한 친가의 고단한 삶으로부터 자신만 빠져나와 백부집에서 양자 행세를 하는 자신에 대한 자의식이 일찍부터 형성되어 있었을 것이다. 자신에 대한 애정을 엄격함으로 표현했던 백부와 숙모, 그리고 무능력하고 가난하지만 자애로웠을 친부모 사이에서 해경은 얼굴 낯빛을 바꾸는 일조차 자유롭지 못했을 것이다. 이상은 가족의 운명에 대한 기대를 고스란히 두 어깨에 짊어지고 백부의 집에 들어와 있는 셈이었을 테니 말이다.

이와 같이 이상을 둘러싼 뒤틀린 가계도는 어린 시절 이상의 내면을 형성하는 데 큰 영향을 주었다. 어린 김해경에게 백부라는 존재는 그가 쏟는 애정의 깊이만큼 오히려 견디기 힘든 대상이었을 터였다. 이상의 가족에 대한 인식, 때로는 운명적이고 갑갑하며 어둑어둑한 그것은 아마 이러한 이상의 독특한 가족사에서 비롯되었다. 나아가 예술가로서의 자신에 대한 자의식 역시 바로 이상을 둘러싼 가족의 구조 속에서 형성되었다고 추측해 볼 수도 있다. 그는 그러한 자신의 운명으로부터 필사적으로 달아나고자 했던 것이다.

자본주의 사회를 향한 임리한 복수의 감각

이상은 1930년 2월 『조선(朝鮮)』이라는 조선총독부의 기관지에 "12월 12일"이라는 제목의 소설을 기고하였다. 그가 조선총독부의 건축기수로 근무한 지 1년 정도 지났을 무렵의 일이었다. 조선총독부는 1929년 11월에 임의로 이상이 속해 있던 건축과를 폐지해 버렸고, 이 때문에 김해경도 총독관방(總督官房)의 회계과로 옮겼다가 1930년 3월부터는 건설 현장으로 외근을 나가지 않으면 안 되었다. 그가 3월에 공사를 맡았던 것은 의주통(義州通, 현 서대문 쪽 독립문 부근)에 있던 조선총독부 전매국(專賣局)의 공장 건축이었는데, 이 건물은 1930년 3월 9일에 낙성식(落成式)을 갖고 건축을 시작했다(『중외일보』, 1930.3.9). 막상 현장 일이 시작되자 김해경은 이를 상당히 힘에 부쳤다는 사실을 그가 당시 여기저기에 남겼던 글을 통해 짐작할 수 있다. 이전에는 고작해야 건축과에서 설계나 제도 업무를 주로 담당하던 그였으니 당연히 체력이 부칠 수밖에 없었을 것이며, 기술자들과 인부들을 다루어야 하는 일 역시 결코 만만치 않았을 것이다. 게다가 체력뿐만 아니라 정신적으로도 무리가 뒤따랐을 것은 충분히 짐작 가능한데 건설 현장의 일들은 그가 추구하던 예술성의 지향과는 결코 맞지 않았을 것이기 때문이다. 분명 그는 일과 중에는 건설 현장 일을 돌보고 일과 후에는 시나 소설을 창작하는 등 무리한 일정을 소화했을 테니 아마도 건강이 크게 악화되었을 것이다.

그의 첫 번째 소설인 「12월 12일」은 이러한 배경에서 창작되었다. 이 소설은 구성상 크게 두 부분으로 나뉘어 있는데, 2회 연재분까지는 소설의 주인공인 그(소설에서는 X라 표기됨)가 고국을 떠나 일본 고베(神戶)와 나고야(名古屋), 사할린(樺太) 등지에서 노동하면서 자신의 친구인 M군에게 보낸, 6통의 편지의 내용을 공개하는 형식으로 이루어져 있고, 2회 이후 X가 경성으로 돌아오는 시점부터는 일반적인 소설 서사의 형식을 취하고 있다. 이 소설의 경계 즈음인 제4회(1930년 5월 연재분)를 통해 이상은 에필로그(epilogue)이자, 동시에 프롤로그(prologue)인, 앞선 소설의 본문과는 어조부터 달랐던, 가장 개인적인 고백으로 보이는 서

소설 「12월 12일」의 줄거리

이 소설은 X라는 주인공을 중심으로 그가 가난 때문에 어머니를 모시고 고향땅(조선)을 떠나는 장면에서 시작된다. 그의 동생인 T가 어머니를 모시기 거절하여 X는 어머니를 모시고 일본 고베 근방으로 떠나간다. 하지만 어머니는 여독으로 인해 곧 임종을 맞이하고 절망에 빠진 X는 나고야로 거주지를 옮겨 요리사(cook) 생활을 하면서 방탕한 생활을 한다. 자기혐오와 절망에 빠진 그는 사할린 지방으로 옮겨 광산에서 토로를 타고 채굴하는 작업을 하다가 사고가 나서 다리를 절게 된다. 그는 참담한 상태로 다시 일본으로 돌아와 의학을 공부하면서 어느 집에 하숙을 하는데 하숙집 주인은 그를 마치 가족처럼 아껴준다. 그가 의사가 되었을 무렵 하숙집 주인은 유산을 그에게 남기고 죽게 되고, 그는 죄책감을 느끼면서도 유산을 모두 챙겨 조선으로 돌아온다.

한편, 조선에는 T가 아들인 업과 함께 살고 있었는데 이 업은 잘생기고 영민한 청년으로 T의 과도한 기대에 천방지축인 인간으로 성장하였다. 업은 X의 친구인 M군이 지금까지 학비를 대왔음에도 불구하고 음악학교를 지망하고자 한다. M군은 음악학교의 학비는 대기 곤란하다고 말하고 업은 여기에 대해 불만을 가진다.

X는 기차로 조선에 돌아오고 T는 X가 가진 재산을 나눠주기를 은근히 바란다. 하지만 그는 차라리 병원을 차려 오랫동안 돈을 벌기를 바라고 이러한 그의 처사에 T는 실망하고 반감을 갖는다. 업은 병원의 간호부로 취직한 C와 사귀게 된다. 업이 가정을 돌보지 않고 C간호부와 해수욕장을 가려는 등 도락에 빠져 있는 것을 보고서 X는 질투와 걱정에 의한 분노로 해수욕 도구를 업이 보는 앞에서 불태워버린다. 업은 충격을 받아 식음을 전폐하고 죽게 되고 업의 아기를 가졌던 C간호부는 아기를 낳고 떠난다. T는 자신의 희망인 업을 잃고 X의 병원에 불을 지르고 경찰에 잡혀가고 X는 마찬가지로 충격을 받아 길을 떠돌아다니다가 기차에 깔려 죽음을 맞이한다. 이 기차에는 바로 C간호부가 타고 있었다. 남겨진 아기가 울고 있는 장면과 함께 이 소설은 끝난다.

'이상(李箱)'이라는 현상

문을 기록해 두고 있다.

　　나의 지난날의 일은 말갛게 잊어주어야 하겠다. 나조차도 그것을 잊으려 하는 것이니 자살은 몇 번이나 나를 찾아왔다. 그러나 나는 죽을 수 없었다. / 나는 얼마 동안 자그마한 광명을 다시금 볼 수 있었다. 그러나 그것도 전연 얼마 동안에 지나지 아니하였다. 그러나 또 한 번 나에게 자살이 찾아왔을 때에 나는 내가 여전히 죽을 수 없는 것을 잘 알면서도 참으로 죽을 것을 몇 번이나 생각하였다. 그만큼 이번에 나를 찾아온 자살은 나에게 있어 본질적(本質的)이요, 치명적(致命的)이었기 때문이다. / 나는 전연 실망 가운데 있다. 지금에 나의 이 무서운 생활이 노(繩) 위에 선 도승사(渡繩師)의 모양과 같이 나를 지지하고 있다. / 모든 것이 다 하나도 무섭지 아니한 것이 없다. 그 가운데에도 이 '죽을 수도 없는 실망'은 가장 큰 좌표에 있을 것이다. / 나에게 나의 일생에 다시 없는 행운이 들어올 수만 있다 하면 내가 자살할 수 있을 때도 있을 것이다. 그 순간까지는 나는 죽지 못하는 실망과 살지 못하는 복수(復讐)－이 속에서 호흡을 계속할 것이다. / 나는 지금 희망한다. 그것은 살겠다는 희망도 죽겠다는 희망도 아무것도 아니다. 다만 이 무서운 기록을 다 써서 마치기 전에는 나의 그 최후에 내가 차지할 행운은 찾아와주지 말았으면하는 것이다. 무서운 기록이다. / 펜은 나의 최후의 칼이다.

　　－1930. 4. 26., 의주통 공사장에서－ / (李 ○)

이상(李箱), 「12월 12일」 4회, 『조선』, 1930.5.

　　이 소설이 연재된 뒤 한참만에야 쓰인 서문에서 이상은 스스로 이 글이 1930년 4월 26일 의주통의 공사장에서 썼다는 사실을 기록해 두고 있어 그가 바로 전매청 공장 공사를 하던 도중 쓴 소설임을 확인할 수 있도록 하고 있으며, 이 글이 소설 속 등장인물의 입장에서 쓴 글이 아니라 작가인 이상 자신의 개인적인 고백임을 짐작할 수 있다. 지금까지 이 서문은 그가 창작활동을 시작하던 초기 그의 불안한 내면을 가득 채우고 있었던 자살 충동에 대한 근거로 종종 인용되어 왔다. 하지만 이와 같은 예술가의 자살 충동이란 보들레르(Charles Pierre Baudelaire, 1821~1867)나 말라르메(Stephane Mallarmé, 1842~1898), 랭보(Jean Nicolas Arthur Rimbaud, 1854~1891), 베를렌(Paul-Marie Verlaine, 1844~1896)과 같은 시인들이나 일본의 아쿠타가와 류노스케(芥川龍之介, 1892~1927)나 다자이 오사무(太宰治, 1909~1948) 등 일본 작가들에게도 마찬가지로 발견되는 것으로 예술적인 지각과 감수성이 비대했던 청년 이상에게도 당연 히 찾아왔던 예술적 창조성의 발현으로 간주된다. 예술적인 창조력이 정신적인 병리성을 동반하는 것은 어느 정도 당연한 것이나 그것은 프로이트의 용어 그대로 예술적인 승화의 과정에 해당하는 것일 뿐, 이상이 앓았을지도 모르는 정신 병리적 징후를

『십이월십이일(十二月十二日)』의 서문

오른쪽은 이상의 장편소설 「십이월 십이일」이 실린 잡지 『조선』의 1930년 5월호의 첫 페이지이다. 맨 오른쪽에 '창작(創作)'이라는 표제와 함께 제목과 연재 회차(제4회)가 기재되어 있다. 그리고 상자 안에 작은 글씨로 구분된 다른 어조의 서문이 들어 있고 텍스트의 끝부분에는 "1930.4.26, 의주통공사장으로부터(於義州通工事場)"이라고 표기되어 있고 작가인 "李ㅇ"의 이름이 들어 있다. 이와 같은 전후의 상황으로 고려해 볼 때, 이 4회의 상자 안에 들어 있는 텍스트가 소설 내 화자가 아닌 작가 이상이 스스로의 생각을 밝힌 서문임은 의심할 바가 없어 보인다. 다만 이상이 어떠한 이유로 연재 초반이 아닌 4회가 되어서야 서문을 게재하고 있는가 하는 문제는 논란거리가 될 수 있는 부분이다.

김윤식은 『이상연구』에서 이 「12월 12일」이 X와 T 사이에 자기를 놓은 일종의 '자기극(自己劇)'으로 이해한다. 즉 큰 아버지인 X와 실부인 T 사이에 놓인 자기의 심리적 갈등이 빚어낸 환상의 복수극이라는 것이다. 그의 견해를 따른다면 이 서문이 늦게야 연재된 것은 복수에의 충동이 결부되어 소설의 서사가 이 시점에서야 뒤바뀐 결과에 해당하게 되는 것이다.

'이상(李箱)'이라는 현상

판단하는 근거로 사용될 수는 없다. 이상에게 부여되어 왔던 변태적인 이상 성욕을 가진 기괴한 천재의 이미지를 강화하기 위한 손쉬운 근거로 사용될 수 없다는 것이다.

오히려 여기에서 중요한 것은 이 소설이 1900년대 초 일본에서 유행하여 일본문학의 중요한 자산이 된 자연주의 소설의 영향을 받은 것처럼 보인다는 점이다. 특히 한 인물이 겪어낸 삶의 질곡을 드러내는 이 소설의 대목은 인생의 암면에 주목하여 이를 묘파한다는 자연주의 소설의 영향이 드러나고 있다. 이미 작가는 1회에서 주인공인 X는 친구 M에게 보내는 자신의 편지 속에서 "이 하잘 것없는 짧은 단편은 이 어그러진 인간 법칙을 '그'라는 인격에 부쳐서 재차의 방랑 생활에 흐르려는 나의 참담을 극한 과거의 공개장으로 하려는 것"이라는 창작상의 의도를 밝히고 있었다. 이는 이 소설을 통해 자신의 과거를 고백함으로써 인생법칙의 어두운 면을 폭로하겠다는 의지의 표현인 것이다. 하지만 이것은 작가인 이상의 목소리가 아니라 주인공인 X의 목소리이다. 실제로 연재 1~3회의 내용 대부분은 X 자신이 적빈(赤貧), 즉 끔찍한 가난에 시달려 고향을 떠나 이리저리 유랑하듯 떠돌다가 어머니를 잃고 고생하던 내용이 담겨 있는 것이다. 편지라는 형식으로 보나 소설의 전반의 주제로 보나 이 「12월 12일」은 일반적인 자연주의에 입각한 소설로 보아도 큰 무리가 없다. 그다지 신선할 것도 없는 것이다.

하지만 바로 이 X가 고향인 조선으로 돌아오는 지점에서 이상이 작가 자신의 목소리를 드러낸 이 서문의 존재가 꽤나 의미심장하다. 일본에 도입된 자연주의 소설이 에밀 졸라의 그것으로부터 나아가 사소설(私小說) 양식의 한 부분으로 발전해 나갈 수 있었던 마찬가지로, 이 소설은 이 가장 개인적인 서문을 통해 기존의 소설 서사와는 전혀 다르게 읽힐 수 있는 맥락을 얻고 있다. 이러한 사실은 소설의 이 서문과 호응되어 일종의 상자(箱)를 이루고 있는 연재 8회의 다음과 같은 내용을 보면 확인할 수 있을 것이다.

모든 사건이라는 이름 부를 만한 것들은 다− 끝났다. 오직 이제 남은 것은 '그'라는 인간의 갈 길을 그리하여 갈 곳을 선택하며 지정하여 주는 일뿐이다. '그'라는 한 인간은 이제 인간의 인간에서 넘어야만 할 고개의 최후의 첨편에 저립(佇立)하고 있다. 이제 그는 그 자신을 완성하기 위하여 어느 길이고 걷지 않으면 안 될 단말마(斷末魔)다.

작자는 '그'로 하여금 인간 세계에서 구원받게 하여보기 위하여 있는 대로 기회와 사건을 주었다. 그러나 그는 구조되지 않았다. 작자는 영혼을 인정한다는 것이 아니다. 작자는 아마 누구보다도 영혼을 믿지 않는 자에 속할는지도 모른다. 그러나 그에게 영혼이라는 것을 부여(賦與)치 아니하고는− 즉 다시 하면 그를 구하는 최후의 남은 한 방책은 오직 그에게 영혼(靈魂)이라는 것을 부여하는 것 하나가 남았다.

이상(李箱), 「12월 12일」 8회, 『조선』, 1930.10.

8회의 이 부분에서는 다시 글쓰기의 주체로서 작자가 등장한다. 물론 이 작자가 4회에 등장하는 이상 자신인가 하는 사실은 확실하게 알 수 없다. 하지만 소설상에서 이 작자가 소설의 서사 바깥이 존재하는 화자라는 점만큼은 분명하며 앞선 4회의 서문에 호응되는 이상 자신일 가능성이 높다.

이 작자의 발언에 따르면, 이 소설은 그를 인간 세계로부터 구원하기 위한 하나의 기획이었음이 드러난다. 여기에서 그가 바로 소설 속 주인공인 X이다. 즉 「12월 12일」이라는 소설은 바로 그로 하여금 다른 선택을 할 수도 있음을 알려주는 기회였다는 것이다. 하지만 이 모든 노력에도 불구하고 인간 세계에서는 구원되지 않았으므로, 이젠 그에게는 타계(他界)에서 영혼을 부여받는 것만이 남았다는 것이 작자의 해명이다. 실제로 그는 연재 9회에서는 기차에 깔려 잔혹하게도 목숨을 잃게 되는 것으로 처리되어 있다. 즉 4회에서 이 소설이 무서운 기록임을 폭로했던 작가 이상은 8회에 이르러서야 다시금 이 소설이 무서운 기록이며, 무서운 기록일 수밖에 없는 이유를 다시금 술회하고 있는 것이다. 이에 따르면, 이 소설이 무서운 기록인 것은 다름 아니라 결국 이것이 그가 운명에 대해 패배하지 않을 수 없는 기록이기 때문이다. 말하자면, 작자로서의 이상은 「12월 12일」이라는 소설을 통해 X로 하여금 그를 기다리고 있는 참혹한 죽음이라는 운명에서 벗어날 수 있는 기회를 마련해 주었으나 결국 그는 그에게 주어진 운명의 굴레를 벗어나지 못했던 것이다. 이제 갓 스무 살이 된 인간에게 자신이 벗어날 수 없는 운명의 질곡 속에 갇혀 있음을 깨닫는 것만큼 참담하고도 무서운 경험은 없다. 즉 이 소설은 그 자체가 X와 T, 그리고 업이라는 주인공들을 대상으로 설계된 운명에 대한 실험에 다름 아니었던 것이다.

이때나 저때나 박행(薄幸)에 우는 내가 십육 년 전 그해도 저물려는 어느 날 지향도 없이 고향을 등지고 떠나가려 할 때에 과거의 나의 파란 많은 생활에도 적지 않은 인연을 가지고 있는 죽마의 구우 M군이 나를 보내려 먼 곳까지 쫓아나와 가는 님을 아끼는 정으로 나의 손을 붙들고 / "세상이라는 것은 우리가 생각하는 것과 같은 것은 아니라네." / 하며 처참한 낯빛으로 나에게 말하던 그 때의 그 말을 나는 오늘까지도 기억하여 새롭거니와 과연 그 후의 나는 M군의 그 말과 같이 내가 생각하던바 그러한 것과 같은 세상은 어느 한 모도 찾아내일 수는 없이 모두가 돌연적이었고 모두가 우연적이었고 모두가 숙명적일 뿐이었었다. / "저들은 어찌하여 나의 생각하는 바를 이해하여 주지 않을까, 나는 이렇게 생각해야 옳다는 것인데 어찌하여 저들은 저렇게 생각하여 옳다 하는 것일까." / 이러한 어리석은 생각은 하여볼 겨를도 없이 / "세상이란 그런 것이야. 네가 생각하는 바와 다른 것 때로는 정반대되는 것 그것이 세상이라는 것이야!" / 이러한 결정적 해답이 오직 질풍신뢰적으로 나의 아무 청산도 주관도 없는 사랑을 일약 점령하여 버리고 말았다. 그 후에 나는 / 네가 세상에 그 어떠한 것을 알고자 할 때에는 우선 네가 먼저 / "그것에 대해 생각하여 보아라. 그런 다음에 너는 그 첫 번째 답의 대칭점을 구한다면 그것은 최후의 그것의 정확한 해답일 것이니." / 하는 이러한 참혹한 비결까지 얻어놓았었다. 예상 못 한 세상에서 부질없이 살아가는 동안 어느덧 나라는 사람은 구태여 이 대칭점을 구하지 않고도 쉽사리 세상일을 대할 수 있는 가련한 '비틀어진' 인간성의 사람이 되고 말았다. 그리하여 인간을 바라볼 때에 일상에 그 이면(裏面)을 보고 그럼으로 말미암아 '기쁨'도, '슬픔'도, '웃음'도, '광명'도 이러한 모든 인간으로서의 당연히 가져야 할 감정의 권위를 초월한 그야말로 아무 자극도 감격도 없는 영점(零點)에 가까운 인간으로 화하고 말았다. 오직 내가 나의 고향을 떠난 뒤 오늘날까지 십유여 년 간의 방랑생활에서 얻은 바 그 무엇이 있다 하면 / "불행한 운명 가운데서 난 사람은 끝끝내 불행한 운명 가운데서 울어야만 한다. 그 가운데에 약간의 변화쯤 있다 하더라도 속지 말라. 그것은 다만 그 '불행한 운명'의 굴곡에 지나지 않는 것이다." / 이러한 어그러진 결론 하나가 있을 따름이겠다. 이것은 지나간 나의 반생의 전부(全部)요. 총결산이다. 이 하잘것없는 짧은 한 편은 이 어그러진 인간법칙을 '그' 라는 인격에 부치어서 재차의 방랑 생활에 흐르려는 나의 참담을 극한 과거의 공개장으로 하려는 것이다.

이상(李箱), 「12월 12일」 1회, 『조선』, 1930.2.

위 인용된 부분은 1회의 맨 처음 부분이다. 소설 『12월 12일』 이 부분에서는 X가 자신의 목소리를 통해 자신이 어려운 현실 때문에 고향을 떠나갔던 때를 회상하고 있다. 그는 세상이 자신이 생각하는 바와 같지 않다는 사실을 토로하고 세상은 자신이 생각하는 바와 다를 뿐만 아니라 오히려 대칭점에 가깝다고 결론을 내린다. 이러한 대칭점 사유란 세상이 자신이 생각한 바와 무조건 반대로 대칭점에 놓여 있다고 믿는 사고방식이다. 이러한 사고방식이 극단에 이르게 되면 그는 어떠한 일에 대해서 판단할 때, 무조건 그 대칭점을 구해야만 최후의 정확한 해답이 될 수 있다는 자조 섞인 체념이 동반된다. 그 대칭점이란 실제로 추구하거나 선택할 수 있는 것이 아니기 때문이다. 즉 대칭점의 저 반대 영역은 선택 가능한 부분이 아니라 선택 불가능의 부분이며, 그렇기 때문에 그에게는 다다를 수 없는 저편의 이념과도 같은 것이다. 따라서 그는 불행한 운명이 자신의 영점 상태라고 판단하고 그가 그것으로부터 벗어나 저 반대편의 대칭점으로 가고자 하더라도 불행한 운명의 질곡으로부터 벗어날 수 없다는 사실을 깨닫게 될 수밖에 없다. 이러한 극단의 모순적 사유는 조금의 틈도 허용하지 않는 기하학적 대칭점의 사유이며, 이러한 사고 체계의 틀은 이미 그에게는 법칙화하여 예외를 허용하지 않는다. 빈/부, 정신/물질 등의 이항 대립적 사고가 그를 지배하고 있는 것이며 이러한 불행한 운명의 끝에는 바로 죽음이 기다리고 있을 것이다. 유클리드의 기하학이 펼쳐놓은 대칭점의 구조는 그 반대편에 놓여 있는 X로 하여금 절대로 대칭점의 반대 영역으로 옮겨가지 못하게 하여 그 굴곡 아래 머물도록 만드는 것이다. 즉 인간의 운명이란 일종의 법칙으로 구성된 설계도이며, 그 위에 놓인 X는 하나의 좌표축 위의 점과 같이 설계도 위를 옮겨 다닐 뿐인 것이다. 이러한 인간 법칙으로부터 X가 벗어날 수 있는가 그렇지 못한가 하는 것을 확인하고자 하는 것이 소설 「12월 12일」을 통한 실험의 요체이다.

그렇다면 이 소설에서 X에게 강제되었던 대칭적 좌표축과 그로부터 벗어날 수 있는 절체절명의 기회란 무엇이었을까. 이는 소설의 내용을 통해 확인할 수 있듯이 주로 부/가난이라는 사회의 경제적 질서의 견고함과 관계되어 있다. 어그러진 인간의 법칙은 바로 그러한 사회질서와 관련된다. 이 내용을 좀 더 상세히 살피기 위해서는 소설의 내용을 살펴보지 않으면 안 된다. 소설 1~3회의 내용은 대부분 X가 친구인 M에게 보내는 편지로 구성되어 있는데 여기에는 그가 겪어내지 않으면 안 되었던 현실적인 고생이 절절하게 담겨 있다. 극빈한 가난으로 인해 X는 어머니와 함께 친구 M에게 이별하고 일본 고베로 떠난다. 그들이 떠나던 날은 바로 12월 12일이었다. 그는 이곳에서 움집을 파고 조선소에서 일을 하면서 근근이 살아간다. 그러던 와중에 그의 어머니는 기한(飢寒)과 영양부족으로 죽게 되고, 그는 타지에서 하나뿐인 가족을 잃은 허망함에 고베를 떠나 나고야로 옮겨가 식당 요리사로 일하게 된다. 그는 이곳에서 요리사로 일하면서 그 사이의 참혹한 자신의 생활에서 벗어나 술을 마시고 도박을 하는 낭비적인 삶을 보낸다. 다른 한편 식당에서 술과 웃음을 파는 여급들과 그들을 보기 위해 흥청망청 돈을 쓰는 남자들을 보면서 그간 자신이 행했던 낭비적인 삶을 반성하고 결국 북국(北國)으로 떠나간다. 그는 차디찬 북국에서 부정된 생에 대해 저항하는 의미로 위험한 광산 일을 하면서 생의 의미를 되새긴다.

　　나의 육안(肉眼)의 부정확한 오차(誤差)를 관대히 본다 하더라도 그것은 이십오 도(25°)에는 내리지 않을 치명적 '슬로-프'(傾斜) 위의 바람을 쪼개고 공간을 쪼개고 막진(驀進)하는 '토록코' 위에 내 몸을 싣는다는 것은 전혀 나의 생명을 그대로 내어던지려는 것과 조금도 다름없는 것일세. 이미 부정(否定)된 생(生)을 식도(食道)라는 질긴 줄에 포박당하여 억지로 질질 끌려가는 그들의 '살아간다는 것'은 그들의 피부와 조금도 질 것 없이 조그만치의 윤택도 없는 '짓'이 아니고 무엇이겠나. 그들의 메마른 인후(咽喉)를 통과하는 격렬한 공기의 진동은 모두가 창조의 신에 대한 최후적 모멸(侮蔑)의 절규인 것일세. 그 음을 한 소리로 들을 수 있는 사람은 누구나 다─ 싫다는 것을 억지로 매질을 받아가며 강제되는 '삶'에 대하여 필사적 항의를 들이지 않을 사람이 어디 있겠나. 오직 그들의 눈에는 천고의 백설을 머리 위에 이고 풍우로 더불어 이야기하는 것으로도 보이지 않는 것일세. 그때에 사람의 마음은 환경의 거울이라는 것이 아니겠나. (중략) 그동안에 나는 생을 부정해야만 할 아무런 이유도 가지지 않았던가, 생을 부정할 아무런 이유도 없이 앙감질(單足跳)로 허탄히 허무를 질질 흘려왔다는 그 희롱적 나의 과거가 부끄럽고 꾸지람하고 싶은 것일세. 회한을 느끼는 것일세. / "생을 부정할 아무 이유도 없다. 허무를 운운할 아무 이유도 없다. 힘차게 살아야만 하는 것이……" / 재생한 뒤의 나는 나의 몸과 마음에 채찍질하여 온 것일세. 누구는 말하였지. / "신에게 대한 최후의 복수는 내 몸을 사파로부터 사라트리는 데 있다"고. 그러나 나는 / "신에게 대한 최후의 복수는 부정되려는 삶을 줄기차게 살아가는 데 있다" 이렇게…… (중략) 내가 화살 같은 '토로'에서 발을 떼려 하는 순간 때는 이미 늦었었네. 뒤에 육박해 오던 주인 없는 '토로'는 무슨 증오가 나에게 그리 깊었든지 젖 먹은 기운까지 다하는 단말마의 야수같이 나의 '토로'에 거대한 음향과 함께 충돌되고 말았네. 그 순간에 우주는 나로부터 소멸되고 다만 오랜 동안의 무(無)가 계속되었을 뿐이었다고 보고할 만치 모든 일과 물건들은 나의 정신권 내에 있지 아니하였던 것일세. 다만 재생한 후 멀리 내 '토로'의 뒤를 따르던 몇 사람으로부터 '공중에 솟았던' 나의 그 후 존재를 신화(神話)삼아 들었을 뿐일세.

이상(李箱), 「12월 12일」 2회, 『조선』, 1930.3.

그리고 될 수만 있으면 이 운명이라는 요물을 신용치 말아주기를 바라는 것일세-이렇게 말하는 나 자신부터도 이 운명이라는 요물의 다시없는 독신자(篤信者)이면서도-. / '운명의 장난?' / 하, 그런 것이 있을 수가 있나. 있다면 너무도 운명의 장난이겠네. (중략) 운명의 악희(惡戲)가 내게 끼칠 '푸로크람'은 아직도 다하지 아니하였든지 나는 그 죽음의 출입구까지 다녀온 병석으로부터 다시 일어났네. 생각하면 그동안에 내가 흘린 '땀'만 해도 말(斗)로 계산할 듯하니 다시금 푹 젖은 요 바닥을 내려다보며 이 몸의 하잘것없는 것을 탄식하여 마지않았으며 피비린 냄새 나는 눈방울을 달음박질시켜 가며 불려놓았던 나의 '포켓'은 이번 병으로 말미암아 많이 줄어들었네. 그러나 병석에서도 나의 먹을 것의 걱정으로 말미암아 나의 그 '포켓'을 건드리게 되기는 주인의 동정이 너무나 컸던 것일세. 지금도 그의 동정을 받고 있을 뿐이야. 앞으로도 길이 그의 동정을 받지 않으리라고는 단언할 수 없으며. / '돈을 모아볼까' / 내가 줄기차게 살아보겠다는 결심으로 모은 돈을 남의 동정을 받아가면서도 쓰기를

아까워하는 나의 마음의 추한 것을 새삼스러이 발견하는 것 같아 불유쾌하기

짝이 없네. 동시에 나의 마음이 잘못하면 허무주의에 돌아가지나 아니할까 하

여 무한히 경계도 하고 있었네.

이상(李箱), 「12월 12일」 2회, 『조선』, 1930.3.

X는 생에 대한 의미를 깨닫기 위해 광산에서 토롯코, 즉 캐낸 석탄 등을 나

르는 광차(トロッコ/鑛車)를 탄다. 내달리는 광차를 타는 행위는 마치 절벽 사이

에서 줄타기를 하는 것처럼 생명을 내어던질 만큼 위험한 일이다. 하지만 이러한

행위는 그에게는 그동안의 끌려다니던 삶에서 벗어나 스스로 생의 의미를 깨닫

게 된다는 의미를 갖는다. 그는 이러한 과정을 통해 그동안 허무에 빠져 부정되

었던 삶을 줄기차게 살아가지 않으면 안 된다는 새로운 생에 대한 의지를 갖게

되는 것이다. 자신의 운명을 설계한 신에 대한 최후의 복수는 바로 그렇게 끊임

없이 살아가는 것, 이라는 판단이 내가 내린 마지막 결론이다. 하지만 신에 저항

하는 의미로 바로 그렇게 줄기차게 살아가겠다는 결정을 내린 순간 그가 탔던

토로는 그를 뒤따라오던 빈 토로와 충돌을 하여 나는 공중에 솟았다가 떨어

진다. 어쩌면 당연한 귀결이다. 그가 이 작품의 맨 처음에 쓰고 있는 것과 마찬

가지로 세상은 내가 생각하고 있는 것과 다를 뿐만 아니라 오히려 대칭점에 위

치해 있기 때문이다. 운명은 나의 의도나 생각과는 달리 나에게 닥쳐드는 타자

인 것이다. 그는 이 사고로 인하여 절름발이가 되고 만다. 하지만 그는 이 일련

의 사건을 회고하면서 이를 '재생'이라고 표현한다. 재생이란 단지 긍정적인 의미

가 아니라 자신을 따라다니는 운명의 프로그램을 벗어나고자 하는 다른 시도

로서 '돈'이라는 물질적인 대상에 대해 집착을 보이는 인간으로 변모하고야 말

겠다는 변화에 해당하는 것이다. 이전부터 그가 갖고 있던 허무주의적 감각이

아니라 하나의 대상에 대한 집착적 감정을 보이는 것은 이때가 처음으로, 그는

사고로 인해 병원에 누워 있으면서 "돈을 벌어볼까" 하는 말을 하면서 이전과는

'이상(李箱)'이라는 현상

다른 종류의 인간이 되었음을 알린다. 그의 이러한 생각은 그가 절름발이가 되어 동경으로 왔을 때 더욱 커진다. 그는 주변의 냉랭한 시선에 대해 열등감을 드러내면서 스스로 그것에 대해 복수하는 방식으로 돈을 모아 보여주겠다는 결심을 구체화하였던 것이다. 자본주의 사회 속에서 어떤 대상 특히 돈에 대한 집착은 때로는 생에 의욕을 주는 것이다. 그는 이와 같은 자본주의 사회 속의 당연한 건강성을 추구하면서 낮이나 밤이나 일하여 결국 의사가 된다.

X에 대한 이 일련의 이야기를 통해 이상은 한 명의 인간이 어떻게 현대 자본주의 사회 속에서 돈을 추구하는 인간으로 변모하게 되는가에 대해 나름대로 자신이 이해한 바를 들려주고 있다. 극도의 가난으로부터 형성된 절망감으로 인해 허무주의에 빠져 흥청거리던 시기를 벗어나 자신에게 닥친 불행을 벗어나기 위한 계기로 자신을 무시한 이들에 대한 복수를 다짐하며 자본주의 경제논리에 충실하게 적응하는 윤리적 감각을 소유하게 되는 것이 이상이 파악한 자본주의 속 보편적인 인간 유형의 하나인 것이다.

일반적으로 X를 이상의 백부, T를 이상의 친부, 업을 이상 자신으로 보는 연구적인 경향이 확립되어 있기는 하나, 이 X의 모델이 백부인가 아닌가 하는 것은 실제로는 그리 중요한 문제는 아니다. 그는 자본주의 사회가 된 경성에 어디에나 있을 수 있는 전형화된 인간의 스테레오타입(stereotype)이기 때문이다. 이상은 그 스테레오타입이 어떻게 형성될 수 있었겠는가 하는 후일담을 들려주고 있을 뿐이다. 물론 이 후일담이 백부의 체험이 소재가 되었을 가능성도 있고 순수하게 이상 자신의 창작일 수도 있다. 하지만 중요한 것은 바로 이상의 관념 속에 자본주의 사회에 적응하는 한 유형으로 사회에 대해 복수를 다짐하며 돈을 벌고자 그것에 집착하는 인물이 마치 하나의 개념처럼 이미 자리 잡고 있다는 사실이다. 이상이 소설 속에서 X가 의사가 된다고 하는 다소 개연성이 떨어지는 서사 전개를 택한 것은 이러한 상황이 반영된 것이다. 여타의 글들에서 이상은 의사라는 직업을 예술과 대립되는, 사회질서에 가장 잘 적응한 인간 유형으로 표상하고 있기 때문이다. 자신의 다른 글 속에서 간혹 이상은 실험자-피실험자 관계를 드러내면서 스스로를 의사라고 지칭하기도 한다. 정확히는 이상의 어떤 부분들이 의사에 가깝다는 의미일 것이다.

> 사회사업에 기부할 생각보다도 내가 가질 생각이 더 컸던 나는 드디어 그 가운데의 일부를 헤치어 생전 그에게 부수(附隨, 딸리다)되어 있던 용인(傭人) 여중(女中)들과 얼마 아니 되는 채무를 처치한 다음 나머지의 전부를 가지고 고향에 돌아갈 결심을 하였네. 그들 가운데 몇 사람으로부터는 단언커니와 나의 일생에 들어본 적이 없던 비탄의 말까지 들었네 / "돈! 재물! 이것 때문에 그의 인간성이 이렇게도 더럽게 변하고 말다니! 죽은 그는 나를 향하여 얼마나 조소할 것이며 침 뱉을 것이냐" / 새삼스러이 찌들고 까부러진 이 몸의 하잘것없음을 경멸하며 연민하였네. 그러면서도 / "이것도 다─ 여태껏 나를 붙들어매고 있는 적빈 때문이 아니냐" / 이렇게 자기변명의 길도 찾아보면서 자기를 위로하는 것이었네.
>
> 이상(李箱), 「12월 12일」 3회, 『조선』, 1930.4.

X는 평소 친하게 지내던 여관 주인이 죽으면서 남긴 유산을 그의 유지대로 사회사업에 투자하지 않고 자신이 가지고 귀국해 버린다. X의 이러한 행위는 친구와의 우정이나 양심의 가책을 무릅쓰고도 돈에 집착하면서 자본주의 사회의 경제 제도에 철저하게 적응하고자 하는 광기 어린 복수의 의식에서 비롯된 것이다. 물론 그 복수의 의식은 자본주의 사회 속에서는 건강성으로 포장된 것이다. 하지만 그 속에는 수많은 가치와 미덕들을 무턱대고 돈으로 바꾸는 과정이 들어 있다. 친구의 돈을 빼앗았다는 죄책감과 내밀한 죄의식은 앞으로의 풍족한 생활에 대한 기대감으로 덮여버린 것이다.

자유로운 예술적 영혼의 존립 가능성 – 산보자의 존재 방식

한편, 이렇게 자본주의 사회 속에서 돈에 대한 맹목적 추구라는 일종의 건강성을 보여준 X의 대칭점에 X의 동생인 T의 아들 업이 있다. 그는 탁월한 재능을 가진 영리한 소년으로 진작부터 그 천재적인 재능을 드러내고 있었고 X의 친구인 M군은 업의 그러한 재능을 아껴 매년 학비를 내주고 있었다. 또한 T 역시 이 훌륭한 아들을 자신의 유일한 희망으로 여기고 그의 모든 뜻을 받아주며 상전 모시듯 거의 방치에 가깝게 대하고 있었던 것이다. 이러한 T의 태도는 업을 교만과 방종에 빠지도록 하여 반항하는 정신으로 키워내도록 하였다. 업은 끊임없는 공상벽과 예술적 취향으로 자신만의 세계를 구축하였고 그 오만함이 하늘을 찌를 듯하였던 것이다.

업은 자기 주위의 모든 사람을 보기를 모두 자기 아버지 T씨와 같이 보는 것이었다. 자기의 말을 T씨가 잘 들어주듯이 세상 사람도 그렇게 희생적으로 자기의 말에 전연 노예적으로 굴종할 것이라고 믿는 것이었다. 자기를 호위하여 주리라고 믿는 것이었다. 업의 걷잡을 수 없는 공상은 천마(天馬)가 공중을 가는 것과 같이 자유롭게 구사(驅使)되어 왔던 것이다. / 『햄릿』의 '유령(幽靈)'＊『오리-브』의 '감람수의 방향', 『브로드웨이』의 '경종', 『맘모-톨』의 '리-젤' 『오페라』좌의 '화문천정-' 이렇게 / 허영! 그것들은 뒤가 뒤를 물고 환상에 젖은 그의 머리를 끊이지 아니하고 지나가는 것이었다. 방종(放縱) 허영(虛榮) 타락 이것은 영리한 두뇌의 소유자인 업이라도 반드시 걸어야만 할 과정이 아닐까. 그들의 가정이 만들어낸 그들의 교육방침이 만들어낸 그러나 엉뚱한 결과를 가져오게 한 예기 못한 기적 업은 과연 지금에 그의 가정에 성(星)같이 혜성같이 나타난 한 기적적 존재인 것이었다.

이상(李箱), 「12월 12일」 3회, 『조선』, 1930.4.

M군은 여러 번이나 업의 학비를 대기를 단념하려 하였던 것이었으나 그러나 아직 그의 업에 대한 실망이 그리 크지도 아니하였고 또 싹이 나려는 아름다운 싹을 그대로 꺾어버리는 것도 같아서 어딘지 애착 때문에 매달려지는 미련에 끌리어 그럭저럭 오늘까지 끌어왔던 것이었으나 지금에 이르러서는 그의 업에 대한 애착과 미련도 곱게 어디론지 다 사라지고 말았다. 그렇기 때문에 이 물질적 관계가 그로 하여금 업을 단념시키기를 더욱 쉽게 하였던 것이나 아니였던가 한다. / "업이! 이번 봄은 벌써 업이 졸업일세그려!" / "네- 구속 많고 귀찮던 중학 생활도 이렇게 끝나려 하고 보니 섭섭한 생각이 없는 것도 아닙니다." / "그러면 졸업 후의 지망은?-" / "음악학교!-" / 그래도 주저하던 단념은 M군을 결정시켜 버렸다. / "업이 자네도 잘 알다시피 지금의 나는 나 한 몸뚱이를 지지(支持)해 나아가기에도 어려운 가운데 있어! 음악학교의 뒤를 대어줄 수 없다는 것은 결코 악의가 아니야. 나의 지금 생각 같아서는 천재의 순을 꺾는 것도 같으나 이제부터는 이만큼이라도 자네를 길러주신 가난한 자네의 부모의 은혜라도 갚아보는 것이 좋을 것 같네" / 이 말을 하는 M군은 도저히 업의 얼굴을 쳐다볼 수가 없었다. M군의 이와 같은 소극적 약점(消極的弱點)은 업으로 하여금 / '오- 네 은혜를 갚으란 말이로구나' / 하는 부적당한 분개를 불지르게 하는 것이었다.

이상(李箱), 「12월 12일」 3회, 『조선』, 1930.4.

물론 업은 단지 성격적으로만 오만한 것은 아니다. 그는 영리하고 예민한 두뇌의 소유자인 만큼 문학, 미술, 영화, 음악, 건축 등 다양한 방면의 예술에 대한 공상에 젖어 있었고 허영에 가까울 만큼 예술에 대한 지향성을 드러내고 있었다. 물론 그러한 지향은 일반인들의 눈에는 허영으로만 여겨질 법한 예술적 딜레탕티즘(dilettantisme, 도락적인 예술)이나 데카당스(décadence, 퇴폐적인 예술)에 가까운 것일지도 모른다. 그는 마치 끊임없는 예술적 환영에 허우적거리면서 현실

'이상(李箱)'이라는 현상

세계의 관계들에 대해서는 무관심하고 배타적인 태도를 취하고 있는 것이다. 이러한 업의 태도는 예술가로서 이상 자신의 태도와 일정 부분 동일성을 보이고 있는 것도 사실이다. 전반적인 작품을 통하여 이상은 일상적인 관계들에 대해서는 한없이 권태로운 태도로 대하고 있으며 오직 자신의 예술적인 추구와 관련하여 그럴 만한 가치가 있는 대상에 대해서만 몰두하는 태도를 보여주고 있기 때문이다. 그러한 태도가 일상적인 관점에서는 일종의 책임 방기로 여겨지는 것도 낭연한 일이다. 가치의 측면에서 우선순위가 전혀 다른 까닭이다. 업은 게다가 여기에 사춘기 소년 특유의 까다롭고 예측 불가능한 성격까지 더하여 그야말로 누구도 제어할 수 없는 인간으로 변모해 가고 있었다.

하지만 이 업이라는 등장인물을 그대로 이상 자신에게 포개어버리는 것은 다소 조심스럽다. 물론 업이라는 인물이 이상 자신을 모델로 하고 있을 개연성이 크다는 것은 분명한 사실이다. 전반적인 정황상 이상의 개인사와 비교해 보면 「12월 12일」의 인물 구도는 유사한 면이 적지 않으며 처음으로 발표한 소설인 만큼 이상이 자신의 주변적인 인간관계로부터 모델을 차용해 왔을 가능성이 크기 때문이다. 특히 주변 사정을 고려하지 않고 음악학교를 진학하고자 하는 업의 태도는 미술을 전공하고자 했던 이상의 개인적인 이력과 겹치는 면이 있다. 하지만 이 업이라는 인물은 결국은 이상이 만들어낸 것이다. 게다가 그의 성격은 가족들 사이의 관계에 의해 영향을 받아 만들어져 더 과장되게 표현되어 있다. 즉 이상은 자신이 갖고 있는 인간적 속성 중에서 어떤 부분을 강화하여 업이라는 인물을 창조하여 낸 것이다. 그것은 바로 예술을 지향하고 현실을 도외시하는 자신의 성격으로부터 비롯된 것이다. 물론 X 역시 마찬가지이다. 이들은 현대 자본주의 사회에서 흔히 볼 수 있는 인간들의 유형일 것이기 때문이다. 이를 이상은 탐험가와 산보자의 유형이라고 말한다.

어디로 가나? / 사람은 다 길을 걷고 있다. 그러므로 그들은 어디로인지

가고 있다. 어디로 가나? / 광맥(鑛脈)을 찾으려는 것 같은 사람이 있는가 하면 산보하는 사람도 있다. / 세상은 어둡고 험준하다. 그러므로 그들은 헤매인다. 탐험가(探險家)나 산보자(散步者)나 다 같이─ / 사람은 다 길을 걷는다. 간다. 그러나 가는 데는 없다. 인생은 암야의 장단 없는 산보이다. / 그들은 오랫동안의 적응(適應)으로 하여 올빼미와 같은 눈을 얻었다. 다 똑같다. / 그들은 끝없이 목마르다. 그들은 끝없이 구(求)한다. 그리고 그들은 끝없이 고른(擇)다. / 이 '고름'이라는 것이 그들이 가지고 나온 모든 것들 가운데 가장 좋은 것이면서도 가장 나쁜 것이다. / 이 암야에서도 끝까지 쫓겨난 사람이 있다. 그는 어떠한 것 어떠한 방법으로도 구제되지 않는다. / ─선혈이 임리한 복수는 시작된다. 영원히 끝나지 않는 복수를 피─ 밑(底) 없는 학대의 함정─

이상(李箱), 「12월 12일」 4회, 『조선』, 1930.5.

　　자본주의 사회 속에서 어떤 이는 광맥을 탐험하듯 살아간다. 광맥을 탐험한다는 것은 돈을 추구하며 살아간다는 것의 비유일 터이다. 자본주의 사회에서 돈을 벌면서 살아가는 것은 부정되기 어려운 건강성을 띠는 행위이다. 이에 비해 어떤 이는 산보를 한다. 이러한 산보자는 일찍이 보들레르*가 그리고 이후 베냐민이 거론했던 도시의 산책자가 그러하듯 그는 자본주의 화폐 경제 사이를 산보하듯 돌아다니면서 날카로운 눈매로 폐허가 된 도시 속에서 시간의 변화에도 변화하지 않는 상징들을 발견하고 수집하는 예술가들이다. 이상은 이 두 가지 인간형이 모두 올빼미의 눈을 가졌다고 말한다. 이는 대단히 날카로운 통찰력이라 평가할 수 있다. 그에 따르면 어떤 이는 돈을 찾아내기 위해 적응된 날카로운 눈을 가졌고, 어떤 이는 예술적 가치를 찾아내기 위해 적응된 날카로운 눈을 가졌다는 것이다. 이 두 인간형들은 자본주의 도시 속에서 살아가는 인간들이 적응하는 두 가지 방식에 해당한다. 다만 이 두 가지 유형이 사실 그대로 X와 업에 대치되는 것은 아니다. 그들은 엄격히 말한다면 모두 그 암야로부터 쫓거나 있는 상태이다. 그들을 내민 것은 바로 운명일 것이다. 운명의 저주가 그들로 하여금 제대로 된 자신의 삶의 이념적 지향을 확보하지 못하도록 하고 있는 것일 테다. 이 운명의 저주가 피를 수반한 복수를 동반하는 것은 이것이 그만큼 절박한 생에 대한 인식과 관련되어 있기 때문이다.

순수 증여의 논리와 사유재산의 세계 사이의 대칭성

이렇게 본다면, 소설 「12월 12일」은 이상의 가족사를 거꾸로 뒤집어놓은 운명의 설계도와 같다. '업'이라는 이름의 작명이 바로 불교의 개념인 '업(業/karma)'

으로부터 비롯된 것이라면, 소설 속에서 업에게 다가오는 죽음의 그림자란 4회 이후의 연재분에서 전개되는 X와의 만남 때문이고, 더 정확히는 이 둘이 서로 만날 수밖에 없는 운명, 즉 전생의 업으로부터 비롯되는 것이다. 이 소설이 '무서운 기록'일 수밖에 없는 것은 바로 이것이 자신에게 시시각각으로 다가오는 운명에 대한 기록인 까닭이다. 이 둘은 시시각각으로 자신들에게 다가오는 이와 같은 운명을 피할 수 있을 것인가. 아직은 분명히 알기 어렵다. 작가인 이상은 아직 두 사람 사이의 만남을 조심스럽게 주선하고 있을 뿐이기 때문이다. 분명한 것은 4회 이후 X와 업이 만나는 순간부터 중대한 운명의 파국이 예정되어 있을 것이라는 사실뿐이다.

X는 아직 마음속에 자신에게 재산을 남기고 죽은 친구에 대한 죄책감을 가진 채 기차를 타고 고국으로 돌아온다. 그 죄책감의 실체는 실제로는 자신에 대한 배신감이다. 돈을 추구하는 인간형으로 변모해 버린 자신에 대한 수치감인 것이다. 우선 X가 갖고 있는 수치의 감정에 대해서 조금만 더 상세하게 분석을 해보도록 하자.

근 삼 년 동안이나 마음과 몸의 안정을 가지고 머물러 있는 이곳의 주인은 내가 자네와 작별한 후에 자네에게 주던 이만큼의 우정을 아끼지 아니한 그렇게 친한 친구가 되어 있다는 말을 자네에게 전한 것을 자네는 잊지 아니하였을 줄 믿네. 피차에 흉금을 놓은 두 사람은 주객(主客)의 굴레를 일찍이 벗어난 그리하여 외로운 그와 외로운 나는 적적(비록 사람은 많으나)한 이 집 안에 단 두 사람의 가족이 되었네. 이렇게 그에게 그의 가족이 없는 것은 물론이나 이만한 여관 외에 곳곳에 상당한 건물들을 그의 소유로 가지고 있는 꽤 있는 그일세. (중략) 그는 남보다 십여 세(十餘歲) 만일세. 그의 나이에 겨우어 너무 과하다 할 만치 많이 난 그의 흰 머리털(白髮)은 나로 하여금 공경하는 마음을 가지게 하네. 또한 동시에 그의 풍파 많은 과거를 웅변으로 이야기하고 있는 것도 같으니 그와 같은 그가 나를 사귀어주기를 동년배의 터놓은 사이의 우의(友誼)로써 하여 주니 내가 나의 방랑생활에 있어서 참으로 나의 '희노애락'을 바꿀 수 있는 사람은 오직 그뿐이라고 어찌 말하지 않겠나? 그와 나는 구구한, 그야말로 경제문제(經濟問題)를 벗어난 가족-그가 지금에 경영하고 있는 여관(旅館)은 그와 내가 주객의 사이는커녕 누가 주인인지도 모르게 차라리 어떤 때에는 내가 주인 노릇을 하게끔 되는 말하자면 공동경영 아래에 있는 것과 같은 그와 나 사이인 것일세. 그의 장부(帳簿)는 나의 장부이었고, 그의 금고(金庫)는 나의 금고이었고 그의 열쇠는 나의 열쇠이었고, 그의 이익과 손실(利益損失)은 나의 이익과 손실이었고, 그와 나의 모-든 행동은 그와 내가 목적을 같이한 영향을 같이한 그와 나의 행동들이었네. 참으로 그와 내가 서로 믿음을 마치 한 들보를 떠받치고 있는 양편 두 개의 기둥이 서로 믿지 아니하면 아니 되는 사이도 같은 것이었네. / 이와 같은 기쁜 소식을 나열만 하고 있던 나는 지금 돌연히 그가 세상을 떠났다는 슬픈 소식을 자네에게 전하지 않을 수 없는 운명에 조우(遭遇)된 지 오래인 것을 말하네. 나와 만난 후 삼 년에 가까운 동안뿐 아니라 그의 말에 의하면 그 이전에도 몸살이나 감기 한 번도 앓아본 적이 없는 퍽 건강한 몸의 주인이던 그가 졸지에 이렇게 쓰러졌다는 것은 그와 오랫동안 같이 있던 나로서는 더욱이나 의외인 것이었네. 한 이삼일을 앓는 동안에는 신열이 좀 있다 하더니 내가 옆에 앉아 있는 앞에서 조용히 잠자는 듯이 갔네.

이상(李箱), 「12월 12일」 3회, 『조선』, 1930.4.

"사람 없는 벌판에서 별(星)을 쳐다보며 죽을 줄 안 내 몸이 오늘 이렇게 편안한 자리에 누워서 당신의 서러운 간호를 받아가며 세상을 떠나니 기쁘오. 당신의 은혜는 명도에 가서 반드시 갚을 것을 약속하오-이 집과 내 가진 물건의 얼마 안 되는 것을 당신에게 맡기기로 수속까지 다 되어 있으니 가는 사람의 마음이라 가엾이 생각하여 맡아주기를 바라고 아무쪼록 그것을 가지고 고향에 돌아가 형제 친구들과 함께 기쁘게 살아주기를 바라오. 내가 이렇게 하잘것없이 갈 줄은 나도 몰랐소. 그러나 그것도 다─ 내가 나의 과거에 받은 그 뼈 살에 지나치는 고생의 열매가 도진 때문인 줄 아오. 나를 보내는 그대도 외롭겠소마는 그대를 두고 가는 나는 사바(娑婆)에 살아 움직이던 날들보다도 한층이나 외로울 것 같소!" / 이렇게 쓰디쓴 몇 마디를 남겨놓고 그는 갔네. 그후 그의 장사도 치른 지 며칠째 되던 날, 나는 그의 일상 쓰던 책상 속에서 위의 말들과 같은 의미의 유서(遺書), 그리고 문서들을 찾아내었네.

이상(李箱), 「12월 12일」 3회, 『조선』, 1930.4.

M군에게 보내는 편지에서 X는 자신과 여관 주인 사이의 관계를 설명한다. 두 사람 사이의 관계는 퍽 이상적이다. 여관 주인은 여관 건물 외에도 상당한 재산을 가지고 있는 대부호이고 두 사람은 친구가 되어 마치 가족과 마찬가지로 모든 재산을 공유하고 있었다는 것이다. 비록 그는 나에게 모든 비밀을 터놓지는 않지만 그는 나에게 모든 장부, 금고, 열쇠를 공유하며 이를 통해 이익과 손실을 함께 나누고 있다는 것이 나의 생각이다. 자본주의 사회에서 돈을 초월한 인간들끼리의 사랑과 우정이 존재할 수 있을까라고 묻는 질문에 그는 그렇다고 답하고 있는 셈이다. 그러다가 여관 주인은 돌연 세상을 떠난다. 건강한 몸이었던 그가 돌연 세상을 떠난 것은 그의 표현대로 의외의 일이다. 감기나 몸살도 한 번 걸린 적 없었던 그는 쓰러진 지 며칠 만에 죽어버리고 만다. 그가 죽고 난 뒤, 여관 주인이 자신이 갖고 있던 모든 재산을 X에게 남긴다는 내용의 유서가 발견된다. 그는 유서 속에서 이미 자신의 재산을 X에게 모두 넘기도록 수속까지 다 마쳤으니 그것을 가지고 고향에 돌아가 형제 친구들과 함께 기쁘게 살아달라는 당부를 잊지 않는다. 겉으로 보기에 이 유서의 내용에는 아무런 문제도 없어 보인다. X가 말하고 있는 문면을 그대로 진실로 받아들인다면 말이다.

이제 이것이 나에게 기쁜 일일까 그렇지 아니하면 슬픈 일일까 나는 그 어느 것이라도 말하기를 주저하는 것일세. / 내가 그의 생전에 그와 내가 주고받던 친교를 생각하면 그의 죽음은 나에게 무한히 슬픈 일이 아니겠나마는 어머니의 뱃속을 떠나던 날부터 적빈에만 지질리워가며 살아온 내가 비록 남에게는 얼마 안 되게 보일는지 모르겠으나 나로서는 나의 일생에 상상도 하여 보지도 못할 만치의 거대한 재산을 얻은 것이 어찌 그다지 기쁜 일이 아니겠다고 생각하겠는가. 이러한 나의 생각은 세상을 떠난 그를 생각하기만 하는 데에서도 더없을 양심의 가책을 아니 받는 것도 아니겠으나 그러나 위의 말한 것은 나의 양심의 속임 없는 속삭임인 것을 어찌하겠나. / "어째서 그가 이것을 나에게 물려줄까" / "죽은 그의 이름으로 사회사업에 기부할까" / 이러한 생각들이 끊임없이 나의 머리에 지나가고 지나오고 한 것은 또한 내가 나의 마음을 속이는 말이겠나? 그러나 물론 전에도 느끼지 아니한 바는 아니나 차차 나이 들고 체력이 감퇴되고 원기가 좌절됨을 따라서 이 몸의 주위의 공허가 역력히 발견되고 청운(靑雲)의 젊은 뜻도 차차 주름살이 잡히기를 시작하여 한낱 고향을 그리워하는 마음 한낱 이 몸의 쓸쓸한 느낌만이 나날이 커가는 것일세. 그리하여 어서 바삐 고향에 돌아가 사랑하는 친구와 얼싸안기 원하며 그립던 형제와 섞이어가며 몇 날 남지 아니한 나의 여생(餘生)을 보내고 싶은 마음이 좀 더 기쁨과 웃음과 안일한 가운데에서 보내고 싶은 마음이 날이 가면 갈수록 최근에 이르러서는 일층 더하여 가는 것일세. 내가 의학공부를 시작한 것도 전전푼의 돈이나마 모으기 시작한 것도 그런 생각에서 나온 가엾은 짓들이었네.

이상(李箱), 「12월 12일」 3회, 『조선』, 1930.4.

X는 자신에게 친구를 잃었다는 슬픔보다는 거대한 재산을 얻었다는 기쁨의 감정이 보다 더 크다는 사실을 M군에게 솔직하게 고백하고 있다. 그는 그 재산을 죽은 친구의 이름으로 사회사업에 기부할까 하는 고민을 하다가 결국

고향에 돌아가고 싶은, 그래서 돈을 모으고 싶은 마음이 크다는 사실을 드러내고 그것들을 모두 처분하여 고향으로 돌아가고자 결정한다. 물론 여관 주인의 피고용인들이 그를 비난하는 것은 어느 정도 이해되는 면이 있다. 이는 X의 행운을 부러워하는 행위일 것이기 때문이다. 하지만 X는 그러한 일반적인 죄책감을 넘어서 죽은 그가 나를 향해 조소하며 침을 뱉을 것이라는 걱정을 그치지 않는다. 일반적으로 본다면 앞서 여관 주인은 스스로 자신의 모든 재산을 X에게 남기겠다는 유서를 남겼으므로 X에게는 도의적인 책임 이상의 잘못은 존재하지 않는다. 그러나 X는 친구의 유산을 사회사업에 기부해야 한다는 자기구속적 규율을 가지고 그것에 따르지 않는 자신에 대해 죄책감을 갖기를 그치지 않고 있다. 다소 아이러니한 이 상황을 이해할 수 있는 방법은 이러할 것이다. 친구가 X에게 아무런 조건 없이 자신의 재산을 남긴 것이 대가를 바라지 않는 순수 증여라면 그것을 받은 X 역시 이를 순수 증여함으로써 증여의 고리를 완성해야 했다. 하지만 X는 그렇게 하지 않았고, 그것을 사유재산으로 만들어 증여의 고리를 끊어버린 것이다. 친구의 호의에 대해 답하지 못하고 자신의 사욕을 드러낸 것에 대한 자기비판의 상태가 현재 X의 마음이라는 것이다. 즉 죽은 친구가 자본주의의 경제논리를 초월한 경제에 속해 있는 반면, 자신은 자본주의 경제논리로부터 벗어나지 못하는 것에 대한 죄책감이다.

죽은 친구의 재산을 들고서 고향으로 돌아오는 기차 안에서도 X는 성에가 낀 유리창을 계속해서 닦으면서, 눈물을 흘리며 자신을 소매치기인 '따개꾼'에 비유하면서 후회와 죄책감을 느끼는 한편, 자신의 주머니 안쪽에 들어 있는 종이 조각인 어음(手形)이 주는 뿌듯함을 확인하는 행위 역시 잊지 않는다.

"그럼 그저 고향이 그리워서 오는 모양이로구려." / "네- 그렇다면 그렇지요. 그런데 하기는……." / 그는 별안간 말을 멈추는 것같이 하였다. / "그럼 아마 무슨 큰 수가 생겨서 오는 모양이로구려." / 어디까지라도 신사의 말은 그의

'이상(李箱)'이라는 현상

급처(急處)를 찌르는 것이었다. / "수- 에- 수가 생겼다면- 하기야 수라도-." / "아주 큰 수란 말이로구려 하……." / 두 사람은 잠시 쓰디쓴 웃음을 웃어 보았다. / "다른 사람이 보면 하잘것없는 것일는지 몰라도 제게는 참 큰 수치요, 허고 보니." / "얘기를 좀 하구려. 그 무슨 그렇게 큰 순가." / "얘기를 해서 무엇 하나요? 그저 그렇게만 아시지요 뭐- 해도 상관은 없기는 없지만……" / "그 아마 당신께 좀 꺼리는 데가 있는 게로구려? 그렇다면 할 수 없겠소만 또 그렇다고 하더라도 내가 당신을 천 리나 만 리나 따라다닐 사람이 아니요. 또 내가 무슨 경찰서 형사(警察署刑事)나 그런 사람도 아니요 이렇게 차 속에서 우연히 만났다가 헤어지고 말 사람인데 설사 일 후에 또 만나는 수가 있다 하더라도 피차에 얼굴조차도 잊어버릴 것이니 누가 누군지 안단 말이오. 내가 또 무슨 당신의 성명을 아는 것도 아니고 상관없지 않겠소." / "아- 그렇다면야- 뭐, 제가 이야기 안 한다는 까닭은 무슨 경찰에 꺼릴 무슨 사기 취재(?)나 했다 해서 그러는 것이 아닙니다. 이야기가 너무 장황해서 또 몇 정거장 안 가서 내리신다기에 이야기가 중간에 끊어지면 하는 사람이나 듣는 사람이나 피차 재미도 없을 것 같고 그래서-." / "그렇게 되면 내 이야기 끝나는 정거장까지 더 가리다그려- 이야기가 재미만 있다면 말이요-." / "네(?) 아니- 몇 정거장을 더 가셔도 좋다니 그것이 어떻게 하시는 말씀인지 저는 도무지-." / 두 사람은 또 잠깐 웃었다. 그러나 그는 놀랐다. / "내 여행은 그렇게 아무렇게나 해도 상관없는 여행이란 말이오-." / "그렇지만 돈을 더 내셔야 않나요." / "돈? 하- 그래서 그렇게 놀랜 모양이로구려! 그건 조금도 염려할 것 없소. 나는 철도국에 다니는 사람인고로 차는 돈 한 푼 아니 내고라도 얼마든지 거저 탈 수 있는 사람이니까. 나는 지금 볼일로 ××까지 가는 길인데 서울에도 볼일이 있고 해서 어디를 먼저 갈까 하고 망설거리던 차에 미안한 말이지요만 아까 당신의 그 다리를 보고 그만 ××일을 먼저 보기로 한 것이오. 그렇지만 또 당신의 이야기가 아주 썩 재미가 있어서 중간에서 그냥 내리기가 아깝다면 서울까지 가면서 다 듣고 서울 일도 보고 하는 것이 좋을 듯도 하고 해서하는 말이오." / "네– 나는 또 철도국 차를 거저, 그것 참 좋습니다. 차를 얼마든지 거저." / 이 '거저' 소리가 그의 머리에 거머리 모양으로 묘하게 착 달라붙어서는 떨어지지 아니하였다.

이상(李箱), 「12월 12일」, 4회, 『조선』, 1930.5.

이렇게 양가적인 감정에 시달리고 있는 X는 돌아오는 기차에서 한 신사를 만난다. 신사는 X에게 말을 걸면서 그가 겪은 이야기를 들려달라고 말한다. X는 신사에게 자신이 겪은 이야기를 상세히 이야기하는 것에 대해서는 부담을 느낀다. 스스로 자신의 행위가 그리 떳떳하다고 생각하지는 못하고 있는 까닭이다. 신사는 X가 어떤 나쁜 짓을 했건 자신과는 이해관계로 얽혀 있지 않으며 어차피 스쳐 지나갈 익명적인 관계임을 강조하면서 이야기를 듣고자 재촉한다. 대도시 속에서 서로 이름도 모른다고 하는 익명성만큼 인간이 타인에게 자신의 비밀을 터놓는 데에 전제조건이 되는 것은 없을 것이다. 하지만 X는 다시 완곡하게 거절의 의사를 표현한다. 자신의 이야기가 너무 장황해서 몇 정거장 가지 않고 내린다고 했던 신사는 그 얘기를 다 듣지 못할 것이니 그만두겠다는 것이다. 그런데 의외로 이 신사는 X의 이야기가 재밌으면 몇 정거장이라도 더 가서 듣겠다고 말한다. 자신의 여행은 시간적인 제약이나 돈의 제약을 받지 않는 여행이라는 것이다. 그는 이야기의 흥미를 위해서는 일정 조절도 얼마든지 가능하고, 자신은 철도국에 다니는 직원이기 때문에 얼마든지 '거저' 기차를 탈 수가 있다고 설명한다. X는 '거저'라는 말에 왠지 홀린 듯, 신사에게 자신이 겪은 일에 대하여 이야기하기 시작한다.

"그러니까 그것을 당신이– 슬쩍 이렇게 했다는 말인 것이오그려 하…… 따은…… 참…… 횡재는……" / "아– 천만에 제 생각에는 그것을 죄다 사회사업(社會事業)에 기부할 생각이었지요 물론–" / "그런데 안 했다는 말이지–"

/ "그런데 그가 죽기 전에 벌써 그가 저 죽을 날이 가까와오는 것을 알고 그랬던지 다 저에게다 상속하도록 수속을 하여놓고는 유서에 다가는 떠-ㄱ 무엇이라고 써놓았는고 하니" / "사회사업에 기부하라고 써-" / "아- 그게 아니거든요. 이것을 그대의 마음 같아서는 반드시 사회사업에 기부할 줄 믿는다. 그러나 죽는 사람의 소원이니 아무쪼록 그대로 가지고 고향으로 돌아가서 친척 친구와 함께 노후(老後)의 편안한 날을 맞고 보내도록 하라. 만일 그렇지 아니하고 내 말을 이기는 때에는 나의 영혼은 명도에서도 그대의 몸을 우려하여 안정(安靜)할 날이 없을 것이라고-" / "아- 대단히 편리한 유서로군! 당신 그 창작……" / 신사는 말을 멈추었다. 그러나 그의 얼굴은 어디까지든지 냉소와 조롱의 빛으로 차 있었다. / "그래서 그의 죽은 혼령도 위로할 겸 저도 좀 인제는 편안한 날을 좀 보내 보기도 할 겸해서 이렇게 돌아오는 길이오-." / "하- 그럴듯하거든. 그래 대체 그 돈은 얼마나 되며 무엇에다 쓸 모양이오." / "얼마요 많대야 실상 얼마되지는 않습니다. 제게는- 무얼 하겠느냐- 먹고살고 하는 데 쓰지요." / "아 그래 그저 그 돈에서 자꾸 긁어다 먹기만 할 모양이란 말이오. 사회사업에 기부하겠다는 사람의 사람은 딴 사람인 모양이로군!"

이상(李箱), 「12월 12일」 4회, 『조선』, 1930.5.

신사는 X의 말을 듣고서 냉소적인 말투로 그 진위를 의심한다. 흥미로운 부분은 바로 X가 유서의 내용을 신사에게 설명하는 부분이다. 신사는 마치 X의 마음속을 꿰뚫기라도 한 것처럼 겉으로 드러난 문자 아래를 흐르고 있는 X의 욕망을 파헤친다. 그는 냉소적인 미소와 함께 X가 실제로는 사회사업에 기부하고자 하는 뜻 자체가 없었고 처음부터 돈을 가로채고 싶어 했던 것이 아닌가 하는 의심을 집요하게 지적하고 있는 것이다. 신사의 말과 함께 그동안 당연하게만 여겨졌던 X의 말 모두가 의심 속에 놓이기 시작한다. 그리고 보면 지금까지 죽은 친구로부터 재산을 물려받기까지의 과정은 모두 X가 보낸 편지에 들어 있는, X의 목소리일 따름이었던 것이다. 그나마 X가 신사에게 했던 변명에는 소설 3회 연재분에 X의 편지 속에는 들어 있지 않은 내용도 들어 있다. 즉 "그대의 마음 같아서는 반드시 사회사업에 기부할 줄 믿는다"는 내용이나 "만일 그렇지 아니하고 내 말을 어기는 때에는 나의 영혼은 명도에서도 그대의 몸을 우려하여 안정(安靜)할 날이 없을 것"이라는 내용은 앞서 직접적으로 인용된 편지에는 존재하지 않는 것이다.

여기에는 여러 가지 다층적인 가능성이 존재한다. X가 처음부터 의도적으로 M군에게 보내는 편지에 해당 내용을 빠뜨렸을 가능성이 그 하나이고, X가 신사에게 설명하면서 앞뒤 맥락을 위해 과장되게 덧붙였을 가능성이 그 두 번째이고, X가 재산을 위해 편지를 위조했을 가능성이 그 세 번째이다. 첫 번째의 경우는 사실 거의 가능성이 없다. 굳이 자신에게 유리한 내용을 숨긴 셈이 되기 때문이다. 두 번째 경우는 원래 앞서 인용된 유서의 내용이 존재하였으나 신사에게 말을 전할 때 맥락상 유리하게 말을 하였을 상황이 자연스럽게 이해되기는 하나 그가 과도하다 싶을 정도로 죄책감을 갖는 이유까지는 설명해 주지 않는다. 마지막 가능성의 경우, 어떻게 보면 무리한 가능성이지만, 유서를 변조하는 행위가 있었으리라는 추측은 그의 태도상 변화와 죄책감을 잘 설명해 준다.

위의 어떠한 가능성이 맞는 것이든 요점은 신사의 등장으로 인해 X가 공개한 친구의 유서의 진위가 뿌리부터 흔들리고 있다는 사실이다. 신사는 "아- 대단히 편리한 유서로군! 당신 그 창작……"이라거나 "하- 그럴듯하거든"과 같은 말을 통해 X의 진술의 완결성에 균열을 내고 있다. 그동안 마치 자본주의 사회의 경제논리를 거부하는 순수 증여의 가능성이 실현되는 동화와도 같았던 X의 이야기는 신사의 질문에 의해 그 발언의 진위가 한번 의심되기 시작한 뒤부터는 걷잡을 수 없이 균열이 발생하여 점점 미궁 속으로 빠지게 되는 것이다. 물론 그러한 의심은 그 반대도 마찬가지다. 자신은 자본주의 경제논리상 사유재산의 추구와는 전혀 관계가 없다는 결벽성을 강조하는 신사의 태도가 사실 처음부터 의심스러웠던 것이 사실이다.

> "그러면 그 돈을 시방 당신의 몸에 지니고 있겠구려 그렇지 않으면!" / 신
> 사의 이 말소리에 그는 졸도할 듯이 나로 돌아왔다. 그 순간에 그의 머리에는
> 전광(電光) 같은 그 무엇이 떠도는 것이 있었다. / "아― 니요 벌써 아우 친구에
> 게 보냈세요. 그런 것을 이렇게 몸에다 지니고 다닐 수가 있나요" / 하며 그는
> 그 어음(手形)이 든 옷 포켓의 것을 손바닥으로 가만히 어루만져 보았다. 한 장
> 의 종이를 싸고 또 싸고 몇 겹이나 쌌던지 그의 손바닥에는 풍부한 질량의 쾌
> 감이 느껴졌다. 그의 입 안에는 만족과 안심의 미소가 맴돌았다.
>
> 이상(李箱), 「12월 12일」 4회, 『조선』, 1930.5.

신사를 만나는 동안 무언가에 홀리기라도 한 듯 마음을 놓고 자신의 이야기
를 술술 꺼내놓던 X는 지금 돈을 갖고 있느냐는 신사의 말에 마치 졸도하기라
도 할 것처럼 자기의식으로 돌아온다. 신사가 고작 기차에서 우연히 만난 자신의
이야기를 듣기 위해 시간과 돈을 아낌없이 쓰는 호의적인 태도 속에서, X는 스스
로 자본주의 사회 속에서 가난에 시달리며 사유재산을 확보하고자 악다구니처
럼 다투던 내면적 폐허 속에서 잠시나마 위안을 받을 수 있었기 때문일 것이다.
그가 어느새 자신의 겪은 속 이야기를 털어내듯 끄집어내고 있는 것은 그러한 이
유에서다. 하지만 신사가 돈에 대해서 물어보는 순간 지금까지의 호의가 자신의
욕심을 채우기 위한 위장이 아니었는가 하는 의심이 전면화되기 시작한다. 물론
이 소설에서 신사의 정체는 결국 드러나지 않기 때문에 그가 정말로 자본주의 사
회 속을 산보하며 유목하듯 살아가는 인간형인지 아니면 X의 돈을 노린 사기꾼
일 뿐인지 알 길은 전혀 없다. 하지만 만약 그가 순수한 산보자라면, 그리하여 X
가 그를 따라 사유재산*의 축적이 아닌 호혜성(reciprocality)이 기반이 되는 순수
증여의 세계로 전이될 수 있었다면, 당연히 그를 기다리고 있을 운명적 파국은

당연히 미연에 방지될 수 있었을 것이다. 하지만 그는 그렇게 하지 않는다. 무엇보다도 그의 손바닥에 느껴지는 풍부한 쾌감이 그것을 하지 못하도록 하는 것이다. 그는 어찌 되었건 분명한 선택을 한 셈이 된다. 그는 순수 증여의 가능성을 믿지 아니하고 사유재산의 세계로 귀환한 것이다. 그 선택은 분명 어떤 결과로 도래하게 될 것이다. 어쩌면 그것이 그에게 닥칠 운명과 같은 것이다.

승강대를 내릴 때에 그는 그 신사 손목을 한번 잡아보았다. 아픈 다리를 가지고 내리는 데 신사의 힘을 빌린다는 것처럼 그러나 그것은 그가 무엇인지 유혹하여지는 것이 있었기 때문이었다. 쥐고 보았으나 그는 할 아무 말도 생각나지 아니하였다. (중략) '차라리 아까 그 신사나 따라갈 것을' / 전광 같은 생각이 또 떠올랐다. 그때 그는 그의 귀가 '형님' 소리를 몇 번이나 '들었던 기억'까지조차 버렸다. / '차라리− 아−' / '이 사람들이 나를 기다리었던가− 아−' (중략) '아까 그 신사나 따라갈 것을! 차라리!' / 어찌하여 이런 생각이 들까. 그는 몇 번이나 생각하여 보았다. M군과 T는 나를 얼마나 반가워해 주었느냐− 나는 눈물을 흘리기까지 하지 아니하였느냐− 업의 손목을 잡지 아니하였느냐− M군과 T는 나에게 얼마나 큰 기대를 가지고 있지 아니하냐− 나는− 그

가족, 사유재산과 국가의 기원

프리드리히 엥겔스(Friedrich Engels, 1820∼1895)는 1884년에 『가족, 사유재산과 국가의 기원Der Ursprung der Familie, des Privateigenthums und des Staats』을 출판한다. 이 책은 일본에서는 "가족사유재산과 국가의 기원(家族私有財産及び國家の起源)"이라는 제목으로 백양사(白揚社)에서 1927년에 번역되었다. 이상은 프롤레타리아 문학운동이 한창 전개되고 있던 1920년대 말과 1930년대 초 그러한 흐름과는 거리를 두면서도 마르크스나 엥겔스의 사유들을 폭넓게 이해하고 있었다. 「12월 12일」에서도 비록 분명한 형태는 아니라고 할지라도 사유재산의 형성이 제도화하여 근대 가족 제도가 어떻게 사회 속에서 구체적으로 영향을 주고 있는가 하는 바를 밝히고 있는 것이다. 이후 「날개」 등에서 드러나는 화폐에 대한 인식 등을 통해 본다면 이상이 마르크스의 『자본론』이나 몇몇 학자들의 저작들을 읽고 나름의 자기 생각을 정립하여 두었으리라는 짐작을 할 수 있다.

들을 믿고- 오직- 이곳에 돌아온 것이 아니냐-. / '아- 확실히 그들은 나를 반가워하고 있음에 틀림은 없을까? 나는 지금 어디로 들어가느냐' / 그는 지금 그윽한 곳으로 통하여 있는- 그 그윽한 곳에는 행복이 있을지 불행이 있을지는 모른다- 층계를 한 단 한 단 디디며 올라가고 있는 것만 같았다. (중략) / '그러나 내가 아까 그 신사를 따라갔던들? 나는 속는지도 모른다. 그러나 반드시 속을 것을 보증할 사람이 또 누구냐- 그 신사에게 나의 마음과 같은 참마음이 없다는 것을 보증할 사람이 또 누구냐……'

이상(李箱), 「12월 12일」 4~5회, 『조선』, 1930.5~6.

가족의 품으로 돌아온 X는 친구의 유산을 자신에게도 나눠달라는 T의 요구를 거절하고 병원을 차려 그것에서 발생하는 수입을 가지고 T에게 생활비를 대준다. T는 그것에 대해 불만을 가지고 X를 찾아보지도 않지만 매달 그가 쥐여주는 돈은 받는다. 하지만 업은 여전히 그의 병원에 드나들면서 병원에서 일하는 C간호부(X의 예전 다른 친구의 여동생)와 사귀면서 X가 보기에는 경박한 도락인 예술에 계속해서 열중한다. 자본주의 사회에서 돈을 대하는 X와 업의 태도는 정반대로 다를 뿐만 아니라 완전히 대칭적이기 때문에 결국 두 사람은 부딪혀 파멸할 수밖에 없는 것이다.

그는 다달이 잊지 않고 적지 않은 돈을 T씨의 아내 손에 쥐여주었다. T씨의 아내는 그것을 차마 T씨의 앞에 내놓지 못하였으리라. T씨의 아내는 그것을 업에게 그대로 내어주었으리라. 업은 그것을 가지고 경조부박한 도락(道樂)에 탐하였으리라. 애비(T씨)가 다쳐서 드러누웠건마는 집에는 한 번도 들르지 않는 자식, 그 돈을- 그 피가 나는 돈을 그대로 철없고 방탕한 자식에게 내어주는 어머니- 그는 이런 것들이 미웠다.

이상(李箱), 「12월 12일」 7회, 『조선』, 1930.9.

X는 업이 가정을 도외시하고 방탕한 삶을 영위하고 있다고만 생각한다. 업의 생각은 알 수 없으나 그는 정반대로 생각하고 있을 것이다. 이를 X＝이상의 백부, 업＝이상으로 보는 구도에서 벗어나지 못하면 이는 단순하게 가족사적인 운명을 거꾸로 요약한 것에 지나지 않게 된다. 이러한 기존의 해석은 어느 정도 맞는 것이기도 하고 맞지 않기도 하다. 이상은 분명 자신과 백부를 모델로 하여 거꾸로 된 자전적 소설을 쓴 것이 사실이겠으나 실제로 그 두 인물은 자본주의 속의 인간 전형이라는 일종의 대칭적 전형성을 획득하면서 기호로 간주될 여지를 얻고 있기 때문이다. 따라서 이 X와 업은 곧바로 이상의 백부와 이상에 일대일로 대응되는 것이 아니라 작가 이상의 내면에 펼쳐져 있는 극단적인 기호와 관념들이 서로 얽혀 충돌하는 국면과 관련되어 있다는 사실을 알 수 있게 된다.

운명을 상징하는 날짜로서 12월 12일

소설의 제목이기도 한 '12월 12일'은 이 소설에서는 매우 중요한 날짜이다. 이상은 이 상징적인 날짜를 소설의 중요한 대목마다 등장하도록 하여 특별한 의미를 부여하고 있다. 이 상징적인 날짜가 12월 12일인 것은 시계와 달력에서 사용되고 있는 12진법과 무관하지 않다. 물론 일(日)의 경우에는 12진법이 아니지만 월(月)의 경우 13월은 불가능하다는 점에서 12진법을 사용하고 있으며, 그것이 현대의 시공간을 구조화하는 중요한 요소라는 점에서 정교하게 선택된 날짜에 해당한다. 우선 X가 가난을 견디지 못하고 일본 고베로 떠난 날짜는 12월 12일이며, 죽은 친구의 돈을 가지고 경성으로 돌아온 날짜 역시 12월 12일이다. 이 날짜가 반복되고 있는 것은 X에게는 이 날짜 자체가 일종이 운명임을 표현하기 위한 소설적 장치에 해당한다. 이후 삶의 중요한 계기마다 반복되는 날짜인 12월 12일은 그들이 운명이라는 쳇바퀴 속에 계속해서 머물러 있지 않으안 되는 존재임을 상기하도록 하는 효과를 낳고 있다.

　　새벽 안개 자욱한 속을 뚫고 검푸른 물을 헤치며 친구를 싣고 떠나가는 연
락선의 뒷모양을 어느 때까지나 하염없이 바라보아도 자취도 남기지 않은 그
때가 즉 그해도 저물려는 십이월 십이일(十二月十二日) 이른 새벽이었다.

이상(李箱), 「12월 12일」 1회, 『조선』, 1930.2.

　　"저─ 오늘이 며칠입니까?" / "십이월 십이일!" / "십이월 십이일! 네─ 십이월
십이일!" / 신사의 손목을 쥔 채 그는 이렇게 중얼거려보았다. 순식간에 신사의
모양은 잡답(雜沓)한 사람 속으로 사라졌다.

이상(李箱), 「12월 12일」 4회, 『조선』, 1930.5.

'12월 12일'이라는 날짜 자체가 갖고 있는 함의와는 크게 상관없이 이 날짜
는 반복해서 쓰이면서 운명의 인과성이라는 원인─결과의 구조를 강조하는 장
치로 쓰이고 있다. X의 삶 속에서 중요한 변곡점마다 12월 12일은 지속해서 반
복적으로 등장하면서 중요하게 의미화하고 있는 것이다. 우선 X가 끔찍한 가
난에 시달리다가 조선 땅을 떠나 고베로 떠나던 날은 12월 12일 새벽이었다. 이
날은 이후 그와 관련된 모든 비극의 발단으로, 그가 가난에 시달리다가 돈을
추구하는 인간형으로 변모하기 시작하는 날짜에 해당한다. 그리고 두 번째로
X가 온갖 고난을 겪고 나고야, 사할린 등지를 떠돌다가 다리 부상을 당하고
죽은 친구로부터 엄청난 재산을 챙겨 조선에 돌아왔던 날이 바로 12월 12일이
다. 이날 그는 자신에게 돌아올 운명을 예감이라도 한 듯 가족으로 돌아가야
옳을 것인가, 기차에서 만난 신사를 따라가는 것이 옳을 것인가 고민하다가 결
국 가족으로 돌아가고자 하는 운명의 선택을 한다. 따라서 이 날짜는 이후 그
의 운명의 다음 행로를 결정하는 두 번째의 중요한 날짜이다. 이후 X는 자신의

대칭점에 놓인 업을 만나고 가족 관계 속에서 그와 충돌하여 결국 죽음에 이르는 방식으로 자신에게 놓인 운명의 설계도를 실현하고야 말았던 것이다. 그가 떠나던 날과 다시 돌아온 날짜가 같다는 사실은 그로 하여금 12월 12일, 12가 두 번 반복되는 이 날짜를 어떤 운명적인 상징으로 여기도록 만든다.

이것은 그에게 탈선 같았다. 그리하여 그는 생각하기를 그쳤다. 그는 몸 괴로운 듯이(사실에) 한번 자리 속에서 돌아누웠다. 방 안은 여전히 단조로이 시간만 삭이고 있다. 그때 그의 눈은 건너편 벽에 걸린 조그만 일력 위에 머물렀다. / DECEMBER 12 / 이 숫자는 확실히 그의 일생에 있어서 기념하여도 좋을 만한(그 이상의) 것인 것 같았다. / "무엇하러 내가 여기를 돌아왔나" / 그러나 그곳에는 벌써 그러한 '이유'를 캐어보아야 할 아무 이유도 없었다. 그는 말 안 듣는 몸을 억지로 가만히 일으켰다. 그리하고는 손을 내어밀어 일력의 '12'쪽을 떼어내었다. / "벌써 간 지 오래다" / 머리맡에 벗어놓은 웃옷의 '포켓' 속에서 지갑을 꺼내어서는 그 일력 쪽을 집어 넣었다

이상(李箱), 「12월 12일」 5회, 『조선』, 1930.6.

그 사람은 그가 십유여 년 방랑생활 끝에 고국의 첫 발길을 실었던 그 기관차 속에서 만났던 그 철도국에 다닌다던 사람인지도 모른다. 사람은 이 너무나 우연한 인과(因果)를 인식하지 못할는지도 모른다. 그러나 사람이 알거나 모르거나 인과는 그 인과의 법칙에만 충실스러이 하나에서 둘로 그리하여 셋째로 수행되어 가고만 있는 것이었다. "오늘이 며칠입니까" 이 말을 그는 그 같은 사람에게 우연히 두 번이나 물었는지도 모른다 따라서 "십이월 십이일!" 이 대답을 그는 같은 사람에게서 두 번이나 들었는지도 모른다 그러나 모든 것은 다- 그들에게 다만 모를 것으로만 나타나기도 하였다.

이상(李箱), 「12월 12일」 9회, 『조선』, 1930.12.

'이상(李箱)'이라는 현상

X가 다시 12월 12일이라는 날짜를 상기하는 때는 식민지 조선의 가족 품으로 돌아와 방 안에 앉아 있을 때이다. 그는 방 안에 있는 날짜가 지난 일력이 12월 12일을 가리키고 있는 것을 발견한다. 그가 그 숫자에 눈길을 주고 신경 쓰고 있는 것은 당연하게도 그 숫자가 자신의 운명과 관련된 숫자이기 때문일 것이다. 그는 그 숫자를 보고서 자신의 운명적 선택에 대해서 다시 생각해 보고 있는 것이다. 하지만 그는 그 날짜가 이미 지나버렸다는 사실을 통해 이제는 그 운명적 선택을 돌이킬 수 없다는 사실 역시 깨닫는다. 이 부분은 12월 12일이 단지 시간적인 개념만이 아니라 그의 운명적 선택과 관련된 중요한 기호임을 보여주고 있다. X는 이미 날짜상으로도, 중요한 운명의 선택의 순간도 지나가버려 되돌릴 수 없다는 생각 때문에 12월 12일을 가리키고 있는 일력 종이를 찢어 지갑에 넣어둔다.

나아가 X를 기다리고 있는 예정된 운명의 파국을 통해 업이 죽고 그 충격으로 업의 아버지 T가 X의 병원에 불을 지르고 난 운명의 그날 역시 12월 12일이다. 이쯤 되면 12월 12일이라는 숫자는 단순히 그의 삶에서 우연의 일치에 해당하는 운명적 상징을 넘어서는 인과적 법칙으로 여겨질 수밖에 없다.

인과에 우연이 되는 것이 있을 수 있을까? 만일 인과의 법칙 가운데에서 우연이라는 것을 찾을 수 없다 하면 그 바퀴가 그의 허리를 넘어간 그 기관차 가운데에는 C간호부가 타 있었다는 것을 어떻게나 사람은 설명하려 하는가? 또 그 C간호부가 왁자지껄한 차창 밖을 내다보고 그리고 그 분골쇄신된 검붉은 피의 지도(地圖)를 발견하였을 때 끔찍하다 하여 고개를 돌렸던 것은 어떻게나 설명하려는가? 그리고 C간호부가 닫힌 차창에는 허연 성에가 슬어 있었다는 것은 어찌나 설명하려는가? 이뿐일까 우리는 더욱이나 근본적 의아에 봉착(逢着)할 수도 있다는 것이다. / 만일 지금 이 C간호부가 타고 있는 객차의 고 칸이 그저께 그가 타고 오던 그 고 칸일 뿐만 아니라 그 자리까지도 역시 그 같은 자리였다 하면 그것은 또한 어찌나 설명하려느냐?

이상(李箱), 「12월 12일」 9회, 『조선』, 1930.12.

　사실 마지막 대목에서 X가 들은 '12월 12일'이라는 날짜가 진짜로 그러하기 때문에 들은 것인지 그의 착란된 정신이 자신이 처한 운명으로 인해 그렇게 들은 것에 불과한지 확인할 수 있는 방도는 없다. 그는 이미 강박적으로 자신이 처한 운명에 사로잡혀 자신에게 가까워온 파국적 운명, 즉 죽음이 12월 12일이라는 자신에게 닥친 운명적 선택과 관련된 숫자라고 믿고 있기 때문이다. 12가 X에게, 그리고 이상에게 있어서도 운명적인 숫자가 될 수밖에 없는 것은 분명 그것이 시계가 사용하는 12진법을 의미하는 것이기 때문일 터이며 이에 관해서는 뒷장에서 좀 더 상세하게 설명할 터이나 여기에서는 다만 아직은 어렸던 이상을 사로잡고 있던 복수의 의식이 바로 돈이라는 물질적인 대상을 중심으로 주체의 분열과 그 운명적 대결과 예정된 파국에서 비롯된 것임을 강조하고 넘어가두기로 하자.

좀 더 읽어볼 만한 글들

이상의 출생과 가족 관계에 대해서는 고은의 『이상평전』(민음사, 1974)를 참고해 볼 수 있다. 이 책에는 이상의 어머니, 여동생 옥희, 그리고 주변 인물들의 인터뷰를 통해 인간 이상의 맨얼굴을 볼 수 있는 자료들이 풍부하게 제시되어 있다. 물론 이상의 문학 작품들을 하나의 기호적 체계로 간주하지 않고 생애적 사실로부터 작품에 대한 해석을 시종하고 있는 태도는 다소 무리의 여지가 없다고 보기 어려우며 역사적 사실들 사이를 관통하는 해석적 관점에도 다소의 무리가 있으나 이 평전이 이상 연구 초기에 있어서 문자로 발표되지 않은 이상 주변 인물들의 목소리를 충실하고 풍부하게 담아낸 작업이라는 사실에는 의문의 여지가 없다. 이 고은의 『이상평전』은 1992년에는 고은전집의 제19번으로 청하출판사에서 다시 나왔고, 2004년에는 향연출판사에서 재판이 나왔다.

이상의 인간적인 면모를 알기 위해서는 이상의 주변 인물들이 이상에 대해 증언했던 글들을 모아 김주현, 김유중이 엮은 『그리운 그 이름, 이상』(지식산업사, 2004)에 실려 있는 글들을 참고할 필요가 있다. 이 책에는 김기림, 박태원, 정인택 등 이상의 동료 문인들이 이상에 대해 남긴 글들과 더불어, 이상의 친구로 알려진 문종혁, 원용석 등이 남긴 글들, 그리고 김옥희 등 가족들이 남긴 글들을 꼼꼼하게 모아두어 많은 수고를 덜고 있다.

이상의 소설 「12월 12일」과 이상의 생애와의 관련성에 대해 천착한 연구 중에서는 김윤식의 『이상연구』(문학사상사, 1987)의 19~70쪽이 가장 정밀한 해석을 제공하고 있다. 특히 김윤식은 이상의 내면에 자리한 공포의 근원을 바로 이 소설에서 드러내고 있는 가족제도와 예감된 운명이 주는 압박으로 설명하면서 이 소설을 이상문학의 출발점이자 기원으로 삼고 있다.

2

빛의 속도를 내달려 펼쳐진 무한의 풍경

아인슈타인의 상대성이론과 입체파, 미래파 예술의 도전

확대하는 우주를 우려하는 자여,

과거에 살라

광선보다도 빠르게 미래로 달아나라

─「선에 관한 각서」

해경이 부모가 따로 분가한 것은 임시로 분가했었오. 집안이 협착하거나 함께 살 형편이 못 되어서가 아니었오. 더구나 그때로는 일가가 한 지붕 밑에서 사는 것이 도리였으니 말이오. 헌데 해경 아버지가 어른과 달라서 이발관 같은 것을 차려 보고 싶다고 했어요. 어른이 한동안 그런 생각은 상스럽다고 반대하셨으나 아우의 갑작스러운 불구에 동정하고 그런 일도 개화 개명이라고 생각하셨는지 나중에는 묵인하셨지요. 분가는 아주 분가 형식으로 시아버님 유산을 얼마쯤 나누어 주시지 않고 어른들께서 사용(私用)하시는 돈을 주셨어요. 그 돈으로 이발소를 차리고 살림을 한 셈이지요. 그때 이발 기계 값이 아주 비쌌던 섯이 생각납니다. (중략)

해경은 세 살 때부터 23세까지 20년 동안 우리하고 함께 살았어요. 그애가 23세가 되었을 때 우리 어른은 작고하셨지요. 그애가 사직동이나 적선동으로 제 부모와 남매들을 찾아가지 않은 것은 아니지만 그러나 거기에 간다는 것을 알면 우리 어른한테 호통을 만났지요. (중략)

그애는 핏기가 없고 몸은 어려서부터 이날 이때까지 허약했지요. 그러나 잔병 치레는 하지 않았어요. 똑똑했지요. 똑똑했어. 공부밖에는 몰랐지요. 그러나 자라나면서 점점 성질이 팔딱팔딱했고 고약해진 일도 있었어요.

– '이상의 백모 영숙의 증언', 고은, 『이상평전』, 민음사, 1974, 31~45쪽.

오빠는 정말이지 어려서부터 잘생기셨대요. 동네 아낙네들이 얼싸안아도 울지 않고 낯익은 어머니 대하듯 하셨대요. 그러나 큰아버님한테 껴안길 때는 겁이 나서 늘 울곤 하셨대요. (중략)

오빠는 세 살 때 웃는 큰어머님을 보고 무서워했대요. 그렇다고 울거나 하는 일은 없고 슬금슬금 문 밖으로 숨었대요.

– '이상의 여동생 옥희의 증언', 고은, 『이상평전』, 민음사, 1974, 37~44쪽.

이상의 백부 김연필은 해경이 태어나기 1년 전인 1909년에 공업전습소(工業傳習所)를 졸업하였다. 『(대한제국)관보』 제4386호(1909.5.26)를 보면 김연필이 공업전습소의 제1회 졸업자 명단에 이름을 올리고 있음을 확인할 수 있다. 그는 금공과(金工科, 금속공학과)를 졸업한 7인 중 하나로 말하자면, 정규교육을 받은 한국의 1세대 금속기술자였다. 1899년에 설립된 관립상공학교가 1906년에 농과, 상과, 공과로 분리되어 이중 공과가 공업전습소로 독립하고 난 뒤, 김연필은 그 첫 번째 졸업생이었던 것이다. 이후 이 공업전습소는 경성공업전문학교의 부속기관이 되었다가 1922년 경성공업전문학교가 경성고등공업학교로 개편될 때, 경성공업학교로 바뀌었고, 이후 서울공업고등학교가 되었다.

이와 같은 배경 때문에 이상의 백부는 조선시대에서나 식민지 시대에서나 확고한 기술만이 불평등한 대우를 받지 않고 살 수 있는 길이라는 지극히 당연하고도 단단한 생각을 갖고 있었을 것이며, 해경에게 미술과 같이 허망하기 이를 데 없는 도락 같은 세계가 아니라 명확한 기술을 배우고 가지라고 끊임없이 강권했을 터였다. 하지만 해경은 백부의 바람에도 불구하고 단단하고 확실한 세계가 아닌 불완전하고도 흔들리는 세계에 매혹되고 있었다. 어쩌면 백부의 강권이 그를 궤밖으로 탈출하도록 하는 계기가 되었을지도 모른다. 결국 그는 백부의 뜻을 얼마간은 수용하여 건축을 전공하였으나 그는 건축학의 교양 기초 과목인 수학이나 물리학을 다루는 시간에 수식이 이루는 단순명료한 조화보다는 그 수식의 저 너머에 존재하는 초월적 세계에, 수식들 사이에 존재하는 결여의 틈으로 기꺼이 빠져들고 있었다. 『조선과 건축』에 실렸던 김해경의 시들은 모두 이와 같은 생경한 수식들 사이를 헤매어 다니던 그의 공상의 잔여였던 것이다.

4차원을 향한 절박하고도 황홀한 상상력

이상은 1931년에 조선건축회의 기관지였던 『조선과 건축(朝鮮と建築)』 잡지에, '김해경'이라는 본명으로, 일본어로 된 몇 편의 시들을 여러 차례에 걸쳐 발표하였다.* 첫 소설 「12월 12일」을 연재한 뒤 얼마 지나지 않아서의 일이었다. 사실 그가 『조선과 건축』에 발표한 시들은 처음부터 문학작품으로서 실린 것은 아니었다. 이 작품들은 해당 잡지 내에서 주로 에세이(essay)나 에스키스(esquisse) 따위가 실리곤 하던 '만필(漫筆)'이라는 섹션에 수록되어 있었기 때문이다.

1931년 7월을 즈음하여, "이상한 가역반응"이라는 기묘한 제목으로 연재되기 시작했던 이 시기의 이상의 시들은 어느 것이나 낯선 기호들이 가득 차 있어 난해하지 않은 것이 없으며, 결코 해석하기가 쉽지 않다. 특히 그중에서도 『조선과 건축』 1931년 10월호에 실린 '삼차각설계도(三次角設計圖)' 연작으로 수록된 7편의 「선에 관한 각서(線에 關한 覺書)」는 수학 공식들을 연상시키는 다양한 기호들이 그대로 노출되어 있어 이 무렵 이상의 일본어 시들 중에서도 특히 해석하기 까다로운 시로 손꼽힌다. 우선 여기에서는 이 「선에 관한 각서」에 포함되어 있는 하나의 수학 문제를 열쇠로 삼아 이 「선에 관한 각서」를 풀어 보도록 하자.

선 위의 한 점 A	A+B+C=A
선 위의 한 점 B	A+B+C=B
선 위의 한 점 C	A+B+C=C

이상(金海卿), 「선에 관한 각서 2」, 삼차각설계도 연작, 『朝鮮と建築』, 1931.10, 29쪽.

이 시에서 이상은 A, B, C가 모두 하나의 선 위의 한 점이라고 말하고 있다. 즉 A, B, C는 모두 어떤 직선 위에 존재하는 기하학적인 점에 해당한다. 이러한 점 A, B, C 사이의 관계는 다음과 같은 수식으로 표현될 수 있다.

$$A+B+C=A, A+B+C=B, A+B+C=C$$

위의 식은 각각 A, B, C를 변수로 하는 일차연립방정식에 해당하므로, 절대로 어려운 계산이 아니다. 바로 A=B=C=0이 된다는 사실을 알 수 있다. 점 A, B, C는 결국 선 위에 있는 점들이고 그 값은 0이니까 결과적으로 A, B, C는 모두 같은 직선 위의 원점(0)인 셈이다.

사실 A, B, C가 모두 원점인 0이라는 사실은 해석상의 막다른 길처럼 생각된다. 하지만 중요한 것은 물론 이상이 이 사실을 통해서 무엇을 말하려고 했던 것일까 하는 것이다. 조금 다른 각도의 질문을 던져보는 것으로 우회로를 찾아보도록 하자. 앞에서 이상이 낸 문제를 풀고 보니 해답은 A=B=C=0, 즉 점 A나 B나 C가 모두 직선 위의 원점 0의 값을 가지고 있었다. 그렇다면, 이상은 굳이 왜 이를 A, B, C라고 세 점으로 구분해 둔 것일까? 점 A, B, C가 대수학적인 점이 아니라 어떤 선 위에 존재하는 기하학적인 점이라면 이들은 모두 같은 점에 불과할 것인데 말이다. 이 점 A, B, C들의 차이를 만들어낸 변별적 자질은 과연 무엇이었을까. 이를 해명하기 위해서는 시의 뒷부분을 좀 더 읽어볼 필요가 있다.

이상이 『조선과 건축』에 발표한 시의 목록

이상은 다음과 같이 1931~32년에 4차례에 걸쳐 『조선과 건축』에 전체 큰 제목 아래 몇 편의 시들로 구성된 시들을 연재하였다. 전부 일본어로 되어 있는 이 시들은 이후 이상이 보여주는 시적 세계의 원천을 이루어 「오감도」 시편들의 원형적인 흔적이 드러나 있으나 그 난해함으로 인해 아직 충분히 해명이 이루어지지 못하고 있다.

연작 제목	개별 시 제목	발표 연월일
이상한 가역반응	이상한 가역반응 / 파편의 경치 / ▽의 유희 / 수염 / BOITEUX · BOITEUSE / 공복	조선과 건축, 1931.7.
조감도 (鳥瞰圖)	2인⋯⋯1⋯⋯ / 2인⋯⋯2⋯⋯ / 신경질적으로 비만한 삼각형 / LE URINE / 얼굴 / 운동 / 광녀의 고백 / 흥행물천사 / −어떤 후일담으로	조선과 건축, 1931.8.
삼차각설계도	선에 관한 각서 1~7	조선과 건축, 1931.10.
건축무한 육면각체	AU MAGASIN DE NOUVEAUTES / 열하약도 / No.2(미정고) / 진단 0:1 / 22년 / 출판법 / 차8씨(且8氏)의 출발 / 대낮 − 어느 에스키스(ESQUISSE)	조선과 건축, 1932.6.

두 선의 교점 A / 세 선의 교점 B / 여러 선의 교점 C

이상(金海卿), 「선에 관한 각서 2」, 삼차각설계도 연작, 『朝鮮と建築』, 1931.10, 29쪽.

이상은 이 시의 뒷부분에서 점 A는 0이라는 값을 갖으면서, 두 직선이 만나고 있는 교점이라고 덧붙이고 있다. B는 세 직선이, C는 여러 직선이 만나는 교점이라는 것이다. 아하, 이제야 그가 말하고자 했던 바를 어렴풋하게나마 이해할 것 같다. 두 선의 교점이면서 0의 값을 갖는 점 A는 바로 x축과 y축이 만나서 이루고 있는 2차원 평면의 카테시안(cartesian) 좌표계*의 원점인 것이다. 즉 점 A는 자유도 2를 갖는 X−Y 평면상의 원점(0, 0)이다.

이상은 시 「각서」의 1번에서 이미 '축X 축Y 축Z'(軸X 軸Y 軸Z)라고 하며 카테시안 좌표계와 좌표축에 대해 언급한 바가 있었으니 이 판단은 단지 논리적 비약이 아니라 적확한 것이라 생각된다. 만약 점 A가 X−Y 평면상의 원점이라면,

당연히 점 B는 세 개의 직선이 만나는 점이면서 0의 값을 갖는 점이므로, X-Y 평면에 또 다른 하나의 축, 즉 Z축을 그어 생기는 3차원의 X-Y-Z라는 공간 좌표계의 원점인 (0, 0, 0)으로 표현될 수 있을 것이다. 이 아이디어를 한번 실제의 그림으로 표현해 보면 다음과 같다.

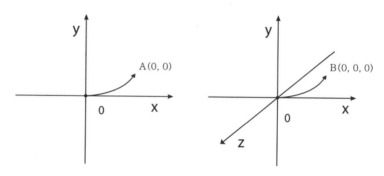

[도표1] X-Y 좌표계(2차원)의 원점 A   [도표2] X-Y-Z 좌표계(3차원)의 원점 B

[도표1]은 X-Y 평면의 원점 A(0, 0)이고, [도표2]는 X-Y-Z 입체의 원점 B (0, 0, 0)을 표현한 것이다. 이쯤 되면 이상이 내놓은 수학 문제를 해결할 윤곽이 서서히 떠오르기 시작한다. 그가 점 A와 B를 굳이 구분했던 이유가 차츰 분명해지는 것이다. 앞서 점 A와 B는 모두 그 값이 0이라는 사실 때문에 동일한 점처럼 보일 수도 있지만, 이 둘은 실제로는 전혀 다른 점이었던 것이다. 이 두 점이 서로 다른 점인 까닭은 점 A는 2차원 평면에 속해 있는 점이고, 점 B는 3차원 입체에 속해 있는 점으로 서로 다른 차원에 속해 있기 때문이다. 점 A는 (0, 0)을 성분으로 갖는 원점이고, 점 B는 (0, 0, 0)을 성분으로 갖는 원점인 것이다. 두 개의 점이 똑같아 보이지만 그것이 놓여 있는 차원을 고려할 때 전혀 다른 것이라는 사실이 핵심이다. 이와 같이 이상은 기하학적인 존재와 시공간 차원을 연동하는 아이디어에 골몰하고 있었던 것이다.

이와 같이 기하학과 그것이 근거한 차원이 연동된다는 아이디어는 사실 시 「이상한 가역반응(異常한 可逆反應)」에서도 이미 드러나 있다.

데카르트의 카테시안 좌표계(Cartesian coordinate system)

원점인 0을 중심으로 x축, y축, z축 등으로 만들어진 좌표계는 르네 데카르트(René Descartes, 1596~1650)가 고안했다고 하여 카테시안(cartesian) 좌표계라 부른다. 데카르트는 바로 "코기토 에르고 숨(나는 생각한다, 고로 존재한다)"라는 방법적 회의를 통해 근대적인 주체 개념을 확립한 근대철학의 아버지이면서 물리학자였고 기하학자이기도 하였다. 그는 이 카테시안 좌표계를 고안하여 이전 유클리드에 의해 불명확한 공리로 제시될 수밖에 없었던 기하학을 자신의 좌표계 속에 넣어 좀 더 명료하게 수량화하였다.

데카르트는 자신이 1637년에 쓴 『기하학(La Géométrie)』이라는 책 속에서 중심점을 기준으로 하여 그 상대적인 거리를 재는 직교좌표계를 고안한다. 아래의 그림은 『기하학』에 실려 있는 데카르트의 삽도들이다.

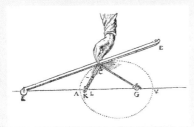

『기하학』에 실려 있는 좌표계에 의거한 작도의 스케치

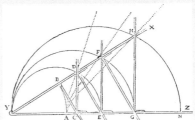

『기하학』에 실려 있는 좌표계의 개념도

임의의 반경의 원(과거분사의 시제) / 원 안의 1점과 원 밖의 1점을 결부한 직선 / 2종류의 존재의 시간적 영향성 /(우리들은 이것에 관하여 무관심하다) / 직선은 원을 살해하였는가

이상(金海卿), 「이상한 가역반응(異常한可逆反應)」, 『朝鮮と建築』, 1931.7, 15쪽.

이 시에서는 우선 임의의 반경의 원이 제시되고 있다. 이 원은 시간적으로 볼 때 이미 과거 이전의 과거인 과거분사의 시제에 그려진 것이다. 그 뒤에 원 안의 한 점과 원 밖의 한 점을 연결한 직선을 그린다. 그러면 이 그림 안에는 2가지 종류의 존재가 공존하게 된다. 그 하나는 원이고, 다른 하나는 직선이다.

만약, 누군가 이 원과 직선이 그려져 있는 2차원 평면의 그림을 본다고 한다면, 그는 과연 시간적으로 볼 때, 원이 먼저 그려졌는지, 직선이 먼저 그려졌는지 알 수 있을까. 이상은 이것만 보아서는 그것을 알 수 없다고 단언한다. 심지어 우리들은 그것에 대해서는 무관심하다는 것이다.

우리가 이 그림을 2차원의 X-Y평면으로 간주하는 한, 우리는 그 속에서 어떤 일이 일어났는지 알 길이 없다. 오직 3차원 이상 시간적인 차원을 고려한 더욱 고차원적인 상상력을 발휘해야만, 직선이 원을 살해했다는 올바른 사태 파악에 다다를 수 있게 되는 것이다. 우리 주변의 많은 대상들이 모두 마찬가지이다. 그것을 단일한 차원에 고착시키지 않고, 더욱 고차원의 상상력과 연동하게 되면, 숨겨졌던 사건들이 드러날 뿐만 아니라 그 의미 자체가 다양하게 변모하게 되는 것이다. 이상은 이 시「각서」에서 바로 그러한 시공간 차원과 그 속에 놓인 존재들 사이의 상관적 관계에 대해 주목하였던 것이다.

이에 대한 논의는 이쯤하고 '삼차각설계도'에 대한 원래의 문제로 돌아오도록 하자. 만약 점 A가 '두 선의 교점'이라 2차원 X-Y 평면상의 원점이고, 점 B가 '세 선의 교점'이라 3차원 X-Y-Z 입체상의 원점이라면, 이상이 '여러 선의 교점'이라고 했던 점 C는 어떤 차원 위에 놓여 있는 점이었을까? 논리적 순서로만 따진다면, 당연하게도 점 C는 4차원상의 점일 수밖에 없다. 하지만 점 C의 경우는 이들보다 해석하기가 조금 더 복잡하다. 이상은 점 A, B, C를 순서대로 2, 3, 4개의 직선의 교점이라고 쓰고 있는 것이 아니라, C만 모호하게 '여러 선의 교점', 즉 많은 직선의 교점이라고 쓰고 있기 때문이다. 여기에 대한 해석이 쉽지 않은 것은 어쩌면 일반적으로 우리가 살고 있는 세계의 공간이 3차원으로 이루어져 있기 때문일지도 모른다. 따라서 4차원 이상의 점인 C를 해석하는 데에는 보다 특별한 현대물리학 이론의 도움이 필요할 것이다.

현대에 있어서 4차원에 대한 연구는 수학자인 민코프스키*를 거쳐 아인슈타인*으로 이어져 완성된 상대성이론이 하나의 해결책을 주었다. 아인슈타인의 상대성이론은 앞선 시대 뉴턴(Isaac Newton, 1643~1727)과는 달리 공간과 시간을 각각 별개의 차원으로 나누지 않았다. 그는 이 공간과 시간 차원을 서로 연동하고 있는 것으로 이해하고 세계를 공간 3차원과 시간 1차원이 합쳐진, 즉 '3+1' 차원으로 이해하는 민코프스키의 시공간연속체(space-time continuum)의 아이디어를 적극적으로 수용하였던 것이다. 즉 아인슈타인 상대성이론의 핵심은 시간과 공간 차원의 연동 속에서 시간과 공간 사이에 발생하는 상대성을 해명하는 것이었다.

아인슈타인의 특수상대성이론이 처음 발표된 것이 1905년이고, 일반상대성이론이 발표되고 확인된 것은 1916년의 일이다. 일본에서는 이미 1920년 초부터 이시하라 준(石原純, 1881~1947)이나 아베 요시오(阿部良夫) 등에 의해서 아인슈타인의 상대성이론이 소개되어 선풍적인 호응을 불러일으켰던 바 있었다. 예를 들어 1926년에 출간된 아베 요시오의 『상대성이론(相對性理論)』이라는 책 속에는 "민코프스키의 4차원 공간(ミンコウスキ-の四次元空間)"이라는 제목으로 이상과 같은 시공간의 차원을 결합·연동하는 아이디어가 설명되어 있을 정도로 공간(3)과 시간(1)을 합쳐 만든 4차원에 대한 민코프스키-아인슈타인의 이론은 당대에는 일반적인 것이었다.[*]

이 아인슈타인의 상대성이론이 전제로 하였던 4차원에 대한 이해를 바탕으로, 다시 이상의 시 「각서」에 등장하는 점 C에 대한 궁금증으로 돌아가보도록 하자. 만약 아인슈타인의 상대성이론의 4차원의 시공간 구조에 따른다면 이상이 서술했던 여러 선들이 만나는 교점이면서 그 값은 0인 점 C는 바로 3차원의 카테시안 좌표계의 중심과 별도의 시간축이 만나는 지점, 즉 (0, 0, 0, t)(단, t는 시간변수)라는 좌표의 형태로 표현될 수 있다([도표3]). 이를 앞서와 같이 그림으로 표현해 본다면 다음과 같을 것이다. 이 그림에서 1차원의 직선으로 표현된 가상의 시간축인 t는 눈에 보이는 가시적인 축은 아니다.

민코프스키와 아인슈타인의 4차원에 대한 이론

헤르만 민코프스키(Herman Minkowski, 1864~1909)는 러시아 태생의 독일 수학자로 1885년 쾨니히스베르크 대학에서 박사학위를 받았고 ETH 취리히 대학에서 강의할 때 아인슈타인을 가르쳤다. 그는 일반적인 3차원 공간과 1차원의 시간을 결합한 4차원 다양체를 민코프스키 공간(MinKowski space)이라는 수학적인 공간으로 정립하였다. 그는 자신의 제자였던 아인슈타인의 특수상대성이론이 바로 자신의 민코프스키 시공간으로 이해하기 쉽게 기술될 수 있다는 사실을 알게 되고 이러한 시공간 구조를 적극적으로 지지한다. 1908년 9월 21일 그가 독일 과학자 모임에서 했던 다음 연설의 앞부분이 널리 알려져 있다.

"제가 여러분 앞에 제기하려고 하는 공간과 시간의 관점들은 실험물리학적 토양에서 자라난 것이고 그곳에 그것들의 힘이 있습니다. 그들은 급진적입니다. 지금부터 공간과 시간 그 자체는 단순한 그림자 속으로 사라질 것이고 오직 이 두 가지 개념의 일종의 융합만이 독립적인 실체로 존재하게 될 것입니다."

아인슈타인(Albert Einstein, 1879~1955)은 1905년 스위스 베른에 있는 특허 사무소의 심사관으로 근무하면서 특수상대성이론을 소개한 「운동하는 물체의 전기역학에 대하여」를 발표한다. 이 특수상대성이론은 세계를 민코프스키가 제안한 공간 3차원+시간 1차원의 시공간 연속체로 이해하고 운동하는 물체의 속도가 공간의 구조에 주는 영향을 밝힌 것이었다. 다만 이 특수상대성이론은 중력과 상관없이 빛의 속도로 움직일 수 있는 상황을 가정한 것으로 이후 그는 이 특수상대성이론을 중력을 포함한 이론으로 확장하고자 하였다. 그는 1912년 겨울에 모교인 ETH 취리히의 교수로 돌아왔고, 1914년에는 독일의 프로이센 과학 아카데미에 자리를 얻어 베를린에 머무르면서 이때 일반상대성이론에 대한 수식으로서 「일반상대성이론의 형식적 기초」를 발표하게 되었다. 이후 그는 1915년에 발표한 논문 「중력의 장방정식」에서 마침내 일반상대성이론의 완결된 장방정식을 최초로 구현하였다.

일본의 아인슈타인 상대성이론 수용

1921년 일본의 개조사(改造社)에서 출판된 이시하라 쥰(石原純)의 『아인슈타인과 상대성이론(アインスタインと相對性原理)』(왼쪽). 이 책의 증보 35판(1922)이 당시 조선총독부도

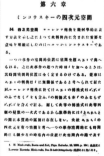

서관에 소장되어 있는 것을 확인하였다. 1926년 이와나미서점(岩波書店)에서 출판된 아베 요시오(阿部良夫)의 『相對性原理』의 제6장 '민코프스키의 4차원 공간'(오른쪽)에는 카테시안 좌표계로 x, y, z, t의 4차원으로 시공간을 이해하는 방식이 제시되어 있었다. 이 책 역시 조선총독부도서관에 소장되어 있었다.

'이상(李箱)'이라는 현상

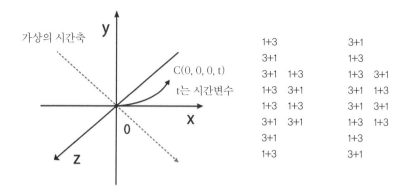

1+3		3+1	
3+1		1+3	
3+1	1+3	1+3	3+1
1+3	3+1	3+1	1+3
1+3	1+3	3+1	3+1
3+1	3+1	1+3	1+3
3+1		1+3	
1+3		3+1	

[도표3] X－Y－Z－t 좌표계(3+1)의 원점 C　　　　　　　　「각서 2」, 『朝鮮と建築』, 1931.10, 29쪽.

　　이 4차원에 대한 아이디어를 이해하기가 다소 어려울 수 있으니, 이런 예를 들어보자. 만약 여러분이 3차원의 X－Y－Z 좌표계의 중심인 0이라는 원점 자리에 임의의 점을 찍었다고 해보자. 임의의 점을 찍은 것은 특정한 시간에 일어난 사건이다. 이 사건 이후 몇 초 뒤에 다시 그 자리에 점을 찍어보자. 공간적인 차원만 생각한다면 앞에 찍은 임의의 점과 몇 초 뒤에 다시 찍은 점은 (0, 0, 0)이라는 값을 갖는 똑같은 점이다. 하지만 시간적인 차원을 고려한다면 이 두 점은 절대로 같은 점일 수 없다. 즉 C는 3차원의 공간에 존재하는 점이면서도 시간적 차원이 고려된 점인 것이다. 이 순간에도 시간은 계속해서 흐르고 있으므로 점 C는 계속해서 흐르는 그야말로 무수한 0들의 가능태를 내재한 점이다. 이 점 C를 4개의 선이 이루는 교점이 아니라 '여러 선의 교점(數線의 交點)'으로 표현할 수밖에 없었던 까닭은 바로 이 때문이다. 게다가 이상이 이 시에서 주문처럼 외우고 있는 3+1과 1+3 역시 바로 3(공간)+1(시간)의 연속체를 가리키는 것이라는 사실 역시 너무나 명확하다.

빛의 속도로 나아갈 수 없는 인간의 절망과 예술적 실천의
두 가지 방향성

20세기 초 아인슈타인의 상대성이론으로 촉발된 4차원 이상의 고차원에 대한 관심은 단지 수학이나 물리학적인 연구의 영역을 넘어 문학과 예술 영역에도 큰 충격을 주었던 바 있었다. 물론 이러한 고차원에 대한 예술적 관심이 아인슈타인 이전에 아예 없었다고 볼 수는 없다. 특히 에드윈 애벗이 이미 1884년에 쓴 "다차원의 로맨스(A Romance of Many Dimensions)"라는 부제가 붙은 『플랫랜드』* 같은 작품에서도 지금 여기 세계의 시공간적 차원을 넘어서는 더 높은 차원의 시공간적인 구조에 대한 관심이 표현된 바 있다. 그 당시에 '제4차원'(우

애벗의 『플랫랜드』

작가인 에드윈 애벗(Edwin Abbott, 1838~1926)의 1884년에 Oxford의 Basil Blackwell 출판사에서 출간된 『플랫랜드(Flatland – A Romance of Many Dimensions By A Square)』(1884)의 표지. 표지에는 No Dimension 즉 0차원은 점(Pointland)으로, One Dimension 1차원은 선(Lineland)으로, Two Dimension 2차원은 사각형(Flatland)으로, Three Dimension 3차원은 입체(Spaceland)라고 쓰여 있다. 이 소설에서는 2차원의 평면적인 세계에 살고 있는 '사각형'이 주인공으로 1장에서는 자신이 살고 있는 평면 세계의 특징에 대해서 설명한다. 특히 사회적 계급이나 금지된 색채를 사용하여 폭동을 일으키고 진압하는 과정이라든가 계급에 따른 허위성을 폭로한다.

애벗의 『플랫랜드』의 표지

2장에서는 '사각형'이 한편으로는 허구적인 상상 속에서 1차원의 라인랜드를 경험하게 되고, 다른 한편으로는 입체인 '구(球)'를 만나 3차원의 스페이스랜드에도 가게 된다. 계속해서 더 높은 차원의 세계로 가고자 하는 '사각형'은 0차원의 포인트랜드를 경험하고, 이후 플랫랜드로 돌아온 그는 다른 이들에게 자신의 복음을 전파하려다가 원들에 의해 재판을 받고 종신형을 선고받는다.

리가 제4차원이라고 알고 있는 시간과는 다른 공간적 차원의 연장으로서)이라는 개념은 일반 대중의 상상을 사로잡았으며, 괴상함과 신비로움의 상징으로 예술과 과학의 전 분야에 접목되었다.

아인슈타인의 상대성이론은 이와 같은 예술적 상상에 과학적 근거를 제공하여 고차원에 대한 예술적 관심은 1870년과 1920년 사이에 그 절정에 도달할 수 있었다. 특히 아인슈타인의 상대성이론처럼 빛의 속도를 넘어서는 속도가 시공간을 뒤튼다는 아이디어는 아방가르드(Avant-garde, 전위)를 표방했던 예술 계열에 큰 영향을 주었다.

초현실주의라는 기치 아래 모였던 일련의 예술적인 움직임은 크게 나눠본다면 기존 미술의 원근법주의를 거부하고 다중의 시점의 도입을 통한 입체의 재구성을 추구했던 입체주의(cubism)라든가 조화와 통일 등의 전통적인 예술의 형식적 가치를 거부하고 기계의 역동성을 통해 속도의 미를 추구했던 미래주의(futurism)로 양분될 수 있다. 이러한 예술운동들이 가능할 수 있었던 것은 바로 아인슈타인이 제시했던 상대성이론을 통해 표방된 4차원에 대한 관념들이 그 이론적 근거를 제공하였던 배경으로부터 비롯되었다.

예를 들어, 1920~30년대 전위예술의 적자이자 가장 뛰어난 모더니스트였던 장 콕토(Jean Cocteau) 역시 이러한 4차원의 상상력에 영향을 받은 다음과 같은 글을 썼다. 사토 사쿠(佐藤朔)의 1930년 번역으로부터 인용해 보도록 하자.

아인슈타인은 많은 실수를 증명하였고, 새로운 실수의 문을 열었다. 세간의 비웃음을 받지 않으면서 실수를 폭로하기 위해서는 인간의 귀가 닿지 않는 만큼의 높은 고도에 있을 필요가 있다. 그러한 평범한, 교양 있는 대중으로부터 닿을 수 있는 범위 내에 있는 것은, 모든 학설의 힘을 약하게 하는 것이다.

우화를 하나 상상해 보자. 탁자 위를 구르고 있는 항아리 속에 많은 곤충들이 갇혀서 채워져, 그곳에서 생활하고 번식하고 있다. 별안간 그 안의 한 마리가 그들의 우주는 '평면'인 것을 발견한다. 다시 조금 후에 다른 한 마리가 그것은 '입방체'인 것을 발견한다. 다시 조금 후에 한 마리가 그것은 '삼각형'이라는 것을 발견한다. 다시 조금 후에 그들은 자유의 세계에 살고 있는 것이었지만, 둥근 면 가운데 감금되어 있는 것을 발견한다. 등, 등. 한 마리의 시인인 곤충이 파도(onde)에 운을 맞추기 위하여 그런 풍으로 쓴다. / 나는 둥근 항아리의 가련한 수인(囚人)(Moi, pauvre prisonnier d'une bouteille ronde.)

장 콕토(Jean Cocteau), 사토 사쿠(佐藤朔) 역,
『콕토 예술론(コクトオ藝術論)』, 現代の藝術と批評叢書 18, 厚生閣書店, 1930, 173쪽.

이 인용된 부분의 앞쪽에서 장 콕토는 아인슈타인을 거론하면서 각각의 주체가 자신이 근거하고 있는 차원을 통해서 세계를 감각하고 인지하는 것이 달라질 수 있다는, 주체와 차원 연동의 아이디어를 항아리 속에 갇힌 벌레들에 대한 비유를 통해 설명하고 있다. 콕토는 결국 인간은 항아리와 같은 세계에 갇힌 벌레들이 어떤 벌레는 세계의 모양을 평면이라고 생각하고, 어떤 벌레는 입방체라고 생각하며, 어떤 벌레는 삼각형이라고 생각하는 것과 마찬가지로 각자가 근거하는 차원에 따라 각각 다른 세계의 전망이 펼쳐질 수 있다고 말하고 있다. 나아가 어떤 벌레는 보다 더 초월하여 자신들이 둥근 항아리 속에 갇혀 있는 존재임을 자각할 수도 있게 될 것이다. 콕토에 따르면, 그 벌레가 바로 시인이다. 만약 이를 인간으로 비유하여 말한다면, 3차원에 붙박혀 있는 인간과 4차원 이상의 차원으로 나아갈 수 있는 인간이 바라볼 수 있는 풍경은 너무나 다르다는 의미가 된다. 단일한 차원의 예술적 경험은 그보다 높은 차원의 예술적 경험의 순간에 비한다면 너무나 소박해져 버리는 것이다.

이와 같은 콕토의 설명은, 이상이 표현했던 4차원의 사유와는 퍽 다르면서도 또 놀랄 만큼 유사한 면을 지니고 있다. 물론, 철저하게 문학적인 비유에 의존하고 있는 콕토의 글에 비한다면, 이상의 글은 수학 공식을 그대로 노출하고

있는 등 훨씬 논리정연한 느낌이 강하다. 하지만 이 두 작가는 공통적으로 결국 차원과 연동된 존재의 사유 속에서 고차원의 예술적인 또는 철학적인 실천에 이르고자 하였던 것이다. 따라서 이상의 초기 시에서 발견되는 이와 같은 4차원 이상의 고차원에 대한 관심은 과학적인 지식을 제시하는 수준에 그쳐 있는 것이 아니라 당시 세계의 전반적인 예술운동의 지향성과 연속선상에 위치해 있는 것으로 해석될 필요가 있다. 이를 위해서는 앞에서 설명한 개체적 존재와 그것이 근거한 차원과의 연동성이라고 하는 이상의 아이디어는 그가 지향하고 있었던 문학과 예술적인 차원으로 확대되고 있는 것으로, 그것이 상기하는 문학적인 의미를 떠올려볼 필요가 있을 것이다.

태양 광선은, 볼록렌즈 때문에 수렴 광선이 되어 한 점에 있어서 혁혁히 빛나고 혁혁히 불탔다, 태초의 요행(僥倖)은 무엇보다도 대기의 층과 층이 이루는 층으로 하여금 볼록렌즈가 되도록 하지 않았던 것에 있다는 것을 생각하니 약이 된다. 기하학은 볼록렌즈와 같은 불장난은 아닐 것인지, 유클리드는 사망해 버린 오늘, 유클리드의 초점은 도처에 있어서 인문의 뇌수를 마른 풀과 같이 소각하는 수렴 광선을 나열하는 것에 의해서 최대의 수렴 작용을 재촉하는 위기를 재촉한다. 사람은 절망하라, 사람은 탄생하라, 사람은 절망하라

이상(金海卿), 「선에 관한 각서 2」, 삼차각설계도 연작, 『朝鮮と建築』, 1931.10, 29쪽.

하늘에 모여 있는 대기(大氣)의 층이 만들어내는 일종의 볼록렌즈(凸렌즈)는 태양으로부터 오는 광선을 지구 상의 한 점에 수렴시키는 역할을 한다. 태양이 한갓 인간으로서는 차원을 짐작할 수 없는 상위의 대상이라고 한다면 볼록렌즈는 태양의 빛을 왜곡시키고 태워버리면서 하나의 초점에 귀착시킨다. 물론 이는 사실 인간이라면 절대로 피할 수 없는 불가피한 오류와도 같은 것이다. 지구의 대기가 볼록렌즈화한 것은 대기의 층과 층이 이루는 층에 의한 어쩔 수 없는

것이니 말이다.

이상은 지금 시대에 인간의 지식을 지배하고 있는 유클리드의 기하학이 볼록렌즈와 같은 불장난은 아니었을까 하고 묻고 있다. 마치 볼록렌즈가 일으키는 수렴작용이 바로 인문(人文)의 뇌수(腦髓)를 마른 풀을 태워버리듯 소멸시켜버린 것처럼 유클리드의 기하학은 인간의 지식을 2차원의 차원에 수렴시켜 버린 것일 수 있다는 것이다. '기하학은 볼록렌즈와 같은 불장난(幾何學은凸렌즈와같은불장난)'이라는 구절은 따라서 유클리드가 집대성한 2차원의 평면기하학을 통해 이뤄낸 기하학상의 발전이 실은 보다 커다란 가능성으로서의 '태양'이라는 존재를 한 점에 수렴하도록 하여 왜곡한 것일 수도 있다는 위험을 지적하는 것이다.

이러한 이상의 지적은 현대의 과학사에서 비판적으로 제기된 문제의식과 비교하더라도 퍽 일리가 있다. 근대 이후의 과학은 이렇게 마치 볼록렌즈가 태양광선을 한 점에 집중시키듯 확실성의 토대에 의거하여 형성된 인식적인 기반을 통해 하나의 패러다임을 구성하고 그것으로부터 발전을 이루어온 과정에 다름 아니었기 때문이다. 유클리드 기하학이나 뉴턴의 물리학은 궁극적으로 그것이 근거해 있는 하나의 패러다임 혹은 하나의 차원이 무너지고, 새로운 패러다임 혹은 새로운 차원이 전개될 때, 필연적으로 그 이론적 체계 전부가 무너지고 말 운명이 될 수밖에 없다. 바로 러셀의 역설이나 괴델의 불완전성의 정리가 단적으로 보여주고 있는 것처럼 현재의 차원의 모순 발생 가능성은 이상이 지적한 것과 같이 우리가 믿고 있는 진리가 마치 '인문의 뇌수를 마른 풀과 같이 소각하는(人文의腦髓를마른풀과같이燒却하는)' 볼록렌즈와 같은 우리의 인식적 틀에 의존하고 있으며 현재의 차원에서 언제든 모순에 직면할 수도 있다는 사실을 잘 보여준다.

결국 인간이 하나의 차원에 형성되는 인식적 틀에 고착되지 않을 수 없다는 사실은 이상이 '절망'하지 않을 수 없는 근거가 된다. 0차원이라는 점에 놓여 있는 인간은 그 단일한 점에 고착되어 옴짝달싹 할 수 없을 것이고, 1차원의 선 위에 놓인 인간은 오직 좁고 긴 직선적인 방향만을 볼 수 있을 따름이며, 2차원의 평면 위에 놓인 인간은 세계를 입체적으로 관찰하지 못하고 오직 지평선만을 바라볼 수 있을 뿐이다. 게다가 3차원의 인간은 시간이라는 차원의 존재를 무시하여 무시간성에 빠지거나 주어진 공간 배후에 숨겨진 듯 보이는, 보다 높고 근본적인 차원에 대해 무지할 수밖에 없다. 시간적인 측면에 있어서도 마찬가지다. 시간은 일반적으로 1차원이기 때문에 항상 하나의 직선으로 흐른다는 것이 일반적인 관념이며 그 이상의 차원은 절대로 고려되지 않는다. 이렇게 닫힌 시공간의 차원에 대한 관념이 주체에게 인식적인 제약을 낳고, 나는 그 때문에 절망하지 않을 수 없는 것이다.

이상이 「각서」에서 표시했던 절망이 바로 시간과 공간이라는 두 가지 대상에 의해 비롯되었던 것은 이 때문이다.

입체에 대한 절망에 의한 탄생

운동에 대한 절망에 의한 탄생

이상(金海卿), 「선에 관한 각서 1」, 삼차각설계도 연작, 『朝鮮と建築』, 1931.10, 29쪽.

이상에게 있어 '입체(立體)'란 점-선-면-입체라는 3차원의 공간적인 층위에서 절망을 주는 요소이고, '운동(運動)'이란 속도와 가속도를 포함하여 1차원이라는 시간적인 층위에서 절망을 주는 요소이다. 평면기하학을 딛고 서 있던 인간이 입체를 발견하게 되면 일순간 자신의 모든 전제들을 수정하지 않으면 안 되는 이른바 인식론상의 위기에 빠지게 되고 만다.

게다가 인간은 빛의 속도를 초월할 수 없기 때문에 결코 시간을 거슬러올라갈 수 없다는 현대과학의 결론은 시간축을 따라 이동하는 나의 운동 역시 그다지 자유롭지 못할 것임을 알려주고 있다. 인간이 결국 이러한 시공간에 붙박혀 있는 존재에 불과하다는 인식은 특히 자신에게 주어진 모든 굴레와 제약을 초월하고자 하는 예민한 정신과 감각을 소지한 예술가들에게는 아득한 절망만을 남기지 않을 수 없다. 4차원이라는 문제적 사유에 도달한 이상 역시 동일한 예술적 절망을 발견하였던 것이다. 그는 이러한 절망을 공간과 시간의 측면으로 각각 나누어 입체와 운동에서 비롯된 절망이라고 표현하였다. 즉 입체라는 3차원의 공간적 억압과 운동이라는 시간적 억압이 동시에 인간의 자유로운 예술적 이상을 짓누르고 있는 형국인 것이다.

하지만 당연하게도 언제나 절망의 깊이만큼 희망이 드러나게 마련이다. 절망은 결국 이상에게는 새로운 '탄생'을 불러오도록 하는 희망의 계기가 될 것이 틀림없다. 절망이 두 가지 방향으로 전개되고 있는 만큼, 새로운 예술에 대한 희망 역시 두 가지 방향으로 전개된다.

그 하나는 당연하게도 다이내믹한 속도에 근거하여 빛처럼 나아가는 속도를 특히 시와 회화를 통해서 포착하고자 했던 미래파(Futurism)*의 예술운동이다. 특히 서구의 미래파 예술가들은 빛보다 빠르게 달아나는 시간성을 자신의 예술적 창작에 담기 위한 창작적 노력을 아끼지 않았던 것이다. 이상 역시 마찬가지였다. 그는 끊임없이 빛의 속도로 나아가는 시간의 가능성을 자신의 문학적 실천 속에 계속하여 담아내고자 하였다. 그것이 바로 이상이 쓴 각서, 즉 삼차각설계도의 기획이었거니와 이 연작 속에서 그는 빛보다 빠른 인간의 정신적 움직임을 다루었던 것이다.

한편, 새로운 예술에 대한 또 다른 전망의 방향성은 당연하게도 입체주의(Cubism) 예술에 의해 성취된다. 주로 서구 입체주의 예술의 핵심적인 주제의식은 각기 다른 차원에 근거하고 있는 수도 없이 많은 복수적 주체들의 시선이 회화의 캔버스라는 2차원의 평면 위에 동시적으로 구현될 수 있는가 하는 가능성의 문제와 관련된 것이다. 예를 들어 입체주의를 대표하는 화가인 파블로 피카소*의 회화적 실천 속에는 하나의 평면 속에 앞서 시공간의 차원과 연동된 수도 없이 많은 자아들의 각기 다른 시점들이 평면의 예술에 동시적으로 존립할 수

미래파의 예술과 속도

미래파는 1909년에 이탈리아의 시인인 필리포 마리네티(Filippo Marinetti, 1876~1944)에 의해서 제창된 예술운동이었다. 이들은 낡은 전통을 거부하고 근대의 기계 메커니즘의 역동성과 속도를 찬미하였다. 이들은 주로 2차원 평면적인 회화나 기존 원근법의 방법으로는 포착되지 않는 근대의 속도감을 2차원의 회화로 표현하는 데 관심을 가졌다.

(좌) 자코모 발라(Giacomo Balla), 「가죽 끈에 매인 개의 역동성」, 1912.
(우) 루이지 루솔로(Luigi Russolo), 「자동차의 역동성」, 1912~1913.

일본의 미래파 수용 양상

일본에서 미래파에 대해 지속적인 관심을 가지고 소개했던 문학가는 칸바라 타이(神原泰, 1898~1997)였다. 그는 마리네티의 희곡 『전기 인형(電氣人形)』(금성당, 1924)을 번역하였는가 하면, 그 이론적인 배경에도 관심을 가져 1925년에는 『미래파연구(未來派硏究)』(イデア書院, 1925)를 통해 마리네티, 보초니(Umberto Boccioni, 1882~1916)나 루이지 루솔로(Luigi Russolo, 1883~1947) 등을 중심으로 미래파에 대해 이론적으로 다룬 바 있었다. 칸바라 타이는 회화뿐만 아니라 자유시를 통하여 어떻게 미래파가 표방하는 속도에 접근할 것인가 하는 문제에 대

칸바라 타이

해서도 관심을 가지고 『시와 시론』에 「미래파의 자유어를 논한다(未来派の自由語を論ず」는 글을 꽤 길게 연재하기도 하였다. 이 글에서 그는 특히 당대 유럽에서 활동하고 있던 미래파의 이론적인 원리를 밝히고, 그들과 동시대적으로 서신을 교환하는 등 교류하여 1930년도에 『詩と詩論』에 그러한 교류의 내용을 남기기도 하였다.

있을 것인가 하는 가능성의 영역들이 반영되어 있다. 그의 회화 작품들 속에는 다양한 각도에서 바라본 대상에 대한 해석의 시선들이 집적되어 있는 것이다.

미래주의는 속도의 유동성 자체를 찬양하였으며, 입체주의는 다양한 장소에 동시적으로 존재할 수 있는 자아들과 그들의 시선들의 동시적 공존 가능성을 꿈꾸었다. 하나의 개체가 두 장소에 시각적으로 공존하기 위해서는 어떻게

해야 할까. 그 개체가 빛보다 빠른 속도로 나아가, 시각적 인지의 순간 이전에 양쪽 공간 모두에 위치하게 된다면 가능하지 않을까. 인간에게 빛의 속도가 허용된다면, 2차원의 점과 3차원의 점, 4차원의 점들이 모두 동일한 공간 속에 위치하게 되는 일 역시 가능하게 될지도 모른다. 따라서 미래주의와 입체주의라는 20세기의 두 가지 새로운 예술의 방향성을 뒷받침하는 과학적 지식의 핵심은, 따라서 인간이 빛의 속도로 나아가 일반적인 시간을 초월하여 시간여행을 할 수 있는가 하는 가능성에 있다고 할 수 있다. 이상 역시 고착된 현실로부터 비롯된 필연적인 절망을 타파하기 위하여 시를 통하여 마찬가지로 수없이 많은 복수적인 자아들이 펼쳐져 있는 풍경을 꿈꾸었으며, 당연하게도 빛의 속도로 나아가는 인간에 대해 고민하였다. 하지만 모든 문제는 인간이 빛의 속도로 나아가는 것은 가능하지 않다는 사실에서 비롯된다. 물리적인 법칙이라는 것이 엄연히 그것을 불가능하다고 말하고 있지 않은가. 인간이 광선보다 빠르게 나아갈 수 없다는 사실은 상대성이론의 기본적인 전제 조건에 해당하는 것이기 때문이다. 학교의 수업을 통해서나 개인적으로 관련 서적 등을 읽어 상대성이론

파블로 피카소의 입체주의적 실천

파블로 피카소(Pablo Picasso, 1881~1973)의 예술적 실천의 요체는 전통적인 회화의 원근법을 거부하고, 2가지 이상의 공존할 수 없는 시각적 관점의 동시적 존재 가능성에 대한 탐색에 있다. 가령 사람의 반쪽 얼굴과 다른 반쪽 얼굴은 그것을 보고 있는 주체의 시선과 따로 뗄 수 없는 것이기 때문에 그 두 개의 시선이 같은 시간에 공존하는 것은 불가능하다. 하지만 피카소는 그러한 두 가지 다른 공존하기 어려운 시선들을 하나의 평면에 동시적으로 공존시킨다.

(좌) 피카소(Picasso),
「아비뇽의 여인들」, 1907.

(우) 후안 그리(Juan Gris),
「피카소의 초상화」, 1912.

입체파에 대한 일본적 수용 양상

이치우지 요시나가의 『입체파 · 미래파 · 표현파』(ARS, 1924)의 표지

인간의 의식이 차원에 고착된 시공간성에 좌우될 수밖에 없는 존재이며 예술적 정신들은 이러한 인간의 한계를 어떻게 극복하고자 했는가 하는 사실에 대해 일본의 미술평론가인 이치우지 요시나가(一氏義良, 1888~1952)의 『입체파 · 미래파 · 표현파』(ARS, 1924)는 잘 보여주고 있다. 그는 특히 입체파의 예술적 방법론을 디포메이션(deformation, 형식 파괴)과 리컨스트럭션(reconstruction, 재구성)으로 정의하고 이를 위한 그들의 예술적 지향을 동시성과 동존성의 표현에서 찾고자 하였다. 즉 그에 따르면 한 장소에 고정된 눈의 초점은 하나의 정해진 장소밖에는 볼 수 없으며 이를 극복하기 위해서는 시간적으로나 공간적으로 2개 이상의 순간을 초점화하여 보여주지 않으면 안 된다는 것이다. 즉 피카소 등의 입체파들이 표현하고자 했던 것은 '같은 시간 내에 다른 시간 관계의 요소를 동시적으로 위치시키는 것', 그리고 '동일 평면에 다종의 평면을 동존적으로 위치시키는 것'이라는 것이다(24~25쪽). 이치우지는 입체파의 이론을 다음과 같이 개괄해 두고 있다.

- · 입체파는 '예술'을 과학, 특히 기하학의 기초에 두고자 한다 – 그리하여 구성을 연구한다.
- · 입체파는 주관 내용을 통일적으로 표현하고자 한다 – 그리하여 전면의 유기적 계조와 필연적 생략을 요구한다.
- · 입체파는 이 2가지로부터 변형왜곡, 단순화한 예술이다.
- · 입체파는 세잔니즘과 네그로이즘으로부터 가장 강하게 영향받고 있다 – 전자는 구성의 실례를 주고, 후자는 생략과 변형왜곡의 실례를 보인다.
- · 입체파는 시간과 공간과의 전통적 제약을 전면적으로 무시한다 – 여기에서 동시성과 동존성이 생성한다.
- · 입체파는 변형왜곡하기 위하여 입체를 해석한다. 그래서 해석된 단편을 재구성한다. 그럴 때 단편은 단지 색판으로서 취급된다.
- · 입체파는 물상(주관 내용으로서의)의 고유성을 무시하지 않는다.
- · 입체파는 진화한다. 그래서 작자의 개성적 특징에 지배된다.

에 대해 알고 있었을 이상 역시 이러한 사실을 모르고 있지 않았을 것이다.

다만 이상은 인간의 물리적인 한계보다는 오히려 남겨진 가능성이나 보다 자유로운 정신의 유동성을 찬양하였다. 가령 그는 「각서 1」에서 "사람의 발명은 매초당 600,000킬로미터 달아날 수 없다는 법은 물론 없다"라고 말하면서 실제로 인간이 물리적으로 광선보다 빠르게 나아가는 가능성보다는 '발명(發明)'이나 '뇌수(腦髓)' 같은 정신적 사고의 움직임의 속도를 말하고 있으며, 빛보다 빠르게 달아나는 속도란 바로 상상적이고 관념적인 '뇌수'라는 정신운동에 국한된다. 결국 상대성이론이라는 과학이 '인간은 결코 빛보다 빠르게 나아갈 수 없다'라는 과학적 사실에 의해 철저하게 제약될 수밖에 없는 것이었다면, 이상은 이러한 제약으로부터 벗어나 보다 자유로운 문학적 상상력을 통해 새로운 가능성을 향해 나아가고 있었던 것이다.

> 사람은 광선보다 빠르게 달아나면 사람은 광선을 보는가, 사람은 광선을 본다. 연령의 진공에 있어서 두 번 결혼한다, 세 번 결혼하는가, 사람은 광선보다도 빠르게 달아나라. 미래로 달아나서 과거를 본다, 과거로 달아나서 미래를 보는가, 미래로 달아나는 것은 과거로 달아나는 것과 동일한 것도 아니고 미래로 달아나는 것이 과거로 달아나는 것이다. 광대하는 우주를 우려하는 자여, 과거에 살으라 광선보다도 빠르게 미래로 달아나라.
>
> 이상(金海卿), 「선에 관한 각서 5」, 삼차각설계도 연작, 『朝鮮と建築』, 1931.10, 30쪽.

만약 인간이 광선보다 빠르게 달아나, 예를 들어 R1이라는 지점으로부터 R2라는 지점을 향해 움직인다면 R1에 위치한 과거의 나에서 내쏘여지는 빛이 R2에 있는 현재의 나의 망막에 닿기 전에 나는 R2를 지나 더 먼 곳까지 가버릴 것이 분명하다. 이때 광선보다 더 빨리 달아나고 있는 현재의 나는 달아나고 있는 한 계속해서 R1의 시공간에 멈춰져 있는 과거의 나를 보게 될 것이다. 나의 달아나는 속도는 광속보다 빠르므로 미래를 향해 달아나는 나와 멈춰서 있는 과거의 나 사이의 시간적 차이는 점점 더 벌어지게 될 것이고 멈춰서 있는 나는 비록 움직이고 있지 않을지라도 달아나는 나의 입장에서는 상대적으로 과거로 움직이는 것이나 다름없게 될 것이다.

물론 이상이 이 텍스트 속에서 '미래로 달아나서 과거를 본다, 과거로 달아나서 미래를 보는가'라고 의문을 갖고 궁극적으로 '미래로 달아나는 것이 과거로 달아나는 것'이라고 선언했던 것은 당연히 달아나는 나(미래의 나)와 저만치 멈춰서 있는 나(과거의 나)가 모두 다 나의 파편의 일부이기 때문이다.

　　만약 '적당한' 거리와 시간을 돌아와서 빛의 속도로 달아나고 있는 나와 또 다른 나가 만나게 된다면 어떻게 될까. 이상은 이를 "결혼 혹은 파편의 반추(結婚혹은破片의反芻)"라고 표현한다. 이렇게 나와 또 다른 내가 만나 결혼한다면 나는 동일한 시간, 동일한 장소에서 나와는 다른 경험을 하는 분신과 마주치는 셈이 된다. 물론 일반적으로 시간이 단일한 1차원임을 감안할 때, 하나의 인간이 어떤 다른 두 가지 장소에 '동시에' 존재하고 게다가 만나는 것은 불가능하다. 그럼에도 불구하고 동시에 존재할 수 있다고 한다면, 이는 바로 시간에 있어서 하나의 다른 차원이 더 열리는 것이라고 볼 여지가 있지 않을까. 나아가 과거의 나와 현재의 나 혹은 현재의 나와 과거의 나가 만나 동시적으로 공존하는 상태가 된다면 과거-현재-미래는 직선적으로 구성되어 있는 것이 아니라 둥글게 찌그러져 과거와 미래가 맞닿아 있는 구형의 모양이 될 것이다.

　　게다가 하나의 나와 또 다른 나가 만나는 순간을 특정 시간 t라고 한다면 단지 (x, y, z, t)의 형식 속에서는 달아나는 나와 멈춰서 있는 나의 위치는 구분되지 않는다. 만약 시간의 앞뒤 방향성이 구분되지 않는다면 말이다. 더구나 내가 또 다른 나를 한 번이 아니라 두 번 혹은 세 번 이상 만나는 상황이 되면 겨우 +-의 1차원적인 방향성을 갖는 벡터로는 해결하기 힘든 시간의 다차원성, 다방향성이 열리게 되는 것이다.

　　이상이 쓰고 있는 '두 번 결혼한다, 세 번 결혼하는가'라는 대목은 따라서 인간이 광속 이상으로 달아나 자신을 두 번, 세 번 만나게 된다면 1차원에 고착된 시간은 2차원이 되었다가 3차원이 될 수도 있음을 의미하는 것이다. 이렇게 확장된 시간적 차원 속에서 나는 나의 수많은 파편들(과거의 나)을 마주할 수 있는

시간의 역전에 대한 물리학적 해석

"관찰자(E1)가 빛의 속도(V1)로 이동하고 총에서 발사된 총알(E2)이 광속의 2배 속도(V2)로 이동한다면, "관찰자는 먼저 목표물이 파괴되고 그 다음에 총이 발사되는 모습을 보게 될 것이다. 총알은 목표물에서 총의 총열을 향해 뒤쪽으로 날아가는 것처럼 보일 것이다. (중략) 빛보다 빠른 운동에서 E1E2라는 시간 순서는 더 이상 고정되지 않으며 E1E2라는 특정한 준거틀에서는 역전된 것처럼 보일 수 있다."(폴 데이비스(Paul Davis), 『시간의 패러독스(About time: Einstein's unfinished revolution)』, 김동광 옮김, 두산동아, 1997, 391쪽.)

보르헤스의 시간적 역전이라는 주제

호르헤 루이스 보르헤스는 허구적인 인물인 허버트 쾌인이 쓴 역시 허구적인 소설인 「에이프럴 마치(April March)」에 대해 쓴 「허버트 쾌인의 작품에 대한 연구」라는 소설에서 관념론자인 브래들리(Francis Hebert Bradley, 1846~1924)를 인용하면서 다음과 같이 쓰고 있다.

"보다 이질적인 작품은 3부가(실제로는 3부밖에 없지만) 1936년에 나온 '시간적으로 거꾸로 씌어 있고, 가지처럼 갈라지는 구조를 가지고 있는 소설' 『에이프럴 마아치April March』이다. (중략) 쾌인은 책의 「서문」에서 브래들리의 그러한 역행적인 세계를 창출해 내려고 시도했다고 밝히고 있는데, 그러한 세계에서는 죽음이 출생을, 상처의 딱지가 상처를, 상처를 입히는 행위에 상처가 앞서 나타난다(브래들리, 『현상과 현실』, 1897, 215쪽). 그러나 『에이프럴 마아치』가 제안하는 세계는 시간 역행적 세계가 아니다. 단지 그것을 기술하는 방식이 시간 역행적이라는 것뿐이다. 내가 앞서 말했던 것처럼 '시간적으로 거꾸로 씌어 있고, 가지처럼 갈라지는 구조를 가지고 있을' 뿐인 것이다."(호르헤 루이스 보르헤스, 황병하 옮김, 『픽션들』, 보르헤스 전집 2, 민음사, 1994, 121~122쪽.)

만약 상처가 나고 그 다음에 피가 난다고 하는 것이 현실 세계의 일반적인 공리계 속에서 통용되는 물리적이고 인과적인 법칙이라고 한다면, 어떤 다른 공리계 속에서라면 피가 먼저 나고 상처가 그 다음에 나는 현상도 발생할 수 있을 것이다. 관념론자인 브래들리는 인간의 인지가 아직 세계의 모든 현상들을 전부 보고 들을 수 있는 것이 아니기 때문에 어떤 현상이든 가능성으로 남겨질 수 있다는 사실을 지적하고 있으며 보르헤스 역시 마찬가지의 근거를 통해 시간적 역전 가능성에 대해 말하고 있는 것이다.

것이다. '조상의 조상의 성운의 성운의 태초를 미래에 있어서 보는 두려움(祖上의 祖上의星雲의星雲의太初를未來에있어서보는두려움)'(「각서 5」) 때문에 빠르게 달아나는 것을 보류했던 사람들과 달리 나의 뇌수는 시공간을 빛의 속도 이상으로 질주한다.

이렇게 「각서」 속에 존재하는 시공간의 확장과 분신적 주체의 나열이라는 주제는 「각서 6」에서 언급되었던 시간성, 즉 통속적인 사고에 의한 역사성('時間性(通俗事考에依한歷史性)')을 극복하는 의미를 담고 있다. 이상은 「각서」 속에서 인간에게 주어진 시공간 차원을 확장하여 수도 없이 많은 나를 만들어내면서 자신의 인식을 방해하고 있는 단일한 시공간적 차원에 의한 고착을 해체하고자 애썼던 것이다.

숫자에 대한 낡은 관습의 타파와 수많은 분신들의 탄생

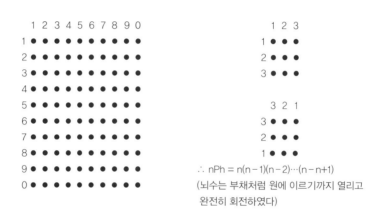

∴ nPh = n(n−1)(n−2)⋯(n−n+1)

(뇌수는 부채처럼 원에 이르기까지 열리고 완전히 회전하였다)

이상(金海卿), 「각서 1」, 『朝鮮と建築』, 1931.10, 29쪽.

이상(金海卿), 「각서 3」, 『朝鮮と建築』, 1931.10, 29쪽.

만약 빛의 속도를 통해 수많은 나들이 펼쳐진 무한의 상태가 가능하다면, 그 수많은 '나'들의 개수는 과연 어떻게 계산될 수 있을까. 「각서 3」에서 이상이 제시하고 있는 위의 왼쪽 그림은 3차원의 공간 속에 있는 하나의 점이 빛의 속도로 나아가 또 다른 나와 두 번 결혼하고 세 번 결혼했을 때 볼 수 있는 풍경에 해당한다. 이상은 공간 3차원과 빛의 속도에 의해 확장된 시간 3차원이 씨줄과 날줄처럼 가로놓여 교차하는 사이에서 탄생될 수 있는 나에 대한 경우의 수를 표현하고자 했던 것이다. 다만 인간의 시공간은 공간(3), 시간(3)이 이루는 3×3의 행렬에 가로막혀 있는 것이 아니라 왼쪽 그림처럼 10×10의 행렬을 가지는 시공간으로 확장될 수도 있을 것이다. 게다가 이상의 인식을 다른 방식으로 제한하는 10진법("사람은 숫자를 버리라" 「각서 1」)이 무효화되는 그 이상의 무한 영역까지 확장될 수 있다. 따라서 이상은 공간에 있어서 n차원을 넘어 무한히 확장해 가는 차원들의 개수와 시간에 있어서 n차원을 넘어 무한히 확장해 가는 차원들의 개수를 헤아리고자 하였던 것이다. 이 개수는 물론 무한에 이르게 된다. 이상은 수많은 점들이 펼쳐져 무한에 이르러 부채처럼 둥글게 원으로 전개되어 마침내 미래와 과거가 맞닿은 풍경들을 목도하였던 것이다. 그것이 바로 빛보다 빨리 내달은 이상의 뇌수(腦髓)가 비로소 보게 된 복수적인 자아들이 펼쳐져 있는 풍경의 경치였다.

> 숫자의 방위학 // 4 [illegible] [illegible] [illegible] // 숫자의 역학 // 시간성(통속 사고에 의한 역사성) // 속도와 좌표와 속도 // [illegible] + [illegible] // [illegible] + [illegible] // 4 + [illegible] // [illegible] + 4 // etc
>
> 이상(金海卿), 「선에 관한 각서 6」, 삼차각설계도 연작, 『朝鮮と建築』, 1931.10, 30쪽.

게다가 이러한 차원은 그것에게 주어진 위, 아래, 오른쪽, 왼쪽이라는 4가지 방향성에 의해서 4가지로 분화된다. 이상은 「각서」에서 4라는 숫자를 네 가지 방향으로 펼쳐 나열하였던 바 있었다. 여기에 담긴 의도는 당연하게도 4차원을 통해 확대된 차원의 가능성을 한 번 더 분화하여 증식하고자 하는 것이다. 물론 아인슈타인 이후로 고도화된 우주에 대한 이론, 예를 들어 빅뱅이론이라든가 초끈이론을 비롯한 M이론과 같은 고차원에 대한 상상력과 이론들에 대해서 이상이 알 수 있었다면 당연하게 17차원이나 23차원 같은 현대물리학에서 수학적으로는 증명된 우주 구조에 대해 관심을 표명할 수도 있었겠지만, 그러한 사유를 접할 수 없었던 이상은 자신이 가지고 있던 초월적 상상력을 시(詩)라는 문학적 매체 속에 담아 표현하고자 하였던 것이다.

> 연상은 처녀로 하라, 과거를 현재로 알라, 사람은 옛것을 새것으로 아는 도다, 건망이여, 영원한 망각은 망각을 모두 구한다. // 도래할 나는 그 때문에 무의식중에 사람에 일치하고 사람보다도 빠르게 나는 달아난다, 새로운 미래는 새롭게 있다, 사람은 빠르게 달아난다, 사람은 광선을 드디어 앞서고 미래에 있어서 과거를 기대한다, 우선 사람은 하나의 나를 맞이하라, 사람은 전등형에 있어서 나를 죽이라. // 사람은 전등형의 체조의 기술을 습득하라, 그럴 수 없다면 사람은 과거의 나의 파편을 어떻게 할 것인가. // 사고의 파편을 반추하라, 그럴 수 없다면 새로운 것은 불완전이다, 연상을 죽여라, 하나를 아는 것은 셋을 아는 것을 하나를 아는 것의 다음으로 하는 것을 그만두어라, 하나를 아는 것의 다음은 하나의 것을 아는 것을 하는 것을 있게 하라. / 사람은 한꺼번에 한 번을 달아나라, 최대한 달아나라, 사람은 두 번 분만하기 전에 ××되기 전에 조상의 조상의 조상의 성운의 성운의 성운의 태초를 미래에서 보는 두려움으로 인해 빠르게 달아나는 것을 보류한다, 사람은 달아나라, 빠르게 달아나서 영원에 살고 과거를 애무하고 과거로부터 다시 그 과거에 살아라, 동심이여, 동심이여, 충족될 수 없는 영원의 동심이여.
>
> 이상(金海卿), 「선에 관한 각서 5」, 삼차각설계도 연작, 『朝鮮と建築』, 1931.10, 30쪽.

결국 「각서」를 통하여 이상은 빛의 속도로 나아가는 인간을 통하여 수많은 차원의 나를 만나는, 무한 개수의 분신(分身)이라는 주제를 문학적으로 표현하고자 하였던 것이다. 당연히 이는 근대의 모더니티와 자본주의에 의해 거미줄처럼 조직된 망에 걸려 있는 나를 구출해 내기 위해 자아를 그것이 고착되어 있는 차원으로부터 떼어내어 다중화하는 전략과 관계되어 있다. 이상에게 있어, 유클리드 기하학과 비유클리드 기하학, 혹은 뉴턴의 물리학과 아인슈타인의 물리학은 전통적인 패러다임 내에서 단순하게 앞선 것을 부정하고 뒤의 것으로 나아가야 하는 발전적인 관계(이상은 이를 「각서 6」에서는 '주관의 체계(主觀의體系)'라고 명명하였다)인 것이 아니라, 오히려 이러한 각각의 패러다임을 딛고 세워진 주체들이 모두 이상의 내부에서 복수성을 띠고 펼쳐져 나열되고 있는 것이라 이해될 필요가 있다. 이상이 단일한 주체를 단일한 차원에 수렴하는 근대적인 오목렌즈의 작용이 아니라 다양한 차원에 벌여진 주체들을 이상 내부에 모아 발산하는 볼록렌즈의 작용으로 자신의 아이디어를 설명한 것은 이 때문이었다. 정신 위에 펼쳐진 시공간의 차원은 무한을 향해 발산하고 있다.

> 시각의 이름의 통로를 설치하라. 그리고 그것에다 최대의 속도를 부여하라. // 하늘은 시각의 이름에 대해서만 존재를 명백히 한다(대표인 나는 대표인 일례를 들 것) // 창공, 추천, 창천, 청천, 장천, 일천, 창궁(대단히 갑갑한 지방색이나 아닐는지) 하늘은 시각의 이름을 발표했다. // 시각의 이름은 사람과 같이 영원히 살아야 하는 숫자적인 어떤 1점이다. 시각의 이름은 운동하지 않으면서 운동의 코스를 가질 뿐이다. // 시각의 이름은 광선을 가지는 광선을 가지지 않는다. 사람은 시각의 이름으로 하여 광선보다도 빠르게 달아날 필요는 없다. // 시각의 이름들을 건망하라. // 시각의 이름을 절약하라. // 사람은 광선보다도 빠르게 달아나는 속도를 조절하고 때때로 과거를 미래에 있어서 도태하라.
>
> 이상(金海卿), 「선에 관한 각서 7」, 삼차각설계도 연작, 『朝鮮と建築』, 1931.10, 31쪽.

하지만 인간은 결국에는 빛보다 빨리 달아날 수는 없다. 인간 자신이 갖고 있는 무게에 부과되는 중력 탓이다. 이상 자신도 언급하고 있듯이 총으로 쏜 탄환이 일직선으로 나아가지 않고 원주를 따라 달리는 현상이 그것을 단적으로 증명하고 있는 것이다. 이상 역시 인간이 빛보다 빨리 달아날 수 없다는 피맺힌 한계를 모르고 있지 않다. 결국 속도는 조절되지 않으면 안 된다. 속도를 조절하는 행위는 인간이 빛보다 빠르게 달아날 수는 없다는 것, 시공간의 차원을 확장할 수는 없다는 사실을 아프게 자인(自認)하는 행위에서 비롯된다. 빛의 속도로 운동하지 않는 순간에 시간의 차원은 축소되고, 펼쳐졌던 수많은 복수(複數)의 나는 단일한 차원의 나에게 모이게 되어 더 이상 목소리를 갖지 못하는 것이다. 단일한 차원의 나는 다만 현재의 고정된 위치에서 시각(視覺)에 들어오는 대상만을 바라보는 데 만족하게 된다. 마치 하늘의 다양한 변화는 실제로는 '대기의 층과 층이 이루는 층'(「각서 2」)이 만들어내는 작용인데도 그것을 창공(蒼空), 추천(秋天), 창천(蒼天), 청천(青天), 장천(長天), 일천(一天), 창궁(蒼穹)' 등의 계절과 높이, 색깔의 속성 등을 고려하여 나름대로 다양한 이름으로 부르는 것은 단순히 인간이 땅에 서서 대기의 층에 의해 왜곡된 하늘을 올려다보고 있기 때문에 가능한 일일 뿐이다. 그것은 분명 '대단히 갑갑한 지방색'(「각서 7」)이 아닐 수 없다.

결국 '시각의 이름'이란 이상에게 있어서는 불가능한 광속의 전망을 대체하는 절박한 현실론이자 근대문명이 강압적으로 부여한 관점을 의미하는 것이다. 당연히 빛의 속도 이상으로 나아가야 하고 그럼으로써 나의 과거를 만나고 시간의 차원을 무한을 향해 확장해야 할 이상의 이상(理想)적인 전망은 그것이 불가능하다는 냉철한 과학적 진리 앞에서 '운동하지 아니하면서 운동의 코스를 가질 뿐'인 '시각의 이름'을 세우는 것에 만족할 수밖에 없는 것이다.

이상이 제안하는 '시각의 이름'이란 볼록렌즈라는 객관을 버리고 난 뒤, 빛의 속도를 경험한 이후에 문학적으로 재정립된 주관적인 요소이지만, 그것은 이른바 다중적인 주관이 아니라 확실성의 토대 위에 모인 단일한 주관(데카르트가 제안했던 근대적인 주체로서의 코기토(cogito)와 같은)이 만들어낸, 우리의 지식이 근거하고 있는 일종의 차원, 시선의 토대를 의미하고 있다. 무한대를 향해 발산해 나가야 할 이상의 정신은 이러한 토대에 수렴하여 붙들려 있는 것이다. 물론 이상에게 있어서 이와 같은 상태는 당연히 부정되어야 할 대상이다. 하지만 자신이 인간이라는 사실을 어떻게 버릴 수 있을까. 그저 적당히 '건망(健忘)'하고 '절약(節約)'할 뿐이다. 이상은 기하학적 토대 위에 문학적인 상상력을 극한으로 전개하여 무한한 시공간의 차원 위에 수많은 복수의 '나'들을 별들처럼 펼쳐놓았다가 다시금 현실로 회귀해 버리고 만 것이다. 그것이 바로 1931년 이상이 마주친 절망의 근원이다.

> 지구를 자른 선과 일치할 수 있는 지구 인력의 보각의 수량을 계산한 비행정은 물려죽은 개의 에스프리를 태운 채 작용하고 있었다-속도를- / 그것은 마이너스에서 0으로 도달하는 급수 운동의 시간적 현상이었다. / 절대에 모일 것. 에스프리가 방사성을 포기할 것. 차를 놓친 나는 4차원의 전망차 위에서 눈물을 지으며 전송의 심경을 보냈다. / 인간일 것.(의 사이) 이것은 한정된 정수의 수학의 헐어빠진 관습을 0의 정수배의 역할로 중복하는 일이 아닐까? / 나는 자포적으로 내가 발견한 모든 함수 상수의 콤마 이하를 잘라 없앴다-

이상(李箱), 「무제(役員이…)」, 「현대문학」, 1960.11.

「각서」를 쓰던 무렵인 1931년에 쓴 것으로 추정되는, 무제로 발견된 위의 시 속에는 이와 같은 이상의 깊은 절망감이 표현되어 있다. 당연하게도 이상이 절감했던 절망의 근원은 바로 스스로 인간이라는 한계로부터 오는 것이다. 인간일 것, 인간이지 않으면 안 되는 것, 인간의 옷을 입고 있다는 사실 자체가 이상에게는 절박한 절망의 근원이다. 저기 밖에서는 빛보다 빨리 달아나고자 하는 희망조차 잃은 채, 타협적으로 지구 인력의 보각(補角)을 계산하여 간신히 정신(에스프리)이 죽어버린 비행정이 날아다니고 있다. 공중으로부터 땅 쪽으로 작용하는 지구 중력을 이겨내고 비행정이 날기 위해서는 합쳐서 180도가 되는 각, 즉 보각을 계산하지 않으면 하늘을 날아 앞으로 갈 수 없는 것이다. 지구 대기권 사이에서 타협하면서 나아갈 수밖에 없는 것이 비행하고자 하는 인간이 세운 근대의 기계문명이다. 1927년 5월 대서양 횡단비행을 했던 찰스 린드버그(Charles Lindbergh, 1902~1974)나 비행선의 개발자 체펠린 백작(Graf von Zeppelin, 1838~1917)의 유지를 이어 1929년 8월 체펠린백호(Zeppelin, LZ-127)로 세계를 일주했던 후고 에케너(Dr. Hugo Eckener, 1868~1954) 등 이상과 동시대에 하늘을 정복하고자 시도했던 이들의 도전은 이상이 보기에는 사실상 빛의 속도를 따라잡을 수 없다는 것을 직감한 인간들의 절박한 몸부림에 불과한 것이었던 셈이다. 이에 비해 정신상으로는 빛보다 빨리 내달려 빛의 속도가 주는 무한한 차원의 황홀한 풍경을 보았던 이상은 중심이 묶여 제자리를 돌고 있는 전망차 속에서 발발 동동 구르고 있는 셈이었던 것이다. 이상의 입장에서 이러한 상황은 퍽 답답하고도 역설적인 것이 아니었을까.

> 지식의 첨예 각도 $0°$를 나타내는, 그 커다란 건조물은 준공되었다. 최하급 기술자에 속하는 그는 공손히 그 낙성식장에 참례하였다. 그리고 신의 두 팔의 유골을 든 사제에게 최경례하였다. / 줄지어 늘어선 유니폼 속에서 그는 줄줄 눈물을 흘렸다. 비애와 고독으로 안절부절못하면서 그는 그, 건조물의 계단을 달음질쳐 내려갔다. (중략) 그때에 시간과 공간은 그에게 하등의 좌표를 주지 않고 그냥 지나쳐 가는 기회를 놓치지 않고 그는 현재와 현재뿐만으로 된 각종의 생활을 제작게 하였다.
>
> 이상(李箱), 「얼마 안 되는 변해(辨解)(혹은 1년이라는 제목)」, 『현대문학』, 1960.11.

지식의 첨예 각도 0도를 나타내는 커다란 건조물은 바로 거대하고 차갑고 완결된 근대사회를 상징하는 것이다. 아마도 이상 자신의 분신일 '그'는 '줄지어 늘어선 유니폼' 사이에서 비애와 고독을 느낀다. 표준화와 통일로 대표되는 그 세계에서 나는 '최하급기술자'로서의 면모에 귀착될 뿐이고 그러한 지경 속에서는 어떤 상상력도 탄생하지 않기 때문이다. 시간과 공간이 어떤 좌표도 주지 않는 삶, 매일매일이 똑같아 보이는 근대직업인의 삶은 그에게 현재의 삶만을 강요하는 것이다. 정수의 수학에서 0의 정수배는 항상 0일 뿐이며 다른 가능성은 존재하지 않듯이, 이상을 둘러싼 물리적 삶의 조건은 그것이 필연적인 예술가적인 가난을 의미하는 것이든, 식민지 지식인으로서의 한계를 의미하는 것이든 여전히 변하지 않고 남아 있다. 하지만 지금까지 살펴보았듯 0이라는 숫자에 차원을 연동하게 되면, 정수 0은 다양한 차원에서 새로운 탄생의 계기를 마련할 수 있게 된다. 게다가 빛의 속도로 달려나가는 관념의 운동을 통해서 무수한 0들이, 자아들이 밤하늘의 별보다도 많이 퍼져 있는 풍경도 전망할 수 있게 되는 것이다. 이상은 결국 이렇게 근대가 주는 압력으로부터 탈주하기 위해 사차원 혹은 그 이상의 무한히 뻗어나가는 차원에 대한 시선을 향한 관념의 모험을 펼치고 있었던 것이다.

하지만 그럼에도 불구하고 남아 있는 문제는 여전히 '인간'이라는 사실이다. 그 지점에서 이상의 관념의 모험은 필연적으로 한계에 닿게 된다. 공간이 3차원으로 고정되어 있는 것이나 시간이 역사성을 가지고 한쪽으로 흐르는 1차원적인 구조를 갖고 있다는 것은 상식적으로 부인할 수 없는 물리적인 사실이니 말이다. 이상은 이러한 한계를 과연 극복할 수 있었을까. 혹은, 극복할 수 있는 가능성이나마 낳을 수 있었을까.

좀 더 읽어볼 만한 글들

이상을 수학이나 물리학적 관점으로 파악하고자 했던 연구자들은 주로 유클리드의 평면기하학을 넘어선 비유클리드 기하학의 영향 관계를 다루거나 뉴턴의 절대 공간을 넘어선 아인슈타인의 상대성이론의 영향 관계를 살피고 있다. 이상문학에 드러난 비유클리드 기하학과 상대성이론에 대해 처음으로 확인한 연구자는 문흥술일 것이다. 문흥술은 「이상문학에 나타난 주체분열과 반담론에 관한 연구」(서울대학교 석사학위논문, 1991)의 43~54쪽에서 그가 표기하고 있는 3+1을 4차원의 시공간 연속체로 보고 있으며 광속의 속도로 나아가는 과정을 통해 비유클리드 기하학으로부터 나아가는 과정에서 주체 분열의 담론을 제시하는 것으로 파악하였다. 이후, 김윤식은 『한국현대문학사상사론』(일지사, 1992)의 20~38쪽에서 문학사 서술에 있어서 모더니티(modernity)의 문제를 거론하면서, 이상의 유클리드 기하학으로부터 비유클리드 기하학으로 나아가고자 하는 과정이 바로 근대로부터 현대로 나아가는 광속의 움직임을 통해 서술될 수 있다고 보면서 이러한 관점을 이어갔다.

이후 수학과 물리학계에서도 이상에 대해 관심을 갖고 그의 시를 해석하고자 하는 연구자들이 나타났다. 수학자인 김용운은 「이상문학에 있어서의 수학」(김태동 편, 『이상』, 서강대학교출판부, 1997, 192~218쪽)을, 역시 수학자인 김명환은 「이상의 시에 나타나는 수학기호와 수식의 의미」(권영민 편저, 『이상문학 연구 60년』, 문학사상사, 1998, 165~182쪽)를 써서 이상이 사용한 수식을 해석하였다. 특히 김명환은 '삼차각설계도'의 수식을 통해 그것이 X-Y-Z축의 카테시안 좌표계를 의미하는 것으로 최초로 해석하였으나 그것에 담긴 의미를 0이자 죽음으로 해석하여 이상시를 허무주의적인 경향으로 파악해 버리는 우를 범하기도 하였다. 이후 김태화는 『이상의 줌과 이미지』(교우사, 2002)를 통하여 이상의 시를 전면적으로 수리철학적인 관점으로 풀어내고자 시도하였다. 송민호는 「이상의 「선에 관한 각서」에 나타난 시공간차원과 분신의 주제」(『이상문학』 5, 2006.1)를 통하여 '삼차각설계도' 연작을 아인슈타인의 사차원의 개념을 통하여 풀어내고자 하였고, 이를 무한개의 자아를 늘리는 이른바 분신의 주제와 연결성을 찾아내고자 하였다.

3

거울과 꿈: 무한히 펼쳐진 '나'들의 귀환

앨리스를 따라 떠난 여행

여기는 도모지 어느 나라인지 분간을 할 수 없다.

거기는 태고와 전승하는 판도가 있을 뿐이다. 여기는 폐허다.

'피라미드'와 같은 코가 있다.

그 구멍으로는 '유구한 것'이 드나들고 있다.

공기는 퇴색되지 않는다.

—「자화상(습작)」

해경은 재주가 있었지요. 아마 5, 6등은 한 것같이 기억돼요. 그림을 잘 그렸습니다. 칠판에 만화를 잘 그려서 우리들을 실컷 웃게 하는 일도 있었죠. 나는 해경에게 매우 다정하게 했었던 것 같아요. 그는 고학생이나 다름없었으니까요. 우리 몇 사람은 그애가 파는 빵떡을 일부러 사먹은 일이 있었지요. 나는 그때 계동에 하숙을 하고 있었고 그애는 집에서 다녔지요.

– '보성고보 동급생 김안기(사학자)의 증언', 고은, 『이상평전』, 70쪽.

해경은 김안기 박사와 거의 부자 시이였지. 그분은 나보다도 4,5년 연상이었고 해경은 나보다 4, 5년 연하였으니까. (중략) 기림(金起林)이 1년 아래였지. 환태(金煥泰)는 그때 잘 알지 못했어요. 임화(林和)가 말썽꾸러기를 도맡았어요. 마치 불량소년처럼 궂은 짓도 드러내 보이고, 여학생 꽁무니를 보기 흉하게 따라다녔지요. 벌써부터 귀밑의 면도를 하고 겉멋을 부렸으니까요. 그 사람은 보성 1학년 때부터 그랬어요. 그러나 해경은 첫째 말이 없었지. 그리고 그림을 잘 그렸지. 그때 말로 천재라고 했지. 그러나 학교성적은 그다지 탁월한 편은 아니었지요. 우리 어른학생들은 '해경이는 팔삭동이야' '야! 팔삭동아!' '너는 본관이 강릉이랬지? 강릉 천지에는 알에서 태어난 설화는 없는데 꼭 너는 알 속에서 태어난 놈 같구나' 하고 빈정거려주면 그 아이는 슬슬 입에 바람을 물고 교사 모퉁이로 달아나기도 했지요. 우리들의 귀염둥이였으니까.

– '보성고보 이헌구의 증언', 고은, 『이상평전』, 70~71쪽.

해경이 제일 싫어한 것은 체조였지. 그 아이는 어느 때는 나도 싫어했으니까요. 그저 강신한 것처럼 그림 그리는 시간은 눈빛이 번쩍거렸으니까.

– '보성고보 동창 강석의 증언', 고은, 『이상평전』, 71쪽.

백부와 백모의 손에 의해 자라난 김해경은 경성부 북부 순화방 누상동(樓上洞) 신명보통학교(新明普通學校)를 4년 남짓 다녔다. 해경이 자라난 백부의 집이 있었던 통동(通洞, 현 통의동(通義洞) 154번지, 즉 인왕산 아래 경복궁의 서쪽(西村, 서촌)은 어린 해경의 주요 활동지였다. 이후 해경은 12세인 1921년에 동광고등보통학교(東光高等普通學校)에 진학하였다. 이 동광고보는 전국의 불교 30본산 주지총회에서 1921년에 식산은행으로부터 30만 원의 돈을 빌려 숭일동(崇一洞, 현 명륜동)에 교사를 빌려 운영하던 것으로 이 와중에 주지총회는 재단법인인 조선 불교 중앙 교무원을 세워 운영하였는데 이 와중에 각종 분쟁이 일어나 전 승려로 이루어진 조선 불교 총무원과 대립하는 상황이 되어 학교 운영에 파행을 겪고 있었다. 이후 교무원과 총무원은 1924년에 이르러 두 조직을 합쳐 하나의 법인을 만들고 총무원이 경영하던 보성고보를 교무원이 운영하도록 하여, 동광고보와 보성고보를 합치기로 결정하였다. 이때 보성고보는 1922년 일제의 신교육령에 의해 5년제로 개편한 상태였기 때문에 해경은 이 학교를 2년간 더 다녀야만 하였다. 당시 불교 교무원은 동광고보의 건물을 새로 지을 계획으로 있었으나 계속 미뤄졌기 때문이었다.

아마도 해경에게는 보성고보로 옮겨 2년 남짓 다녔던 것이 오히려 여러 가지 면에서 더 좋은 일이었을 것이다. 보성고보에는 당시 김기림이나 김환태, 임화같이 장래 조선의 문학, 예술계에서 뛰어난 활약을 보였던 이들이 재학하고 있었던 까닭이다. 보성고보에 다닐 당시 해경의 가족과 친구, 동창들의 기억에 따르면 해경은 얼굴이 하얗고 대체적으로 조용한 학생이었다. 그는 체조 과목을 싫어했고 그림을 잘 그렸다. 교실에서 곧잘 그림을 그려 다른 학생들로부터 천재 소리를 듣곤 했던 것으로 기억되고 있다. 그는 예술적 감수성이 풍부했던 친구들과 영향을 서로 주고받으면서 예술에 대한 갈망으로 가득 찬 어린 시절을 보낼 수 있었다.

'이상(李箱)'이라는 현상

거울을 발견하다

1931년 무렵의 이상은 자신의 관념 속에서 빛의 속도를 초월하는 시공간 차원을 중심으로 복수적 자아들이 무한히 펼쳐지고 있는 풍경의 경치를 목격하고 있었다. 당시로서는 첨단의 과학이었던 아인슈타인의 상대성이론이 전제하고 있던 4차원의 시-공간성에 기대어 그는 복수적 자아들이 펼쳐져 발산하고 있는 황홀한 풍경에 매혹되었던 것이다. 이상은 이러한 고차원의 상상력에 기반하여 전개된 초현실주의 예술운동의 분파였던 미래주의자 또는 입체주의자들의 아방가르드한 예술적 실천에 공명하면서 서구 모더니티의 보편성에 접속될 수 있었다. 이렇게 빛나는 예술적 보편성에 접속하는 과정은 식민지의 지식인으로서 참담한 자기규정을 가지고 있던 이상에게는 하나의 정신적인 탈주로가 되기에 충분했을 터였다.

하지만 고차원에 대한 상상력을 통해 확보되는 관념의 자유에도 불구하고, 이상이 결국 한낱 인간에 불과하다는 물리적 사실은 전혀 극복되지 않는다. 이상이 인간인 이상 그는 결코 자신이 속해 있는 시공간 차원을 극복할 수 없으며 당연히 식민지가 환기하는 물리적 조건을 넘어서기 어려운 것이다. 지식 역시 마찬가지이다. 서구의 보편적인 과학을 통해서도 넘어설 수 없는 사유의 물질적 경계는 여전히 존재하고 있다. 아인슈타인의 상대성이론마저 인간이 빛보다 빨리 내달릴 수 있다는 가능성을 부정해 버린 상황에서 한갓 식민지의 예술가였던 이상은 무엇을 할 수 있었을까. 다시 말하자면 그는 어떠한 정신의 연착륙을 기획하고 있었던 것일까.

거울의 굴절 반사의 법칙은 시간 방향 유임 문제를 해결하다.(궤적의 광년 연산) / 나는 거울의 수량을 빛의 속도에 의해서 계산하였다. 그리고 로켓의 설계를 중지하였다. (중략) 거울의 불황과 함께 비관설 대두하다.

이상(李箱), 「1931년(작품 제1번)」, 『현대문학』, 1960.11.

하나의 수학, 퍽이나 짧은 숫자가 그를 번민케 하는 일은 없을까? / 그는 한 장의 거울을 설계하였다. 그리고 물리적 생리수술을 그는 무사히 완료하였다. / 기억이 관계하지 않는 그리고 의지가 영향하지 않는 그 무한으로 통하는 방장(方丈)의 제3축에 그는 그의 안주(安住)를 발견하였다. / '좌'라는 공평이 이미 그로 하여금 '부처'와도 절연시켰다. / 이 가장 문명한 군비(軍備), 거울을 가지고 그는 과연 믿었던 안주를 다행히 형수(亨受)할 수 있을 것인가?

이상(李箱), 「얼마 안 되는 변해(辨解)(혹은 1년이라는 제목)」, 『현대문학』, 1960.11.

광선이 사람이라면 사람은 거울이다.

이상(金海卿), 「선에 관한 각서 7」, 삼차각설계도 연작, 『朝鮮と建築』, 1931.10. 31쪽.

1931년 혹은 그해를 기억하기 위해 쓴 것으로 생각되는 「1931년(작품 제1번(一九三一年(作品第一番))」이라는 시 속에서 이상은 자신이 로켓을 설계하고 있었다는 사실을 전하고 있다. 물론 실제의 일이라고는 생각할 수 없다. 분명 이상의 관념적 실험실 내에서 이루어졌던 실험 기록에 의거한 것이었으리라. 말하자면 당시의 그는 빛의 속도를 초월하기 위해 로켓을 개발하고자 할 만큼 절박한 심정이었던 것이다. 결국 이는 「각서」에서 보여준 것처럼 인간이 결코 다다를 수 없는 빛의 속도를 관념 속의 실험을 통해 다다르고자 하는 시도였다.

사실 이전 시대 독일의 바우하우스(bauhaus)운동을 주도하고 있었던 라즐로 모홀리 나기* 역시 빛을 통해 변화하는 공간적 차원의 변모를 빛-공간 변조기(light-space modulator)라는 관념기계의 고안을 통해 실현하고자 골몰하고 있었다. 따라서 이상의 시도는 완전히 허황된 것은 아니었던 셈이다. 무한의 속도와 시공간의 변조는 이미 당대 예술가들이 한 가지로 고민하고 있었던 예술적 주제였으니 말이다. 인간이 초월할 수 없는 속도의 한계를 초월하여 만나게 되는 황홀한 광경을 포착해 내는 것은 아방가르드적 예술적 실천의 한 지향점이기도 했다. 인간이 물리적으로 빛의 속도를 추월할 수 없다는 제약은 예술적 실천 과정에 있어 반드시 극복되어야 하며, 극복되지 않으면 안 된다. 반드시 극복되어야 하지만, 결코 극복되지 않는 제약, 그것을 안고 살아가는 것이 인간이다. 이상은 자신이 추구해야만 하는 아방가르드적 예술의 이상과 인간이 절대로 빛의 속도에 다다를 수 없다는 물리학적인 사실 사이에서 모순에 직면하였던 것이다.

이렇게 절망에 가까운 모순에 빠진 이상에게 로켓의 설계라는 거의 불가능에 가까웠던 기획을 접을 수 있도록 해주었던 것은 바로 한 장의 거울이었다. 간단하게 생각해 본다면, 인간이 빛의 속도로 이동할 수 있는 간단하고도 가능한 방법은 스스로를 거울에 비춰 보이는 것뿐일지도 모른다. 어떤 대상이 거울에 반사될 때 대상으로부터 거울면에 이르러 구체화되는 상(象, 이미지)은 빛의 작용에 의거하는 것이고, 당연하게도 이때의 빛은 빛의 속도로 이동한다. 여기에 있는 '내'가 동시에 거울 속에도 존재할 수 있는 것은 빛이 그만큼 빠른 속도로 이동할 수 있다는 사실에서 근거한다. 따라서 '거울의 굴절 반사의 법칙'을 가능하게 하는 빛의 속도는 나로 하여금 물리적으로 빛의 속도로 나아가지 않고서도 빛의 속도를 제공하는 매개가 되는 것이다. 거울은 단순히 대상의 모사를 만

라즐로 모홀리 나기와 빛의 실험

라즐로 모홀리 나기(László Moholy-Nagy, 1895~1946)는 헝가리 태생으로 초기에는 표현주의나 구성주의적인 회화를 그리며, 헝가리의 MA라는 전위예술운동에 가담하였다. 이후 베를린으로 옮겨와 사진을 경험하게 되면서 카메라를 쓰지 않고 회화와 사진의 중간 영역에서 만들 수 있는 이미지들인 포토그램(photogram), 포토몽타주(photomontage) 등의 작업들을 주도하였다. 이후 1923년에는 발터 그로피우스(Walter Gropius)가 주재하던 바우하우스의 교수가 되어 총서들을 발간하면서 뉴비전 운동을 주도하는 등 활발한 활동을 전개하다가 바우하우스가 나치의 감시대상이 되자 1928년에 바우하우스를 떠나 미국으로 건너갔다.

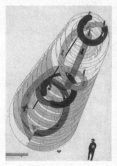

(좌) 라즐로 모홀리 나기, 「빛 키네틱 구축 시스템(Kinetic Stuructive System)」, 1922.
(중) 라즐로 모홀리 나기, 「포토그램(Photogram)」, 1925~29.
(우) 라즐로 모홀리 나기, 「빛-공간 조절기(Licht-Raum-Modulator)」, 1930.

일본에서 모홀리 나기가 소개되기 시작한 것은 1926년을 즈음해서이다. 따라서 1931년 당시의 이상이 과연 이 모홀리 나기를 알았겠는가 하는 문제가 당연하게 제기될 수 있다. 하지만 이상이 다녔던 경성고공의 건축과 교수들 중 당시 건축계에서 가장 주목받고 있었던 독일 바우하우스를 책임지고 있던 모홀리 나기에 대해 소개했을 가능성은 적지 않다. 또한 이상이 시를 연재했던 『조선과 건축』의 1932년 9월, 10월자 권두언에는 R이라는 필명으로 '모홀리 나기이(モホリ-ナギイ)'와 그의 예술적인 창조활동이 언급되어 있다. 비록 이 R이라는 필명을 쓴 사람이 이상이 맞는가 하는 데에는 여전히 의문이 제기되고 있으나 이상이 다른 글에서 R청년공작, R의학박사 등 자신의 분신을 가리키는 단어로 R이라는 알파벳을 쓴 점을 감안하면 가능성이 아주 없다고 보기는 어렵다.

들어내는 도구인 것만이 아니라 새로운 차원을 생성시키는 도구인 것이다.

게다가 일반적인 과학 시간의 실험과 마찬가지로, 거울 두 장을 서로 마주 보도록 맞붙여두면 그 거울 면과 거울 면 사이에서는 무한 개수의 이미지가 반사되어 만들어지지 않는가? 거울을 통하여 반사되어 만들어지는 무한한 개수의

'이상(李箱)'이라는 현상

상들은 인간이 빛의 속도를 초월하지 않고도 바로 수많은 나를 만들어낼 수 있는 가능성을 실현할 수 있는 방안이 된다. 이때, 이상이 「1931년(작품 제1번)」에서 말한 것처럼 거울의 수량은 바로 나의 분신의 수량으로 계산될 수 있고 거울의 수량은 빛의 속도를 통해 계산될 수 있다. 빛보다 빠른 속도에 근거한 자아의 다차원적인 복제를 통해서 무한의 풍경을 보는 것이 이상의 무한에 대한 프로젝트였다면, 거울이라는 대상은 가장 현실적이고도 확실한 도구가 될 수 있었던 셈이다.

결국, 이상은 한 장의 거울을 발견함으로써 현실 세계에서는 좌절되었던, 시공간의 확장 가능성을 새롭게 발견할 수 있었다. 즉 거울의 발견을 통해서야 비로소 이상은 실제로 빛의 속도로 달리지 않고서도 고차원에 대한 꿈을 꿀 수 있었던 것이다. 이상이 시도했던 0이라는 숫자로부터 시작된, 무한을 향한 무모한 관념의 모험은 거울이라는 현실적이고도 구체적인 대상을 발견하는 것으로 실현될 수 있었다. 1931년 이후 이상의 시에서 거울에 대한 이미지가 유독 자주 등장하고 있는 것은 바로 이 때문이다.

이상(李箱), 「診斷 0:1」, 건축무한육면각체 연작,
『朝鮮と建築』, 1932.7, 25쪽.

이상(李箱), 「오감도 4」, 오감도 연작,
「조선중앙일보」, 1934.7.28.

1932년 7월에 연재된 '건축무한육면각체' 연작에 속해 있는 「진단 0:1」이라는 시와, 1934년 7월에 '오감도' 연작 중 제4호인 시는 기록된 부제나 아래의 제목, 날짜 등이 거의 그대로 일치하고 있다. 1부터 0까지의 숫자들로 가득 차 있는 암호와도 같은 이 시들은 10진법이라는 인간이 사용하는 숫자들에 답답함을 느낀 이상이 내놓은 세상에 대한 진단에 해당한다.

두 시의 유일한 차이점이라면 바로 본문의 숫자가 거울 면에 비친 것처럼 뒤집혀진 역상이라는 사실이다. 즉, 2년 전 「진단 0:1」 속의 이상이 의사였다면, 2년 뒤의 「오감도」 4호 속의 이상은 환자로 바뀌어 있는 식이다. 이는 단지 주체의 위치와 역할의 변화를 의미하는 것은 아니다. 거울을 사이에 두고 의사와 환자가, 주체와 객체가, 정상과 역상이, 현실과 꿈이 연결되어 공존하고 있는 형국이다.

이상에게 있어 거울은 단지 나를 비춰보는 대상이 아니라 나를 비끄러매고 있는 시공간적인 차원을 벗어나 보다 다른 차원에 이르도록 하는 일종의 통로였다. 이상이 이러한 변화를 통해 표현하고자 했던 바는 바로 에셔*의 그림과 마찬가지로 뫼비우스의 띠(평면)나 클라인씨의 병(입체)처럼 안과 밖이 연결되어 꼬여 있는 구조를 통해서만 단일한 차원이 주체에게 가하는 압박을 초월할 수 있다는 상상력이었던 것이다. 즉 거울이라는 대상의 선택은 단순한 시의 소재로서가 아닌 여기 눈앞에 드러난 3차원의 시공간에 고착된 주체의 시선으로부터 탈피하여 주체가 객체로 바뀌는 차원의 이동과 관련된 관념적 실험의 연장선으로 해석된다.

「진단 0:1」을 발표한 시기로부터 「오감도」 제4호에 이르는 고작해야 2년 남짓한 사이에 이상은 조선총독부를 그만두고 본격적인 작가의 길을 걸었고, 각혈을 하면서 삶과 죽음의 사이를 경험하였다. 2년간 그가 발표한 위의 시들 사이에서 좌우의 대칭된 이미지의 변화가 등장하고 있다는 사실은 이 사이에 이상이 그동안 빛보다 빠른 인간의 속도에 대한 갈망을 버리고 거울이라는 실질적인 대상을 발견하였다는 증례가 될 수는 없는 것일까. 실제로 이「오감도」를 쓸 무렵, 이상은 더 이상 빛이나 속도에 대한 주제를 포기하고 보다 현실적인 주제로 이전해 가는 경향을 보이고 있었다. 특히 그중에서 자주 등장했던 것이 바로 '거울'이라는 소재였던 것이다.

"해부"라는 제목을 갖고 있는「오감도」제8호의 1부는 이와 같이 거울을 이용하여 수많은 무한개의 나를 만들어내기 위한 이상의 관념 실험의 연장선을 잘 보여주고 있다.

제1부 시험 / 수술대 1 / 수은도말평면경 1 / 기압 2배의 평균기압 / 온도 전혀 없음 // 우선 마취된 정면으로부터 입체와 입체를 위한 입체가 구비된 전체를 평면경에 영상시킴. 평면경에 수은을 현재와 반대 측면에 도말 이전함.(광

에셔의 거울과 공간적 전이

마우리츠 코르넬리스 에셔

에셔(Maurits Cornelis Escher, 1898~1972)가 창조했던 공간성은 내부와 외부가 서로 맞물려 경계가 존재하지 않는 관념 속에서만 존재하는 것이다. 에셔의 그림 속에는 과연 보는 나라는 주체가 존재하는가 하는 물음이 담겨 있다. 이는 마치 데카르트가 방법적 회의 이전에 꿈과 현실 사이에서 자신의 존재 자체를 의문시했던 것과 같다. 데카르트가 오히려 코기토(cogito)라는 근대적 주체를 정립하는 방향으로 나아갔다면 에셔는 한 발 뒤로 물러나 세계의 여기와 저기 사이의 구분을 모두 의심스럽게 만들어버렸다.

이상의 주제 역시 에셔의 그것과 매우 흡사하다. 이상이 시를 통해 자아의 분할과 증식을 의도했던 것은 바로 답답하고 단일한 공간성을 해소하고 보다 다방향적이고 다층위적인 공간성을 지향하고자 한 것이었다. 물론 에셔가 그렸던「유리구슬을 든 손」은 1935년작이니 이상이 이것을 보고 창작을 했을 가능성은 거의 없다. 하지만 이를 동시대의 예술가들이 각기 비슷한 주제를 가지고 각기의 영역에서 천착해 나간 결과들이 동일한 모양으로 수렴된 양상으로 이해할 수도 있지 않을까.

에셔,「유리 구슬을 든 손」, 1935.

선 투입 방지에 주의하여) / 서서히 마취를 해독함. 1축 철필과 1장 백지를 지급
함.(시험 담임인은 피시험인과 포옹을 절대 기피할 것) 순차 수술실로부터 피실험인
을 해방함. 익일. 평면경의 종축을 통과하여 평면경을 2편으로 절단함. 수은도
말 2회. / 등 아직 그 만족한 결과를 얻지 못하였음.

이상(李箱), 「오감도 8-해부」, 오감도 연작, 「조선중앙일보」, 1934.8.3.

이 시에는 아마도 이상의 각각 다른 자아들인, 의사와 환자, 혹은 실험자와
피실험자가 등장한다. 이 실험에서 실험자는 피실험자의 마취된 정면 영상을 거
울에 투영한다. 피실험자의 입체는 평면의 거울 속에 영사된다. 이때 실험자는
빛이 새어 들어가지 않도록 거울의 앞면에 수은을 도말(塗沫), 즉 펴 바른다. 이
러면 실험자의 입체의 영상은 거울 속 수은과 수은 사이의 공간에 갇히게 된다.
실험자의 영상이 마취에서 깨어나는 순간 그 앞, 뒷면은 모두 거울이므로 대상
은 거울 면 양쪽으로 무한 반사를 통해 무한 증식하는 경험을 하게 되는 것이
다. 이 실험을 마치고 난 다음 날 실험자는 평면경의 종축으로 평면경을 얇게 켜
서 잘라낸다. 그러면 양쪽 거울에는 각각의 방향으로 무한 개수의 피실험자의
영상이 담겨 있게 될 것이다. 이 시에서는 두 장의 거울의 앞면에 다시 수은을 도
말하고 거울의 종축을 따라 박리해 내듯 양쪽을 균등하게 잘라내어 분리하고
또다시 양쪽에 수은 도말하는 작업을 계속해서 반복하는 것이다. 그러면 수많
은 '나'들의 영상이 담겨 있는 수많은 거울들이 늘어나게 된다. 만약 이렇게 거울
개수만큼, 아니 거울에 해당하는 무한의 개수만큼 많은 모조의 '나'들이 생겨나
게 되면 결국 어느 것이 진짜인지 알 수 없거나, 혹은 알 필요가 없는 상태가 도
래하게 될 것이다.

결국 이 「오감도」 시 8호의 관념적 실험의 요체는 앞선 「선에 관한 각서」 연
작에서 이상이 빛의 속도가 담보된 4차원의 세계를 통해 무한한 나들이 펼쳐진
풍경을 거울이라는 현실적인 대상을 통하여 실현하고자 했던 것에 있었던 셈이

다. 그렇다면, 이 시의 2부는 어떠할까.

제2부 시험 / 직립한 평면경 1 / 조수 여러 명 // 야외의 진공을 선택함. 우선 마취된 팔의 끝단을 거울에 부착시킴. 평면경의 수은을 벗겨냄. 평면경을 후퇴시킴.(이때 영상된 팔은 반드시 유리를 무사 통과하겠다는 것으로 가설함) 팔의 종단까지. 다음 수은 도말.(재래면에) 이 순간 공전과 자전으로부터 그 진공을 강차(降車)시킴. 완전히 2개의 팔을 접수하기까지. 다음 날. 유리를 전진시킴. 이어서 수은주를 재래면에 도말함(팔의 처분)(혹은 멸형) 기타. 수은 도말면의 변경과 전진 후퇴의 반복 등. / ETC 이하 미상

이상(李箱), 「오감도 8−해부」, 오감도 연작, 「조선중앙일보」, 1934.8.3.

제2부의 실험은 1부의 그것보다 오히려 간단하다. 준비물은 바로 서 있는 평면경만 있으면 된다. 야외에서 마취된 팔의 끝에 서 있는 평면경을 댄다. 거울의 뒤쪽에 도말된 수은을 벗겨낸다. 그리고 평면경을 후퇴시킨다. 이때 하나의 가정이 필요하다. 뒷면의 수은을 벗겨내었으니 이제 거울은 유리(硝子)가 되었고 이 유리는 몸을 통과할 수 있다는 것이다. 이 모든 것이 실제 실험이 아니라 관념 속에서 일어나는 실험이니 무엇이든 가능하다. 이 유리를 팔의 끝, 어깨가 있는 곳까지 후퇴한다. 그 다음 다시 유리면에 수은을 도말, 즉 펴 바른다. 그러면 거울 속에 두 개의 팔을 가둬버릴 수 있게 되는 것이다. 다음 날 이 거울을 원래 자리로 전진시켜 수은을 도말하여 마지막 처리를 하고 수은 도말면을 바꾸어서 중복 실험을 한다. 이 실험은 앞선 실험보다 명료하지는 않지만, 실험의 의도는 팔(정확히는 팔의 영상을)을 잘라 유리에 가두고자 하는 것이다. 실험 뒤에는 거울에 갇힌 팔의 영상이 2개 혹은 무한 개수로 늘어날 것이다. 즉 거울은 이상으로 하여금 무한한 '나'들의 분열과 증식하는 분신술(分身術)의 상상력을 가능하게 하는 실제적인 매개였다.

거울 속의 내가 요구하는 주체에 대한 권리

거울은 언제나 부지런하다. 그 속에는 언제나 어디서나 나와 꼭 닮은 인간이 존재하기를 멈추지 않는다. 혹 거울 세계 속에서 제멋대로 돌아다니던 나를 꼭 닮은 그가, 내가 거울 앞에 설 때면 서둘러 달려와 어쩔 수 없이 나와 꼭 맞추어 거울 앞에 서는 것은 아닐까, 하는 상상을 하게 된다. 이와 같은 공상은 사실 터무니없는 것이지만, 그럼에도 불구하고 거울에 영사된 또 다른 나의 실재가 그저 나의 모사된 존재일 뿐이라는 보증은 아무 데도 없다. 거울 속의 세계에 존재하고 있는 나와 꼭 닮은 존재가 주체에 대해 권리를 요구할지도 모른다는 생각은 거울이라는 대상에 있어서는 꽤 역사가 깊은 상상력에 속한다.

데카르트가 의심했던 주체의 존재에 대한 보증은 방법적 회의(cogito ergo sum)를 통한 코기토적 존재성의 확보를 통해 이루어질 수 있었으며 이는 주체를 중심으로 한 근대철학의 새로운 장을 열었다. 하지만 거울 속에 존재하는 또 다른 나의 코기토적 존재성은 어떻게 확인될 수 있을까. 이는 오직 거울 속에 비친 '그'라는 객체가 '나'라는 주체로부터 벗어나 행위적 자율성을 가질 수 있는 가능성으로만 확인될 수 있는 것은 아닐까. 이상이 끊임없이 거울 속 대상의 실체에 대해 촉각이라는 감각을 통해 확인하고 있는 것은 이 때문이다. 만약 거울 속의 '그'가 독립된 인간으로서 자율적으로 움직인다면, 그리고 그것을 내가 손으로 맞닿아 확인할 수 있다면, 나는 그의 존재를 의심할 수 없게 된다. 1933년의 이상이 그토록 거울 속의 나와 악수하기를 원했던 것은 이 때문이다.

거울 속에는 소리가 없소 / 저렇게까지 조용한 세상은 참 없을 것이오 // 거울 속에도 내게 귀가 있소 / 내 말을 못 알아듣는 딱한 귀가 두 개나 있소 // 거울 속의 나는 왼손잡이오 / 내 악수를 받을 줄 모르는—악수를 모르는 왼손잡이오 / 거울 때문에 나는 거울 속의 나를 만져보지를 못하는구료마는 // 거울이 아니었던들 내가 어찌 거울 속의 나를 만나보기라도 했겠소 // 나는 지금 거울을 안 가졌소마는 거울 속에는 늘 거울 속의 내가 있소 / 잘은 모르지만 외로된 사업에 골몰할 게요 // 거울 속의 나는 참 나와는 반대요마는 / 또 꽤 닮았소 / 나는 거울 속의 나를 근심하고 진찰할 수 없으니 퍽 섭섭하오

이상(李箱), 「거울」, 『가톨닉청년』, 1933.10.

하지만, 여전히 거울 속의 나는, 여기의 나와는 악수하기를 거부하고 있다. 태생부터 왼손잡이인 그는 나와는 악수 자체가 불가능하다. 소리가 닿지 않는 조용한 세상인 거울 속에서 실제로 존재하는지 아닌지도 알 수 없는 수상한 거울 속의 또 다른 나는 거울 밖의 내가 보지 않을 때에만 내가 알지 못하는 사업을 행하고 있다. 나와 거울 속의 나의 관계가 이러하니, 그가 어찌 두려움의 대상이 아닐 수 있을까.

「오감도 15」의 시 속에는 스스로 자신의 존재를 보증하지도 못하면서 내가 보지 않는 곳에서 수상하기 짝이 없는 외로운 사업에 골몰하고 있는 거울 속에 존재하는 나에 대한 공포가 드러나 있다. 거울이 없는 실내에서 거울 속의 나는 어딘가로 사라져버려 나를 해할 음모를 꾸미고 있을지도 모르는 것이다. 칼을 든 괴한처럼 공포를 일으키는 대상이 뚜렷하게 확정되어 있을 때보다 익숙한 것이 낯설게 되는 것에서 도래하는 이 공포는 그것이 어디에 어떠한 모양으로 존재하는지 알 수 없다는 사실 때문에 촉발되고 더욱 극대화된다. 거울이 없는 실내에서 외출해 있어 내가 불러도 듣지 못하고, 악수를 청해도 악수를 받을 줄 모르는 그는 분명 나에게 앙심을 품고 있는 것이고, 어디선가 나를 해할 음모를 꾸미고 있음에 틀림없는 것이다.

1 나는 거울 없는 실내에 있다. 거울 속의 나는 역시 외출 중이다. 나는 지금 거울 속의 나를 무서워하며 떨고 있다. 거울 속의 나는 어디 가서 나를 어떻게 하려는 음모를 하는 중일까.

2 죄를 품고 식은 침상에서 잤다. 확실한 내 꿈에 나는 결석하였고 의족을 담은 군용장화가 내 꿈의 백지를 더럽혀놓았다.

3 나는 거울 있는 실내로 몰래 들어간다. 나를 거울에서 해방하려고, 그러나 거울 속의 나는 침울한 얼굴로 동시에 꼭 들어온다. 거울 속의 나는 내게 미안한 뜻을 전한다. 내가 그 때문에 영어(囹圄)되어 있듯이 그도 나 때문에 영어되어 떨고 있다.

4 내가 결석한 나의 꿈. 내 위조가 등장하지 않는 내 거울. 무능이라도 좋은 나의 고독의 갈망자다. 나는 드디어 거울 속의 나에게 자살을 권유하기로 결심하였다. 나는 그에게 시야도 없는 들창을 가리키었다. 그 들창은 자살만을 위한 들창이다. 그러나 내가 자살하지 아니하면 그가 자살할 수 없음을 그는 내게 가르친다. 거울 속의 나는 불사조에 가깝다.

5 내 왼편 가슴 심장의 위치를 방탄금속으로 엄폐하고 나는 거울 속의 내 왼편 가슴을 겨누어 권총을 발사하였다. 탄환은 그의 왼편 가슴을 통과하였으나 그의 심장은 바른편에 있다.

6 모형심장에서 붉은 잉크가 엎질러졌다. 내가 지각한 내 꿈에서 나는 극형을 받았다. 내 꿈을 지배하는 자는 내가 아니다. 악수할 수조차 없는 두 사람을 봉쇄한 거대한 죄가 있다.

이상(李箱), 「오감도 15」, 오감도 연작, 「조선중앙일보」, 1934.8.8.

이미 보르헤스가 『상상 동물 이야기(Manual de zoología fantástica)』*에서 정리해둔 것처럼 이 상상력은 거울 속 존재들이 더 이상 나의 행위를 똑같이 모방하는 타율적 존재이기를 멈추고 스스로의 뜻대로 움직이고 행동하게 될지 모른다는 공포와 불안으로부터 비롯된다.

이러한 거울로부터 촉발되는 상상력과 그로 인한 공포는, 꿈에 대한 주체의 사유와 유사한 면이 있다. 분명, 꿈에 대한 권리는 꿈을 꾸는 주체에게 있는 것이되, 꿈을 꾸는 주체가 원하는 양상대로 꿈이 결정되는 것은 아니기 때문이다. 꿈의 주인인 나는 언제나 나의 꿈으로부터 결석하거나 그 권리를 잃는다. 프로이트 혹은 라캉 식으로 말한다면, 꿈은 주체의 언어로는 결코 해석하기 어려운, 무의식의 언어로 조립된 것이며, 적절한 해석자를 만나지 않고서는 해석되지 않는 일종의 암호로 된 편지이다. 그러므로 나는 악몽이 적혀 있는 편지를 원하지 않았더라도 그것을 배달받지 않을 수는 없다.

거울은 이상의 시 속에서 좌절된 빛의 속도와 무한의 분신이라는 주제를 현실적으로 담보해 줄 수 있는 유일한 대상으로 표상된다. 하지만 거울은 단지 유용한 도구일 뿐, 결코 속도를 통해 새로운 무한 차원을 열어젖힐 수 있는 빛의 대체물은 될 수 없다. 거울은 절박한 현실의 한계에 부딪힌 이상이 찾아낸 타협점일 뿐이기 때문이다. 거울의 안과 밖 사이를 오갈 수 있는 상상력이 결부

상상 동물 이야기와 '거울 속의 세계'

보르헤스가 1967년에 쓴 『상상 동물 이야기(Manual de zoología fantástica)』의 '거울 속 동물들'이라는 장 속에는 다음과 같은 이야기가 들어 있다. "황제 시대에는 거울 속의 세계와 인간의 세계가 지금처럼 단절되어 있지 않았다. 오히려 성질과 색, 그리고 형태가 서로 다른 다양한 작은 통로들이 있었다. 거울의 세계와 인간의 세계는 평화를 지키며 거울을 통하여 서로 왕래하였다. 그런데 어느 날 저녁 거울 속의 사람들이 인간들을 공격해 왔다. 그들의 힘은 대단한 것이었다. 그러나 피비린내 나는 처절한 전투 끝에, 인간은 황제의 신비한 능력에 힘입어 승리를 쟁취할 수 있었다. 황제는 침략자들을 몰아내어 거울 속에 가두어버렸다. 그리고 그들에게 인간의 행위를 똑같이 따라서 하라고 명령하였다. 즉 그들의 힘을 빼앗아버렸을 뿐만 아니라 그

『상상 동물 이야기』의 표지

들 본연의 형상까지도 빼앗아, 인간과 사물에 종속된 단순한 그림자로 만들어버렸던 것이다. 그러나 그들은 언젠가는 이 신비한 동면 상태에서 깨어나게 될 것이다. (중략) 그것들은 점점 우리들의 모습과 다른 모습을 띠게 될 것이고 더 이상 우리 행동을 흉내내지 않을 것이다. 또한 유리벽을, 또는 금속으로 만든 벽을 깨고 뛰쳐나올 것이다. 그러나 이번에는 그리 쉽게 굴복하지 않을 것이다. 거울 속의 사람들과 물 속의 사람들이 서로 힘을 합쳐 인간에게 대항할 것이다."(남진희 역, 『상상 동물 이야기』, 까치, 1994, 24~25쪽)

이상과 보르헤스가 거울을 통해 전개하는 상상력과 사유의 방식은 많은 유사한 지점이 존재한다. 이는 결국에는 타자의 존재로서 거울 속 존재의 존립 방식에 대한 것이다.

되지 않는다면 냉담하고도 단단한 벽에 불과하다. 이상이 빛의 대체물로서 거울이라는 대상을 찾아내었던 순간부터 이러한 반대급부는 이미 예정되어 있는 것이었는지도 모른다. 무한의 속도를 포기하고 거울이라는 현실적 대상을 선택한 것에 대해 필연적으로 뒤따르는 부작용과 같다.

이상은 수많은 차원에 존재하는 '나'들을 증식하는 풍경을 단지 시각적으로 보기만을 원하고 있는 것이 아니라 그와 손을 마주 대고 소통하고 싶어 한다. 하지만 거울은 거울면이 상기하는 차가운 단절이라는 촉각적 감각을 통해 어떤 친밀성의 감각도 허락하지 않는다. 물론 이상이 이러한 거울이 갖는 한계를 모르고 있었을 리는 없다. 이상은 분명 '삼차각설계도' 연작이나 그 이전에도 거울이 만들어내는 좌우의 역상에 대해 인지하고 있었기 때문이다. 그럼에도 불

'이상(李箱)'이라는 현상

구하고 그가 거울을 택할 수밖에 없었던 것은 그것을 수용하지 않으면 안 되는 절박한 현실적 요구에서 비롯된다. 어쩔 수 없이 그는 좌우로 바뀐 자아의 역상으로부터 인간이 반드시 갖게 마련인 좌우의 분리와 대립을 통해 새로운 의미를 파생하고자 하였을 뿐만 아니라, 나아가 내가 뻗은 손에 만져지는 거울 표면의 냉기를 파고들어 정맥을 통해 피가 돌고 있는 피부의 온기를 느끼고자 하는 방법론을 마련하고자 하였던 것이다.

바른손에 과자 봉지가 없다고 해서 / 왼손에 쥐어져 있는 과자 봉지를 찾으러 지금 막 온 길을 5리나 되돌아갔다 / X / 이 손은 화석이 되었다 / 이 손은 이제는 이미 아무것도 소유하고 싶지도 않다 소유된 물건의 소유된 것을 느낄 수조차 없다 / X / 지금 떨어지고 있는 것이 눈(雪)이라고 한다면 지금 떨어진 내 눈물은 눈(雪)이어야 할 것이다 // 나의 내면과 외면과 / 이러한 계통인 모든 중간들은 지독히 춥다 // 좌 우 / 이 양측의 손들이 상대방의 의리를 저버리고 두 번 다시 악수하는 일은 없이 / 곤란한 노동만이 가로놓여 있는 이 정돈하여 가지 않으면 안 될 길에 있어서 독립을 고집하는 것이기는 하나 // 추울 것이다 / 추울 것이다

이상(金海卿), 「공복(空腹)」, 『朝鮮と建築』, 1931.7.

이미 1931년 7월에 발표한 「공복」이라는 시 속에서 이상은 좌우의 손들의 불합치라는 모티프를 다루고 있다. 이 시에서 그는 바른손에는 과자 봉지가 없고, 왼손에는 과자 봉지가 있다는 사실을 통해 두 손 사이의 거리를 강조하여 드러내고 있다. 오른손과 왼손의 대칭성이 훼손된 상황인 것이다. 이러한 두 손 사이의 거리, 그리고 대칭성의 훼손은 다시 나의 내면과 외면 사이의 상이점으로 확장된다. 내면과 외면 사이, 오른쪽과 왼쪽 사이에 존재하는 수도 없이 많은 '중간'들은 차가운 거울 면 위에서 비로소 삭제되어 버리고 마는 것이다. 이러한

바른손과 왼손의 대립, 그것은 한편으로는 이상의 주체가 선택할 수 있는 운명적인 두 개의 대칭된 항로와 그 대립을 가리키는 것이기도 하고 그 두 가지 존재 사이에 놓여 있는 동질성과 차이를 드러내는 것이기도 하다.

> 하룻날, 탕아는 이 처참한 현상을 내 집이라 생각하고 돌아와보았다. 뜰 앞에 화초만이 향기롭게 피어 있다. 붉은 열매가 열린 것도 있었다. 그러나 가족들은 여지없이 변형되고 말았고, 기성을 발하며 욕지거리다. / 시종 나는 암말 없었다. / 이미 만사가 끝났기 때문이다. 나는 혼자서 손바닥만 한 마당에 내려서서 주위를 둘러본다. 내 손때가 안 묻은 물건은 하나도 없다. / 나는 책을 태워버렸다. 산적했던 서신을 태워버렸다. 그리고 나머지 기념을 태워버렸다. / 가족들은 나의 아내에 관해서 나에게 질문하거나 하지는 않는다. 나도 말하지 않는다. / 밤이면 나는 유령과 같이 흥분하여 거리를 뚫었다. 나는 목표를 갖지 않았다. 공복만이 나를 지휘할 수 있었다. 성격의 파산 – 그런 것을 나는 꿈에도 돌아보려 않는다. 공허에서 공허로 말과 같이 나는 광분하였다. 술이 시작되었다. 술은 내 몸 속에서 향수같이 빛났다. / 바른팔이 왼팔을, 왼팔이 바른팔을 가혹하게 매질했다. 날개가 부러지고 파랗게 멍든 흔적이 남았다.
>
> 이상(李箱), 「공포의 기록」, 「매일신보」, 1937.4.25～5.15.

이러한 좌우의 대칭과 비대칭은 결국 이상의 내면을 좌초 직전으로 이끈다. 이상의 사후에 발표된 「공포의 기록」에는 당시의 이상의 내면적 상황이 잘 묘사되어 있다. 이 글이 쓰인 시기는 이상이 아내(금홍)의 가출 이후 극심한 절망에 빠졌을 때라고 생각된다. 그는 그렇게 생활을 잃고서 지금까지 그가 쌓아올린 지식을 버린다. 그는 지금까지 자신이 보았던 책을 태우고, 서신을 태우고, 온갖 기념이 될 만한 것들을 태우면서 자신이 소유한 지식을 부정하였던 것이다.

분명 아인슈타인의 상대성이론을 비롯한 물리학과 수학을 공부하면서, 첨단의 근대건축이론과 예술이론을 공부하면서, 미술과 문학에서 빛나는 작품을 남기고자 하는 의욕을 보였던 시기에 이상이 보여주었던 활기가 송두리째 사그라져버린 것이다. 마치 거울면을 넘나들듯, 주관의 내, 외부를 관통할 수 있었던 예술적 상상력이 차가운 현실의 조건과 만나 형편없이 축소되고 마는 것과 같이, 이상은 더 이상 경계를 넘나드는 전이적인 상상력을 발휘하지 못하고 고착되어 버렸다. 이상은 예민하게도 자신의 예술적 자의식 내부에서 일어나고 있는 화석화의 경향을 발견하였던 것이다. 거울은 더 이상 드나들 수 있는 통로가 아니라 단단한 벽일 뿐이다. 거울의 양쪽 면의 주인인 바른팔과 왼팔이 서로를 남인 양 가혹하게 매질하고 있다. 그것은 빛의 속도로 나아가는 사유를 통해, 무한의 정신을 꿈꾸었던 이상의 예술적 내면을 잠식해 들어가고 있었다.

거울 세계의 피안, 꿈속 세계로 탈출하는 기획

이미 「오감도」를 연재할 즈음의 이상은 더 이상은 과거의 자신처럼 단지 무한한 나를 늘리는 주제만으로는 만족할 수는 없었던 것으로 생각된다. 그는 한편으로는 거울이라는 도구가 줄 수 있는 차원의 증식을 통해 단단히 고착되어 있던 단일성으로부터 스스로를 해방하려는 관념 실험을 실행하였으되, 다른 한편으로 거울이 이쪽과 저쪽을 단절시키는 차가운 표면을 가진 매개라는 사실을 확인하고 절망하였다. 거울이 결국 이쪽과 저쪽, 나와 또 다른 나를 단절시키는 도구에 불과하다면, 그것이 아무리 나를 늘려주는 역할을 한다고 하더라도 결국 자아를 해방하는 계기가 되기보다는 또 다른 구속을 늘리는 것에 다름 아닐 것이다. 결국 거울의 이쪽과 저쪽이 매개되지 않으면 안 되는 것이다. 거울 속으로 손을 내밀어 거울 속에 있는 또 다른 나와 손을 맞대고 악수하지 않으면 안 되는 것이다. 하지만 어떻게 그럴 수가 있는가. 무엇보다도 거울의 표면

이 상기하는 선뜩한 물질적인 촉감이 이를 단단히 거부하고 있지 않은가.

　　여기 한 페이지 거울이 있으니 / 잊은 계절에서는 / 얹은머리가 폭포처럼 내리우고 // 울어도 젖지 않고 / 맞대고 웃어도 휘지 않고 / 장미처럼 착착 접힌 / 귀 / 들여다보아도 들여다보아도 / 조용한 세상이 맑기만 하고 / 코로는 피로한 향기가 오지 않는다.// 만지작만지작하는 대로 수심이 평행하는 / 일부러 그러하는 것 같은 거절 / 오른편으로 옮겨앉은 심장일망정 고동이 / 없으란 법 없으니 // 설마 그러랴? 어디 촉진…… /하고 손이 갈 때 지문이 지문을 가로막으며 / 선뜩하는 차단뿐이다. // 5월이면 하루 한 번이고 / 열 번이고 외출하고 싶어 하더니 / 나갔던 길에 안 돌아오는 수도 있는 법 // 거울이 책장 같으면 한 장 넘겨서 / 맞섰던 계절을 만나련만 // 여기 있는 한 페이지 / 거울은 페이지의 그냥 표지―

이상(李箱), 「명경」, 『여성』, 1936.5.

1936년 『여성』지에 발표한 「명경」이라는 시에서 이상은 거울에 대한 그간의 소회를 정리하고 있다. 이상은 거울을 책의 페이지에 비유하면서 그 속에 담겨 있는 세계(여기 세계가 대칭적으로 영사된) 속에서는 아무 소리도, 아무 향기도 나지 않는다고 말한다. 손으로 만지작만지작해 보지만 일부러 그러기라도 하는 것처럼 거울 속의 나는 악수를 거절하고 있는 것이다. 나는 그럼에도 불구하고 그가 존재한다면 적어도 거울에 비쳐 오른쪽에 있는 그의 심장만큼은 뛰고 있지 않을 것인가 하고 생각한다. 하지만 정말로 그러할까 손을 내밀어 촉진(觸診)해 보니 내 손의 지문을 또 다른 지문이 가로막으며 선뜩한 차단의 감촉만이 남았더라는 것이다. 거울이 책장이었다면 책장을 넘겨 그 속에 있는 무엇이든 만났으련만 거울은 결코 책장은 아니었던 것이다. 우리는 어떻게 저쪽 세계로 나아갈 수 있을까. 이 문제는 현실과 꿈, 낮과 밤, 남성과 여성, 자아와 타자 등 세계에 존재하는 이항대립의 이쪽 끝과 다른 쪽 끝은 어떻게 만날 수 있을까, 하는 보르헤스적인 주제가 아닐 수 없다.

한편, 이러한 거울과 꿈은 루이스 캐럴*에게 있어서도 주요한 소재이기도 했다. 루이스 캐럴이 쓴 『이상한 나라의 앨리스Alice's Adventure in Wonderland』(1865)에서 앨리스가 모험을 시작하는 계기, 즉 현실 세계로부터 꿈의 세계로 건너가는 매개로 삼았던 것은 바로 지면 아래로 뚫린 구멍이었다. 앨리스는 시계를 보면서 늦었다고, 늦었다고 중얼거리는 흰 토끼를 쫓아가다가 지하 세계의 꿈속으로 한없이 떨어졌던 것이다.

> 하여간 이 '아리스' 나라 같은 불가사의한 나라에 제출된 외교문서에 우리들이 가지고 있는 법률을 적용하려고 하는 것은 도리어 무효일 줄 압니다.
>
> 이상(李箱), 「혈서삼태(血書三態)」, 『신여성』, 1934.6.

> 그 수염난 사람은 시계를 꺼내 보았다. 나도 시계를 꺼내 보았다 늦었다고 그랬다. 늦었다고 그랬다.
>
> 이상(李箱), 「월상(月像)」, 실락원 연작, 『조광』, 1939.2.

유고(遺稿)로 발표된 「월상(月傷)」이라는 작품에서 이상은 앨리스를 꿈의 세계로 끌어들였던 이 흰 토끼와 흡사한 수염 난 사람을 등장시키며 그가 시계를 보면서 '늦었다', '늦었다'고 중얼거리는 장면을 묘사하고 있다. 게다가 「혈서삼태」라는 수필에서는 '앨리스의 나라'를 언급하고 있어 그가 당연하게도 이 '앨리스'를 읽었다는 사실을 알 수 있다. 꼭 이 부분만이 아니더라도 이상의 작품 전반에서는 현실과 꿈 사이의 모호한 경계성과 역전성이 드러나 있어 루이스 캐럴의 작품으로부터 많은 영향을 받았다는 사실을 짐작할 수 있다.

한편, 루이스 캐럴*이 『이상한 나라의 앨리스』의 후편으로 쓴 『거울 나라의 앨리스(Through the Looking-Glass and What Alice Found There)』(1871)에서는 어떠했 을까. 이 작품에서 앨리스는 다름 아니라 벽난로 위에 있던 거울 속으로 들어간 다. 이 소설에서 거울은 바로 전작인『이상한 나라의 앨리스』에서 앨리스가 모험 했던 꿈의 세계로 통하는 통로가 되고 있는 것이다. 자신을 비추는 거울이 자신 (혹은 누군가)의 꿈으로 향하는 통로라는 상상력이 전개된다. 거울 속의 세계가 존재하며 꿈이 바로 현실 세계와 거울 속의 세계를 매개할 수 있다는 상상력은 분명 전작에 비해『거울 나라의 앨리스』가 도달한 보다 분명한 지점이다.

차가운 거울면을 눈앞에 두고서 절망에 빠져 절박하게 외쳤던 이상과 달 리, 루이스 캐럴은 거울의 표면/이면과 현실/꿈의 세계를 겹쳐놓음으로써 간단 히 해결하여 버린 것이다. 물론 이상 역시 이러한 해결책을 생각하지 못했던 것 은 아니다. 그는 거울 면을 책의 페이지처럼 넘길 수만 있다면 또 다른 세계(꿈의 세계)로 나아갈 수 있을 것이라는 상상력을 제시했던 적이 있다. 루이스 캐럴이

'앨리스'의 창작자, 루이스 캐럴

찰스 루트위지 도지슨

루이스 캐럴(Lewis Carroll, 1832~1898)의 본명은 찰스 루트 위지 도지슨(Charles Lutwidge Dodgson)으로 1832년 1월 27일 영국에서 태어나 루이스 캐럴이라는 필명으로 글을 썼다. 그는 수학자이자, 성공회 목사, 사진작가이기도 했다. 그는 영국의 체 셔 데어스버리의 성공회 목사의 아들로 태어났고 수학에 뛰어 난 재능을 보여 학부를 마친 뒤 옥스퍼드에서 튜터로 활동해 가 면서 1855년에는 교수가 되어 루이스 캐럴이라는 필명을 정하 고 글을 기고하기 시작하였다. 또한 그는 사진을 배워 아이들 을 중심으로 인물 사진을 찍기 시작하였고 특히 아이들의 누드 사진을 찍어 세간의 관심을 끌었다. 그는 본업인 수학 외에 연 극, 문학, 사진 등 다양한 활동과 함께 아이들과 편지 왕래 등 교 류를 통하여 점차 활발하게 자기 세계를 정립하기 시작하였고 1865년에는 그동안의 활동들을 바탕으로 만든『이상한 나라의 앨리스』이야기를 맥밀란사 에서 출간하였다. 이후 15년간 교수와 작가로서 활발한 활동을 병행한 루이스 캐럴은『이상 한 나라의 앨리스』의 속편인『거울 나라의 앨리스』를 1871년에 출판하였고 이후『스나크 사 냥』(1874),『실비와 브루노』(1889) 등의 책을 내었고 수학교수를 그만둔 뒤에도 연극을 위한 글쓰기를 게을리 하지 않다가 1898년 65세의 나이로 세상을 떠났다.

앨리스와 거울 속 세계

루이스 캐럴이 지은 『이상한 나라의 앨리스(Alice in Wonderland)』의 후편인 『거울 나라의 앨리스(Through the looking-glass)』에서 앨리스는 거울을 통해 꿈속 세계로 들어간다. 단단한 유리로 만들어진 거울이 꿈이라는 차원을 열어젖히는 매개가 되고 있다. 이 작품 속에서 앨리스는 트위들덤(Twe dledum)과 트위들디

『거울 나라의 앨리스(Through the looking-glass)』의 삽화

(Tweedledee)를 만나 그들의 안내로 자고 있는 붉은 왕(the Red King)을 만나게 되는데, 이 때 트위들디는 다음과 같이 말한다.

"그는 지금 꿈을 꾸고 있어.' 트위들디가 말했다. '무슨 꿈을 꾸고 있는 것 같니?" "아무도 그것은 알 수가 없지." 앨리스가 말했다.

"음. 당연히 너에 관해서야!" 트위들디는 의기양양하게 손뼉을 치면서 소리질렀다. "만약 그가 너를 꿈꾸기를 멈춰버린다면, 넌 네가 도대체 어디에 있을 수 있다고 생각하니?"(중략) "너도 네가 실재하지 않는다는 것을 잘 알고 있잖아."

"난 실재해!(I am real!) 앨리스가 말했다. 거의 울듯했다. "운다고 실재가 되는 것은 아니야. 울 것 없어." 트위들디가 말했다.

위와 같은 둘 사이의 대화는 앨리스가 모험하고 있는 곳이 단지 거울 속의 세계만이 아니라 누군가의 꿈이며, 그 꿈의 주인은 결코 앨리스가 아니라는 사실을 알려준다. 이는 장자의 '호접몽'의 사유에 비견될 만한. 거울의 안과 밖. 꿈과 현실이라는 이분법적 세계에 갇혀 있는 앨리스로 하여금 자신의 현실이나 꿈속 세계 모두가 실상 누군가의 꿈에 불과할 수도 있다는 상상력을 일러주고 있다.

꿈의 세계와 그 통로로서의 거울에 대한 자기완결적인 세계를 만들어낼 수 있었다면, 이상은 그에 비해 그 실현에 있어 도달할 수 없는 영역에 대해 현실적인 고뇌를 더 하였던 것뿐이다. 이상이 절박하게 외쳤던 거울의 표면으로부터 그 너머에 존재하는 세계로 나아감과 화해의 난제를 루이스 캐럴은 거울을 통로삼아 간편하게 해결하였던 것이다. 이상과 루이스 캐럴 사이에 많은 것이 달랐을 것이되, 제국과 식민지라는 그를 규정하는 영토 구분 역시 그 다른 점의 큰 부분을 차지하고 있었을 것이다.

앨리스 이야기(アリス物語, 1927)

1927년 7월 아쿠타가와 류노스케(芥川龍之介, 1892~1927)가 사망한 뒤 그의 친구였던 기쿠치 칸(菊池 寬, 1888~1948)은 둘이 같이 번역하였던 '앨리스 이야기' 를 출판하였다. 물론 이 책이 일본에서 루이스 캐럴의 앨리스가 초역된 사례는 아니다. 이미 쿠스야마 마사오(楠 山正雄)가 『불가사의한 나라(不思議の国)』(家庭読物 刊行会, 1920)로, 모치즈키 코우조우(望月幸三)가 『앨리스의 불가사의한 나라 일주(アリスの不思議国めぐり)』(紅玉堂書店, 1923)로 번역했던 사례가 있다. 하지만 일반적으로 이상에게 가장 많은 영향을 주었던 일본 작가로 학계에서 거론되고 있는 아쿠타가와 류노스케가 번역한 앨리스 이야기가 존재한다는 사실은 여러모로 더욱 흥미롭지 않을 수 없으며, 이 두 작가의 영향 관계를 새삼 다시 생각하게 하는 계기가 되지 않을 수 없다.

기쿠치 칸과
아쿠타가와 류노스케가 번역한
『앨리스 이야기』의 표지.

어쩌면 시대는 전부 각각 달랐으되, 대영제국의 루이스 캐럴의 속편한 태도보다는 같은 식민지인이었던 보르헤스*가 꿈꾸었던 세계가 이상의 그것과 비슷했을 것임은 충분히 짐작할 수 있다. 그렇다면 당연하게도 이상이 거울 너머의 세계를 발견하였던 방법은 과연 루이스 캐럴이나 보르헤스가 찾아내었던 그것과는 얼마나 다른 것이었을까 하는 것이 궁금하지 않을 수 없다. 이상은 거울 면 너머에 존재하는 어떤 세계를 꿈꾸고 있던 것일까. 결국 이상은 앨리스와 마찬가지로 차가운 거울의 표면을 찢고 그 속에 존재하는 무언가와 화해하기 위한 어떠한 방법을 찾아낼 수 있었던 것일까.

태고의 꿈으로 거슬러 올라 유구한 세월과 만나는 나비의 꿈

이상이 거울 세계의 이면, 또는 현실 세계의 이면으로 생각하고 있었던 유계가 무엇인가 확인하기 위해서는 우리가 이미 지나왔던 「각서」, 즉 '삼차각설계도'

'이상(李箱)'이라는 현상

보르헤스와 거울이라는 주제

호르헤 루이스 보르헤스

한국의 작가인 이상과 아르헨티나의 작가인 보르헤스(Jorge Luis Borges, 1899~1986) 사이에는 물리적으로 영향을 주고받았을 만한 어떠한 개연성도 찾아보기 어렵지만, 그 두 작가의 문학적 주제 사이에는 분명 상당한 유사성이 존재한다. 보르헤스 역시 이상처럼 거울이라는 주제에 골몰하였으며, 그것이 만들어내는 분신의 이미지에 공포를 느꼈다. 보르헤스의 「거울」이라는 시는 거울에 대한 그의 공포가 바로 이상의 그것처럼 거울 속의 상들과의 단절, 또 그것이 나를 해치러 올지 모른다는 두려움에서 비롯된다는 사실을 보여주고 있다. 보르헤스는 「거울」(우석균 옮김, 『부에노스아이레스의 열기』, 민음사, 1999)에서 이렇게 쓰고 있다.

"나는 거울에 공포를 느꼈네. / 살 수 없는, / 상(像)들만의 거짓 공간이 다하고 시작하는 / 침투할 길 없는 거울 면에는 물론. (중략) 유전하는 달빛 아래 / 당혹스런 세월을 숱하게 방랑한 뒤, 오늘 / 나는 어떤 운명의 장난이 / 거울에 공포를 느끼게 했는지 묻는다. // 금속의 거울들, / 응시하고 응시되는 얼굴이 / 붉은 노을 안개 속에 흐릿해지는 / 마호가니 가면 거울, // 그 옛날 협약의 근원적 집행자들이 / 잠들지도 않고 숙명처럼, / 생식하듯 세계를 복제하는 것을 / 한없이 바라보고 있네. // 거울은 자신의 현란한 거미줄에 / 이 모호하고 덧없는 세계를 연장시키네. / 죽지 않은 한 인간의 숨결이 / 이따금씩 오후에 거울을 흐릿하게 하지. // 거울이 우리들을 노리고 있네. / 네 벽으로 둘러싸인 침실에 거울이 하나 있다면, / 나는 이미 혼자가 아니지. 타인이 있는 것이네. / 여명에 은밀한 연극을 연출하는 상(像)이."

이 시의 이 부분에서 보르헤스는 거울에 대해 자신이 느낀 공포를 전하면서, 그러한 공포가 이 세계로부터 거울의 차가운 표면 속으로는 침투할 수 없다는 한계와 단절로부터 생성된 것이고, 또한 거울 속의 존재들이 존재의 권리를 주체에게 요구하며 이를 획책하기 위한 음모를 꾸미고 있을지도 모른다는 상상력에서 비롯되고 있다는 사실을 말하고 있다. 이미 『상상 동물 이야기』의 거울에 관련된 이야기 속에서 보르헤스는 거울과 물 속에 잠들어 있는 존재들이 결국에는 전쟁을 일으켜 원 존재들에 대해 주체의 권리를 요구할 것이라는 상상력을 제시한 바 있다. 보르헤스는 거울이 만들어내는 나와 나의 잠재적 분신(거울 속의 나의 영상)에 대해, 또 그 분신이 요구하는 자아에 대한 권리에 대해 말하고 있는 것이다. 이러한 보르헤스의 상상력은 이상의 그것과 놀랄 만큼 닮아 있다. 이상 역시 「거울」이나 「오감도 15」와 같은 시를 통해서 현실과 거울 사이에서 좌우로 대칭된 나와 거울 속의 나가 서로에게 영어되어 있음을 말하고, 그 대칭성과 소통 불가능성에 절망하였던 것이다. 식민지였던 한국의 이상이 보다 절박하게 여기 현실을 벗어나기 위한 매개로 거울을 추구하였다면, 보르헤스는 거울이 주는 공포를 '우크바르'(「틀뢴, 우크바르, 오르비스 테르티우스」, 『픽션들』)로 대표되는 완전한 환상의 세계를 구축하기 위한 중요한 매개로 활용하였다. 보르헤스가 시 「거울」의 뒷부분에서 꿈을 거론하고 있는 것은 이 때문이다.

"어느 날 오후 꿈에 등장한 클라우디오 왕은, / 한 배우가 무대에서 그의 비열함을 / 무언극으로 연출한 그날까지 / 한바탕 꿈인 줄 몰랐네. // 기묘한 일이지. / 꿈이 존재하고 거울이 존재한다는 것은. / 상투적이고 마모된 일상에 상(像)들이 획책한 / 심오한 환영의 세계가 존재하는 것은. // (나는 생각하였네) / 신은 거울 면의 매끈함으로 빛을, / 꿈으로는 어둠을 만드는 / 온통 불가사의한 건축술에 골몰한다고. // 인간이 한낱 반영과 미망임을 깨닫도록 / 신은 꿈으로 수놓은 밤과 / 갖가지 거울을 창조하였네. / 밤과 거울은 그래서 우리를 흠칫하게 하지."

보르헤스는 꿈을 통해 거울의 문제를 해명한다. 꿈의 존재와 거울의 존재는 인간이 영위하는 현실이 환영에 불과한 것임을 깨닫도록 하기 위해서 신이 만들어낸 위악적인 매개라는 것이다. 수많은 꿈들의 존재는 현실을 하찮은 것으로 만들고 거울에 반영된 매끈한 현실은 우리의 현실이 얼마나 모방 가능한 하찮은 것인가 하는 것을 알려주는 역할을 한다는 것이다. 보르헤스가 「원형의 폐허들」이라는 소설에서 가장 완벽한 인간을 만들어내기 위해 노력하고 있는 창조주 자신이 다른 누군가의 창조물이었다는 사실을 얘기하거나 그 소설의 앞부분에서 『거울 나라의 앨리스Through the looking-glass』의 한 구절을 인용하며, 지금 우리의 현실이 누군가의 꿈일 가능성이 존재한다는 사실을 전하고 있는 것 역시 마찬가지의 상상력을 반영하고 있는 것이다.

의 문제설정으로 일단 돌아가지 않으면 안 된다. 이상은 현실 세계의 이면으로서의 유계를 단지 특정한 공간적 개념으로 쓰고 있는 것만은 아니기 때문이다. 그것은 시간이면서 공간인 독특한 개념이다. 빛의 속도를 통해 차원을 초월하여 시간을 뛰어넘어 미래로 과거로 나아가 복수적인 자아들이 늘어서 있는 새로운 경치를 관람하고자 하였던 만큼, 이상이 추구하였던 공간성은 또한 당연하게도 시간성을 동시에 의미하고 있는 것이다. 이미 빛의 속도를 초월한 관념의 모험을 행하였던 이상에게 있어서 공간은 시간과 연동되어 원래의 것이 아닌 전혀 새로운 것으로 드러나게 된다. 하지만 새롭다고 하여 그것이 반드시 미래의 것만을 의미하는 것은 아니다. 이상이 추구했던 빛의 속도에서는 미래와 과거는 단지 +-의 단일한 시간축 위에 있는 시공간성이 아니라 미래와 과거가 둥글게 만나 있는 또 다른 시공간성을 형성하고 있기 때문이다.

속도 등의 통제 예컨대 광선은 매초당 300000킬로미터 달아날 수 없다는 법은 물론 없다. 그것을 기십 배, 기백 배, 기천 배, 기만 배, 기억 배, 기조 배 하

'이상(李箱)'이라는 현상

면 사람은 수십 년 수백 년 수천 년 수만 년 수억 년 수조 년의 태고의 사실이 볼 것이 아닌가, 그것을 아직 끊임없이 붕괴하는 것이라 하는가, 원자는 원자이고 원자이고 원자이다. 생리작용은 변이하는 것인가, 원자는 원자가 아니고 원자가 아니고 원자가 아니다. 방사는 붕괴인가, 사람이 영겁인 영겁을 살 수 있는 것은 생명은 생도 아니고 명도 아니고 광선인 것이라는 것이다.

이상(金海卿), 「선에 관한 각서 1」, 삼차각설계도 연작, 『朝鮮と建築』, 1931.10, 29쪽.

「각서」에서 이상이 기획했던 것은 빛의 속도 이상으로 달아나는 인간에 대한 꿈이었다. 인간이 광선이라면, 물리학적인 법칙에 의해 빛의 속도로 달아날 수도 있을 것이다. 게다가 속도 등 제반 조건에 의한 통제와 제한이 없다고 가정하고, 그 속도를 무한대의 배수로 끌어올리고 공간이 아닌 시간축을 따라 움직일 수 있다고 한다면, 빛이자 사람인 그것은 수억 년, 수조 년 후의 미래로 단번에 달아날 수 있게 될 것이다. 그러면 지금 그 인간이 놓여 있는 시공간은 어떻게 될까. 바로 그 순간 그 인간이 놓여 있는 시공간은 이미 너무나 멀고먼 과거의 태고의 사실이 되어버리게 되지 않겠는가. 일반적으로 시간은 과거로부터 미래의 방향으로 흐르게 되어 있는 것이고 그것은 결코 조작될 수 없는 과학적 사실이다. 하지만 절대적인 관념 속에서라면, 만약 시간 순서에 대한 보호 가설 같은 물리학적인 법칙마저 초월해 버린 상태에서라면 빛의 속도 이상으로 시간을 거슬러간 인간은 그 순간 과거와 미래가 맞닿아 있는 기묘한 시공간 속에 존재하게 되는 것이다. 어디까지나 과거와 미래란 상대적인 개념이므로 빛의 속도로 미래의 방향으로 달아난 인간은 지금 현재가 순식간에 머나먼 과거가 되는 광경을 목도하게 되고 만다. 바로 이렇게 빛의 속도 이상으로 시간을 거슬러, 아직 과거와 현재가 둥글게 만나 이루고 있는 태고의 풍경을 보는 일. 그것이 젊은 시절 이상이 아인슈타인의 상대성이론에 기대어 꾸었던 꿈이었던 것이다.

미래로 달아나서 과거를 본다, 과거로 달아나서 미래를 보는가, 미래로 달아나는 것은 과거로 달아나는 것과 동일한 것도 아니고 미래로 달아나는 것이 과거로 달아나는 것이다. 광대하는 우주를 우려하는 자여, 과거에 살라, 광선보다도 빠르게 미래로 달아나라. (중략) 연상은 처녀로 하라, 과거를 현재로 알라, 사람은 옛것을 새것으로 아는도다, 건망이여, 영원한 망각은 망각을 모두 구한다. (중략) 사람은 한꺼번에 한 번을 달아나라, 최대한 달아나라, 사람은 두 번 분만되기 전에 XX되기 전에 조상의 조상의 성운의 성운의 성운의 태초를 미래에서 있어서 보는 두려움으로 하여 사람은 빠르게 달아나는 것을 보류한다, 사람은 달아난다, 빠르게 달아나서 영원에 살고 과거를 애무하고 과거로부터 다시 과거에 산다, 동심이여, 동심이여, 충족될 수 없는 영원의 동심이여.

이상(金海卿), 「선에 관한 각서 5」, 삼차각설계도 연작, 『朝鮮と建築』, 1931.10, 30쪽.

비록 물리학적인 법칙과 현실의 중력이 그의 상상력을 제한하고 있다고 하더라도, 그래서 보다 현실적인 대안으로 거울이라는 도구를 찾아낼 수밖에 없었다고 하더라도, 이상의 '꿈'은 여전히 남아 있다. 거울의 이면, 거울의 다음 페이지를 꿈꾸는 문제는 그러한 이상의 꿈을 단적으로 드러내어 보여주고 있다. 이는 바로 과거와 미래, 현실과 꿈이 공존하고 있는 가능성에 대한 탐색이었던 것이고 거울의 이쪽 세계와 저쪽 세계 사이를 찢고 드나들 수 있는가 하는 가능성과 관련된 문제였다. 현실/거울, 현실/꿈, 과거/미래를 오롯이 매개할 수 있는 상상력의 예술적 실천은 어떻게 실현될 수 있을까. 어쩌면 장자가 「제물편」 속에서 논했던 호접몽(胡蝶夢)* 속의 나비가 바로 그러한 실천의 한 양상이 될 수 있지 않겠는가. 아닌 게 아니라 이상은 자신의 시 여러 부분에서 장자의 호접몽으로부터 영향을 받은 듯한 나비의 상징들을 사용하고 있다. 나비는 여기 현실에 있는 주체가 저기 다른 피안의 세계와 드나들 수 있는 통로일 뿐만 아니라, 꿈속 주체가 자신이 꿈을 꾸고 있음을 환기하고 꿈에서 깨어나 다른 현실로 넘어

'이상(李箱)'이라는 현상

갈 수 있는 계기가 되는 것이다. 내가 지금 보고 듣고 만질 수 있는 세계 내 존재들의 이미지가 실재하지 않으며 이미 장자가 '호접몽'을 통해서 일러주었던 것처럼 단지 꿈을 꾸고 있는 것에 불과할지도 모른다는 사실을 환기하는 것은 그 나비였다.

찢어진 벽지에 죽어가는 나비를 본다. 그것은 유계(幽界)에 낙역(絡繹)되는 비밀한 통화구다. 어느 날 거울 가운데의 수염에 죽어가는 나비를 본다. 날개 축처진 나비는 입김에 어리는 가난한 이슬을 먹는다. 통화구를 손바닥으로 꼭 막으면서 내가 죽으면 앉았다가 일어서듯이 나비도 날아가리라.

이상(李箱), 「오감도 10」, 오감도 연작, 「조선중앙일보」, 1934.8.3.

장자의 호접몽

『장자(莊子)』의 「제물편(齊物篇)」에는 호접몽과 관련된 다음과 같은 구절이 있다.

"昔者莊周夢爲胡蝶 栩栩然胡蝶也 自喻適志與 不知周也 俄然覺則蘧蘧然周也 不知周之夢爲胡 蝶與 胡蝶之夢爲周與 周與胡蝶 則必有分矣 此之謂物化."

이 구절에 대한 해석은 이러하다.

"옛날 장주(장자)가 꿈에 나비가 되었다. 훨훨 날아다니는 나비가 되어, 스스로 유유히 즐겁게 있으면서도, 자신이 장주임을 알지 못했다. 그러다 문득 깨어보니 다시 장주가 되었다. 알 수 없다. 장주의 꿈에 나비가 된 것인가, 나비의 꿈에 장주가 된 것인가. 장주와 나비, 즉 반드시 분별이 있을 것이다. 이를 일러 '물화'라고 한다"

장자의 호접몽은 현실상에 존재하는 주체가 인지하는 세계가 어떤 다른 존재에 의한 꿈일 수 있다는 가능성을 일러주기 위한 비유이다. 우리가 지금 감각적으로 경험하고 있는 현실이 누군가가 꾼 꿈속의 일에 불과하다면, 그가 깨는 순간에 우리가 감각하는 모든 세계 내 존재들은 사라져버리고 말 것이다. 이러한 상상력은 주체의 감각적으로 분명하다고 여기는 현실에 대해 의심하는 불안의 기제로 작용한다. 하지만 이러한 불안은 대단히 문학적인 것이다. 물질적인 현실 세계로부터 벗어날 수 있는 희망적인 가능성을 제시하는 역할을 하고 있기 때문일 것이다.

한편 이러한 불안 의식은 데카르트 역시 『성찰』에서 가졌던 것이기도 했다. 그는 자신의 현실이 불확실한 꿈일 수 있다는 가능성을 깨닫고 오히려 주체의 확실한 존립 근거를 획득하기 위해 방법적 회의를 구상하는 방식으로 서구철학의 존재론적 기반을 마련하였다.

이상은 「오감도」의 시 한 편에서 찢어진 벽지의 모양에서 나비를 보고 그것이 유계(幽界)와 현실 세계를 왕래하는 통화구일 것이라고 생각한다. 유계란 일반적으로는 망자들이 가는 저승을 의미하는 것이지만 저승이라는 일반적인 단어로 한정지으면 그 의미가 훼손되어 버리게 된다. 그것은 단지 삶과 죽음을 가로짓는 경계만은 아닐 것이기 때문이다. 나비가 앞서 장자의 그것이라면, 그것은 지금 여기의 현실이 어느 다른 존재의 꿈에 불과할 수도 있을 것임을 알려주는 기제가 될 것이고, 타타르(韃靼) 해협을 위태롭게 건너갔던 일본 시인 안자이 후유에(安西冬衛)의 나비*였다면, 그것은 삶과 죽음 사이의 경계, 나와 타인 사이의 경계를 드나드는 통로에 해당하는 것이었을 터이다. 그러니 현실 세계와 유계의 관계는 단지 생사의 경계를 의미하는 것만이 아니라 현실과 꿈일 수도 있으며, 현재와 과거의 경계로 자유로이 바뀔 수도 있는 것이다.

이상은 나비 또는 경계를 드나드는 통화구를 거울의 한가운데에서 발견한다. 분명 이는 이상 자신의 수염을 말하는 것이다. 묘사대로라면 이상은 욕실 안에서 거울에 비친 자신의 수염을 보고 있으며, 수염은 마치 찢어진 벽지 위의 나비와 닮아 있다. 거울에 비친 나비에는 이상의 입김이 닿아 거울의 표면에는 이슬이 어리고 거울에 비친 나비는 그 이슬을 먹고 있는 것이다. 이 나비는 당연히 찢어진 벽지의 그것처럼 바로 이쪽 세계와 유계를 낙역하는 통로였다. 만약

안자이 후유에의 '나비'

안자이 후유에(安西冬衛)의 「봄」이라는 시의 전문은 이러하다.
"나비 한 마리가 타타르 해협을 건너갔다."
(「봄」, 『軍艦茉莉』, 厚生閣書店, 1929)

타타르(韃靼) 해협은 유라시아 대륙과 사할린 사이에 존재하는 해협이다. 오호츠크해, 동해와 연결되어 있다. 나비 한 마리가 위태로운 날갯짓으로 섬과 대륙 사이를 건너가고 있는 것이다. 일본을 떠나 오래 중국 등지에서 생활했던 안자이의 삶에 비추어본다면 이 나비란 아시아와 유럽 사이의 경계, 모더니티의 경계, 삶과 죽음의 경계 등을 넘나들고 있는 것이다. 이 짧은 시 속에서는 그러한 수많은 경계를 넘어서는 사유가 발견된다.

'이상(李箱)'이라는 현상

그 통로를 막으면서, 내가 죽게 된다면 과연 어떻게 될까. 통로가 막혀 나의 혼은 유계로 갈 수 없으니 거울 반대편에 대칭된 이미지로 존재하던 또 다른 통로인 나비는 비로소 훨훨 날아갈 수 있게 되지 않을까. 유계의 어떤 양지바른 곳으로 말이다.

물론 이러한 호접몽의 사유는 오직 동양적인 사고인 것만도 아니다. 근대 초기 서구의 보들레르는 폐허와 같은 자본주의 도시 파리에서 질풍 같은 근대적 시간성의 지배를 받지 않는 비선형적 시간의 단초들을 수집하고자 애썼다. 이는 마치 마르셀 프루스트의 '마들렌'에 관한 기억이 알려주는 것처럼 이성이나 인과성과는 상관없이 비자발적으로 덮쳐와 주체를 장악해 버리는 압도적인 기분이나 근대적인 시간성을 초월하여 생생하게 거슬러 올라 찾아오는 기억의 문제와 관련된 것이었다.

> 여기는 도무지 어느 나라인지 분간을 할 수 없다. 거기는 태고와 전승하는 판도(版圖)가 있을 뿐이다. 여기는 폐허다. '피라미드'와 같은 코가 있다. 그 구멍으로 '유구한 것'이 드나들고 있다. 공기는 퇴색되지 않는다. 그것은 선조가 혹은 내 전신이 호흡하던 바로 그것이다. 동공에는 창공이 의고하여 있으니 태고의 영상의 약도다. 여기는 아무 기억도 유언되어 있지는 않다. 문자가 닳아 없어진 석비처럼 문명의 '잡답(雜踏)한 것'이 귀를 그냥 지나갈 뿐이다. 누구는 이것이 '데드마스크'라고 그랬다. 또 누구는 '데드마스크'는 도적맞았다고도 그랬다. / 죽음은 서리와 같이 내려 있다. 풀이 말라버리듯이 수염은 자라지 않는 채 거칠어갈 뿐이다. 그리고 천기(天氣) 모양에 따라서 입은 커다란 소리로 외친다―물살처럼.
>
> 이상(李箱), 「자화상(습작)」, 실락원 연작, 『조광』, 1939.2.

이상은 「자화상」이라는 시에서 자신의 얼굴을 보면서 그 속에서 마찬가지의 폐허를 본다. 마치 하나의 문명이 흥성했다가 스러지는 과정에서 남겨진 폐허의 잔재들이 그 문명이 가장 아름다웠던 시대를 환기할 수 있는 힘을 주는 것처럼, 이상의 얼굴 위에 남겨진 폐허의 잔재들은 이미 가장 아름다웠던, 그리고 흥성했던 먼 옛날을 상기하도록 하는 흔적이다. 자본주의 도시와 이상의 얼굴, 이 둘은 역사적인 시간성에 의해 점차 낡아 스러져가고 있다는 점에서는 공통적이다. 도시가 폐허가 되어가듯, 얼굴도 점차 늙어가 옛것이 되고 만다. 보들레르와 마찬가지로 이상은 폐허로서의 도시 속에서 과거와 호흡하여 역사적 시간성을 거슬러 원형으로 순환하는 비선형적인 시간성의 계기를 발견하고자 하였던 것이다.

이상이 자신의 얼굴 위에 오밀조밀 놓인 '폐허'의 잔재들 중에서도 특히 '코'에 주목하고 있는 것은 이 때문일 것이다. 그곳을 통해서 생명의 호흡이 드나들고 있다. 바로 이 코를 통해 드나드는 호흡은 '유구한 것'이며 그곳을 드나드는 공기만큼은 역사적인 시간성에 의해 역시 부패하지 않으며, 퇴색하거나 균열되지도 않는 것이다. 그것은 이상의 선조(先祖)가 호흡했던 바로 그 공기이면서 인간의 전신에 생명을 불어넣어주는 현재적인 것이다. 이에 비한다면 창공의 별빛과 같은 태고의 영상이 약도처럼 비추어져 있는 '눈' 구체적으로는 동공은 단지 그러한 과거의 영상을 볼 수 있는 매개일 뿐, 그 이상의 통로는 될 수 없다. 그곳에는 아무 기억도 내장되어 있지 않으며 문자가 닳아 없어진 석비처럼 헛된 기념의 제스처만 남겨져 있는 것이다. 이를 통해서는 어떠한 다른 기억도 낳을 수 없게 된다.

즉 이상에게 있어서 역사적인 시간성이 지배하는 현재의 세계와 과거의 세계를 연결하는 것은 무엇보다도 중요한 일이었다. 그가 유구한 것이 드나드는 코라든가, 거울에 비친 어린 나비를 통해 유계의 어느 곳으로 나아가고자 끊임없이 시도했던 것은 그 때문이다. 실재의 감각적 이미지와 거울에 투영된 감각적 이미지 사이의 전치, 꿈속 세계와 현실 세계 사이의 전치를 이루지 않고서는 이러한 관념적 모험은 달성되기 어렵다. 엄연한 타자로서 숙음이 세계 사이의 이동에 당연하게 전제되어 있는 까닭일 터이다.

좀 더 읽어볼 만한 글들

이상에 대한 연구사에 있어서 거울과 꿈이라는 주제는 매우 흥미롭고도 중요한 것이 아닐 수 없다. 그만큼 자주 다뤄져왔다. 특히 그것은 주로 정신분석학적 관점, 건축적 관점, 기호학적 관점에서 해명되어 왔다. 특히 정신분석학적 관점에서는 프로이트, 라캉 등의 이론을 통하여 이상의 거울이 갖는 분열적 주체의 양상에 대해 다뤄진 바가 있고, 건축적인 관점에서 주/객관 사이에 놓인 건축학적인 구조에 대한 해명을 통하여 해석되어 왔으며 기호학적인 관점에서는 크리스테바 등 후기 구조주의적 기호학을 통해 해명된 바 있다. 이렇게 수다한 논의들 중 이상문학에 나타난 거울의 의미를 살펴보기 위해 비교적 최근 연구들 중에서 이상문학에 등장한 거울이라는 모티프에 대해 다루고 있는 다음과 같은 글을 좀 더 읽어볼 필요가 있을 것이다.

신범순이 펴낸 『이상문학 연구의 새로운 지평』(역락, 2006)에 실린 신형철의 「이상 시에 나타난 시선의 정치학과 거울의 주체론」(269~314쪽)과 조연정의 「이상문학에서 '분신' 테마의 의미와 그 양상−거울, 연애 그리고 자살」(331~372쪽)을 주목할 만한데, 신형철의 글은 이상의 시에 라캉의 거울단계이론을 그대로 적용했던 기존의 해석에 비판적으로 접근하여 이를 거울을 매개로 한 의사−환자 관계로 파악하였다. 조연정의 글은 이상의 소설 「휴업과 사정」 중심으로 이를 거울의 안과 밖의 주체 사이의 상호 작용으로 보았다. 이상문학회가 펴낸 『이상시작품론』(역락, 2009)에 실려 있는 박현수의 「거울세계의 시뮬라크르」(85~108쪽)와 권희철의 「이상 시에 나타난 비대칭 짝패들과 거울 이미지에 관한 몇 가지 주석」(203~226쪽) 역시 이상문학의 거울에 대한 새로운 해석을 담고 있다는 점에서 주목할 필요가 있다. 박현수의 글은 이상의 거울을 보드리야르의 시뮬라크르로 해석하였고, 권희철은 이상문학에 나타나는 이항대립적 대칭적 존재들을 거울 이미지를 경유하여 해석하고자 하였다.

함돈균은 『시는 아무것도 모른다: 이상, 시적 주체의 윤리학』(수류산방, 2012)의 제4장에서 이상의 거울에 대한 주제를 다루고 있다. 그는 이상의 거울이 주체의 형성 문제와 긴밀하게 관련되어 있는 것으로 파악하고 있다.

4

근대적 시간의 구조와 그 표상

시계와 달력

시계를 꺼내본즉 서기는 했으나

시간은 맞는 것이지만

시계는 나보다는 젊지 않으냐 하는 것보다는

나는 시계보다는 늙지 아니하였다 하고

아무리 해도 믿어지는 것은

필시 그럴 것임에 틀림없는 고로

나는 시계를 내동댕이쳐 버리고 말았다.

—「운동」

김해경 선배는 나보다 2년 먼저지요. 그때 학교 다닐 때부터 수염을 기르고 모자를 비스듬히 덮고 다녔어요. 김해경 선배의 설계는 기억에 남는 것이 없어요. 기억나는 것이 그때 선전(국전)에 '벚꽃'을 그려낸 것이 입선이 되었지요. 그때부터 그는 유화에 일가견이 있었지요. 그는 위트가 넘쳤지요. 그의 집은 체부동에 있었는데 몇 번 놀러간 생각이 나요. 아주 잘살았지요. 좋은 집에서요. 그분이 졸업하고 총독부에 가고 금방 그만두었어요. 그다음에 내가 고공을 졸업하고 총독부에 가니까 벌써 그만두었어요.

－「근대건축에 이삭 뿌린 세월_유원준」, 김정동(인터뷰), 『건축가』, 1981.5/6.

학교 때 많이 보았지요. 아까도 얘기했지만 당시 동숭동 길변에 있는 국립공업시험연이 우리 학교였어요. 내 기억으로 그분은 고공 3학년이고 나는 1학년이었어요. 김해경은 키가 후리후리하게 컸지요. 내 키가 165cm인데 나보다 10cm이상 컸어요. 아마 180cm 정도는 될거야요. 아주 미남이었죠. 그림도 잘 그리고, 호걸남아라고 해야 할 거야요. 그때는 침울할 적이 아닙니다. 그때 선배는 형님 형님하던 시절이었고 아주 어려워했죠. 김해경과 유원준 씨는 아주 친했어요. 유 선배가 그분의 1년 후배였어요. 유원준 씨가 김해경 선배가 다방을 차렸으니 한번 가자 지금 종로1가라고 하더군요. 지물포가 있는 쪽으로 기억하는데 다방 이름이 육－구(씩스 나인)이었어요. 독특하죠. 그분이 조선총독부에 다닐 때니까 부업으로 하고 있었지요. 실내 장식도 그분이 직접했지요. 부인도 본 적이 있는데 기억이 안 나요. 다방은 조그마한데 재미나게 했더군요. 육·구는 태극모양을 의미하죠. 남녀관계가 아니죠……. 건축을 잘했는데……. 내가 보기에 퍽 재주가 있어 보이고 인생을 재미있게 사는 것 같았어요. 좀 신경질적인 인상이 있지요. 학교 다닐 땐 김해경인데 졸업 후 현장에 가니까 일본인들이 이상, 이상하고 불러서 아주 이름을 이상(李箱)으로 바꿨더군요…….

－「그 지나온 건축 50년_이천승」, 김정동(인터뷰), 『건축가』, 1980.5/6.

'이상'에게 '천재'라는 이미지를 부여하면서 인간 김해경의 삶 역시 신화적인 대상으로 다루고자 했던 시도들은 대부분 그가 갖고 있던 기벽(奇癖)을 극적으로 강조하는 방식을 취하고 있다. 술, 아편, 성행위 등 작가 김해경의 삶을 구성하는 일련의 키워드들은 이미 데카당스의 예술적 천재 '이상'의 작품과 구분되지 않는다.

해경의 주변 인물들이 그를 기억하고 있는, 의외로 소박한 목소리를 듣게 될 때 꽤 거리감을 느낄 수밖에 없는 것은 이 때문이다. 해경의 어린 시절을 기억하고 있는 친구들의 증언은 그의 평범한 인간적인 면모를 말하고 있는 것이다. 해경은 작가 '이상'의 작품이 그러하듯 무분별한 남용과 도취 속에서 작품을 써나갔던 것은 아니었으며, 모든 식민지의 작가들이 그러하듯이 정상적인 근대인이자 생활인으로서의 면모를 갖고 있었다.

경성고공을 다닐 무렵 친구들의 증언 속에는 바로 그러한 해경의 인간적인 면모에 대해 귀담아들을 만한 것들이 많다. 특히 이 무렵의 김해경은 키가 훌쩍 커서 거의 180cm에 달해 있었고, 이전부터 유난히 하얗던 얼굴과 더불어 미남자의 풍모를 유지하고 있었다. 경성고공에서도 김해경은 계속해서 미술부에 속해서 그림을 그려온 것으로 보이고, 건축 제도에도 착실한 재주를 보인 것으로 보인다. 김해경에 대해 기억하는 이들은 대부분 그가 학교 성적은 탁월한 편은 아니었다고 말한다. 학교에서 배우는 공부보다는 자신이 관심을 갖고 있는 미술과 문학, 철학 등에 대해서만 열심히 공부하고 나머지 공부는 그다지 큰 의미를 두지 않았던 것으로 보인다. 주변 인물들의 증언에 따르면 김해경은 미술을 포기하고 건축학과에 간 이후에도 미술에 대한 미련을 포기하지 않았던 것으로 생각되고 계속해서 그림을 그려 선전에 출품하기까지 했다. 그러한 예술적 창조성이 결국 문학적인 것에 닿아 꽃을 피웠던 것이다.

시간의 반복된 노동과 멈춰버린 시계의 메타포

　문학 창작 초기의 이상은 첨단의 과학과 예술이 지향하는 무한의 상상력에 귀를 기울이고 있으면서, 이를 방법론삼아 이상의 정신은 끊임없이 유동하면서 거울과 꿈이라는 구체적인 대상을 통해 현실 세계의 물리적 구조와 한계를 넘어서고자 시도하였다. 이상은 분명 근대의 지식의 형태와 기반에 대한 이해와 초월의 문제에 대해 깊숙하게 이해하고 있었던 것이다.

　앞 장에서도 다루었지만, 그는 기하학적으로는 유클리드의 평면기하학을, 물리학적으로는 뉴턴의 물리학을 그러한 현실 차원의 고착된 상상력으로 규정하였다. 유클리드의 평면기하학이나 뉴턴의 물리학 모두 일정한 규칙이 상정된 공리계 속에서 가능한 지식이라면 이 지식은 공리계의 바깥 세계에 속해 있는 인간에게는 그다지 큰 의미가 없다. 평면이 아닌 굴곡된 공간 위에서, 그리고 시간과 공간의 차원이 분리되어 있는 것이 아니라 연속된 시공간 연속체라는 새로운 차원 속에서, 시대를 풍미했던 확실성의 지식들은 모두 이미 낡은 것이 되어버리고 마는 것이다.

　인간의 지식적인 성취는 끊임없이 진보하고 있으며 새로운 과학적 발견에 의해 하나의 패러다임이 무너지고 다른 패러다임이 성립되는 순간 인간의 지식은 끊임없이 낡은 것을 생산해 내면서 새로운 차원을 향해 나아가게 된다. 당연히 궁금한 것은 그것이 인류의 진보를 의미하는 것인가 하는 것이다. 만약 그러한 발전 과정을 단지 1차원의 시간에 근거한 발전 혹은 확장으로만 본다면, 그것은 분명 인류의 진보를 낙관하는 태도에 이르게 될 것이다. 하지만 그것이 하나의 방향성을 갖는다는 것 역시 일종의 고정된 관념은 아닐 것인가. 근대 세계의 자장 내에서 모더니티적 이상을 향하여 발전해 나갔던 인류의 사상이 결국 제국주의−식민지화에 이르고 만 것은 어떻게 설명할 수 있을까. 이러한 결과를 생각하면 인류의 진보는 선뜻 동의하기 어려운 것이 틀림없다.

이와 같이 이상은 세계의 현실적인 차원이 구축하고 있는 인간의 자유로운 사고를 규제하는 미세한 제도, 관념들에 예민하게 반응하였다. 어쩌면 오히려 유클리드의 기하학보다 이러한 미소한 규칙과 제약들이 오히려 더 큰 문제였을 수도 있다. 이는 인간의 삶 속 조건들을 근본적으로 규정짓는 의미를 갖고 있기 때문이다. 10진법으로 대표되는 숫자의 낡은 관습이 그러하고, 시계나 달력 등 인간의 시공간의 풍경을 규정하는 날짜의 관습들이 그러하다. 특히 인류가 불균등한 현대성의 모더니티를 향해 조금씩 발전하면서 나아가고 있다는 환상을 만들어내는 시계나 달력은 현대를 대표하는 시공간적인 규제의 상징이다.

시계가 담보하는 시간성은 기본적으로는 반복 운동으로 이루어져 있다. 한 바퀴를 돌면 다시 원래의 자리로 돌아가는 시, 분, 초침들과 낮/밤은 끊임없이 반복 운동을 지속하고 있다. 이러한 시계의 부지런한 반복 운동은 달력에 의해서 직진적인 시간성으로 전환된다. 물론 달력 역시 기본적으로는 반복 운동을 하고 있으나 하나의 방향 속에 시간을 쌓아나가면서 1차원의 단방향적인 시간성을 구축한다. 이러한 반복 노동과 시간의 직진성은 바로 시계와 달력이 담보하는 물리적 시간의 구소를 떠받지는 핵심이 되고 있다. 이상은 바로 이 시간이 내포하는 시간성에 주목하고 있다.

1층 위에 있는 2층 위에 있는 3층 위에 있는 옥상정원에 올라서 남쪽을 보아도 아무것도 없고 북쪽을 보아도 아무것도 없고 해서 옥상정원 밑에 있는 3층 밑에 있는 2층 밑에 있는 1층으로 내려간즉 동쪽에서 솟아오른 태양이 서쪽으로 떨어지고 동쪽에서 솟아올라 서쪽으로 떨어지고 동쪽에서 솟아올라 하늘 한복판에 와 있기 때문에 시계를 꺼내본즉 서기는 했으나 시간은 맞는 것이지만 시계는 나보다는 젊지 않으냐 하는 것보다는 나는 시계보다는 늙지 아니하였다고 아무리 해도 믿어지는 것은 필시 그럴 것임에 틀림없는 고로 나는 시계를 내동댕이쳐 버리고 말았다.

이상(金海卿), 「운동(運動)」, 조감도 연작, 『朝鮮と建築』, 1931.8.

　　이상의 「운동」이라는 시에서 나는 3층 건물의 1층, 2층, 3층으로 올라가 옥상에 있는 정원까지 올라갔다가 아무도 없어 다시 3층, 2층, 1층으로 내려오는 얼핏 무의미해 뵈는 반복적 행동을 계속한다. 3층으로 된 옥상정원이 있는 건물이라는 단서를 통해 이는 본정(本町, 명동) 입구의 미쓰코시(三越) 백화점*을 가리키는 것이라는 사실은 기존의 논의를 통해 이미 널리 알려져 있다. 이 때문에 이 시는 같은 잡지에 실린 「잡화점에서(Au Magasin de Nouveautes)」라는 시와 함께 30년대 경성의 소비문화를 표상하고 있는 것으로 해석되곤 했다. 물론 자본주의의 소비문화가 그 현대적인 시공간의 구조와 밀접하게 관련되어 있는 것은 발터 베냐민의 아케이드 프로젝트나 백화점의 구조 등을 통하여 넉넉하게 짐작할 수 있는 것이지만, 사실 그러한 사유가 가능하기 위해서는 자본주의의 핵심적인 대상으로서 화폐의 기능을 먼저 확인하지 않으면 안 될 것이다. 하지만 이 시에서는 아직 그곳에 이르기보다는 언제나 반복되는 시계적인 시간에 대한 자각을 드러내고 있는 데 그치고 있다. 다시 시의 내용으로 돌아가보자.

　　태양은 언제나 특별한 의미 없이도 동쪽에서 솟아올라 서쪽으로 떨어지는 반복적인 운동을 계속하고 있다. 이상이 1931년 『조선과 건축』에 실었던 「운동」

경성의 미쓰코시 백화점

당시 경성에 있던 미쓰코시(三越) 백화점은 일본 미쓰코시 백화점의 경성지점이었다. 이 미쓰코시 백화점은 1673년에 치고야(越後屋)라는 이름의 포목점으로 영업을 시작한 뒤, 1904년에 '주식회사 미쓰코시 포목점(株式会 社三越吳服店)'이라는 명칭으로 개명하면서 일본 최초의 백화점으로 출발하였고 1914년에 니혼바시(日本橋) 지역에 최초의 지점을 설립하면서 본격적인 영업을 시작하였다.

경성의 미쓰코시 백화점(현 신세계백화점)의 전경

미쓰코시 경성지점은 1930년에 명동에 지어졌으며, 지하 1층 지상 4층 규모로 한국 최초의 근대식 백화점이었다. 이 미쓰코시 백화점에는 당시로서는 드물게 엘리베이터가 설치되어 있었고 옥상에는 옥상정원이 조성되어 끽다점으로 이용되었다.

을 통해서 이러한 반복 운동에 주목하고 있는 것은 시계로 대표되는 근대적인 시간성의 핵심이 바로 이와 같은 반복적인 운동으로 이루어져 있기 때문이다. 예를 들어, 고장 나 멈춰버린 시계가 하루 24시간 동안 반드시 두 번은 맞는 시간을 가리킬 수 있는 것은 반복된 시간의 운동성 때문이다.

이 반복성 때문에 이상이 갖고 있는 시계는 비록 멈춘 것이라고 하더라도 때때로 맞는 시간을 가리킬 수 있다. 오히려 멈추지 않은 시계가 영원히 틀린 시간을 가리킬 확률이 높은 것이다. 이상은 묻고 있다. 만약 고장 난 시계가 문득 맞는 시간을 가리킨다면, 그 시계는 나보다 젊은 것일까, 아니면 늙은 것일까. 이미 내가 시계를 보는 그 순간에도 미세하게나마 시간은 흐르고 있으니 어쩌면 고장 난 시계는 나보다 젊을 수도 있을 것이며, 이후 12시간에서 모자라는 시간만큼 시계의 시간이 다가올 수도 있을 테니 나는 그 고장 나 멈춰진 시계보다 늙지 않았다고 말해도 될 것이다. 어느 쪽이든 이 시에서 나와 시계 사이의 상대적인 시간이 드러내고자 하는 것은 마치 쳇바퀴나 톱니바퀴를 도는 것과 같은 시간의 반복적 운동이다. 단지 시간의 반복적 운동만으로는 결코 늦었다, 빠르다와 같은 시간 순서가 확인될 수는 없다. 결국 고장 나 멈춘 시계의 비유는 시

'이상(李箱)'이라는 현상

계가 담보하는 시간성이 근본적으로는 반복적인 운동에 있음을 강조하여 보여주는 것에 그 의도가 있었던 셈이다.

북쪽으로 향하고 남쪽으로 걷는 바람 속에 멈춰 선 부인 / 영원의 젊은 처녀 / 지구는 그녀와 서로 맞닿을 듯이 자전한다. // 운명이란 것은 / 인간들은 1만 년 후의 그 어느 1년 CALENDAR까지도 만들 수 있다. / 태양이여 달이여 종이 한 장으로 된 CALENDAR여.

이상(李箱), 「습작 쇼윈도 몇 편(習作 쇼오윈도우 數點)」, 『현대문학』, 1961.2.

발갛게 암뿌으르에 습기 제하고 젖는다 받아서는 내어던지고 집어서는 내어버리는 하루가 불이 들어왔다 불이 꺼지자 시작된다 역시 그렇구나 오늘은 카렌더의 붉은빛이 내어배었다고 그렇게 카렌더를 만든 사람이나 떼이고 간 사람이나가 마련하여 놓은 것을 그는 위반할 수가 없다 K는 그의 방의 카렌더의 빛이 K의 방의 카렌더의 빛과 일치하는 것을 좋아하는 선량한 사람이니까 붉은빛에 대하여 겸하여 그에게 경고하였느냐 그는 몹시 생각한다 일요일의 붉은빛은 월요일의 흰빛이 있을 때에 못 쓰게 된 것이지만 지금은 가장 쓰이는 것이로구나 확실치 아니한 두 자리의 숫자가 서로 맞붙들고 그가 웃는 것을 보고 웃는 것을 흉내 내어 웃는다 그는 카렌더에게 지지는 않는다 그는 대단히 넓은 웃음과 대단히 좁은 웃음을 운반에 요하는 시간을 초인적으로 가장 짧게 하여 웃어버려 보여줄 수 있었다.

이상(比久), 「지도의 암실」, 『朝鮮』, 1932.3.

12시간 또는 하루 24시간으로 구성된 세계의 시간성이 고장 난 시계처럼 반복적 운동만을 반복하고 있을 뿐이라면, 이상이 이 시에서 쓰고 있는 것처럼 그것은 영원히 젊은 처녀처럼 마치 하나의 고정된 극점과 같이 남겨져 있을 것이다. 지구는 그것을 중심으로 반복적으로 자전하고 있으며 이는 공전 역시 마찬가지다. 그것은 1년을 주기로 봄 여름 가을 겨울을 순화하며 일주하고 있는 것이다. 하지만 이러한 반복적 운동만이 근대적인 시간성의 핵심적인 성격인 것만은 아니다.

오히려 근대적인 시간성은 하루하루 반복되는 시계의 시간성이 나아가 시계 시, 분, 초침의 일주 회전, 지구의 자전(태양의 뜨고 짐)과 같은 반복적인 운동을 누적하여 양적으로 쌓아올리는 방식으로 0부터 시작하여 무한대까지 나아가는 단방향의 직진적 시간성을 구축하고 있는 데 있다. 이상이 시계라는 대상 외에 달력(calender)이라는 대상까지 거론하고 있는 것은 바로 이 때문이다. 달력은 지구의 자전과 공전이 담보하는 하루하루의 반복적 시간을 자기 체계에 넣어 근대적 시간의 구조를 표현하고 있는 매개가 되는 것이다. 따라서 인간들이 1만 년 후의 어느 1년에 대한 달력을 만들 수 있는 것은 이 반복 운동과 직진적 시간성의 조화로 이루어진 근대적인 시간성의 구조 때문이다.

이러한 근대적인 시간성은 한편으로는 얼마나 뒤의 시간이 되었든 한결같은 모양새로 예측이 가능하다는 점에서 한없는 권태를 불러일으키도록 하는 대상일 뿐만 아니라, 다른 한편으로는 매 순간 미래로, 미래로 밀어내어 바쁜 시간의 흐름 속에 흘러가도록 압박을 주어 그 위에 올라탄 인간으로 하여금 현기증을 느끼도록 하는 이중적인 의미를 갖고 있다. 하지만 어느 것이나 그것들은 시대를 탈주하고자 했던 이상에게는 걸림돌이 되는 것에 다름 아니었을 것이다. 말하자면, 이상은 이러한 근대적 시간이 주는 억압으로부터 벗어나고자 예술적 실천 방법을 고안하고 있었다. 앞서 논의했던 거울과 꿈은 그 실천 방법들 중 하나였을 뿐이다. 달리 어떤 방법이 더 있었을까. 시계와 달력이 제약하는 삶의 방식들로부터의 탈주. 시간을 거스르거나 시간 사이의 빈틈을 발견하거나 하는 것 외에 다른 탈주의 상상력이 달리 더 있을 수 있었을까, 묻지 않으면 안될 것이겠으나 그보다는 먼저 이상의 시계는 왜 멈춰버렸으며, 멈춰버리지 않으면 안 되었는가 하는 문제에 대해서 이야기하지 않으면 안 된다.

'이상(李箱)'이라는 현상

근대적인 시간성에 저항하라
−'4시에 멈춰버린 시계'와 '왼쪽으로 흐르는 시계'

모더니티의 시간성은 바쁘게 흘러간다. 그것은 아직 근대에 속해 있지 않은 이들을 재촉하여 바쁘게 근대로, 근대로 밀어낸다. 물론 근대성이라는 개념은 시간적인 범주만을 의미하는 것만은 아니다. 그것은 공간적으로도 동시에 펼쳐져 있다. 근대라는 시대의 단계가 예를 들어 유럽의 파리라는 예술적 중심에, 혹은 아메리카의 뉴욕이라는 경제적 중심에 도래해 있다고 한다면, 그러한 중심의 외부에는 당연하게도 근대에 미달한 지점들이 그 지체의 정도에 따라 둥글게 편재하고 있을 것이며 근대성의 세계 체제 속에서는 시간이라는 범주가 공간적인 형태로 일련의 스펙트럼을 형성하고 있을 것이다. 이렇게 근대성의 중심으로부터 각기 지체된 시공간적인 방향성을 형성하고 있는 세계 구조 속에 놓여 있는 이른바 세계 내−존재들에게는 바쁘게 움직이는 근대의 시공간에 대한 결핍을 만들어낸다. 근대로부터 미달되어 지체된 시공간에 이들로 하여금 끊임없이 저기 저쪽에 존재하는(존재하는지 아닌지 알 수 없으나 때때로 물질적인 증거로 확인되고 있는) 근대적인 이념들이 모두 성취된 충만한 근대적 시공간에 대한 환상을 자극하도록 하는 것이다.

이러한 근대적 시공간의 구조 속에 속해 있으면서 이러한 시공간성으로부터 탈주하고자 했던 이상에게 어떠한 대응이 가능했을까. 시대에 대응하는 예술적 실천은 바로 이 지점에서 찾지 않으면 안 될 것 같다. 이상은 자신의 작품 속에서 한편으로는 그렇게 기차와 같이 달려오는 시간에 대한 절망적인 감정을 표현하고 있으며 다른 한편으로는 그것으로부터 내려버리고자 하는 나름의 대응 양상을 보여주고 있다. 어쩌면 시계를 멈추고 바쁘게 달려오는 시간을 부정하면서 한없이 게으르고자 하는 것이 일단은 그가 택한 답안이었을지도 모르는 일이다. 따라서 이상에게 있어서 게으름은 단지 책임의 회피가 아닌, 보다 적극적으로 선택된 대응적인 전략의 의미를 담고 있다.

> 시계를 보았다. 시계는 서 있다.
>
> ……먹이를 주자……나는 단장을 분질렀다 X 아문젠 옹의 식사와 같이 말라 있어라 X 순간, / ……당신은 MODEMOISELLE NASHI를 잘 아십니까, 저는 그녀에게 유폐당하고 있답니다……나는 숨을 죽였다. / ……아냐, 이젠 가망없다고 생각하네…… 개는 구식처럼 보이는 피스톨을 입에 물고 있다. 그 것을 내게 내미는 것이다……제발 부탁이네, 그녀를 죽여다오, 제발…… 하고 그만 울면서 쓰러진다.

이상(李箱), 「황(獚)」, 『현대문학』, 1966.7.

앞서 「운동」이라는 시에서 매 순간 끊임없이 반복되는 시간성에 대한 아찔할 정도의 피로감을 표시했던 이상은 이후 쓴 여러 글들에서 여러 번 멈춰버린 시계에 대한 상징적인 모티프를 드러내고 있다. 이상의 시계는 언제나 멈춰 있다. 시계가 멈춰 있다는 의미는 정확한 시간을 확인할 수 없다는 의미일 것이며, 정확한 시간이라는 개념은 타인과 공유된 객관적인 시간성을 의미하는 것이다. 즉 시간을 사적/공적(private/public)이라는 범주적 구분을 통해 나눌 수 있다면, 일반적으로 시계적인 시간이란 공적, 즉 타인과의 관계성을 통해서만 그 존재적인 의미를 갖는 것이다. 즉 시계는 그 태생에서부터 인간들 사이의 시간적인 동기화(synchronization)를 위해서 고안된 것이므로 시계는 그 자체가 공적인 시간의 상징과도 같은 것이라는 의미이다. 물론 밤과 낮이라는 시간 구분, 그리고 우리들이 알게 모르게 부여하고 있는 낮의 활동성과 밤의 휴식이라는 일상성 역시 마찬가지다. 그것은 모두 한 데 묶여 조직화되어 마치 채플린의 영화 「모던 타임스」* 속 시간−기계처럼 근대적 시간성을 구축하고 있다.

하지만 바늘이 멈춰버린 시계를 소지하고 있는 이상은 이러한 정확하게 동기화된 근대적 시간에 대해서는 별로 관심이 없다. 그는 여기에 대해 관심이 없을 뿐만 아니라 전도된 시간성을 영위하는 방식으로 이와 같은 근대적 시간성에 대해 적극적으로 저항하고 있다. 결국 이상의 멈춰버린 시계는 결코 타인과 공유되지 않는 공적인 시간성의 거부로서, 이상이 소유하고 있던 가장 개인적인 시간성의 적극적인 영위를 의미하는 것이다. 게다가 이상의 관점에서 본다면 근대적인 시간성을 표방하고 있는 다른 어설픈 근대적 시계들보다 훨씬 정확하다. 멈춰버린 시계는 적어도 하루에 두 번은 정확히 맞는 시간을 가리킬 수 있기 때문이다. 물론 이상이 멈춰버린 시계를 소지하게 된 까닭이 적어도 하루에 2번의 맞는 시간을 가리킨다는 기능적인 이유 때문만은 아니다. 이상은 오히려 멈춘 시계를 보면서 정확한 시간이라는 근대적인 시간성의 이념이 주는 강박을 의식하고 있으며, 근대적인 시간성을 극복하여 그와 같은 강박으로부터 벗어날 움직임을 모색하고 있는 것이다.

시계는 좌향으로 움직이고 있다. 그것은 무엇을 계산하는 '메터'일까. 그러나 그 사람이라는 사람은 피곤하였을 것도 같다. 저 '칼로리'의 소멸－모든 기구는 연한(年限)이다. 거진거진－ 잔인한 정물이다. 그 강의불굴(强毅不屈)하는 시인은 왜 돌아오지 아니할까. 과연 전사하였을까. // 정물(靜物) 가운데 정물

모던 타임스, 시간－기계에 갇힌 인간의 삶

찰리 채플린(Charlie Chaplin, 1889~1977)의 영화 「모던 타임스(Modern Times)」(1936)는 「황금광 시대(The Gold Rush)」(1925) 「시티 라이츠(City Lights)」(1930)의 연장선에서 자본주의 문명 비판적인 시선을 드러내어 폭로하고 있는 작품이다. 그는 인간의 탐욕과 세계대공황으로 비롯된 경제 침체와 인간을 기계에 다를 바 없도록 다루는 포디즘의 만연에서 비롯

된 인간성의 상실을 비판하였던 것이다. 이 영화 「모던 타임스」에서 자본주의에 대한 궁극적인 비판은 시계적인 시간의 준수와 공장 컨베이어벨트 속에 한 부품이 되어버린 인간성에 대한 것에 초점이 맞추어져 있다.

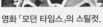

영화 「모던 타임스」의 스틸컷.

이 정물 가운데 정물을 저며내고 있다. 잔인하지 아니하냐. / 초침을 포위하는 유리 덩어리에 남긴 지문은 소생하지 않으면 안 될 것이다--그 비장한 학자의 주의를 환기하기 위하여.

이상(李箱), 「면경(面鏡)」, 실락원 연작, 『조광』, 1939.2.

과연 근대적인 시간성이 주는 강박은 어떻게 극복될 수 있었을까. 이상은 어떤 방식을 통해 시계가 가리키는 시간을 거부하고 시간성의 초월을 추구하였던 것일까. 이상의 사후에 공개된 「면경」이라는 시에서는 이와 같이 근대적인 시간성을 극복하고자 하는 이상의 정신적인 노력의 단면이 드러나고 있다. 이 시에서 이상은 일반적인 시계와는 반대로, 거울에 비쳐 있어 시곗바늘이 반대로 움직이고 있는 시계를 거론하고 있는 것이다. 비록 거울에 비쳐서 그럴 수 있다고 해도, 시계의 바늘이 좌향으로 움직여 시간이 거꾸로 흐르는 것은 근대 세계의 시간적 질서를 전면적인 부정하는 뚜렷한 움직임이다.

하지만 이상이 고작해야 거울에 비친 시계를 대상으로 삼을 수밖에 없었다는 사실은 결국 그의 사유적 한계였다. 원래대로라면 빛의 속도를 초월하여 현실적인 시간성을 교란해야 할 이상의 모험은 인간에게 허락되지 않는 빛의 속도로 말미암아 어쩔 수 없이 거울이라는 대상에 귀착된 것이다. 그러나 거울이 환기하는 감각적 단절, 냉엄한 시공간적 질서의 물질성은 어떻게 할 것인가. 거울이라는 매개는 결국 그러한 한계를 극복하기에는 충분치 않았던 것이다. 거울이 이상이 추구하는 근대적 시간성의 극복의 계기가 되기 위해서는 그것이 가르고 있는 진실과 모사 사이의 경계가 와해되고 그 사이를 자유로이 넘나들 수 있어야 한다. 하지만 그는 결국 그러한 상상력의 자리는 얻지 못하였다. 거울 세계 속에서 힘겹게 근대적인 시간의 방향성을 거스르고 있는 시계는 역동성을 가지고 움직이는 존재가 아니라 정물처럼 붙박힌 존재일 수밖에 없는 것이다. 이는 분명 너무나 치명적인 한계이다. 근대적인 시간성을 극복하기에 좌향으로 움직여 일반적인 시계의 시간성을 거스르는 시도는 분명 실패할 수밖에 없다. 그렇다면 이상에게는 어떤 방법이 남아 있을까.

기인 동안 잠자고 짧은 동안 누웠던 것이 짧은 동안 잠자고 기인 동안 누웠던 그이다. 네 시에 누우면 다섯 여섯 일곱 여덟 아홉 그리고 아홉 시에서 열 시까지 이상─나는 이상이라는 한 우스운 사람을 아안다.

이상(比久), 「지도의 암실」, 『朝鮮』, 1932.3.

그는 결국에 시간이라는 것의 무서운 힘을 믿지 않을 수는 없다. 한번 지나간 것이 하나도 쓸데없는 것을 알면서도 하나를 버리는 묵은 짓을 그도 역시 거절하지 않는지 그에게 물어보고 싶지 않다. 지금 생각나는 것이나 지금 가지는 글자가 있다가 가질 것 하나 하나 하나에서 모두씩 못 쓸 것인 줄 알았는데 왜 지금 가지느냐 안 가지면 그만이지 하여도 벌써 가져버렸구나 벌써 가져버렸구나 벌써 가졌구나 버렸구나 또 가졌구나. 그는 아파오는 시간을 입은 사람이든지 길이든지 걸어버리고 걷어차고 싸워대고 싶었다.

이상(比久), 「지도의 암실」, 『朝鮮』, 1932.3.

1932년 3월 조선총독부의 기관지였던 『조선』에 발표한 「지도의 암실」이라는 글 속에서 이상은 일반적인 근대의 삶의 양식으로부터 벗어나 있는 독특한 시간성의 존립 가능성에 대해 말하고 있다. 그는 이를 긴 시간과 짧은 시간으로 나누어 설명한다. 하루를 24시간으로 본다면 활동의 시간과 휴식의 시간은 어떠한 경계를 중심으로 하여 절반의 시간인 12시간 이상이라면 긴 시간일 것이고, 이하라면 짧은 시간이 된다. 대개의 인간은 8시간의 수면을 취하고 있는 셈일 테니 짧은 동안 잠자고 긴 동안 깨어 있는 셈일 것이다. 하지만 이상은 그러한 평균적인 삶의 리듬을 따르고자 하지 않는다. 시계가 가리키는 시간성을 따르는 일은 아찔할 만큼 현기증을 일으키는 일이다.

물론 인간이 어느 시대인가 시간이라는 제도를 만들어내고 그것을 지키기로 약속한 이상, 지금에 있어서 그것을 없었던 것으로 할 수는 없다. 시간은 이미 관념이나 제도적 수준에서만 작동하는 것이 아니라 물질적이고 신체적인 차원에서 작동하는 것이다. 모든 합의된 제도나 사회적 약속이 모두 그러할 것이다.

모든 제도에 그것이 시작된 기원이라는 것이 있으되, 이미 사회적 약속으로 받아들여진 이상, 단지 시작된 기원이 있었다는 사실을 폭로하는 것만으로 이를 무화시키는 것은 불가능하다. 위에서 인용한 부분에서 이상이 말했던 '시간이라는 것의 무서운 힘'이라는 것은 바로 이것일 터이다. 모든 사람이 시계를 가지고 그것을 참조하여 시간을 확인하는 세계 속에서, 이상만이 시계를 안 가졌던 것으로 하거나 시간성을 부정한다는 것은 불가능한 일이다.

아마도 이상 자신일 「지도의 암실」의 화자는 이러한 사유적 막다른 길에서 게으름을 선택한다. 그가 예전에는 긴 시간 동안 잠자고 짧은 시간 동안에는 누워 있었다가 최근에는 짧은 시간 동안 잠자고 긴 시간 동안 누워 있게 된 것은 그저 단순한 선택에 불과한 것이 아니라 의도적이고 방법적인 선택에 해당한다. 그가 쓰고 있는 '짧은 시간 동안 잠자고 긴 시간 누워 있음'이란 밤 내내 깨어 있다가 새벽 4시가 되어서야 잠드는 상태를 말하는 것일 수도 있고, 낮 동안 깨어 있다가 오후 4시가 되어서야 잠드는 상태를 말하는 것일 수도 있다. 이상은 의도적으로 구체적인 정보를 주지 않고 있다. 사실 어느 쪽이거나 상관없다. 낮에 잠들거나 밤에 잠들거나 그것이 중요한 것은 아니기 때문이다.

오히려 이상에게 중요한 것은 깨어있음으로부터 잠들거나 잠들어 있다가 깨어나는 것 같은 상태가 변화되는 시간이 몇 시인가 하는 것이다. 이상의 시계는 대략 4시에 멈춰져 있다. 4시를 계기로 이상은 잠들거나 깨거나 하고 있는 것이나. 말하자면 4시란 이상에게 있어서는 시계적인 시간에서 벗어난 잠과 깨어남 사이의 상징적인 경계로서의 시간이다. 그렇다면 그 시간은 상태가 바뀌는

'이상(李箱)'이라는 현상

변곡점, 즉 모멘텀(momentum)을 의미한다.

시간이 일정한 양(量)을 가진 존재로서 점진적으로 축적되어 연속적으로 이어져 있는 수량적인 형태를 띠고 있다는 것이 근대의 시간성의 구조라면, 이상이 제시하고 있는 시간성이란 그러한 연속적인 시간성이 아닌 '깨어남'과 '잠듦'이라는 중요한 두 가지 중대한 상태의 변화를 중심으로 형성되어 있는 일종의 분기로서의 시간인 것이다. 이상에게 있어서 이 4시가 시계가 가리키는 시계의 수량적 시간을 의미하는 것이 아니라 일종의 상징적인 시간이라는 징후는 이「지도의 암실」속 여러 곳에서 발견된다.

시계도 치려거든 칠 것이다 하는 마음보로는 한 시간 만에 세 번을 치고 삼 분이 남은 후에 육십삼 분 만에 쳐도 너 할 대로 내버려두어버리는 마음을 먹어버리는 관대한 세월은 그에게 이때에 시작된다.

이상(比久), 「지도의 암실」, 『朝鮮』, 1932.3.

넷—하나 둘 셋 넷 이렇게 그 거추장스러이 굴지 말고 산뜻이 넷만 쳤으면 여북 좋을까 생각하여도 시계는 그러지 않으니 아무리 하여도 하나 둘 셋은 내어버릴 것이니까 인생도 이럭저럭 하다가 그만일 것인데 낯모를 여인에게 웃음까지 산 저고리의 지저분한 경력도 흐지부지 다 스러질 것을 이렇게 마음 졸일 것이 아니라 암뿌으르에 봉투 씌우고 옷 벗고 몸뎅이는 침구에 떼내어맡기면 얼마나 모든 것을 다 잊을 수 있어 편할까 하고 그는 잔다.

이상(比久), 「지도의 암실」, 『朝鮮』, 1932.3.

이상은 시계가 4시를 칠 때 한 시간에 한 번씩 치는 것이 아니라 우선 한 시간 만에 세 번을 치고 3분이 남으면 그 뒤에 남은 한 번은 63분 만에 쳐도 상관없는 시계를 꿈꾼다. 또한 시계가 4시를 칠 때, 땡, 땡, 땡, 땡과 같이 차곡차곡한 순서대로 네 번을 치지 말고 바로 4시를 쳐주었으면 한다는 현실에서는 절대로 실현 불가능한 아이디어를 말해 보기도 한다. 이와 같은 아이디어들은 결국 시계가 상기하는 숨도 쉴 수 없는 규칙적인 시간성에 대한 적극적인 부정의 몸부림에 해당하는 것이다. 물론 1시간마다 종을 치지 않는 시계와 같은 아이디어는 아방가르드 예술가인 달리의 회화 속 시계*처럼 비정형으로 녹아내린 시간성에서나 가능한 것이다.

또한 시계가 바로 4시를 치는 아이디어 역시 시계가 말이라도 할 수 있지 않고서야 가능할 리 없다. 시계의 종은 순서대로 4번 울리는 것이지, 한 번만 울릴 수는 없는 것이다. 하지만 이와 같은 생각은 바로 이상이 이 4시를 3시 다음에 오는 시계적인 시간으로 간주하지 않는다는 사실을 알려준다. 이상에게 있어서 4시는 일종의 상징적 경계이자 분기를 가리키는 것이지 시계적인 시간을 가리키는 것이 아니기 때문이다. 이상은 이를 통해 종소리의 개수를 쌓아가기라도 하는 것처럼 차곡차곡 4시를 알리는 시계에 대해 거부감을 표현하고 있는 것이다.

꼭 한 시간만 자고 일어날까 그러면 네 시 또 조금 있다가는 밥을 먹어야

달리의 「기억의 저항」

살바도르 달리(Salvador Dali, 1904~1989)가 그린 「기억의 저항(The Persistence of Memory)」(1930)은 바로 시계가 표상하는 근대성의 압박을 넘어서고자 하는 의도를 표현하고 있다. 즉 시계가 근대의 시간이 이루고 있는 단단하고도 확실한 체계를 상징하고 있다면, 그 단단한 물질로서의 시계가 마치 사막과도 같은 이 세계적인 공간성 속에서 드러난 시간의 유동성 속에서 흘러내리고 있는 것은 시공간성을 초월한 기억이라는 사고 작용에 의해서인 것이다.

살바도르 달리는 또한 1929년에는 루이스 부뉘엘과 함께 영화 「안달루시아의 개(Un Chien Andalou)」를 제작하기도 한다. 이 영화는 충격적인 영상으로 당대에 큰 시각적 충격을 일으키기도 하였다.

(좌) 달리, 「기억의 저항」, 1930. (우) 부뉘엘, 「안달루시아의 개」, 1929.

'이상(李箱)'이라는 현상

지 아니지 다섯 시 왜 그러냐 하면 소화가 안 되니까 한 시간은 앉았다가 네 시에 드러누우면 아니지 여섯시 왜 그러냐 하면 얼른 잠이 들지 아니하고 적어도 다섯 시까지 한 시간을 끄을 것이니까 여섯 시 여섯 시에 일어나서야 전기불이 모두 들어와 있을 것이고 해도 져서 도로 밤이 되어 있을 터이고 저녁 밤끼도 벌써 지났을 것이니 그래서야 낮에 일어났다는 의의가 어느 곳에 있는가 공원으로 산보를 가자 나무도 보고 바위도 보고 학교 아이들도 보고 빨래하는 사람도 보고 산도 보고 시가지를 내려다보고 매우 효과적이고 의미심장한 일이 아닐까 보산은 곧 일어나서 문간을 나선다. (중략) 시계가 세 시를 쳤다. 보산은 오후 같았다. 밤은 너무가 고요하여서 때로는 시계도 제꺽거리기를 꺼리는 듯이 그네질을 자꾸 그만두려고만 드는 것 같았다. 보산은 피곤한 몸을 자리 위에 그대로 잠깐 눕혀본다. 이제부터 누우면 잠이 들 수 있을까 없을까를 시험하여 보기 위하여 그러나 잠은 보산에게서 아직도 머언 것으로 도무지가 보산에게 올까 싶지는 않았다. (중략) 오늘은 대체 음력으로 며칠날쯤이나 되나 아니 양력으로 물어도 좋다 달은 음력으로만 뜨는 것이 아니고 양력으로 뜨는 것이 아니냐 하여간 날짜가 어떻게 되어 있길래 이렇게 달이 밝을까 달이 세 시가 지났는데 하늘 거의 한복판에 그대로 남아 있을까 (중략) 한 개의 밤 동안을 잤는지 두 개의 밤 동안을 잤는지 보산에게는 똑똑히 나서지 않았을 만하니 시계가 아홉 시를 가리키고 있더라는 우연한 일이다. 마당에 나서는 보산의 마음은 아직 자리 가운데에 있었는데 아침은 이상한 차림 차림으로 보산을 놀라게 하였을 때에 보산의 방 안에 있던 마음이 냉큼 보산의 몸뚱아리 가운데로 튀어들고 보니 그리고 난 다음의 보산은 아침의 흔히 보지 못하던 경치에 놀라지 아니할 수 없었다.

이상(甫山), 「휴업과 사정」, 『朝鮮』, 1932.4.

1932년 4월 역시 마찬가지로 『조선』에 발표된 「휴업과 사정」에서 모처럼 낮에 일어난 보산은 3시라는 애매한 시간에 퍽 곤란해한다. 작품 속에서 주인공인 보산은 원래 건강한 근대인으로 등장하고 있는 것이 아니라 맞은편에 살고 있는 SS라는 인물에 대한 열등감으로 인해 모처럼 그것을 흉내 내고 있을 뿐이기 때문이다. 보산이 잠을 1시간만 자겠다든가, 식사를 몇 시에 하겠다는 식으로 계획을 세우는 것은 그가 시계에 근거한 근대인의 생활 관습을 흉내 내고 있음을 보여주는 근거이다. 하지만 그는 오히려 무언가를 하고자 하는 욕망과 자신에게 주어진 시간적인 제약 사이의 충돌로 인해 이도 저도 하지 못하게 된다. 그 후 보산은 새벽 3시가 되기까지 잠에 들지 못한다. 사위는 고요하여 마치 시계조차 멈추려고 하는 것은 아닌가 하는 생각이 들 정도이다. 여전히 잠은 오지 않는다. 게다가 달은 너무나 밝은 것이다. 마치 낮의 3시와 혼동될 정도로 말이다. 이상의 신체적인 리듬하고는 너무나 다른, 그것으로부터 시계가 가리키는 시간은 한없이 빗겨나 있다. 그러한 밤을 보낸 뒤, 보산은 하루 밤을 잤는지, 이틀 밤을 잤는지 모를 정도로 시간이 지난 뒤 9시에 일어난다. 9시에 보산은 지금까지 보지 못했던 아침의 차림새와 경치에 놀란다. 9시라는 정상적인 시간에 일어난 보산은 이제 완연한 근대인이 된 것일까. 아니면 시계적인 시간에 의거하여 근대인의 시간을 흉내 내고 있을 뿐인 것인가.

일곱 시다. 밤과 낮이 완전히 전도(顚倒)되어 있는 내게 있어 오전 7시의 잠을 깬다는 것은 지극히 우스꽝스런 일이다. 이건 가정 위생에 반드시 나쁘다고 나는 생각해 버린 것이다. 나 같은, 즉 건전한 신으로부터 버림받은 인간에게 있어 오전 7시의 기상은 오로지 비위생이며 불섭생이리라. (중략) 시계를 보았다. 7시 반이 지난, 그건 참으로 바보 같고 우열한 낯짝이 아닌가. 저렇게 바보 같고 어리석은 시계의 인상을 일찍이 한 번도 경험한 일이 없다. 7시 반이 지났다는 것이 대관절 어쨌던 거며 어떻게 된다는 셋인가. 시계의 어리석음은 알 도리조차 없다.

이상(李箱), 「어리석은 석반(夕飯)」, 『현대문학』, 1961.1.

미발표 원고의 형태로 발견되어 정확한 창작 시점을 알 수 없으나 대략 1932년 무렵일 것으로 생각되는 「어리석은 석반」이라는 글에서도 이상은 다음과 같이 「휴업과 사정」의 보산과 비슷한 상황을 제시하고 있다. 즉 이상은 우연하게도 아침 7시에 일어나게 되는데 이에 대해서 오히려 불쾌하게 여긴다. 자신은 스스로 밤낮이 전도되어 살아가고 있는 인간이기 때문에 7시라는 일반적인 관점에서는 건강한 기상 시간은 오히려 비위생과 불섭생에 해당한다는 것이다. 그는 이러저러한 고민을 하다가 문득 시계가 7시 반을 넘어가는 시간을 가리키고 있다는 사실을 알게 된다. 이상이 시계에 대해 '바보 같고 우열한 낯짝'이라는 저주를 퍼붓고 있는 것은 그 자신이 지나가는 시간에 대해 무언가 불편한 감정을 느끼고 있기 때문이다. 즉 이상은 자신이 깨어난 뒤 이것저것 '하잘것없는 것들'에 대해 고민하는 사이에 벌써 30분 이상이나 시간이 흘러버린 것에 대해서 불편해하고 있는 것이다. 그가 감정적인 불편함을 느끼고 있는 것은 시간을 경제적으로 쓰지 않으면 안 된다는 건강한 근대인의 암묵적 생활지침을 상기하게 되었기 때문일 것이다. 이러한 생활지침 하에서 이상이 사유했던 '하잘것없는 것들'의 가치는 30분에도 못 미치는 것이 되고 마는 것이다. 이상은 이 대목에서 자신이 자꾸만 시계적인 시간에 구애되고 있다는 사실을 새삼스럽게 깨닫게 되었으며, 그러한 자신에 대해 일종의 혐오를 표시하고 있다.

즉 1932년 무렵의 이상에게 있어서 그는 아직 시계가 가리키는 시간적 속박으로부터 완전히 벗어날 수 있는 심리적 여유를 확보하지 못한 상태였다. 그는 밤낮이 뒤바뀐 역전적인 시간성을 영위하고 있는 자신에 대해, 날이면 날마다 쓸데없는 사유와 공상으로 시간을 채우고 있는 자신에 대해 거부감을 표시하고 있을 뿐인 것이다. 이는 바로 외부의 시간과 나의 시간 사이의 근본적인 불일치에서 비롯된다. 내가 시계를 아무리 보아도 나와 맞는 시간을 찾을 수 없는 것은 바로 이 때문이다. 이러한 근본적인 불일치의 시기를 지나 이상이 근대의 시계적인 시간성에 대해 부정하는 창작적 실천을 행하게 되는 것은 1934년 이후이다. 특히 「날개」에서는 시간, 공간, 화폐 등 근대의 관습들을 전략적으로 부정하고 있는 한 인물을 주인공으로 내세우고 있다.

　나는 그러나 그런 이불 속의 사색 생활에서도 적극적인 것을 궁리하는 법이 없다. 내게는 그럴 필요가 대체 없었다. 만일 내가 그런 좀 적극적인 것을 궁리해 내었을 경우에 나는 반드시 내 아내와 의논하여야 할 것이고, 그러면 반드시 나는 아내에게 꾸지람을 들을 것이고 - 나는 꾸지람이 무서웠다느니보다는 성가셨다. 내가 제법 한 사람의 사회인의 자격으로 일을 해보는 것도 아내에게 사설 듣는 것도 / 나는 가장 게으른 동물처럼 게으른 것이 좋았다. 될 수만 있으면 이 무의미한 인간의 탈을 벗어버리고도 싶었다. 나에게는 인간 사회가 스스러웠다. 생활이 스스러웠다. 모두가 서먹서먹할 뿐이었다.
　아내는 하루에 두 번 세수를 한다. 나는 하루 한 번도 세수를 하지 않는다. 나는 밤중 세 시나 네 시쯤 해서 변소에 갔다. (중략) 나는 내가 지구 위에 살며 내가 이렇게 살고 있는 지구가 질풍신뢰의 속력으로 광대무변의 공간을 달리고 있다는 것을 생각했을 때 참 허망하였다. 나는 이렇게 부지런한 지구 위에서는 현기증도 날 것 같고 해서 한시바삐 내려버리고 싶었다. (중략) 나는 저물도록 길가 시계를 들여다보고 들여다보고 하면서 또 지향 없이 거리를 방황하였다. 그러나 이날은 좀처럼 피곤하지는 않았다. 다만 시간이 좀 너무 더디게 가는 것만 같아서 안타까웠다. 경성역(京城驛) 시계가 확실히 자정을 지난 것을 본 뒤에 나는 집을 향하였다. 그날은 그 일각 대문에서 아내와 아내의 남자가 이야기하고 서 있는 것을 만났다. 나는 모른 체하고 두 사람 곁을 지나서 내 방으로 들어갔다.

이상(李箱), 「날개」, 「조광」, 1936.9.

　소설 「날개」의 주인공인 나는 근대적인 시공간의 관점에서 본다면, 한 사람의 건강한 사회인, 근대인이 아닌 게으른 동물에 불과하다. 당연히 이와 같은 사실은 그가 타인과 공유되는 시간에 대한 관념을 갖고 있지 않다는 것에서 비롯된다. 말하자면 이는 근대적인 시간성이 강제적으로 부과하는 시간적 분절을 신체적인 감각으로 소지하고 있지 않다는 의미일 것이다. 아침과 저녁 하루 두 번 세수를 하는 아내에 비해, 나는 한 번도 세수를 하지 않으며, 3시나 4시쯤 변소에 가는 것이 유일하게 반복적인 행위이니 말이다.

이러한 나에게 있어서 나를 제외한 모든 지구가 질풍신뢰의 속도로 광대무변의 공간을 달려가고 있다는 것을 인식하는 것은 무엇보다도 불편한 일이다. 그는 따라서 이러한 부지런한 지구로부터 현기증을 느끼며 내려버리고자 하고 있는 것이다. 하지만 나는 아내를 통해 화폐를 쓰는 방법을 배우기 시작하면서 완전히 다른 종류의 인간이 된다. 돈을 사용할 줄 알게 된 이후 「날개」의 주인공은 경성역의 시계탑에서 시간을 확인하고 집에 들어갈 수 있는, 완연한 근대적인 인간으로 바뀌는 것이다.(상세한 내용은 이 책의 10장에서 상세히 다룬다) 「날개」가 이상의 개인적인 경험을 다룬 사소설이 아니라 일종의 근대의 우화인 까닭은 이와 같은 근대적인 시간성의 존재와 그 습득을 통해 근대인이 되어가는 주체의 모습을 보여주고 있기 때문일 것이다.

오늘 다음에 오늘이 있는 것. 내일 조금 전에 오늘이 있는 것. 이런 것은 영 따지지 않기로 하고 그저 얼마든지 오늘 오늘 오늘 오늘 하릴없이 눈 가린 마차말의 동강 난 시야다. 눈을 뜬다. 이번에는 생시가 보인다. 꿈에는 생시를 꾸고 생시에는 꿈을 꿈꾸고 어느 것이나 재미있다. 오후 네 시. 옮겨 앉은 아침─여기가 아침이냐. 날마다다. 그러나 물론 그는 한 번씩 한 번씩이다.(어떤 거대한 모체가 나를 여기다 갖다 버렸나)─그저 한없이 게으른 것─사람 노릇을 하는 체 대체 어디 얼마나 기껏 게으를 수 있나 좀 해보자─게으르자─그저 한없이 게으르자─시끄러워도 그저 모른 체하고 게으르기만 하면 다 된다. 살고 게으르고 죽고-가로대 사는 것이라면 떡먹기다. 오후 네 시. 다른 시간은 다 어디 갔나. 대수냐. 하루가 한 시간도 없는 것이라기로서니 무슨 성화가 생기나.

이상(李箱), 「지주회시」, 『중앙』, 1936.6.

한편, 「지주회시」라는 작품 속에서도 이상은 앞서 살핀 이상의 상징적인 시간성의 연장선으로 '오후 네 시'를 거론한다. 이 '오후 네 시'는 말하자면 멈춘 시계로부터 출발한 이상의 시계를 중심으로 한 탈주의 모험이 다다른 종착지와 같은 것이며, 이상이 근대적인 시간성의 대안으로 제시한 상징적인 시간성의 완성과 같은 것이다. 이상은 이 「지주회시」에서 오늘 다음에 내일이 오는 것같이 하루하루 어떤 방향성을 띠고 직선적으로 나아가는 시간을 부정하고, 오히려 늘 반복되는 시간성에 주목한다. 마치 고장 난 시계가 하루에 2번은 맞는 것처럼 매일매일 같은 시간을 가리키는 고장난 시계는 오히려 그 방향성을 잃은 근대적인 시간보다 충분히 의미 있을 수 있는 것이다. 이상은 자신의 게으름을 이와 같이 긍정해 버린다. 이상이 영위하는 시간성 속에는 잠을 자는 시간과 깨어 있는 시간의 교차와 반복, 꿈과 현실 사이의 교차와 반복이 무한히 이루어지고 있으며 그것은 딱히 시계적으로 맞는 시간을 따라 움직이는 것이 아닌 까닭이다.

'오후 네 시'라는 시간은 이러한 배경 속에서 중요하다. 오후 네 시라는 시간은 시계가 가리키는 바로 그 시간이 아니라 일종의 원형적인 시간으로 그 두 가지 상태의 경계를 가리키는 중요한 시간이기 때문이다. 따라서 이 시간은 분명 숫자로 표현되어 있으나 단지 숫자만이 아닌 잠으로부터 깨어남이라는 사건의 변화를 가리키는 일종의 신화적 시간이다. 따라서 이 오후 네 시(물론 다른 시간이어도 상관없을 것이다)는 연속적인 시간 내에 위치해 있는 근대적인 시간이 아니라, 다른 시간들과는 위계를 달리하는 전혀 다른 의미를 지니고 있는 것이다. 그것은 당연하게도 근대의 피안으로서의 시간성에 대한 영위이다. 이상은 이와 같은 방식으로 근대적인 시간성에 대한 저항이라는 주제를 예술적인 방법론으로 발

'이상(李箱)'이라는 현상

전시켰던 것이다.

　　여울에서는 도도한 소리를 치며 / 비류강(沸流江)이 흐르고 있다. / 그 수면에 아른아른한 자색층이 어린다. // 12봉 봉우리로 차단되어 / 내가 서성거리는 훨씬 후방까지도 이미 황혼이 깃들어 있다 / 어스름한 대기를 누벼가듯이 지하로 지하로 숨어버리는 하류는 거무틱틱한 게 퍽은 싸늘하구나. // 12봉 사이로는 / 빨갛게 물든 노을이 바라보이고 // 종이 울린다 (중략) 이젠 아주 어두워 들어왔구나 / 12봉 사이사이로 하마 별이 하나둘 모여들기 시작 아닐까 / 나는 그것을 보려고 하지 않았을 뿐 / 차라리 초원의 어느 1점을 응시한다. // 문을 닫은 것처럼 캄캄한 색을 띠운 채 / 이제 비류강(沸流江)은 무겁게도도 사려 앉는 것 같고 / 내 육신도 천근 / 주체할 도리가 없다

이상(李箱), 「한 개의 밤(一つの夜)」, 김소운 편, 『朝鮮詩集』, 1943.8.

　　한편, 시계적인 시간에 대한 이상의 사유는 김소운*이 엮은 『조선시집』에 실려 있던 시 「한 개의 밤」에 요약적으로 제시되어 있다. 그는 이 시에서 비유적인 방법을 통해 12시로 이루어진 시와 시 사이에 존재하는 공간에 대한 상상력을

김소운과 이상

　김소운(金素雲, 1907~1981)의 본명은 김교중으로, 13세에 일본으로 건너가 일본시인인 키타하라 하쿠슈(北原白秋)의 문하로 들어가 일본에서 시작활동을 했다. 주로 한국 민요, 동요를 번역하는 작업을 하였고, 조선시인들의 작품을 번역하여 일본에 소개하는 작업도 병행하였다. 그는 이상과 교유관계에 있었고, 이상의 작품 몇 편을 일어로 번역하여 소개한 바 있었다. 그는 그 당시의 정황에 대해 다음과 같이 말하고 있다.

　"병세가 날로 짙어가서 이상은 어느 시골로 정양을 가게 되고 나는 '아동세계사'와 같이 서대문으로 옮겼다. 일역 『조선시집』 속에 있는 이상의 시 「청령」과 「하나의 밤」 두 편은 정양 간 시골에서 상이 내게 보낸 편지를 사후에 원문에서 추려 시형으로 고친 것이다."(『하늘 끝에 살아도』, 동아출판공사, 1968, 293쪽.)

　이상과 같은 김소운의 기억을 통해 보면 『조선시집』에 실려 있는 이상의 시 2편은 실제로는 김소운이 창작한 것이나 다름없다. 다만 전반적인 내용만큼은 이상의 것인 셈이다.

드러내고 있다. 도도하게 소리를 내면서 흐르고 있는 비류강(沸流江)은 평안남도 성천군 무렵에서 대동강으로 흘러드는 대동강의 제1지류이다. 아마도 이상은 성천에 요양 갔을 무렵에 이 비류강에 대해 알게 되었을 것이다. 강이 끊임없이 흘러가고 있는데 12개의 봉우리가 그 강의 흐름을 차단하여 가로막고 있다는 것이다. 따라서 이 강을 따라 흘러가는 개울이 1차원의 흐름을 따라 과거에서 미래로 흘러가는 시간에 대한 메타포라면, 이 12개의 봉우리는 당연하게도 12시로 분할된 시계적인 시간성에 대한 비유일 것임에 틀림없다. 시간이라는 것이 도도하게 막힘없이 흘러가는 것이라면, 시계를 통해 구획된 근대의 시간이란 이 도도한 흐름을 인위적으로 단절시키는 대상인 것이다. 12개의 봉우리로 차단되어버린 유장한 시간들은 황혼과 같이 어두워져 버렸다. 마치 12개의 봉우리 각각에 닿으면 종이 울리는 시계와 마찬가지로 근대적인 시간은 시계적 시간과 마찬가지의 구조를 갖고 있다. 그것은 12진법으로 되어 있는 정수의 수학이었던 것이다. 시(時)와 시(時) 사이, 봉우리와 봉우리 사이는 삭제되어 버린 것이 아니라 그 사이로 별들이 모여들고 있지만, 나에게는 보이지 않고 나는 차라리 다른 쪽의 1점, 상징적인 시간 하나만을 바라보고 있을 뿐인 것이다.

　다만, 이 시에서 쓰고 있는 비유는 그다지 이상(李箱)답지 않다는 인상을 준다. 이상은 그의 시에서 비유의 대상, 이른바 원관념을 명확하게 밝히는 방식을 취하는 경우가 드물기 때문이다. 이는 이 「한 개의 밤」이라는 시가 실제로는 이상이 쓴 게 아니라 이상의 친구인 김소운(金素雲)이 성천에 요양 갔던 이상이 보낸 편지를 바탕으로 시로 개작한 것이기 때문이다. 하지만 이상이 12시라는 시계적인 시간과 그것을 초월하기 위한 새로운 시간성의 추구를 고민했다는 사실만큼은 분명하다. 이 시에서는 1시, 2시 같은 일종의 분절로서의 시간들 사이에 존재하는 경계적 시간에 대한 상상력을 드러내었던 것이다. 그렇다면 그 외에 또 다른 어떤 초월적인 상상력이 가능했을까 하는 것이 궁금하지 않을 수 없다. 그 답은 바로 시계의 12진법을 넘어서는 13이라는 숫자에 있다.

13시를 울리는 시계: 세계들 사이의 봉합선과 전이의 상상력

문득 방 안의 시계가 13시를 울린다. 근대의 시계적인 시간에 대하여 익숙한 사람에게라면 13시를 울리는 시계에 대해 공포심을 가지지 않을 수 없을 것이다. 이는 정상성을 벗어난 비정상성의 징후를 가리키는 것이기 때문이다. 게다가 이 비정상성의 징후들은 단지 발생 가능한 예외로 치부될 수 있는 성격의 것은 아니다. 일단 이와 같은 비정상의 징후가 발생하게 되면 그것은 세계 그 자체의 존재까지도 의심할 수 있는 힘을 갖는다.

만약 일상의 세계 속에 방 안의 시계가 문득 13시를 친다고 상상해 보자. 합리성을 깨뜨리지 않은 채, 이 비정상성의 징후를 설명할 수 있는 설명은 물론 시계라는 기계의 고장이다. 하지만 애초의 시계라는 대상의 디자인이라든가 그 내부의 바퀴 부속들이 이루고 있는 정교한 교합을 감안한다면, 이러한 기계적인 고장이라는 설명은 합리적인 것이긴 하되 발생 가능한 것이라고 보기는 어렵다. 만약 발상을 바꾸어, 이것이 시계라는 대상의 기계적 고장이 아니라 이와 같은 비정상적인 징후를 경험하는 주체의 문제라고 간주해 보면 어떨까. 예를 들어 시계가 울리는 13시란 아직 내가 꿈속 세계에서 벗어나지 못한 징후라고 설명해 보면 어떠할까 하는 것이다. 굳이 꿈속 세계가 아니어도 상관없다. 최소한 방 안에서 울리는 13시의 시간은 내가 12진법을 사용하지 않는 시계를 사용하는 세계에 존재하고 있음을 자각하도록 하는 기제가 되기 때문이다. 나에게 발생한 어떤 비정상의 징후가 내가 존립하고 있는 세계의 성격을 알려준다는 사실, 그리고 나아가 그러한 세계와 정상적이라고 상정된 세계 사이의 가봉된 봉합지점을 알려준다는 사실은 매우 중요하다.

오늘은 분명히 무슨 축제일인가 보다 하고 이상한 소리에 무슨 일이 생겼을까 하고 생각하며 귀를 기울이고 있노라면 보산의 방에 걸린 세계에 제일 구식인 시계가 장엄한 격식으로 시계가 칠 수 있는 제일 많은 수효를 친다.

이상(甫山), 「휴업과 사정」, 『朝鮮』, 1932.4.

시계가 12시를 가리킨 이후 분침이 한 바퀴를 돌아 1시간이 지나면 13시가 아닌 1시가 되는 근대적이고 정상적인 시간성의 세계에 속해 있는 인간에게 있어서 문득 13시를 울리는 시계가 공포의 대상이 될 수밖에 없는 것은 이 때문이다. 내가 딛고 서 있다고 믿었던 단단한 세계의 존립이 흔들려 의심할 수밖에 없는 징후인 것이다. 이 순간 나는 비정상적인 세계와 정상적인 세계 사이에 존재하는 봉합점을 더듬더듬 넘어 전이해 버리지 않으면 안 된다.

예를 들어 어떤 주체가 1+1=2라는 너무나 당연한 사실이 부정되고, 3이나 4 같은 전혀 생소한 결과들이 통용되는 세계를 경험한다고 해보자. 그 순간 주체는 내가 지금 경험하고 있는 이 세계를 긍정하거나 부정하는 두 가지 태도 사이에서 결정해야만 한다. 이는 내가 지금까지 그릇된 세계에 속해 있었으며 새로운 세계의 질서를 받아들여야 함을 깨우쳐야 하는 순간이거나 지금 내가 영위하는 세계가 꿈이나 환상 같은 비현실적인 상태임을 의미하는 것이기 때문이다. 말하자면 나는 새로운 세계의 에피스테메(episteme, 인식소)를 수용해야 하거나 꿈과 환각으로부터 깨어나 현실로 귀환해야만 한다. 이상이 제시한 13시에 담긴 함의는 이러한 것이다.

이상의 소설 「휴업과 사정」에서 주인공인 보산은 그 자신이 갖고 있는 구식의 시계가 가장 많은 수효를 치면서 이를 통해 현실을 깨닫는 계기로 삼는다. 시계가 가장 많은 수효를 친다면 그것은 아마 12일 것이다. 보통의 인간이란 결국에는 이 한계를 넘어갈 수는 없다. 보산 역시도 이 시계 소리를 들으며, 정상으로 돌아와 소설 속의 다른 주인공 SS에 대한 미움을 거둔다. 정상적인 감각의 인간으로 돌아오는 것이다.

'이상(李箱)'이라는 현상

나의 방의 시계 별안간 13을 치다. 그때, 호외의 방울 소리 들리다. 나의 탈옥의 기사. / 불면증과 수면증으로 시달림을 받고 있는 나는 항상 좌우의 기로에 섰다. / 나의 내부로 향해서 도덕의 기념비가 무너지면서 쓰러져버렸다. 중상. 세상은 착오를 전한다. / 13+1=12 이튿날(즉 그때)부터 나의 시계의 침은 3개였다.

이상(李箱), 「1931년(작품 제1번)」, 『현대문학』, 1960.11.

하지만 이상의 방의 시계는 가끔 13시를 울린다. 이상은 시계가 13시를 울리자 그것이 내가 탈옥했음을 알리는 호외의 기사라 정의한다. 그는 13시를 울리는 시계 종소리를 듣자마자 자신이 비로소 12시 다음 1시인 일반적이고 정상적인 세계를 탈옥해 버렸다고 기뻐하고 있는 것이다. 하지만 그와 함께 내가 견지하고 있던 모든 도덕이 같이 무너져 내렸다. 나는 이른바 일반적이고 정상적인 세계를 벗어나버린 셈이기 때문에 그와 동시에 모든 도덕적 일반률도 함께 동반하여 사라져버린 것이다. 여기에 대한 세계의 반응은 '착오'이다. 12진법의 시계적인 시간이 그러하듯 세계의 일반적 질서는 완고하여 쉽게 바뀌지 않는 것이다. 이상이 표현한 것처럼 13+1=12가 되는 상황, 12진법의 일반적인 시계가 지배하는 세계 속에서 침이 세 개인 남들과 다른 시계를 가진 나는 영원히 착오된 존재일 수밖에 없다.

시계가 13시를 친다고 하는 그로테스크한 상황은 당연하게도 이상(李箱)만의 독특한 상상적 수사인 것은 아니다. 물론 누가 먼저인가 하는 독창성의 문제만은 아닐 것이다. 이러한 탈주의 상상력에는 주인이 존재하지 않기 때문이다. 다만 일찍이 에드거 앨런 포*는 1839년에 쓴 「종루 속의 악마(The devil in the belfry)」에서 네덜란드의 가상의 도시인 "Vondervotteimittis(wonder-what-time-it-is)"에서 벌어진 기이한 이야기에 대해 써두었다. 이 도시 한가운데에는 커다란 첨탑이 솟아 있고 7면 각각에 커다란 시계가 붙어 있다. 이 도시에 사는 사람들

은 이 시계를 보면서 자신들의 삶의 리듬을 조정하고 있으며 큰 시계 역시 시간
이 틀리는 일 따위는 절대로 있을 수 없다. 하시만 어느 날 이 첨탑 안의 시계가
12시를 지나 13번 종을 치자 도시 사람들이 모두 놀라서 첨탑 안에 악마가 있
다고 소리치면서 기존의 삶의 시간적 리듬이 모두 혼동되는 극한의 혼란에 빠
지게 되었다는 이야기이다.

 '하나' 하고 큰 시계가 울렸다.
 '하나' 하고 스피스부르크 시민이었던 작고 큰 노인들이 메아리처럼 답했
다. '하나'라고 노인들의 회중시계가 말했다. '하나'라고 신의 시계가 말했다.
'하나'라고 아이들의 시계와 고양이 꼬리와 돼지 꼬리의 시계가 말했다.
 '둘'이라고 큰 시계가 말했다. '둘'이라고 모두가 반복했다.
 '셋, 넷, 다섯, 여섯, 일곱, 여덟, 아홉, 열'이라고 큰 시계가 말했다. / '셋, 넷,
다섯, 여섯, 일곱, 여덟, 아홉, 열'이라고 모두가 답했다. / '열하나'라고 큰 시계
가 말했다. / '열 하나'라고 모두가 맞장구쳤다. / '열둘'이라고 큰 시계가 말했
다. / '열둘'이라고 모두가 답하고, 대만족한 목소리의 끝을 내렸다. / '열두 시
다'라고 노인들이 말하고, 각자 회중시계를 집어넣었다. / 그러나 큰 시계는 아
직 멈추지 않았다. '열셋'이라고 큰 시계는 말했다.
 '야아' 하고 노인들은 신음하듯 말하고, 금붕어가 수면 위로 떠올라 공기
를 삼키는 양 뻐끔대면서, 얼굴색이 창백해지고 입으로부터 담뱃대가 떨어지
고, 오른쪽 무릎이 왼쪽 무릎 위에서 미끄러졌다.
 '야아, 13시다, 13시다'라고 모두가 탄식했다.
 이후에 발생한 스피스부르크 시의 일들을 쓴다고 생각하면, 그것은 불가능
이다. 어쨌거나 시를 장악한 대소란의 와중에 빠졌다고 말하지 않는 이는 없다.
 에드거 앨런 포, 모리 오가이(森鷗外) 역, 「13시(十三時)」, 『鷗外全集』 15권, 1925, 783~795쪽.

'이상(李箱)'이라는 현상

포의 이 소설 「종루 속의 악마」는 일본의 소설가이자 번역가인 모리 오가이[*]가 이미 1912년에 '13시'라는 제목으로 번역한 바 있다. 모리는 원작의 네덜란드의 '폰더포테이미티스'라는 도시 이름을 '스피스브루크(スピイスブルク)'라는 것으로 바꾸고 원작에서는 13시가 울리자 사람들이 '악마(Teufel)'라고 탄식하면서 부르고 있는 대목을 삭제하였다. 아무래도 모리는 동양문화권 내에서 '악마'라는 개념 자체가 익숙하지 않은 것이니 악마라는 용어를 삭제하는 것이 주제를 전달하는 데 더 이로울 것이라 생각한 듯하다.

포의 이 소설은 시계가 가리키는 시간에 붙박혀 그것에 노예가 된 상태 속에서 시계가 13시를 치자 사람들의 삶의 리듬이 엉망이 되는 상태를 풍자적으로 보여주면서 시계적인 시간을 따라 형성된 삶의 방식들이 얼마나 고정된 관념에

에드거 앨런 포의 환상적 시간성

포(Edgar Allan Poe, 1809~1849)는 미국의 시인이자 소설가로 범죄소설과 환상소설 영역에서 탁월한 영역을 전개하였다. 특히 국내에 널리 알려진 「검은 고양이」(1843), 「어셔가의 몰락」(1839) 등의 단편소설을 남겼으며, 최초의 탐정인 오귀스트 뒤팽을 창조하여 그를 주인공으로 한 「모르그가의 살인」(1841), 「마리 로제의 수수께끼」(1843), 「도둑맞은 편지」(1844) 등의 소설을 남겼다. 샤를 보들레르는 에드거 앨런 포의 작품을 스스로 불어로 번역하는 작업을 진행할 정도로 높이 평가하였다. 이 「종루 속의 악마(The devil in the belfry)」는 시계적인 시간을 맹신하는 사회에 대한 풍자적인 성격을 띠는 단편으로 필라델피아의 「Saturday Chronicle and Mirror of the Times」 1839년 5월 18일에 게재되었다. 포가 만들어낸 그로테스크한 환상의 세계는 이후 다방향의 영향을 주었다.

「파우스트」의 번역자, 모리 오가이

소설가이자 번역가이기도 한 모리 오가이(森鴎外, 1862~1922)는 독일에 유학하여 군의학교를 졸업하고 돌아온 뒤 외국문학의 번역을 중심으로 하면서 평론활동을 시작하였다. 이 당시 그가 번역한 소설은 안데르센(Andersen, 1805~1875)의 「즉흥시인」이나 괴테(Goethe, 1749~1832)의 「파우스트」 등이었다. 그는 이러한 번역활동과 함께 주로 독일을 배경으로 하여 전개되는 창작 소설을 발표하였고 시, 소설, 평론, 미술 등의 분야를 가리지 않고 활동하였다. 주로 자연주의 소설을 표방하고 창작했던 그는 이후 역사소설을 창작하기 시작하여 「아베 일족」, 「산소다유」 등의 작품을 써나갔다.

해당하는가 하는 바를 흥미롭게 보여주고 있다. 하나의 세계에 붙박힌 고정된 관념들이 존재하고 그것으로부터 벗어나는 징후들이 발견될 때, 그 속에 속해 있는 인간들은 얼마나 공황 상태에 빠질 수 있는가 하는 것을 알려주고 있는 것이다. 이러한 징후는 분명 세계와 세계 사이에 존재하는 경계에 대해 말하고 있는 것이다. 정상성과 비정상성의 경계는 13시를 울리는 시계로부터 형성되고 결국에는 경계 자체가 부정된다. 이상이 13시를 울리는 시계라는 상징적인 대상을 등장시켜 그것의 울림을 통해 표현하고자 한 것 역시 이와 같은 발상법에 해당한다. 이상은 시계가 만들어낸 세계 내의 고정된 관념들을 인식의 감옥으로 표현하고 13시라는 시계의 울림을 들은 순간 그 감옥을 탈출했다는 선언을 하고 있는 것이다. 물론 이러한 인식의 감옥은 2차원의 평면과 같은 유클리드 공간이나 3차원이라고 하더라도 뉴턴의 절대공간에 붙박힌 상태 역시 마찬가지이다. 그러한 세계의 경계를 지시하는 징후들이 발견되고 나면 꿈과 같은 미망에서 깨어나는 것과 마찬가지로 다른 세계로 전이하지 않으면 안 된다.

이상이 포의 이 소설 「13시」(「종루 위의 악마」)를 읽었는가 아닌가는 확실하게 파악할 수 없다. 다만 소설 「12월 12일」에서 이상이 『파우스트』를 언급하고 있는 것을 보면 이 『파우스트』의 번역자였던 모리 오가이를 통해 이 소설 역시 읽었을 가능성이 높다. 혹 읽지 않았다고 하더라도 당시의 이상에게 에드거 앨런 포와 마찬가지로 시계적인 시간이 주는 강박과도 같은 제약을 넘어서는 세계에 대한 전이적 상상력이 존재하고 있었을 가능성도 없지 않다. 이러한 상상력은 이상과 동시대의 일본 작가들에게서도 역시 발견되고 있기 때문이다.

시계는 13시를 쳤다. / 의자 위에 양반다리로 앉은 그는 / 그때 처음으로 유쾌하게 웃었다. / 검은 땅에 눈부시게 화려한 황금의 숫자. / 그래도 바늘은 확실히 12시를 가리키고 있다. / "딱 이 집주인같이" / 그는 겁 없는 상태로 말한다. / "이성은 정확하다고 해도 감정은 엉망진창인 것이다!" / 그러나 / 방의

어스름을 모아서 / 붉게 칠한 단의 새로운 새장이 한쪽 구석에 2개. / 그의 감
정은 여기에도 생생하게 움직이고 있지 않은가. 화려한 유리와 울새!

아카마츠 겟센(赤松月船), 「시계와 사토 하루오(時計と佐藤春夫)」, 『日本詩集』, 新潮社, 1929, 10~11쪽.

일본의 시인인 아카마츠 겟센*은 1929년 역시 마찬가지로 일본 시인인 사
토 하루오*에 대해 쓴, 「시계와 사토 하루오」라는 시에서 그의 방의 시계가 문
득 13시를 울렸다고 말한다. 그러고 나니 사토가 처음으로 유쾌하게 웃었다는
것이다.

13이 불길한 숫자가 아니라 오히려 검은 땅에 눈부시게 화려한 황금의 숫자
일 수 있는 것은 그것이 12라는 시계의 천편일률적인 강박적 숫자로부터 탈주하

아카마츠 겟센

아카마츠 겟센(赤松月船, 1897~1997)은 오카야마현 출신으로 승려의 양자로 들어가 수
행하면서 승려가 되었고, 시인으로도 활동하였다. 그는 1918년에 동경에 올라가 이쿠다 쵸
우코우(生田長江, 1882~1936)의 문하로 들어가 문학을 공부하였고, 사토 하루오(佐藤春
夫) 등과 함께 문학 활동을 시작하여 『기원(紀元)』, 『문예시대』 등에 참가하였다. 스승이 죽
은 뒤, 그는 고향으로 돌아가 승려로서 여생을 마쳤으며, 주로 활동하는 동안에는 불교적인
선(禪)에 기반한 시들을 남겼다.

사토 하루오

사토 하루오(佐藤春夫, 1892~1964)는 메이지 말기부터 쇼와 초기까지 활발하게 활동한
작가로 소설, 문예평론, 수필, 동화, 희곡, 평전, 와카 등 다양한 분야로 활동했던 작가이다.
1910년 이쿠다 쵸우코우(生田長江) 문하에서 문학을 시작하면서 신시사(新詩社)에 들어가
호리구치 다이가쿠(堀口大學)를 만나고 호리구치와 함께 제1고보시험을 치르려 하다가 포
기하고 게이오대학 문학부에 입학하지만, 1909년에는 동맹휴학의 주모자로서 무기정학을
당하였다. 그는 이 시기 무렵부터 문예잡지인 『스바루(スバル)』라든가 『미타문학(三田文学)』
등을 중심으로 경향시를 발표하기 시작하였고, 아나키즘 운동과 접속하기 시작하였다.
1912년 무렵부터는 평론활동을 시작하기도 하고, 화가로도 활동하면서 가나가와에서 전
원생활을 시작하고 아쿠타가와 류노스케라든가 다니자키 준이치로 등과 교유하면서 평론
을 중심으로 한 활동을 왕성하게 지속한다.

도록 하는 울림이 되기 때문이다. 하지만 그럼에도 불구하고 방 안의 시계는 그대로 12를 가리키고 있다. 아카마츠는 이러한 징후를 이 시계가 집주인처럼 이성이 아직 조금이나마 남아 있는 증거로 이해한다. 시곗바늘이 아직 12시를 가리키고 있다는 것은 이성이 지배하는 '정상'적인 세계를 완전히 떠나지 않았다는 의미이고, 시계가 13을 울리고 있는 것은 감정이 지배하는 엉망진창이 된 세계에 속하게 되었다는 의미이다. 사토라는 작가의 내면에는 그렇게 이성과 감정이 엇갈려 있는 것이다. 그 움직이는 감정은 확실히 예술적인 것이 아닐 수 없다. 예술가라면 누군들 그러하지 않을 것인가. 이성과 논리가 지배하는 세계로부터 탈주하는 '비정상'적인 예술적 감각으로부터 비롯된 전이의 상상력은 예술적 창조의 원천이 되는 것이 사실이기 때문이다. 이상은 이미 여러 번 그와 같은 전이적 상상력으로부터 비롯된 예술적 창조성을 실현한 바 있었다.

시계가 울리는 13이라는 숫자가 이와 같이 세계와 세계 사이를 전이하도록 하는 비정상의 징후에 해당한다면 이 시점에서는 당연히 「오감도」 시 제1호의 13이라는 숫자를 떠올리지 않을 수 없게 된다. 12라는 숫자와 13이라는 숫자가 이상과 동시대의 예술인들에게 중요한 숫자였다면, 「오감도」 시 제1호에 등장하는 13인의 아이들이란 예수의 열세 번째 제자 가롯 유다를 가리킨다든가 하는 서구의 불분명한 불안의 상징이 아니라, 바로 이 시계가 울리는 13시라는 시간으로부터 촉발된 상상력일 가능성이 높기 때문일 것이다. 물론 이 시 자체가워낙 별 다른 설명 없이 제시되고 있기 때문에 섣불리 해석하기는 조심스러우며, 기존에 수도 없이 많은 해석들이 존재할 뿐만 아니라 이미 시계의 13시에 빗대어 해석한 경우도 없지 않다. 하지만 이상이 접할 수도 있었던 동시대에 번역되어 있던 포의 「종루 속의 악마」나 역시 이상이 활발하게 창작활동을 전개하던 1929년에 출간된 『일본시집』에 실린 아카마츠 겟센의 시 등이 동일한 상상력을 전개하고 있다는 사실을 확인하고 나서는 그 의미가 전혀 다를 수밖에 없다. 이러한 관점을 가지고 「오감도」 시 제1호를 읽어보도록 하자.

13의 아이가 도로로 질주하오. / (길은 막다른 골목이 적당하오.) / 제1의 아이가 무섭다고 그리오. / 제2의 아이도 무섭다고 그리오. / 제3의 아이도 무섭다고 그리오. / 제4의 아이도 무섭다고 그리오. / 제5의 아이도 무섭다고 그리오. / 제6의 아이도 무섭다고 그리오. / 제7의 아이도 무섭다고 그리오. / 제8의 아이도 무섭다고 그리오. / 제9의 아이도 무섭다고 그리오. / 제10의 아이도 무섭다고 그리오. / 제11의 아이가 무섭다고 그리오. / 제12의 아이도 무섭다고 그리오. / 제13의 아이도 무섭다고 그리오. / 13인의 아이는 무서운 아이와 무서워하는 아이와 그렇게뿐이 모였소.(다른 사정은 없는 것이 차라리 나았소) / 그중에 1인의 아이가 무서운 아이라도 좋소. / 그중에 2인의 아이가 무서운 아이라도 좋소. / 그중에 2인의 아이가 무서워하는 아이라도 좋소. / 그중에 1인의 아이가 무서워하는 아이라도 좋소. / (길은 뚫린 골목이라도 적당하오.) / 13인의 아이가 도로로 질주하지 아니하여도 좋소.

이상(李箱), 「오감도 1」, 오감도 연작, 「조선중앙일보」, 1934.7.24.

13인의 아이들이 도로를 질주하고 있다. 그 도로는 막다른 길이다. 막다른 길이니 언젠가는 끝나 있을 것이다. 마치 시계의 시간이 12시가 되면 다시 원래의 1시로 돌아가지 않을 수 없는 것처럼. 하지만 이 13이라는 숫자가 12라는 시계적인 숫자의 12진법에 해당하여 그것으로부터 넘어선 상상력으로부터 비롯되는 것이라면 13번째 아이의 자리는 여기에는 존재하지 않게 된다. 이 아이들이 달리다가 막다른 길에 다다르게 된다면 결국 그 아이들 중 하나는 자기 자리를 찾지 못하게 되어 사라지고 말 것이다. 이 상황이 공포스러울 수밖에 없는 것은 과연 그 아이들 중 누가 자리를 찾지 못할 것인가 알 수 없다는 사실에서 비롯된다. 그 상황 속에서도 시간은 여전히 흐르고 있으며, 12라는 숫자가 주는 강박과도 같은 관념이 여전히 13인의 아이들을 영원히 불안에 떨도록 하고 있는 것이다. 사회에서 요구되는 이른바 정상의 궤에 속해 있는 관념이 그것으로부터 벗어나 탈주하는 상징과도 같은 13의 아이를 찾아내고자 색출하고 있는 형국이다.

13인의 아이들이 무서워할 수밖에 없는 것은 구체적으로는 두 가지 이유 때문이다. 첫 번째는 자신이 정상이 아니라 비정상인 13번째 아이로 낙인찍혀 사라질지도 모른다는 두려움이다. 두 번째는 13번째 아이로 인해 자신들 세계의 정상적 사고 체계가 훼손될 것이라는 두려움이다. 마치 문득 시계가 13시라는 시간을 울릴 때 자신들이 시계가 가리키는 정상적인 시간을 영위하고 있다고 믿고 있었던 이들만이 공포에 빠지는 것처럼, 13번째 아이를 포함한 13인의 아이들 전부는 자신이 정상적인 세계의 종언을 알리는 징후가 될까 하는 두려움에 떨고 있는 것이다. 따라서 이 13인의 아이들은 모두 무서워하는 아이들이면서 모두가 무서운 아이들일 수밖에 없다.

물론 다른 상황 역시 얼마든지 가능하다. 생각해 보면 13시라는 시간만 비정상의 징후로 정해진 것도, 그것만 무서운 대상은 아니기 때문이다. 11시 다음이 1시였다면 어떨까. 10시 다음이 1시라면? 역시 마찬가지일 것이다. 시계가 사용하는 12진법이나 일반적으로 사용되는 10진법 등 모든 진법이라는 이름을 갖고 있는 숫자의 체계는 마찬가지로 정상/비정상의 판단을 강요하여 그것으로부터 벗어나는 모든 것은 무서운/무서워하는 대상이 될 수 있는 까닭이다. 따라서 무서운 아이가 1명일 것이라는 생각 역시 뚜렷한 고정 관념에 해당한다. 무서운 아이는 1명일 수도 2명일 수도 그 모두일 수도 있을 것이다. 반대로 무서워하는 아이는 전부가 아니라 그보다 더 적을 수도 있다. 일반적인 인간들은 스스로를 정상으로 알고 시계가 가리키는 시간을 믿으며 그에 적절히 자신의 리듬을 맞춰 살아가고 있다. 구성원들 아무도 세계의 경계선을 넘어가려 시도하지 않는 '행복한' 세계 역시 존재하는 법이니 말이다. 하지만 이상 자신은 결코 그렇게 '행복한' 정상적 세계에 머무르려고 하지 않았다. 그의 사유는 끊임없이 세계의 봉합선을 넘어 전이하였던 것이다.

좀 더 읽어볼 만한 글들

아마도 문학을 전공한 사람이라면 특히 「오감도」 1호를 한 번쯤 해석하고자 시도하지 않은 사람은 없을 것이다. 그처럼 많은 사람들이 해석을 시도하였고, 그 사람들의 수만큼 많은 해석이 존재한다. 사실상 이 자리에서 그 모든 해석에 대해 언급한다는 것은 불가능하다. 다만 지금까지의 해석들 중에서 충분히 의미 있어 보이는 몇몇만 거론해 보도록 하자. 임종국은 「이상연구」(『이상전집』 3권, 태성사, 1956)에서 시 「오감도」의 제1호에 등장하는 '13'인의 아해(兒孩)의 의미를 해석하고자 시도하였다. 그는 이 13이라는 숫자를 기독교에서 최후만찬에 합석한 예수와 그 사도들의 수와 같다는 데에서 착안하여 서구에서 13이라는 숫자가 불길한 상징으로 쓰이고 있는 맥락을 이상이 그대로 차용하고 있는 것으로 보았다. 김우종의 경우, 「이상론」(『현대문학』, 1957.5)에서 이 13이라는 숫자의 아해들이 태양을 중심으로 떨어져 내린 유성들의 개수라고 해석하였다. 서정주는 「이 사람을 아는 자 누군가, 李箱」(『문학사상』 35, 1975.8, 279~281쪽)에서 「오감도」에 쓰인 13이라는 숫자를 일제에 대항하는 민족의 언표로 호명하여 당시 한국에 존재했던 13개의 도로로 해석한 바 있다.(서정주, 「李箱의 일」, 『월간중앙』 43, 1971.10, 318~328쪽을 함께 참조할 것) 한편, 김대규는 「숫자의 Libido성」(『연세어문학』 5, 1974)에서 13을 숫자가 아닌 모양으로 파악하여 성적인 관계에 대한 일종의 아이콘으로 해석하고자 하였다. 이는 고은이 『이상평전』(민음사, 1977)에서 이상 텍스트의 대부분의 기호의 의미를 성적인 모양과 연관짓고자 했던 해석의 연장선에서 이루어진 것이며, 이후 마광수가 「한국현대시의 심리 비평적 해석」(『인문과학』 59, 연세대 인문과학연구소, 1988.6)에서 13이라는 숫자를 나누어 1은 남성의 페니스, 3을 여성의 유방으로 보았던 해석으로 이어진다. 이재선의 경우, 이 책의 해석과 마찬가지로 이 13을 시계적인 시간에 대한 부정으로 해석하여 시간의 불가사의를 희화화한 것으로 평가한 바 있었다.(이재선, 「현대소설의 「권태」의 시학」, 『현대문학』, 1997.5)

오감도의 개별 시들에 대한 해석의 역사와 가장 최근의 해석적 경향을 참고하기 위해서는 이상문학회 2기 편집위원회가 엮은 『13인의 아해가 도로로 질주하오 – 이상의 「오감도」 처음부터 끝까지 읽기』(수류산방, 2013)을 참고하는 것이 좋다. 이 책은 「오감도」의 시편 각각에 대한 지금까지의 연구사가 정리되어 있고 각기 시에 대한 새로운 해석이 덧붙여져 있어 참고할 수 있다.

5

공간과 탈공간의 지리적 상상력

지도와 백화점

사과 한 알이 떨어졌다.

지구는 부서질 정도로 아팠다. 최후.

이미 어떠한 정신도 발아하지 아니한다.

―「최후」

이상은 백부님의 간곡한 부탁으로 미술학교의 꿈을 포기했다. 그는 화가가 될 생각밖에는 없었다. 그런데 백부님의 '장차 이 집안을 맡을 장자로서 네가 환쟁이나 되어서는 그림이나 그린다면 어떻게 되겠느냐. 나도 병들고 네 아비도 늙고 가난하지 않느냐. 봉목골(적선동)은 자량(柴糧, 쌓아둔 양식)이 떨어질 때도 많은 모양이더라. 이 큰아비를 생각하나 네 아비를 생각하나 네가 기술자가 되면 세태가 아무리 바꿔어도 배는 굶지 않게 되느니라'라는 말을 들었을 때는 난처하게 되었다. 그래서 건축화를 합리화시켰다. 건축도 예술이라는 상식이 그것이었다. 네가 그의 이런 말을 들었을 때 그는 그러나 아직도 미술에 대한 꿈이 없어지지는 않았다. 없어지기는커녕 그림 얘기를 나에게 자주 했던 것이다.

– '경성고공 친구 김해림의 증언', 고은, 『이상평전』, 133~134쪽.

내가 그를 만난 건 고공 입학 때입니다만, 그를 만나자 눈이 번쩍 뜨이는 느낌이었지요. 용모가 단려하고 준수한 것이 한마디로 귀공자구나 싶더군요. 피부가 희고 눈이 광채가 있어서 수재구나 하는 인상이 대뜸 들더군요. 이건 대단한 친구가 생겼구나 싶었지요. (중략) 김해경이 경성고공을 지망한 건 오로지 그림을 그리기 위해서였습니다. 이건 나중에 그 학교 건축과 미술부에 함께 소속되면서 그가 나한테 그렇게 언명을 한 확실한 사실이지요. (중략) 김해경은 평소엔 그렇게 대범한 듯하다간, 그림 비평이나 인간 비평을 하게 되면 또 그렇게 신랄할 수가 없어요. 그렇지만 구체적인 어느 인물을 도마에 올려놓고 말한 적은 없지. 그의 신랄한 성격은 그의 그림에 잘 나타나 있었어. 그의 건축설계도를 보면 그렇게 세밀하고 정확할 수가 없어. 한 획 한 점을 소홀히 긋고 찍지 않는단 말이야. 나도 제도에는 어지간히 자신이 있었던 편인데 김해경이에게는 손을 들었어. (중략) 어머니의 애정에 굶주렸던 것 같아요. 그가 나한테 어쩌다 돈이 생기면 영화관엘 가자고 그래요. 단성사에 곧잘 갔었는데, 가면 여성의 곁에 앉으려고 해요. 그게 그저 청년기의 장난기로서가 아니라, 좀 여성의 냄새 맡아보고 싶다 그거예요.

– '이상의 경성고공 동기 오오스미 야지로(大隅彌次郞)의 증언', 『문학사상』, 1981.6.

김해경은 1929년 3월 경성고등공업학교를 졸업하고 조선총독부 내무국 건축과의 기수로 취직하였다. 그의 백부가 그토록 바랐던 기술자의 삶으로서는 조선에서는 비교적 무난한 사회생활의 출발점이었을 것이다. 비록 중학시절부터 그가 원해 왔던 미술, 특히 회화에 대한 꿈은 접어둔 셈이 되었지만, 일단 그는 조선의 일급 건축기술자로 나아갈 수 있는 첫발을 내디던 것이니 말이다. 비록 당시의 건축계에서 상급인 건축가의 역할은 역시 대부분 일본인들이 차지하고 있었던 것이 사실이지만, 기술을 가진 인간을 보편적 시선으로 대우하는, 기술자들 사이에 생기게 마련인 동질감이 그의 마음을 편하게 만들어주었을 것은 분명하다.

하지만 그가 조선총독부의 건축과에 근무하게 된 지 8개월이 약간 지났을 무렵, 조선총독부는 1929년 11월 8일에 독단적으로 '건축과'를 폐지해 버렸고 건축과에 근무하고 있던 기수들을 전혀 상관없는 총독관방(總督官房)의 '회계과'로 전보시켰다. 이 조치에 따라 김해경은 같은 과의 다른 이들, 예를 들어 조선의 주택 개량에 앞장섰던 선배 박길룡(朴吉龍, 1899~1943) 등과 함께 '회계과'로 옮겨 영선계에서 근무하게 되었다. 이러한 조선총독부의 상식 밖의 결정을 당시 조선에서 건축업계에 종사하고 있는 한국인, 일본인 전문가들로 구성된 '조선건축회'는 자신들의 기관지인 『조선과 건축』의 1930년 벽두의 글을 통해 한목소리로 비판하고 있는데, 이는 건축의 독립적이고 자율적인 가치를 인정하지 않는 행정 우선적인 결정이었기 때문이다.

이때 조선총독부 총독 관방의 '회계과'로 옮기게 된 이상은 어쩌면 이러한 계기를 통해 부당한 행정 처분에 대한 환멸을 느끼는 한편, 국적이나 제국주의-식민지의 관계를 벗어난 건축기술자들 사이의 동질감 속에서 예술에 대한 실천이 가능하다는 격려의 감정을 느꼈을지도 모르는 일이다. 1929년 이래로 '조선건축회'의 회원이었던 그가 잡지 『조선과 건축』에서 다양한 활동을 전개하기 시작했던 것은 바로 이 무렵부터이기 때문이다.

유클리드 공리계 위에 구축된 대칭성

이상이 '보산(甫山)'이라는 이름으로『조선』지에 발표한「휴업과 사정」은 소설「12월 12일」이후『조선과 건축』에 일련의 시들을 발표한 이후 쓴 다소 실험적인 성격의 소설이다. 이상은 이 소설에서 부자연스럽게 보일 정도의 기하학적 공간 위에 서로 대칭적인 '보산과 'SS'라는 두 등장인물들의 인간관계의 구조도를 구축해 두고 있다. 물론 이와 같은 소설 속의 기하학적 대칭성이란 오랜 시간 인간을 관찰하여 얻어진 것이기보다는 이론 수학, 특히 기하학을 공부하면서 얻어진 다소 관념적이고 기하학적인 것으로 특히 유클리드 공리계 위의 기하학적 지식이 반영된 것이다. 최소한 19세기 전까지 유일한 기하학적 체계였던 이 유클리드의 공리계*란 2차원의 가정된 공간 위에서 그 공간의 성격을 표현하는 몇 개의 합의된 공리(公理)를 바탕으로 이루어진 가상의 관념적 공간성을 표현했던 것이다. 이「휴업과 사정」에 표현되어 있는 기하학적인 사유에 의거한 실험성은『조선과 건축』에 발표되었던 일련의 시들에 표현된 기하학적 사유와 공명하면서 초기 이상의 창작적 세계를 특징짓고 있다.

　삼 년 전 이 보산과 SS와 두 사람 사이에 끼어들어앉아 있었다. 보산에게

유클리드 기하학의 공리계

유클리드 기하학(Euclidean geometry)은 그리스의 수학자인 유클리드(에우클레이데스, B.C.365~275)의 『원론』의 1권부터 4권까지의 내용으로부터 비롯된 것이다. 이 유클리드의 기하학은 19세기에 이르러 베른하르트 리만(Bernhard Riemann, 1826~1866) 등에 의해 비유클리드 공리계가 도입되기 전까지 유일한 기하학으로 대우되었고 진리로 인정되었다. 물론 아직도 유클리드 기하학은 2차원의 평면이라는 제한적인 공간에서는 교육적으로 충분한 의미를 갖지만 보다 복잡한 차원의 세계를 설명하는 데에는 한계를 갖는 기하학이 되었다. 2차원의 평면에 기반한 유클리드의 기하학은 다음과 같은 몇 개의 공리들을 바탕으로 성립된다.

1. 임의의 점과 다른 한 점을 연결하는 직선은 단 하나뿐이다.
2. 임의의 선분은 양끝으로 얼마든지 연장할 수 있다.
3. 임의의 점을 중심으로 하고 임의의 길이를 반지름으로 하는 원을 그릴 수 있다.
4. 직각은 모두 서로 같다.
5. 두 직선이 한 직선과 만날 때, 같은 쪽에 있는 내각의 합이 2개의 직각보다 작으면 이 두 직선을 연장할 때 2개의 직각보다 작은 내각을 이루는 쪽에서 반드시 만난다.

다른 갈 길 이쪽을 가르쳐주었으며 SS에게 다른 갈 길 저쪽을 가르쳐주었다. 이제 담 하나를 막아놓고 이편과 저편에서 인사도 없이 그날 그날을 살아가는 보산과 SS 두 사람의 삶이 어떻게 하다가는 가까워졌다. 어떻게 하다가는 멀어졌다 이러는 것이 퍽 재미있었다. 보산의 마당을 둘러싼 담 어떤 점에서부터 수직선을 끌어놓으면 그 선 위에 SS의 방의 들창이 있고 그 들창은 그 담의 맨 꼭대기보다도 오히려 한 자와 가웃을 더 높이 나 있으니까 SS가 들창에서 내어다보면 보산의 마당이 환히 들여다보이는 것을 보산은 적지 아니 화를 내며 보아 지내왔던 것이다. SS는 때때로 저의 들창에 매어달려서는 보산의 마당의 임의의 한 점에 춤을 뱉는 버릇을 한두 번 아니 내는 것을 보산은 SS가 들키는 것을 본 적도 있고 못 본 적도 있지만 본 적만 쳐서 세어도 꽤 많다.

이상(甫山), 「휴업과 사정」, 『朝鮮』, 1932.4.

「휴업과 사정」의 첫 부분에서 이상은 이 소설의 두 등장인물인 보산과 SS의 성격을 규정하면서 자신이 보산과 SS의 사이에서 보산에게는 이쪽의 길을, 그리고 SS에게는 다른 저쪽의 길을 가르쳐주었다고 쓰고 있다. 즉 이 두 등장인물인 보산과 SS는 나의 양쪽에서 대칭적 관계를 유지하고 있는 셈이며, 이 관계들은 2차원의 기하학적인 공간성 위에서 정의되고 표현될 수 있다는 점에서 나의 관념 속에서 창작되고 유클리드 공리계 위에서 그 속성이 규정된 존재들이라 할 수도 있다. 그렇다면 나는 보산과 SS의 관계를 구체적으로 어떻게 설명하고 있을까. 이상의 설명에 따르면 다름 아니라 보산의 마당을 둘러싼 담 어느 점에서 수직선을 끌어놓은 선 위에 있는 것이 바로 SS의 집이다. 즉 이 관계는 기하학에서 정의하는바, 법선(法線)의 개념에 해당한다. 1926년에 출판된 마스기 하지메(馬杉肇)의 『해석기하학의 초보(解析幾何学の初歩)』(斯文書院)라는 책 속에는 '법선*'이라는 개념이 다음과 같이 정의되어 있다. "절점(切點)을 통해, 절선(切線)과 직각으로 만나는 직선을 법선이라고 부른다." 즉 곡선의 접선과 직교하는 직선이 법선인 것이다. 즉 이 소설에서 보산 집의 마당이 이루고 있는 원 혹은 타원이 법선 위에 있는 것이 바로 SS의 집이었던 것이다. 물론 SS의 집은 보산 보다 높은 곳에 있기 때문에 이를 온전하게 표현하기 위해서는 실제로는 2차원이 아니라 3차원의 공간계가 필요하긴 하지만, 우선 평면상의 위치만으로 본다면 SS는 보산의 집과는 대칭적인 수직선 상에 위치하고 있다고 말할 수 있는 것이다. 당연하게도 이 두 인물 사이의 기하학적 관계는 그대로 등장인물 두 사람 각각의 성격과 사회적 태도가 반영된 것이며 두 인물 사이의 관계를 규정한다. 즉,

법선의 기하학적 정리

법선(法線)의 관계를 보여주고 있는 그림은 오른쪽과 같다. 여기에서 P는 절점이며 PT는 접선(혹은 절선)이고 이 선과 수직한 PN이 법선이다. 사실 꼭 타원만이 아니라 어떠한 모양이라도 상관없다. 법선이란 개체의 곡면 상태, 절점에 대응하는 것이기 때문이다.(마스기 하지메(馬杉肇), 『해석기하학의 초보(解析幾何学の初歩)』, 斯文書院, 1926.)

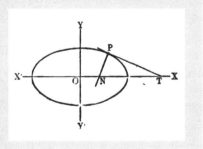

SS의 집은 보산의 집과는 어느 쪽으로 보든 수직의 자리에 위치하고 있으며, 이는 각각 보산과 SS의 성격이 극단적인 대칭성을 이루고 있다는 사실을 의미하고 있는 것이다.

> 어데로 가나? / 사람은 다 길을 걷고 있다. 그럼으로 그들은 어디로인지 가고 있다. 어디로 가나? / 광맥(鑛脈)을 찾으려는 것 같은 사람이 있는가 하면 산보하는 사람도 있다. / 세상은 어둡고 험준하다. 그럼으로 그들은 헤매인다. 탐험가(探險家)나 산보자(散步者)나 다 같이- / 사람은 다 길을 걷는다. 간다. 그러나 가는 데는 없다. 인생은 암야의 장단 없는 산보이다.
>
> 이상(李箱), 「12월 12일 4회」, 『朝鮮』, 1930.5.

「12월 12일」에서 이상이 인간의 두 가지 유형으로 제시하고 있는 '탐험가'와 '산보자'처럼, 「휴업과 사정」 속의 두 등장인물의 성격은 여러모로 정반대이다. 「12월 12일」의 표현대로라면 아마도 SS가 탐험가일 것이고, 보산이 산보자일 것이다. SS의 삶은 돈이라는 뚜렷한 목적을 가지고 건강성을 추구하는 근대적인 삶이기 때문이다. 그에 비해 보산의 삶은 유동적이고 비규칙적인 삶이라는 점에서 전혀 다르다. 물론 보산의 삶을 전근대적이라고 볼 수는 없다. 보산의 삶은 근대적 예술가의 삶에 가까운 것으로 지향하는 가치가 다를 뿐이다.

하지만 이상이 이와 같은 인물의 전형적 타입을 근대사회를 대표하는 2가지 인물의 유형으로 간주하고 이를 통해 어떤 유형의 인간을 옹호하거나 비판하고, 이를 통해 근대에 대한 전반적인 비판에 이르고자 한 것이라고 평가할 수는 없다. 결국 'SS'와 '보산'은 이상의 관념 속에 존재하는 두 가지 영역들이 실체화하여 드러난 것이라 이해할 여지가 큰 까닭이다. 이상이 소유한 관념의 어떤 부분은 SS처럼 철저하게 규칙석이고 선명한 근대의 극을 드러내고 있으며, 이상의 어떤 다른 부분은 보산과 같이 그것으로부터 현기증을 느끼고 그러한 근대로부터 내려버리고자 저항하고 있다. 한편의 삶은 밝고, 건강하고, 개방적이며, 다른 한편의 삶은 어둡고, 폐쇄적이다. 하나의 정신 속에 이 두 가지 서로 모순적인 특성들이 공존하고 있는 것이다. 그리고 이 두 가지의 대립과 모순은 근대적 시간의 측면에서든, 예술의 측면에서든 이상의 문학을 이루는 핵심적인 이항적 경계로 남겨져 있다. 특히 공간을 중심으로 볼 때, 이는 이른바 공공성(public)과 프라이버시(privacy)*라는 근대적 건축의 대표적인 특성들이 반영된 것이라고 보아도 무방하다.

물론 그 두 사람이 그냥 대칭적인 성격을 갖고 있다면 그뿐이다. 그것 자체

프라이버시와 공공성

건축연구가인 베아트리츠 콜로미냐는 『프라이버시와 공공성(Privacy and Public)』(박훈태 외 옮김, 문화과학, 2000)에서 현대의 위대한 건축가들인 르 코르뷔제(Le Corbusier, 1887~1965)와 아돌프 루스(Adolf Franz Karl Viktor Maria Loos, 1870~1933)의 건축을 비교하면서 건축이라는 매체 속에 내재되어 있는 내외의 경계성과 프라이버시/공공성의 경계를 살피고 있다. 즉 르 코르뷔제가 자신의 개인적인 건축 스케치, 도안, 작품 등을 그대로 남겨두고 외부에 아카이브화하여 전시했던 것에 비해, 아돌프 루스는 자신의 모든 흔적들을 없애버렸고, 그와 같은 개인적인 특성들은 바로 그들이 설계한 건축이라는 매체 속에 반영되어 있다는 것이 이 책의 요점이다. 즉 르 코르뷔제의 건축물들이 개방적이고 어디서나 접근 가능한 이념을 추구하였다면, 아돌프 루스는 건축물 내부에 드러나지 않는 숨겨진 공간들에 주목하였다는 것이다. 이와 같은 매체적 특성들은 재현의 문제에도 관련되어, 르 코르뷔제의 건축물이 시각적인 매체 즉 사진 등을 통하여 그 특성이 잘 드러나도록 재현되는 것에 비한다면 아돌프 루스 건축의 특징은 사진을 통해서는 잘 드러나지 않는다.

아돌프 루스, 「뮐러 하우스」, 체코, 1930.

르 코르뷔제, 「스타인 주택」, 프랑스, 1926.
(사진은 르 코르뷔제 재단)

가 그리 큰 문제가 되지는 않는다. 여러모로 대칭적인 두 사람이 서로 부딪힐 일이란 흔한 일상 속에서는 거의 존재하지 않는 까닭이다. 하지만 문제는 ① SS의 집이 보산의 집보다 높아 SS에게는 보산의 앞마당이 훤히 들여다보인다는 사실, ② SS가 보산의 앞마당에다 대고 습관적으로 침을 뱉는다는 사실 때문에 발생한다. 우선 SS의 집은 보산의 집보다 위에 있기 때문에 SS의 집 쪽에서는 보산의 집 앞마당이 훤히 들여다보이고 있다는 사실이 보산에게는 엄청난 불만이다. 즉 SS는 공간적 개방성을 추구하고 있으며, 보산은 상대적으로 폐쇄성을 추구하고 있기 때문이다. SS에 비한다면 보산은 전근대성을 추구하고 있는 인물로 외부 시선이 자신의 영역에 침범하는 것을 극도로 꺼려하고 있다. SS의 거리낌 없는 개방적 태도와 매일 정해진 시간에 보산의 마당에 침을 뱉는다는 반복성은 전혀 다른 타입의 인간인 보산에게 있어서는 너무나 견디기 힘든 것이다.

한편, 「휴업과 사정」에 표현되어 있는 이와 같은 기하학적인 사유는 앞서 『조선과 건축』에 실었던 시들 속에 내재된 기하학적 공간 상상력이 변형되고 확장되어 틈입하고 있다. 예를 들어 이상이 『조선과 건축』에 처음으로 실었던 시인 「이상한 가역반응」 속에는 이러한 「휴업과 사정」 속의 기하학적인 구도가 그대로 재현되어 있다.

임의의 반경의 원(과거분사의 시제) // 원 안의 1점과 원 밖의 1점을 연결한 직선 // 2종류의 존재의 시간적 영향성 / (우리들은 이것에 관하여 무관심하다) // 직선은 원을 살해하였는가

이상(金海卿), 「이상한 가역반응」, 『朝鮮と建築』, 1931.7, 15쪽.

시 「이상한 가역반응」 속에 표현된 기하학적 구도는 이러하다. 공간 위에 '임의의 반경의 원'이 있다. 아니, 사실 그러한 원이 그곳에 있었다, 고 말해야만 한

다. 과거분사의 시제인 만큼 이 원은 과거 이전에 이미 존재하고 있었던 것이기 때문이다. 그 뒤에 원 안의 1점과 원 밖의 1점을 연결한 직선을 그린다. 시간이라는 차원을 고려하지 않고서 이 도면을 보게 되면, 즉 단순한 2차원이나 3차원의 공간적 사유로 이 도면을 보게 되면 마치 직선이 원의 공간성을 침범하여 원을 살해한 것처럼 보이게 될 것이다.* 두 존재들 사이의 시간적 영향성이란 그 존재들의 선후 관계, 그리고 이를 통한 그 존재들 사이의 운동성을 간주하지 않으면 그것이 아무리 단순한 기하학적 도면이라고 하더라도 사태에 대한 올바른 파악에 이를 수는 없다는 것이 이상의 메시지이다.

이 「이상한 가역반응」 속의 직선의 궤적은 마치 「휴업과 사정」에서 SS가 보산의 앞마당에 습관적으로 아무런 악의도 없이 뱉는 침의 궤적과 일치한다. 시간과 공간이 연동된 시공간 연속체의 관점에서 본다면 이 원과 직선의 관계는 운동성의 문제로 설명될 수 있다. 정해진 시간이 되면 SS는 보산의 앞마당, 즉 개인적 영역을 의미하는 일종의 상징적인 공간을 향해 유클리드 공리계의 제1공리 그대로 하나의 선과 하나의 선을 잇는 가장 곧고도 경제적인 직선의 궤적을 그

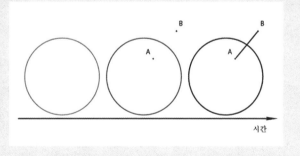

「이상한 가역반응」의 기하학적 도면

이상이 시 「이상한 가역반응」에서 묘사하고 있는 기하학적 도면을 그려보면 아마 다음의 그림과 같을 것이다. 시간의 차원을 고려하지 않으면 일정한 크기의 원이 있고 원 밖의 한 점과 원 안의 한 점을 이은 평범한 도면일 뿐이다. 하지만 시간축을 중심으로 원이 먼저 있었고 그 다음에 직선이 그려진 것이라는 시간적 선후 관계를 고려하면 이는 마치 직선이 원을 살해하는 모양처럼 보인다. 또한 소설 「휴업과 사정」의 경우처럼 원 밖의 한 점에서 뱉은 침이 원 안으로 떨어지는 운동성을 글로 표현한 것으로 간주될 수도 있다.

리며 침을 뱉는 행위를 계속하는 것이다. 그 행위의 기계성이란 사실 시계의 그 것과 같은 근대 기계의 반복성을 상기하도록 하는 것이다. 직선이 원을 살해해 버렸다고 하는 절망적인 인식과 원 위로 곧장 뛰어드는 존재의 직선적 운동성 사이에는 시간적인 차원과 연동된 공간적 차원을 어떻게 이해할 것인가 하는 문제가 게재되어 있었던 것이다.

지도 위의 암실, 근대적 시공간 좌표 속의 피안

태양이 양지쪽처럼 내려쏘이는 밤에 비를 퍼붓게 하여 그는 레인코트가 없으면 그것은 어쩌나 하여 방을 나선다. / 삼모각로에서 북정거장까지 황포차를 타고 간다(離三茅閣路到北停車場 坐黃布車去) / 어떤 방에서 그는 손가락 끝을 걸린다. 손가락 끝은 질풍과 같이 지도 위를 걷는데 그는 많은 은광을 보았건만 의지는 걷는 것을 엄격히 한다. 왜 그는 평화를 발견하였는지 그에게 묻지 않고 의례 한 K의 바이블 얼굴에 그의 눈에서 나온 한 조각만의 보자기를 한 조각만 덮고 가버렸다.

이상(比久), 「지도의 암실」, 『朝鮮』, 1932.3.

낙엽이 창호(窓戶)를 삼투하여 내 정장의 자개 단추를 엄호한다. / 암살 / 지형 명세 작업이 지금도 완료되지 않은 이 궁벽한 땅에 불가사의한 우체 교통이 벌써 시행되었다. 나는 불안을 절망했다. / 일력(日曆)의 반역적으로 나는 방향을 잃었다. 내 눈동자는 냉각된 액체를 잘게 잘라내며 낙엽의 분망을 열심히 방조하는 수밖에 없었다. / (나의 원후류에의 진화)

이상(李箱), 「출판법」, 건축무한육면각체 연삭, 『朝鮮と建築』, 1932.7, 26쪽

소설 「휴업과 사정」이 SS와 보산의 대립을 통해 공공성과 개인성이라는 관념적 대립이 실체화하는 양상을 보여주었다면, 전작인 「지도의 암실」은 아직 그 경계가 미분화해 있는 양상을 드러낸다. 이 작품에 등장하는 그는 마치 낮처럼 태양이 내려쪼이는 밤에 자신의 방을 나서고 있다. 지도 위에 펼쳐진 공간적 좌표는 앞서 무한을 다룰 때 거론하였던 2차원의 카테시안 좌표계 속의 좌표처럼, (a, b)의 형식으로 지도 위 존재의 속성을 양적으로 규정한다. 이러한 공간적 인식은 공간을 수치적으로 균질화하려는 지도 제작자의 인식을 반영하고 있다. 이는 마치 비슷한 시기에 발표된 「출판법」에서 이상이 언급했던 '지형 명세 작업과 일맥상통하는 것이다. 지형 명세 작업이란 분명 비정형의 공간을 정규화(normailzation)하여 구역을 나누고 주소를 붙여 등록하는 것을 의미한다. 이러한 작업을 통해 원래는 비정형이며 비균질적이었던 공간은 균질화될 수 있다. 이는 분명 근대의 시공간과 관련된 핵심적인 사업일 것이다. 지도는 바로 그러한 균질화된 공간과 그 주소들이 인덱스(index)화한 것에 해당한다. 이상은 바로 지도가 상징하는 근대적 사업의 일환인 공간의 균질화에 대해 원천적으로 저항하고 있는 것이다. 하지만 이상은 영위하는 공간의 지형 명세 작업이 완료되지도 않았는데 우체 교통이 벌써 시작되고 있었다고 말한다. 이상 자신은 근대적인 사회에서 아직 정규화된 형식의 주소를 부여받는 것을 꺼려하여 이에 대해 저항하고 있었건만 어느새 나의 주소로 무언가 보내는 이들이 생긴 것이다. 분명 누군가는 친절을 보내고 누군가는 비난을 보냈을 것이다. 누군가는 평균적인 삶을 요구하고 누군가는 평균적인 삶을 살지 않는 그에 대해 비난한다. 그것은 세상의 일반적인 인식이다. 이상이 사용하는 지도의 메타포는 바로 이러한 것이다.

즉 마치 태양이 떠서 그 밑의 존재들에게 동등한 빛을 통해 밝히는 것처럼 지도 위에서 수치를 통해 공간을 해석하고 규정하려는 태도는 「휴업과 사정」의 보산에게나 「지도의 암실」의 그에게나 큰 부담이다. 그들은 근대의 일반적인 시공간적 인식에서 벗어나 그 피안을 찾으려 노력하는 인간들이기 때문이다. 「지도의 암실」속의 그가 밤에 태양이 내려쪼이는 가운데 레인코트 걱정을 하면서 집을 나섰던 것은 광활한 지도 위에 규정된 평균적이고 일상적인 근대인의 태도가 아니라 구부러진 시공간 위에 존재하는 비균질적인 내밀한 공간, 즉 암실을 발견하고자 하는 의도였던 것이다. 물론 그 암실은 요코미쓰 리이치가 「기계」에서 인간의 추악한 탐욕스러움을 상징화했던 공간인 암실*과 같은 것일 수도 있다. 그러한 암실을 발견하기 위해 그는 지도 위를 손가락으로 걷게 하고 있는 것이다. 물론 그러한 내밀성은 촉각이라는 감각과 밀접하게 상관되어 있다.

앙뿌을르(ampoule, 전구)에 봉투를 씌워서 그 감소된 빛은 어디로 갔는가에 대하여도 그는 한 번도 생각하여 본 일이 없이 그는 이러한 준비와 장소에 대하여 관대하니라 생각하여 본 일도 없다면 그는 속히 잠들지 아니할까 누구라도 생각지는 아마 않는다 (중략) 앙뿌을르에 불이 확 켜지는 것은 그가 깨이는 것과 같다 하면 이렇다 즉 밝은 동안에 불인지 만지 하는 얼마쯤이 그의 다섯 시간 뒤에 흐리멍텅히 달라붙은 한 시간과 같다 하면 이렇다 즉 그는 봉투에 싸여 없어진지도 모르는 앙뿌을르를 보고 침구 속에 반쯤 강 삶아진 그의 몸덩이를 보고 봉투는 침구다 생각한다 봉투는 옷이다 침구와 봉투와 그는 무엇을 배웠는가 몸을 내어다버리는 법과 몸을 주워들이는 법과 미닫이에 광선 잉크가 암시적으로 쓰는 의미가 그는 그의 몸뚱이에 불이 확 켜진 것을 알라는 것이니까 그는 봉투를 입는다 침구를 입는 것과 침구를 벗는 것이다 봉투는 옷이고 침구 다음에 그의 몸뚱이가 뒤집어쓰는 것으로 다르다 빨갛게 앙뿌을르에 습기를 제하고 젓는다 받아서는 내어던지고 집어서는 내어버리는 하루가 불이 들어왔다 불이 꺼지자 시작된다 역시 그렇구나 오늘은 카렌다의 붉은 빛이 내어 배었다고 그렇게 카렌다를 만든 사람이나 떼고 간 사람이나가 마련히여 놓은 것을 그는 위빈할 수가 없다.

이상(比久), 「지도의 암실」, 『朝鮮』, 1932.3.

'이상(李箱)'이라는 현상

'앙뿌을르'란 전구이고, 말하자면 태양의 모조품이다. 태양은 공간에 빛을 채워 균질하게 빛이 가득한 공간으로 만들고 인간들은 이를 '낮'이라고 부른다. 만약 그 태양이 전구라고 간주하여, 그것에 봉투를 씌운다면 어떨까. 그 때문에 감소된 빛은 어디로 사라지게 되는 것일까. 「지도의 암실」의 화자는 그러한 것이 궁금하다. 이는 전형적인 이상의 관념적 실험에 해당한다. 앙뿌을르에 봉투를

요코미쓰 리이치의 「기계」와 '암실'

일본의 신심리주의 소설가인 요코미쓰 리이치(橫光利一, 1898~1947)의 1930년작 「기계(機械)」 속에는 상징적인 공간으로서 '암실(暗室)'이 등장한다. 이 암실 속에는 주인공이 일하고 있는 공장의 화학방정식 등의 비법이 들어 있는 공간이면서, 주인공은 이 암실을 드나들 수 있는 특권을 가지고 있는 것에 비해 다른 직공들은 드나들 수 없어 그들 사이의 욕망의 다툼을 일으키는 장소이다. 따라서 이 요코미쓰의 암실은 근대적인 관계의 내부에 숨겨진 욕망을 상징적으로 드러낸다는 점에서 이상이 거론한 암실과 관련될 뿐만 아니라 그의 또 다른 주제인 비밀과 관련되는 것이다.

"잠시 후, 나는 다시 암실로 들어가 하다 만 착색용 비스페놀을 침전시키기 위해 시험관에 크롬산가리를 가열시키기 시작했는데 카루베에겐 그 역시 해서는 안 될 일이었다. 내가 자유로이 암실 출입을 한다는 것이 이미 카루베의 원망을

요코미쓰 리이치의 「기계」 (白水社, 1931) 표지

산 원인이었거늘 실컷 약을 올릴 만큼 올려놓고 이내 다시 내가 암실로 들어간 것이니 그의 피가 거꾸로 솟구치는 것은 당연한 일이었다. (중략) 암실 안에는 내가 고심의 고심 끝에 만든 비스무트와 규산지르코늄 화합물과 주인이 자랑하는 무정형 셀레늄의 적색원료비법이 화학방정식의 형태로 숨겨져 있었다. 그 비법이 누설되면 우리 제조소의 막대한 손실일 뿐 아니라 내게 있어서는 비밀이 비밀이 아니게 되어 생활의 즐거움이 없어지는 것이다. 따라서 야시키가 비밀을 훔치려고 한다면 내가 그것을 숨긴다 해도 무방하다고 생각하여 앞으로는 야시키를 오로지 첩자라 여기고 의심하기로 결정했다. (중략) 그런데 그가 오고 닷새쯤 되는 날 밤, 문득 내가 선잠에서 깼을 때 아직 작업 중이어야 할 야시키가 암실에서 나와 안주인 방으로 들어가는 것을 목격했다. 이 시각에 안주인 방에는 무슨 용무인지 생각했지만 피곤에 지친 나는 안타깝게도 그만 잠이 들어버렸다. 다음 날 아침 눈을 뜨자마자 내 머릿속에 떠오른 것은 어젯밤의 야시키의 모습이었다. 하지만 지극히 당혹스럽게도 그 일이 꿈이었는지 실제였는지 헷갈리는 것이었다."(요코미쓰 리이치, 고지연 옮김, 「기계」, 『봄은 마차를 타고』, 도서출판 지혜, 2012, 207~213쪽)

씌우는 행위는 즉 하늘 높이 솟아 모든 공간을 비추는 낮이라는 건강한 시공간을 무시하고자 하는 의도적인 행위인 것이다. 이 텍스트의 화자는 구체적으로 이를 이렇게 표현하고 있다. 즉 전구가 확 켜지며 눈앞이 밝아진다. 물론 주체가 그것이 불인지 아닌지 파악하는 데는 시간이 걸린다. 이 주체가 보낸 얼마간의 시간은 후의 다섯 시간 뒤 흐리멍텅하게 달라붙은 한 시간과 같다. 즉 「지도의 암실」 속 화자는 밤과 낮의 날카로운 경계가 아닌 밤과 낮 사이에서 아물거리는 시간성을 발견하고 있는 것이다. 그렇다면 그 경계적 시간성에서 켜진 전구의 빛은 왜 사라져버렸을까. 당연히 전구가 봉투에 그리고 침구에 싸여 있는 때문일 것이다. 그는 아직 지난밤의 세계*로부터 빠져나오지 않은 것이다. 이미 떠 있는 태양을 의도적으로 무시하고 있다. 하지만 그가 침구로부터 빠져나와 전구의 봉투를 벗기고 닦아 습기를 제거하니 불이 꺼지고 켜지면서 하루가 시작되었다. 그가 그토록 무시하고 싶었던 달력이라는 근대의 시간성 속으로 스스로 들어가지 않으면 안 되는 상황이 되어버린 것이다. 말하자면 영원과도 같은 잠으로부터 깨어버린 것이다.

발터 베냐민의 밤의 세계와 낮의 세계 사이의 경계

발터 베냐민(Walter Benjamin, 1892~1940)은 에세이집인 『일방통행로(Einbahnstraße)』 속에 들어 있는 「아침식당」이라는 글의 한 구절에서 낮의 세계와 밤의 세계에 대해 다음과 같이 말한다.

"이제 막 잠에서 깨어났지만 실제로는 아직도 꿈의 세력권 안에 붙잡혀 있다. 즉 세면은 단지 몸의 표면와 눈에 보이는 운동 기능을 밝은빛 속으로 불러낼 뿐이며, 그에 반해 몸의 가장 깊은층에서는 심지어 아침에 몸을 청결하게 하는 동안에도 꿈의 회색 어스름이 그대로 머물러 있다. 아니, 그것은 막 잠에서 깨어난 고독한 1시간 동안 한층 더 단단해진다. 대인공포증 때문이든 아니면 내적인 평정을 위해서든 낮과 접촉을 피하려는

발터 베냐민

사람은 아침식사를 하려고 하지 않으며 그것을 소홀히 한다. 그런 식으로 밤의 세계와 낮의 세계 사이의 단절을 피하는 것이다."(발터 벤야민, 조형준 옮김, 『일방통행로: 사유의 유격전을 위한 현대의 교본』, 새물결, 2007.)

'이상(李箱)'이라는 현상

그의 뒤는 그의 천문학이 다 이렇게 작정되어버린 채 그는 별에 가까운 산 위에서 태양이 보내는 몇 줄의 별을 압정으로 꼭 꽂아놓고 그 앞에 앉아 그는 놀고 있었다 모래가 많다 그것은 모두 풀이었다 그의 산은 평지보다 낮은 곳에 처져서 그뿐만 아니라 움푹 오무라들어 있었다. 그가 요술가라고 하자 별들이 구경을 나온다고 하자 오리온의 좌석은 저기라고 하자 두고 보자 사실 그의 생활이 그로 하여금 움직이게 하는 짓들의 여러 가지라도는 무슨 몹쓸 흉내거나 별들에게나 구경시킬 요술이거나이지 이쪽으로 오지 않는다.

너무나 의미를 잃어버린 그와 그의 하는 일들을 사람들 사는 사람들 틈에서 공개하기는 끔찍끔찍한 일이니까 그는 피난 왔다 이곳에 있다 그는 고독하였다 세상 어느 틈사구니에서라도 그와 관계없이나마 세상에 관계없는 짓을 하는 이가 있어서 자꾸만 자꾸만 의미 없는 일을 하고 있어주었으면 그는 생각 아니 할 수는 없었다.

이상(比久), 「지도의 암실」, 『朝鮮』, 1932.3.

하지만 고작 잠이 깨었을 뿐이다. 여전히 그는 근대적인 인간에는 미만해 있다. 무엇보다도 그는 예술가인 까닭이다. 그는 태양빛이 만들어내는 균질한 시공간으로부터 벗어나고자 하면서 태양으로부터 나오는 몇 줄의 빛을 압정으로 꽂아놓고 산 위에서 놀고 있는 것이다. 그러면서 사람들에게 자신이 요술가라고 자처하면서 세상 사람들에게 별들이 구경나오는 것을 보여주거나 오리온좌는 저기라고 말해 보기도 한다. 하지만 사람들은 아무도 그에게 관심을 갖지 않는다. 의미가 없기 때문이다. 정확히는 근대적인 관점에서 보면 예술 따윈 아무런 의미도 없는 낭비적 도락에 불과해 보이는 것이 당연한 까닭이다. 세상 사람들은 그가 하고 있는 것이 몹쓸 흉내라거나(인간이 아니라) 별들에게나 구경시킬 요술이라고 평가한다. 그는 이러한 평가 때문에 고독하기 그지없는 것이다. 그리하여 자신과 같이 의미가 없는 일들을 하고 있는 인간들, 그 자신을 이해받을 동료가 있었으면 하고 바라고 있다.

　　시가지 한복판에 이번에 새로 생긴 무덤 위로 딱정 버러지에 묻은 각국 웃음이 헤뜨려 떨어뜨려져 모여들었다 그는 무덤 속에서 다시 한 번 죽어버리려고 죽으면 그래도 또 한 번은 더 죽어야 하게 되고 하여서 또 죽으면 또 죽어야 되고 또 죽어도 또 죽어야 되고 하여서 그는 힘들여 한 번 몹시 죽어보아도 마찬가지지만 그래도 그는 여러 번 여러 번 죽어보았으나 결국 마찬가지에서 끝나는 끝나지 않는 것이었다 하느님은 그를 내어버려두십니까 그래 하느님은 죽고 나서 또 죽게 내어버려두십니까 그래 그는 그의 무덤을 어떻게 치울까 생각하던 끄트머리에 그는 그의 잔등 속에서 떨어져 나온 근거 없는 저고리에 그의 무덤 파편을 주섬주섬 싸그리 모아가지고 터벅터벅 걸어가보기로 작정하여 놓고 그렇게 하여도 하느님은 가만히 있나를 또 그 다음에는 가만히 있다면 어떻게 되고 가만히 있지 않다면 어떻게 할 작정인가 그것을 차례차례로 보아 내려가기로 하였다.

이상(比久), 「지도의 암실」, 『朝鮮』, 1932.3.

아마도 이상이 무덤이라는 암실을 파고 숨어버린 이유도 분명 이 때문일 것이다. 태양 아래 밝은 낮에 존재하는 일반적인 근대인들이 아무도 자신의 예술에 대해 이해하지 못하는 상황 속에서 이상은 태양빛이 닿는 밝은 낮의 균일한 지형에서 벗어나 땅을 파고 무덤 속으로 들어간다. 무덤이라는 암실은 그에게는 안온하기 그지없는 자신만의 공간이기 때문이다. 이상은 바로 자신의 다리를 온전하게 쭉 뻗을 수 있는 프라이버시의 공간을 원했다. 그것이 태양이 내려쪼이는 지상에서는 불가능한 과제임을 그는 직감하고 땅을 파고 그 아래로 내리길 것을 다짐하였던 것이다. 뒷장에서 다룰 「차8씨의 출빌(且8氏의 出發)」이라는 시에서도 이상은 근대적 세계에 저항하기 위한 수단으로 땅을 파고 들어갈 것을 명령했던 적이 있다. 물론 땅을 파고 숨어든 그곳이 죽음이라는 삶의 대립항과 맞닿아 있는 무덤인가, 아니면 『이상한 나라의 앨리스』 속의 토끼가 이끌었던 새로운 꿈속인가, 혹은 새로운 차원 속인가 하는 것은 알 길이 없다. 하지만 확실한 것은 그가 무덤을 파고 숨었으되 아예 죽어버린 것만은 아니었다는 사실이다. 이는 그가 오로지 땅속에만 있는 존재가 아니라 암실과 밝은 방 사이를 오가는 존재이기 때문에 벌어진 일이다. 그는 때로는 무덤이라는 암실에 숨었다가 때로는 밝은 낮의 세계로 나오기를 반복한다. 그럴 때마다 이상의 관념 속 도시에서는 그가 수도 없이 죽었던 자국인 무덤들이 생겨난다. 그는 암실을 파고 숨었다가 그로부터 벗어나기를 반복하고 있는 것이다.

'magasin de nouveautés'의 기원과 외국어의 백화점

이상이 『조선과 건축』에 실은 시 중 가장 특이한 제목으로 손꼽힐 수 있는 것은 불어로 된 "AU MAGASIN DE NOUVEAUTÉS"이다. 이 제목은 주로 번역되지 않은 채 그대로 쓰이거나 '백화점(百貨店)', '신기성의 백화점' 등 다양한 방식으로 번역되어 왔으며, 파편적인 내용을 담고 있는 탓에 시 내용에 대한 해석보다는 그야말로 제목의 신기성이 더욱 널리 알려지곤 했다. 이상이 쓰고 있는 'magasin de nouveautés'이라는 용어의 기원은 원래 프랑스의 작가이자 사서인 알프레드 프랭클린(Alfred Franklin, 1830~1917)이 프랑스 파리의 개인적인 삶의 단편들을 모아 내었던 잡지인 『과거의 개인생활(La Vie Privée-D'Autrefois)』*을 수식하는 이름에서 비롯된 것이다. 즉 이는 '새로움을 담은 잡지'라는 의미였다. 불어 단어인 'magasin'이란 가게를 의미하기도 하고 잡지를 의미하는 것이기도 한 까닭으로 이를 단지 가게라고 이해해 온 것이 오류였다는 의미이다. 물론 이러한 잡지명은 1843년 무렵에 알렉산드르 뒤마(Alexandre Dumas)나 조르주 상드

(George Sand), 뮈세(Alfred de Musset) 등이 기고자로 참가하여 파리에서 출간되었던 '아이들을 위한 새로운 잡지(Le Nouveau Magasin des Enfants)' 같은 잡지의 영향하에서 붙여진 이름이기도 했다.

이후에 프랑스에서 이 'magasin de nouveautés'는 잡지를 가리키는 명칭에서 잡화점 내지는 백화점을 가리키는 명칭으로 폭넓게 전유되어 변용되는 과정을 겪었다. 새로움을 담고 있는 잡지로부터 새로움을 담고 있는 가게로의 변화는 충분히 이해 가능하다. 예를 들어 프랑스 화가인 알렉산드르 루노와가 1902년에 그린 백화점의 계단을 가득 메운 귀부인과 아이들 그림에 「Le Magasin de Nouveautés」*라는 제목을 붙여두고 있기 때문이다. 잡지나 가게나 모두 쇼윈도 속에 무언가 욕망을 불러일으키는 새로운 것들을 진열해 두고 있으니 그러한 단어의 공유라든가 변화의 방향성 역시 자연스럽게 이해되는 바가 있다.

물론 'magasin de nouveautés'의 원래 뜻이 이와 같다고 하더라도 이상이 자신의 시의 제목을 이와 같은 유럽적 맥락 속에서 빌려왔을 가능성은 그야말로 희박하다. 이 단어의 경우, 잡지를 가리키든가 이후의 백화점을 가리키는 맥락까지도, 한국은 물론 일본에서도 거의 번역된 적이 없었기 때문이다. 그렇다면 이상은 이 제목을 도대체 어디에서 빌려왔던 것일까. 우선은 이상이 널리 읽었던 작가들, 예를 들어 보들레르라든가 장 콕토와 같은 프랑스 작가들이 시의 소재로 썼던 것을 보았던 것은 아니었을까 하는 추측을 해볼 수 있다. 하지만 가능성은 여전히 열려 있는 셈이지만 아직은 이러한 사례가 발견된 바가 없을 뿐만 아니라 수도 없이 많은 작가들의 수도 없이 많은 기호들 중에서 프랑스어로 쓰인 그 단어에 주목하고 이를 새로운 창작의 계기로 삼았다는 사실을 합리적으로 설명하기란 결코 쉽지 않다.

관점을 조금 바꾸어, 이상이 어린 시절 프랑스어를 공부했을 것이라는 가정 아래, 혹시 이 단어 표현이 그가 프랑스어 교재를 통해 배운 것은 아니었을까 하는 생각을 해볼 수도 있다. 예를 들어 1916년 5월 일본 육군유년학교 교사였던 조세프 베르니에(Joseph Vernier)가 펴낸 프랑스어 교재인 『실용 불어 교과서(實用佛語教科書/Cours pratique de langue française)』(Tokyo: Ecole Centrale des Cadets) 1권의 내용 중 14장의 제목이 바로 "Le magasin de nouveautés"인 것이다. 이를 통해 어린 시절의 이상이 프랑스어 공부를 하면서 이 교재를 사용하였던 것

새로움을 담은 잡지

오른쪽의 사진은 알프레드 프랭클린이 내던 잡지인 『과거의 사생활(La Vie Privée – D'Autrefois』(1894)의 표지이다. 그 아래는 '예술과 공예(arts et métiers)'라고 쓰여 있고, 그 아래는 '파리지엔의 유행, 풍속, 관습(mode, mœurs, usages des parisiens)'이라고 표기되어 있고 그 밑에는 '원본과 출판되지 않은 문서들에 의하여(d'après des documents originaux ou inédits)'라고 되어 있어 이 자료들이 이와 같은 문서들의 수집을 통해 이루어진 것임을 알 수 있도록 하고 있다. 즉 이 잡지는 근대유럽에서 공사의 구분이 확립되던 시기에 프라이버시에 대한 관심을 이것저것 오브제들을 아카이브 형태로 모아 인쇄 매체로 표현했던 것이다. 즉 '새로움을 담은 잡지(Les Magasin de Nouveautés)'란 이 잡지에 대한 일종의 캐치프레이즈였던 셈이다.

잡지 『과거의 사생활』(1894).

그림 「Le Magasin de Nouveautés」

Alexandre Lunois, 「le Magasin de Nouveautés」, 1902.

프랑스의 화가인 알렉산드르 루노와(Alexandre Lunois, 1863~1916)의 그림 「Le magasin de nouveautés」(1902)를 보면 이 'Magasin de nouveautés'가 단지 잡지를 가리키는 명칭만은 아니라는 사실을 금세 알 수 있게 된다. 요컨대 이 단어는 당시의 유행어로서 magasin이라는 단어의 중의성 속에서 당시 새롭게 등장한 소비문화의 총아였던 백화점, 즉 온갖 새로운 것들이 가득 차 있는 상점을 가리키는 용어로 바뀌어갔음을 알 수 있다.

은 아니었을까 하는 추측이 가능하다.

이 교재 속에는 각 장마다 특정한 상황을 담고 있는 200~300단어 내외의 텍스트가 있으며, 그 뒤에 제시된 상황에 대해 묻는 질문(Questions)이 들어 있다. 그리고 해당하는 주제에 관련된 단어(mot)와 표현(expression)이 정리되어 있으며, 응용되는 대화(dialogue) 텍스트와 과제(devoir)가 등재되어 있다. 이 책의 프랑스어로 된 본문 텍스트와 일본어로 기재된 과제를 번역하여 인용해 보자.

이 이미지는 새로운 상점의 내부를 보여줍니다. 1층 전체는 상품 카운터로 쓰이고 있습니다. 넓은 계단과 승강기를 통해 다른 층으로 올라갈 수 있습니다. 상점의 내부 곳곳에서 방문객들이 쇼윈도 앞을 지나가면서 쳐다보면서 쇼핑을 합니다. 왼쪽에 젊은 여성은 장갑이 진열된 테이블 앞에 멈춰 섭니다. 그녀는 점원과 이야기를 하면서 장갑 한 쌍을 껴봅니다. / 가운데에는 구매자들이 계산을 할 수 있는 계산대가 설치되어 있습니다. / 오른쪽의 여자는 쇼핑을 마치고 딸과 함께 밖으로 나갑니다. 그녀는 상자와 장난감을 들고 갑니다. 어린 소녀는 손짓하며 다른 장난감을 탐내는 것처럼 보입니다.

Vernier, Joseph, 『實用佛語教科書』 권1, Ecole Centrale des Cadets, 1916, 52~53쪽,
불어 텍스트를 번역함

1. 私ハアノ西洋小間物店デ手袋ヲ一對買ヒ マシタ。

2. 昇降機ニ乗レバ、ドノ階ヘモ登レマス。

3. 私ハ小使ヲ町ヘ買物ヲシニ遣リマシタ。

4. 此ノすてつきハイクラデスカ。

5. 軍人ハ蝙蝠傘ヲ用ヒマセン。

1. 나는 어느 서양 작은 잡화점에서 장갑을 한 켤레 샀습니다.

'이상(李箱)'이라는 현상

2. 승강기를 타면 어느 층이든 올라갑니다.

3. 나는 사환을 마을에 쇼핑하러 보냈습니다.

4. 이 스틱은 얼마입니까.

5. 군인은 양산을 쓰지 않습니다.

Vernier, Joseph, 『實用佛語敎科書』 권1, Ecole Centrale des Cadets, 1916, 52~53쪽.

우선 이 인용으로부터 일본어로 '서양소간물점(西洋小間物店)'이라 번역되어 있는 것이 바로 'Le magasin de nouveautes'에 해당한다는 사실은 쉽게 확인할 수 있다. 일본어로 '간물(間物)'이란 잡화를 가리키는 것이기 때문에 이 단어를 서양의 작은 잡화점이라고 번역할 수 있을 것이다. 일본에서 본격적인 백화점(百貨店)이 창립된 것이 1904년의 미쓰코시 백화점이 처음이었으므로, 이미 이 책이 번역되었던 1916년 무렵에는 백화점이라는 명칭이 일본에서 쓰이고 있었다. 따라서 이 번역자에게 있어서 'Le magasin de nouveautes'라는 표현이 바로 백화점을 가리키는 것이라는 관념이 아직 확실하게 확립되지 않았다는 사실을 확인할 수 있다. 물론 단층으로 되어 있지 않다거나 승강기가 있다거나 하는 사실을 감안하면 이 상점이 단순하게 작은 잡화점이 아니라 꽤 큰 규모의 백화점에 가까운 형태의 것이라는 사실은 충분히 이해될 수 있다.

그렇다면 과연 이상은 「AU MAGASIN DE NOUVEAUTÉS」라는 시를 쓰면서 이 책을 염두에 두고 있었던 것인가 아닌가. 이 책의 여러 부분들을 보면 흥미로운 비교가 파생될 수 있는 여지가 드러난다. 예를 들어 연습 문제에 있는 문장인 '승강기를 타면 어느 층이든 올라간다'는 구절은 바로 이 「AU MAGASIN DE NOUVEAUTÉS」의 1년 정도 앞서 같은 『조선과 건축』 지면에 실린 시인 「운동」을 떠올리게 한다.

일층 위에 있는 이층 위에 있는 삼층 위에 있는 옥상정원(屋上庭園)에 올라

서 남쪽을 보아도 아무것도 없고 북쪽을 보아도 아무것도 없고 해서 옥상정
원 밑에 있는 삼층 밑에 있는 이층 밑에 있는 일층으로 내려간즉

이상(金海卿), 「운동(運動)」, 조감도 연작, 『朝鮮と建築』, 1931.8, 12쪽.

승강기를 타면 어느 층이든 올라갈 수 있다. 1층, 2층, 3층, 옥상정원까지
도. 물론 그렇게 올라갔던 사람은 누구든 다시 내려와야만 한다. 그곳의 어느
곳도 이상이라는 개인이 정주할 곳은 아니기 때문이다. 따지고 보면 승강기를
타면 어디에나 갈 수 있다는 말은 진실이 아닐 수도 있다. 백화점이라는 공간
은 상품 판매의 논리가 층층이 집적되어 펼쳐져 있는 일종의 욕망의 집적 회로
와 같은 곳이다. 백화점 속에서 인간은 수도 없이 많은 상품들이 진열된 진열
장 사이로 필연적으로 길을 잃고 오르락내리락하게 되어 있으며, 백화점의 동선
은 필시 그렇게 디자인되어 있는 것이다. 이상은 그렇게 올라갔다 내려갔다 반
복할 수밖에 없는 존재들의 운동성을 시계추의 그것에 비유하였던 것이다. 물
론 지금까지 여러 연구들을 통해 잘 드러난 것처럼 이 건물이 3층이라는 사실,
그리고 옥상정원이 존재한다는 사실로 보아 이 시 「운동」은 경성에 새로 개장
했던 미쓰코시 백화점을 모델로 하고 있는 것이라는 사실은 의심할 바가 없다.
하지만 이 시와 미쓰코시 백화점의 직접적 관련성 사이에, 이 책에 실려 있는 '승
강기를 타면 어느 층이든 갈 수 있다'는 문구가 개입하여 있을 여지를 간과하기
는 어렵다.

한편, 연습문제 4번에 쓰이고 있는 '스틱(すてっき)'이란 단어는 어떨까? 이 '스
틱'이라는 단어는 역시 『조선과 건축』에 실려 있던 시인 「파편의 경치(破片の景致)」
에 등장하고 있다.

나는 하는 수 없이 울었다 // 전등이 담배를 피웠다 / ▽은 I/W이다 / X /
▽이여! 나는 괴롭다 / 나는 유희한다 / ▽의 슬리퍼는 과자와 같지 않다 / 나

'이상(李箱)'이라는 현상

는 울어야 할 것인가 / X / 쓸쓸한 들판을 생각하고 / 쓸쓸한 눈 나리는 날을 생각하고 / 나의 피부를 생각지 않는다 / 기억에 대하여 나는 강체이다 / 정말로 / 「같이 노래 부르세요」 / 나의 무릎을 때렸던 일에 대하여 / ▽은 나의 꿈이다 / 스틱! 자네는 쓸쓸하며 유명하다 / 어찌할 것인가 / X / 마침내 ▽을 매장한 설정이었다

이상(金海卿), 「파편의 경치」, 『朝鮮と建築』, 1931.7, 15쪽.

물론 이 '스틱(すてっき)'이란 일본어 단어는 한편으로는 'stick' 즉 지팡이를 가리키는 것이기도 하고 '멋지다'는 뜻을 갖고 있다는 점에서 이 시의 해당 부분이 과연 지팡이를 가리키는 스틱일 것인가 하는 점은 논의의 여지가 있다. 지금까지 이 시를 해석했던 연구자들은 대부분 이를 지팡이를 가리키는 스틱으로 해석해 왔으며, 그것이 결국 남성의 성기를 가리키는 것이라는 환원론적인 시각을 드러낸 바 있었다. 하지만 이 책을 경유하여 이 문제에 접근하여 본다면 다소 새로운 이해에 도달할 여지가 생기게 된다.

우선 양자 사이의 비교를 해볼 때, 여러 가지 정황상의 유사점이 발견된다. 이상이 『조선과 건축』에 실었던 시들은 대부분 일반적인 표기를 가타카나로 하고 외래어의 경우 히라가나로 하는 지금의 일본어와는 반대되는 표기법을 구사하였다. 이에 따라 「파편의 경치」 속에 쓰인 스틱은 'すてっき'이라 표기되었던 것이다. 이러한 표기법은 이상의 새로운 창작적 수단이라고 평가되었던 적도 있었으나 실제로는 고전 일본어 표기였던 것으로 확인된다. 앞서 『실용 불어 교과서』 속에도 모든 표기가 일반어는 가타카나로, 외래어는 히라가나로 표기되어 있었기 때문이다. 즉 이 책에서 지팡이라고 번역된 스틱이 'すてっき'라고 표기된 것은 이러한 까닭인 것이다. 즉 기묘하게도 이 두 텍스트의 표기상에는 일치되는 유사점이 발견되고 있는 것이다.

사실 백화점에서 팔리고 있는 이 지팡이는 「파편의 경치」에 등장하는 그 지

팡이자 「집팡이 역사」에 등장하는 기차 아래 통로 속으로 빠져버려 역사(轢死)해 버린 그 지팡이이기도 하다.

　　마루장 한복판 꽤 큰 구멍이 하나 뚫려서 기차가 달아나는 대로 철로 바탕이 들여다보이는 것이 이상스러워서 S더러 이것이 무슨 구멍이겠느냐고 의논하여 보았더니 S는 그게 무슨 구멍일까 그러기만 하길래 나는 이것이 아마 이렇게 철로 바탕을 내려다보라고 만든 구멍인 것 같기는 같은데 그런 장난 구멍을 만들어놓을 리는 없으니까 내 생각 같아서는 기차 바퀴에 기름 넣는 구멍일 것에 틀림없다고 그랬더니 S는 아아 이것을 참 깜박 잊어버렸었구나 이것은 침 배앝는 구멍이라고 그러면서 침을 한번 배앝아보이더니 나더러도 정 말인가 거짓말인가 어디 침을 한번 배앝아보라고 그러길래 (중략) 짚고 들어온 길고도 굵은 얼른 보면 몽둥이 같은 지팡이를 방해 안 되도록 한쪽으로 치워놓으려고 놓자마자 꽤 크게 와지끈하는 소리가 나면서 그 기다란 지팡이가 간 데 온 데가 없습니다. 영감님은 그것도 모르고 담뱃불을 붙이고 성냥을 나에게 돌려보내더니 건넌편 부인도 웃고 곁에 앉아 있는 부인도 수건으로 입을 가리고 웃고 S도 깔깔 웃고 젊은 사람도 웃고 나만이 웃지 않고 앉았는지라 좀 이상스러워서 영감은 내 어깨를 꾹 찔르더니 요다음 정거장은 어디냐고 은근히 묻는지라 요다음 정거장은 요다음 정거장이고 영감님 뭐 잃어버린 것 없느냐고 그랬더니 또 여러 사람이 웃고 영감님은 우선 쌈지, 괴불주머니 등속을 만져보고 보따리 한 귀퉁이를 어루만져보고 또 잠깐 내 얼굴을 쳐다보더니 참 내 지팡이를 못 보았느냐고 그럽니다. 또 여러 사람은 웃는데 나만이 웃지 않고 그 지팡이는 이 구멍으로 빠져 달아났으니 요다음 정거장에서는 꼭 내려서 그 지팡이를 찾으러 가라고 이 철둑으로 쭉 따라가면 될 것이니까 길은 아주 찾기 쉽지 않느냐고 그러니까 그 지팡이는 돈 주고 산 것은 아니니까 잃어버려도 좋다고 그러면서 태연자약하게 담배를 뻑뻑 빨고 앉았다가 담배를 다 먹은 다음

담뱃대를 그 지팡이 집어먹은 구멍에다 대고 딱딱 떠는 바람에 나는 그만 전신에 소름이 쫙 끼쳤습니다. 다른 사람들도 물론 이때만은 웃을 수도 없는 업신여길 수도 없는 참 아기자기한 마음에서 역시 소름이 끼쳤으리라고 나는 생각합니다.

이상(李箱), 「짚팽이 역사」, 『月刊每申』, 1934.8.

이 「짚팽이 역사」에 등장하는 이 지팡이는 한 줌밖에 남지 않은 노인의 위엄의 상징이다. 그 지팡이가 기차 바닥으로 난 구멍을 향해서 빠져 사라져버렸다는 사실은 현실 속에서 일어나기 힘든 꿈과 현실 사이의 혼돈을 이끈다. 기차가 이끄는 근대의 속도에 압도되어 지팡이는 기차 바닥에 난 구멍으로 빠져 죽어버린 것이다. 하지만 과연 죽어버린 것일까. 다시 『이상한 나라의 앨리스』처럼 새로운 차원의 공간으로 빠져버린 것은 아니었을까. 기차 안의 사람들은 모두 지팡이를 기차 바닥에 빠뜨린 그 노인을 보고 웃는다. 하지만 나는 그의 불행에 대해 웃지 않는다. 그러면서 기차는 기찻길을 따라오는 것이니까 그 길을 따라 거슬러 올라가면 지팡이를 찾을 수 있을 것이라 충고한다. 이상에게 있어 이 지팡이는 결코 단순한 대상으로서의 지팡이가 아니었던 것이다. 그것은 일종의 기억이며, 꿈과도 같은 것이기 때문이다. 하지만 노인은 그 지팡이는 돈을 주고 산 것이 아니라 괜찮다고 태연자약하게 말한다. 그런 그 노인의 태연자약함을 보고서 나는 웃지도 못하고 소름이 쫙 끼쳤던 것이다.

마찬가지로 「파편의 경치」에서도 지팡이는 꿈과 현실 사이에 놓여 무언가를 확인하도록 하는 기제였다. 연인이 나의 무릎을 두드리면서 노래를 불렀던 일은 사실은 꿈속의 일이었던 것이며, 지팡이는 그것을 확증하는 매개였던 것이다. 그것은 차원과 차원을, 공간과 공간을 매개한다. 그것은 낯선 외국어들 사이의 공간적 감각을 매개하는 것이기도 하다. 결국 백화점에서 어떠한 가격에 팔리고 있는 지팡이라는 상품이 그러한 매개의 대상이 될 수 있다는 사실은 퍽 의미심장한 일이 아닐 수 없다. 말하자면, 이상은 단지 너무나 익숙한 경성 내의 언어공간이 아닌 다른 곳에서 울리고 있는 프랑스어의 감각을 재료로 사용하여 자신의 시적 창작 세계를 펼쳐보이고 있었던 셈이다.

'이상(李箱)'이라는 현상

좀 더 읽어볼 만한 글들

이상문학 속에 나타난 공간성을 다루고자 하는 연구는 지금까지 크게 두 가지 방향으로 전개되었다. 그 하나는 텍스트 내부의 구조가 이루고 있는 내부적 공간성, 즉 이상의 정신과 사유가 구축하고 있는 서사적 형태를 밝히고자 한 연구들이다. 예를 들어 황도경의 논문 「이상의 소설 공간 연구」(이화여대 박사학위논문, 1993)은 주로 이상 소설 텍스트에 내재된 서사 공간을 분석하는 데 있어 상/하, 내/외의 공간 분석 범주를 동원하여 비상과 추락, 열림과 닫힘 등의 분석을 이상 소설 텍스트에 원용하였다. 이는 이미 이전에 이루어졌던 연구인 정덕자의 「이상문학 연구: 시간, 공간 및 물질의식을 중심으로」(이화여대 석사학위논문, 1983)에서 열림과 닫힘이라는 이상문학 텍스트 속 공간성에 관한 연구가 확장된 것에 해당한다.

다른 한편으로 당시 자본주의 도시이자 제국의 식민지였던 경성에 대한 관심을 바탕으로 실질적인 공간성과 그 속에 존재하였던 모더니즘 작가들 사이의 관계성에 대한 연구들이 이루어졌다. 이는 가와무라 미나토(川村湊)가 「모더니스트 이상의 시 세계」(『문학사상』, 1987.9)에서 시도했던 방법론의 연장으로 이루어진 것이기도 하다. 이러한 방법론에 대한 보다 상세한 참고서지는 본 책의 10장 화폐의 좀 더 읽어볼 만한 글들 부분을 참고할 것.

6

미술, 그려진 '꿈'들의 환각

레브라의 비밀

커다란 무어라고 형용할 수 없는

덩어리의 그늘 속에

불행을 되씹으며 웅크리고 있는 그는

민족에게서 신비한 개화를 기대하며

그는 '레브라'와 같은

화려한 밀타승(密陀僧)의 불화(佛畵)를 꿈꾼다.

—「공포의 성채(恐怖의 城砦)」

그는 짧은 문학 생애에서도 적지 않은 작품을 남기고 갔다. 그러나 그의 그림은 너무도 남긴 것이 없는 것 같다.

첫째, 그는 완성품이 없다. 그의 작품 중에서 아쉬운 대로 완성을 본 것은 그가 스무 살 봄에 조선미술전람회에 출품했다가 낙선의 고배를 마신 「풍경」이었다. 이것도 10호다.

이 그림은 벚꽃이 만발한 4월 풍경이었다.

그다음 생각나는 것은 그의 최초의 입선작이요, 그의 마지막 출품작인 제10회 (1932년) 조선미술전람회에 발표한 「자화상」이다.

이 작품은 10호가 좀 넘었다. 12호 정도였다고 회상된다. 이 그림은 세잔의 자화상을 연상케 하는 그림이다. 그러나 세잔의 자화상은 물감을 풀어서 그리기는 했지만 입체감이 있다. 딱딱한 예리한 맛이 있다. 그러나 상의 「자화상」은 마티스의 그림에서 보는 부드러운 맛뿐이다. 이 그림은 배색도 물체도 몽롱하다. 그는 선의 유영에서 빛깔과 빛깔의 교차에서 이룩되는 몽롱하고 아름다운 세계를 겨눈 것 같다.

– 문종혁, 「심심산천에 묻어주오」, 『여원』, 1969.4.

하기는 테크닉이나 창작의 결정을 뜻함은 아니지만 그 방면(미술)의 지식으로서는 상은 스승 격이었다.

그의 서양화사는 일가를 이루고 있었다. 실로 미술학교의 강사의 자격을 지니고 있다. 작가의 이름, 작품의 명제, 연대와 시대의 가치성, 실로 전문가의 식견이다. 특히 인상파 이후의 화파와 가치성에 이르면 그의 청산유수 같은 찬사는 내용만이 아니라 그 이야기가 명강이다.

마티스의 색채와 제작 과정, 피카소의 입체주의에 이르면 그의 찬사는 절정에 이른다.

그것만이 아니다. 그 당시의 물감(에노구, 繪の具) 목록에 의하면 150종 내지 200종 정도였다고 회상된다. 그것을 드르르 외는 것이다.

그것만이 아니다. 불란서의 어느 작가의 팔레트의 물감 배열 순서는 어떻고, 또 어느 작가의 물감 배열 순서는 어떻고…… 등등.

– 문종혁, 「심심산천에 묻어주오」, 『여원』, 1969.4.

1929년에서 1930년 무렵은 해경에게 있어서는 그 자신의 삶의 행로를 결정하는 퍽 중요한 시기였다. 고공을 졸업하고 조선총독부에 취직한 그는 공무원으로서의 규칙적인 생활을 해나가면서도 자신에게 아직 남아 있는 예술가로서의 삶을 병행하고자 시도하였던 것이다. 그러한 그의 노력을 통해, 『조선과 건축』 표지 디자인 공모에 1등으로 당선되고, 잡지 『조선』에 자신이 쓴 장편소설 「12월 12일」이 연재되는 등의 성과를 얻게 되었다. 하지만 그의 그러한 무리의 한편에 그의 몸은 점차 지쳐가고 있었다. 그에게 주어진 일종의 정언명령과도 같은, 기술자로서 규칙적인 삶을 살라는 백부의 가르침을 어기지 않으면서도 그것으로부터 벗어나기 위한 두 가지 다른 방향의 지향성이 해경의 몸에서 충돌하고 있는 형국이었던 것이다.

하지만 그는 결코 쉬지 않았다. 아침에는 출근을 하여 수습 직원으로서 그날 해야만 하는 제도를 오전 중에 다 끝내놓고서 오후에는 책을 읽거나 그림을 그리거나 하면서 밤을 거의 새우다시피 하는 생활이 계속되었던 것이다. 서점의 서가에 붙어서 수도 없이 많은 책들을 읽고 또 읽고, 몇 권인지 모를 노트에 수도 없이 글을 쓰고, 백지와 캔버스에 수도 없이 그림을 그리는 것이 이즈음 해경의 생활이었다. 제대로 먹지도 못하고 밤낮으로 무리를 하였으니 결국에는 탈이 날 수밖에 없었을 것이었다. 하지만 해경은 결코 그만둘 수는 없었을 것이다. 그것은 개인의 의지나 욕망만으로는 설명되지 않는다. 개인의 몸을 넘어선 시대적인 좌표가 추동하는 예술성 속에서만 설명되는 것이다.

해경은 끊임없이 그림을 그렸고, 선전에 그것을 출품하였다. 미술이론을 섭렵하였고, 세계사적 보편성과 연결된 자신만의 미술사를 구성하였다. 결국 조선에서는 그림 한 장 팔기 어려운 화가로서의 미래가 그의 상상력을 막고 있었을 것이었다. 또 한 붓 한 붓 그려가야 하는 지난한 그림의 길보다 그의 사유는 더 바쁘고 더 빨랐다. 그가 글쓰기와 문학으로 자신의 표현의 영역을 바꿀 수밖에 없었던 것은 이 때문이었을 것이다. 하지만 그럼에도 불구하고 해경의 마음속에는 미술이 존재하고 있었다. 그는 그림 한 장이 전해 주는 안온함과 평온함, 그리고 풍요한 의미를 여전히 그리워하고 있었던 것이다.

이상의 못 다한 미술의 꿈

이상은 문학가이기 이전에 미술가였고, 건축가이기 이전에 화가였다. 이상은 문학의 길에 자신의 미래를 두고자 결정하기 이전부터 미술이라는 장르에 대해 관심을 갖고 있었다. 이상이 미술에 관심을 갖고 전공하고자 했던 것은 꽤 이른 시기였던 것으로 생각된다. 하지만 그는 결국 미술을 전공하지 못했다. 회화를 전공하는 데에는 예나 지금이나 많은 돈이 드는 것이 사실이었기 때문이다. 게다가 그의 백부는 금공기술자였기 때문에 자신의 양아들인 해경이 역시 마찬가지로 기술자가 되기를 소망하였다. 자신이 품었던 예술에 대한 꿈과 좌절 사이에서 분명 해경과 백부는 갈등을 빚어내었을 것이다. 해경은 결국 절충안으로 건축을 택했다. 그러면서도 적어도 32년 무렵까지는 회화에 대한 꿈을 완전히 버리지는 않았다. 여기에서 빚어진 일종의 억압이 소설 「12월 12일」의 철없이 음악을 전공하고자 하는 '업'으로 형상화되어 있었던 것이다. 아마도 고공을 졸업하고 조선총독부를 다닐 무렵까지는 지속적으로 병행하였던 것이 아닐까 생각된다. 건축 현장 작업이 힘들어지고 그즈음 얻은 폐병이 심해져 문학으로 그 예술적 지향성을 옮기기 전까지 이상은 미술에 대한 관심을 놓지 못하고 있었던 것이다.

조선총독부의 건축기사로 근무하던 이상은 1931년에 열린 제10회 선전(鮮展, 조선미술전람회)에 자신의 유화 작품을 출품하여 2부에 입선*하였다. 1931년은 그에게 있어서는 가장 왕성한 활동을 전개했던 시기로『조선과 건축』표지 공모에 당선*된 것도 이 무렵이었다. 그는 주로 오전에는 설계일을 하면서, 일과 시간 이후에는 창작활동을 하였을 것이라 생각된다. 당시「매일신보」지면에는 당해 선전의 결과가 게재되어 있는데, 여기에는 2부 서양화 부문에 입선으로 이상의 이름이 올라 있다. 그의 작품 제목은 "자상(自像, 자화상)"으로 지역은 경성(京城), 이름은 이상(李箱)으로 되어 있다. 아마도 김해경은 조선총독부 직원으로서 여러 가지 예술 활동을 전개할 때 다양한 필명을 사용하다가 결국 이상(李箱)이라는 필명 하나만을 쓰게 된 것 같다. 이 결과는 물론 출품된 수많은 작품들 중에서 203점에 해당하는 것이라 그리 크게 의미를 두기는 어렵지만 1931년 5월 31일자「매일신보」에 실린 평론가 김종태는「제10회 미전평(6)」에서 당해 입선작들 중 주목해야 할 작품 20여 종 중 하나로 이상의 이 작품을 꼽고 있는 것을 보면 당시 그의 작품이 아예 주목받지 않은 것은 아니었음을 알 수 있다.

과연 이상은 언제부터 미술에 관심을 얼마나 어떻게 갖고 있었을까. 이상의 글을 통해 알아보도록 하자.

『조선과 건축』 표지 도안

김해경은 1930년에 조선건축회의 기관지인 『조선과 건축(朝鮮と建築)』의 표지 디자인 도안 공모에 응모했었다. 그는 그해에는 1등상과 3등상을 독차지하였다. 1등상을 받은 도안은 1930년 1월부터 12월까지 이 잡지의 실제 표지로 쓰였다. 이상은 1931년에도 표지 디자인 공모에 응모하여 4등상을 차지했던 적이 있다. 이러한 사례들은 그가 단지 서양화로서의 유화 같은 정통적인 회화뿐만 아니라 디자인의 영역에도 관심을 두고 있었음을 보여주는 것이다. 오른쪽의 사진은 『조선과 건축』 9월호의 표지이다. 여기에서는 국립중앙도서관에서 소장하고 있는 잡지의 사진을 사용하였다.

'이상(李箱)'이라는 현상

조선미술전람회(朝鮮美術展覽會)

조선총독부가 주관하여 열린 미술공모전으로 '선전(鮮展)'으로 불린다. 1922년에 1회가 시작되어 1944년 23회로 막을 내리기까지 매년 일반 공모와 심사를 통해 작품을 선발하고 전시하였다. 이 전람회는 총독부에서 주도하는 관제 형식을 띠고 있어서 일본인들의 참여가 활발하였으며, 이러한 측면에서 서화협회가 1921년부터 1936년까지 열었던 '협전(協展)'과는 차이가 있었다. 협전은 순수한 민전으로 주로 조선인을 중심으로 공모와 전시가 이루어져 있었기 때문이다.

당시에 열렸던 조선미술전람회 광경(「매일신보」, 1931.5.24,2면)

왼쪽에서 다섯 번째에 이상의 이름이 보인다. (「매일신보」, 1931.5.20, 2면)

이상의 친구인 문종혁은 이상이 이 '선전'에 작품을 출품한 것이 그가 스무 살이었던 봄이 처음이었다고 말한다. 그는 벚꽃이 만발한 4월의 풍경을 그린 10호로 된 「풍경」이라는 작품을 출품했지만 낙선의 고배를 마셨다는 것이다.

여기는 칸다구(神田區) 진보초(神保町), 내가 어려서 제전, 2과 에하가키(그림엽서) 주문하던 바로 게가 예다. 나는 여기서 지금 않는다.

이상(李箱), 「실화(失花)」, 「문장」, 1939.3.

이상은 일본 동경에서 유고로 남긴 소설 「실화」에서 동경의 칸다구 진보초에 온 소감을 말하면서 옛 기억을 하나 꺼낸다. 자신이 어려서 제전의 2과에 그림엽서*를 주문하던 곳이 바로 이곳이라는 것이다. 아마도 이상이 기억하는 어린 시절이란 고보 혹은 그 이전일 것이다. 흥미로운 것은 그때부터 이상이 이미 일본에 직접 주문을 넣으면서까지 미술에 관심을 가졌고, 제전, 즉 일본 제국전람회에 관심을 가지고 있었다는 사실일 것이다. 이상이 과연 누가 출품했던 작품의 엽서를 구입했는지 지금에서는 분명하게 확인할 수는 없다. 하지만 그가 어린 시절부터 일본의 미술전람회에 관심을 갖고 있었다는 사실이라든가 일본에 주문까지 하여 일본의 미술전람회의 엽서를 구입하고자 했다는 사실만큼은 중요하게 기록해 둘 필요가 있다. 이상은 이때부터 일본에 관련 서적이나 엽서를 주문하는 등 열심이었던 것이다.

한편, 문종혁은 이상의 미술을 평하여 그가 미술의 지식, 특히 서양화의 역사에 대해 상당한 식견을 가지고 있었음을 증언한 바 있다.[*] 구체적으로는 불란서의 작가들이 사용한 물감(에노구, 繪の具)에 대한 지식이 대단하더라는 것이다. 물론 어린 시절 또래의 친구들이 가지고 있던 천재성에 대한 기억이 일반적으로 그러하듯 과장될 수밖에 없음을 감안한다고 하더라도, 당시의 이상이 서양 회화

제전 2과의 그림엽서들

일본에서 미술전람회는 제전(帝展)과 문전(文展), 일전(日展)으로 나뉘어 있었고 해당 전람회는 매년 출품작들의 그림엽서(絵はがき, 에하가키)를 발매해 왔다. 특히 당시 제전의 2과는 서양화부로서 동시대의 일본 서양화가들이 출품한 작품들로 이루어져 있었다. 이상이 일본 동경 진보초 서점에 주문을 넣어 구입했던 에하가키는 바로 이 제전 2과의 출품작들을 중심으로 만들어진 것이었던 셈이다.

(좌) 나카가와 키겐(中川紀元, 1892~1972) 작 「서 있는 여인(立てる女)」의 엽서(제전 2과, 8회(1921) 출품).
(중) 유아사 이치로(湯淺一郞) 작 「엄마와 아이(母と子)」의 엽서(세선 2과, 9회(1922) 출품).
(우) 오시프 자킨(Ossip Zadkine, 1890~1967) 작 「긴 의자와 서 있는 여인(長椅子と立てる女)」의 엽서(제전 2과, 9회(1922) 출품).

방면에 있어서 상세한 지식을 갖고 있었다는 사실만큼은 분명하다. 당연하게도 이상이 당시 갖고 있던 서양 미술에 대한 지식의 원천은 역시 책을 통해서였을 것이다.

당시 일본에서는 미술 특히 서양화에 대한 세간의 관심이 상당하여 이에 대한 상세한 입문 교양서가 출판되어 있었다. 그중에서도 큐류도(求龍堂) 출판사에서 출판되던 큐류도 총서라는 시리즈를 주목해 볼 만한데 이 시리즈는 매권 50~60페이지 내외의 얇은 책으로 출판되고 있었다. 이 시리즈 중에서도 이상이 구독하였을 것으로 생각되는 것은 자크 블로크스나 비베르 등이 낸 유화 관련 서적을 이시하라 마사오(石原雅夫)가 번역한 『유화도구의 연구(油繪具の研究)』1, 2, 『유화용액의 연구(油繪用液の研究)』, 『화포, 화판의 연구(画布·画板の研究)』등의 책들이었다.*

이중 『유화도구의 연구(油繪具の研究)』2권에는 '명장의 팔레트 일람(明匠のパレット一覽)'이라는 장이 있다. 이 속에는 다비드, 앵그르, 제리코, 코로, 들라크루아나 르누아르, 세잔, 마티스, 피사로 등의 팔레트에 어떤 물감들이 들어 있

는지 불어로 나열되어 있다. 예를 들어 마티스의 경우, "Blane d'argent / Blane de Zine / Cadium / Oere jaune……" 같은 식이다. 게다가 같은 책에는 그들이 물감을 녹이는 기름으로 어떤 것을 썼는가 하는 정보까지도 상세하게 들어 있다. 이 부분은 문종혁이 기억하는 바와도 상당히 일치한다. 아마도 이상은 이 책에서 화가들의 '에노구'에 대한 정보를 찾아서 그것을 불명으로 줄줄이 외웠던 것일 터였다.

그런데 여기에 언급된 화가들의 이름들은 왠지 낯이 익다. '다비드'니 '앵그르', '제리코', '들라크루아' 등은 바로 이상이 「현대미술의 요람」이라는 글에서 언급하고 해설했던 화가들의 리스트와 일치하고 있는 것이다. 뒤에서 보다 상세히

당시 일본에서 발간된 서양화에 관련된 서적 목록

물론 이 시기 일본에서 발간된 서양화에 관련된 서적은 입문 교양부터 전문적인 수준에 이르기까지 이루 말할 수 없을 정도로 많다. 다만 이상이 참고했을 만한 책을 몇 권만 추려본다면 다음과 같다.

비베르의
『유화용액의 연구(油繪用液の研究)』의
표지

원저자	번역자	제목	출판사항
블로크스 (Jacques Blockx)	이시하라 마사오 (石原雅夫)	『유화도구의 연구 (油絵具ノ研究)』1권	求竜堂出版部, 1923.
블로크스	이시하라 마사오	『유화도구의 연구 (油絵具ノ研究)』2권	求竜堂出版部, 1925.
石井柏亭, 西村貞		『그림의 과학 (画の科学)』	中央美術社, 1925.
비베르(Jehan Georges Vibert)	이시하라 마사오	『유화용액의 연구 (油繪用液の研究)』	求龍堂出版部, 1926.
비베르	이시하라 마사오	『화포, 화판의 연구 (画布·画板の研究)』	求龍堂出版部, 1928.

'이상(李箱)'이라는 현상

다룰 터이나 당시 이상은 「매일신보」 1935년 3월 14일자부터 이 글을 연재하면서 1회는 총론을 쓰고, 2회는 '에스프리 누보'라는 주제로 서구의 역사와 미술의 상관성에 대해 썼으며, 3회부터 "이상주의"라는 부제 아래 '루이 다뷔-드', '즈앙 앙그르' 두 명의 화가를 다루었고, 4회에서는 "신낭만주의"라는 부제로 '유제느 들ㅅ로아'를 다루면서 그와 '제리소-르'를 비교한다. 물론 이후의 글에서는 '라파엘전파'를 거쳐 '도우미에'의 현실주의를 지나 '컨스테-블'과 '타-너-'로 옮겨가고 있기는 하나, 루이 다비드에서 장 앵그르, 제리코와 들라크루아로 이어지는 일련의 흐름은 바로 이시하라 마사오가 번역하고 있는 자크 블로크스의 책에 등장하고 있는 유럽 화단의 발전 방향이었던 것이다.

이러한 사실은 바야흐로 이상의 미술사적인 지형도가 완성된 방식을 말해주고 있는 것이라고 생각된다. 즉 이상은 미술사라는 이미 정해진 역사적 양식을 먼저 수용했던 것이 아니라 화가들의 실제 팔레트 사용 같은 구체적인 미술 실기의 측면에서부터 인상주의나 표현주의니 하는 미술사조로 나아갔던 것이다. 이상이 쓴 「현대미술의 요람」에 언급되고 있는 미술사가 일반적으로 통용되는 미술사와 다른 까닭은 그가 미술사를 지식으로서 받아들였던 것이 아니었기 때문이다.

그는 회화의 화법에 대한 감각을 기반으로 하여 미술사를 받아들였던 것이다. 물론 이상이 이 한 권의 책만을 통해서 서양미술을 공부했던 것은 아니었을 것이다. 당시에는 유화와 관련하여 그가 접할 수 있는 화법 관련 서적이 많았을 뿐만 아니라 철학, 문학과의 관련성을 다룬 것들도 적지 않았다. 이상은 미술의 기반 아래 꽤 많은 서구의 미술사나 철학 관련 서적을 탐독하면서 서양 미술에 대한 자신만의 관점을 포함하는 미술사적 지형도를 그려나갔을 것이다.

이상이 파악한 서구의 미술사적 지형도

　회화라는 미술 중에서도 미술사에 관한 이상의 관심은 1935년에 「매일신보」에 '김해경(金海慶)'이라는 이름으로 연재한 「현대미술의 요람(現代美術의 搖籃)」이라는 글로 종합될 수 있다. 이 글은 그가 지금까지 관심을 두고 있던 서양미술사를 이론적으로 정리한 것인데, 그는 서두에서 다음과 같이 현대미술의 정신에 대해 정리하고 있다.

　　1935-금일

　　인구의 방대한 숫자가 예술이 없는 예술이 관계하지 않는 생활에서 생활하고 있음에도 불구하고 인류는 역시 예술을 사수하고 있다. 거의 공포에 가까운 시대불안을 일신에 부담하는 인구의 어떤 층은 지금 각 일각으로 귀속의 방향명시를 육박당하고 있으면서 그 최후의 피난처를 예술에 찾으려든다. 그러나 그 자신이 생리하는 해소성은 종종의 의미로 그들로 하여금 예술에의 고별을 강제한다. 한 '웨-송'의 예술의 말기적 번영이 아니면 전혀 새로운 한 '웨-송'의 예술의 탄생 // 1935년은 어떤 '웨-송'의 난숙이냐, 요람이냐, 이것은 남산송림 속에 엎드려 그것이 남산인지 북악인지를 식별하려 드는 것과 같은 일일 것이다. 현대인은 벌써 현대인이라는 이유에서 현대에 근시 아닐 수 없다. // 근시는 물론 먼 데 것을-과거 혹은 미래-보지 못한다. 그러므로 먼 데 것을 보려들지 않는다. / 그것은 볼 필요가 없는 까닭이다. / 예술에는 영원성이라는 것이 적용되지 아니함으로. / 관중 포숙의 생활이 우리에게 어떻게 긴급하게 관계되는가. 혹은 2천 년 후의 세계의 우리는 '모던뽀이' 될 수 있을까. // 예술이라는 명목 속에 포괄되는 일체의 예술은 그 형식이 그 내용이 그 의미 그 복적이 시대에 따라서 너무나 다른 까닭에 개인 혹은 사회의 모든 관념을 달리하는 다른 시대에 있어서 전혀 다른 의미로 성립된다. 그것은 그러기에 꽤 떨어진 과거와 꽤 떨어진 미래 어느 것에도 관계하지 않은 그 시대만의 것일 것은 물론이다.

이상(金海慶), 「현대미술의 요람」 1회, 「매일신보」, 1935.3.14.

이 글에서 드러나는 예술적 정신의 가장 중요한 요소는 그 현대성과 시간적 변화이다. 그것은 바로 이상이 이 글을 썼던 1935년 금일이라는 현대적 시간에 대한 인식과 예술이 담아내는 형식이 변화할 것이라는 인식인 것이다. 이상은 이 글에서 현대에 있어서 많은 일반인들은 예술과 관계되지 않고 살아 가고 있지만 그들 중 몇몇은 예술로부터 공포에 가까운 시대적 불안의 피난처를 삼고자 한다는 것이다. 그 시대적인 불안이란 당연하게도 식민지 경제로 대표되는 제국주의 체제로부터 무차별적인 교환을 중심으로 한 자본주의 체제로의 급격한 이전 과정에서 배태된 파시즘 체제와 자본 논리의 절대화 사이의 공존과 고도화된 절합이, 1929년의 대공황을 통해 붕괴될지도 모른다는 두려움에서 비롯된 것이다. 그렇게 정치, 경제적인 상황이 주는 디스토피아적인 공포가 예술에 투사되어 예술로 하여금 최후의 피난처를 삼으려는 인식이 이루어졌다는 것이 이 글의 전제이다.

하지만 이상이 보기에 이러한 예술에 부과된 과다한 책무와 예술을 통해 피난처를 찾으려는 사유가 갖는 문제는 지나치게 이론적이고 시대사적인 관점을 강조하는 것에서 비롯되는 것이다. 이상은 결국 문제는 '현대'에 지나치게 시각이 몰려 있어 먼 것을 보지 못하는 근시안적인 시각에서 비롯된 것이라고 말한다. 이는 당연하게도 이상이 '삼차각설계도' 연작에서 아인슈타인의 입을 통하여 말해 두었던 것이다. 모더니티적인 사유에 기반한 예술은 예술을 영원한 것이라고 간주할 수 없다고 말한다. 현대는 끊임없이 하나의 방향성을 향해 나아가고 있기 때문이다.

예술이라는 이름 속에 포괄되는 예술이란 그 형식과 내용, 그리고 목적에 있어서 시대에 따라 너무나 다르게 형성되기 때문에 시대가 바뀌게 되면 전혀 다른 의미로 드러난다는 이상의 지적은 상당히 적확한 것이다. 예술가는 그 당시의 시대적인 정신이 요구하는 예술적 형식과 내용에 신경 쓰지 않으면 안 되는 것이다.

역사의 필연성-그것은 생성하는 인류만이 가지는 창조적 의지에 전혀 지배될-에서만 예술의 영원성 없는 영원성은 어렴풋이 관념된다. / 이것은 즉 인류가 존속하는 한 예술이 인류에게서 실멸될 것을 상상할 수 없다는 동의다. 그러나 우리의 백년 후의 자손들이 어떤 예술을 어떤 사회 환경에서 어떻게 향유할 것인가는 물론 추측할 수 없는 일이다. 인류는 생성한다. 인류만이 가질 수 있는 창조적 의지로 하여 우리는 그러기에 우리가 영속하는 시대에서 우리의 다음에 오는 우리가 영속할 새로운 시대를 창조할 의무를 부담한다. 역사와 박물관 우리는 여기서 여러 가지를 배울 것이다. 배우는 법을 자각한다. 예술사로 정리하는 것 예술의 한 '왜-송'을 처음 나온 시대의 사회적 배경 전 시대로부터 흘러오는 사조 현대와 관련하면서 가지는 의의 개인과 생활에 있어 어떻게 접촉하는가 하는 음미 이런 것들을 회득하는 것은 다음 시대 다음에 오는 예술을 의지적으로 창조하는데 그런 의미로서의 역사적 필연성을 유치(誘致)하는 원동력이 될 것이다. (중략) 명일의 예술을 창조하기 위한 금일의 노력 금일에 낙역(絡繹)되는 작일 작일에서 금일로 이것을 한 창조적 의지를 기초로 한 역사로 하여의 엄밀한 검토는 명일의 예술을 창조하기 위한 금일의 노력의 하나일 것이며 거기서 얻을 수 있는 가지가지의 암시는 명일의 예술을 탄생하는 매개와 방법이 될 것이다. 그리하여 모름지기 그런 데 그칠 것이다. 그것을 오늘 우리가 희랍과 아시리아의 석일을 보듯이 확연하게 하는 것은 백년 후 혹은 전년 후의 문명 비평가의 손에 맡길 일이다.
1935-미술 혼돈한 시대불안과 예술 자체의 불안 가운데서 금일의 예술은

'이상(李箱)'이라는 현상

우리에게 너무나 암담한 약속밖에는 하여주지 않는다. 이 불길한 예감에 초조하면서 명일의 미술창조 공작에 착수한다. 여기 한 장의 입체파 이후의 기발한 장면이 있다. 종래의 미학의 척도로는 획득할 수 없는 새로운 가치발생을 구명하기 위하여 연(延)하여는 명일의 미술에의 지침이 있기 위하여 노력한다.

이상(金海慶), 「현대미술의 요람」 1회, 「매일신보」, 1935.3.14.

이러한 현대에서 미래로 나아가는 필연적인 역사성 속에서 예술에 전제되고 현상되는 이념은 예술적 형식이 영원성을 확보할 수 있는 유일한 방식이 된다. 역사와 박물관에 전시된 예술 작품들은 인류가 그것을 통해 영원성에 이를 수 있다는 일종의 퍼스펙티브를 제시하여 주기 때문이다. 따라서 예술사를 서술할 때 예술에 전제되어 있는 사회적 배경에 대해 신경 쓰지 않으면 안 된다는 것이 이상이 갖고 있는 예술과 그 시대적 토대에 대한 생각인 것이다. 예술의 영원성이란 그것이 담고 있는 색채나 질감, 구도나 주제 같은 외적 형식에서가 아니라 그것을 미적인 것으로 드러내도록 하는 사회적 배경에서부터 비롯된다. 그러니 마찬가지로 우리는 새로운 시대를 창조해 나가지 않으면 안 되고 새로운 예술을 창조해 나가지 않으면 안 된다. 기존에 존재하는 영속한 영원성의 이념들과 새롭게 창조되지 않으면 안 되는 영원성들의 이념들 사이에서 예술창작자의 고민이 설정되어야 한다는 것이 이 글을 통한 이상의 제안이었던 것이다. 그렇다면 그 두 가지 기존 예술의 영속적 이념과 현재의 이념은 어떻게 관계 맺을 수 있을까.

예술은 자꾸만 예술 아닌 것으로 경향한다. 그것은 금일의 예술이 금일의 예술이기 위하여는 차라리 작일의 예술인 데서만 예술일 수 있는 예술에는 고별하는 까닭이다. 종래의 예술을 척도하던 시민은 이것을 예술의 자기해소성으로 억측(憶測)한다. / 파리에서 오는 한 장의 복제판에서 우리는 우리가 오늘 급행열차와 얼마나 힘든 경주를 하고 있는가를 자각시킨다. 자칫하면 우리는 현대라는 기관차에서 천 리 뒤 떨어지지 않으면 안 되는 공포 때문에 위협당한다. 그것은 명랑한 암흑시대다. /에스프리 누보- / 그것은 두 번째의 '르네상스-'를 배태하는 정신의 위기다. / 현대미술의 요람 / 그것은 물론- 현대적 각성과 현대적 생활을 먼저한 것이 서양이니까- 서양의 문예부흥에서 그 근원을 의뢰할 수밖에 없다.

이상(金海慶), 「현대미술의 요람」 2회, 「매일신보」, 1935.3.15.

이상은 여기에서 과거와 락역하는 현재에 대해 말한다. '락역(絡繹, 드나듦)'이란 그가 다른 시에서도 즐겨 사용하였던 단어로, 어떤 틈을 통해 서로 다른 질적인 지평을 갖고 있는 공간 사이를 교통하는 행위를 가리킨다. 금일(今日)에 락역되는 작일(昨日)이란 모더니티적인 시간성의 사유에 구멍을 내어 그 사이를 오고가는 사유를 말하는 것이며, 단지 시간을 거스르는 역시간적인 상상력이 아니라 일종의 틈을 통해 그 사이를 오고가는 독특한 차원성의 사유를 가리킨다. 이미 '삼차각설계도' 연작을 통하여 이와 같은 독특한 구조의 시간성에 대한 사유를 보여주었던 이상은 미술사에 관한 이와 같은 글에서 이를 추상화하고 개념화된 사유의 형태로 표현하였던 것이다. 즉 지금의 시대는 우리에게 불안만을 안겨주며, 더 이상 새로운 예술이라는 것이 가능할 것인가 하는 것에 대한 암울한 전망밖에 제시해 주지 못하고 있지만 이러한 내일(明日)의 예술은 백년 후, 천년 후에 도래할 문명비평가에 의해 평가될 것이다. 그러한 희망을 통해서 지금의 예술의 정신은 찾아내어지지 않으면 안 된다.

이상은 이어 지금의 예술, 즉 현대 예술이 자꾸만 예술 아닌 것으로 기울어지려는 까닭은 예전의 전통적인 예술적 전통과는 결별하고 새로운 예술로 나아가고자 하는 데 있다고 말한다. 이는 이상의 이른바 19세기적 정신과 20세기적 정신이라는 이분법과 궤를 같이하는 중요한 진술이다. 또한 그가 앙드레 브르통*이나 트리스탕 차라와 같은 예술가들의 이른바 초현실주의적 예술 실천이 모더니티 경향성으로 기울어질 뿐이라면 오히려 이에 대해서는 부정적인 태도를 가질 수도 있었을 것이라는 가능성을 보여준다.

결국, 그는 파리에서 온 한 장의 복제판 예술, 사진으로밖에 볼 수 없는 복제판의 예술이 동양의, 식민지의 예술가에게 얼마나 커다란 시간적인 압박을 주고 있는가 하는 바를 대단히 예민하게 드러내고 있는 것이다. 자칫하면 현대를 추동하는 시간이라는 급행열차로부터 떨어져 천 리 뒤로 뒤떨어지지나 않을까 하는 공포가 자신을 위협하고 있다는 것이다. 이러한 공포는 명랑성으로 가장된 암흑의 시대이다. 새로운 예술이 선언하는 에스프리 누보(새로운 정신)란 두 번째의 르네상스에 가까운 정신의 위기라는 것이다. 이상은 이 글에서 이러한 위기의 근원을 예술사 내에서 찾아내고자 시도하고 있는 것이다. 물론 당연하게도 그것을 서구의 예술사에서 찾아내지 않을 수 없는 이유는 그러한 현대적 각성과 현대적 생활을 가장 먼저 한 것이 서양이기 때문이다. 하지만 우리는 식민지인으로서 그러한 서구의 영향을 인정하는 것이 얼마나 어려운 일인가 하는 것

앙드레 브르통의 초현실주의 선언

앙드레 브르통

앙드레 브르통(André Breton, 1896~1966)은 프랑스의 시인으로, 그는 1924년에 첫 번째 초현실주의 선언(Manifeste du surréalisme)을 내놓으면서 쉬르레알리즘의 창조자가 되었다. 1919년에 브르통은 루이 아라공(Louis Aragon, 1897~1982), 필립 수포(Philippe Soupault, 1897~1990) 등과 함께 잡지 『문학(Littérature)』을 시작하였고, 다다를 표방하고 있었던 루마니아 출신의 트리스탕 차라(Tristan Tzara, 1896~1963)를 만나 그와 교유하면서 초현실주의 운동을 전개하였다.

일본에서는 잡지 『시와 시론(詩と詩論)』에 브르통의 「다다2개의 선언서(DADA二つの宣言書)」(사토 사쿠 역, 3권, 53~55쪽)이나 「현실의 빈곤에 관한 서론(現實の貧困についての序論)」(하루야마 유키오 역, 3권, 56~75쪽), 「초현실주의 선언서(超現實主義宣言書)」(키타가와 후유히코 역, 4권, 23~29쪽 ; 5권, 60~69쪽), 「초현실주의 제2선언서(超現實主義第2宣言書)」(原研吉 역, 7권, 71~82쪽 ; 8권, 99~110쪽) 등의 글 몇 편이 번역되었고, 타키쿠라 슈조(滝口修造)가 1930년 후생각서점(厚生閣書店)의 '현대의 예술과 비평총서' 17권으로 『초현실주의와 회화(超現実主義と絵画)』를 묶어내었다.

을 잘 알고 있다. 현대라는 일종의 표준적인 시간성을 중심으로 세계 내의 공간들은 다들 일종의 패치워크(patchwork)처럼 시간성의 편차들을 가질 수밖에 없다는 사실을 이상은 깨닫고 있으며, 이를 넘어설 정신적인 지평을 확보하고자 하였던 것이다.

이를 위해 이상은 우선 미술사에 있어서 서구의 첫 번째 커다란 변모로서 르네상스가 갖고 있는 의미에 주목한다. 그에 따르면 문예부흥으로서의 르네상스가 담고 있는 의미란 이러하다.

> 중세기적 속박인 금욕적인 것 신비적인 것을 극단으로 배격하며 자유분방한 현세적인 것 자연적인 것 낙천적인 것인 고전의 재인식으로 그들의 발길은 옮겨갔다. 침울음삼(沈鬱陰森)한 승원(僧院)을 탈출하여 명랑 화려한 세계로- 즉 새로운 의미로의 성모와 기독 이것을 획득하며 표현하며 숭배하는 것이 그들의 이상이요 현실이요 주관이게 되었다. 이 인간성의 해방 그러기 위한 고전의 재생 이것이 문예부흥이요 현대적인 것으로의 장엄한 출발이었다. / 현대적인 것으로의 발전-그것은 우리들의 작일까지에 락역(絡繹)된다. 가장 현명한 과정을 밟으면서 인간 완성을 공작한다. / 이상주의에서 현실주의로-그리하여 주관주의로 이렇게 명백의 두 번째의 문예부흥을 예상하면서 혹은 예상지 아니하면서 분업적으로-표면-서서히 성취한다. / 기독교의 질곡(桎梏)에서 탈출하면서 자각한 이 세 가지의 현대적 사조의 요소는 꽤 길다란 실천이 있은 후 오늘 그 역사적 정리에서 우리에게 명일의 세계-예술에의 비약성장을 독촉한다.
>
> 이상(金海慶), 「현대미술의 요람」 2회, 「매일신보」, 1935.3.15.

르네상스의 의미가 중세의 기독교가 표방하는 금욕적이고 신비적인 것으로부터 빗어나 고선의 재인식을 향해 있다는 것은 이미 역사적인 상식이라 그리 새로울 것이 없다. 그것이 인간성의 해방이며, 성모와 기독을 새롭게 사유하는

'이상(李箱)'이라는 현상

것이라는 사실 역시 마찬가지이다. 하지만 이상이 그러한 르네상스의 정신이 우리들의 어제까지 연결되어 있다고 보고 있는 사실은 퍽 흥미롭다. 그가 보기에 이상주의로부터 현실주의로의 이동은 예상하였든 그렇지 않든 간에 르네상스로부터 이어진 예술적 실천과 관련되어 있다는 것이다. 물론 이상이 시에서 제시하였던 '태고'란 더 먼 근원이었겠지만, 과거의 시간과 현대의 시간이 연결되어 영향을 주고받는다는 사고는 퍽 이상스러운 것이 아닐 수 없다.

이상은 이와 같은 르네상스 이래의 예술적 실천을 구체적으로 우선 3가지의 예술적 사조, 즉 이상주의(理想主義), 신낭만주의(新浪漫主義), 현실주의(現實主義)로 정리하고 있으며, 이상주의는 자크 루이 다비드(Jacques-Louis David)와 장 앵그르(Jean Ingres)로, 신낭만주의는 외젠 들라크루아(Eugène Delacroix)와 라파엘 전파(-前派, Pre-Raphaelite Brotherhood)와 기타 신낭만주의 화가들로, 그리고 현실주의는 존 컨스터블(John Constable)과 윌리엄 터너(Joseph Mallford William Turner)와 바르비종파의 회화로 정리하고 있다. 또한 이 세 가지 예술 사조 이후에는 '준유물주의(準唯物主義)'의 '오노레 도미에(Honoré Daumier)'와 '에두아르 마네(Édouard Manet)', 제2에포크(epoch)로서 폴 세잔(Paul Cézanne)까지, 즉 본격적인 현대의 미술이 도래하기 이전까지를 다루고 있다. 특히 이러한 현대미술의 사조에서 등장하는 작가들 중 이상은 다른 글에서 특이하게 '도미에*'에 대해서만은 한 번 언급한 적이 있다.

사람들은 모두 잠이 들어 있다. 그것이 나에겐 아무래도 이상스럽기만 하다. 어째서 앉은 채 사람들은 잠자는 것일까. 그러한 사람들의 생리조직이 여간 궁금하지 않다. 저 여학생까지도 자고 있다. 검은 즈로오스가 보인다. 허벅다리 언저리가 한결 수척해 보인다. / 피는 쉬고 있나 보다. 가만히 들여다보니 그 얼굴은 몹시 창백하다. 슬픈 나머지 울고 있는 것처럼 보이기까지 한다. / 기차는 황해선 근처를 달리고 있는 모양이다. 가끔가끔 터널 속에 들어가 숨이

막히곤 했다. 도미에의 「삼등열차」가 머리에 떠올랐다.

이상(李箱), 「첫 번째 방랑」, 「문학사상」, 1976. 7.

이상은 황해도 지방에 연결된 협궤철도인 황해선을 따라가는 기차를 타고 하루의 피곤에 잠들어 있는 사람들에 둘러싸여 가면서 자연스레 프랑스의 화가 오노레 도미에의 「삼등열차」를 떠올린다. 이 그림에서 뒤쪽은 높은 모자를 쓴 신사들(아마도 정치인들)은 일반적인 계급의 사람들과 뒤섞여 험악한 얼굴로 대화하고 있다. 마치 싸움이라도 하는 듯하다. 이 그림의 뒷배경은 삼등 열차 안에서 벌어지게 마련인 혼잡함과 시끌시끌함이 가득 채우고 있다. 그들을 등지고 완전히 격리되어 있는 네 명은 뒤에서 벌어지고 있는 시끌시끌한 싸움과는 전혀 상관없이 잠들어 있다. 큰 도시의 시장이라도 다녀온 듯 고단한 하루가 끝나고 집으로 돌아가는 삼등열차 안에서 이 가족은 서로를 기대고 잠들어 있는 것이다. 이러한 그림 속 풍경에서는 삼등열차에 탄 하층계급에 대한 화가의 깊은 정서적 공감과 풍자가 깃들어 있다. 저녁 무렵 황해선 열차를 타고 가다가 주변에 앉아 있는 모두가 피곤에 절어 잠들어 있는 것을 보고서 이상은 바로 도미에의 이 「삼등열차」를 떠올린 것이다. 여학생의 수척한 다리와 애처롭게도 창백한 얼굴이 이상의 마음을 건드렸음에 틀림없다. 어쩌면 핏줄로 이어진 민족이나 가족에 대한 자연스러운 이끌림에 대해 빈상스러운 전통마저 느끼고 있었던 이상이었건만, 그의 마음 깊은 곳에는 인간에 대한 깊은 공감이 존재하고 있었던 것이다.

'레브라'와 같은 화려한 밀타승의 불화

미술, 즉 회화와 관련하여 이상이 남긴 글을 해석하면서 아직 풀리지 않고

오노레 도미에와 「삼등열차」

오노레 도미에(Honoré - Victorin Daumier, 1808~1879)는 프랑스 출신의 풍자화가로 19세기 당대의 현실에 대하여 캐리커처의 방법으로 섬세하게 묘사하는 동시에 날카롭게 풍자하였다. 보들레르는 그에 대해서 "캐리커처뿐만 아니라 현대미술에 있어서 가장 중요한 인물 중 하나"라고 쓴 바 있다. 그는 매우 현실적인 주제를 다룬 작가였으나 주관적인 시점을 사용하였고, 그가 죽기 직전까지 그다지 성공을 거두지는 못하다가 죽기 1년 전에야 '캐리커처의 미켈란젤로'라고 불리며, 전시회가 열렸다. 아래 왼쪽은 일본에서 1925년에 아틀리에 출판사에서 출판된 도미에의 화집이다. 이상은 아마도 이 화집을 통해 도미에의 그림들을 볼 수 있었을 것이다.

오노레 도미에

(좌) 「도미에화집(ドーミ ゴ画集)」, アトリゴ社, 1925.
(우) 오노레 도미에 「삼등열차(Le Wagon de troisième classe)」, 1864.

있는 많은 의문들 중 가장 중요한 하나는 「공포의 성채」에 기록되어 있는 '레브라'와 「작품 제1번」에 기록된 'cream lebra'의 의미가 과연 무엇일까 하는 것이다. 이 암호와 같은 문구는 오랜 시절부터 이상문학의 해석에 접근하고자 하는 연구자들로 하여금 실체가 존재하지 않는 떠도는 기호처럼 그 실질을 채우고자 하는 욕망을 불러일으키는 역할을 해왔다.

나는 남몰래 정충의 일원론을 고집하고 정충의 유기질의 분리 실험에 성공하다. 유기질의 무기화 문제 남는다. R청년공작에 해후하고 CREAM LEBRA의 비밀을 듣는다.

이상(李箱), 「1931년(작품 제1번)」, 『현대문학』, 1960.11.

커다란 무어라고 형용할 수 없는 덩어리의 그늘 속에 불행을 되씹으며 웅크리고 있는 그는 민족에게서 신비한 개화를 기대하며 그는 '레브라'와 같은 화려한 밀타승(密陀僧)의 불화(佛畵)를 꿈꾼다.

이상(李箱), 「공포의 성채(恐怖의 城砦)」, 『문학사상』, 1986.10.

이 두 편의 서로 다른 텍스트에 쓰인 'LEBRA'와 '레브라'는 지금까지 서로 같은 의미를 갖는 단어인 것으로 간주되어 왔다. 이 둘은 같은 의미를 가리킨다는 전제 아래 의미적 연결 속에서 이 둘을 어떻게든 같은 의미로 파악하고자 하는 노력이 계속되어 왔던 것이다. 하지만 과연 이 두 개의 단어는 같은 의미를 담고 있는 것일까. 만약 이 둘이 실제로는 전혀 다른 것을 가리키고 있는 것으로 가정한다면, 아마도 새로운 해석의 계기가 열리게 될 것이다.

우선, 「공포의 성채」에 등장했던 '밀타승(密陀僧)*'에서부터 그 해석의 출발점을 삼아보도록 하자. 이 밀타승이란 그 자체로 일산화납을 가리키는 용어로 주로 약용으로 쓰거나 들기름에 녹여 '밀타유(密陀油)'를 만들어 유화용 그림물감을 만들어 쓰는 재료이다. 이 밀타승으로 만든 물감은 건조가 빠르고 독특한 색감을 내기 때문에 동양의 벽화에서도 썼지만, 프랑스의 유화 화단에서도 널리 사용되었다.

이 '밀타승'이라는 이름 자체는 사실 아무런 뜻이 없으며 원래 페르시아어였던 것을 한자로 음차한 것에 불과하다. 이러한 제반의 사실을 보면, 이 밀타승에 들어 있는 '僧'자 때문에 지금까지 이를 승려(僧侶)를 의미하는 것으로 해석해왔던 경향은 분명 잘못된 방향을 가리키고 있음이 분명하다. 이는 오히려 유화

유화물감의 재료로서 '밀타승'

일본의 미술사가인 야마시타 신타로(山下新太郎)가 쓴 『그림의 과학(絵の科学)』(錦城出版社, 1942) 속에 들어 있는 '밀타승(密陀僧)이란 무엇인가'라는 장 속에는 밀타승에 대한 설명이 다음과 같이 들어 있다.

"밀타승은 산화납(酸化鉛)의 별칭이다. 녹인 납을 공기 중에 강하게 가열하여 만들어지는 황갈색의 분말로, 밀타승 혹은 리사지(litherge)라고 칭하고, 글라스, 축전지, 착산납의 제조 등에 쓰인다. 밀타승이라는 단어는 학자의 설에 따르면, 페르시아어의 밀타승이라는 음을 중국의 문자의 음에 맞춘 것이다. 그러한 까닭으로 밀타승이라는 문자는 산화납이라는 의미 외에는 아무것도 담고 있지 않다. 이 밀타승을 들기름 혹은 오동나무기름과 섞어서, 분말물감을 녹인 것이 즉 밀타승물감이다. 그 안료로 그린 그림이 밀타승화이다. 그렇다면 무슨 까닭으로 밀타승을 첨가하는가 하면 기름을 일찍 마르게 하기 위함이다. 이미 건조제로 쓰이고 있다. 밀타승 물감은 현재 쓰이고 있는 유화물감과 대부분 같은 것이다. 프랑스 등에서 유화물감을 만드는데, 그 녹인 기름 중에 밀타승을 섞어 유화물감을 만드는 것은 이 때문이다."

의 재료, 즉 물감의 원료였던 것이다. 여기까지에 생각이 미치게 되면 자연스럽게 그가 쓴 '밀타승(密陀僧)의 불화(佛畵)'에서 불화가 탱화 같은 불교의 그림을 의미하는 것이 아니라, 불란서, 즉 프랑스의 그림을 의미하고 있을 가능성에 다다르게 된다. 위 「공포의 성채」에서 그는 번쩍임도 여유도 없는 빈상스러운 전통을 가진 자신의 민족을 의심했다가 그것이 그저 대중의 근사치임을 발견하고 자신의 민족에게서 신비한 개화를 기대하면서 꿈꾸었던 불화란 바로 프랑스의 그림이었던 것이다. 이상은 식민지 조선에서도 프랑스의 그림 같은 회화적 전통이 출현하기를 바랐다는 것이다.

그렇다면, '레브라'란 역시 프랑스의 화가의 그림 중 하나, 바로 말한다면, 스페인 출신이었지만, 주로 프랑스에서 작품 활동을 했던 파블로 피카소의 1932년작 「꿈(Le rêve)」*을 가리키는 것은 아니었겠는가 하는 추측에까지 이를 수 있게 된다. '레브라'란 실제로는 이 그림의 불어명인 '르 레브'의 말실수였거나 오식일 가능성이 있는 것이다.

이상이 쓰고 있는 '레브라와 같은 화려한 밀타승(密陀僧)의 불화(佛畵)'의 '레브라'가 피카소의 그림을 가리키고 있을 정황은 상당히 많다. 우선 이상은 피카

피카소의 그림 「꿈」

파블로 피카소(Pablo Picasso)가 50세 되던 때에 그렸던 이 그림은 22세였던 그의 네 번째 연인 마리 테레즈 발터(Marie Therese Walter)의 초상이었다. 이 그림은 전체적으로 빨강, 노랑 등 원색 중심의 단순하면서도 임팩트 있는 색 대비를 보여주고 있다. 무엇보다도 소파에 앉아 몽상하듯 꿈속을 헤매고 있는 연인의 얼굴을 피카소의 전형적인 입체주의적 방법으로 표현하고 있는 것이 인상적이다. 이를 통해 피카소는 현실과 꿈 사이를 떠다니고 있는 연인의 모습을 그려내어 피카소의 작품들 중에서도 널리 사랑받고 있는 작품이다.

피카소, 「꿈(Le rêve)」, 1932.

소를 상당히 애호하여 언급하기를 좋아하였다는 미술 친구 문종혁의 증언이 있을 뿐만 아니라 이상이 '삼차각설계도' 연작에서 입체주의와 미래주의가 결합된 무한성에 대한 지향을 보여주었다고 할 때, 바로 입체주의의 첨단을 달렸던 화가가 피카소였다는 사실이 그러하고, 이상이 장 콕토를 통해 그가 행했던 사티, 피카소의 콜라보에 관심을 갖고 있었다는 사실을 상기하더라도 이와 같은 가능성은 꽤 큰 설득력을 갖는다. 결국 그렇다면 이상은 끝끝내 자신의 민족이 식민지라는 불행의 그늘 속에서도 서구적인 예술적 지향을 통하여, 혹은 보편성에 근거하여 '개화'하고자 하는 가능성을 보려고 했었다는 것이다.

게다가 '밀타승'이라는 단어가 안자이 후유에(安西冬衞)가 쓴 시 「밀타승의 주문(密陀僧の呪文)」(『문학』, 2, 1932)에도 등장한다는 사실을 흥미롭게 주목해 볼 필요도 있을 것이다. 이 『문학』이란 잡지는 바로 『시와 시론』의 후속편 격이었고, 안자이는 이미 이 책의 8장에서 이상이 「차8씨의 출발(且8氏の出發)」을 통해 그 관련성을 보인 바 있었던 『시와 시론』을 중심으로 활동하였던 시인이었다. 대련 등 중국에서 생활하면서 다리 한쪽을 잃는 경험을 갖고 있던 그는 아시아의 고전(古典) 등을 통하여 고대적인 사유를 선개하면서 『시와 시론』의 다른 모더니스트들과는 전적으로 다른 모더니즘의 차원성을 열고 있었기 때문에 이상이 그에

게 공명했던 것은 그리 무리한 일이 되지 않는다. 이 시 「밀타승의 주문」 역시 마찬가지이다.

> 강은 진화하는 임무에 힘쓰고, 나는 이미 비약하지 않고 비겁하게 머물러 있을 뿐입니다. 질문하신 아시아의 연령에 대해서, 확실한 답변을 드릴 수 없는 것을 유감으로 생각합니다. 무엇보다도 사천 지방의 깊숙한 자류정(自流井)이라든가, 갠지스의 유역에서 발생한 염성풍화물에 대하여 생각하면, 의외로 젊은 것이 아닐까 생각됩니다.
>
> 그렇다면, 불가사리들에 관하여 조사하지 않는 것은 어째서입니까? 소위 아시아는 강을 인정한다고 하는 사례도 있습니다. 강이 용해되어 운반한 땅의 소금-탄산석회를 축적하고 있는 그녀들의 것입니다. 일은 해보아야 한다고 하니 한번, 직접 해보세요. 뜻밖에도 그런 곳으로부터 입이 열리는 것이겠지요.
>
> 다음으로, 계시된 페르시아만 후궁설에 대해서는, 은근히 동의해 드렸던 저를, 가장 흔쾌하게 여겨주세요. 이 경우 결국 아르메니아 노트가 젖꼭지(Papilla mammae)라고 하는 것이 되었을까요?
>
> 안자이 후유에(安西冬衛), 「밀타승의 주문(密陀僧の呪文)」, 『문학』 2, 1932.

이 시 속에서 시인은 페르시아어를 음차한 '밀타승'이라는 단어를 매개로 시간을 거슬러 오르기 시작한다. 그는 아시아의 나이를 질문하는 누군가에게 답하는 방식으로 지금 여기의 시간과 저 멀리 아시아의 기원의 시간성을 연결하고 있는 것이다. 강은 마치 시간과 같이 끊임없이 전개하면서 조금씩, 조금씩 퇴적물들을 운반하고 있다. 즉 안자이의 이 시는 만들어진 시간을 알 수 없는 고대적인 느낌마저 주는 동양과 서양의 결절로서의 페르시아의 '밀타승'이 첨단의 회화의 재료가 되는, 말하자면 까마득하게 먼 과거와 현대가 만나는 장면을 이 시를 통해 드러내어주고자 하였던 것이다.

이상이 이 시를 보았을지 아닐지, '밀타승'의 사유를 이 시로부터 차용한 것인지, 미술이론 서적에서 차용한 것인지 사실 이 자리에서 확신하기는 어렵다. 다만, 피카소의 그림 「꿈」과 안자이의 시 「밀타승의 주문」이 밀타승이라는 매개를 통해 열어젖힌 과거와 현대의 꿈이라는 일종의 맥락을 이루고 있다는 사실은 분명하다.

'이상(李箱)'이라는 현상

좀 더 읽어볼 만한 글들

화가로서의 이상에 대한 조명은 꽤 일찍부터 이루어졌지만, 남겨진 자료의 부족이라든가 쉽게 접근할 수 없다는 한계성 때문에 그리 큰 성과가 있었다고 보기는 어렵다. 오광수의 「화가로서의 이상」(『문학사상』, 1976.6)은 이러한 연구에 있어서는 가장 선구적인 경향을 띠고 있는 것이다. 이 글은 이상에 대한 몇몇 증언에 기반하여 미술가로서의 초반부의 활동을 다루었으며, 특히 그가 박태원의 연재에 그렸던 삽화와 같은 각종 삽화에 대해서 다룬 바 있었다.

김윤식은 「문학과 미술의 만남」(『김윤식평론문학선』, 문학사상사, 1991)을 통해 이상에게 있어서 건축과 미술, 그리고 문학이 실제로는 등가적인 가치를 갖고 있었음을 드러내 보였고, 이상이 현대미술에 대해 어떤 이해를 드러내었는가 하는 바를 논하고, 그의 친구였던 한국의 야수파 화가 구본웅과 어떻게 교류하였는가 하는 바를 밝혔다.

김미영의 경우, 「이상의 문학에 나타난 건축과 회화의 영향 연구」(『국어국문학』 154, 국어국문학회, 2010)를 통해 이상에 있어서 바우하우스로 대표되는 건축적 영향이 어떻게 문학에 반영되었는가 하는 바를 확인하였다.

이상이 그린 자화상에 대해서는 김민수의 『이상평전』(그린비, 2012)의 분석이 세밀하다. 그는 특히 1928년의 자화상과 31년의 자화상을 비교하여 의미 있는 분석을 시도하고자 하면서, 동시대의 일본에서 그려진 자화상들과 비교해 보고자 했던 성과가 있다.

7

아방가르드 예술의 수용과 전유

이상과 장 콕토

파리에서 오는 한 장의 복제판에서

우리는 우리가 오늘 급행열차와

얼마나 힘든 경주를 하고 있는가를 자각시킨다.

자칫하면 우리는 현대라는 기관차에서

천 리 뒤 떨어지지 아니하면

안 되는 공포 때문에 위협당한다.

그것은 명랑한 암흑시대다.

―「현대미술의 요람」

이상이란 사람은 평생 빗질을 해본 일이 없는 덥수룩한 머리와, 양인같이 창백한 얼굴에, 숱한 수염이 창대같이 뻗쳤고 '보헤미안 넥타이'에 겨울에도 흰 구두를 신고, 언뜻 보아 활동사진 변사 같은 어투로 말하는 것이 곡마단의 요술쟁이 같을 것이고, 거기다가 구 화백(화가 구본웅)은 꼽추인데다가 땅에 잘잘 끌리는 '인바네스'를 입고, 중산모를 썼으니, 이 괴상한 두 사람의 '콤비'가 애들의 호기심을 끌었을 것은 말할 것도 없다. (중략) 이렇게 이상은 겨울에도 흰 구두를 신고, 세수를 며칠에 한 번씩 하나 마나 하고, 오정 전에 일어나본 일이 거의 없고, 토목기수로서의 정상한 직업을 내버리고 다방을 경영하고, 김해경이란 본 이름을 이상이라고 고쳐버리는 등등의 생활 태도에서 보듯이, 그에게는 세상의 도덕이라든지 상식이라든지 예의라든지가 모두 쑥스럽고 우스꽝스럽게만 보였다. 도덕을 지키고, 상식적인 생활을 해나가고, 속된 예의를 따라가기에는 모든 이것들이 너무나 용렬하고 가소롭고 치졸하게 보일 만치, 그의 뇌수는 너무나 고도로 선회하였고, 그의 심상은 너무나 높은 극계(極階)를 방황하고 있었다.

– 조용만, 「서문」, 고대문학회편, 『이상전집』, 태성사, 1956.6.

내가 이상을 안 것은 다료(茶寮) '제비'를 경영하고 있었을 때다. 나는 누구한테선가 그가 고공건축과(高工建築科) 출신이란 말을 들었다. 나는 상식적인 의자나 탁자에 비하여 그 높이가 절반밖에 안 되는 기형적인 의자에 앉아 점(店) 안을 둘러보며 그를 괴팍한 사나이다 하였다.

'제비' 해멀쑥한 벽에는 10호 인물형의 초상화가 걸려 있었다. 나는 누구에겐가 그것이 그 집 주인의 자화상임을 듣고 다시 한 번 쳐다보았다. 황색 계통의 색채가 지나치게 남용되어 전 화면은 온통 누런 것이 몹시 음울하였다. 나는 그를 '얼치기 화가로군' 하였다.

다음에 또 누구한테선가 그가 시인이란 말을 들었다.

'그러나 무슨 소린지 한마디도 알 수 없지……'

나는 그 무슨 소린지 알 수 없는 시가 보고 싶었다. 이상은 방으로 들어가 건축 잡지를 두어 권 들고 나와 몇 수의 시를 내게 보여주었다. 나는 '슈르 – 레알리즘'에 흥미를 갖고 있지는 않았으나 그의 「운동」 한 편은 그 자리에서 구미가 당겼다.

– 박태원, 「고 이상의 편모」, 『조광』, 1937.6.

조선총독부는 1929년 11월에 임의로 김해경이 속해 있던 건축과를 폐지해 버렸고, 이 때문에 김해경도 총독관방(總督官房)의 회계과로 옮겼다. 게다가 1930년 3월부터는 건설 현장으로 외근을 나가지 않으면 안 되었다. 그가 3월에 공사를 맡았던 것은 의주통(義州通, 현 서대문 쪽 독립문 부근)에 있던 조선총독부 전매국(專賣局)의 공장 건축이었는데, 이 건물은 1930년 3월 9일에 낙성식(落成式)을 갖고 건축을 시작했다(『중외일보』, 1930.3.9). 막상 현장일이 시작되자 김해경은 이를 상당히 힘에 부쳐했다는 사실을 그가 당시 여기저기에 남겼던 글을 통해 짐작할 수 있다.

김해경은 1930년대 초 무렵 경성 의주통의 전매청 공장 건설 공사장에서 일하다가 각혈, 즉 피를 토하였다. 폐결핵이었다. 페니실린이 일반적으로 보급되지 않았던 당시에, 결핵이란 걸렸다 하면 더 이상 살아내기가 어렵다고 단정되던 병이었다. 김윤식은 『이상연구』(문학사상사, 1987, 73~105쪽)에서 김해경의 첫 각혈이 1930년 4월 26일을 앞뒤로 있었던 일이라 추론하고 있다. 그가 이러한 판단의 근거로 삼았던 것은 김해경 이 쓴 수필 「병상이후(病床以後)」라는 글이다. 이 글에서 김해경은 자신 이 걸린 병(폐결핵)의 증례를 명시적으로 드러내고 있으며 이 글이 의주통 공사장에서 써놓은 글임을 표시해 두고 있기 때문에 그 내용과 시기를 짐작할 수 있도록 하고 있는 것이다. 김윤식의 견해를 전적으로 수용한다면 사실상 그의 문학의 출발점이 그가 죽음이라는 타자와 처음으로 대면했던 이 순간이 되리라는 것은 짐작하고도 남음이 있다.

아마도 그에게 닥친 문제는 건강상의 문제만은 아니었을 것이다. 심리적으로도 크나큰 좌절이 뒤따랐을 것이다. 자신이 추구하던 예술적 지향과는 전혀 맞지 않는 건설 현장의 일이 계속되는 와중에도 그는 일과 후에는 소설을 창작하는 등 글쓰기를 계속하였다. 아마도 그에게 닥친 결핵이라는 병과 각혈은 바로 그러한 무리에서 비롯되었을 것이다. 하지만 그럼에도 불구하고 예술에 대한 추구는 그만둘 수 있는 것이 아니다. 밤새 그가 쏟았던 피는 그대로 예술 그 자체가 되었다.

80일간의 세계일주―1936년 콕토의 일본 방문

1936년, 파리의 시인 장 콕토*는 한 신문사에서 기획한 '80일간의 세계일주'라는 세계일주를 떠났다. 당연하게도 이는 프랑스의 소설가 쥘 베른(Jules Verne, 1828~1905)이 1873년에 쓴 동명의 소설책의 이름을 본떠 만든, 낭만 가득한 기획이었다. 그는 이 세계일주를 하는 도중에 일본 고베(新戶)에 들렀다. 1936년 5월 16일의 일이었다. 콕토는 도착한 당일로 교토를 방문한 뒤 야간열차를 타고 도쿄로 떠나 그를 기다리고 있던 수많은 일본인 작가들과 만나게 되었다. 당시 하루야마 유키오(春山行夫)가 편집을 맡고 있던 잡지 『세르팡(セルパン)』은 1936년 7월호를 콕토의 특집으로 꾸밀 정도로, 콕토의 일본 방문은 일본의 문학가들에게는 대단한 사건이 아닐 수 없었다. 일본 펜클럽의 주최로 환영회가 이루어졌으며, 당시 「아사히신문」 등의 신문들과 잡지들은 연일 콕토의 움직임 하나하나를 남김없이 보도하고 있었다. 장 콕토가 일본을 방문했다고 하는 역사적인 사건은 분명 보다 어린 시절 그를 읽으며 그로부터 적지 않은 시적 영향을 받았던 이상에게도 크나큰 사건이었음에 틀림없다. 이상이 시인으로서의 장 콕토의 일본 방문을 예의 주시하고 있었다는 사실은 1936~7년 즈음에 발표한 글에서 이상이 그를 자주 인용하고 있다는 것에서도 알 수 있다. 대표적으로 소설 「동해」

아방가르드 예술의 멀티 플레이어, 장 콕토

장 콕토(Jean Maurice Eugène Clément Cocteau, 1889~1963)는 현대의 진정한 멀티 플레이어라고 할 만한 예술가로 시인이자 소설가, 극작가, 평론가, 화가, 영화 연출가 등 다종다양한 분야에서 자신의 예술적 재능을 펼쳤다. 그는 또한 다양한 방면의 예술가 친구들을 두었고 그들과의 영향 관계 속에서 예술 활동을 지속하였다. 우선 문학가로서 그는 마르셀 프루스트(Marcel Proust, 1871~1922), 앙드레 지드(André Gide, 1869~1951) 등과 교유하면서 초기에는 보들레르의 상징적인 시풍에 영향을 받은 시 창작을 전개하였다. 이후 그는 시인으로

장 콕토

입체주의 회화에 친연성을 띠고 있던 기욤 아폴리네르(Guillaume Apollinaire, 1880~1918)와 입체파의 화가 파블로 피카소, 음악가인 에릭 사티 등을 만나 공동 작업을 전개하기도 하였다. 이러한 한편 그는 시 창작과 함께 시 평론, 특히 아포리즘 형식으로 된 시론을 지속적으로 발표하여 시와 예술에 대한 날카로운 통찰력을 보여주었다. 이후에도 그는 레이몽 라디게(Raymond Radiguet, 1903~1923) 등과 친분을 이어가면서 연극, 오페라 연출 등의 활동을 지속하였으며, 1929년에는 『무서운 아이들(Les Enfants Terribles)』이라는 소설을 창작하였고, 1930년에는 「시인의 피(Blood of a Poet)」라는 영화를 연출하기도 하였다. 이후에도 지치지 않는 열정으로 수많은 시, 소설을 창작하고 연극과 실험 영화 등을 연출한 바 있다.

의 한 대목에서 이상은 마치 그의 방문을 스스로 기념이라도 하듯, 장 콕토를 꺼내어 인용하고 있다.

> "몽고르퓌에 형제가 발명한 경기구가 결과로 보아 공기보다 무거운 비행기의 발달을 훼방놓을 것이다 그와 같이 또 공기보다 무거운 비행기 발명의 힌트의 출발점인 날개가 도리어 현재의 형태를 갖춘 비행기의 발달을 훼방놓았다고 할 수도 있다. 즉 날개를 펄럭거려서 비행기를 날게 하려는 노력이야말로 차륜을 발명하는 대신에 말의 보행을 본떠서 자동차를 발명했다는 것이나 다름없다" / 억양도 아무것도 없는 사어다. 그럴밖에. 이것은 장 꼭또우의 말인 것도. / 나는 그러나 내 말로는 그래도 내가 죽을 때까지의 단 하나의 절망, 아니 희망을 아마 텐스(시제)를 고쳐서 지껄여버린 기색이 있다. (중략) 말하자면 굽 달린 자동차를 연구하는 사람들이 거기서 이리 뛰고 저리 뛰고 하고들 있다.
>
> 이상(李箱), 「동해(童骸)」, 『조광』, 1937.2, 236~237쪽.

'이상(李箱)'이라는 현상

이상은 「동해」의 한 구절에서 장 콕토의 글을 따옴표 속에 직접 인용하고 있다. 이 문장은 비행선에 대해 다루고 있는 일종의 아포리즘 성격을 띠고 있는 문장이다. 이 글은 어떠한 행위, 즉 예를 들어 난다(飛), 달린다(走) 등의 행위를 대표하는 동물 즉 '난다'는 새, '달린다'는 말과 같은 동물의 행위를 흉내 내어 그것을 본뜬 탈것을 만들고자 노력한 과정이 결과적으로 보면 인간이 탈 것으로서 비행기나 차를 만드는 것을 방해하였다는 의미를 담고 있다. 즉 인간이란 발전의 도상에 있어서 어느 지점을 넘어 질적인 전환을 이르기 전까지 자연스러운 모방의 방식을 띠고 나아갈 수밖에 없으며, 그것은 결과적으로만 보면 이후에 도래될 또 다른 방향에 대해서는 방해로밖에 여겨지지 않을 수도 있다는 것이다. 적어도 인간의 인지(認知)가 발달하여 어떤 차원을 넘어가기 전까지는 그러하다는 것일 터이다. 그러면서 이상은 자신이 장 콕토의 말을 차용했기 때문에 이미 그 말은 죽은 언어가 되어버렸다고 말하고 있다. 장 콕토의 말을 세내어 인용한 순간 그것이 죽은 언어가 되어버릴 것을 알면서도 인용하지 않을 수밖에 없는 이상의 모순적인 내면을 이 글은 드러내고 있는 셈이다. 지금 이상이 흉내낸 장 콕토의 언어는 훗날 예술가 이상이 완성된다면 그것에 대해 방해가 될 것인가, 아닌가, 아직은 알 수 없는 것이다.

이상은 예술의 중심부로서의 유럽과 일본, 그리고 조선이 이루고 있는 모더니티의 지형도 속에서 마치 굽 달린 자동차를 연구하는 사람들처럼 이리저리 고군분투하고 있다. 적어도 이상이 장 콕토의 이 글을 택한 것에는 식민지 문화예술인으로서의 자기 위치에 대한 판단이 개입되어 있는 셈이다. 그러면서 이상은 의미심장한 한마디를 덧붙이고 있다. 장 콕토의 말을 자신의 말로 고쳐 단 하나의 절망, 아니 희망에 대해 시제를 고쳐 지껄인 기색이 있다는 것이 그것이다. 이 문장에서는 절망과 희망이라는 두 단어가 유독 눈에 띈다. 이는 서구의 모더니티와 예술에 대한 이상의 태도를 알려주는 중요한 대목임에 틀림없다. 다만, 이 문장이 담고 있는 의미는 장 콕토의 글을 실제로 확인하지 않고서는 해명되지 않는다. 이상이 참조했던 장 콕토의 실제 글은 다음과 같다.

1919년 4월 28일

몽고르퓌에 형제가 발명한 경기구가, 결과로 보아, 반대로, 공기의 무게보다 무거운 비행기의 발달을 방해하였다. 이와 같이, 공기보다 무거운 비행기를 생각하는 데 출발점인 날개가, 반대로 현재의 형태를 갖춘 비행기의 발달을 방해했다고 말하는 것도 가능하다. 즉, 날개를 움직여서 나는 비행기를 만드는 노력은, 차바퀴를 발명하는 대신에, 말의 보행을 본떠 차를 생각하여, 차바퀴 대신에, 기계 장치로 된 네 발을 가진 차를 발명했다는 것과 같은 것이다. 활동 사진도 마찬가지, 그것이 발명되었던 동시에 바로 낡은 개념에 의해 진보 발달을 방해하도록 허락한 상인 등의 손에 맡겨져 버렸던 것이다. 그들은 다만 구경거리를 사진으로 찍는 것만을 열중하고 있었다. 이러한 기술가들이 오늘날에는 비행기로부터 날개를 전부 빼내어버리는 것에 이르지 않았는가 하고 말하는 것은 점차 그것을 작게 만드는 것에 성공하고 있는 것처럼 우리들로부터는 훌륭한 컨디션에 놓여 있는 미국에 대해서는 점점 구경거리와 사진과의 구분 대신에 새로운 예술이 위세를 떨치고 있는 필름이 제작되고 있는데 이르게 된 것이다.

장 콕토(Jean Cocteau), 호리구치 다이가쿠(堀口大學) 역, 『백지(白紙)』, 第一書房, 1932, 57쪽.

이 글은 장 콕토가 1919년 4월 28일에 쓴 것으로 원래 콕토가 1920년에 출판한 『백지(Carte Blanche)』라는 에세이집 속에 실려 있다. 당시 일본에서 콕토는 꽤 인기 있는 번역 대상이었고, 그 대부분은 호리구치 다이가쿠가 번역하고 있었다. 당시 『세르팡Le Serpent』 등의 잡지에는 이 콕토의 번역집들에 관한 광고가 내호 끊이시 않고 게재되고 있었다. 호리구치는 콕토의 이 에세이집을 자신이 내고 있었던 잡지인 『판테온(PANTHÉON)』이라든가 『오르페온(オルフェオン)』 등에

조금씩 번역하여 1932년 『백지(白紙)』라는 제목으로 출판하였다. 여기서 인용된 부분은 이 책의 57쪽에 들어 있다. 콕토는 원래 이 책에서 글마다 특별한 제목을 붙이지는 않았고 다만 쓴 날짜만을 기록해 두고 있다.

이 글의 원문을 확인해 보게 되면, 앞서 이상이 콕토를 인용하면서 텐스라는 시제(時制/tense)를 운운했던 이유가 너무나 명료하게 드러난다. 장 콕토는 처음 위의 글을 쓸 때 과거 시제로 썼으며, 호리구치 역시 이를 과거 시제로 번역하여 이미 그렇게 되어버린 것을 확정하는 뉘앙스를 전달하였으나, 이상은 이를 받아 현재 내지는 미래의 시제로 바꾸었던 것이다. 즉 콕토는 원래의 글에서 이미 몽골피에 형제의 경기구가 비행기의 발전에 방해가 된 것처럼, 새를 본떠 날개를 움직여 나는 비행기가 현재 모양의 비행기에 방해가 되었으며, 네 발을 가진 자동차가 차바퀴를 가진 자동차의 발전에 대해 방해가 되었다고 단정적으로 진술해 버렸다. 그에 비해 이상은 이 문장의 시제를 바꾸어 그곳에 아직 여전히 가능성이 남겨져 있다는 기대를 말하고자 했던 것이다. 즉 이상은 서구의 압도적인 모더니티에 대해서 아직 우리에게도 희망이 있다고 말하고 있는 것이다.

장 콕토의 에세이집 『백지』

『백지』는 장 콕토가 1920년에 쓴 에세이집 『Carte blanche』을 호리구치 다이가쿠가 1932년에 번역한 것이다. 장 콕토는 1919년 3월 무렵부터 8월까지 쓴 일기 형식의 예술론을 모아 책으로 펴내었다. 이 책은 호리구치가 주로 장 콕토의 번역책을 내었던 다이이치쇼보(第一書房)에서 출간되었는데. 이 책의 서문에서 호리구치는 다음과 같이 쓰고 있다.

"하세가와 미노키치(다이이치쇼보의 발행자) 군이 말한다. '콕토를 번역하는 것은 쓸데없는(無馱) 일이니 그만두세요. 콕토가 좋다는 것을 일본인은 모릅니다. 콕토의 책만 내고 있다가는 당신이나 나나 파산해 버리겠네요.' / 그 하세가와 군의 손으로 이번에 또 『백지』가 나왔다."

장 콕토, 호리구치 다이가쿠 역, 『백지』, 第一書房, 1932. (위는 1935년 개정판의 표지이다.)

이러한 상황은 마치 체펠린백호가 일본에 왔을 무렵, 모든 일본의 문학가들이 하늘에 떠다니는 비행선 체펠린(Graf Zeppelin, Z伯號)을 보고 기계문명과 모더니티의 압도적 위용에 다들 할 말을 잊어버렸을 때, 이상은 그에 대해 아직 남아 있는 가능성을 제시하고자 했던 경우와 같다. 이상은 스스로 장 콕토의 언어를 빌려왔다는 일종의 자의식 때문에 의미 없는 사어(死語)라고 폄하하고 있으면서도, 이를 적극적으로 해석하여 아직 그곳에 남아 있는 약간의 가능성이나마 발견해 내고자 하였던 것이다. 물론 이러한 태도가 모더니티의 주변부에서 뒤처진 채로 남겨진 식민지의 예술가로서의 일종의 정신승리나 근거 없는 자만이 될 위험성이 없는 것은 아니다. 하지만 식민지 지식인에게 과연 자만이라는 것을 말할 만한 여유가 존재할 수 있을까. 다만 아직 여전히 가능성이 남아 있다고 말하는 것만으로도 충분한 의미가 있는 것이 아닐까.

한편, 이에 앞서 1936년 1월 「조선중앙일보」에 발표한 글에서도 역시 이상은 장 콕토를 꺼내어들었던 적이 있다.

재능 없는 예술가가 제 빈고를 이용해 먹는다는 꼭또우의 한마디 말은 말기 자연주의문학을 업수히 여긴 듯도 싶으나 그렇다고 해서 성서를 팔아서 피리를 사도 칭찬받던 그런 치외 법권성 은전을 얻어 입기도 이제 와서는 다 틀려버린 오늘 형편이다. 마르크스주의 문학이 문학 본래의 정신에 비추어 허다한 오진을 지적받게까지쯤 되었다고는 할지라도 오늘의 작가의 누구에게 있어서도 그 공갈적 폭풍우적 경험은 큰 시련이었으며 교사(敎唆)하던 바가 많았던 것만은 사실이다. 성서를 팔아서 고기를 사다 먹고 양말을 사는 데 주저하지 아니할 줄 알게까지 된 오늘 이 향토의 작가가 작가 노릇 외에 아무것도 하는 일이 없이 혹은 하래도 할 수가 없다고 해서 작품-작가 내면생활의 고갈과 문단 부진을 오직 작기 자신의 빈곤과 고민민으로 트집 잡을 수 있을까.

이상(李箱), 「문학을 버리고 문화를 상상할 수 없다」, 「조선중앙일보」, 1936.1.6.

여기는 동경이다. 나는 어쩔 작정으로 여기 왔나? 적빈이 여세(如洗)-콕 토-가 그랬느니라 재조 없는 예술가야 부질없이 네 빈곤을 내세우지 말라 고- 아- 내게 빈곤을 팔아먹는 재주 외에 무슨 기능이 남아 있누. 여기는 칸 다구(神田區) 진보초(神保町), 내가 어려서 제전, 2과 에하가키(엽서) 주문하던 바 로 게가 예다. 나는 여기서 지금 앓는다.

이상(李箱), 「실화」, 『문장』, 1939.3.

이상은 '재능 없는 예술가가 빈곤을 이용해 먹는다'는 콕토의 말이 퍽 인상 적이었던 듯 서로 다른 2편의 글에서 약간 다른 방식으로 인용하고 있다. 하지 만 이상이 인용한 부분이 너무 짧고 불명확하여 콕토의 원문이 어떠한 것이었 는지 확인하기는 어렵다. 다만, 이 문장은 실험적인 소설『무서운 아이들』등을 통해 자연주의 문학을 비판하고 새로운 문학을 지향했던 콕토가 했을 법한 문 장임에는 분명 틀림없다. 하지만 콕토가 비판했던 자연주의 문학이란 아마도 분명 에밀 졸라의 그것임에 틀림없었을 것이되, 이상이 인용하고 있는 맥락과는 다소 다르다. 에밀 졸라가 동시대의 자연과학의 발전에 영향을 받아『나나』등 의 작품을 통해 자신 앞에 주어진 현실을 현미경으로 해부하듯 파헤쳐내고자 하였으나 스스로의 가난을 작품으로 드러냈던 것은 아니었기 때문이다. 그와 같은 자연주의란 사실 사소설의 형태로 발전해 나간 일본적인 것에 더 가까운 것이었다. 즉 이상은 콕토의 발언(인지 아닌지 확실히는 알기 어려우나)을 통해서 자 신의 가장 부끄러운 가난을 드러내고 그로부터 작품 활동을 전개해 나갔던 일 본 자연주의와 사소설적 경향에 대한 비판을 수행하였던 것이다. 그것은 물론 자기 자신에 대한 비판적 경향이기도 했다. 이상 역시 산문을 통해서 자신의 신 변들을 기호의 형태로 드러내곤 했던 적이 있었던 까닭이다.

전등형 예술을 추구하라―장 콕토의 종합 예술적 지향성

이상의 논의를 통하여 이상이 1936년 무렵 장 콕토에 대해 영향을 받고 있었다는 사실은 어느 정도 확인될 수 있다. 여기에서 좀 더 나아가 이상이 혹시 좀 더 초기부터 장 콕토의 영향을 받아 자신의 창작적인 세계를 구축한 것은 아니었을까 하는 의문을 가져볼 수도 있다. 이상은 근대 유럽의 문학, 예술적 경향에 대해 지대한 관심을 갖고 있었을 뿐만 아니라, 일본어에 능통하여 일본에서 번역된 책들을 거의 시간 차이 없이 볼 수 있었기 때문이다. 이상이 장 콕토를 수용하면서 어떻게 독자적인 창작의 세계로 나아갔는가 하는 바를 밝히기 위해서는 당시 일본에서의 장 콕토에 대한 수용의 역사를 확인하지 않고서는 불가능하다.

당시 일본의 문화예술계는 유럽의 모더니즘 계열의 예술적 경향을 적극적으로 수입하여 번역하고 있었다. 특히 하루야마 유키오*를 중심으로 한『시와 시론(詩と詩論)』의 동인들은 근대 유럽 시인들의 시라든가 예술론을 적극적으로 번역하여 소개하는 경우가 많았다. 한편 이『시와 시론』동인들과 경쟁이라도 하다시피 활발한 번역 활동을 보였던 호리구치 다이가쿠(堀口大學)*는 게이오 대학(慶應義塾) 출신으로 해당 출신의 문인들을 중심으로 출간되던『미타문학(三田文學)』을 거점으로 주로 활동하면서 엄청나게 많은 서구 시인, 소설, 평론에 대한 번역 활동을 하였다. 당시 이들이 주로 번역하고 있었던 것은 보들레르, 랭보, 베를렌, 메테를링크 같은 상징주의 중심의 시인들의 시와 모더니즘 경향의 새로운 시인 장 콕토, 막스 자콥, 기욤 아폴리네르 등의 시와 초현실주의 운동을 주도했던 앙드레 브르통의 이론 등이었다.

장 콕토는 이중에서도 가장 인기 있었던 작가로 수도 없이 많은 번역이 이루어졌다. 이는 그가 시 창작과 평론 활동 능에 있어서 어느 유럽의 작가를 뛰어넘는 모던한 예술성을 드러내고 있었기 때문이었다. 당시 일본 문단에서 콕토

'이상(李箱)'이라는 현상

의 인기는 상당하였는데, 『시와 시론』이나 『판테온』, 『오르페온』 등의 시지(詩誌)에서는 특집으로 콕토의 글을 번역하였고, 그에 대한 연구를 실었다. 또한 이러한 단편적인 번역 외에, 단행본으로도 콕토의 시와 예술론을 본격적으로 다룬 책들도 쏟아져 나오기 시작하였다.* 우선 하루야마 유키오가 기획하고 편집했던 '현대의 예술과 비평총서(現代の藝術 と批評叢書)*의 제1권으로 호리 다쓰오(堀辰雄, 1904~1953)가 번역한 『콕토 모음(コクトオ抄)』(厚生閣書店, 1929)이 출판되었고, 제18권으로는 사토 사쿠(佐藤朔, 1905~1996)가 번역한 『콕토 예술론(コクトオ藝術論)』(厚生閣書店, 1930)이 출판되었다. 이 예술론이 출판되었던 시기보다 약간 앞선 1929년 3월에는 호리구치 다이가쿠(堀口大學)가 번역한 『콕토 시 모음(コクトオ詩抄)』(第一書房, 1929)이 출판될 정도로 일본 문단에서 콕토에 대한 관심은 대단히 높았다.

하루야마 유키오와 『시와 시론』

하루야마 유키오(春山行夫, 1902~1994)는 나고야 출생으로 1922년 콘도 아즈마(近藤東, 1904~1988)와 사토 이치에이(佐藤一英, 1899~1979) 등이 참여한 시지 『청기사(靑騎士)』를 창간하였으며, 1924년에는 상징주의의 영향을 받은 시집 『달이 나간 마을(月の出る町)』을 출간하였다. 그는 이후 아방가르드와 모더니즘의 영향을 받기 시작하였으며 『시와 시론(詩と詩論)』의 창간에 핵심적인 역할을 하였다. 그는 이러한 작업을 통해 당시 일본 모더니즘 시의 선두 역할을 하였고, 잡지의 편찬에 관심이 많아서 『시와 시론』 이후 『문학』, 『세르팡』 등의 잡지를 연이어 편집하였다. 시집으로 『식물의 단면(植物の斷面)』(厚生閣書店, 1929)와 시론집으로 『느릅나무 파이프를 입에 물고(楡のパイプを口にして)』(厚生閣書店, 1929), 『시의 연구(詩の研究)』(第一書房, 1931), 『조이스 중심의 문학운동(ジョイス中心の文學運動)』(第一書房, 1933) 등이 있으며, 후기에는 박물지나 문화사에 대한 연구로 선회하였다.

모더니즘의 번역자, 호리구치 다이가쿠

호리구치 다이가쿠(堀口大學, 1891~1982)는 게이오 대학 문학부에 진학하여 나가이 가후(永井荷風, 1879~1959)의 추천을 받아 『미타문학(三田文學)』에 시가를 발표하였다. 하지만 그의 부친이 멕시코로 이주하여 게이오는 중퇴하였다. 모친 사후 계모가 벨기에 사람이었기 때문에 그로부터 프랑스어를 습득하였고, 이때부터 프랑스 문학을 읽기 시작하였으며 세계 각국을 여행하면서 번역 활동에 매진하기 시작하였다. 25년에는 일본에 귀국하여 『판테온』, 『오르페온』 등의 시지를 발간하였고, 샤를루이 필립, 폴 모랑, 폴 베를렌, 기욤 아폴리네르, 장 콕토 등의 작품을 번역하였다.

그렇다면 이상은 구체적으로 장 콕토로부터 어떠한 영향을 받았다고 할 수 있을까. 그 첫 번째로는 당연히 그가 가지고 있던 예술적 지향성을 들 수 있을 것이다. 장 콕토는 1917년 입체파의 화가였던 파블로 피카소와 에릭 사티*와 함께 발레극인 「퍼레이드parade」*를 창작하여 상연한다. 이 발레극은 정작 그 당시에는 그다지 대단할 것도 없는 일회적인 기획이었다고 생각될 수 있지만, 오히려

30년대 초기 일본에 번역되어 소개된 장 콕토의 저작 일람

번역자	제목	출판사항	설명
오오타쿠로 모토오 (大田黑元雄)	수탉과 아를르칸 (雄鷄とアルルカン)	第一書房, 1928.	평론집 『Le Coq et l'Arlequin』(1918) 번역
호리구치 다이가쿠 (堀口大學)	장 콕토 시초 (ジャンコクトオ詩抄)	第一書房, 1929.3.	시 번역 모음집
호리 다쓰오 (堀辰雄)	장 콕토 초 (ジャン·コクトオ抄)	厚生閣書店, 1929.4.	시, 평론 등을 모아 출간한 최초의 단행본
호리구치 다이가쿠	희곡 오르페 (戲曲 オルフェ)	第一書房, 1929.	희곡집 『Orphée』(1925) 번역
사토 사쿠(佐藤朔)	콕토 예술론 (コクトオ藝術論)	厚生閣書店, 1930.9.	평론집 『Le Coq et l'Arlequin』(1918), 『Le Secret professionnel』(1922), 『Le Rappel à l'ordre』 발췌 번역
토오고 세이지 (東鄉靑児)	무서운 아이들 (怖るべき子供たち)	白水社, 1930.	장편 소설 『Les Enfants terribles』(1929) 번역
호리구치 다이가쿠	잭 마리탄에게 보내는 편지(ジャツクマリタンへの手紙)	第一書房, 1931.3.	서간집 『Lettre à Jacques Maritain』(1926) 번역
호리구치 다이가쿠	백지(白紙)	第一書房, 1932.	에세이집 『Carte blanche』(1920) 번역
호리구치 다이가쿠	아편(阿片)	第一書房, 1932.	에세이집 『Opium』(1930) 번역
가와모리 토시조우 (河盛好蔵)	사기꾼 토마(山師トマ)	春陽堂, 1932.	장편 소설 『Le Grand Écart – Thomas l'imposteur』(1923) 번역
麻上俊延	포토맥(ポトマツク)	春陽堂, 1933.	소설 『Le Potomak』(1919) 번역

'이상(李箱)'이라는 현상

지금의 입장에서 생각해 보면 시와 음악, 미술계라는 각 영역에 있어서 천재라고 부를 수 있는 예술가들이 모여 콜라보레이션을 시도했던 대단한 기획이었다. 장 콕토는 사티에 대한 에세이집이었던 『수탉과 아를퀸(Le coq et l'Arlequin)』(1918)의 뒷부분에 덧붙인 「'퍼레이드'의 콜라보레이션(La Collaboration de 'PARADE')」이라는 글에서 이 인상적인 콜라보의 상세한 뒷얘기를 직접 들려주고 있다. 사토 사쿠는 1930년에 이 글을 포함한 장 콕토의 에세이 세 편을 번역하여 『콕토 예술론』이라는 책으로 출간한 바 있었다. 그가 번역하였던 텍스트로부터 해당하는 부분의 내용을 인용해 보도록 하자.

그 착상은 1915년 4월의 휴가 중에(당시 나는 군대에 있었다) 사티가 비네스와 그의 「배(梨)의 모양을 한 곡」을 연탄(聯彈)하고 있는 것을 듣고 있었던 때였습니다. 일종의 정신감응이 동시에 우리들에게 합작의 욕망을 불어넣었습니다. 1주 후에 나는 사티에게 중국인과 아메리카 소녀와 아크로바트(그때 아크로바트는 단 1인이었다)의 테마를 썼던 노트와 초안의 일속을 남기고 전쟁터로 돌아가버렸죠. 그것들이 암시하는 바는 유머러스한 것이 아니었습니다. 그것은 오히려 우리들의 향구사(香具士)였던 막사 속 등장인물을 되살리고자 애썼던 것이었습니다. 중국인은 그곳에서 전도자들을 괴롭혔고, 소녀는 타이타닉호 위에서 침몰하였으며, 아크로바트는 천사들과 매를 맞고 이야기를 하는 것이 가능한 것이었습니다. / 사티가 미지의 차원(ダイメンション/dimension)을 발견하였다고 생각하는 곡이 약간이나마 이어지는 것이 가능해졌습니다. 그 차원에 이르러 사람들은 퍼레이드와 외부의 스펙터클을 동시에 들었던 것입니다. / 처음의 대화에서는 '매니저'(등장인물 중 하나 – 인용자주)들은 없었습니다. 뮤직홀의 각각의 차례 뒤에, 한 누군가도 모르는 소리가 확성기로부터 흘러나와, 등장인물의 예측을 요약하여 말하면서 어느 정해진 문구를 부르는 것이었습니다. / 피카소가 그 아래 그림을 보여주었던 때 우리들은 마침내 진짜 춤추는 사람을

조종하는 인형의 큰 것으로 하여버리는 등 무대의 내용이 현실이 되는 것처럼 비인간적인, 초인간적인 등장인물을 3매의 채색 석판화에 대응시키는 것의 재미를 알았습니다.

장 콕토, 사토 사쿠(佐藤朔) 역, 「'パラアド'の合作 - 雜誌「南北」
の主筆ポオルデルメへの手紙」, 「コクトオ藝術論」, 厚生閣書店, 1930, 68~69쪽.

에릭 사티

에릭 사티(Erik Satie, 1866~1925)는 프랑스인으로 피아니스트이자 작곡가였다. 그는 전통적인 교회음악의 화성법을 거부하고 병행 음정이나 병행 화음을 써서 당시의 음악계에 새로운 충격을 주었다. 박자나 기보법에 있어서도 실험적인 정신을 추구하여 이후 스트라빈스키 등의 음악가들에게 영향을 주어 새로운 음악적 전통을 만들어내는 데 기여하였다. 그의 음악적 스타일은 미니멀리즘으로 분류되고 있다. 특히 그는 1915년에 장 콕토와 만나 교유하면서, 공동 작업을 진행하였고 피카소를 통해 알게 된 조르주 브라크(Georges Braques) 등과 함께 작업을 하기도 하였다. 그는 나아가 동시대의 많은 초현실주의자, 시인으로 트리스탕 차라(Tristan Tzara, 1896~1963), 화가였던 프란시스 피카비아(Francis Picabia, 1879~1953), 앙드레 뒤랑(André Derain, 1880~1954), 마르셀 뒤샹(Marcel Duchamp, 1887~1968), 만 레이(Man Ray, 1890~1976) 등과 교유하며, 다다이즘에 깊이 빠져, 만 레이와는 「레디메이드: 선물(readymade: the gift)」(1921)이라는 작업을 함께하였고 다다 관련 잡지인 「391」의 출간에 관계하여 익명으로 글을 쓰기도 하였다. 장 콕토는 사티를 높이 평가하여 그를 다룬 평론집 「수탉과 아를퀸(Le Coq et l'Arlequin)」을 내었으며, 그와 함께 다양한 공동 작업을 진행하였다.

에릭 사티 · 장 콕토 · 피카소의 콜라보레이션 발레극 「퍼레이드」

작곡가이자 피아니스트인 에릭 사티, 시인이자 극작가이자 영화 감독이었던 장 콕토, 입체파 미술의 선구자였던 피카소 등 당대 각 영역의 최고의 예술가들은 합작으로 발레극 「퍼레이드」를 만들었다. 이 포스터에는 "퍼레이드(parade)"라는 제목 아래 현실주의 발레(Ballet réaliste)라는 설명이 붙어 있으며, 테마(thème)는 장 콕토가, 커튼(rideau), 장식(décor), 의상(costume)에는 피카소가 담당한 것으로 되어 있다. 또한 안무(chorégraphie)는 러시아의 안무가이자 발레 무용가였던 레오니드 마신(Leonide massine)이 맡았다. 이 발레는 파리의 샤틀레(Chatelet) 극장에서 1917년 5월 18일 상연되었다.

발레극 「퍼레이드(parade)」의 상연 장면(1928). 당시 피카소가 제작한 발레극 무대의 축소판.

이 글에서 콕토는 사티가 피아노를 연주하는 것을 듣는 도중에 합작에 대한 욕망이 일어났다고 쓰고 있다. 이 글에 따르면 이 역사적인 합작은 바로 콕토와 사티 사이에서 시작되었다. 당시 1차 세계대전에 적십자의 운전수로 복무하였던 콕토는 전체의 기초를 잡는 스토리만 구상해 놓고서 전쟁터로 돌아가버렸고, 사티를 비롯한 남겨진 사람들이 발레극을 완성한 것이다.

이 극에 대해 사티는 미지의 차원을 발견하였다고 쓰고 있다. 회화나 음악, 문학만으로 이루어진 단일한 차원의 예술이 아닌, 그러한 차원들이 합쳐지면서 비로소 이루어질 수 있었던 새로운 차원, 혹은 콕토를 경유한 사티의 표현대로라면 '미지'의 차원을 그들은 이 콜라보를 통해 최초로 구축할 수 있었던 것이다. 콕토는 이 글에서, 또 이후에 쓴 『백지』(1920)라는 평론집 속에서도 여러 번 이 「퍼레이드」의 최초의 합작 순간에 대해 언급하고 있다. 어쩌면 콕토와 사티는 서로 다른 예술 분야 사이의 정신적인 감응과 협업을 통해 만들어낸 이 예술작품이 단지 공동 작업의 의미만을 갖는 것이 아니라 입체주의에서 추구하고자 했던 다차원화된 예술적 경험이 실현되었던 순간으로 이해하였을지도 모르는 일이다. 콕토가 이 역사적인 콜라보를 통해 확인했던 다차원성의 예술적 경험이란 앞서 이 책의 2장에서도 살펴본 바와 같이, 시간과 공간을 연동하는 일종의 시공간 연속체를 구상함으로써 4차원의 존립 가능성을 확인하고자 했던 아인슈타인의 상대성이론과 이를 배경으로 하여 전위적인 예술적 이념을 전개하였던 입체파의 예술 이념과도 일맥상통한 지점을 갖는다.

이상과 장 콕토 1—일요일의 비너스여!

이상의 초기 시들 중에서 장 콕토의 영향을 받은 것으로 생각되는 것들이 상당수 존재한다. 특히 그가 1931~2년 『조선과 건축』에 일본어로 발표한 시들 중 상당수는 아직까지 해석적 접근을 허용치 않는 상태로 남겨져 있는데, 이는 그가 사용하고 있는 생경한 은유나 상징들이 단단한 체계를 형성하여 이른바 해석적 틈을 내는 것을 허용하지 않는 까닭이다. 반대로 말한다면, 그의 시 속에 해석적 틈을 내어 균열을 드러낼 수 있다면, 해석에 이를 수 있는 여지가 있다는 의미도 된다. 그렇다면 과연 그러한 균열을 어떻게 야기할 것인가. 당연하게도 그것은 당시 이상이 직, 간접적으로 영향을 받았던 수많은 서구와 일본의 문학작품들에 펼쳐져 있는 일종의 해석적 전고를 끌어들여 이상시의 외부에 존재하는 여백을 메우지 않으면 안 된다. 이제 앞에서 살핀 이상과 장 콕토 사이의 예술론적인 관련성을 바탕으로 하여 장 콕토의 시를 통해 이상 해석에 이르는 하나의 문(門)을 찾아내도록 해보자.

이상의 「LE URINE」은 일본어로 실렸던 초기 시들 중 하나로, 시로서는 다소 긴 산문에 가까운 형태를 띠고 있음에도 불구하고 역시 낯설고 생경한 시어와 이해하기 힘든 시적 상황으로 인해 해석하기 곤란한 대표적인 시에 해당한다. 우선 이 시의 한 부분을 인용해 보자.

수분이 없는 증기로 인해, 모든 궤짝은 건조하여 만족할 곳이 없는 오후의 해수욕장 부근에 어느 휴일의 조탕은 파초선 모양의 비애에 분열하는 원형음악과 휴지부, 오오 춤추어라, 일요일의 비너스여, 바삭한 목소리로 노래하라. 일요일의 비너스여. / 그 평화로운 식당 도어에는 백색 투명하게 MENSTURATION이라고 표찰이 붙어서 한없는 전화에 피로하여 LIT의 위에 놓인 다른 백색의 컬런을 그대로 물고 있었지만, / 마리아여, 마리아여, 피부는 진흑색인 마리아여, 어디에 가버렸는가, 욕실의 수도 코크로부터는 열탕이 서서히 나오고 있는데, 가서 얼른 어제 밤을 막으렴, 나는 밥이 먹고 싶지 않으니 슬리퍼를 축음기 위에 놓아주렴.

이상(金海卿), 「LE URINE」, 조감도 연작, 『朝鮮と建築』, 1931.8, 10쪽.

이 시는 여름날의 오후 해수욕장을 배경으로 하고 있다. 수분 하나 없이 건조한 공기 때문인지, 휴일인 날짜에도 불구하고 해수욕장은 쓸쓸하고 우울하기 짝이 없다. 특히 조탕에서는 축음기로 틀어놓은 듯 바삭한 목소리의 비너스가 노래를 부르는 소리가 들려오고 있다. 이 시가 상기하고 있는 분위기는 생경하니 이국의 알 수 없는 곳으로부터 차용된 것이라는 느낌을 주고 있으며, 시에 사용되고 있는 'MENSTURATION'이라든가 'LIT' 같은 불어는 그곳이 프랑스라는 사실을 암시해 주고 있다. 적어도 비너스와 마리아, 해수욕장과 조탕이 어울려 형성하고 있는 하나의 전반적인 이미지는 결코 식민지 조선의 그것은 아니며, 유럽의 어디로부터인가 전신된 것이다. 물론 당연하게도 이와 같은 판단이 바로 당시의 이상이 유럽의 예술적 실천을 그대로 차용하여 가져왔을 것이라는 또 다른 판단으로 이어지는 것은 아니다. 적어도 이상은 타인의 예술적 성취를 빌려오는 경우에 있어서는 언제나 그 빌려왔다는 행위에 대한 자의식을 발휘해 왔기 때문이다. 다만 이제 겨우 갓 스무 살을 넘은 이상의 사유나 경험적 한계를 감안할 때 독서 경험을 배제하고 이와 같은 시적 이미지를 자유롭게 구축할 수 있었으리라고 보는 것은 퍽 부자연스럽다. 분명 이와 같은 시 속에는 그의 어린 시절의 독서 경험이 큰 영향을 끼치고 있을 것이며, 그것이 이상의 이후 사유를 형성하는 데 중요한 기반이 되었으리라고 보는 것이 옳다.

그렇다면 과연 이상은 어떠한 독서 경험을 통해 이와 같은 이미지를 구축할 수 있게 된 것일까.

장 콕토의 다음 시 한 구절은 이와 같이 이상 시가 드러내고 있는 여백에 대해 어느 정도의 실마리를 제시해 주고 있다.

천사들도 때때로는 잉크와 눈으로 오점투성이. / (그들도 등사판쇄의 신문을 내고 있는 것이다) / 그들은 날개를 등에 업고, 학교로부터는 도망쳐 나와, / 이곳, 저곳을 날아다니며, 도둑 까마귀의 흉내를 낸다. // 눈은 운명의 수중에서 곧 대리석이 된다. / 대리석으로부터 소금으로 가는 흰 길이라면 비너스는 확실히 알고 있다. / 그래서 소금으로부터 육체로 그 여자는 그곳에서 태어난다. / 일요일 해수욕장의 해변에서. // 육체로부터 조각상으로의 우회로도 알고 있다. / 비너스는 선 채로 또 언젠가 잠들어 버린다. 그래서 미술관에 왔던 무렵에 또 적절한 때에 눈을 뜬다. / 별로 위험하지 않았습니다. 언제도 그 여인을 죽이는 것은, / 천년 후에야 사람 눈에 띄게 되니까요. (중략) 마을 쪽을 향해 있는 산 위, 불꽃놀이 장치에 못 박힌 십자가 위의 예수여, 또 도적이여, / 축제의 밤 전날에는 군악대가 왔다. / 마을 사람들은 날이 저물기를 기다리고 있었다. 밤 소나기가 신경 쓰여서. / 불꽃놀이 장치의 예수와 도적도 죽은 뒤, '공화국 만세' 글자가 타올랐다. / 다만 한 그리움에 탄식했을 뿐인 불꽃놀이의 생명은 끝났다. / 죽기를 바란 백조가 마지막 노래를 부른다. 불꽃놀이는 파란 눈동자를 보였다. / 그렇게 예수는 자신이 죽은 것을 즐거워서 보는 사람들이 신경 쓰여서 / 문득 슬프게 눈을 떠서 최후의 숨을 쉬고 포도밭으로 떨어져온다 // 아! 시골의 기억이여 그렇게 나를 부르지 않는 게 좋아. / 지금 석양의 향기로운 장미의 가시가 되지 않는 게 좋아. / 이 도시에 있는 집집의 높이에 서서 보면 나는 눈이 아득해진다 / 나의 그림자는 몸으로부터 잉크처럼 흘러내린다. // 나를 비어 있게 하는 그림자 이것이 나의 생명을 만드는 밀봉이다. / 지금에서는 나의 몸은 코르크보다도 가볍고 물방울보다도 가볍다 / 그렇지만, 아아 그렇지만 나는 이렇게 가라앉아간다. / 눈사람과 비너스에 차례차례로 끌려가면서.

장 콕토(Jean Cocteau), 호리구치 다이가쿠(堀口大學) 역,
「즐거운 일도(うれしい事も)」, 『장 콕토 시초(ジャンコクトオ詩抄)』, 第一書房, 1929, 100~101쪽.

호리구치가 번역한 장 콕토의 시 「즐거운 일도(うれしい事も)」를 보면, 바로 이상이 자신의 시에 썼던 '일요일 해수욕장의 비너스'라는 이미지가 바로 어디로부

터 전신되어 온 것인가 하는 사실이 분명해진다. 장 콕토는 이 시에서 대리석으로 만들어진 비너스 조각(아마도 밀로의 아프로디테(비너스))이 일요일 해수욕장의 해변에서 소금으로 다시 태어나고 있다고 말하고 있는 것이다. 아마도 바다의 파도가 해수욕장의 해변에 만들어내는 생채기가 비너스와 닮아 있음을 말하는 것일 터이다. 즉 미술관에 서 있는 비너스상이 적절한 때가 되면 눈을 떠서 바다로 건너와 해변 위에서 다시 태어난다는 상상력이 이 시의 중심적인 부분이다. 이상은 이 시가 보여주고 있는, 그리고 콕토의 많은 시들이 구축하고 있는 시공간적인 분위기를 적극적으로 참조하면서 이를 축음기에서 쉴새없이 흘러나오고 있는 음악으로 표현하고 있는 것이다. 축음기를 통해 오후의 해수욕장에 끊임없이 흘러나오고 있는, 일요일의 비너스가 부르는 바삭한 목소리의 노래. 그것은 「LE URINE」의 시적 자아의 귓전을 울리면서 계속해서 반복되고 있다. 혹시 이상에게 있어서 이와 같은 이국의 정조는 장 콕토의 언어로부터 비롯된 일종의 꿈같은 것은 아니었을까. 지금 「LE URINE」의 시적 자아는 바삭한 목소리의 이국적인 목소리의 노래를 들으면서 이 시를 쓰고 있는 것이며, 그 노래는 일종의 상자(箱)나 카세트(cassette)처럼 장 콕토의 시 한 편에 담긴 유럽의 오후 어느 해수욕장에 나타난 비너스와 관련된 이국적인 정조를 일순간에 소환하고 있는 것 같은 정황을 펼치고 있는 것이다. 마치 어린 시절의 독서 경험을 통해 형성된 이미지가 식민지 예술가의 내면에 어떤 계기를 통해 도래하여 일순간에 그의 온 정신을 압도해 버리는 것처럼, 청년 이상은 유럽의 어느 메마른 목소리를 가진 가수의 노래를 들으며 자신의 독서 경험으로부터 비롯된 서구의 시적 상황의 단편을 그대로 투사해 낼 수 있었던 것이다. 이와 같은 판단은 앞서 인용된 「LE URINE」의 앞부분을 보면 더욱 분명하게 확인된다.

숫자의 COMBINATION을 이러저러하게 망각했던 꽤 소량의 뇌수에는 사탕 모양으로 청렴한 이국정조. 고로 반수면의 상태를 입술 위에 꽃피우면서 있는 때의 무성하고 화려한 꽃들은 모두 어디에 사라지고 그것을 목조의 작은 양이 두 다리를 잃고 가만히 무언가를 경청하고 있는가.

이상(金海卿), 「LE URINE」, 조감도 연작, 『朝鮮と建築』, 1931.8, 10쪽.

이 부분에서 두 다리를 잃은 목조의 작은 양이 경청하고 있는 것은 다름 아니라 일요일의 비너스가 바삭한 목소리로 부르고 있는 노래이다. 물론 그가 망각해 버린 숫자의 콤비네이션(combination)이란 3+1, 또는 4+4의 조합, 즉 앞에서 살펴보았던 아인슈타인의 상대성이론에 기초한 시공간 연동의 방식을 통한 차원의 생성을 의미하는 것이기도 하고, 0부터 9까지의 숫자를 늘어놓아 인간이 갖고 있던 10진법의 낡은 관념을 비판하고 원점에서 대안을 고민했던 것을 의미하는 것이기도 하다. 즉 이상은 '삼차각설계도' 연작을 통해서 시대적으로 규정된 패러다임을 뛰어넘는 탈주의 과학에 동참할 수 있었던 것이다. 하지만 이 시에는 그와 같은 의욕이 다 사라지고 난 이후의 풍경에 대해 말하고 있다. 보편적인 현대성에 대한 선명한 추진이 사라지고 난 자리에 남아 있는 것은 사탕 모양의 이국적인 정조뿐이다. 한때에는 반수면의 상태로 그 입술 위에 무성하고 화려한 꽃들을 피웠던 그 작은 양은 지금은 양다리를 잃고서 완연한 이국정조인 일요일의 비너스가 부르는 노래를 듣고 있는 것이다. 물론 당연하게도 그 노래는 콕토의 시를 통해 소환된 근대 유럽의 예술적 성취를 상징하는 것이다. 이상은 장 콕토의 시를 통해서 유럽의 예술가들이 쌓아올렸던 예술적 성취를 맞닥뜨려버린 것이다. 이제 갓 스무 살을 넘은 식민지의 청년이 그것에 매혹되지 않을 수 있었겠으며, 그것을 벽이라고 느끼지 않을 수 있었을까. 기가 죽지 않을 수 없는 것이다. 모더니티 중심의 사유에서 현대적 문명의 첨단을 확인하는 것이 중요하다는 사실은 더 말해 보아야 의미가 없을 터이지만, 이상은 장 콕토의 시에서 그 현대적 예술성의 첨단을 확인할 수 있었던 것이다.

'이상(李箱)'이라는 현상

이상과 장 콕토 2-파란 동맥을 드러낸 채 잘린 팔의 근원

어린 시절의 이상이 장 콕토의 시편으로부터 큰 영향을 받고 있었음을 보여주는 증거는 다른 곳에서도 발견된다. 가령 이상이 지속적으로 드러내고자 했던 '잘린 팔'에 대한 이미지가 그러하다. 물론 앞서 실험의 후기를 다루었던 장에서도 살펴보았듯이 이상의 잘린 팔이란 규격화된 근대적 문명에 의해 삭제된 소수점 이하의 세계이기도 하고, 제국과 식민지 사이의 정치적 역학 속에서 그 속에 존재했던 예술가에게 박도했던 강박과도 같은 불안으로 드러나기도 한다. 예를 들어 다음과 같은 시 구절이 그러하다.

지구의 절선과 일치할 수 있는 지구인력의 보각의 수량을 계산한 비행정은 물려 죽은 개의 에스푸리를 태운 채 작용하고 있었다-속도를- / 그것은 마이너스에서 0으로 도달하는 급수운동의 시간적 현상이었다. / 절대에 모일 것. 에스푸리가 방사성을 포기할 것. 차를 놓친 나는 4차원의 전망차 위에서 눈물을 지으며 전송의 심경을 보냈다. / 인간일 것.(의 사이) 이것은 한정된 정수의 수학의 헐어빠진 습관을 0의 정수배의 역할로 중복하는 일이 아닐까? / 나는 스스로 포기하듯 내가 발견한 모든 함수상수의 콤마 이하를 잘라 없앴다 / -마침 나의 바른팔에 면도칼을 얹었다? 잘라낸 것처럼-

이상(李箱), 「무제」, 『현대문학』, 1960.11.

이 시에서 이상은 자신이 사유의 운동을 실제의 표현으로 나아가지 못하고 단지 4차원의 전망차 위에서 눈물을 지으며 지켜보고 전송할 수밖에 없었던 것에 대해 술회한다. 이는 앞서 '삼차각설계도' 연작 이후, 콕토를 매개로 한 피카소 등의 큐비즘적인 사유의 실천에 대한 희망에 부풀어 있던 이상이, 인간이 빛의 속도로 나아갈 수 없다는 것을 확인한 후, 인간의 존재 그 자체에 대한 한계와 더불어 식민지인으로서의 한계까지도 절감했던 시기에 관련된 관념 실험에 대한 기록이었던 것이다. 그 실험은 다름 아니라 지구의 인력을 거스를 수 있는 각도로 쏘아 올려진 비행정에 물려죽은 개의 에스프리를 태워 보내는 것이다. 비록 인간이라는 한계로 인해, 나는 그 비행정을 탈 수 없었지만, 그 비행정은 '삼차각설계도'에서와 마찬가지로, 수렴하면서 시간적인 차원을 초월해 나가 버렸다. 하지만 인간인 나는 그 광경을 단지 4차원의 전망차 속에서 지켜볼 수밖에 없었던 것이다. 그러면서 나는 인간이라는 것이 바로 정수의 수학에서 0의 정수배, 0을 곱해보았자 그대로 0인 것처럼 같은 자리를 반복하는 것이 아닐까 하는 의문을 던진다. 자포자기의 심정으로 '나'는 이미 칸토어가 집합론을 통해 제기하였던 0과 1사이에 존재 가능한 무한한 실수의 존재들을 삭제해 버린 것이다. 소수점 이하를 잘라버렸다. 팔을 잘라버렸다는 의미는 여기에서는 바로 인간으로서 불가능성을 추구하는 것이 아니라 인간일 것을 인정한다는 의미로 쓰이고 있는 것이다. 칸토어의 집합론이 0과 1 사이에 존재하는 무한 개수의 점들에 관한, 소수점 다음에 늘어선 무한의 숫자들에 대한 이론적 기록이었다면, 인간의 한계를 절감한 이상은 한정된 정수로 이루어진 대수의 수학이 그러하듯 소수점 이하를 잘라낼 수밖에 없었던 것이다. 그것이 바로 잘린 팔에 대한 비유였다. 예술가들에게는 바로 공포 그 자체가 아닐 수 없는 감정적 결들을 훼손하고 고정된 삶의 관습에 맞추어가는 것이 바로 이 잘린 팔에 담겨 있는 비유인 것이다.

한편, 장 콕토에게도 잘린 팔의 비유가 등장한다. 그는 프랑스 파리의 거리한 군데에서 문득 잘린 팔 하나가 갑자기 등장했다고 쓰고 있다. 그 시는 다음과 같다.

나의 속옷이 마르고 있다 / 신경조직이 타는 것 같은 무성함 위에 / 푸른 정맥이 보이는 팔이 허공에 나타났다 // 이 불길 위의 팔은 / 심장을 놔둔 광폭한 집으로부터 / 들장미의 혼란 속으로 // 어느 곳으로 도망갔나? 피비린내 나는 날개를 나에게 묶어라 / 나는 제비의 결점을 꼭 닮아라 / 나는 난다 나는 제비 대신에 서명한다 / 나는 형장 위에 십자를 자른다 // 나는 기다리면서 나의 신발을 벗는다 / 이 허공의 팔, 이 출혈하는 심장은 / 가장 악한 징후이다 / 잠은 가장 확실한 장소가 아니다

장 콕토(Jean Cocteau), 「파리의 거리 가운데 1개의 팔의 출현(巴里の街の中の一本の腕の出 現)」, 호리 다쓰오(堀辰雄) 역, 『ジャン・コクトオ抄』, 厚生閣書店, 1929.4, 154~155쪽.

이 시는 호리 다쓰오가 장 콕토의 시, 평론 등을 모아 번역했던, 『장 콕토 시초』에 실려 있던 것으로 파리의 거리에 1개의 팔이 출현했다는 선명한 이미지를 드러내고 있다. 그 푸른 정맥이 드러난 팔은 신경조직이 타고 있는 그 위의 허공에 갑자기 나타나 심장에 이어진 '나'의 신체로부터 떨어져나와 어느 곳으론가 도망쳐버렸던 것이다. 나는 날개를 달고서 출혈하는 심장을 가진 채, 허공 위의 팔, 지금은 사라진 그것을 찾아 돌아다니고 있는 것이다. 나는 그러면서 형장 위의 십자가를 자르는 상징적인 행위를 하면서 팔을 찾아 돌아다니고 있는 것이다. 이와 같은 콕토의 시는 열정의 문제를 다루고 있는 것으로 생각된다. 속옷이 마를 만큼 온몸의 열기가 식어가고 있는 와중에 나의 팔은 심장이 있는 광폭한 집인 인간으로부터 벗어나 어디론가 달아나버렸다. 이 팔이란 당연히 시인에게 있어서는 글을 쓰는 가장 중요한 도구일 터이다. 그와 같은 팔이 사라져버린 것은 마치 생각하는 인간에게 문자가 박탈된 것처럼 시인에게 있어서는 자신의 예술적 실천을 박탈당했다는 의미가 된다. 이 시의 주체는 마치 천사처럼 피가 묻은 날개를 자신의 팔이 있던 장소에 묶고서, 제비처럼 날아다니면서 출혈하는 심장을 가지고 자신의 팔을 찾아 이리저리 떠돌아다니고 있다.

앞서도 살펴본 것처럼 이상에게 나타나고 있는 잘린 팔의 모티프는 이미 콕토에게도 존재하고 있다. 물론 그 상세한 상황, 왜 팔은 잘렸는가 하는 정황은

두 시인이 다소 다르지만, 그것이 예술가들에게 내재된 근본적인 불안 충동과 관련된다는 사실은 의심할 바 없다. 물론 콕토에게 있어서 그 불안이 예술가에게 보편적으로 내재될 수밖에 없는 것이었다면, 이상의 경우 식민지의 예술가에게 내재된 특수성에 대한 표현이었다는 점이 다르다면 다를까. 파란 정맥을 드러낸 채 잘려 있는 팔의 이미지만큼은 두 시인 모두에게 지독히도 선명하다.

내 팔이 면도날을 든 채로 끊어져 떨어졌다. 자세히 보면 무엇에 몹시 위협 당하는 것처럼 새파랗다. 이렇게 하여 잃어버린 내 두 개 팔을 나는 촛대 세움 으로 내 방 안에 장식하여 놓았다. 팔은 죽어서도 오히려 나에게 겁을 내는 것 만 같다. 나는 이런 얇다란 예의를 화초분보다도 사랑스럽게 여긴다.

이상(李箱), 「오감도 13」, 오감도 연작, 「조선중앙일보」, 1934.8.7.

미래의 끝남은 면도칼을 쥔 채 잘려 떨어진 나의 팔에 있다 이것은 시작됨 인 '미래의 끝남'이다 과거의 시작됨은 잘라 버려진 나의 손톱의 발아에 있다 이것은 끝남인 '과거의 시작됨'이다.

이상(李箱), 「작품 제3번(作品 第三番)」, 「문학사상」, 1976.7.

이상은 「오감도」의 제13호에서 콕토와 마찬가지로 새파란 채로 잘려 떨어진 팔의 이미지를 제시하고 있으며, 역시 발표되지 않은 「작품 제3번」에서도 잘린 팔들의 이미지를 제시하고 있다. 이들은 공통적으로 면도칼을 들고 있는 채로 잘려 있다. 다만 콕토가 약간은 허둥거리면서 자신의 잘린 팔을 찾아 돌아다니던 것과 달리, 이상은 의외로 차분하게 그것을 받아들이고 있다. 심지어 그것을 방 안에 장식하여 놓기도 한다. 이상에게 있어서 잘린 팔이란, 장 콕토와 같이, 혹은 그를 넘어서서 모더니티의 징점에 이를 수 있다고 믿었던 절부시 청년의 반짝거리던 저작들을 의미하는 것같이 생각된다. 따라서 팔이 잘려 떨어져

나간 순간, 미래는 끝장나 버린 것이다. 사실 「오감도」를 쓸 무렵의 이상은 이미 어느 정도는 체념하고 어느 정도는 이해할 수 있는 마음의 여유를 가지고 있었던 것으로 생각된다. 그럼에도 불구하고 이상은 「작품 제3번」에서는 이 잘린 팔과 함께 미래가 끝났다고 말한다. 하지만 그것이 문자 그대로 미래가 종언해 버렸다는 의미는 아니다. '미래의 끝남'이 시작되었다는 의미는 누군가 상정한 미래가 끝났을 뿐, 끝남이라는 행위조차 여전히 계속되고 있다는 의미이다. 이에 비해 과거의 시작은 잘라버린 손톱이 발아하여 싹이 난 것에 있다. '과거의 시작됨'은 끝났다. 마치 폐허가 된 죽은 도시를 발견하는 시인의 눈에 의해 이미 폐기되어버려진 손톱에서 싹이 나는 순간, 그것은 더 이상 과거가 아니기 때문이다.

하지만 여전히 풀리지 않는 의문은 면도칼을 쥔 채 잘린 팔의 주인은 면도칼을 가지고 무엇을 자르려다가 자신의 팔들이 잘린 것일까, 하는 것이다. 분명 무엇인가 다른 실험을 하려다가 잘리게 된 것은 아닐까. 즉 이 팔이 잘렸다는 것은 실험을 하려고 하던 주체가 스스로 실험의 객체가 되어버리고 만 것을 의미한다. 그것은 또한 어떤 미래적인 전망이 끝나버렸다는 것을 의미하기도 한다. 하나의 의미에 소멸의 시효가 있다면 이미 넘겨버려 더 이상 의미가 없는 상황이 되고 말아버렸다는 의미일 것이다. 그리고 보면, 「작품 제2번」에서는 이상은 신체에 내재된 2개의 두뇌(아마도 이성과 감정) 사이의 연결을 암이라고 규정하고 그 신경근을 메스로 잘라내는 관념 실험을 행한 적이 있다.

　　두 개의 두뇌 사이에 생기는 연락신경을 그는 암이라고 완고히 주장하였다. 그리고 정기적으로 그의 참으로 뛰어난 메스의 기교로써 그 신경근을 잘랐다 그의 그 같은 2차원적 생명관에는 실로 철저한 데가 있었다. / 지금은 고인이 된 그가 얼마나 그 기념비를 그의 가슴에 장식하기를 주저하고 있었는가는 그의 장례식 중에 분실된 그의 오른팔－현재 황이 입에 물고 온－을 보면 대충 짐작하고도 남음이 있을 것이다. (중략) 나는 때를 놓칠세라 그 팔 그대로를 공

양비 근변에 묻었다 죽은 그가 죽은 동물에게 한 본의 아닌 계약을 반환한다
는 형식으로……

이상(李箱), 「황의 기(작품 제2번)」, 『문학사상』, 1976.7

"작품 제2번"이라고 명명된 「황의 기」라는 시 속에서 황이라는 개가 물고 온 팔 하나는 예전 나의 주치의였던 R의 것이었다. 게다가 그의 손에는 실험에 의해 희생된 동물에 대한 공양비의 제막을 기념하는 메달이 쥐어져 있었다. 이 공양비 는 바로 이상의 관념적 실험의 실패로 인해 희생물이 된 동물들을 기리기 위한 것이다. 즉 이상의 또 다른 자아의 분신들의 희생을 기리기 위한 공양비 말이다. R은 그 실험을 주도적으로 집도했던 이상의 또 다른 자아였던 것이다. R은 끝 까지 그 메달을 가슴에 달기를 저어하고 손에 쥐고 있다가 나중에야 손에 쥔 채 로 발견되었던 것이다. 이는 그가 행했던 수도 없이 많은 실험들에 의해 희생되 었던 동물들에 대한 기념을 표시하는 위선을 주저했다는 의미일 터이다.

그런 그가 했던 실험이란 이 시에도 드러나 있듯이 인간에게 내재된 두 개의 두뇌, 아마도 이성과 감정, 혹은 예술적 정신과 혈액에 대한 낡은 정신 등 이상 을 절름발이로 만드는 양분된 구분일 그 기관들 사이의 연락 신경을 암으로 규 정하고 이를 끊어내고자 하는 것이었다. 하지만 그것을 끊어내고자 했던, 그리 하여 인간이 가지지 않으면 안 되는 한계로부터 벗어나고자 했던 이상 또는 R의 실험은 실패로 끝나버리고 말았다. 그 팔은 면도칼을 든 채로 분실되어 오랜 시 간이 지난 뒤에야 황이라는 개에 의해 돌아오게 되고 말았던 것이다. 이처럼 콕 토에게 표상되어 있던 잘린 팔에 대한 비유는 이상에게는 오히려 더욱 중층적이 고 구조화된 의미를 갖게 되었던 것이다. 하지만 콕토에 비한다면, 이상의 잘린 팔에 더욱 체념의 정조가 남아 있는 것은 분명하다. 그 잘린 팔이란 이상의 피맺 힌 관념 실험의 대가로 아직노 푸른 정맥의 기운이 뚜렷하지만 더 이상 현재적이 거나 미래적인 추구의 대상이 아니라 과거의 징표로 남겨져 버렸기 때문이다.

좀 더 읽어볼 만한 글들

문학계에 있어서 장 콕토에 대한 관심은 당시에 있어서는 세계적인 현상이었다고 볼 수 있다. 장 콕토로 대표되는 서구 모더니즘의 예술과 문학은 시대의 모더니티를 대표하는 사상적 좌표로서 의미를 갖고 있었기 때문이다. 일본에서는 콕토의 문학적 수용과 당대 일본 문화예술인들 사이의 관련 양상에 대한 연구가 일찍부터 이루어졌다. 한국에서 콕토의 문학적 수용은 주로 이상이나 김기림 등을 통해 조명되어 왔는데 조영복의 경우, 제한적이긴 하지만 「김기림 시론의 기계주의적 관점과 '영화시(Cinepoetry)': 페르낭 레제 및 아방가르드 예술관과 관련하여」(『한국현대문학연구』 26, 한국현대문학회, 2008)라는 논문을 통해 장 콕토의 영화를 중심으로 한 기계주의적인 관점이 김기림의 시론에 어떻게 수용되었는가 하는 바를 밝혀내었고, 김예리는 이러한 양상을 시로 옮겨 「시적 주체의 탄생과 경성 아케이드의 시적 고찰: 30년대 모더니즘 문학과 장 콕토 예술의 공유점에 대해서」(『민족문학사연구』 49, 민족문학사연구소, 2012)라는 논문에서 자기반영성을 중심으로 한 미적 주체성의 확립이라는 관점에서 장 콕토의 예술이 한국 1930년대 모더니즘 시인의 시적 주체의 탄생에 어떠한 영향을 주었는가 하는 바를 밝히고자 하였다.

한편, 이상문학에 있어서 장 콕토가 끼친 영향에 대해 밝히고자 하는 시도로 란명(蘭明)의 『李箱と昭和帝國(이상과 소화제국)』(思潮社, 2012)을 거론할 수 있다. 란명은 이상문학에 대한 장 콕토의 영향을 크게 세 가지 관점에서 분석한다. 즉 본 연구는 일종의 매개자로서 일본 시인, 즉 키타가와 후유히코(北川冬彦), 안자이 후유에(安西冬衛), 다케나카 이쿠(竹中郁) 등을 설정하여 장 콕토와 일본 시인들 그리고 이상을 일종의 삼각법에 의해 영향 관계를 구축하는 방식을 취하여 이상 연구에 있어서 새로운 활력을 불어넣었다.

8

모더니티와 세계의 투시도

Z백호의 출발과 그 전후

사실 차8씨는 자발적으로 빛을 내었다.

그리하여 어느덧 차8씨의 온실에는

은화식물이 꽃을 피워가지고 있었다.

눈물에 젖은 감광지가 태양에 마주쳐서는

히스므레하게 빛을 내었다.

－「且8氏의 출발」

그의 「오감도(烏瞰圖)」는 나의 「소설가 구보씨의 일일」과 거의 동시에 「중앙일보」 지상에 발표되었다. 나의 소설의 삽화도 '하융(河戎)'이라는 이름 아래 이상의 붓으로 그려졌다. 그러나 예기(豫期)하였던 바와 같이 「오감도」의 평판은 좋지 못하였다. 나의 소설도 일반 대중에게는 난해하다는 비난을 받았던 것이나 그의 시에 대한 세평은 결코 그러한 정도의 것이 아니다. 신문사에는 매일같이 투서가 들어왔다. 그들은 「오감도」를 정신이상자의 잠꼬대라 하고 그것을 게재하는 신문사를 욕하였다. 그러나 일반 독자뿐이 아니다. 비난은 오히려 사내(社內)에서도 커서 그것을 물리치고 감연히 나가려는 상허의 태도가 내게는 퍽 민망스러웠다. 원래 약 1개월을 두고 연재할 예정이었으나 그러한 까닭으로 하여 이상은 나와 상의한 뒤 오직 십수 편을 발표하였을 뿐으로 단념하여 버리지 않으면 안 되었다.

– 박태원, 「이상의 편모」, 『조광』, 1937.6.

『카톨릭청년』에 실린 이상(李箱) 씨의 「정식」이라는 시편들을 보면 이것은 한 개의 '모데르나 촤라타노'에 지나지 아니합니다. 한갓 호기영신(好奇迎新)을 따라 돌아다니는 유행아(流行兒)에 지나지 않는다는 말이외다. (중략) 이 「정식」의 저자는 그래도 시랍시고 이 산문을 가장 조선말답지 못한 이 산문을─발표하였을 것이외다. 그러고 그 자신은 이것으로써 시가에서 새로운 길을 찾았다고 소위 자처를 할 것이외다. 어느 곳에 이것이 시로서의 시적 소질이 있는지 도무지 알 수 없는 일이외다. 경구(警句) 같은 것이라든가 기지(機智) 같은 것이 시가가 될 수 없는 것이외다. 그렇다고 이 「정식」 속에 들어 있는 문구가 그러하다는 것도 아니외다. 이것은 어디까지든지 한 개의 장난이요. 진고개를 보란 듯이 걸어다니던 가장 새로운 체하는 '모던 껄'의 유행병에 지나지 않는 것이외다.

– 김안서, 「시는 기지가 아니다 – 이상 씨 「정식(正式)」, 「매일신보」, 1935.4.11.

김해경은 1차 세계대전이 끝나고 급속도로 세계의 정치와 경제, 문화가 재편되는 시대 속을 살고 있었다. 진화론으로 대표되었던 국가 중심의 제국주의의 시대가 초국가적인 자본을 중심으로 전혀 다른 방식으로 세계 체제를 재편성하기 시작하였던 것이다. 그것은 바로 모더니티적 경향성으로 규정지을 수 있다. 말하자면 이는 시간적 차이를 일종의 결여로서 공간 속에 펼치는 것이었다. 이러한 모더니티의 체제 속에 존재하는 인간이라면 누구나 세계 유행의 첨단의 행방에 신경을 쓰지 않을 수 없을 것이다. 게다가 그것은 필연적으로 첨단의 시간에 대비하여 주체는 얼마나 늦은 시간을 살고 있는가 하는 자기판단에 빠뜨리는 구조를 이룬다. 말하자면 그러한 시간적 결여 없이 모더니티의 체제란 공고하게 유지되지 않는 것이다.

김해경 역시 현대인으로서 모더니티에 대한 결여에서 비롯된 욕망을 드러내었다. 그가 일본을 경유하여 도래했던 예술성을 따라잡고자 공공연한 욕망을 표출하였던 것은 그 때문이었다. 일본에서 일어나고 있던 예술적 움직임을 따라잡기 위해, 잡지 『시와 시론(詩と詩論)』 『세르팡(デルパン)』 『킹(キング)』 등을 애독하고 있었다는 사실은 그가 남긴 여러 글 속에서 드러나는 바이거니와 그는 이 외에도 단행본이나 신문 등을 통해 현대와 조선이 이루고 있던 문화적인 거리를 좁히고자 하는 노력을 그치지 않았던 것이다. 현대성을 따라잡고자 했던 그의 욕망이 김해경이 썼던 언어의 새로움의 일부를 이루고 있는 것은 부인할 수 없는 사실이다. 새로움에 대한 매혹은 언제나 그와 같이 유행이라는 모드(mode)의 이전 과정을 통하여서만 형성될 수 있는 것이다.

하지만 김해경의 예술적 새로움은 그러한 현대에 대한 유행열(流行熱)로 만 규정될 수 있는 것이 아니다. 그는 현대 자본주의 기계문명이 그 위용을 자랑하고 있는 모더니티의 첨단의 향방을 살피기 위하여 저 높은 하늘에 떠 있던 비행선을 올려다보고 있었으면서도 지하 속에 숨겨진 암실의 존재를 감지해 내고자 했기 때문이다. 그것이 바로 김해경이 추구했던 예술적 요체였거니와 모더니티에 대한 탁월한 감식안이었다.

'且8氏'의 출발에 관한 오해들

이상이『조선과 건축』잡지에 일본어로 발표했던 시들은 어느 것이나 실험적인 형식과 생경한 관념어의 사용, 기하학적 도식과 수식의 사용 등을 특징으로하고 있다. 그중에서도 「차8씨의 출발(且8氏の出發)」은 특히 그 난해함으로 인하여 해석에 큰 어려움이 뒤따르고 있다. 이는 이 시에 사용되는 특히 일본어와 한자로 표기된 생경한 관념어들이 서로 단단하게 묶여 있어서 쉽게 해석적 틈을 찾아내기 어렵기 때문이다. 이 당시의 이상 시를 해석하는 데 있어 자의적인 해석의 오류를 범하지 않기 위해서는 그의 텍스트의 겉 육체 내부를 찢고 들어가 단단한 해석적 닻을 내릴 필요가 있다. 이상이 당시 사용했던 시어들의 실제적인 참조 맥락을 재구성하는 이른바 전고(典故)를 확인하는 작업이 긴요하다.

지금 이 장에서 확인하고자 하는 전고는 바로 1931년『조선과 건축』이라는 잡지에 발표한 「차8씨의 출발」에 등장하고 있는 것이다. 특히 이 시에 등장하는 '윤부전지(輪不輾地)'라는 구절에 대해서는 진작부터 여러 가지 해석적 가능성이 제기되어 왔다. 특히 이 구절은 기존에는『장자』의 한 구절을 참조하여 파자(破字)한 것으로 해석되어 왔거나 일본문단에서 아방가르드한 시운동을 이끌었던『시와 시론』*의 6권에 수록되어 있는 안자이 후유에*의 시에서 따왔을 가능성이

제기되기도 하였다. 이 장에서는 전자의 파자로서의 언어놀음의 가능성보다는
후자, 즉 안자이의 시에서 따왔을 가능성에 좀 더 무게를 두고 있다. 특히 이 구
절은 안자이가 『시와 시론』에 발표한 「1927년(一九二七年)」에 똑같이 인용되어 있
기 때문이다.

> 윤부전지(輪不輾地) 개봉된 지구의를 앞에 두고서 설문 1제
>
> 이상(李箱), 「차8씨의 출발(且8氏의 出發)」, 건축무한육면각체 연작, 『朝鮮と建築』, 1932.7, 26쪽.

> '윤부전지(輪不輾地)'라고 하는 장자의 설은, 비행의 가능성을 암시했던 것
> 이 아니었을까. / '이우위직(以迂爲直)'라고 하는 손자의 학은, 2점 사이의 최단
> 거리가 곡선이라고 하는, 대권항로의 계시였던 것은 아니었을까.
>
> 안자이 후유에(安西冬衛), 「1927년(一九二七年)」, 『詩と詩論』 6, 厚生閣書店, 昭和5年(1930), 80쪽.

이 시에서 안자이 후유에는 『장자』의 잡편 중 「천하편」에서 '윤부전지(輪不蹍
地)'를 인용하여 시 속에 포함하고 있으며, 이상과 마찬가지로 같은 음을 가진
한자인 '蹍'자를 '輾'자로 바꾸어 쓰고 있다. 이 시가 1929년 12월에 발행된 『시
와 시론』 6호에 실려 있고, 「차8씨의 출발」이 1932년 7월에 『조선과 건축』에 실렸
으므로, 이 둘을 비교하면 이상이 쓰고 있는 '윤부전지(輪不輾地)'라는 파자된 어
구가 적어도 이상의 독자적인 것은 아님이 명백하다고 할 수 있다.

이를 확인하기 위해서 당시 일본에서 출판된 『장자』의 원전 몇 종을 확인해
보았는데 당대 일본에서의 표기는 '윤부전지(輪不蹍地)'가 일반적이었다는 사실
을 알 수 있다. 따라서 이는 안자이의 의도적인 시적 기교이거나 관례적인 바꿔
쓰기일 것으로 생각된다. 우선 이 구절이 안자이의 의도적인 것인가 확인하기 위
해서 위의 밑줄 친 부분을 보면, "'輪不輾地'라고 하는 장자의 설은('輪不輾地'とい
う莊子の說は)"이라고 하며, 시구 속에서 장자의 글귀를 인용하는 형식을 취하고

아방가르드 문학예술 잡지, 『시와 시론』

『시와 시론(詩と詩論)』은 1928년부터 1933년까지 일본 후생각서점에서 간행된 시 잡지이다. 1년에 네 번 계간으로 간행되었다. 이 잡지는 하루야마 유키오(春山行夫, 1902~1994)가 후생각서점에 취직하면서 홀로 편집위원이 되어 간행되어 나오기 시작했다. 동인으로 키타가와 후유히코(北川冬彦, 1900~1990), 콘도 아즈마(近藤東, 1904~1988), 칸바라 타이(神原泰, 1898~1997), 이이죠 타다시(飯島正, 1902~1996), 우에다 토시오(上田敏雄, 1900~1982), 안자이 후유에(安西冬衛, 1898~1965), 토야마 우사부로(外山卯三郎, 1903~1980), 미요시 다쓰지(三好達治, 1900~1964), 타키구치 타케시(滝口武士, 1904~1982), 타케나카 이쿠(竹中郁, 1904~1982) 등이었고, 동인 외에, 니시와키 준자부로(西脇順三郎, 1894~1982), 요시다 잇스이(吉田一穂, 1898~1973), 요코미쓰 리이치(橫光利一, 1898~1947), 키타조노 카쓰에(北園克衛, 1902~1978), 와타나베 슈조우(渡辺修三, 1903~1967), 카시이 모토지로(梶井基次郎, 1901~1932), 마루야마 카아루(丸山薫, 1899~1974), 호리 타쓰오(堀辰雄, 1904~1953), 타키구치 슈조(滝口修造, 1903~1979), 사카모토 에츠로(坂本越郎, 1906~1969), 히시야마 슈조(菱山修三, 1909~1967), 무라노 시로(村野四郎, 1901~1975), 사사자와 요시아키(笹沢美明, 1898~1984) 등이 글을 실었다.

『시와 시론』은 1933년까지 제14호의 책을 내다가 『문학』이라는 제호로 바뀌었고 서구에서 수입된 미래파, 입체파 등 전위적인 초현실주의적 예술사조의 문학적 실천을 지향하고 있었고, 시 작품뿐만 아니라 문학론을 담고 있는 문학평론 역시 활발하게 실어 일본 문예에서 이른바 모더니즘 운동을 이끄는 데 중요한 역할을 담당하였다.

안자이 후유에

안자이 후유에(安西冬衛, 1898~1965)는 나라현 출신의 일본 시인이다. 1920년 중국 대련(大連)으로 건너가 시 창작 활동을 하다가 관절염으로 오른쪽 다리를 절단했고 이러한 불구가 그의 이후 시세계를 규정하는 중요한 의미를 갖게 되었다. 1924년 11월에는 키타가와 후유히코와 함께 시 잡지인 『亜』를 대련에서 창간하였고 일본으로 돌아와 『시와 시론(詩と詩論)』, 『문학(文學)』 등의 동인으로 활동하면서, 『군함말리(軍艦茉莉)』(1929), 『아세아의 함호(亜細亜の鹹湖)』(1933), 『목마른 신(渴ける神)』(1933) 등의 시집을 발표하였다. 안자이의 시적 경향은 전반적으로 모더니즘의 기교만을 강조하기보다는 우울한 정서를 강조하는 것이었다. 그는 제국 일본의 시인이었으나 식민지와 제3세계적인 감수성에 공명하고 있던 시인이었다.

안자이 후유에

있으므로 그가 대상을 패러디할 목적으로 의도적으로 이 구절을 바꾼 것이라고 보기는 어렵다.

흥미로운 지점은 이상이 시 속에 쓴 '윤부전지(輪不輾地)'를 『장자』로부터 끌어와 쓴 것이 아니라 『시와 시론』에 실린 안자이의 이 「1927년」에서 끌어왔을 개연성이 존재한다는 사실이다. 1930년대 초 당시 조선총독부도서관에 『시와 시론』을 비롯하여 『시와 시론』 동인의 시집들이 거의 시간 차이 없이 들어와 빠짐없이 구비되어 있었다는 사실과 이상이 『시와 시론』을 폭넓게 독서하고 그로부터 영향받고 있었다는 사실을 감안한다면 이상이 『장자』를 직접 읽고 그것으로부터 이 구절을 끌어온 것이라기보다는 차라리 안자이의 시를 읽고 그 맥락으로부터 끌어왔던 것은 아닐까 하는 추정은 그리 무리한 것은 아닐 것이다. 그렇게 본다면 지금까지 연구에서 이상이 창작상에서 기존 한자의 부수를 바꿔 쓴다든가 한자를 파자(破字)한다든가 하는 수법을 사용한 것을 두고 이를 전적으로 데포르마시옹(déformation, 형식파괴)의 기교적인 차원과 연관짓거나, 이상이 높은 수준의 한학(漢學)적 소양을 획득하고 있었다는 전제로 이어져왔던 기존의 이해는 다시 생각해 볼 여지가 생기게 된다. 물론 이상이 일종의 모더니즘의 기법으로 활용했던 한자 변형의 기법들의 독특한 창작적 성격을 모두 배제 한다거나 이상이 작품 속에서 사용한 한자 어구들이 모두 전적으로 일본시의 영향이라고 단정지어 환치할 수 있는 것은 아니다. 다만 '이상'이라는 작가를 둘러싼 신화 형성 과정을 통해 이상의 수사적 기교나 한학적 소양을 기정사실로 절대화하던 기존의 시선에 어느 정도 재고가 필요하다는 것은 분명하다.

일단 이상이 안자이의 시 「1927년」으로부터 『장자』의 '윤부전지(輪不輾地)'를 꺼내어 쓰고 있을 가능성을 확인하기 위해서는 안자이 후유에의 시 전문을 대략 번역해 볼 필요가 있다.

크누트 에케나의 인터뷰가 나의 머리에 무게추를 달았다. / "이곳은 프리드리히 스와펜과 같은 기분이 든다. 어느 아침의 달이 그라프 체펠린과 함께 일본에 찾아온 것처럼 생각된다"고. / 나는 기울어가면서 회상 속으로 추락해 간다. / 일찍이 나는 자사(子史)를 배웠다. / '輪不輾地'라고 하는 장자의 설은, 비행의 가능성을 암시했던 것이 아니었을까. / '以迂爲直'라고 하는 손자의 학은, 2점 사이의 최단거리가 곡선이라고 하는, 대권항로의 계시였던 것은 아니었을까. / 내가 구면삼각법의 강의에 따분해하고 있던 때에, 린드버그는 겨우 7세의 유아였던 것이었다. / 후년 그가 아틀란틱(atlantic, 대서양)을 넘어갔던 때, 나는 지상에서 꽃빵(麪包花)을 쥐어뜯고 있을 뿐이었다. / 아니오. 꽃빵을 쥐어뜯는 것보다도 더 공허한 행위를……

안자이 후유에(安西冬衛), 「1927년」, 『詩と詩論』 6, 厚生閣書店, 1930, 80쪽.

안자이의 이 시는 독일의 비행선인 그라프 체펠린(Graf Zeppelin, LZ-127/ツェッペリン伯)호*가 세계일주를 계획하고 독일을 출발하여 1929년 8월에 중간 기착지로 일본 동경에 도착했던 사건을 시적 모티프로 하여 창작된 것이다. 안자이는 체펠린호에 탑승했던 후고 에케너 박사*의 아들 크누트 에케너의 인터뷰 내용으로부터 2년 전에 행해졌던 찰스 린드버그*의 대서양 횡단을 떠올리며, 비행 산업과 기계문명에 있어서의 서구의 놀라운 발전에 놀라고 있는 것이다. 그는 그러면서도 동양에서 이미 '윤부전지(輪不輾地, 바퀴는 구르지 않는다)'나 '이우위직(以迂爲直, 굽음으로 곧음을 삼는다)' 같은 중국의 철학자 장자와 손자의 말 속에 이미 첨단의 비행역학적 전제가 들어 있음을 발견한다. 그에 따르면 일찍이 장자가 언급했던 '윤부전지'는 비행 가능성에 대한 암시이고 손자가 말했던 '이우위직'은 3차원의 세계 속에서는 두 점 사이의 최단거리가 직선이 아닐 수도 있다고 하는, 유클리드 기하학을 깨뜨리는 비유클리드 기하학의 성취를 담고 있는 발언일 수 있다는 것이다. 이렇게 보면, 대서양을 횡단하며 대권항로를 개척하는 데 기여했던 서구의 린드버그가 비행에 대해서 아무것도 몰랐던 백치이자 '유아'

찰스 A. 린드버그

린드버그(Charles A. Lindberg, 1902~1974)는 1927년 5월 20일에 미국의 롱아일랜드에서 프랑스의 파리까지 쉬지 않고 단독으로 횡단하는 데 성공한 미국의 비행기 조종사이다. 그는 '세인트루이스 정신(The Spirit of St. Louis)'이라는 이름의 비행기로 아메리카 대륙과 유럽 대륙 사이의 대서양을 횡단했다.

찰스 린드버그

린드버그와 비행기 '세인트루이스의 정신'

체펠린백호의 세계일주

일본 「아사히신문」에 실린 체펠린백호의 사진

일본에서는 당시 이 비행선을 Z백호(Z伯號)라고 지칭했다.

이 '그라프 체펠린호(LZ-127)'는 독일의 페르디난드 폰 체펠린 백작과 후고 에케너가 만든 것으로 LZ-1호부터 지속적으로 개량되어 온 것이다. 이 '그라프 체펠린호(Graf Zeppelin)'를 타고 에케나 박사는 독일의 프리드리히 스하펜에서 출발하여 1만 2021킬로미터 떨어진 일본에 도착했다.(下村宏, 『飴ん棒』, 東京: 日本評論社, 昭和5, 249-250쪽 참조.)

이 체펠린호는 '체伯號', '쩨伯號', 'Z伯號' 등으로 지칭되었는데 여기에서 '伯'은 독일어인 'Graf'에 대응하는 제작자인 체펠린의 백작 지위를 표시하는 것이다. 오사카에서 발행한 「아사히신문」 1929년 8월 15일자에는 그라프 체펠린호가 독일의 프리드리히 스하펜의 비행장에서 시험비행했던 사진을 싣고 있다. 비행선의 옆으로 GRAF ZEPELIN이라는 글자가 보인다.

비행선의 창시자 체펠린 백작

체펠린 백작(Ferdinand Adolf Heinrich August Graf von Zeppelin, 1838~1917)은 독일의 군인이자 비행선 제작자로, 비행기 제작회사를 차려서 체펠린 비행선을 제작하였다. 그는 군인으로 보불전쟁에 참가하여 1872년에는 장군으로 퇴역하였다. 이후 비행선에 대한 아이

'이상(李箱)'이라는 현상

디어를 가지고 그것에 몰두하여 프러시아 당국과 협의를 벌인 끝에 지원을 받아 1898년에 최초의 비행선인 LZ-1을 건조하였다. 그리고 지속적인 업그레이드를 통하여 더욱 오래 비행할 수 있는 기체를 만들었고, 그가 만든 경식 비행선은 1차 세계대전 중에는 군용으로 쓰였다. 그는 1차 세계대전이 끝날 무렵인 1917년에 폐렴으로 사망하였다.

체펠린 백작

후고 에케너 박사

후고 에케너(Dr. Hugo Eckener, 1868~1954)는 체펠린 백작의 유지를 이어 비행선의 개발에 매진하여 체펠린 박사의 이름이 붙은 체펠린호를 자신의 아들인 크누크 에케너와 함께 타고 세계일주에 성공하였다. 이후 그가 만든 LZ-129 힌덴부르크호는 나치 치하의 독일에서 여객, 정치 선전 등으로 활용되었으나 1937년에는 힌덴부르크호는 화재로 폭발하여 비행선의 시대는 막이 내렸다. 오른쪽은 『아사히신문(동경)』 1929년 8월 20일자에 실린 에케너 박사가 일본에 도착할 당시의 사진이다.

후고 에케너

였을 때에도, 동양인인 자신은 이미 『장자』나 『손자』를 배우며 그들이 가르치는 '첨단'의 구면삼각법을 배운 셈이었는데, 오히려 그것에 지루해하고 있었다는 것이다.

하지만 이러한 상황은 1927년이 되어 린드버그가 대서양 횡단에 성공했을 때 전혀 뒤바뀌게 되어, 자신은 겨우 지상에서 아무 의미도 없는 공허한 행위나 하고 있을 수밖에 없을 정도로 처지가 뒤바뀌었다는 것이다. 안자이는 이 시를 통하여 동양과 서양 사이의 용해되지 않는 과학기술문명적인 차이를 동양의 정신적인 권위로 전치해 내고자 의도하면서도 서양의 물리학과 비행 역학, 그리고 이를 응용한 기계문명에는 결국 압도당하는 모습을 가감 없이 보여주고 있는 것이다.

이처럼 당시 독일의 비행선이 북극점 주변을 통해 세계를 일주하며 다름 아닌 일본을 중간기착지로 택했다는 사실은 일본인들에게는 엄청난 사건으로 받아들여겼다. 당시 「아사히신문」은 특파원을 체펠린호에 파견하고 동승하게 하여 1929년 8월 초 체펠린호의 출발 이전부터 동경에 기착하기까지 거의 매일 관련기사를 내보내고 있었으며 체펠린호가 동경에 도착한 8월 18일에는 2차례에 걸쳐서 호외를 발행하는 등 지대한 관심을 표현하였다. 또한 이 신문은 틈틈이 체펠린호가 지금까지 어느 거리만큼 왔는지 지도에 표시해 주면서* 거의 실시간으로 체펠린의 비행을 중계하다시피 하여 그의 세계일주가 단순히 전혀 다른 시공간적 차원에서 벌어진 사건이 아니라 바로 지구 상의 시공간 차원 속에서 벌어진 사건임을 실감하도록 했던 것이다.

이러한 체펠린호의 세계일주는 일본인들로 하여금 세계의 크기에 대한 감각을 새롭게 경험하도록 하는 역할을 했다. 즉 이는 단순히 물리적인 크기의 문제가 아니라 정신적인 것이 함께 얽혀진 모더니티의 구조를 형성했던 것인데, 말하자면 이 체펠린호의 일주를 통해 일본과 유럽 사이에 놓인 모더니티의 해소되지 않는 간극을 비행선이 이동한 1만여 킬로미터의 거리만큼으로 대체할 수 있었다는 의미이다. 지도 위에 시각화되어 나타난 모더니티의 거리는 따라잡아야만 하는, 혹은 충분히 그럴 수 있는 대상으로서 서구의 기계, 기술문명에 대한 동경을 만들어내면서 다른 한편으로는 서구에 대한 열등감을 만들어내는 이중적인 내면 구조를 형성하게 되었던 것이다. 안자이는 이 시에서 체펠린호의 세계일주를 통해 희망과 절망이 얽혀 있는 복합적인 심리적 내면을 형상화하여 보여주고 있다. 동서양의 기술문명의 절대적인 차이를 지도 위의 물리적인 거리로 치환하는 과정 자체가 서구의 근대적인 비행기술을 통해서야 가능해졌다는 것이 바로 안자이가 무기력하게 절망할 수밖에 없는 지점일 것이다. 이렇게 체펠린호의 세계일주가 일본인들의 정신에 중요한 영향을 끼쳤다는 사실과 그 양상은 1929년에서 1931년 사이에 키타하라 하쿠슈(北原白秋)를 비롯한 많은 일본의 시인들이 바로 이 체펠린호를 모티프삼아 장식했던 시들을 살펴보면 어느 정도 파악할 수 있을 것이다. 가령 에구치 하야토(江口隼人, 1905~1948)는 다음과 같이

'이상(李箱)'이라는 현상

체펠린백호의 비행 궤적

「아사히신문(오사카)」, 1929.8.18.

「아사히신문(오사카)」, 1929.8.19.

「아사히신문(동경)」, 1929.8.27.

독일 프리드리히스 하펜을 떠난 체펠린백호가 동경에 도착하기까지는 4일이 걸렸다. 일본의 신문들은 일제히 체펠린백호의 출발부터 동경에 도착하기까지의 과정을 상세하게 표시하여 보여주고 있었다. 이 체펠린백호는 베를린, 단치히를 거쳐 시베리아를 횡단하였고 일본에 기착한 뒤 태평양을 넘어가 미국에까지 이르렀다.

쓰고 있다.

> 체펠린 비행선이 온 제국호텔에는 칙사대접이란다. / 그렇다면 좋겠네. / 제국호텔의 광고가 된단다 / 그것 하나는 좋네 / ─그런 이야기를 하며 노송나뭇닢담을 친구들과 걸었다. / 다음 날 아침, / 신문지는 펄럭펄럭하는 가을바람을 해가 눌렀던 에케나의 황동색 사진에 흰구름이 고요히 흘렀다. / 나도 비행선 타게 되면 좋겠다.

에구치 하야토(江口隼人), 「살찐 가을(肥つた秋)」, 東京: 文書堂, 1929, 9쪽.

1929년 일본에서 나온 시 모음집인 『전일본시집(全日本詩集)』에 실린 이 시에서 에구치 하야토는 체펠린호에 대한 퍽 신속한 감상을 보여주고 있다. 그는 당시 체펠린 비행선에 탑승하여 동경에 왔던 승무원들이 묵었던 동경의 제국호텔

앞이 관계자들과 시민들로 웅성거리는 것에 대해 질투와 동경을 섞어 친구들과 나누었던 이야기를 소재로 하여 시를 쓰고 있는 것이다. 물론 누렇게 바랜 가을을 배경으로 체펠린호에 대한 세간의 이례적일 정도로 대단한 관심을 이야기하는 그의 태도 속에서는 단지 동경에서 비롯된 희망보다는 어딘지 모르게 쓸쓸해져 버린 감정을 읽어낼 수 있다. 물론 그 감정은 분명 양가적인 것으로 단순하지 않다. 한편으로 그는 체펠린 비행선이 그렇게 환영받는 이유를 모르겠다는 투의 뉘앙스로 서구에 비해 뒤처진 일본의 기술문명에 대한 열등의식을 숨기지 않고 표출하고 있는가 하면, 다른 한편으로는 '나도 비행선을 타게 되면 좋겠다'라는 말을 하면서 그야말로 순진한 부러움을 표시하고 있기도 한 것이다. 여러 번 지적했듯 비행선을 타고 세계를 일주한다는 것은 단지 여행의 의미만을 담고 있는 것이 아닌, 시대적 문명의 총아에 탑승한다는 의미였기 때문이다. 비행선을 탄다는 것은 근대적인 시간적 좌표의 방향으로 광속과 같이 움직이고 있는 현대에 올라타는 것 그 자체가 아닐 수 없었다. 일본인으로서는 앞서「아사히신문」의 기자만이 이 비행선에 동승하여 취재했다는 것은 이미 지적한 바 있으나, 이 시인의 부러움은 이 기자의 입장에 대한 것만을 넘어서 서구의 과학기술문명을 향해 있다. 서구의 그것에는 미치지 못하는 일본의 과학기술에 대한 자기동일시의 시선인 것이다. 1930년 이후에 일본에서 발표된 체펠린호의 방문을 다룬 시들은 이와 같이 대부분 서구의 과학기술에 대한 일정한 시선을 밑바닥에 깔고 있는 경우가 많다. 물론 상당수의 시들은 대부분 체펠린호에 대한 긍정적인 시선과 더불어 그러한 기술문명을 일본의 미래와 연관지으며 낙관적인 시선을 보여주는 경우가 많다. 이는 분명 일본인들의 정신 속에 동서양의 기계문명적 차이에 대한 태도의 전치가 이루어지고 있다는 의미일 터이다.

아아, 체펠린, 은백의 흰 꼬리 독수리. / 너야말로 예시와 환상의 여왕, 시간과 공간의 단축자, 지구를 도는 급속력의 가죽벨트, 기류의 단추. 하늘계의 심박음. / 너야말로 정교하고 치밀한 근대의 두뇌, 무너지지 않는 힘의 모체, 과연 앙등하는 동심의 발효모체, 포만의 육체, 훈향의 공기주머니. (중략) 오오, 용약한다, 초월한다, 또 탕요한다, 유동한다, 대기의 비상자, 발견자, 정확한 한 선의 코스 / 비상한다, 비상한다. 지상을, 녹소(綠素)를, 인류를, 산옥(山嶽)을, 해양을, 무지개와 달을 열애하는 정열의 태풍, 천상의 감각체, 쾌적한 여행선, 체펠린. / 오라, 최신으로 하고 지순한 과학의 처녀, 장려한 꽃의 신부, / 아아, 아침은 외쳐라, 세계의 새벽에 외쳐라, 일본은, 동방의 태양은 외쳐라. / 오라, 너의 태양은 외쳐라.

키타하라 하쿠슈(北原白秋), 「체펠린백호에 보낸다(ツエッペリン伯號に寄す)」, 詩人協會 篇, 『一九三一年詩 集』, 東京: アトリコ, 昭和6年(1931), 78〜79쪽.

아내여, 잠깐 집 밖에 나가 / 체펠린백호의 모습을 보렴. / 3백만 제국도시의 시민의 환호 위를 / 백은의 선체에 석양을 뒤집어쓴 / 빛나고, 엄숙하고, 느긋하게 / 비상하는 한가로운 체펠린백호의 모양을 보렴. // 체펠린백호, Z127호 / 이것이야말로 유럽과 아시아를 연결하는 평화의 사자였다. / 그 피곤한 기색도 없이 / 남성스럽게 위대한 하늘의 정복자를 보라.

시부야 에이이치(澁谷榮一), 「체펠린백호를 보내며(ツエッペリン伯號を迎へて)」, 『赤き十字架』, 東京: 交蘭社, 1931, 90쪽.

한편 단순한 부러움에서 벗어나 키타하라 하쿠슈(北原白秋)의 경우에는 근대적인 기계과학문명의 총아로서 체펠린호를 추켜세우고 있기도 하다. 게다가 시부야 에이이치(澁谷榮一)는 체펠린호에 남성적인 이미지를 부여하며 유럽과 아시아를 연결하는 평화의 사자로서의 역할을 부각하고 있으며, 이에 대해 찬사를 보내고 있다. 이 시들은 마치 체펠린호의 과학기술이 언젠가는 고스란히 일본 자신의 것이 될 것이라는 희망이라도 내포하고 있는 것처럼, 유럽과 아시아가 가까이 연결되어 있음을 부각시키고, 다른 한편으로는 일본은 아침으로 세계의 문명은 새벽으로 비유하고 있는 것이다. 새벽과 아침의 시간적 차이는 절망과 부러움이라는 감정이 그 현대성을 따라잡을 수 있다는 희망과 낙관으로 바뀌는 중요한 계기가 되는 것이다. 또한 당대에 Z백호에 대한 비판이 전혀 없었던 것도 아니었다.* 이러한 반응들은 체펠린호가 일본인들의 정신에 어떤 영향을 주었는가 하는 사실을 어느 정도는 가늠해 볼 수 있게 하는 중요한 증례가 된다.

「차8씨의 출발」과 'Z백호'의 관련성

지금까지 'Z백호'가 세계일주 도중에 일본에 기착했던 사건이 일본인들의 심리적 내면에 어떤 영향을 주었는가 하는 문제를 통해, 이러한 영향이 안자이 후

만화잡지 『동경퍽』에 실린 Z백호에 대한 비판

물론, 당시 일본에서 이 Z백호에 대한 비판의 목소리 역시 적지 않았다. 그것은 당연하게도 이 비행선이 독일의 군사적 목적으로 개발되어 수많은 사람들에 대한 살상무기로 변하고 결국에는 기존의 제국주의 파시즘 체제를 공고하게 할 것이라는 우려와 관련된 것이다. 이와 같은 제국주의 비판에 앞장섰던 만화잡지인 『동경퍽(東京PUCK)』에는 다음과 같은 만평이 실려 있다.

이 그림 속에는 자본가와 군인이 Z백호가 날고 있는 하늘을 뒤덮고 있다. 아래에서 바라보는 Z백호는 마치 죽음의 사자처럼 높게만 보인다. 따라서 식민지 조선의 문학가로서 비행기나 비행선으로 대표되는 기계문명에 대한 감수성이 제국의 문학가들처럼 단순한 찬탄에 닿아 있기보다는 오히려 이와 같은 비판에 닿아 있을 여지는 결코 간과되어서는 안 된다.

잡지 『동경퍽(東京パック)』에 실린 만평 「그라프 체펠린(グラフ ツエツペィン)」 (1929.10)

'이상(李箱)'이라는 현상

유에의 시 「1927년」에 어떻게 반영되었는가 하는 바를 살펴보았다. 그렇다면 다음으로 궁금한 것은 역시 과연 이상이 자신의 시 「차8씨의 출발(且8氏의出發)」에서 안자이가 사용했던 '윤부전지(輪不輾地)'를 사용하면서 체펠린호라는 비행선의 기술적 문명과 관련된 배경까지 끌어다 자신의 시에서 전유하고 있는 것이 확실한가 하는 여부일 것이다. 사실 Z백호라는 비행선은 이상에게 새삼스러운 대상은 아니었다. 이상은 이미 「차8씨의 출발」이 포함된 '건축무한육면각체(建築無限六面角體)' 연작 중 한 작품인 「잡화점에서(AU MAGASIN DE NOUVEAUTES)」의 한 구절에서 이미 이 'Z백호', 즉 체펠린백호를 언급한 바 있었기 때문이다.

> 쾌청한 공중에 붕유하는 Z백호 회충양약이라고 쓰여 있다.
>
> 이상(李箱), 「AU MAGASIN DE NOUVEAUTES」, 「朝鮮と建築」, 1932.7, 25쪽.

이 시 「잡화점에서(AU MAGASIN DE NOUVEAUTES)」는 당시 자본주의 사회 속에서 발생한 다양한 문화적 편린들을 마치 스케치하듯 묘사하고 있는 작품이다. 여기에 인용된 행은 이 시 속에서 의미적으로 연관되지 않는 독립된 한 행에 해당한다. 쾌청한 하늘 위에 마치 『장자』의 '붕(鵬)'과도 같은 Z백호가 떠 있는데 얄궂게도 그 표면에는 고작 '회충양약(蛔虫良藥)'이라고 쓰여 있더라는 것이다. 이상의 이력상, 그가 1929년 8월경 일본 동경에만 왔다 갔을 뿐인 Z백호, 즉 체펠린백호를 실제로 보았을 가능성이 없기 때문에, 그는 아마도 체펠린호에 대한 정보를 신문기사나 앞서 언급했던 관련 시들을 통해 얻었을 것이다. 게다가 이 시에서는 Z백호의 표면에 회충양약이라고 쓰여 있다고 하니, 이는 아마 신문지상에 실린 체펠린호를 활용한 관련 광고를 보았을 것으로 생각된다.

당시 「아사히신문」에는 체펠린호를 이용한 광고들이 자주 실리곤 하였는데 이는 초반에는 독일산의 기계부품이나 영사기(필름, 렌즈) 광고가 주로 이루어지다가 나중에는 의약품 광고나 식품 광고로 이어졌다. 특히 「도쿄아사히신문」에

광고된 '糠漬の素'는 몸속의 기생충을 없애는 기능을 갖고 있는 의약품인데 이 것의 기능과 광고의 형태를 보면 이상이 이 시 구절 속에서 언급하고 있는 게 바로 이 광고가 아니었을까 추측할 수 있게 한다.* 주로 묘사적인 기법을 활용하고 있는 이 시에서 이상이 Z백호에 대한 특별한 감상을 표현하고 있는 것은 아니다. 하지만 '장자'의 붕에 비견되는 Z백호가 고작 자본주의 광고에 활용되는 현실을 그려내고 있는 것을 보면 어느 정도 시대비판적인 정서를 읽어낼 수 있기도 하다. 무엇보다 이처럼 이상이 Z백호에 대해 관심을 갖고 있었으며 이를 시적 형상화의 대상으로 삼고 있었다면 아까의 윤부전지를 바로 안자이의 앞 시의 맥락에서 끌어왔을 개연성이 높아지게 된다.

이상에서 살핀 전고에 대한 이해를 바탕으로 한번 「차8씨의 출발」을 해석해 보도록 하자. 당연하게도 그 시작점은 '윤부전지'부터이다.

Z백호가 광고에 이용된 사례들

Z백호, 즉 체펠린백호는 당시 일본에서 최고의 광고 소재였다. 처음에는 주로 독일산의 기계부품, 영사기(필름, 렌즈)의 광고 모델로 이용되다가 점차 공산품, 의약품, 식품 광고들로 이어졌다. 오른쪽 하단의 광고는 '糠漬の素'라는 의약품의 광고인데, 여기에는 다음과 같은 내용이 적혀 있다. '流行病菌, 寄生虫卵を殺菌し, 病原を豫防します(유행병균, 기생충알을 살균하고, 병원을 예방합니다.)'

「아사히신문(동경)」, 1929.8.23의 신발 광고

「아사히신문(동경)」, 1929.8.21의 약품 광고

「아사히신문(동경)」, 1929.8.21의 두통약 광고

'이상(李箱)'이라는 현상

윤부전지 개봉된 지구의를 앞에 두고서의 설문 1제

이상(李箱), 「차8씨의 출발」, 『朝鮮と建築』, 1932.7, 26쪽.

이상 시 「차8씨의 출발」의 이 구절을 보면 '윤부전지'는 다름 아니라 '개봉된 지구의(展開된地球儀)'를 앞에 두고서 제출된 설문 중의 하나임을 알 수 있다. '개봉된 지구의'가 3차원의 입체인 지구를 2차원 평면의 지도 위에 풀어놓았다는 의미가 될 수 있다면 당시 북극점을 둘러싸고 이루어졌던 체펠린호의 비행 궤적을 표시해 주고 있었던 당시 신문기사*의 한 장면을 떠올리는 것은 자연스러운 일이다. 즉 '윤부전지'라는 구절은 이상의 이 시에서 이미 '비행의 가능성'이라는 측면에서 안자이적인 맥락과 관련되어서 읽힐 수 있는 가능성이 있다는 의미이다. 게다가 한 발 더 나아가본다면, '차8'이란 결국 '체펠린'을 이상이 나름의 방식대로 음차한 것이 아닐까 하는 상상을 해볼 수도 있다. 물론 이는 좀 더 확인을 요하는 문제겠지만 말이다.

균열이 생긴 장가이녕의 땅에 한 대의 곤봉을 꽂음. / 한 대는 한 대대로 커짐. / 수목이 자라남. / 이상 꽂는 것과 자라나는 것과의 원만한 융합을 가르

'개봉된 지구의' 위에 표시된 Z백호의 세계일주 궤적

당시 「아사히신문」은 동경판과 오사카판이 따로 나오고 있었다. 동경판에서는 주로 이 비행선을 'Z백호(Z伯號)'라고 지칭했고, 오사카판에서는 '체백호(ツエ伯號)'라고 지칭하곤 했다. 오른쪽의 그림은 오사카판 「아사히신문」 1929년 8월 30일자에 실린 체펠린백호의 여정을 지구의 위에 표시한 것이다. 이 그림을 통해서 보면, 체펠린백호는 북극점을 중심으로 크게 원을 돌면서 세계를 일주했다는 사실을 알 수 있다.

「아사히신문」에 실린 체펠린백호의 여정

침. (중략) 만월은 비행기보다 신선하게 공기 속을 추진하는 것의 신선이란 산
호나무의 음울함을 더 이상으로 증대하는 것의 이전의 일이다. // 윤부전지 전
개된 지구의를 앞에 두고서의 설문일제 // 곤봉은 사람에게 지면을 떠나는 아
크로바티를 가르치는데 사람은 해독하는 것은 불가능인가.

이상(李箱), 「차8씨의 출발」, 『朝鮮と建築』, 1932.7, 26쪽.

「차8씨의 출발」의 시 앞부분에서 화자는 '균열이 생긴(龜裂이生긴)' 진창 위에
곤봉(棍棒)을 하나 꽂는다. 그러자 이 곤봉은 수목(樹木)으로 변하여 사막 위에
울창한 산호나무를 이루게 된다. 생명이 없는 나무가 지나 지팡이를 땅에 꽂았
을 때 그것이 자라 울창한 나무가 되는 것은 성서를 비롯한 동서고금을 통틀
어 자주 발견되는 신화적인 상상력이 반영되고 있는 것이다. 게다가 이 시에 따
르면 이 곤봉은 '사람에게 지면(地面)을 떠나는 아크로바티를 가르치는' 존재이
다. 즉 이 곤봉은 '윤부전지(輪不輾地)'라는 비행 가능성을 실천하여 인간에게 지
구의 모양을 전개하여 보여주었던 체펠린백호의 길쭉한 원통형의 모양을 비유
한 것*이라 볼 수도 있을 것이다. Z백호라는 비행선은 분명 인간으로 하여금 공
중을 비행하도록 하는 기술을 제공하고 있는 셈이지만 그것이 모두에게 평등한
기술은 아니며 동서양의 균열된 모더니티 지형도를 딛고선 기계문명이라는 점에
서 그것은 인간이 보편적으로 습득할 수 있는 기술과는 다른 것이다. 따라서 곤
봉이란 이중적인 의미, 즉 인간에게 비행 가능성을 상기하도록 하는 Z백호 자체
이면서 서구의 기계문명을 상징하는 울창한 산호나무를 이루는 원인이라는 양
쪽의 상태를 모두 보유하고 있다.

한편, '만월은 비행기보다도 신선하게 공기 속을 추진하는 것의 신선(滿月은
飛行機보다 新鮮하게 空氣속을 推進하는 것의 新鮮)'이라는 구절은 당시 체펠린호에
탑승했던 에케너 박사의 인터뷰*를 상기하도록 한다. 에케나는 일본 도착 직후
했던 인터뷰에서 자신이 일본에서 보았던 달이 자신의 고향에서 본 달과 같다

'이상(李箱)'이라는 현상

Z백호의 형태

지면에서 보는 것과 달리, 공중에서 보는 Z백호는 길쭉한 형태로 마치 곤봉처럼 보인다. 이상은 어쩌면 이 Z백호의 모양을 보고서 시 속에 등장하는 곤봉을 떠올린 것은 아니었을까. 단지 곤봉일 뿐이지만 곧 울창한 나무가 되고 말 현대과학기술의 총아 말이다. 사진은 제국비행협회(帝國飛行協會)가 발행한 『Z백호 내항기념─체펠린화보(ツエッペリン畫報─Z伯号来航記念)』(1929)에 실린 Z백호의 외양이다.

Z백호 일본 방문 기념화보에 실린 Z백호의 외양

일본을 방문한 에케나 박사의 인터뷰

당시 「조선일보」는 일본에서 했던 에케나 박사의 인터뷰 기사를 「아사히신문」으로부터 전송받아 다음과 같이 번역하여 전재하고 있다. 인용해 보면 다음과 같다.

"연회를 마친 엑케나─ 박사는 기자에게 대하여 간단히 '서명도 아모것도 절대로 사절합니다. 오늘밤은 조금 머리가 아파서 숙소로 돌아가서 즉시 휴양을 하도록 하여주시오. 여행 중에는 한 사람도 병인이 없고 참으로 유쾌하게 지내었습니다. 그만큼 하고 오늘밤은 용서해 주시오'라고 말하였다. 그리고 작은 엑케나─ 씨는 '여기는 프리드리히 스와펜과 같은 감상이 난다 그날 아침의 달이 첩伯號와 함께 일본으로 따라온 것과 같이 생각된다.'…… (「朝鮮日報」, 1929.8.21. 의 인터뷰 기사.)

사진은 『Z백호 내항기념─체펠린화보(ツエッペリン畫報_Z伯号来航記念)』(1929)에 실려 있는 '체펠린백호의 2대 공헌자 체펠린과 에케너'.

Z백호 일본 방문 기념화보에 실린 체펠린 백작과 에케너 박사의 사진

는 의미로 "여기는 프리드리히 스와펜(에케나의 고향)과 같은 감상이 난다. 그날 아침의 달이 체펠린백호와 함께 일본으로 따라온 것과 같이 생각된다"고 말한 바 있었기 때문이다. 이 인터뷰 내용은 안자이의 시에도 고스란히 인용되어 있을 뿐만 아니라 당시 「조선일보」에도 전재되어 있었다. 물론 현실적으로 달이 비행선을 따라왔을 리가 없으므로, 이 에케나의 인터뷰는 당시의 아시아인들이 가장 바라고 있었던 유럽과 아시아 사이의 짧은 시간적 거리 혹은 동시성을 충족해 주고자 했던 정치적인 함의가 담긴 발언이었을 가능성이 높았을 터였다. 이러한 에케나 박사의 인터뷰를 받아 이상은 비슷하지만 약간 다른 맥락에서 만월이 비행기보다도 신선하게 공기 속을 추진하였으며 그것이 매우 신선하다고 표현 하였던 것이다.

군이 생각해 본다면, 하늘에 떠 있는 달은 유라시아 대륙을 4일 만에 횡단 하는 비행선보다도 빠르게 유럽과 아시아 사이를 건너온 셈인 것이다. 달이 비행선보다도 빠르게 공기를 추진하고 있는 것은 당연히 산호나무가 울창해지기 전, 말하자면 서구의 기술문명이 지금처럼 발달하기 전의 일이다. 비행 가능성이 란 적어도 '달'에게 있어서는 기본적으로 내재되어 있는 속성에 해당하는 것이지 만 이와는 달리 인간은 기계에 의존하지 않고서는 결코 비행할 수 없는 것이다. 같은 에케나의 인터뷰를 보고서 서구문명과의 거리감으로 절망하고 있는 안자 이와 달리, 이상은 이를 동서양 사이의 모더니티적인 간극이 아닌 인간의 보편성 문제로 환원하여 풀어내고자 하는 것이다. 어차피 인간이 곤봉이라는 도구 없이 그것이 가르치는 '아크로바티'를 습득하는 것은 불가능한 것이니 말이다. 그러 면 과연 어떻게 해야 할 것인가.

지구를 굴착하라 / 동시에 / 생리작용이 가져오는 상식을 포기하라 // 열 심으로 질주하고 또 열심으로 질주하고 또 열심으로 질주하고 또 열심으로 질주하는 사람은 열심으로 질주하는 일들을 정지한다. // 사막보다도 정밀한 절망은 사람을 불러세우는 무표정한 표정의 무지한 1대의 산호나무의 사람의 발경의 등 쪽인 전방에 상대하는 자발적인 두려움으로부터이지만 사람의 절망은 정밀한 것을 유지하는 성격이다. // 지구를 굴착하라 / 동시에 / 사람의 숙명적 발광은 곤봉을 내어미는 것이어라

이상(李箱), 「차8씨의 출발」, 『朝鮮と建築』, 1932.7, 27쪽.

여기에서 이상은 오히려 그렇게 절망하기보다는 역으로 지구를 굴착하라고 제안한다. 인간은 땅을 발로 디디고 있는 것이기 때문에 공중을 떠다니는 모더니티를 동경하고 있는 것은 결국에는 단단하지 못한 허공 위에 불가능성의 구조들을 만들어내는 것에 다름 아닐 것이기 때문이다. 따라서 그는 인간의 생리작용이나 고정관념같이 인간의 물리적인 삶을 규정짓는 요소들로부터 벗어나 차라리 도스토예프스키처럼 물리적인 지하 혹은 정신적인 내면 아래로 침잠하는 삶을 제안하고 있는 것이다. 이상은 이미 이러한 비행기술과 기계문명이 구축한 현대성의 모더니티가 결국은 인간들 사이의 균열을 만들어내는 절망의 구조를 띠고 있음을 간파하고 있었던 것이다. 이는 물론 이상이 앞서 삼차각설계도의 연작에서 보여주었던 인간이 물리적으로는 절대로 다다를 수 없는 속도를 관념 속에서 실험했던 바의 연장선에 해당되는 것이다. 빛보다 빠른 엄청난 속도로도 감당할 수 없는 인간의 한계는 결국에는 인간을 절망하게 하는 계기로 남게 될 뿐인 것이다.

또한 이상은 인간의 발광(發狂)을 두 가지 차원, 즉 숙명적인 것과 자발적인 것으로 나눈다. 인간의 숙명적인 발광은 곤봉을 내미는 것, 즉 Z백호와 같은 기계문명의 도구를 이용하는 것으로 달성된다. 하지만 그것은 어떤 의미에서는 자발적인 발광이기도 한 것인데 인간이 구축한 기계문명에 의존하는 것은 인간의 어쩔 수 없는 선택의 지점이면서 한계의 지점이기도 한 까닭이다. 차8씨의 온실에서 꽃을 피우지 못하는 '은화식물(隱花植物)'이 꽃을 피웠던 것은 분명 자발

적인 행위일 것이지만, 그것은 결국 차8씨가 감광지에 비추어 만들어낸 인공적인 조화에 불과했던 것이다. 그것은 인간이 만들어낸 현대성의 모더니티 체계로부터 도주하고자 했으나 결국 다시 갇힐 수밖에 없는 숙명에 대한 비유였던 것이다.

좀 더 읽어볼 만한 글들

이상이 실제로 경험했던 동시대의 기호들을 중심으로 이상문학의 기호적 편린을 그러모으고 자 했던 시도들은 지금까지 자주 이루어졌다. 특히 이상문학에 나타난 근대성의 기호들, 당시 경성의 소비문화를 상징하는 백화점이나 카페, 각각의 상품들이 갖고 있는 독특한 시대적 상징 들을 경유하여 이상이 동시대를 사유하는 데 있어서 얼마나 예민한 감각을 갖고 있었는가 하는 바를 규명하고자 한 것이 그러한 시도와 관련된다. 물론 이상문학에 있어서 이러한 시대적인 기 호들은 핵심적인 의미를 빗겨난 배경적인 것에 지나지 않는다는 비판도 이루어질 수 있겠으나 적어도 그러한 동시대적인 기호들이 이상이라는 난해한 기호 체계에 상처를 내는 역할을 담당 한다는 사실을 부인하기는 어렵다. 꼭 모던한 기호만이 아니더라도 이상과 동시대를 떠도는 기 호들은 일종의 전고로서 해석적인 단서를 제공해 주고 있기 때문이다.

이러한 비교문학의 가능성을 최대한 끌어올린 연구로는 김주현의 「이상 소설 연구」(소명출 판, 1999)와 박현수의 「모더니즘과 포스트모더니즘의 수사학」(소명, 2003)을 들 수 있다. 이 책 에서 박현수는 「且8씨의 출발」에 등장하는 '윤부전지'라는 구절이 '윤부전지'가 장자를 경유한 것이기보다는 「詩と詩論」에 실린 안자이 후유에(安西冬衛)의 것을 차용했다는 사실을 최초로 제시한 바 있다.

일본의 대표적인 이상문학 연구자인 란명(蘭明)의 「李箱と昭和帝國(이상과 소화제국)」(思潮 社, 2012)은 일본문학과 이상문학의 비교적인 관점을 충실하게 파헤치고 있는 가장 최근의 책 으로 손꼽을 수 있다. 이 책은 기존 한국 내에서 이상을 비교문학적 관점으로 연구하려는 시각 과는 다소 다른, 새로운 시각을 드러내고 있다. 특히 「지도의 암실」과 같은 기존의 독해방법으로 는 쉽게 접근하기 어려웠던 이상의 일문 텍스트들을 일본 당대의 문학작품과 장 콕토, 마리 로 랑생 등 당대적인 해석적 지평을 통해 해석하고 있는 것이 이채롭다.

한편, 본 장에서 주로 다루고 있는 「且8씨의 출발」에 대한 다양한 해석적 가능성을 확인하기 위해서는, 권영민의 「이상문학 텍스트 연구」(뿔, 2009)과 김민수의 「이상평전」(그린비, 2012)을 참고할 수 있다. 이 두 책은 기존까지는 별로 언급이 되지 않았던 일문시 「且8씨의 출발」을 해석 하고자 시도하여 나름의 성과를 드러내고 있다.

이상과 경성고공

얼마 후 나는 역도병에 걸렸다.

나는 날마다 인쇄소의 활자 두는 곳에 나의 병구를 이끌었다.

지식과 함께 나의 병집은 깊어질 뿐이었다.

ㅡ「황의기(작품 제2번)」

1학년 때는 비교적 여러 가지를 가르쳤지요. 지금 대학에서 교양 과목하듯 영어, 수학 공부도 했고 2학년 때는 제도(製圖)가 제일 많았지요. 솔직한 얘기로 건축이라는 것이 공부를 하려면 한정이 없고, 안 하려면 그냥 어물어물 넘어갈 수 있는 것이지요. 그때 오가와(小河弘道) 선생이 참 인격자인데 조선 사람들에게는 특별히 잘했거든요. 그리고 야마가타(山形靜智) 선생이 있었지요. 그때 가장 이름 있는 선생이 후지시마(藤島亥治郎)였는데 세키노(關野貞)의 대를 이은 사람인데 그 선생의 강의는 확실히 지금도 남는 것이 있어요. 그는 예술가 같았어요. 아버지가 일본의 유명한 동양화가였지요.

내가 제일 좋아한 학과목이 건축사였어요. 그분은 서양건축사와 동양건축사를 나눠 가르쳤지요. 동양건축사는 일본건축사가 거의 다이고 한국건축사는 아주 적었지요.

3학년 때인가 졸업을 앞두고 노무라(野材孝文) 선생이 부임해 왔지요. 동경제대 출신인데 수학을 가르쳤어요.

－「근대건축에 이식 뿌린 세월－유원준」, 김정동(인터뷰), 『건축가』, 1981.5/6.

봉임했던 때 동숭동 공업시험소 구내의 2층 건물의 연와조 건물의 1층에 토목과 2층에 건축과 교실이 있었다. 교관실에는 전 교관이 지내고 있었다. 교관은 주임교관인 오가와 히로미치(小河弘道) 씨 조교수의 야마가타 세이치(山形靜智) 씨 강사인 도이 쿤지(土井軍治) 씨가 있었다. 오가와 씨는 나가노현 출신의 눌박한 중년신사로 건축구조학을 담당하고 있었다. 야마가타 씨는 오카야마현 출신으로 상냥한 말솜씨의 사람이었다. 여성적인 상냥함으로 의장, 계획을 가르치고 있었다. 이전에는 만주철도의 사원으로 열차 식당의 아르누보나 스테인드글라스의 의장은 씨의 작품이었다. 그리고 도이 쿤지 씨는 후쿠오카현 출신, 동경미술학교(지금의 동경예대) 졸업한 건축가로 야마가타와는 정반대로 구주 남아의 문예가다운 호방한 기상으로 생각되었다.

－'경성고공에 대한 후지시마 가이지로의 증언', 『藤島亥治郎米寿の歷史』, 1986.

이상은 1930년 당시 '조선건축회'의 기관지인 『조선과 건축』에 표지 현상공모에 응모하여 1등, 3등을 휩쓸면서 디자인이나 구성 등의 분야에서 두각을 드러내었고, 1931년에는 『조선과 건축』의 만필(漫筆)란에 「이상한 가역반응(異常ﾅ可逆反應)」이라든가 「조감도(鳥瞰圖)」, 「삼차각설계도(三次角設計圖)」 등의 시작품들을 발표하기도 하였다.

즉 이상은 건축이라는, 당시로서는 첨단의 기술, 즉 테크놀로지에 대한 전망 아래 자신의 꿈이 국경과 상관없이 차별받지 않는 보편성 속에 놓여 있는 미래를 꿈꾸고 있었다. 적어도 민족이라는 차별을 겪지 않고도 자신의 꿈을 펼쳐보이는 것. 그것은 불운하게 식민지에서 태어난 수많은 청년들이 꿈꿀 수 있는, 그러나 불가능한 전망의 최대치였던 것이니 말이다. 비록 주변의 반대 때문에 회화에 대한 꿈은 접을 수밖에 없었지만, 경성고등공업학교를 졸업한 엘리트 건축기술자로서, 다재다능한 분야를 섭렵하고 있었던 한 예술 실천의 주체로서 자신의 정체성을 획득하고 있었을 이상이 자연스럽게 그러한 꿈을 꾸고 있었을 것임은 충분히 짐작하고도 남음이 있다.

당시 젊은 스무 살 남짓의 이상이 꾸고 있었던 꿈은 그래서 한편으로는 당대의 최신 과학과 예술 이론이 뒷받침하고 있는 첨단의 것이었지만, 다른 한편으로는 식민지에서 태어난 영민했던 한 청년의 관념적인 몸부림에 가까운 것이며, 그 절박함의 깊이만큼이나 슬픈 것이기도 했다.

'이상(李箱)'이라는 현상

경성고공과 이상의 지적 원천

이상이 경성고공(京城高工) 건축과를 다니고 있던 무렵, 그를 둘러싼 지(知)적 환경이 어떻게 구축되어 있었는가 하는 바를 확인하는 작업은 이후 이상의 예술적 실천의 지적 기반을 해명하는 일이 되기 때문에 중요하다. 즉 그가 고공을 다니면서 어떠한 교수로부터 강의를 들으면서 주로 어느 방면의 지식을 얻고 있었는가 하는 것을 살펴보는 것은 이상문학이 놓여 있는 지적 기반을 해명하는 데 중요한 의미를 갖는다.

이미 선행 연구를 통해서 이상의 경성고공 성적표[*] 등 객관적인 자료들이 명확하게 공개되어 있다. 당시 고공에서 수업을 맡고 있던 강사들의 면면을 살피는 것이 충분히 가능하다. 이를 살피기 위해서는 당시 경성고등공업학교에서 발간하고 있던 『경성고등공업학교일람』을 참고할 필요가 있다. 현재 『경성고등공업학교일람』[*]은 1924년과 1930년 두 해의 것이 남아 있다. 이상이 경성고공에 입학했던 것이 1926년이고 졸업한 것이 1928년의 일이니, 이 두 자료를 비교하면 이상이 학교를 다닐 무렵 어떠한 강사들에게 강의를 들었는가 하는 정도를 유추하는 것은 충분히 가능할 터이다.

자료(『경성고등공업일람』)에 따르면 당시 경성고공의 교수는 2명이었다. 한 명

「경성고등공업학교일람」(京城高等工業學校, 1924.)　　「경성고등공업학교일람」(京城高等工業學校, 1930.)

建築學科 (1924)

職	擔當科目	資格	氏名
教授	應用力學 纖骨 工場建築 實習（學科長）	工學士	小河弘道
（兼）助教授	建築史 鐵筋混凝土 衛生工學	京城工業學校教諭 工學士	藤島玄治郎
助教授	測量學及實習		池礒次
教員囑託	建築裝飾材料 圖案 自在畫 實習		山形静治
講師	建築構造 建築史 特殊建築 自在畫 實習		土井軍治
講師	建築裝飾法 施工法	朝鮮總督府技師 工學士	富士岡重一

建築學科 (1930)

職	擔當科目	資格	氏名
教授	鐵筋混凝土及骨 建築裝飾造 製圖及實習（學科主）	工學士	小河弘道
教授	建築史 建築裝飾法 自在畫 製圖	工學士	山形静智
教授	建築計畫 工業法令 建築計畫 製圖	工學士	野村孝文
教授	應用力學 工業法令 製圖	工學士	李均相
助教授	家屋構造 工場建築	工學士	中島猛夫
講師	鐵筋混凝土及骨 型圖及實習		沖良武
助手	衛生工學 製圖及實習 實習補助		

은 학과장을 맡고 있었던 오가와 히로미치(小河弘道)로, 1920년부터 고공에 재직하기 시작하여 1931년에 퇴직하였다. 『일람』에 따르면 그는 주로 철골이나 건축구조, 응용역학 등의 강의를 전담하고 있었다. 다른 한 명은 후지시마 가이지로(藤島亥治郎)*로, 건축사, 철근혼응토(鐵筋混凝土), 위생공학, 가옥구조 실습 등을 강의하였다. 그는 현대건축보다는 오히려 동양의 고건축에 관심이 많았는데, 이는 그의 동경제대 스승인 세키노 타다시(關野貞, 1868~1935)의 영향을 받은 것이었다. 유원준의 기억에 따르면, 후지시마는 마치 예술가 같은 인상으로 주로 서양건축사나 동양건축사 등 건축사 수업을 담당했다고 한다.

세키노는 1902년에 한국을 방문하여 1904년 『한국건축조사보고(韓国建築調査報告)』를 남겼고, 1910년에는 조선총독부의 촉탁으로 조선의 고건축 조사를 지속적으로 실시하여 『조선고적도보(朝鮮古蹟図譜)』(1916)를 남기기도 하였다. 후지시미 역시 그의 스승의 영향을 받아 한국의 건축에 관심을 가지고 있었으며, 동경제대로 돌아간 1930년에는 『조선건축사론(朝鮮建築史論)』을 편찬하기도 하였다.

이상의 경성고공 성적표

경성고공에 재학해 있을 당시 이상의 성적표이다. 1학년 때는 교양과목으로 영어와 수신, 국어(조선어), 그리고 전공과목으로는 자재화(drawing)와 건축재료의 성적이 우수하였으며, 2학년 때는 교양과목으로는 영어, 전공과목으로는 건축사, 건축계획, 건축장식법, 자재화 등의 성적이 우수하였다. 3학년 때는 역시 영어와 수신 등의 교양과목이, 건축계획, 시공법, 철근혼응로 등의 전공과목 성적이 우수하다. 이 성적표는 김윤식의 『이상문학 텍스트 연구』(서울대출판부, 1998), 465쪽에서 발췌하였다.

주목할 부분은 후지시마가 잡지 『조선과 건축』에 「근대건축 노트」(1925.1~4)를 연재하면서 주로 유럽의 모더니즘 건축의 동향에 대해 소개한 바 있었다는 사실이다. 이 글에서 그는 독일의 바우하우스나 표현주의 건축가들의 건축 활동 동향을 집중적으로 소개하였다. 후지시마의 관심이 동양의 고건축에 있었던 것을 감안해 보거나 그 스스로 건축사 과목을 촉탁교원이었던 도이 쿤지(土井 軍治)*로부터 도움을 받았다고 회고하는 것을 보면 당시 그가 『조선과 건축』에 실었던 표현주의 건축에 관한 이 글은 '건축사' 수업을 맡은 그가 교재로 사용하기 위해 별도로 습득했던 내용을 기고했던 것이라 이해할 수 있다.

한편, 당시 고공 건축학과에는 조교수로 야마가타 세이치*와 이균상* 등이 있었는데 야마가타는 1922년부터 조교수로 재직하다가 후지시마가 일본으로 귀국한 이후인 1930년에 교수가 되었다. 그는 주로 도안, 자재화(drawing)나 건

이상이 들었던 경성고공의 전공 강의

당시 경성고공의 수업 일람과 이상의 성적표를 통해 다음과 같이 이상이 들었던 전공 관련 수업의 담당교수를 추측하여 재구성해 볼 수 있다.

1학년 전공 강의		2학년 전공 강의		3학년 전공 강의	
과목명	교수명	과목명	교수명	과목명	교수명
응용역학	오가와	응용역학	오가와	철근혼응토 (철골)	후지시마
건축재료	야마가타	철근혼응토 (철골)	후지시마	위생공학	후지시마
		건축사	후지시마 / 도이	건축계획	알 수 없음
건축구조	도이 쿤지	건축계획	알 수 없음	시공법	이케
건축사	후지시마 / 도이	건축장식법	야마가타 / 후지오카 츄이치 (富士岡重一)	공업경제	니시하라 미네지로 (西原 峯次郞, 공통학과 소속)
자재화	야마가타 / 도이	측량학	이케 이소지 (池磯次)	공업법령	
제도 및 실습		자재화	야마가타 / 도이	제도 및 실습	야마가타 / 도이
		제도 및 실습			

경성고공 교수 야마가타 세이치

야마가타 세이치(山形靜智, 1890~?)는 1912년에 조선총독부 철도국 기수에 임명되어 조선에 건너왔고 1919년에는 남만주철도주식회사 경성철도학교 강사가 되었다. 이어 경성공업전문학교 조교수와 조선총독부의 중앙시험소 기수를 겸임하였다. 1922년 4월부터는 경성고등공업학교의 조교수와 조선총독부 실업학교 교유(敎諭), 경성공업학교 교유 등과 조선총독부 중앙시험소 기사 등을 겸임하였다. 이후 1929년에는 경성고등공업학교 교수가 되었다. 이상은 그가 조교수이던 시절에 그로부터 건축학을 배웠을 것으로 생각된다. 특히 그가 철도 전공이었다는 사실에서 이상이 쓴 「12월 12일」의 토롯코(トロツコ)라는 궤도 열차의 이미지가 어디에서 비롯된 것인가를 짐작할 수 있다.

경성고공 교수 후지시마 가이지로

후지시마 가이지로(藤島亥治郎, 1899~2002)는 일본의 건축사가(建築史家)로 동경제국대학 공학부 건축학과에 재학하여 세키노 타다시 교수로부터 건축을 배우고 1023년에 졸업한 뒤, 1925년에는 경성고등공업학교의 조교수가 되어 경성으로 부임해 왔다. 그는 1926년부터는 조선총독부의 건축과의 기수를 겸임하였다. 그는 스승인 세키노와 마찬가지로

'이상(李箱)'이라는 현상

조선에 존재했던 동양건축물에 많은 관심을 가지고 있었으며, 고공에 재직하면서 많은 조사를 행하였고, 1929년 동경제대의 교수가 되어 일본으로 돌아간 뒤에는 『조선건축사론』(1930)을 통해 옛 신라의 시가 배치도를 재구성한 「신라왕경복원도」를 작성하기도 하는 등 한국의 고건축 연구에 있어서 탁월한 성과를 내었다.

경성고공 교수 이균상

이균상(李均相, 1903~1985)은 경성고등보통학교를 졸업하였고 이후 경성고등공업학교의 건축과에 진학하였다. 재학 중 오가와 히로미치(小河弘道)의 도움을 받아 1925년에는 조선총독부의 기수로 들어갔으며 주로 구조 설계를 담당하였다. 이후 박길룡, 김세연, 장연채, 박동진 등과 함께 활동하다가 1927년에는 경성고등공업학교의 조교수가 되었다.

경성고공 촉탁교원 도이 쿤지

도이 쿤지(土井軍治, 1894~?)는 동경예술대학 도안과를 1921년에 졸업하고 1923년에 경성고공에 촉탁교원으로 임용되었다. 그는 경성부민관의 설계 도안을 그려 제1회 오사카시 미술협회 전람회 조각 건축지부에서 입선한 경력을 갖고 있다. 기록에 따르면 그는 1924년까지만 경성고공에 근무한 것으로 되어 있어 실제로는 이상과 만나지 못했을 가능성도 높다. 1924년 이후의 기록을 한국이나 일본에서도 찾을 수 없는 것을 보면 만주나 연해주(화태)로 건너갔을 가능성도 배제하기 어렵다.

축장식법 등의 수업을 담당하고 있었고, 후지시마가 귀국한 이후에는 건축사를 담당하였다. 이균상은 오가와의 제자로 1925년 경성고공을 졸업하고 조선총독부 건축과 기수로 재직하다가 1927년에는 오가와의 추천으로 경성고공의 조교수가 되었다. 즉 당시 경성고공 건축학과에는 응용역학, 철골 등 건축공학을 주로 가르치던 오가와 히로미치, 이균상 교수 등의 계열과 건축사나 건축장식법 등 건축예술을 주로 가르치고 있던 후지시마 가이지로, 야마가타 세이치 교수 등의 계열이 나뉘고 있었던 것이다. 이상은 당연하게도 후지시마나 야마가타 교수의 수업에 더 흥미를 가졌을 것이다. 당시 성적표 상에도 오가와 교수의 수업보다는 후지시마 교수의 수업에서 더 높은 성취를 보이고 있음이 드러난다. 특히 유럽 모더니즘 건축의 신경향을 다루던 후지시마의 건축사 강의는 해경에게 큰 예술적 자극이 되었을 것이다.

이상의 경성고공 2년 후배였던 유원준은 학창시절에 대해 추억하면서 오가와의 경우, 기독교 신자로서 조선 사람들에게 특히 잘했던 인격자였으며, 후지시마는 예술가 같은 인상이었다고 기억하고 있다. 그 역시 후지시마의 건축사에 대해 거론하고 있는데 동양건축사와 서양건축사로 나누어 강의하고 있었고 매우 흥미로운 강의였다고 말하고 있다. 이에 비해 이상이 조선총독부에 가게 된 것은 아마도 오가와 교수의 추천 때문일 가능성이 높다. 당시 경성고공을 졸업하고 조선총독부에 취직했던 건축가들 대부분은 오가와 교수 덕분이라고 말하고 있기 때문이다.

한편, 당시 김해경이 다니던 경성고공에는 건축학과 교수들 외에 공통학과를 가르치는 교수들도 있었다. 김해경은 수신, 체조, 국어(조선어), 영어, 수학, 물리학 등의 수업을 1~3학년에 걸쳐 들었다. 특히 1931~2년 무렵 김해경이 발표했던 시들 속에 수학과 물리학의 영향이 강하게 드러나고 있음을 감안하면 그가 누구에게 수학과 물리학 수업을 들었겠는가 하는 사실이 궁금하지 않을 수 없다.

1924년의 『경성고등공업학교일람』의 공통학과 부분을 보면 당시 수학과 물리학을 가르치는 교수로는 히라가 료조(平賀良藏)가 있었음을 확인할 수 있다. 히라가는 1924년부터 경성고공 공통학과 교수로 재직하고 있다가 1929년에 경성제국대학 예과로 옮겼으므로 김해경은 1학년 때 그에게서 수학과 물리학을 배웠다. 히라가는 주로 벡터미분에 대한 공업수학을 강의했을 것으로 보이는데, 그는 1929년 조선교육회가 발행하는 잡지인 『문교의 조선(文教の朝鮮)』에 「벡터해석(ベクトル解析)」이라는 논문을 연재하였고 1936년에는 동명의 책을 낸 바 있었기 때문이다. 김해경이 1931~2년 무렵 발표했던 시들 특히 '삼차각설계도' 연작에 드러나고 있는 유클리드 기하학을 넘어서는 비유클리드 기하학, 아인슈타인의 상대성이론의 지식들은 대부분 이 히라가 교수로부터 배운 것으로 보인다.

한편, 당시 경성고공에서 영어를 가르치던 교수로는 이토 야스시(伊藤靖)와 다카하시 하마요시(高橋濱吉)가 있었는데, 이토 야스시는 경성고공의 촉탁교원

'이상(李箱)'이라는 현상

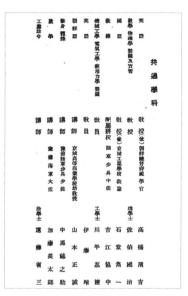

『경성고등공업학교일람』(京城高等工業學校, 1924.)　　　『경성고등공업학교일람』(京城高等工業學校, 1930.)

으로 영어를 가르치고는 있었지만 원래는 화학과 의학 전공으로 강원도의 산업기수로 활동하면서 경성고공에서 강의를 맡고 있었다. 그는 특히 일본에서 과학백과사전의 편찬자로 『만유과학대계(萬有科學大系)』의 책임편찬을 맡았고 스스로 화학과 의학 분야를 집필하였다. 아마도 영어로 된 원서를 번역했을 것으로 생각되는 이 과학백과사전 속에는 서구에서 발전해 온 과학적 지식의 결과들이 집대성되어 있었다. 이 책은 1925년, 26년, 30년 등 여러 차례 재판을 내었고 조선총독부도서관에도 비치되어 있었으며, 충실한 도판을 싣고 있었고 총천연색 도판도 있었다. 무엇보다도 다루고 있는 내용 영역이 방대하여 과학에 관심을 갖고 있는 청소년들에게 충실한 길잡이가 될 만한 면모를 갖고 있었다.

이토 야스시는 1923년에는 조선으로 건너와 1939년 정도까지 강원도 횡성군과 회양군의 농무부 등에서 산업기수로 활동한 전력이 있었다. 그러면서 경성고공의 촉탁으로 출강하여 영어를 가르쳤던 것이다. 그러면서 이토는 약학, 특히 가정의 약학에 대한 전문가로서 동경의 잡지에 자주 관련 내용을 투고하곤

이상이 들었던 경성고공의 교양 강의

당시 경성고공의 수업 일람과 이상의 성적표를 통해 다음과 같이 이상이 들었던 교양 관련 수업의 담당교수를 추측하여 재구성해 볼 수 있다. 주로 교양 수업은 1학년에 치중되어 있었다.

1학년 교양 강의		2학년 교양 강의		3학년 교양 강의	
과목명	교수명	과목명	교수명	과목명	교수명
수신	眞能義彦	수신	中馬越之助	수신	中馬越之助
체조	中馬越之助				
국어, 조선어	야마모토 마사나리 (山本正誠)	체조		체조	
영어	다카하시 하마요시 (高橋濱吉)/ 이토 야스시(伊藤靖)				
수학	히라가 료조 (平賀良藏)	영어	다카하시 하마요시 / 이토 야스시	영어	다카하시 하마요시 / 이토 야스시

하였는데 1925년에는 잡지 『부인의 벗(婦人之友)』에 「가정약 이야기(家庭藥の話)」를 10회에 걸쳐 연재한 바도 있었고, 1928년에 발간된 『아루스 문화 대강좌(アルス文化大講座)』의 4권에서 주로 가정의 약학과 관련된 한 장을 맡아 집필한 예도 있었다. 따라서 경성고공에서 그는 강사로 비록 공통학과에서 영어라는 단일 과목을 가르치고 있었지만, 『만유과학대계』의 집필과 편찬의 경험으로 백과사전 수준의 넓은 과학 지식을 가지고 있었던 그의 수업을 통해서 이상이 많은 영향을 받았으리라는 사실을 충분히 짐작할 수 있다. 게다가 여기저기에 남겨 있는 학창시절의 이상에 대한 증언을 통해서 본다면 그는 영어 수업을 매우 충실하게 들었고 점수 역시 좋은 편이었다는 사실이 확인된다.

또한 이토 야스시는 조선에 있던 와중인 1935년에는 약학사전편찬소(藥學辭典編纂所)의 일원으로 현존하는 거의 모든 약물들을 총정리한 『약학대사전』 10권을 편찬한다. 그 무렵 그는 더 이상 산업기수로 활동하지 않고 단지 강원

도와 평안남도 등의 위생과나 검역소 등에서 촉탁으로만 활동한다.

아마 이 시기 『약학대사전』의 편찬과 관련하여 여러모로 바빴던 그가 촉탁의 신분으로 자문 정도를 행하는 것으로 자신의 역할을 바꾸었던 것이 아니었을까 생각된다. 앞서 그가 관여했던 『만유과학대계』라는 사전이 서구의 과학백과사전의 단순한 번역의 성격을 띠는 것이었고, 일본의 과학적 성취의 부분은 거의 반영되어 있지 않다는 한계를 갖고 있는 것이었는데 비한다면, 이 『약학대사전』은 일본에서 최근 연구된 신약들이나 약리학과 관련된 도구들도 망라되어 있는 그야말로 당대 약리학의 총합적인 성격을 갖는 것이었다고 보아도 무방하였다. 즉 이 이토 야스시라는 인물은 이상이 그에게서 영어를 배울 당시 조선 내에서나 심지어 일본 내에서도 약리학에 대해서라면 가장 전문적인 지식을 갖고 있는 인물이었다고 판단해도 그리 크게 틀린 것은 아닐 것이다. 그렇다면 특히 이상의 작품에서 드러나는 실험실의 분위기와 약리학적 지식에서 비롯된 상상력이 바로 경성고공에서 그에게 영어를 가르쳤던 이토 야스시라는 인물로부터 비롯되었을 가능성이 적지 않았던 것이다.

9

읽을 수 없는 지식의 기원

관념 실험의 기록: 「1931년(작품 제1번)」

역사는 무거운 짐이다.

세상에 대한 사표 쓰기란 더욱 무거운 짐이다.

나는 나의 문자들을 가둬버렸다.

도서관에서 온 소환장을 이제 난 읽지 못한다.

─「회한의 장」

그의 입독은 유명하다. 저녁밥을 먹으면 약속이나 한 듯이 그도, 나도 옷을 주워 입고 대문 밖을 나서 어깨를 나란히 걷는다. 가는 곳은 정해져 있다. 본정(本町, 명동)이다. 그림재료상에 들어선다. 재료를 산다. 열에 아홉 번 나는 사고, 그는 따라 들어서기만 한다. 그다음에는 책방으로 들어서는 것이다. 그는 벌써 책을 골라 읽기 시작한다. 상은 서서 읽고 있다. 글을 수직으로 읽는 것이 아니라 사선으로 읽는다는 말이 있다. 그는 정말 사선으로 읽는 것 같다. 왜냐하면 그의 책장은 쉴 새 없이 넘어가니 말이다. / 밤이 늦어서야 둘이는 귀로에 접어든다. 그는 돌아오면서 지금 읽은 책을 이야기한다. 지명, 인명, 연대, 하나도 거침없이 나온다. 금방 읽었다 하지만 제 집 번지, 제 이름, 제 생년월일 외듯 거침없이 이야기한다. 그의 기억력은 참으로 놀랍다.

– 문종혁, 「심심산천에 묻어주오」, 『여원』, 1969.4.

사각모를 쓰고 키가 늘씬한 해경은 전문학생답게 그 당시의 지식계급의 인상을 누구보다도 과시했다. 창백했다. 그리고 이국적인 미모의 청소년이었다. 그의 건담은 사실상 이때부터였다. 그의 일본어 실력은 일본인 학생들의 외경감까지 일으켰으며 일본인 분위기에 깊은 적성을 보였다. 또한 그는 예술에 대한 농후한 기질을 가진 사람으로서는 드문 일이라고 할 수 있는 수학의 수리, 계수에도 보성시대와는 달리 재질을 나타냈다. 일반수학을 넘어선 수준의 건축수학의 어려움들은 그에게 있어서는 아주 황홀한 쾌감까지 불러일으켰다. 그는 수학을 일종의 이국취미 또는 선택된 철학적 사상으로 삼았다. 수학의 순수성에도 사로잡혔다. 그는 여기(경성고공)에서 3년 동안 1위의 성적을 남겼다. 이런 재질과 함께 그의 일본어 및 외국어(약간의 불어, 영어) 역시 고공의 누구보다도 매혹적으로 구사할 수 있었다. 물론 일본어를 제외하면 다른 것들은 몇 개의 어휘를 알고 있는 정도이기는 했다.

이런 것이 일본인 학생과의 우정을 가능케 했다. 그는 일본인 가와카미 시게루(川上繁)의 집에 자주 놀러 갔다. 현재의 충무로 2가. 그 집은 아래층은 일본음식을 팔고 일본 여자 종업원도 작부로 두고 있었다. 해경과 가와카미는 한동안 거의 날마다 예술을 얘기하고 철학을 얘기하고 그리고 연애를 얘기했다. 연애에 관한 한 그들은 더욱 열심히 떠들어댔다. 데칸쇼(데카르트, 칸트, 쇼펜하우어) 철학과 니시다(西田) 철학 없이 살 수 없는 듯했고 자유연애 없이 더욱 살 수 없었다.

– 고은, 『이상평전』, 민음사, 1974, 135~136쪽.

김해경이 경성고등공업학교를 다니고 있을 무렵과 조선총독부에 취직하였을 무렵, 그의 방대한 지적 탐닉의 원천 중 중요한 것이 바로 서적이었으며, 나아가 서점, 도서관 등의 장소였음을 추측하기란 그리 어려운 일이 아니다. 그는 다독가이자 속독가였으며 책을 읽고 새로운 지식을 받아들이는 능력이 타인보다 매우 우수하였다. 아마도 그에게 있어서 도서관이라는 공간은 가장 최신의 책들을 빠르게 접할 수 있는 공간이었을 것이다. 당시 경성에는 경성부립도서관(후 남산도서관), 경성도서관(후 종로도서관), 조선총독부도서관(후 국립중앙도서관) 등등의 관립 혹은 사립 도서관이 있었다. 이중 조선인 자본으로 운영되고 있었던 경성도서관을 제외한 나머지는 전부 일본인 자본으로 설립된 도서관들이었다. 이중 김해경이 자주 이용했을 것으로 추측되는 도서관은 바로 조선총독부도서관인데 그 개관시기는 1925년 4월로 김해경이 조선총독부 직원으로 근무하던 때와 대개 일치한다. 비록 조선총독부도서관이 공공에게 공개된 도서관이긴 했지만 조선총독부 직원으로서 일반인보다 도서관 출입이 비교적 자유로웠을 김해경의 상황을 고려해 본다면 조선총독부도서관이 이상의 지적 편력의 기본적인 원천이 된다는 사실은 무리한 추측이 되지는 않는다.

물론 이처럼 많은 장서수도 중요했지만 더욱 중요한 것은 이 도서관에는 일본에서 출간되었던 가장 최신의 도서들이 바로바로 입고되었다는 사실이었다. 1~2달이나 그 이상 걸려 입고되는 책들도 있었지만 그보다 빠르게 입수되는 경우도 흔했다. 서구의 문예 작품들의 일본어 번역본들이 입수되고 있었는가 하면, 최근 모더니즘 예술가들의 저작들 역시 『詩と詩論』 등의 잡지를 통해 번역되어 소개되고 있었다. 이는 김해경에게 있어서는 조선의 한계를 넘어서 예술적 보편에 대한 사유를 허락했던 중요한 원천이 되었다. 물론 그가 식민지의 정치적인 한계나 민족적 차별이 주는 한계를 절감하고 있었다는 사실은 여러 텍스트를 통해 드러나고 있지만, 그의 방대한 지적 탐닉의 수준은 이러한 지역적 특수성을 넘어서 있었다. 그는 이와 같이 동아시아에 거미줄처럼 짜인 지식의 네트워크 위에 관념 실험을 계속하였다. 그의 일기장에 남겨진 기록들은 바로 그 실험의 잔여였던 셈이다.

진공 상태의 관념적 실험실과 주치의였던 R박사라는 기호

이제 갓 스무 살을 넘은 식민지의 청년 이상의 머릿속은 마치 수도 없이 많은 실험 도구들이 즐비하게 늘어서 있는 과학 실험실과 같았다. 그 관념의 실험실은 시공간의 물리학적 원칙이 적용되지 않는 진공의 무중력 상태였던 것이다. 그 실험실 속에서는 빛의 속도의 초월이나 입자 가속의 실험 같은 첨단의 과학적 실험을 통해, 아인슈타인의 상대성이론을 비롯한 물리학적 이론들이나 세계의 시공간적 형태나 작동 원리에 대한 해명이 이루어지고 있었다. 또한 이곳에서는 인간의 한계를 넘어선 조감하는 시선을 통해 세계를 이루고 있는 건축 구조물의 형해(形骸, 뼈대)가 투시될 수 있었다. 학교에서 그가 들었던 수업과 문학작품을 통해 접했을 세계들 간의 전이의 상상력은 바로 그의 관념적 실험실의 주된 실험 주제였던 것이다.

이 실험실 내에서 이상은 스스로 박사이자, 주치의였으며, 실험실을 주관하는 청년공작이기도 했다. 이상은 현실 세계의 제한적 규칙들이 적용되지 않는 피안의 실험실 속에 놓인 기호들이 자유자재로 애너그램(anagram, 철자 바꾸기)을 통해서 변신(metamorphosis)하는 실험을 전개하였을 뿐만 아니라, 자신의 또 다른 형태들이었던 피실험의 대상들을 줄줄이 늘어놓고서 대상들이 이루는 관계는 새롭게 실험해 나가고 또 지워가면서 예술적 창작의 가능성을 실험해 나갔다.

이상이 외부에 발표하지 않고 자신의 습작 노트에만 남겼던 「1931년(작품 제1번)」이라는 시라든가 그리고 이 시와 연속적인 번호로 연결되어 있는 「황의기(작품 제2번)」, 「작품 제3번」 속에는 소설 「12월 12일」에서 시작되어 시 '삼차각설계도' 연작으로 이어지면서 「오감도」를 향해 나아갔던 이상의 정신적 실험실 속에서 이루어진 사상적 격전의 기록이 담겨 있다. 이상은 자신이 세운 이 관념의 실험실 속에서 이미 수차례 병원과 감옥을 들락거렸던 것이다. 그는 당시 첨단의 사유였던 아인슈타인의 상대성이론 등의 영향을 받으면서 이전 유클리드의 평면기하학과 뉴턴의 절대적인 시공간 이론의 학문적 테두리를 넘어 4차원이라는 시공간연속체 속에서 빛의 속도로 나아가는 인간에 대한 실험을 지속하였고, 빛의 속도로 나아가 원래의 나 자신을 만나는 실험이라든가 거울을 이용하여 자신의 상(image)을 늘려가는 실험을 반복하였다.

이처럼 당시의 이상의 정신적 내면은 19세기와 20세기의 사이, 전근대와 근대 사이의 봉합선을 확인하고 그러한 이항대립으로부터 탈주하기 위한 실험들이 하루에도 몇 회씩 이루어졌던 실험실 속의 풍경과도 같았다. 즉 작품 제1, 2, 3번으로 명명된 기록들은 바로 이러한 실험들의 실험후기와도 같은 것이었다.

당시 이상의 관념적 실험실을 책임지고 있었던 담당자는 R이라는 코드 네임을 갖고 있었다. 그는 R의학박사(醫學博士)이면서, R청년공작(青年公爵)이기도 한, 이상의 주치의였으며 책임의사이기도 했다. 또한 이상이 쓴 것으로 잠정적으로 간주되고 있는 『조선과 건축』의 권두언을 쓴 R과도 같은 존재였을 것으로 추정되기도 한다.

이상이 행했던 수도 없이 많은 관념의 실험들의 기록인 시 「1931년(작품 제1번)」 속에는 바로 이상이 R청년공작과 해후했던 장면에 대해 퍽 상세히 남겨져 있다. R청년공작은 바로 이상에게 'CREAM LEBRA'의 비밀을 알려준 인물이었다. 지금까지 이 R청년공작은 이상의 친구인 문종혁으로 간주되기도 했었다.

R청년공작에 해후하고 CREAM LEBRA의 비밀을 듣다. / 그의 소개로 이(梨) 양과 알게 되다. / 예의 문제에 광명 보이다.

이상(李箱), 유정 역, 「1931년(작품 제1번)」, 『문학사상』, 1976.7.

별보, 이 양 R청년공작 가전의 발(簾)에 감기어서 참사하다. / 별보, 상형문자에 의한 사도발굴탐색대 그의 기관지를 가지고 성명서를 발표하다. / 거울의 불황과 함께 비관설 대두하다.

이상(李箱), 유정 역, 「1931년(작품 제1번)」, 『문학사상』, 1976.7.

밤이 이슥하여 황(猿)이 짖는 소리에 나는 숙면에서 깨어나 옥외 골목까지 황을 마중 나갔다. 주먹을 쥔 채 잘려 떨어진 한 개의 팔을 물고 온 것이다. / 보아하니 황은 일찍이 보지 못했을 만큼 몹시 창백해 있다. / 그런데 그것은 나의 주치의 R의학박사의 오른팔이었다. 그리고 그 주먹 속에선 한 개의 훈장이 나왔다. / -희생동물공양비 제막기념식-그런 메달이었음을 안 나의 기억은 새삼스러운 감동을 받지 않을 수가 없었다.

이상(李箱), 「가구(街衢)의 추위」, 임종국 편, 『이상전집』, 태성사, 1956.

이상이 R이라 지칭했던 청년공작, 의학박사가 드러나는 대목은 대략 이와 같다. 이 암호와 같이 펼쳐진 체계는 바로 R이라 지칭된 박사의 실험실에서 고안된 것이다.

이 장에서는 이상의 정신 속에서 자리 잡고 있던 관념적 실험실에서 이루어진 실험들의 내용을 따라가보기로 한다. 물론 그 기록들은 「1931년(작품 제1번)」에 집중되어 있다. 이 시는 이상의 다양한 사유들이 정리된 설계도와 같다. 따라서 이 실험의 기록을 살피기 위해서는 우선 이상이 기존에 행했던 '삼차각설계도' 연작 속에서 이루어졌던 빛의 속도로 나아가고자 했던 인간에 대한 실험이나 「오감도」제8호의 1, 2부 속에서 전개된 거울을 이용하여 무한 개수의 자아를 만들어내고자 했던 실험 등을 다시금 되새겨볼 필요가 있다.

이 실험은 물론 실제의 현실 세계에서는 가능한 것은 아니었다. 오직 상상 속에서만 가능한 관념의 실험이었다. 앞서 이 책의 2장에서 이상이 아인슈타인의 상대성이론에 의지하여 현실적 시공간의 구조를 벗어난 4차원의 시공간으로의 탈주를 기획하고 있었다는 사실은 이미 살펴보았거니와 그의 1931~32년의 예술적 실천은 마치 서구의 초현실주의 예술의 실험 정신과 마찬가지의 궤에 속했던 것이다. 그것은 서양화의 전통에 속해 있는 원근법의 고정된 시점으로부터 벗어나 보다 다층적이고 다중적인 시점을 추구했던 입체주의의 시도나, 속도라는 잡히지 않는 대상을 잡아내고자 추구했던 미래주의의 예술적 시도와 마찬가지의 지향성을 띠고 있었다. 물론 서구에서 이러한 탈주의 움직임이 다다(dada) 혹은 쉬르레알리즘(surrealism) 같은 형태로 결국에는 예술이라는 개념 그 자체까지도 탈주의 대상으로 삼았던 것에 비한다면, 이상의 실천은 그 정도까지 이르러 있었다고 판단하기엔 이르나, 이상은 나름대로 자신이 파악한 세계의 질서 속에서 관념의 모험을 통해 최대한 자신에게 주어진 굴레를 넘어서고자 시도하였던 것이다.

이와 같은 이상의 사유적 실험을 가로막고 있었던 두 가지 굴레는 바로 아이러니하게도 그가 '인간'이었으며, 그가 '예술'을 추구했다는 사실이다. 이상은 자신이 인간일 수밖에 없다는 조건에 의해 한계에 다다를 수밖에 없었다. 빛보다 빠른 속도로 나아가는 관념 실험을 중단하지 않을 수 없었다. 인간이 4차원이라는 시공간의 연동을 직접 '체험'할 수 없으며, 일종의 징후로밖에 경험하지 못하는 것은 인간이 결코 빛보다 빠르게는 나아갈 수는 없는 존재이기 때문이었다. 결국 인간이라는 사실로부터 초래되는 한계와 절망은 이상으로 하여금 빛을 중심으로 한 '삼차각설계도' 연작의 시도가 아니라 거울이라는 매개를 이용한 또 다른 실험을 구상하도록 하는 계기가 되었던 것이다.

한편 이상의 예술적 탈주의 시도를 규제하는 또 다른 조건은 '예술'이라는 형식을 규정하는 제약이었다. 하지만 이상은 문학, 회화, 음악 등 이미 고정되어 있는 예술적 형식들을 파괴하고자 시도한 것은 아니었고, 철저하게 그 형식 속에서 예술적 실천을 꾀하였다. 이는 예술의 고정된 형식에 대한 파괴와 그 고정된 권위에 대한 모독을 통해 탈주를 시도하였던 서구의 다다나 초현실주의자들의 방식과는 퍽 다른 것이었다. 이상은 끝까지 '의미'를 포기하지 않았고, 그 속에서 최대한 다양성의 차원들을 추구하였다. 그의 이러한 예술적 한계는 19세기적인 것이라고 명명된 곰팡내 나는 낡은 감각과 통하는 것이었고, 1936년 무렵 『삼사문학』의 젊은 동인들과의 만남을 통해 구체화된 것이었다. 하지만 그것을 이상의 한계라고 부를 수는 없을 것이다. 의미를 갖지 못한 예술이, 나아가 무의미를 추구하는 것은 불가능한 것처럼, 인간성의 경계를 확인하지 못한 인간이, 비인간의 지경으로 나아가기는 어려운 일인 까닭이다. 이상은 자신이 마련한 정신의 실험실에 들어앉아 의미와 무의미, 인간과 비인간의 경계에서 끊임없이 탈주의 가능성을 탐색하였던 것이다.

실험후기 1
―투시하는 예술성과 해부학적 상상력

뢴트겐이 발견한 X광선*을 통해 인간의 신체 내부를 투시할 수 있다는 사실은 분명 인간이 인간 신체 내부를 보고 싶다는 욕망을 충족시켜 주는 획기적인 사건이었다. 물론 확대기 위에 빛을 통과하는 물체들을 늘어놓고 상을 얻어내는 방식으로 시각예술 작업을 하였던 라즐로 모홀리 나기라든가 만 레이와 같이 사진을 중심으로 시각예술을 실천했던 선구자들*이 한결같이 X광선이 가져온 시각적 혁명을 지적하고 있는 것도 그와 같은 맥락에 해당한다. 이상 역시 이와 같은 X광선이 투시하는 신체의 이미지에 관심을 갖고 있었으며, 이를 폐와 심장, 위장 등 장기들의 존재와 기능에 대한 해부학적인 관심으로 발전시키면서, 역시 자신의 새로운 관념의 실험실 속에서 문학적 상상력의 재료로 삼고 있었다.

몸속의 장기들이 마치 유기의 기계처럼 톱니가 맞물리듯 움직이는 장면을 투시하듯 시각화하는 상상력은 아마도 인간이라면 누구라도 한 번쯤은 가지지 않을 수 없는 상상력이 아닐까. 하지만 의사가 아닌 이상 그렇게 인간의 신체를 열어 내부의 존재를 확인하기는 어렵다. 물론 쉽사리 시각화되지 않는다는 사실 그 자체가 바로 그와 같은 신체 투시에 대한 욕망과 상상력을 촉발한 계기겠지만 말이다. 죽음에 대한 공포가 확장하는 상상력의 꼬리를 붙잡아 매고 있는 상태에서는 인간이 몸속 내부의 움직임을 눈으로 들여다본다는 것은 결국은 실제의 영역이 아닌 상상의 영역일 수밖에 없다.

이상 역시 이와 같은 X광선이 투시하는 신체의 이미지에 관심을 갖고 있었으며, 이를 폐와 심장, 위장 등의 장기들의 존재와 기능에 대한 해부학적인 관심으로 발전시키면서, 역시 자신의 새로운 관념의 실험실 속에서 새로운 문학적 상상력의 재료로 삼고 있었다.

> 1 나의 폐가 야맹증을 앓다. 제4병원에 입원. 주치의 도난—망명의 소문나다. / 철 늦은 나비를 보다. 간호부 인형 구입. 모조 맹장을 제작하여 한 장의 투명 유리의 저편에 대칭점을 만들다. 자택 치료의 묘를 다함. / 드디어 위병 병발하여 안면 창백. 빈혈.

이상(李箱), 「1931년(작품 제1번)」, 「현대문학」, 1960.11.

이상의 습작 노트 속에서 발견된 「1931년(작품 제1번)」은 이상의 모든 관념적 실험의 기록이 요약되어 있는 상징적 실험 기록과도 같다. 이 기록 속에는 1931~2년 무렵 이상의 내면에서 전쟁처럼 벌어진 실험의 편린들이 요약적으로

엑스선과 투시의 상상력

엑스선은 독일의 물리학자인 뢴트겐(Wilhelm Conrad Röntgen, 1845~1923)은 1895년에 실험을 통해 새로운 방사선의 종류를 추측하였고, 방전관 속에서 가속된 전자가 유리관 벽에 충돌하면서 방출되는 알 수 없는 방사선을 엑스선(X-ray)이라고 이름 붙였다. 이후 이 엑스선은 의학용으로 상용화되었다.

라즐로 모홀리 나기는 바우하우스 총서 8번째인 자신의 책 『회화, 사진, 영화(Malerei, Fotografie, Film)』(1925)에서 엑스선이 발명되면서 변화한 새로운 시각의 감각에 대해 설명한 바 있다. 이 『회화, 사진, 영화』는 일본의 사진신보사(寫眞新報社)에서 내던 사진 관련 잡지인 『사진예술(寫眞藝術)』에 1930년 9월부터 1931년 8월까지 1년 동안 나뉘어 본격적으로 번역 소개되었다. 책 속에 등장하는 아래의 사진들에 대해서 모홀리 나기는 다음과 같이 설명하고 있다. "X선 사진 – 빛의 체내 투과는 최대의 시각적 사건인 것이다."

개구리의 X선 사진

손의 X선 사진: 아그파(AGFA) 회사의 견본

라즐로 모홀리 나기의 포토그램과 만 레이의 레이요그래프

라즐로 모홀리 나기는 네거티브 필름을 사용하지 않고 오브제들을 직접 확대기에 올려 바로 인화물을 얻어내는 방식의 사진을 포토그램(Photogram)이라 명명하였고, 만 레이는 이를 자신의 이름을 따 레이요그래프(Rayograph)라 명명하였으나 이 두 가지의 인화 방식은 실제로는 완전히 같다. 주로 그들은 투명하거나 불투명한 물체들을 확대기 아래 늘어놓고 노출을 주어 이미지들이 겹쳐지는 효과를 내는 독특한 인화물을 얻어내었다.

(좌) 라즐로 모홀리 나기, 포토그램, 1922~1924.
(중) 라즐로 모홀리 나기, 젤라틴 실버 프린트, 1926.
(우) 만 레이, 레이요그래프, 젤라틴 실버 프린트, 1922.

나타나 있다. 이상은 해부학적인 상상력을 드러내어 자신의 장기들이 처해 있는 이상 증세들에 대해 고하면서 이 시의 초반부를 시작하고 있다. 우선 그의 폐는 야맹증을 앓고 있었다. 폐가 밤이 되면 보지 못하게 되는 야맹증에 걸렸다는 메타포가 물론 그가 겪고 있던 구체적인 병명으로서의 폐결핵을 가리키고 있다는 사실은 더 이상 뚜렷할 수도 없는 것이다. 폐가 겪고 있는 야맹증이란 혹 밤이면 제 기능을 다하지 못하고 기침에 시달리는 고통스러운 상황을 의미했던 것은 아니었겠는가 하는 추측 정도는 어렵지 않게 가능하다. 그는 병을 치료하고자 병원에 입원한다. 하지만 주치의는 사라지고 망명해 버렸다. 이상이 폐결핵에 고통을 받던 시절의 기록인 「병상이후」에는 바로 이때의 상황이 소상히 정리되어 있다. 이상의 주치의는 이상의 고통을 해결해 줄 수 없었을 뿐 아니라 다른 여성, 아마도 간호부와 웃으며 이야기하느라 바빠 이상의 고통에 공감하지 조차 못했던 것이다. 이상은 그때 폐결핵의 고통이 결국에는 환자 자신의 몫일 수밖에 없다는 사실을 절감하였다.

　고통의 나날 중에 이상이 본 철 늦은 나비란 물론 이쪽 세계와 저쪽 세계를 이어주는 매개이다. 장자(莊子)의 '호접몽(胡蝶夢)'에서뿐만 아니라 안자이 후유에의 달단해협(韃靼海峽)을 건너갔던 '나비'에 이르기까지 한 마리의 나비는 고통스러운 현실을 초월할 수 있는 가능성을 환기하는 대상이었다. 따라서 이상은 고통과 절망이 가득한 이쪽 세계로부터 벗어나기 위하여 한층 더 끊임없는 관념 실험을 계속하였던 것이다. 이상은 이미 1931년 발표한 시 '삼차각설계도' 연작을 통해서 빛의 속도를 매개로 한 자아의 무한 증식을 꿈꾸었다가 인간이라는 한계로 말미암아 거울이라는 현실적인 대상으로 회귀했던 적이 있었다. 「1931년(작품 제1번)」에 서술된 상황은 바로 그 당시를 가리키고 있는 것이다. 물론 여기에는 반드시 모조의 문제가 개입되지 않을 수 없다. 즉 거울의 대칭성 구조 너머에 있는 또 다른 흡사한 존재는 결국에는 가상의 모조에 불과한 것이 되어버릴 여지가 없지 않은 것이다. 이쪽 세계뿐만 아니라 저쪽 세계를 긍정하기 위한 전제 조건은 당연하게도 진짜/가짜, 실제/가상, 원본/모조의 사고를 어떻게 극복할 수 있는가 하는 문제일 것이다. 이른바 이상(李箱)적 사고의 독특한 역진성이란 바로 이 지점에서 등장한다. 즉 이곳, 현실 세계에 모조의 대상을 만드는 것이다. 이곳에 존재하는 것들이 모조라면, 당연히 유리 반대편의 그것이 진짜일 터, 이상이 이쪽 세계에서 모조 맹장을 제작했던 것은 바로 그러한 까닭에서였다. 즉 이상은 여기 자신이 존재하는 세계에 대한 철저한 부정을 통해 대칭점 너머에 존재하는 진실성의 세계를 찾아내고자 하였던 것이다.

결국 이 실험의 목적은 자기의 존재를 복수화하기 위하여 이쪽 세계를 모조로 간주하고, 오히려 대칭점 너머에 존재하는 보다 근원적인 세계를 확인하고자 하는 것이었다. 하지만 그와 같은 실험이 그리 쉬울 리 없다. 이쪽 세계 저 바깥에 있는, 거울 면을 통해 반사된 모조의 세계를 긍정하지 않고서 이와 같은 실험은 그 성과를 거둘 수 없는 것이다. 거울 속에 비춰진 '나'의 상이 오히려 근원적인 것이고 이곳에 있는 '내'가 허상일 수 있다고 믿을 수 있는 일반적인 인간이 얼마나 있겠는가. 대부분의 인간이라면 이곳에 있는 '나'가 진실된 것이며 거울 속에 비춰진 '내'가 허상이라는 고정된 현실적 관념으로부터 빠져나오기가 쉽지 않다. 이상의 관념 속에서 수도 없이 많은 실험이 이루어진 것은 바로 이 때문이기도 한 것이다.

따라서 당연하게도 인간의 신체와 관련된 이 관념 실험에는 수도 없이 많은 실험 대상들의 희생이 뒤따를 수밖에 없다. 게다가 어떤 자아가 모조인 복제품인가, 어떤 자아가 진본인가 하는 혼돈스러운 상황 속에서 이를 확인하기 위한 실험에는 많은 실험 샘플이 필요했던 것이다. 그 실험으로 인해 수도 없이 많은 실험용 동물들, 즉 이상의 또 다른 자신들이 희생되었다. 무수한 희생에 대해서는 그것에 마땅한 위로가 필요한 법이다. 이상은 그들을 위로하기 위해 거대한 샤프트의 기념비를 세운다. 앞서 실험의 주체였던 '나'의 퇴원과 함께 세워졌다고 하는 '거대한 샤프트의 기념비'는 당연하게도 「황의 기(작품 제2번)」에도 등장하는 '희생동물공양비(犧牲動物供養碑)'였던 셈이다. 내가 무한의 목장에서 기르던 수도 없이 많은 나의 개들은 기꺼이 비인간, 혹은 모조가 되기 위해 해부대에 올라 이슬로 사라졌다. 기념비는 바로 그 슬픈 순간들을 증언하고 있는 것이다.

지금은 고인이 된 그가 얼마나 그 기념비를 그의 가슴에 장식하기를 주저하고 있었는가는 그의 장례식 중에 분실된 그의 오른팔-현재 황이 입에 물고 온-을 보면 대충 짐작하고도 남음이 있을 것이다 / 그래 그가 공양비 건립기성회의 회장이었다는 사실은 무릇 무엇을 의미하는가? / 불균형한 건축물들로 하여 뒤얽힌 병원 구내의 어느 한 귀퉁이에 세워진 그 공양비의 쓸쓸한 모습을 나는 언제던가 공교롭게 지나는 길에 본 것을 기억한다. 거기에 나의 목장으로부터 호송되어 해부대의 이슬로 사라진 수많은 개들의 한 많은 혼백이 뿜어내는 살기를 나는 느끼지 않을 수가 없었다. 나는 더더구나 그의 수술실을 찾아가 예의 건(腱)의 절단을 그에게 의뢰해야 했던 것인데-

이상(李箱), 「황의 기(작품 제2번)」, 「문학사상」, 1976.7.

내가 치던 개는 튼튼하대서 모조리 실험동물로 공양되고 그중에서 비타민 E를 지닌 개는 학술연구의 미진함과 생물다운 질투로 해서 박사에게 흠씬 얻어맞는다. 하고 싶은 말을 개 짖듯 뱉어놓던 세월은 숨었다. 의과대학 허전한 마당에 우뚝 서서 나는 필사적으로 금제를 앓는다. 논문에 출석한 억울한 해골에는 천고에 이름이 없는 법이다.

이상(李箱), 「금제(禁制)」, 위독(危篤) 연작, 「조선일보」, 1936.10.4.

물론 사실 그 실험에 쓰였던 수많은 샘플들인 개들은 이상 자신이다. 당연하게도 실험을 주관하는 주치의 역시 이상 자신이나. 이상 내부에 존재하는 수도 없이 많은 자아들은 각기 역할을 맡아 관념의 실험을 수행하고 있었던 것이다. 즉 이 실험의 무수한 실패는 이상이 빛의 속도를 통해 담보되는 무한개의 자아의 생성 실험을, 거울이라는 현실적인 도구로 옮겨와 원본과 모조의 대칭적 관념을 수용하기 시작한 이후부터 이미 예견되어 있었다. 스스로 비인간 혹은 모조가 되어 거울 너머의 대칭되어 있는 원본을 추구하기 위해 이상은 스스로 내부에 존재하는 두 개의 신경 사이를 이어주는 건(腱)을 끊어내고서 인간이라는 유기체의 굴레를 벗어나고자 하였던 것이다. 두 개의 신경이 만약 이성과 감정을 의미하는 것이라면 그것이 연결되어 있지 않은 인간이란 실제로는 비인간일 수밖에 없는 까닭이다.

실험후기 2
—정충의 무기질화와 인간의 식물화를 통한 인류보완의 계획

> 3 나의 안면에 풀이 돋았다. 이는 불요불굴(不撓不屈)의 미덕을 상징한다. / 나는 내 자신이 더할 나위 없이 싫어져서 등변형 코스의 산보를 매일같이 계속했다. 피로가 왔다. / 아니나 다를까, 이는 1932년 5월 7일(부친의 사일) 대리석 발아사건의 전조였다. / 허나 그때의 나는 아직 한 개의 방정식 무기론의 열렬한 신봉자였다.

이상(李箱), 「1931년(작품 제1번)」, 『현대문학』, 1960.11.

문득, 나의 안면에 풀이 돋는다. 이는 당연하게도 수염을 의미하는 것이다. 그것은 나로 하여금 내가 인간임을 확인하도록 하는 결코 꺾이지 않는 미덕을 상징하는 것이기도 하다. 나의 피부가 완전한 무기질이었다면, 풀 따위는 결코 나지 않을 것이다. 나는 그러한 나 자신이 싫어져 거울을 통한 등변형 코스의 산보를 운동삼아 계속한다. 이 기하학적 방향성을 갖는 산보란 절대적으로 관념적인 실험에 해당하는 것이다. 자신을 끊임없이 무기질화하려는 것. 그를 통해 모든 인간다운 감정과 전통과 결별하는 것. 그것이 이상이 꿈꾸었던 관념 실험의 목적이다.

이러한 결과는 결국 이상의 백부가 죽던 날에 대리석이 발아하는 결과로 이어진다. 끊임없는 관념 실험과 훈련의 결과로 인간적인 것과는 어느 정도 결별한 대리석 조각인 이상에게조차 씨앗이 발아하는 유기체에게만 가능한 상황이 발생했던 것이다. 이상은 백부의 죽음에 대해 자신에게 솟아났던 슬픔을 이와 같이 상대화하여 표현하고 있는 것이다. 그럴 수밖에 없었을 것이다. 아직은 무한의 속도나 거울 같은 비인간적인 대상들에, 국가적인 전통이나 예술적인 전통에 대한 억압 없이 탈주를 추구할 수 있는 예술적 움직임에 마음을 빼앗겨 있었던 그였으니 말이다. 방정식 무기론이란 그에게는 시 '삼차각설계도' 연작으로 대표되는 20세기의 과학적 혹은 예술적 실천의 빛나는 보편이었던 것이다. 이상의 모조를 위한 관념적 실험은 바로 모든 인간적인 것을 넘어서서 이 빛나는 보편의 세계로 나아가기 위한 것이었다. 허나, 과연 그것이 인간에게 가능한 일일까.

한때는 민족마저 의심했다. / 어쩌면 이렇게도 번쩍임도 여유도 없는 빈상스런 전통일까 하고. / 하지만 결코 그렇지는 않았다. / 가족을 미워하는 것부터 시작해서 그는 또 민족을 얼마나 미워했는가. / 그러나 그것은 어찌 보면 '대중'의 근사치였나 보다. // 사람들을 미워하고—반대로 민족을 그리워하라, 동경하라고 말하고자 한다. / 커다란 무어라고 형용할 수 없는 덩어리의 그늘 속에 불행을 되씹으며 웅크리고 있는 그는 민족에게서 신비한 개화를 기대하며 그는 '레브라'와 같은 화려한 밀타승의 불화(佛畵)를 꿈꾼다.

이상(李箱), 「공포의 성채(恐怖의 城砦)」, 『문학사상』, 1986.10.

'이상(李箱)'이라는 현상

「공포의 성채」속에는 그가 실패하고야 말 운명이었던 비인간의 실험을 감행한 이유와 실패의 과정이 소상히 밝혀져 있다. 이상은 자신, 가족, 민족으로 이어지는 피로서 종합되는 혈족의 근원에 대한 근본적인 불신과 혐오를 가지고 있었던 것이다. 그가 인간이기를 거부했던 것은 자신을 중심으로 하여 피로 이어진 끈을 끊어내고 인간으로서의 굴레를 벗어나고자 하는 의도를 담고 있는 것이다. 하지만 과연 어떻게 해야 인간이 인간이라는 굴레를 벗어버릴 수 있단 말인가. 이상은 그 방법을 바로 자신에게 내재된 유기질을 추출하여 분리함으로써 무기화하는 것이라고 보고 있다. 인간의 내부에 존재하며, 자신이 인간임을 증명하는 효과적인 보증이면서 끊임없이 인간적인 전통을 상기하도록 하는 쓰라린 대상이 무엇이겠는가. 그것은 지금도 끊임없이 내 몸 구석구석을 돌고 있는 붉은 혈액인 것이다.

파란 정맥을 절단하니 새빨간 동맥이었다. / −그것은 파란 동맥이기 때문이다− / −아니! 새빨간 동맥이라도 저렇게 피부에 매몰되어 있으면…… / 보라! 네온사인인들 저렇게 가만−히 있는 것 같아 보여도 기실은 부단히 네온가스가 흐르고 있는 게란다. / −폐병쟁이가 색소폰을 불었더니 위험한 혈액이 검온계와 같이 / −기실은 부단히 수명이 흐르고 있는 게란다

이상(李箱), 「가구의 추위(街衢의 추위) −1933년 2월 17일의 실내의 일)」, 임종국 편, 「이상전집」, 1956.7.

이상은 노트로만 발견된 「가구(街衢)의 추위」라는 시에서 자신의 파란 동맥을 절단해 보니 새빨간 동맥이었다고 말한다. 정맥과 동맥을 혼동할 정도라면 자질이 의심스러운 형편없는 의사임에 틀림없다. 그보다 이 시에서는 정맥/동맥의 이항대립과 파란색/새빨간색의 이항대립이 무엇보다 선명하여 눈에 들어온다. 피부에 매몰되어 있는 파란 정맥이 그 파란색으로 말미암아 일종의 비인간성에 대한 상징에 다름 아니었다면, 그것을 절단해 보니 그것은 역시 새빨간 동

맥으로 단지 피부 밑에 깊숙하게 파묻혀 있었을 뿐이었다는 것이다. 마치 네온 사인이 겉으로 보기에는 평온하게 빛나고 있는 것 같지만 그 내부에서는 끊임 없이 네온가스가 흐르고 있는 것처럼, 인간에게는 생명의 상징과도 같은 붉은 혈액이 끊임없이 흐르고 있는 것이다. 폐병을 앓고 있던 이상의 신체 내부의 혈류순환계 속을 흐르는 혈액에는 얼마간의 병소가 섞여 흐르고 있었을 것이며 이를 제거할 수는 없는 것이다. 물론 당연하게도 그가 물려받았던 인간적인 전통을 거부하고자 했던 이상의 바람과 달리 그의 피부 밑에서는 끊임없이 혈액이 상징처럼 흐르고 있었던 것이다. 그러니 인간이기를 거부하고자 했던 이상의 시도가 성공할 리가 있었겠는가. 인간에게 일반적으로 허용되는 외과적인 수술로서는 죽음이라는 가장 인간적인 결말만이 예비되어 있을 뿐이었던 것이다.

> 4 뇌수 체환 문제 드디어 중대화되다. / 나는 남몰래 정충의 일원론을 고집하고 정충의 유기질의 분리 실험에 성공하다. / 유기질의 무기화 문제 남다. / R청년공작에 해후하고 CREAM LEBRA의 비밀을 듣다. / 그의 소개로 이(梨) 양과 알게 되다. / 예의 문제에 광명 보이다.
> 5 혼혈아 Y, 나의 입맞춤으로 독살되다. 감금당하다.
>
> 이상(李箱), 「1931년(작품 제1번)」, 「현대문학」, 1960.11.

이와 같은 절망 속에서 이상은 유일하게 남아 있는 가능성으로서 뇌수(腦髓)의 체환(替換) 계획, 즉 골수이식을 떠올린다. 이상의 시대였던 1930년대에도 혈액을 공급하고 만들어내는 뇌수의 기능에 대해서는 충분한 의학적인 설명이 이루어져 있었으나 아직까지 이러한 뇌수를 바꾸어 혈액을 바꾼다고 하는 가능성은 임상적으로 확인되지 않았다. 현대적인 골수이식이 1970년이 되어서야 이루어질 수 있었으니 이는 당연한 것이었다. 따라서 이상은 아직은 그야말로 시대적인 상상에 불과했던 뇌수 체환의 문제를 자신의 실험실의 주제로 올린 것이다. 그 기록 역시 「작품 제1번」에 남아 있다.

「작품 제1번」에서 이상이 행했던 뇌수 체환의 실험은 정충(精蟲)으로부터 유기질을 분리해 내고자 하는 것을 그 요체로 하고 있었다. 이 실험의 의도는 분명하다. 이상이 자신의 인간적인 성격을 띠고 있는 유기질, 즉 유기체적인 자질을 분리하여 추출해 보겠다는 것이다. 유기체적인 자질들을 무기화하기만 하면 지금까지의 이상 자신에게 내재되어 있던 인간적인 굴레들이 어느 정도 극복될 수 있을 것임에 틀림없다.

이러한 발상 아래 이상은 자신이 정충에서 유기질을 분리하는 실험을 행했고 이 실험에는 성공했다고 자평한다. 다만 이 성공한 실험에 대한 기록은 기존에 발표된 작품들이나 발견된 습작 노트 속에는 보이지 않는다. 아마도 발표하기에는 충분하지 않다고 생각되어 노트의 형태로만 남았고 그대로 유실되어 버렸음에 틀림없다. 하지만 이에 따르면 실험의 성공에도 불구하고 이상이 아직 풀지 못한 문제는 유기질의 무기화이다. 기껏 인간의 정충으로부터 유기질을 추출해 내는 데 성공했다고 하더라도 그것을 무기화시키지 못하면 이상이 의도하는 바는 결국 달성할 수 없게 된다.

과연 인간 내부의 유기질의 부분을 무기화하는 것은 가능할까. 반대로 원래부터 무기화되어 있던 대상이 유기화하는 것이란 가능한 일일까. 이상은 이와 같은 유기-무기질에 대한 체환 가능성에 대한 실험을 계속한다.

신통하게도 혈홍으로 염색되지 아니하고 하얀대로 / 페인트를 칠한 사과를 톱으로 쪼갠즉 속살은 하얀대로 / 하느님도 역시 페인트칠한 세공품을 좋아하시지-사과가 아무리 빨갛더라도 속살은 역시 하얀대로. 하느님은 이걸 가지고 인간을 살짝 속이겠다고. / 혹 대나무를 사진촬영해서 원판을 햇볕에 비춰보구려-골편과 같다. / 두개골은 석류 같고 아니 석류의 음화가 두개골 같다(?) / 여보오 산 사람 골편을 보신 일 있소? 수술실에서- 그건 죽은 거야요 살아 있는 골편을 보신 일 있소? 이빨! 어머나― 이빨두 그래 골편일까요. 그렇담 손톱두 골편이게요? / 난 인간만은 식물이라고 생각커든요.

이상(李箱), 「골편에 관한 무제(骨片에 關한 無題)」, 임종국 편, 『이상전집』, 1956.7.

나 같은 불모지를 지구로 삼은 나의 모발을 나는 측은해한다 / 나의 살갗에 발라진 향기 높은 향수 / 나의 태양욕 / 용수(榕樹, 뽕나무과)처럼 나는 끈기 있게 지구에 뿌리를 박고 싶다 / 사나토리움의 한 그루 팔손이나무보다도 나는 가난하다 / 나의 살갗이 나의 모발에 이러함과 같이 지구는 나에게 불모지라곤 나는 생각지 않는다 / 잘려진 모발을 나는 언제나 땅속에 매장한다― 아니다 식목한다.

이상(李箱), 「작품 제3번(作品第三番)」, 『문학사상』, 1976.7.

이상의 관심사는 인간의 신체에서 처음부터 무기질이었던 것은 무엇이 있을까 하는 궁금증으로 옮겨간다. 아마도 손, 발톱이나 머리카락 등이 그러한 대상이었을 것이다. 이상이 다른 시에서 자신의 신체의 무기화된 부분들, 즉 손톱이라든가 머리카락 등에 대해 관심을 보이고 있는 것이 이와 비슷한 맥락에 속한다. 분명 이 당시의 이상에게는 인간의 무기화에 대한 욕망과 무기화된 부분의 유기화라는 두 가지 욕망이 공존하고 있었던 셈이다. 백부가 죽은 날, 대리석이 발아하는 사건을 경험했던 그이니만큼, 그에게 인간적인 것으로부터 결별하는 것은 지상의 과제였으나 그럴 수 없는 것이 사실이었던 것이다. 결국 자기의 신체를 철저히 무기화함으로써 자신을 둘러싼 모든 인간적인 것들과 결별하고자 했던 이상은 자신이 인간, 적어도 식물에 가까운 유기체이며 결코 그러한 사실로부터는 벗어날 수 없다는 사실을 새삼스레 다시 깨닫게 된다.

이러한 깨달음은 그의 실험에 있어서도 중대한 변수가 된다. 인간이 과연 스스로 인간임을 부정하는 것은 가능한 일일까. 인간은 중력이 미치지 않는 곳에서 부유하듯이 독립적으로 떠다니는 존재가 아니라 결국에는 어딘가 단단하고 양지바른 땅에 착근하여 붙박히지 않을 수 없는 존재인 것이 아닐까. 이상이 스스로 인간임, 혹은 인간일 수밖에 없다는 자신에게 부과된 명제를 받아들이는 과정을 단단한 땅에 붙박힌 뿌리를 자발적으로 기꺼이 받아들이는 과정으로 표현하고 있는 것은 그러한 절망적 한계에 대한 인식 때문이다. 당연하게도 20세기적인 정신에서 살고자 했던 그가 19세기적인 전통을 버릴 수 없었던 까닭과도 상통하는 이유이다. 이상의 정신은 하늘로 우주로 빛이 가리키는 방향을 따라 광속의 속도로 나아가고자 하나, 그러한 그를 붙드는 힘(구심력)은 마치 지구 위 존재들에게 알게 모르게 작용하고 있는 중력과 마찬가지로 그를 땅 위에 단단히 붙박히도록 한다. 당연하게도 이 모든 것은 그가 인간이라는 사실에서 비롯되고 끝날 일이었다.

> 6 재차 입원하다. 나는 그다지도 암담한 운명에 직면하여 자살을 결의하고 남몰래 한 자루의 비수(길이 3척)을 입수하였다. / 야음을 타서 나는 병실을 뛰쳐나왔다. 개가 짖었다. 나는 이쯤이면 비수를 나의 배꼽에다 찔러 박았다. / 불행히도 나를 체포하려고 뒤쫓아온 나의 모친이 나의 등에서 나를 얼싸안은 채 살해되어 있었다. 나는 무사하였다.
>
> 이상(李箱), 「작품 제1번(作品第一番)」, 『현대문학』, 1960.11.

이를 부정하기 위해서는 자신이 인간임을 폐하고 자신이 붙박고 있는 뿌리들을 거두고 베어내어 현재의 시공간을 초월하여 빛의 속도로 20세기적인 정신으로 나아가지 않으면 안 된다. 그가 무기화된 자신을 꿈꾸었던 까닭은 그 때문이다. 하지만 그는 결코 무기화될 수 없다. 그의 몸속에는 붉은 피가 가리키는 혈족에 대한 이끌림, 생활에의 강박적 요구, 친밀한 인간들과의 관계성 등 모든 차갑지 아니한 것들이 여전히 잔뜩 들어 있는 것이다. 정신적인 탈주만을 계속하는 예술가에게 기다리고 있는 종말은 자살뿐일 것이다. 이상 역시 그러한 자살 충동에 시달렸지만, 이 인용에서 보듯 그가 자살하려 하면 할수록 피해를 겪는 것은 그와 피를 나누어 가진 가족이었다. 그 끊어내고자 하나 끊어낼 수 없는 인간이라는 조건들, 말이다. 그가 한낱 대리석과 같은 무기체에 불과한 존재였다면 모든 인간적인 것들과 결별하고 실제적인 자살이든 상징적인 자살이든 자신으로부터 떠나 죽음에 이를 수 있을지도 모른다. 하지만 언제나 그의 이와 같은 죽음을 향한 충동을 가로막는 것은 피로 맺어진 가족이 상징하는 따뜻한 가치들이다. 상징적인 칼로, 상징적인 육체를 수도 없이 찔러 상징적인 자살을 감행해 본들 언제나 모친이 나의 등에서 나를 얼싸안고 나 대신 죽음을 맞이했던 것이다. 이 장면 역시 대단히 상징적이다. 당연하게도 그것이 19세기적인 가치를 상징하는 것임은 두말할 나위가 없다.

소결론
─관념 실험의 결과와 읽을 수 없는 지식의 형태들

「1931년(작품 제1번)」 속에 기록된 6번까지의 실험 기록을 통하여 이상은 실질적으로 자신의 인간다움을 폐하고 진공 상태의 지식의 세계로 빠져들게 되었다. 그가 자살하고자 휘두른 칼에 그의 어머니로 상징되는 모든 인간다운 것들이 참사하였으니 말이다. 따라서 나머지의 기록들은 이미 우리가 익히 알고 있는 그의 문학에 표출된 탈주의 지식에 관한 것이다.

7 지구의(地球儀) 위에 곤두를 섰다는 이유로 나는 제3인터내슈날 당원들한테서 몰매를 맞았다. / 그래서 조종사 없는 비행기에 태워진 채로 공중에 내던져졌다. 혹형(酷刑)을 비웃었다. / 나는 지구의에 접근하는 지구의 재정(財政)

이면을 이때 엄밀 자세히 검산하는 기회를 얻었다.

이상(李箱), 「작품 제1번(作品第一番)」, 『현대문학』, 1960.11.

7번의 기록 속에 남겨져 있는 이상의 기록은 당연하게도 이 책의 8장에서 살펴보던 시 「차8씨의 출발」과 관련된 것이다. 이상은 이 시에서 'Z백호'라는 기계문명의 총아인 비행선에 열광하고 있는 인간들을 비웃고 세계가 그려진 지구의의 평면도 속에서 거꾸로 곤두서 땅을 굴착하는 삶을 제안하였다. 말하자면, 이 7번의 기록이란 그 후일담인바, 그는 세계를 좌우하는 모더니티를 따르지 않고자 하는 삶을 제안하였더니 제3인터내셔널, 즉 코민테른(Comintern) 당원들에게 몰매를 맞았다는 것이다. 물론 이상의 문학을 비롯한 모더니즘 문학이 사회의 나아갈 이상을 도외시하고 있다는 계급주의 문학 일각에서의 비난을 지칭하는 것이다. 하지만 이상에 대한 이와 같은 비난은 당시의 자본주의나 사회주의나 결국 당시에는 모더니티 지향성에 다름 아니었다는 사실을 이해하지 못한다면 단지 이 진술을 좌우의 이념적 대립으로 환원해 버리게 된다. 이상이 행했던 Z백호를 둘러싼 자본주의 문명에 대한 비판이 왜 사회주의자들로부터 반감을 일으키는가. 이상은 이러한 반응에 대해 퍽 흥미로워한 것이다. 즉 이상이 이에 검산해 본 '지구의에 접근하는 지구의 재정(財政) 이면'이란 바로 세계를 구성하고 있는 자본과 모더니티를 둘러싼 공모 관계에 대한 비판이었다.

8 창부가 분만한 죽은 아이(死兒)의 피부 전면에 문신이 들어 있었다. 나는 그 암호를 해제하였다. / 그 죽은 아이의 선조는 옛날에 기관차를 치어서 그 기관차로 하여금 유혈임리(流血淋漓), 도망치게 한 당대의 호걸이었다는 말이 기록되어 있었다.

이상(李箱), 「작품 제1번(作品第一番)」, 『현대문학』, 1960.11.

또한, 8번의 기록은 당연히 소설 「12월 12일」과 관련된다. 그 소설의 주인공인 X는 아기를 남겨두고서 기관차에 치어 세상을 떠나기 때문이다. 남겨진 죽은 아이의 피부에는 가득 문신이 들어 있었는데, 이상은 그것을 해독하였다. 이상의 글쓰기 속에 들어 있는 상징들이란 바로 그렇게 태고에서부터 새겨져 있던 암호의 해독이었던 셈이다.

> 10 나의 방의 시계 별안간 13을 치다. 그때, 호외의 방울 소리 들리다. 나의 탈옥의 기사. / 불면증과 수면증으로 시달림을 받고 있는 나는 항상 좌우의 기로에 섰다. / 나의 내부로 향해서 도덕의 기념비가 무너지면서 쓰러져버렸다. 중상(重傷). 세상은 착오를 전한다. / 12+1=13 이튿날(즉 그때) 나의 시계의 침은 세 개였다.

이상(李箱), 「작품 제1번(作品第一番)」, 『현대문학』, 1960.11.

10번의 기록은 말하자면, 실험기록으로서의 시 「1931년(작품 제1번)」의 내용들 중 압권이라 할 만한 것이다. 물론 그 상세한 내용은 이 책의 4장에서 충분히 다루었다. 요컨대 이 기록은 시계로 대표되는 인간적 정상성의 지식을 넘어선 영역으로 넘어가는 순간에 대한 기록이다. 이상은 13시를 치는 비일상성의 증거를 통하여 자기가 영위하는 세계의 비정상성을 도출해 낸다. 당연히 이러한 계기를 통하여 일반적으로 통용되는 도덕의 기념비 같은 것은 무너져 내릴 수밖에 없는 것이다. 게다가 그는 시계가 제시하는 단일한 차원성을 넘어버린다. 바야흐로 아인슈타인이 제시한 4차원, 혹은 그 이상의 세계다.

> 11 삼차각의 여각을 발견하다. 다음에 삼차각과 삼차각의 여각과의 합은 삼차각과 보각이 된다는 것을 발견하다. / 인구문제의 응급수당 확정되다.

이상(李箱), 「작품 제1번(作品第一番)」, 『현대문학』, 1960.11.

결국 이 실험의 기록은 '삼차각설계도'의 연작에 다다르게 된다. 이 '삼차 각설계도' 연작에 대해서는 이 책의 2장에서 이미 다루었다. 이 실험 기록 11번 에 남겨진 것은 이 연작에 대한 일종의 후기였다. 그는 여기에서는 '삼차각설계 도' 속에서 차원과 각을 합친 상상적인 개념으로 제시했던 '삼차각(三次角)'의 여 각(餘角)을 발견했다고 쓰고 있다. 일반적인 기하학에서 여각이란 90도를 기준 으로 삼차각을 제외한 각을 지칭하는 것이다. 즉 이상은 삼차각으로 설계되어 그를 통해 설명될 수 있는 세계의 밖에 존재하는 이면을 발견하였다고 말하고 있는 것이다. 과연 그 이면이란 무엇이었을까. 아마도 그것은 바로 각각 공간 차원과 시간 차원으로 초월해 나가는 운동성 그 자체를 가리키는 것이었을 것 이다.

또한 이상은 삼차각과 삼차각의 여각과의 합이 삼차각과 보각(補角)이 된 다는 사실을 발견하였다고 쓰고 있기도 하다. 역시 일반적인 기하학에서 볼 때, 보각은 180도를 기준으로 한 여각 관계를 말하는 것이다. 따라서 사실 삼차각 과 여각의 합은 90도이므로 삼차각과 삼차각의 여각의 합이 삼차각과 보각이 되는 유일한 상황은 삼차각이 90도일 때밖에는 없다. 즉 여각의 여지가 없는 상 황이다. 이상은 여각을 발견하고자 하였지만, 유클리드의 기하학 내에서는 더 이상 여지를 발견하지 못했던 것이다. 인간에게는 시공간을 뒤틀 만큼의 빛의 속도가 허락되지 않는다.

그 다음 이상이 언급하고 있는 인구문제란 당연하게도 소설 「날개」 속에서 언급된 멜서스의 「인구론」을 가리키는바, 제곱이라는 기하급수로 늘어나는 인 구를 2배의 산술급수로 증가하는 식량 생산이 따라잡을 수 없다는 세계의 디 스토피아적 결말을 예언하고 있는 이론이다. 이상이 말한 인구문제의 응급수 당 중 수당(手當)이란 한국어에는 보수 외에 따로 받는 급료를 말하는 뜻밖에 는 존재하지 않지만, 일본어 한자로는 조치나 처방의 뜻이 존재하므로, 이 응급 수당이란 즉 응급조처를 말하는 것이다. 결국 실제로 응급상황이 발생할 만큼

인구문제가 심각해진 것이다. 바야흐로 세계의 시간이 직선으로 흐르게 되고 만 것이다.

> 12 거울의 굴절 반사의 법칙은 시간 방향의 유임 문제를 해결하다. /(궤적의 광년운산) / 나는 거울의 수량을 빛의 속도에 의해서 계산하였다. 그리고 로켓의 설계를 중지하였다.
>
> 이상(李箱), 유정 역, 「작품 제1번(作品第一番)」, 「현대문학」, 1960.11.

결국, 이상은 12번의 기록에서 거울의 발견의 순간을 말하고 있다. 그 상세한 내용은 이 책의 3장에 들어 있다. 요약한다면, 거울의 굴절 반사의 법칙이 시간 방향, 즉 시간 차원을 초월할 만한 빛의 운동성이라는 문제를 해결하여 주었다는 것이다. 빛의 시간성을 허락하는 유일한 현실의 오브제란 로켓이 아니라 거울이었던 것이다. 그가 로켓의 설계를 중지하고 만 것은 바로 거울이 그 효과적인 대안이 된다는 생각 때문이었을 것이었다. 그는 이처럼 스스로 세계에 형성되어 있던 지식의 체계를 참조하면서 그로부터 벗어나거나 적응하는 방식으로 자신만의 지식적 체계를 구축하였던 것이다.

이상은 책과 문자를 통하여 세계의 지식과 조우하였고, 그로부터 자신만의 지식적 체계를 구축하였다. 「1931년(작품 제1번)」이라는 실험의 기록에 적혀 있는 바와 마찬가지로, 1931년과 32년 무렵은 그에게 아직 철들기를 거부하는 예민함과 끝간 데까지 추구된 예술적 자의식을 통해 자신을 몰아세우고 있는 시기였던 것이다.

하지만 언제까지나 자라지 않고 남아 있는 존재란 있을 수 없듯, 세상의 모든 것은 철이 들게 마련이다. 이상은 바로 자신의 온몸을 던져 그 철들어감에 대해, 세상에 적응하여 특성한 모양이 되어가는 것에 대해 거부하였지만 그 역시 세상의 가치들을 받아들여간다. 가족이, 국가가 환기하는 혈족들 사이의 끌어

당김이란 산뜻한 것이 아니라 불결하고 불유쾌한 것이다. 그것은 그것이 더러운 것이라는 의미가 아니라 이성적인 사고를 통해 존립 가능한 논리에서 비롯되는 것이 아니라 생리로 존재하는 것이기 때문이다. 그것은 거부하고자 하여도 몸의 구석구석으로 파고든다. 이는 말하자면 그가 지금까지 쌓아올린 지식의 세계를 무너뜨릴 만한 읽을 수 없는 지식의 존립 가능성과 관련된 것이다.

나는 세상 불행을 제가끔 짊어지고 태어난 것 같은 오욕에 길든 일족을 서울에 남겨두고 왔다. 그들은 차라리 불행을 먹고 살고 있는 것인지도 모른다. 그들은 오늘 저녁도 또 맛없는 식사를 했을 테지. 불결한 공기에 땀이 배어 있을 테지.

나의 슬픔이 어째서 그들을 진심으로 사랑할 수 없는가? 잠시나마 나의 마음에 평화라는 것이 있었던가. 나는 그들을 저주스럽게 여기고 증오조차 하고 있다. 그렇지만 그들은 멸망하지 않는다. 심한 독소를 방사하면서, 언제나 내게 거치적거리며 나의 생리에 파고들지 않는가. (중략) 책을 덮었다. 활자는 상에서 흘러 떨어졌다. 나는 엄격한 자세를 하지 않으면 아니 된다. 나는 이젠 혼자뿐이니까.

이상(李箱), 「첫 번째 방랑」, 『문학사상』, 1976.7.

양팔을 자르고 나의 직무를 회피한다 / 이제는 나에게 일을 하라는 자는 없다 / 내가 무서워하는 지배는 어디서도 찾아볼 수 없다 // 역사는 무거운 짐이다 / 세상에 대한 사표 쓰기란 더욱 무거운 짐이다 / 나는 나의 문자들을 가둬버렸다 / 도서관에서 온 소환장을 이제 난 읽지 못한다

이상(李箱), 「회한의 장(悔恨의 章)」, 『현대문학』, 1966.7.

얼마 후 나는 역도병에 걸렸다. 나는 날마다 인쇄소의 활자 두는 곳에 나

의 병구를 이끌었다. / 지식과 함께 나의 병집은 깊어질 뿐이었다. / 하루 아침 나는 식사 정각에 그만 잘못 가수(假睡, 반수면)에 빠져들어갔다. 틈을 놓치려 들지 않는 황(獚)은 그 금속의 꽃을 물어선 나의 반개(半開)의 입에 떨어뜨렸다. 시간의 습관이 식사처럼 나에게 안약을 무난히 넣게 했다. / 병집이 지식과 중화했다-세상에 공교하기 짝이 없는 치료법-그후 지식은 급기야 좌우를 겸비하게끔 되었다.

이상(李箱), 「황의 기(작품 제2번)」, 『문학사상』, 1976.7.

칼로 베듯 예리할 뿐만 아니라 심지어 거꾸로 서 있는 근대적 지식의 형태와 한없이 무딜 뿐만 아니라 따스하기까지 한 전근대의 가치들은 뜻밖에도 공존하고 있다. 하지만 그 공존이란 것이야말로 모든 문제의 시작이었을 터. 그 지식의 날카로움과 피의 따뜻함이란 결코 공존하기 어려운 것이기 때문이다. 이상이 결국 스스로 자신의 모든 언어를 폐(廢)할 수밖에 없었던 까닭은 여기에 있을지도 모를 일이다. 이상은 자신이 늘 드나들던 문자를 찍어내는 활자들로 가득차 있던 인쇄소와 도서관에 드나들 수 없게 되어버린 것이다. 하지만 이상은 이와 같이 자신의 문자를 가두고 언어를 폐함으로서 지식의 형태가 이루고 있는 경계 그 지점에 닿아버린 것이고, 비로소 그 경계 너머에 존재하고 있는 지식으로는 결코 닿을 수 없는 세계를 발견해 버렸다고 말할 수도 있다. 어쩌면 그의 예술이란 그와 같이 그러한 경계 위에서 위태롭게 형성될 수밖에 없었던 것이다.

좀 더 읽어볼 만한 글들

이상의 문학은 당대의 안정된 지식 체계의 기반 위에서 쌓아올려진 것이 아니라 문학, 미술, 영화, 건축 등 인접학문과의 영향성 안에서 확산하고 있다. 일찍부터 이상 연구를 위해 다양한 분야의 연구자들이 모여 함께 이상문학에 대해서 논의했던 것은 이 때문이었다. 즉 이상문학에 대한 온전한 이해를 위해서는 '비교문학'이라는 연구적 모델하에서 다양한 학문의 전공자들이 이상문학 아래에 내재된 지식의 존립 방식에 대해 논의할 필요가 있었던 것이다.

그 대표적인 계기로는 『문학사상』 지령 300호로 마련된 심포지엄의 자료집으로 출간된 『이상문학 연구 60년』(권영민 편저, 문학사상사, 1998)을 들 수 있다. 이 책의 제2장 속에는 '인접학문의 시각에서 본 이상문학의 본질'이라는 주제 아래 정신의학(조두영), 철학(김상환), 수학(정명환), 시각예술(김민수) 등의 다양한 학문 분야의 전문가들이 모여 이상에 대해 논의했던 바가 담겨 있다. 이후 이러한 경향은 더욱더 가속화되어 조형예술이나 디자인 등 뉴미디어 매체와 이상 예술과의 상관성 등으로 이어졌다.

10

도시 경성의 화폐 경제 구조를
투시하는 까마귀의 눈

마르크스와 멜서스, 르 코르뷔제

옛소 - 하고 내 머리맡에 내려뜨리는 것은

그 가뿐한 음향으로 보아

지폐에 틀림없었다.

그리고 내 귀에다 대이고 오늘을랑 어제보다도

좀 더 늦게 들어와도 좋다고 속삭이는 것이다.

그것은 어렵지 않다.

우선 그 돈이 무엇보다도

고맙고 반가웠다.

―「날개」

총독부에 건축기사로도 오래 다닌 고등공업 출신의 김해경 씨가 경영하는 것
으로 종로서 서대문 가노라면 10여 집 가서 오른편 페브멘트 옆에 나일강 변의 유
객선 같이 운치 있게 빗겨선 집이다. 더구나 전면 벽은 전부 유리로 깐 것이 이색이
다. 이렇게 종로 대가를 옆에 끼고 앉았느니만치 이 집 독특히 인삼차나 마시면서
바깥을 내다보노라면 유리창 너머 페브멘트 우로 여성들의 구두 발이 지나가는
것이 아름다운 그림을 바라보듯 사람을 황홀케 한다. 살색(肉色) 스타킹으로 싼
가늘고 긴- 각선미의 신여성의 다리 다리 다리-

　　이 집에는 화가, 신문기자 그리고 동경(東京) 오사카(大阪)으로 유학하고 돌
아와서 할 일 없어 양차(洋茶)나 마시며 소일하는 유한청년(有閑靑年)들이 많이
다닌다. 봄은 안 와도 언제나 봄 기분 잇서야 할 제비. 여러 끽다점(喫茶店) 중에
가장 이 땅 정조(情調)를 잘 나타낸 '제비'란 이름이 나의 마음을 몹시 끈다.

-「끽다점평판기(喫茶店評判記)」, 『삼천리』, 1934.5, 155면.

　　뭐라 부를 옛 냄새나는 중세기의 취미일까라고 이해할 수 없는 바도 많았지
만, 완성되니 우선, 역시, 라고 생각했다. 하여간 마스터 이 군은 꿈의 소유자이며,
그 꿈은 기실 하찮은 꿈인데, 그 주제에 현실적으로는 대단한 고생꾼이다. 가끔
밤늦게까지 그와 마주보고 말하면서, 어느 틈에 그의 꿈속에 말려 들어가버리면,
의외로 즐겁다. 사람이 자기 꿈에 대해서조차 고독을 느낀다면 그것은 외로운 일
임에 틀림없다. 낙랑! 이것은 그의 고독한 꿈의, 아주 작은 표현인 동시에 그가 갖
가지 사람의 꿈의, 아주 작은 표현인 동시에 그가 갖가지 사람의 꿈을 향해 악수
를 청하는 것이기도 하다. 저 가늘고 긴 포인티드 아-치 밑에서 젖은 눈과 같이
페이브먼트를 엿보이고 있는 창문을 보면 누구라도 그에게 악수를 청하고 싶어진
다. 모두 해 준다. 그리고 저마다 별도의 의미로 천진한 꿈을 꾼다. 그리고 물건을
잃고 돌아간다. 그런 점에서 낙랑은 순수하고 좋으며, 그윽한 매력이 되어 언제까
지나 좋아진다고 생각한다.

-'카페 낙랑팔라(樂浪Parlour)에 남긴 이상의 글',

사에구사 토시카츠(三枝壽勝), 「李箱のモダニズム」, 『朝鮮學報』 141,

天理大 朝鮮學會, 1991.10.(심원섭의 번역으로 인용)

총독부 기사를 그만두고 문학을 기어코 자신의 삶의 좌표로 삼았던 김해경은 경성 시내에 여러 번 다방, 즉 끽다점을 열곤 하였다. 그는 이후 '보스턴'이라는 카페로 바뀐 '69(씩스나인)'이라는 카페를 열기도 했었고, '제비'라는 다방을 열기도 하였으며, '쓰루(鶴)'나 '무기(麥)'라는 다방을 열기도 했다. 이와 같이 김해경이 열었던 끽다점은 단지 호구를 해결하기 위한 방안만은 아니었다. 그에게 있어 다방이라는 공간은 급속도로 자본주의화가 이루어진 치사(侈奢)한 도시인 근대도시 경성에서 자유로운 예술적 영혼들이 머무는 섬과도 같은 곳이었기 때문이다. 그가 꿈꾸었던 도시 경성은 예술가들이 자유로이 드나들고 자유로운 창작이 이루어졌던 '에콜 드 파리(Ecole de Paris)'에 닿아 있었을 것이다. 분명 김해경은 조선총독부 기사를 다닐 때부터 장곡천정((長谷川町, 현 소공동)에 있던 '낙랑팔라'에 드나들었을 것이며, 이와 같은 경험은 그에게 다방이 단지 차만을 파는 공간이 아니라 예술가들이 드나들고 창작을 하고 서로의 작품에 대한 품평을 통해 경쟁적으로 창작을 해나가면서 자신들만의 예술적인 문화를 만들어가던 장소라는 확신을 주었을 것이다.

카페를 예술가들이 머무는 예술과 사상적 담론의 중심으로 삼고자 하였던 것은 바로 김해경 자신의 꿈이기도 하였다. 그는 자본주의의 경제적 교환성 속에 매몰되지 않고 하나의 유동(流動)하는 개체로서 거리를 산책하며 이를 예민한 자의식으로 파악하고자 했던 것이다. 예술가의 델리케이트한 자의식들이 정류했던 공간인 카페는 마치 바다 위의 섬과도 같은 휴식처라는 점에서 자본주의 화폐 경제 감각의 가장 안쪽에 해당하는 것이다. 김해경에 있어서 카페에서 한잔의 커피를 마시는 것, 그것은 화폐와 시공간을 교환하고, 자신의 가장 근대적인 취향을 드러내는 자본주의의 가장 청신한 감각이었다.

따라서, 화폐의 교환 감각에 대한 김해경다운 사고는 근대의 자본주의에 투항하거나 그와 벽을 쌓는 방식이 아니라 자본주의적인 교환의 메커니즘을 철저하게 체득하면서 그 안쪽에서부터 균열을 꿈꾸는 것으로 정리될 수 있다. 그는 적어도 현실과 담을 쌓은 은둔자가 아니라 자본주의라는 현실을 누구보다 꿰뚫고 있었던 작가였던 것이다.

'이상(李箱)'이라는 현상

도시 경성의 화폐 경제학과 소비문화

이상은 식민지 조선의 수도였던 경성 한복판에서 건축을 전공하였고, 동시에 미술과 문학 영역에 있어서 당시 예술 전선의 최전위(avant-garde)를 자처하였다. 그는 단지 방 안에 틀어박혀 유폐된 자의식을 과시했던 기괴한 천재만은 아니었으며, 하늘 저 높은 곳에서 까마귀의 눈을 가지고 도시 경성의 건축학적 구조를 관통하여 조감할 수 있는 능력을 갖고 있었다고 하여도 결코 과언은 아니다. 다시 말하여 그는 경성이라는 근대도시의 파사드(Façade)를 넘어서, 줄줄이 늘어선 건축물들의 철골들이 이루고 있는 구조와 그 사이를 유동하듯이 흐르고 있는 인간과 재화들의 일련의 흐름들을 꿰뚫어볼 수 있는 눈을 가지고 있었던 것이다. 자연스러운 인간의 삶을 거스르고 위로, 위로 올라가고자 하는 건물의 매끈한 기계미와 그 건물들 사이를 흐르는 상품 경제의 욕망들, 이는 발터 베냐민이 아케이드 프로젝트를 통해 건물과 건물 사이의 통로를 따라 흐르는 자본주의의 욕망을 발견했던 것과 동궤의 것이다. 즉 마르크스가 『자본론』*에서 지적했듯 끊임없이 등가의 수평적 움직임을 따라 교환되는 화폐 경제의 핵심적인 욕망의 힘은 재화가 상품으로 바뀌어 새로운 실존을 얻는 과정을 표현하고 있으며, 그러한 과정들은 도시 경성의 건물과 건물 사이로 흘러넘치고 있었던 것이다. 이상은 조선인과 일본인 구역으로 나뉘어 급속도로 도시화하고 있는 경성의 거리를 걸으면서 한편으로는 건축가인 르 코르뷔제*의 도시계획을 떠올렸던 것이고, 다른 한편으로는 인간이 가진 모든 재화들이 화폐의 등가성에 의해 교환되는 장면을 보면서 마르크스의 화폐 경제학을 떠올렸을 것임에 틀림없다. 그와 같은 수직의 구조와 수평적 흐름의 사이에서 도시에 관한 이상의 사유는 조직될 수 있었던 것이다.

따라서 도시 경성을 배경으로 한 이상의 예술적 사유가 어떻게 전개되어 나갔는가 하는 바를 이해하기 위해서는 바로 화폐라는 대상에 주목해 볼 필요가 있다. 화폐는 신분 중심의 조선시대의 중세적 전통으로부터 경성이라는 도시가 자본주의적인 소비 양식을 갖추면서 변모해 나가는 데 있어서 가장 중요한 매개 역할을 하였기 때문이다. 게다가 화폐는 단지 경제적 제도에 지나지 않는 것이 아니라 인간의 삶의 양식이나 문화에까지 적극적으로 개입하여 그 면면을 바꾸는 중요한 역할을 한다. 따라서 화폐는 자본주의 사회의 한 전제로서 결코 간과되기 어려운 것이다. 결국 이상은 하늘 저 높이에서 인간의 삶의 양식들을 내려다보는 까마귀의 눈을 가졌으면서, 동시에 화폐를 통해 가장 미시적인 삶의

칼 마르크스의 화폐 교환 가치와 상품

이상이 창작하던 시기에 앞서 이미 60~70년 전에 칼 마르크스(Karl Marx, 1818~1883)는 자본주의 도시 속에서 모든 재화에는 화폐의 숫자로 대표되는 교환 가치가 붙어 있다는 사실을 간파하였다. 그에 따르면 재화의 교환 가치는 그 재화를 생산하는 데 따르는 노동 시간으로 환산된 금액을 통해 일률적으로 계산된다. 이러한 계산을 따라 세상에 존재하는 모든 재화는 사회적으로 '가격'이라는 새로운 실존을 부여받게 되고 새로운 질서 속에 편입된다는 것이다. 이 가격은 점차 재화가 갖고 있는 여러 가지 질적 가치들을 배제하고 그 재화의 일반적인 가치로 통용된다. 그가 『정치경제학 비판 요강』에서 말했던 다음 한 구절은 자본주의 사회에서 화폐와 관련된 교환 가치의 체계를 요약적으로 보여준다. "생산물이 상품이 된다. 상품이 교환 가치가 된다. 상품의 교환 가치는 상품의 내재적 화폐 속성이다. 이 상품의 화폐 속성은 화폐로서 상품으로부터 분리되어 모든 특수한 상품들과 이것들의 자연적 실존 방식과 구별되는 다른 하나의 일반적인 사회적 실존을 얻게 된다."(칼 마르크스, 김호균 역, 『정치경제학 비판 요강(Grundriße der Kritik der politischen Ökonomie)』, 백의, 2000, 125쪽.)

'이상(李箱)'이라는 현상

르 코르뷔제의 근대도시계획

르 코르뷔제(Le Corbusier, 1887~1965)는 근대건축 분야에 있어서, 아직까지도 영향을 끼치고 있는 건축가이다. 그는 도시 내에서 인간의 주거 환경을 더 낫게 만드는 건축물을 제작하는 데 많은 노력을 들였으며, 나아가 도시 건축 계획 분야에 많은 기여를 하였다.

르 코르뷔제

그는 스위스 태생으로, 어렸을 때부터 부다페스트와 파리에서 예술 교육을 받았으며, 오스트리아 비엔나에서 건축을 전공하고 독일 등지에서 건축가로 활동하면서 높은 평가를 받기 시작하였다. 그는 이후 발칸 지역과 불가리아, 그리스 등지를 여행하면서 많은 스케치들을 남겼고, 이를 출간하기도 하였다. 1차 세계대전 동안, 프랑스를 떠나 스위스에 있었으며, 전쟁 이후, 건축에 대한 이론과 실제 작업을 병행하면서 1930년에는 프랑스 국적을 취득하였다. 1925년 즈음에 르 코르뷔제는 도시계획에 관심을 가지기 시작하여 브아쟁 계획(Plan Voisin, Paris, France, 1925) 등을 통해 파리 재건 계획 등을 수행하였고, 이를 어바니즘(Urbanism)이라고 명명하면서, 유럽, 아시아, 미국 등지로 영향력을 확대해 나갔다. 그는 인간의 주거 공간을 수직으로 쌓아올려 자동차와 산보자가 서로 충분한 영역을 가지고 움직일 수 있는 교통계획을 세우고, 녹지공간을 충분히 확보하고자 하였다. 그의 이러한 도시 건설 계획은 현재의 도시계획의 원형이 되었다.

브아쟁 계획의 조감도

브아쟁 계획의 투시도

일본의 르 코르뷔제 수용

편역자	제목	출판사항	설명
타카나시 요시타로 (高梨由太郎)	근세건축 (近世建築) 95 (コルビュジエ 近作集)	洪洋社 1928.1.	르 코르뷔제의 최근작에 대한 사진집
미야지마 켄죠 (宮崎謙三)	건축예술로 (建築芸術へ)	構成社書房 1929.	르 코르뷔제의 『건축을 향하여(Vers une architecture)』 (1923)를 번역

国際建築協会	르 코르뷔제 (ル・コルビュジエ)	国際建築協会 1929.	
洪洋社 編	르 코르뷔제 작품집 (ル・コルビュジエ 作品集)	洪洋社 1929.	
마에카와 쿠니오 (前川國男)	금일의 장식예술 (今日の裝飾芸術)	鹿島出版会 1930.	르 코르뷔제의 『오늘날의 장식예술(L'Art décoratif d'aujourd'hui』(1925)을 번역
타카나시 요시타로 (高梨由太郎)	건축시대(建築時代) 8, 9(ル・コルビュジエ 新作品抄)	洪洋社 1930.5.6.	르 코르뷔제의 최근작에 대한 사진집

일본 건축계에서는 진작부터 르 코르뷔제에 대한 소개와 번역이 이루어졌다. 따라서 『조선과 건축』에 관련 기사가 실리기 이전에도 이상은 경성고공의 교수나 강사들을 통하여 관련 서적들을 입수하여 살펴봤을 가능성이 충분히 존재한다. 특히 르 코르뷔제의 몇몇 주저들은 이미 1925년 이전에 번역되고 있었고, 1928~30년에는 르 코르뷔제의 건축과 도시계획들을 살펴볼 수 있는 사진집 등이 일본 건축잡지의 특별호의 형식으로 자주 출간되곤 하였다.

교환적 양식에 대해 주목하고 있었던 것이다. 그렇다면 과연 이상은 자본주의 경성의 화폐 경제학에 대하여 어떤 인식을 갖고 있었을까.

나는 상에 놓인 송아지 고기를 다 먹은 뒤에 냉수를 청하였더니 아주머니가 손수 가져오는지라 죄송스럽다고 그러니까 이 냉수 한 지게에 5전 하는 줄은 김 상이 서울 살아도- 서울 사니까 모르리라고 그러길래 그것은 또 어째서 그렇게 냉수가 값이 비싸냐고 그랬더니 이 온천 일대가 어디를 파든지 펄펄 끓는 물밖에 안 솟는 하느님한테 죄받은 땅이 되어서 냉수가 먹고 싶으면 보통 같으면 거저 주는 온천물을 듬뿍 길어다가 잘 식혀서 냉수를 만들어 먹을 것이로되, 유황 냄새가 몹시 나는 고로 서울에서 수도물만 홀짝홀짝 마시고 살아오던 손님들이 딱 질색들을 하는 고로 부득이 지게를 지고 한 마장이나 넘는 징거징까지 냉수를 1지게에 5전씩을 주고 사서 길어나 먹는네 너무 서리가 멀어서 물통이 좀 새든지 하면 5전어치를 사도 2전어치밖에 못 얻어먹으니 셈

을 따지고 보면 이 냉수는 한 대접에 1전씩은 받아야 경우가 옳은 것이 아니냐
고 아주머니는 그러는지라 그것 참 수고가 많으시다고 그럼 이 냉수는 특별히
조심조심하여서 마시겠다고 그랬더니 그렇지만 냉수는 얼마든지 거저 드릴 것
이니 염려 말고 꿀떡꿀떡 먹으라고 그러는 말을 듯고서야 S와 둘이 비로소 마
음놓고 벌덕벌덕 먹었습니다.

이상(李箱), 「집팽이 역사」, 「月刊每申」, 1934.8.

이상은 1934년 8월에 쓴 「집팽이 역사(轢死)」라는 글에서 친구와 온천을 갔
다가 여관 주인의 말에 깜짝 놀랐던 경험을 제시한 바 있다. 이때는 아마도 폐
병으로 각혈을 하고 조선총독부를 그만둔 이상이 요양을 하기 위해 백천 온천
으로 떠나 훗날 연인이 된 '금홍'을 만났던 시기에 해당될 것이다.

이상은 자신이 무심코 청한 냉수에 가격이 붙어 있음을 깨닫고 깜짝 놀란
다. 게다가 '서울 사니까 모르리라'고 말하는 여관 주인의 말이 의미심장하다. 물
이라는 재화는 인류에게 무한히 주어진 것이지만, 그것에 인간의 노동이 결합하
게 되면 교환의 대상으로서 가치를 가지게 된 상품으로 변모하게 되는 것이다.
냉수 1지게에 5전이라는 가격은 물이라는 무한해 보이는 자원이 1지게에 얼마
라는 단위 개념을 통해 측정되어 가격이 매겨지는 상품임을 알려주고 있는 것이
다. 사실 이상은 경성에 살고 있기 때문에 물값을 체감할 수 없었을 터이니, 여
관 주인은 서울 사니까 모르리라고 말했던 것이다. 비록 이상 자신은 깨닫지 못
하고 있었을지도 모르나 이미 경성에서도 수도세 등과 같은 형식으로 물에 화
폐 가치가 매겨져 있었던 것이다. 이상은 그 당연한 사실을 아직도 수도가 설치
되지 않은 지방의 온천에 가서야 새삼 느끼게 되었던 것이다.

그렇게 본다면, 이미 상당할 정도로 자본주의화가 진행된 도시 경성에서 화
폐적인 가치로 매개되지 않는 재화라는 것은 실제로는 존재하지 않는다. 주변
을 둘러싸고 있는 대부분의 것들은 그것이 겉으로 보기에는 누구에게나 무료로

허용된 재화인 듯 보인다고 하더라도 실제로는 모두 값이 매겨져 있다.

　얼음이 아직 풀리기 전 어느 날 덕수궁 마당에 혼자 서 있었다. 마른 잔디 위에 날이 따뜻하면 여기저기 쌍쌍이 벌려놓일 사람 더미가 이날은 그림자도 안 보인다. 이렇게 넓은 마당을 텅 이렇게 비워두는 뜻을 알 길이 없다. 땅이 심심할 것 같다. 땅도 인제는 초목이 우거지고 기암괴석이 배치되는 데만 만족해 하지는 않을 게다. 차라리 초목이 없고 괴석이 없더라도 집이 서고 집 속에 사람들이 북적북적하고 또 집과 집 사이에 참 아끼고 아껴서 남겨놓은 가늘고 길고 요리 휘고 조리 휘인 얼마간의 지면—즉 길에는 늘 구두 신은 남녀가 뚜걱뚜걱 오고 가고 여러 가지 차량들이 굴러가고 하기를 희망할 것이다. 그렇게 땅의 성격도 기호(嗜好)도 변하였을 것이다. (중략) 다음 순간 반드시 덕수궁에 적(籍)을 둔 금리(金鯉, 잉어) 떼나 놀아야 할 연못 속에 겨울 차림을 한 남녀가 무수히 헤어져 놀고 있는 것이 눈에 띄었다. 하나도 육지에 올라선 이가 업시 정말 그 손바닥만 한 연못에 들어서서는 스마—트한 스케이팅을 즐기는 것이 아닌가. / 요컨대 새로 발견된 공지로군— 하고 경이의 눈을 옮길 길이 없어 가까이 다가서서는 그 새로 점령된 미끈미끈한 공지를 조심성스러이 좀 들여다보았다. 그러니 금리어들은 다 어디로 쫓겨갔을까? 어족은 냉혈동물이라니 물이 얼어도 밑바닥까지만 얼지 않으면 그 얼음장 밑 냉수 속에서 족히 살아갈 수 있다는 것인가.·(중략) 그날 황혼 천하에 공지 없음을 한탄하며 뉘 집 이층에서 저물어가는 도회를 나려다보고 있었다 그때 실로 덕수궁 연못 같은 날만 따뜻해지면 제 출물에 해소될 엉성한 공지와는 비교가 안 되는 참 훌륭한 공지를 하나 발견하였다. (중략) 하나도 공지가 없는 이 세상에 어디로 갈까 하던 차에 이런 공지다운 공지를 발견하고 저기 가서 두 다리 쭉— 뻗고 누워서 담배나 한 대 피웠으면 하고 나서 또 생각해 보니까 이것도 역 XX보험회사가 이윤을 기다리고 있는 건조물인 것을 깨달았다. (중략) 봄이 왔다. 가난한 방 안에 왜꼬아리 화분

'이상(李箱)'이라는 현상

하나가 철을 찾아서 요리조리 싹이 튼다. 그 5홉도 안 되는 흙 위에다가 늘 잉크병을 올려놓고 하다가 싹트는 것을 보고 잉크병을 치우고 겨우내 그대로 두었던 낙엽을 거두고 맑은 물을 한 주발 주었다. 그리고 천하에 공지라곤 요 화분 안에 놓인 땅 한 군데밖에는 없다고 좋아하였다. 그러나 두 다리를 뻗고 누워서 담배를 피우기에는 이 동글납작한 공지는 너무 좁다.

이상(李箱), 「공지(空地)에서」, "早春點描", 「매일신보」, 1936.3.12.

겨울에서 봄으로 옮겨가는 계절에 쓴 이 「조춘점묘」라는 수필의 한 부분인 '공지에서'라는 글에서 이상은 덕수궁을 거닐면서 자신이 마음놓고 다리를 뻗고 담배를 1대 피울 수 있는 공지, 즉 빈 땅을 찾아 나선다. 이미 대도시가 된 경성의 모든 도로에는 사람들과 차량들이 자리를 차지하고 있으며, 그 어떤 곳에도 빈 땅이라는 것은 존재하지 않는 것이다. 그는 덕수궁 안에 얼어버린 연못에 스케이트장이 열린 것을 보고 새로 생긴 신기한 공지라고 좋아하다가 그것이 그곳에 살고 있던 잉어 떼를 괴롭히고 나서야 얻게 된 땅일 뿐만 아니라 봄이 되면 제풀에 사라져버릴 땅임을 깨닫게 된다. 이렇게 이상이 쓰고 있는 글을 가만히 따라 읽어보면 그가 찾아다니는 빈 땅이 '아무도 없는' 땅이라는 의미만이 아니라는 사실을 알게 된다. 이상이 찾아다니는 빈 땅은 누구의 것도 아니면서 나에게 열려 있는 그러한 공간을 의미하는 것이다. 하지만 이미 세상의 모든 땅은 누군가 아무개 씨의 소유이고 내가 그 땅에 상응하는 화폐를 지불하고 사지 않는 이상, 그것은 내 땅이 아닌 것이다. 설령 그 땅을 내가 산다고 하더라도 그것은 '내 땅'이지 '빈 땅'은 아니다. 결국 이상이 바라는 공지는 도시 한복판에서는 도저히 실현 불가능한 것이었던 것이다.

이상은 공사를 기다리고 있어 아무것도 없는 보험회사의 부지에서 이곳이야말로 빈 땅이 아닐까, 하고 생각하면서 좋아하지만, 이내 이 땅은 조만간 보험회사가 이윤을 남기기 위해 건물을 짓기를 기다리고 있는 땅이라는 사실을 알아차리게 된다. 이러한 이상의 눈을 빌려 세상을 바라보면, 눈앞에 놓인 경성이라는 도시의 모든 땅들에는 이미 화폐 가치가 매겨져 있으며, 시각적으로 보이지 않는 경계선으로 분절되어 있다는 사실을 알게 된다. 이상은 이미 자본주의 도시 경성의 공간이 갖고 있는 구획과 분절을 꿰뚫어볼 수 있는 '눈'을 확보한 것이다. 그럼에도 불구하고 이상이 자기 책상에 놓은 화분에서야 빈 땅을 발견했던 것은 척박한 도시를 산책하던 이상에게 마지막으로 허용된 낙원, 최후의 로맨티시즘에 해당하는 것이었을 터이다. 하지만 그곳은 다리를 뻗고 한가로이 담배 한 대를 피우기에도 너무나 좁았던 것이다.

근대적 소비의 대상으로서의 시공간

이렇게 자본주의 도시 경성의 풍경 속에 내장된 비가시적인 구조를 볼 수 있는 눈을 가졌던 이상은 이러한 자신의 눈에 투영된 도시 경성의 뼈대 위에 소설 「날개」를 구상하였다. 이상의 작품 중에서도 당대의 문단에서 비상한 관심을 받았던 소설 「날개」는 이상의 눈이 꿰뚫고 있었던 당시의 도시 경성에 펼쳐진 근대적 시공간과 화폐 사이의 관계를 확인하지 않고서는 이해되기 어렵다. 「날개」의 주인공은 지금까지의 일반적인 인식과 달리, 이상 자신으로 환원되는 것이 아니라 화폐의 기능을 깨닫지 못하고 있는 어떤 상징적 주체로 상정될 필요가 있다. 주인공인 내가 화폐가 갖는 기능을 깨닫지 못하고 존재하는 사실은 「날개」의 초반부 배경 설정에서도 확인된다. 내가 세들어 사는 33번지의 사람들이 영위하는 근대적 시간에 비해, 내가 영위하는 시공간성은 비분절적이고 비규칙적이다.

그 33번지하는 섯이 구조가 흡사 유곽이라는 느낌이 없지 않다. 한 번지에 18가구가 죽— 어깨를 맞대고 늘어서서 창호가 똑같고 아궁지 모양이 똑같다.

게다가 각 가구에 사는 사람들이 송이송이 꽃과 같이 젊다. 해가 들지 않는다. 해가 드는 것을 그들이 모른 체하는 까닭이다. 턱살 밑에다 철줄을 매고 얼룩진 이부자리를 널어 말린다는 핑계로 미닫이에 해가 드는 것을 막아버린다. 침침한 방 안에서 낮잠들을 잔다. 그들은 밤에는 잠을 자지 않나? 알 수 없다. 나는 밤이나 낮이나 잠만 자느라고 그런 것은 알 길이 없다. 33번지 18가구의 낮은 참 조용하다. / 조용한 것은 낮뿐이다. 어둑어둑하면 그들은 이부자리를 걷어들인다. 전등불이 켜진 뒤의 18가구는 낮보다 훨씬 화려하다. 저물도록 미닫이 여닫는 소리가 잦다, 바빠진다.

이상(李箱), 「날개」, 「조광」, 1936.9.

비록 밤과 낮이 바뀌었다는 차이만 있을 뿐, 33번지 사람들은 일하는 시간과 휴식의 시간이 구분되어 분절된 시간성 위에서 활동하고 있다. 일반적으로 낮이 생산의 시간이며, 밤이 소비의 시간임을 감안한다면, 당시 경성의 경제적 시공간은 역전되어 있었던 것이다. 이와 같이 생산의 시간과 소비의 시간이 뒤집힐 수밖에 없었던 것은 바로 식민지 도시로 발전한 경성의 근대화의 특수성에서 비롯된다. 김기림이 명쾌하게 지적하고 있는 것처럼* 당시의 경성은 정상적인 산업혁명을 통해 근대화 과정을 겪은 것이 아니라 제국주의 침략을 통한 식민지 경영

「30년대의 소묘」, 근대적 자극과 도시의 소비문화

이상의 친구이기도 했던 편석촌(片石村) 김기림은 자신이 쓴 「30년대의 소묘」라는 수필에서 일제의 식민지로서의 조선에 대해서 예민하게 진단하고 있다. 그는 식민지 조선의 현실을 바라보며 '우리 생활과 사고, 사고와 생활 사이에는 중세와 근대의 틈바귀'가 남아 있으며 '정신 속에도 봉건 사상과 인문주의가 동서'하고 문학 속에도 '19세기와 20세기가 뒤섞여' 있다고 말한 뒤, 그 원인으로 ① 극히 짧은 시간에 모방 혹은 수입의 형식을 거쳐 속성해야 하는 동양적 후진성과 ② 조선 사회 근대화 과정의 비정상성을 들고 있다. 나아가 김기림은 ②에 대해서는 특히 생산 조직을 근대적 규모와 양식에까지 발전시키지 못한 점과 반대로 소비의 면에서 모든 근대적 자극이 거의 남김없이 일상생활의 전면에 뻗어 들어왔던 것을 그 원인으로 제시하고 있는 것은 주목할 만하다.

의 일환으로 근대화되었기 때문에 생산 구조가 체계적으로 발전된 것이 아니라 오히려 소비 경제와 문화가 비약적으로 발달한 상태였던 것이다. 따라서 「날개」에 등장하는 33번지의 사람들이 밤에 일하는 사람들로 설정된 것은 바로 식민지 경성이라는 도시의 경제 구조를 가장 잘 반영하고 있는 설정에 해당된다.

밤이 되면, 33번지 사람들은 어김없이 일어나 일터로 향한다. 공적 시간/사적 시간이라는 개념적 구분을 활용한다면, 33번지의 사람들에게 있어서 밤이라는 시간은 이들이 노동에 사용하는 공적 시간이고, 나머지 생산(혹은 소비)에 사용하지 않는 낮은 사적 시간이다. 화려한 소비의 이미지를 담고 있는 밤의 시간은 그들에게 있어서는 실제로 노동이 이루어지는 시간이며, 반대로 낮은 휴식을 위한, 개인적인 시간대로 구획되는 것이다. 이렇게 구획된 시간적 분절은 33번지 사람들의 삶을 지배하고 제한한다는 의미에서 근대적이다. 하지만 나는 이들의 이러한 근대적인 시간성에 참여하지 않는다. 나는 일과 놀이의 시간, 노동과 휴식의 시간이 분절되지 않은 연속적인 시간성을 영위하고 있다.

이러한 상황은 내가 영위하고 있는 공간성 역시 마찬가지이다. 33번지에 있는 나의 방의 구조는 아내의 방을 거치지 않고서는 밖으로 나갈 수 없다는 점에서 자립적인 것이 아니라 의존적인 공간적 성격을 띠고 있기 때문이다. 공간 역시 공적 공간과 사적 공간으로 나눌 수 있다면, 나는 아내의 방을 통하지 않고서는 외부의 공적 공간으로 나아갈 수 없다는 점에서 폐쇄적인 공간성을 유지하고 있다.

「날개」의 나에게 있어서 나의 방과 아내의 방은 내가 영위할 수 있는 공간의 전부이다. 사적 공간으로부터 밖으로 나아가 공적 공간에 놓인 주체가 수많은 타인들의 시공간의 규제에 놓인다는 사실은 너무나 당연한 것이지만, 「날개」의 나에게는 아내의 규제 외에는 존재하지 않는다. 아내가 외출한 틈을 타서 내가 아내의 방에서 이것, 저것 놀이를 하는 장면은 이러한 상황을 상징적으로 보여 준다. 나는 아내가 사용하는 '시리가미(휴지)'를 태우거나 아내의 손잡이 거울을 들여다보거나 화장품이나 향수병 이것, 저것을 열어 냄새를 맡고 화려한 아내의 저고리와 치마를 보면서 아내의 모습을 상상해 보기도 하는 것이다. 이 모든 것은 나에게는 놀이에 해당한다.

　물론 다른 사람이 보기에 일이라는 행위를 전혀 하지 않는 것은 아니다. 나는 사색 활동과 창작 활동을 하고 있다. 축축한 이불 속에서 여러 가지 발명을 하거나 논문도 많이 썼을 뿐 아니라 시도 많이 지었던 것이다. 하지만 내가 자신의 사색 활동과 창작 활동을 노동으로 인식할 수 없는 까닭은 노동과 놀이를 구분할 수 있는 근대적인 시간 관념을 획득하지 못했기 때문이다. 이는 내가 영위하는 시공간이 공/사의 구분을 통해 분절되어 있지 않다는 사실에서 기인한다. 현대인들은 누구나 집 밖을 나서면 공적 영역에 편입이 되고 사회의 일원으로서 사람을 만나고 일을 한다. 그리고 일반적으로는 저녁이 되면, 퇴근을 하여 집에 돌아와 사적 영역에 편입이 되어 가족들과 함께 시간을 보낸다. 그것이 일반적인 근대도시의 구성원들의 삶의 방식인 것이다.

　앞서 33번지의 사람들이 일반적인 기준으로 볼 때, 낮과 밤이 정반대로 바뀐 시간성을 영위하고 있지만, 적어도 그들에게는 뒤집혔다고 하더라도 낮=사적 시간, 밤=공적 시간이라는 시간적인 분절에 대한 의식은 갖고 있다. 이는 앞서도 말했듯이 식민지인 경성이라는 도시가 생산이 중심이 아니라 소비가 중심으로 발전하였기 때문이다. 하지만 나는 33번지 사람들이 영위하고 있는 뒤집힌 시공간적 분절성조차 획득하지 못하고 있는 것이다. 나의 노동은 순수하게 개인적인 노동이며, 그러한 개인적인 노동은 사회적인 관계 속에서 교환의 과정을 거치지 않는다면 아무런 교환 가치, 즉 가격을 획득할 수 없다. 화폐로 계량화되는 가치가 재화의 일반적인 가치로 통용되는 자본주의가 극에 이른 사회에서는 실제로 나의 개인적인 노동은 아무런 가치도 없는 셈이다. 다시 말하여 아무런 실존도 존재하지 않는 것이다.

　한 번도 걷은 일이 없는 내 이부자리는 내 몸뚱이의 일부분처럼 내게는 참

반갑다. 잠은 잘 온 적도 있다. 그러나 또 전신이 까칫까칫하면서 영 잠이 오지 않는 적도 있다. 그런 때는 아무 제목으로나 제목을 하나 골라서 연구하였다. 나는 내 좀 축축한 이불 속에서 참 여러 가지 발명도 하였고 논문도 많이 썼다. 시도 많이 지었다. 그러나 그것들은 내가 잠이 드는 것과 동시에 내 방에 담겨서 철철 넘치는 그 흐늑흐늑한 공기에다─ 비누처럼 풀어져서 온 데 간 데가 없고 한잠 자고 깨인 나는 속이 무명 헝겊이나 메밀껍질로 떵떵 찬 한 덩어리 베개와 같은 한 벌 신경이었을 뿐이고, 뿐이고 하였다.

이상(李箱), 「날개」, 『조광』, 1936.9.

아내에게 직업이 있었던가? 나는 아내의 직업이 무엇인지 알 수 없다. 만일 아내에게 직업이 없었다면 같이 직업이 없는 나처럼 외출할 필요가 생기지 않을 것인데─아내는 외출한다. 외출할 뿐만 아니라 내객이 많다. 아내에게 내객이 많은 날은 나는 온종일 내 방에서 이불을 쓰고 누워 있어야만 한다. 불장난도 못 한다. 화장품 냄새도 못 맡는다. 그런 날은 나는 의식적으로 우울해하였다. 그러면 아내는 나에게 돈을 준다. 오십 전짜리 은화다. 나는 그것이 좋았다. 그러나 그것을 무엇에 써야 옳을지 몰라서 늘 머리맡에 던져두고 두고 한 것이 어느 결에 모여서 꽤 많아졌다.

이상(李箱), 「날개」, 『조광』, 1936.9.

놀이와 노동, 사적 시간과 공적 시간, 또는 사적 공간과 공적 공간이 구분되지 않는 나에게 있어서 유일하게 시공간적인 강제가 발생하는 때는 아내에게 내객이 들었을 때이다. 아내에게 내객이 들었을 때, 나는 아내의 방에 출입할 수 없다. 놀이의 영역에 제한이 생기는 것이다. 적어도 아내가 밖으로 나간 뒤에라면 연속적인 공간을 이루고 있던 나와 아내의 방 사이의 연속적인 시공간성은 그 사이를 침투한 내객의 존재로 말미암아 분리된다. 이러한 공간적 분리는 시간적 분리로 이어진다. 나는 애초에 아내 외에는 아무런 사회적 관계가 존재하지 않기 때문에 아내의 방에 출입하는 것을 제한받게 되면 모든 시간을 나의 방에서 보낼 수밖에 없어지기 때문이다.

물론 아내는 근대적인 인간이므로 이렇게 나의 시공간을 제한한 대가를 화폐로 환산하여 지불할 줄 아는 감각을 갖고 있다. 이는 회사의 고용주가 노동자를 고용할 때, 그 고용된 8시간 남짓한 시간이 노동자 자신의 시간이 아니라 고용주의 시간이며, 이를 대가로 급여를 지급하고 이를 신체적으로 강제하는 것과 마찬가지이다. 아직 노동과 놀이의 경계를 명확하게 나눠갖지 못하고 있을 뿐 아니라, 타인과 공유하는 시공간성이라는 근대적인 개념을 획득하지 못한 나에게 있어서 놀이의 금지는 공적인 시공간성을 최초로 강제받게 되는 순간이 된다. 순전하게 단일하고도 연속적인 시공간을 영위하고 있던 나에게 있어서 아내와의 관계를 통해 시공간적인 분절을 경험하게 되고 내가 하고자 하는 일에 제한을 받게 되면서 나에겐 일정한 양의 보상이 주어지는 것이다. 이는 서구에서 근대적인 시공간 감각이 형성된 과정과 일치한다.[*]

하지만 나는 아내가 나에게 보상하는 대가, 즉 은화 오십 전의 의미를 정확하게 이해하지는 못하고 있다. 화폐를 통해 시공간이라는 재화가 교환되는 원리에 대해서 정확하게 이해하고 있지 못하기 때문이다. 아내가 나에게 두고 가는 돈은 아직까지는 다만 놀이의 금지에 따른 대가로만 인식되고 있을 뿐이다. 하지만 이러한 인식은 나로 하여금 아내가 나에게 돈을 놓고 가면서 대가를 지불한다면, 과연 내객이 아내에게 두고 가는 돈이란 어떤 의미가 있는가 하는 궁금증으로 발전되어 화폐 경제 전반에 대해 의문을 갖게 되는 계기를 제공한다.

깨달았다. 아내가 쓰는 돈은 그 내게는 다만 실없는 사람들로밖에 보이지 않는 까닭 모를 내객들이 놓고 가는 것에 틀림없으리라는 것을 나는 깨달았다. 그러나 왜 그들 내객은 돈을 놓고 가나. 왜 내 아내는 그 돈을 받아야 되나

서구의 근대적 시공간의 형성

서구에서 근대적인 시공간의 확립은 18세기 자본의 발전과 임노동자의 고용 확대, 노동인구의 과잉 등으로 인한 생산과 고용의 변화와 깊은 관련을 맺고 있다. 작업에 할당되는 시간이 기회 비용이고 가치라는 인식이 형성되면서 자본가들은 일정한 임금에 대해 최대한의 생산을 요구하게 되었고 그러한 임금의 책정은 정해진 시간의 준수에 따른 화폐적 환산을 통해 이루어졌다. 노동에 대한 임금은 노동시간을 기준으로 수량적으로 환산되어 지불되게 되었고, 정해진 노동시간만큼의 노동의 강

서구에서 근대적 시공간 형성의 사례인 포드주의 라인. 노동자들은 자신에게 주어진 일을 반복하고 정해진 시간에 대해 정해진 임금을 받는다.

제는 사회적인 수준에서 제도화되어 근대인들의 의식을 규정하는 시간적인 분절을 형성하여 화폐로 환산되면서 일반적인 근대적인 시간으로 확장된다. 즉 정해진 임금에 대해 정해진 노동 시간이 강요되고 규제되면서 기존의 자율적 노동의 리듬이 시계적인 시간을 따르는 것으로 대체된 것이다. 이러한 변화는 사람들의 행위나 사고 속에 개입되어 사람들의 신체적 리듬 자체의 변화를 이끌어오며 그러한 시간적 구분으로부터 벗어나려는 사람에게는 적절한 처벌이나 벌금이 주어지는 방식으로 사회적으로 제도화된다는 것이다. 따라서 서구에서 근대적인 시간이란 바로 근대적인 생산 양식이 발전하면서 형성된 것이다.

하는 예의(禮儀) 관념이 내게는 도무지 알 수 없는 것이었다. / 그것은 그저 예의에 지나지 않는 것일까. 그렇지 않으면 혹 무슨 대가(代價)일까, 보수일까. 내 아내가 그들의 눈에는 동정을 받아야 할 만한 가엾은 인물로 보였던가.

이상(李箱), 「날개」, 『조광』, 1936.9.

나는 아내가 나에게 놓고 가는 돈의 출처가 바로 내객이 아내에게 놓고 가는 돈에서 비롯한다는 사실을 알아낸다. 이후 나는 사람들이 서로서로에게 돈을 준다는 것이 예의인가, 대가(보수)인가, 동정인가 하는 물음을 던지면서 그 의미를 궁금해하고 그것을 밝혀내고 싶어 한다. 하지만 나에게 주어지는 아내의 은화를 단지 촉각의 대상으로만 이해하고 있는, '근대'에도, 아직은 '정상'에도 미만(未滿)한 상태에 놓여 있는 내가 이러한 사실을 알 수 있을 리가 없다. 하지만

이상이 나의 입을 통해 던지고 있는 질문은 퍽 핵심을 찌르는 것이다. 그것은 자본주의 사회에서 서로가 서로에게 돈을 주는 이유와 원인이라는 자본주의 사회의 근간에 대해 질문하는 메커니즘에 대한 질문이기 때문이다. 우리는 무엇에 대한 대가나 보수로 타인에게 돈을 주고받으며 그 속에서는 어떠한 감정적인 움직임이 발생하는가? 지금 「날개」에서 자본주의 경제의 바깥에 놓여 있는 것으로 설정된 나는 바로 그것이 궁금했던 것이다.

내객이 아내에게 돈을 놓고 가는 것이나 아내가 내게 돈을 놓고 가는 것이나 일종의 쾌감 - 그 외에 다른 아무런 이유도 없는 것이 아닐까 하는 것을 나는 또 이불 속에서 연구하기 시작하였다. 쾌감이라면 어떤 종류의 쾌감일까를 계속하여 연구하였다. 그러나 그것은 이불 속의 연구로는 알 길이 없었다. 쾌감, 쾌감, 하고 나는 뜻밖에도 이 문제에 대해서만 흥미를 느꼈다. / 아내는 물론 나를 늘 감금하여 두다시피 하여왔다. 내게 불평이 있을 리 없다. 그런 중에도 나는 그 쾌감이라는 것의 유무를 체험하고 싶었다.

이상(李箱), 「날개」, 『조광』, 1936.9.

왜 아내의 내객들이 아내에게 돈을 놓고 가나 하는 것이 풀 수 없는 의문인 것같이 왜 아내는 나에게 돈을 놓고 가나 하는 것도 역시 나에게는 똑같이 풀 수 없는 의문이었다. 내 비록 아내가 돈을 놓고 가는 것이 싫지 않았다 하더라도 그것은 다만 그것이 내 손가락에 닿는 순간에서부터 그 벙어리 주둥이에서 자취를 감추기까지의 하잘것없는 짧은 촉각이 좋았달 뿐이지 그 이상 아무 기쁨도 없다.

이상(李箱), 「날개」, 『조광』, 1936.9.

나는 이불 속에서 고민을 계속하다가 이 문제를 결국 '쾌감'의 문제로 귀착시킨다. 이는 내가 이불 속에서 내릴 수 있는 가장 직관적이고도 적확한 판단에 해당한다. 즉 내객이 아내에게 돈을 주고 가는 것이나 아내가 나에게 돈을 주고 가는 것이나 어떤 종류든 쾌감, 즉 즐거움이 있지 않고서는 그럴 리가 없다는 것이다. 하지만 그러한 쾌감은 돈을 주고 교환 행위에 참여하는 경험을 해보지 않고서는 알 수 없는 것이다. 머릿속으로만 연구하고 고민한다고 해서 그 쾌감의 실체를 알 수는 없다. 그 무엇인가의 대가로 화폐를 지불하고 그로부터 쾌감을 얻는 자본주의의 경제 메커니즘을 체험하기 위해서는 일단 이 방을 나가지 않으면 안 된다. 나는 자신도 누군가에게 돈을 놓고 간다는 행위(돈을 쓴다는 행위)가 갖는 쾌감의 유무를 확인하고자 방을 떠나 거리로 나선다.

> 나는 아내의 밤 외출 틈을 타서 밖으로 나왔다. 나는 거리에서 잊어버리지 않고 가지고 나온 은화를 지폐로 바꾼다. 나는 목적을 잃어버리기 위하여 얼마든지 거리를 쏘다녔다. 오래간만에 보는 거리는 거의 경이에 가까울 만치 내 신경을 흥분시키지 않고는 마지않았다. 나는 금새에 피곤하여 버렸다. 그러나 나는 참았다. 그리고 밤이 이슥하도록 까닭을 잊어버린 채 이 거리 저 거리로 지향 없이 헤매였다. 돈은 물론 한 푼도 쓰지 않았다. 돈을 쓸 아무 엄두도 나서지 않았다. 나는 벌써 돈을 쓰는 기능을 완전히 상실한 것 같았다.
>
> 이상(李箱), 「날개」, 『조광』, 1936.9.

이어, 나는 아무 쓸모가 없어서 그동안 모아두었던 은화를 지폐로 바꾸어 무작정 거리로 나선다. 다음 장에 상세히 서술할 터이나 이상에게 있어 은화는 교환되지 않는 내적인 경제의 상징이고, 지폐는 타인과 교환되는 외적인 경제의 상징이다. 한낱 종이일 뿐인 지폐가 자본주의 경제의 상징인 것은 그것이 자본주의 사회의 신용에 대한 약속을 상징하는 기호이기 때문이다. 실물의 가치를 갖지 않는 종이쪼가리일 뿐인 지폐가 실물과 교환되는 것은 모든 이들의 믿음

'이상(李箱)'이라는 현상

속에 그 지폐의 교환적인 가치가 마치 계약처럼 내재되어 있기 때문인 것이다. 따라서 일단 방을 나선 내가 외부와 교섭하기 위해 내가 가진 은화를 지폐로 바꾸지 않으면 안 되는 것은 당연하다. 은화는 정신적 상징이며, 교환되는 것이 아니기 때문이다.

무작정 방을 나오긴 했으나 자본주의 경제로부터 소외되어 돈을 쓸 수 있는 기능을 상실했던 내가 갑자기 돈을 쓴다는 것은 무리다. 물론 빵을 사거나 담배를 사거나 하는 일상적인 기능마저 하지 못하는 인간 같은 것은 이 세상에 존재하지 않는다. 내가 돈을 쓰지 못한다는 것은 어디까지나 이상에 의해 창작된 작품 속의 상징적인 의미에서일 것이다. 정확히는 타인의 시공간을 점유하고 제한하는 대가로 지불하는 돈에 한정되고 강조된 의미이다. 내가 온 밤이 다 지나도록 거리를 쏘다니면서도 돈을 한 푼도 쓰지 못했던 것은 아직 시공간과 화폐 사이의 교환성을 깨닫지 못했기 때문이다. 아내의 내객이 아내 방에서 아내의 시공간을 점유하면서 그에 대한 대가를 치르고, 아내가 나의 시공간을 제한하는 대가로 그에 대한 대가를 치르는 것과 마찬가지로 나 역시 타인의 시공간을 점유하거나 제한하면서 그에 대한 대가를 지불한다는 관념이 필요한 것인데, 나는 아직 그러한 관념을 확보하지 못한 상태인 것이다. 그러한 관념이 확보되지 않은 상태의 내가 밖에 나가본다고 하더라도, 돈을 쓸 수 없는 것은 당연하다.

처음으로 외출을 하였다가 자정 이전의 시간에 들어오게 된 나는 내객과 아내가 같이 있는 것을 목격하게 된다. 아내는 왜 자정 이전에 들어왔느냐며 나를 질책한다. 사실 「날개」의 앞의 내용에서 자정 이전에 들어와야 한다는 약속 같은 것은 존재하지 않았다. 나는 아내 몰래 외출하였고 따라서 약속은 이루어질 수 없었기 때문이다. 이는 화가 난 아내가 실수를 한 것이다. 하지만 아내는 이러한 실수를 통해 그 전에는 나에게 있어 암묵적이고 모호했던 규칙, 즉 내객이 있을 때는 아내의 방에 들어올 수 없다는 시공간적인 규칙을 바꾸어 시계적인 시간이 적용되는 명시적인 규칙, 즉 12시 이전에 들어와서는 안 된다는 규칙으로 바꾸고 있는 것이다. 아무튼 나는 나의 잘못에 대해 아내에게 사과를 하고 밖에서 아무것도 하지 않았다는 사실을 아내에게 증명하기 위해서 아내의 방으로 걸어가 아내의 손에 5원을 쥐여주게 된다. 하지만 놀랍게도, 아내는 나의 돈

화폐로부터 언어로, 가라타니 고진의 논의

이상의 「날개」는 단지 화폐의 교환 메커니즘만을 형상화하고 있는 소설로 볼 수는 없다. 그 속에는 문학이 갖는 언어에 대한 사유가 내포되어 있다. 「날개」의 창작 이후, 이상이 「동해」, 「실화」, 「종생기」의 창작을 통해 언어에 대한 탐구로 나아간 것은 따라서 우연은 아니다. 따라서 이상의 「날개」를 해독하기 위해서는 마르크스의 화폐 가치론을 일반화하여 인간과 사회 속의 언어 문제로 환원할 수 있는 일련의 방법론이 필요하다. 이에 일본의 평론가 가라타니 고진(柄谷行人)의 논의가 주목을 끌지 않을 수 없는데, 그는 『마르크스, 그 가능성의 중심』을 통해 마르크스의 화폐 가치론과 소쉬르의 언어학을 교직하는 논의의 장을 열고 있기 때문이다. 그는 이 책의 1985년의 후기에서 다음과 같이 말하고 있다.

"나는 이 책에서 가치형태론에 대해서 언어학(소쉬르)의 관점을 도입하고 있다. 물론 화폐(상품)와 언어의 아날로지(analogy, 유비)를 생각한 것은 내가 처음은 아니다. 하지만 대다수의 경우 이 아날로지는 단지 설명적인 비유로서 언급하는 데 그치고 있다. 다분히 언어＝화폐라는 아날로지에 대해서 언어 쪽에도 화폐 쪽에도 편향되지 않고 발견적(heuristic)인 은유로서 고집해 온 것은 나뿐이라고 생각한다. (중략) 마르크스가 말했듯이 상품이 만약 팔리지 않는다면(교환되지 않는다면) 가치가 없으며 사용가치도 없다. 상품의 가치는 처음부터 내재하는 것이 아니라 '사후적으로' 교환된 결과로서 주어진다. 사전에 내재하는 가치가 교환에 의해 실현되는 것이 아니다. 바꾸어 말하면 상품 소유자는 그 상품의 가치를 '사적으로' 상정할 수 없다. (중략) 일단 아이가 말을 하면 어머니는 그것에 대해 '규칙에 맞지 않는다'고 지적할 수 있다. 하지만 그녀 자신은 규칙이 무엇인지를 적극적으로 명시할 수 없다. 그때마다 '아니야'라는 식으로밖에 규칙을 보여주지 못한다. 규칙이 '있다'고 한다면 그런 식으로만 '있다'. 우리는 규칙을 사후적으로 또는 부정적(negative)으로만 알 수 있다.

더욱 일반적으로 말해서 사회(타자)에 받아들여지지 않는다면 그 사람은 규칙을 따르지 않는다고 말할 수 있다.(크립키, 「비트겐슈타인의 패러독스」) 규칙을 따르면 사회(타자)에 받아들여진다고 하는 것이 아니라, 그 '대우(對偶)'이다. 결국 우리가 사적으로 규칙을 따르는 것(또는 어기는 것)은 의미가 없다. 왜냐하면 이미 말한 것처럼 규칙은 사후적으로밖에 부정적으로밖에 드러나지 않기 때문이다."(가라타니 고진(柄谷行人), 김경원 옮김, 『마르크스, 그 가능성의 중심』, 이산, 1999, 229~232쪽)

가라타니 고진의 논의를 따른다면, 이상 소설 「날개」의 주인공이 화폐의 교환 체계뿐만 아니라 사회 전반의 언어적, 문화적 규칙에 대해서도 무지한 것이 자연스럽게 이해된다. 실제로 그 둘은 같은 메커니즘을 갖고 있기 때문이다. 게다가 이러한 화폐와 관련된 문제는 실상 앎의 문제가 아니라 사후적으로 확인되는 규칙의 문제라는 사실 역시 쉽게 이해할 수 있게 될 것이다.

을 받고서 자신의 방에 나를 처음으로 재워준다. 이는 나에게는 정말로 놀라운 경험에 해당한다. 돈을 소비하는 데서 생겨나는 쾌감을 드디어 깨닫게 되는 순간이기 때문이다.

나는 사실 밤이 퍽이나 이슥한 줄만 알았던 것이다. 그것이 네 말마따나 자정 전인 줄은 나는 정말이지 꿈에도 몰랐다. 나는 너무 피곤하였었다. 오래 간만에 나는 너무 많이 걸은 것이 잘못이다. 내 잘못이라면 잘못은 그것밖에는 없다. 외출은 왜 하였더냐고?

나는 그 머리맡에 저절로 모인 5원 돈을 아무에게라도 좋으니 주어보고 싶었던 것이다. 그뿐이다. 그러나 그것도 내 잘못이라면 나는 그렇게 알겠다. 나는 후회하고 있지 않나? 내가 그 5원 돈을 써버릴 수가 있었던들 나는 자정 안에 집에 돌아올 수 없었을 것이다. 그러나 거리는 너무 복잡하였고 사람은 너무도 들끓었다. 나는 어느 사람을 붙들고 그 5원 돈을 내어주어야 할지 갈피를 잡을 수가 없었다. 그러는 동안에 나는 여지없이 피곤해 버리고 말았던 것이다. (중략) 한 시간 동안을 나는 이렇게 초조하게 굴지 않으면 안 되었다. 나는 이불을 휙 제쳐버리고 일어나서 장지를 열고 아내 방으로 비철비철 달려갔던 것이다. 내게는 거의 의식이라는 것이 없었다. 나는 아내 이불 위에 엎드려지면서 바지 포켓에서 그 돈 5원을 꺼내 아내 손에 쥐여준 것을 간신히 기억할 뿐이다. / 이튿날 잠이 깨었을 때 나는 내 아내 방 아내 이불 속에 있었다. 이것이 이 33번지에서 살기 시작한 이래 내가 아내 방에서 잔 맨 처음이었다.

이상(李箱), 「날개」, 『조광』, 1936.9.

정신이 한결 난다. 나는 지난밤 일을 생각해 보았다. 그 돈 5원을 아내 손에 쥐여주고 넘어졌을 때에 느낄 수 있었던 쾌감을 나는 무엇이라고 설명할 수가 없었다. 그러나 내객들이 내 아내에게 돈 놓고 가는 심리며, 내 아내가 내게 돈 놓고 가는 심리의 비밀을 나는 알아내인 것 같아서 여간 즐거운 것이 아니다. 나는 속으로 빙그레 웃어보았다. 이런 것을 모르고 오늘까지 지내온 내 자신이 어떻게 우스꽝스러워 보이는지 몰랐다. 나는 어깨 춤이 절로 났다.

이상(李箱), 「날개」, 『조광』, 1936.9.

이상이 작품 초반부에 내가 아내의 방에서 아내가 없을 때 지리가미를 태우거나 향수 냄새를 맡으며 즐거워하는 장면을 세심하게 묘사해 둔 것은 바로 이때를 위한 설정이었다. 내가 아내 방에서 아내 몰래 아내의 물건들을 만지면서 즐거워했던 것은 그것이 금단의 즐거움이었음을 알려주고 있는 것이고 지금 내가 돈을 지불하자(사실 진정한 교환이라기보다는 교환 놀이 혹은 유사 교환에 가까운 것이지만) 아내는 나에게 금단의 즐거움을 공식적으로 향유할 수 있는 대가를 주었던 것이다. 나는 이렇게 아내의 방에서의 하룻밤을 금전적인 대가를 주고서 사는 상징적인 행위를 통해 근대사회에서 서로에게 돈을 주고받으면서 쾌감을 얻는 구조를 이해하게 되었다고 생각하게 된다. 나는 이 경험을 통하여 화폐와 시공간 사이의 교환성을 드디어 획득하게 되어 사회적 개인으로서 사회의 근대적인 구조 속에 편입하게 된 것이다.

나는 또 오늘밤에도 외출하고 싶었다. 그러나 돈이 없다. 나는 엊저녁에 그 돈 5원을 한꺼번에 아내에게 주어버린 것을 후회하였다. 또 그 벙어리를 변소에 갖다 처넣어버린 것도 후회하였다. 나는 실없이 실망하면서 습관처럼 그 돈 5원이 들어 있던 내 바지 포켓에 손을 넣어 한번 휘둘러보았다. 뜻밖에도 내 손에 쥐어지는 것이 있었다. 2원밖에 없다. 그러나 많아야 맛은 아니다. 얼마간이라도 있으면 된다. 나는 그만한 것이 여간 고마운 것이 아니었다.

나는 기운을 얻었다. 나는 그 단벌 디 떨어진 콜덴 양복을 걸치고 배고픈 것도 주제 사나운 것도 다 잊어버리고 활개짓을 하면서 또 거리로 나섰다. 나서면서 나는 제발 시간이 화살 닿듯 해서 자정이 어서 홱 지나버렸으면 하고 조바심을 태웠다. 아내에게 돈을 주고 아내 방에서 자보는 것은 어디까지나 좋았지만 만일 잘못해서 자정 전에 집에 들어갔다가 아내의 눈총을 맞는 것은 그것은 여간 무서운 일이 아니었다. (중략) 조금 있다가 아내가 눕는 기척을 엿듣자마자 나는 또 장지를 열고 아내 방으로 가서 그 돈 2원을 아내 손에 덥석 여주고 그리고-하여간 그 2원을 오늘밤에도 쓰지 않고 도로 가져온 것이 참 이상하다는 듯이 아내는 내 얼굴을 몇 번이나 엿보고-아내는 드디어 아무 말도 없이 나를 자기 방에 재워주었다. 나는 이 기쁨을 세상의 무엇과도 바꾸고 싶지는 않았다. 나는 편히 잘 잤다.

이상(李箱), 「날개」, 『조광』, 1936.9.

이와 같이 나는 자본주의적인 교환 구조에 대해 깨달아가면서 이를 쾌감의 획득과 연관짓게 된다. 이는 아직 근대에 미만한 인간이었던 내가 완연한 근대인으로 변모해 가는 과정을 의미하는 것이기도 하다. 하지만 모든 일에는 부작용이 뒤따른다. 나는 화폐의 교환 메커니즘과 쾌감의 획득 사이의 상관성을 깨닫게 되는 방향으로 변화해 가지만, 그러한 변화는 나로 하여금 점차 그러한 교환적인 가치 체계 속에 예속되는 인간으로 변모하도록 한다. 이제 완전히 근대인으로 변모한 나는 또 그러한 쾌감을 얻기 위해 외출하고 싶어졌을 뿐만 아니라 아내에게 돈 5원을 모두 준 것을 후회하기도 하고 이전에 은화를 모아둔 벙어리 저금통을 화장실에 버렸던 것을 지금에서야 후회하기도 한다. 화폐의 교환성에 대한 파악이 나라는 인간을 완전히 새로운 종류의 인간으로 변화하도록 하는 계기가 되었던 것이다. 결국 나는 수중에 돈이 있으면 기운을 내어 바깥의 거리로 나가지만 돈이 없으면 밖으로 나가지도 못하는 인간으로 바뀌게 된다. 이러한 나의 변화는 내가 대가를 지불하고 아내의 방을 한 번 더 사는 행위가 반복되면서 더욱 강화된다. 심지어 나는 하늘에서 얼마라도 좋으니 왜 지폐가 소낙비처럼 퍼붓지 않나 기대하는 지경에 이르게 된다.

나는 어느덧 오늘밤에도 외출할 것을 생각하고 있었다. 돈이 있었으면 하고 생각하고 있었다. 그러나 돈은 확실히 없다. 오늘은 외출하여도 나중에 올 무슨 기쁨이 있나. 나는 앞이 그냥 아득하였다. 나는 화가 나서 이불을 뒤집 어쓰고 이리 뒹굴 저리 뒹굴 굴렀다. 금새 먹은 밥이 목으로 자꾸 치밀어 올라 온다. 메스꺼웠다. 하늘에서 얼마라도 좋으니 왜 지폐가 소낙비처럼 퍼붓지 않 나, 그것이 그저 한없이 야속하고 슬펐다. 나는 이렇게밖에 돈을 구하는 아무 런 방법도 알지는 못했다. 나는 이불 속에서 좀 울었나 보다. 돈이 왜 없냐면 서…… (중략) 아내는 내가 왜 우는지를 안다는 것이다. 돈이 없어서 그러는 게 아니냔다. 나는 실없이 깜짝 놀랐다. 어떻게 저렇게 사람의 속을 환-하게 들여 다보는고 해서 나는 한편으로 슬그머니 겁도 안 나는 것은 아니었으나 저렇게 말하는 것을 보면 아마 내게 돈을 줄 생각이 있나 보다. 만일 그렇다면 오직이 나 좋은 일일까. 나는 이불 속에 뚤뚤 말린 채 고개도 들지 않고 아내의 다음 거동을 기다리고 있으니까, 옛소- 하고 내 머리맡에 내려뜨리는 것은 그 가뿐 한 음향으로 보아 지폐에 틀림없었다. 그리고 내 귀에다 대이고 오늘을랑 어제 보다도 좀 더 늦게 들어와도 좋다고 속삭이는 것이다. 그것은 어렵지 않다. 우 선 그 돈이 무엇보다도 고맙고 반가웠다.

이상(李箱), 「날개」, 「조광」, 1936.9.

아내는 나에게 돈을 주면서 자정을 넘어서 들어올 것을 요구하고, 이제 막 내 손에 쥐어진 화폐가 아내 방에서의 하룻밤으로 바뀔 수 있다는 적절한 교환 성을 획득한 나는 이 요구를 흔쾌히 받아들인다. 무엇보다도 이제 돈을 쓴다는 행위가 갖는 의미를 이해하고 그것이 주는 쾌감에 길들여지기 시작한 나는 스 스로 더 많은 돈을 갖고 그것을 쓰기를 원하게 되는 것이다. 처음엔 거리를 쏘

'이상(李箱)'이라는 현상

다니면서 어디에 돈을 써야 할지도 몰랐던 나는 이제는 시간을 보내기 위해 경성역 일이등 대합실 곁에 있는 티룸에도 들르는 등 완연한 근대인으로서의 면모를 보여준다. 다방이라는 공간이 단지 커피나 차만을 파는 공간이라기보다는 잠시나마 돈을 내고 시공간을 구매할 수 있는 공간임을 감안하면, 이제 내가 그러한 공간을 이용할 수 있게 된 것은 드디어 화폐와 시공간의 소비가 갖는 적절한 교환성을 획득해 나갔음을 알려주는 지표인 것이다. 바로 그것이 근대의 청신한 감각이었던 것이다.

하지만 이렇게 근대적인 소비 양식을 경험하고 배워나가는 나는 점차 돈이라는 대상에 예속되어 돈이 없으면 어떠한 활동도 할 수 없는 인간으로 변모되어 간다. 결국 「날개」는 한 인간이 화폐와 근대적 시공간 사이의 교환성을 획득해 나감으로써 그 물신적 성격에 예속되어 가는 과정을 드러내고 있는 것이다.

경성역 일이등 대합실 한 겻 티-룸에를 들렀다. 그것은 내게는 큰 발견이었다. 거기는 우선 아무도 아는 사람이 안 온다. 설사 왔다가도 곧들 가니까 좋다. 나는 날마다 여기 와서 시간을 보내리라 속으로 생각하여 두었다.

제일 여기 시계가 어느 시계보다도 정확하리라는 것이 좋았다. 섣불리 서투른 시계를 보고 그것을 믿고 시간 전에 집에 돌아갔다가 큰코를 다쳐서는 안 된다.

나는 한 뽁스(box, 칸막이 좌석)에 아무것도 없는 것과 마주 앉아서 잘 끓은 커피를 마셨다. 총총한 가운데 여객들은 그래도 한잔 커피가 즐거운가 보다. 얼른얼른 마시고 무얼 좀 생각하는 것같이 담벼락도 좀 쳐다보고 하다가 곧 나가버린다. 서글프다. 그러나 내게는 이 서글픈 분위기가 거리의 티-룸-들의 그 거추장스러운 분위기보다는 절실하고 마음에 들었다. 이따금 들리는 날카로운 혹은 우렁찬 기적 소리가 모차르트보다도 더 가깝다.

이상(李箱), 「날개」, 『조광』, 1936.9.

여러 번 자동차에 치일 뻔하면서 나는 그래도 경성역을 찾아갔다. 빈자리와 마주 앉아서 이 쓰디쓴 입맛을 거두기 위하여 무엇으로나 입가심을 하고 싶었다.

커피-. 좋다. 그러나 경성역 홀-에 한 걸음을 들여놓았을 때 나는 내 주머니에 돈이 한 푼도 없는 것을 그것을 깜박 잊었던 것을 깨달았다. 또 아득하였다. 나는 어디선가 그저 맥없이 머뭇머뭇하면서 어쩔 줄을 모를 뿐이었다. 얼빠진 사람처럼 그저 이리 갔다 저리 갔다 하면서……

나는 어디로 어디로 디립다 쏘다녔는지 하나도 모른다. 다만 몇 시간 후에 내가 미쓰코시 옥상에 있는 것을 깨달았을 때는 거의 대낮이었다.

이상(李箱), 「날개」, 『조광』, 1936.9.

이미 끽다점이 제공하는 근대적 시공간의 안락한 프라이버시를 경험한 나는 더 이상 그것을 거부하지 못한다. 이제는 오히려 카페 한 곁에서 한잔의 커피가 주는 취향과 함께 그 익명성을 적극적으로 즐기게 되었다. 게다가 경성역은 정확한 시간에 기차가 도착하고 출발하는 곳이니, 대합실에는 정확한 시계가 걸려 있어 나는 언제든 정확한 시간을 알 수 있다. 이상이 소설 속에서 내가 도시 경성에서 정류하는 장소로 시내 장곡천정(長谷川町, 현 소공동)의 '낙랑팔라'나 본정(本町, 현 종로2가) 근방의 '멕시코'가 아니라 경성역의 '간이끽다점'을 택했던 것은 이유가 있었던 셈이다. 그는 이러한 설정을 통해 시계적인 시간과 화폐와 시공간 사이의 교환성 등 근대적인 시공간의 실체에 대해 접근하고자 하였던 것이다.

하지만 카페가 제공하는 안락한 프라이버시나 딱딱 들어맞는 시계적 시간의 정확성이라는 편의는 그 교환에 합당하게 지불될 지폐가 대가로 제시될 때나 가능한 것이다. 충분한 지폐를 지불하지 않는 사람에게 그러한 근대의 편의는 제공되지 않는다. 나아가 자본주의 메커니즘은 편의를 제공하지 않는 것에 지나지 않고 화폐-대가의 메커니즘을 통해 아예 욕망의 수준에서부터 제어되

이상 자신이 말하는 끽다점의 현대적 생리

이상은 「추등잡필」이라는 수필에서 다방에 대해서 다음과 같이 이야기하였다. "걸핏하면 끽다점(喫茶店)에 앉아서 무슨 맛인지 알 수 없는 차를, 마시고 또 우리 전통에서는, 무던히 먼 음악을 듣고 그리고 언제까지라도 우뚝하니, 머물러 있는 취미를 업수이 여기리라. 그러나 전기기관차의 미끈한 선, 강철과 유리 건물 구성, 예각, 이러한 데서 미를 발견할 줄 아는 세기의 인에게 있어서는 다방의 일게(一憩)가 신선한 도락이오. 우아한 예의 아닐 수 없다. 생활이라는 중압은 늘 훤조하며 인간의 부드러운 정서를, 억누르려 드는 것이다. 더욱이, 현대라는 데 깃들이는 사람들은 이 중압을 한층 더 확실히, 감지하지 않을 수 없다. 어디를 보아도 교착된 강철과 거암과 같은 콘크리트 벽의 숨찬 억압 가운데 자칫하면 거칠어지기 쉬운 심정을 조용히 쉴 수 있도록, 그렇게 알맞은 1개의 의자와, 1개의 테이블이 있다면 어찌, 촌하(寸暇)를 어서 내어 발길이 그리로 옮겨지지 않을 것인가. 가하기를 한잔의 따뜻한 차와 가련한 훤조한 잡음에 바뀌는 아름다운 음악이 있다면."

1930년대 경성에 있어서 다방은 길거리의 연장(延長)이면서 단지 차를 '팔아 그 값을 받는 곳이 아니라 답답한 콘크리트 도시의 도피처이자, 내 마음대로 쓸 수 있는 1개의 의자와 1개의 테이블을 내어주는 곳이다. 따라서 다방은 단지 차를 파는 곳이 아니라 내가 쓸 수 있는 시공간이 거래되는 곳이라고 볼 수도 있다. 이상은 다방에서 사색을 하거나 이야기를 하거나 글을 쓰거나 하는 시공간과 자유를 구매했던 것이다. 바로 다방에서의 시공간의 구입한다는 것은 이상에게는 자못 신선한 근대성을 의미하는 것이었을 것이다. 이를 전기기관차의 미끈한 선이나 강철과 유리 같은 근대의 미적 요소들과 동궤에 두고 있는 것을 보면 말이다.

지 않을 수 없도록 만든다. 소설 속에서 나는 비틀비틀거리면서도 경성역을 찾는다. 경성역 티룸에 들러 쓰디쓴 입맛을 거둘 커피를 마시기 위해서다. 내가 커피 한잔을 필요로 하는 것은 단지 입맛을 돌리기 위한 용도만이 아니라 일상의 관계들로부터 받지 않으면 안 되는 스트레스를 카페라는 공간의 익명성을 통해 해소하기 위한 목적이 있다. 이 부분은 이 소설을 통틀어 주인공인 내가 최초로 카페라는 공간과 커피라는 음료를 통해 근대적인 욕망을 발현하고 있는 대목이다. 하지만 정작 지금의 나에게는 그 커피 한잔의 대가로 제시될 지폐를 갖고 있지 않다. 얼마나 아이러니한 일인가.

이때 뚜– 하고 정오 싸이렌이 울었다. 사람들은 모두 네 활개를 펴고 닭처럼 푸드덕거리는 것 같고 온갖 유리와 강철과 대리석과 지폐와 잉크가 부글부

글 끊고 수선을 떨고 하는 것 같은 찰나, 그야말로 현란을 극한 정오다.

　나는 불현듯이 겨드랑이가 가렵다. 아하 그것은 내 인공의 날개가 돋았던
자국이다. 오늘은 없는 이 날개, 머릿속에서는 희망과 야심의 말소된 페이지가
딕셔너리(dictionary) 넘어가듯 번뜩였다.

이상(李箱), 「날개」, 『조광』, 1936.9.

　따라서 내 겨드랑이에 돋았던 인공의 날개는, 마치 이카루스의 신화적 상상
력처럼 인간의 불가능성에 대한 도전을 상징하는 것이 아니다. 결코 긍정적인 것
이 될 수 없다. 오히려 그 날개는 내가 한때나마 가졌다고 믿었던 자본주의적인
생활양식과 감각에 국한되어 인공으로 만들어진 것이기 때문이다. 따라서 그 날
개는 지폐를 가지고 나의 욕망과 재화를 교환하면서 잠시나마 얻었다고 착각
했던 자본주의 화폐 경제에 대한 적응을 의미하는 것이다. 자본주의 경제논리
가 지배하는 사회 속에서 지폐를 가지고 재화를 구매하는 행위는 단지 그 교환
의 행위 자체를 지칭하지 않는다. 그것은 나 자신을 근대인으로 자리매김하도
록 하는 감각과 취향을 의미하는 정체성을 확인하는 과정에 해당한다. 하지만
자본주의 사회에서 나에게 바꿀 지폐가 없다면 그뿐이다. 그럴 때엔 욕망이 제
한될 뿐만 아니라 더 큰 상실이 야기되어 끊임없이 채울 수 없는 욕망을 소지한
상태가 찾아오게 된다. 그것이 인간이 자본주의적인 경제 체계에 예속되는 방식
인 것이다.

　당대의 비평가였던 최재서가 이상의 「날개」에 대해 리얼리즘의 깊이를 보여
준 작품이라고 평했던 것은 「날개」가 단지 1930년 당대 경성의 현실을 상세하게
묘사하고 있기 때문만은 아니었다. 리얼리즘의 관점에서 보자면, 「날개」는 비현
실적인 기능 상실의 주체를 주인공으로 내세우고 있으며 대부분의 디테일을 상
징적으로 느라내어 알 수 없도록 처리해 버리고 있기 때문이다. 최재서가 평가한
것처럼 「날개」가 경성 도시의 리얼리티를 보여주고 있는 영역은 오히려 자본주의

　　　　　'이상(李箱)'이라는 현상

사회에서 한 명의 인간이 시공간과 매개된 화폐의 기능을 체득하게 되고 그에 예속되게 되면서 근대적인 주체로 거듭나게 되는가 하는 문제를 다루고 있는 부분이다. 이는 결국 하나의 인간이 자본주의 경제 체계가 펼쳐놓은 거미줄 같은 망에 걸려 옴짝달싹하지 못하게 되는 과정이었던 것이다.

좀 더 읽어볼 만한 글들

식민지 도시 경성의 거리, 백화점 등 당시의 소비문화의 특수성에 대한 탐색과 더불어 발터 베냐민의 '산책자' 개념을 통해 이상 혹은 박태원의 문학을 바라보고자 하는 시도들이 종종 이루어졌다. 특히 최혜실은 일찍부터 이와 같은 경성의 자본주의 문화와 모더니즘 사이의 상관성에 주목하여 『1930년대 한국 모더니즘 소설 연구』(서울대학교 박사학위논문, 1991)을 통해 이에 접근하고자 하였다. 그는 이상, 박태원 등의 문학을 도시 근대성의 차원과 관련시키면서 해석하고자 하였던 것이다. 이와 같은 경향은 조영복의 『한국 모더니즘 문학의 근대성과 일상성』(다운 샘, 1997)으로 이어져 경성의 도시성과 근대성, 일상성 등이 모더니즘 작가들에게 어떤 영향을 주었는가 하는 것으로 발전되어 나갔으며, 이성욱의 『한국 근대문학과 도시문화』(문화과학사, 2004)나 가와무라 미나토(川村湊)의 『漢陽│京城│서울을 걷다: 일본인 가와무라 미나토가 바라본 서울 Seoul』(다인아트, 2004)의 번역으로 이어지기도 했다.

이와 같은 문학적 테두리 내의 접근들 이후, 문학 외적인 영역에서 경성이라는 도시 자체에 대한 논의가 이루어졌는데, 이는 손정목의 『일제강점기 도시계획연구』(일지사, 1991), 『일제강점기 도시화 과정 연구』(일지사, 1996), 『일제강점기 도시사회상 연구』(일지사, 1996) 등과 같은 도시 성립과 변천 양상에 대한 일련의 기념비적인 연구들을 기반으로 하여 도시 내, 외부 공간의 형성과 내부 존재들의 영향 관계라든가 일상성, 소비문화 등에 대한 탐색으로 옮겨가는 경향을 보였다. 특히 김영근의 『일제하 일상생활의 변화와 그 성격에 관한 연구 – 경성의 도시공간을 중심으로』(연세대학교 박사학위논문, 1999)를 필두로 2000년에 이루어진 동명의 학술대회를 기반으로 이루어진 서울학연구소의 『서울 남촌: 시간, 장소, 사람』(서울학연구소, 2003) 등은 최근 넘쳐나고 있는 도시 경성의 역사와 문화를 조망하는 작업들의 뒷받침을 이루었다. 이와 같이 문학 외부에서 이루어진 연구에 기반하여 특히 이상에 대한 연구는 더욱 발전하기 시작하였는데, 특히 도시 경성의 자본주의를 환기하는 화폐에 대한 관심을 바탕으로 이루어진 김성수의 「이상의 「날개」 연구 1: 페티시즘의 양상에 대한 해석」(『원우론집』 28, 연세대학교 대학원, 1998)이나 「이상문학에 나타난 화폐 물신성과 감각의 모더니티」(『국제어문』 46, 국제어문학회, 2009)라든가 송민호의 『이상문학에 나타난 화폐와 글쓰기의 상관성 연구』(서울대학교 석사학위논문, 2002) 등이 대표적이다.

11

근대적 사랑의 에티켓

매춘의 논리와 정신적 표상으로서의 은화

내게서 버림을 받은 계집이 매춘부가 되었을 때

나는 차라리 그 계집에게 은화를 지불하고 다시 매춘할망정

간음한 계집을 용서하지도 버리지도 않는

잔인한 악덕은 범하지 말아야 한다고

나는 나 자신에게 타이른다.

─「19세기식」

스물세 살이오─3月이오─각혈(喀血)이다. 여섯 달 잘 기른 수염을 하루 면도 칼로 다듬어 코밑에 다만 나비만큼 남겨가지고 약 한 재 지어들고 B(백천온천)라 는 신개지(新開地) 한적(閑寂)한 온천(溫泉)으로 갔다. 게서 죽어도 좋았다. 그러 나 이내 아직 기를 펴지 못한 청춘(靑春)이 약탕관을 붙들고 늘어져서는 날 살리 라고 보채는 것은 어찌하는 수가 없다. 여관 한 등 아래 밤이면 나는 늘 억울해 했다. 사흘을 못 참고 기어나는 여관 주인(主人) 영감을 앞장세워 밤에 장고 소리 나는 집으로 찾아갔다. 게서 만난 것이 금홍(錦紅)이다.

"몇 살인구?"

체대(體大, 몸집)가 비록 풋고추만 하나 깡그라진 계집이 제법 맛이 맵다. 열여 섯 살? 많아야 열아홉 살이지 하고 있자니까, "스물한 살이에요." / "그럼 내 나인 몇 살이나 돼 뵈지?" / "글세 마흔? 서른아홉?"

나는 그저 흥! 그래 버렸다. 그리고 팔짱을 떡 끼고 앉아서는 더욱더욱 점잖은 체했다. 그냥 그날은 무사히 헤어졌건만─

─ 이상, 「봉별기」, 『여성』, 1936.12.

나는 날마다 이상을 만났다. 학교에서 돌아오는 길 거기 어디서 기다리고 있 는 상을 만났으며 우리 집에서 나오면 부근에서 서성거리고 있는 상을 발견했다. 만나면 따라서 걷기 시작했고 걸어가면 벌판을 지나서 방풍림에 이르렀다. 거기는 일경도 동족도 없는 무인지경이었다. 달밤이면 대낮처럼 밝았고 달이 지면 별들이 쏟아져서 환했던 밤과 밤을 걷다가, 걷다가, 우리들은 뭐 손을 잡거나 팔을 끼고 걸은 것이 아니다. 각기 팔을 내저으며 지극히 자연스러운 자세로 걸었다. 드문드 문 이야기를 나누면서, 때때로 내 말에 상은 크게 웃었다. 그 웃음소리가 숲 속에 서 메아리쳤던 음향을 기억한다.

"동림이, 우리 같이 죽을까?" / "우리, 어디 먼 데 갈까?"

이것은 상의 사랑의 고백이었을 거다. 나는 먼 데 여행이 맘에 들었고 또 죽는 것도 싫지 않았다. 나는 사랑의 본능보다는 오만한 지성에 사로잡혔을 때라, 상 을 따라가는 것이 흥미로웠을 뿐이다. 그래서 약속한 대로 집을 나왔다.

─ 김향안, 「이상(理想)에서 창조된 이상(李箱)」, 『문학사상』, 1986.8.

김해경의 연애사(戀愛史)란 사실 전혀 복잡하지 않다. 그는 1933년 3월 폐병으로 인해 총독부 기수직을 그만두고 화가 구본웅과 함께 요양을 떠난 백천온천(황해도 연백군 은천면 영천리)에서 만난 '금홍(錦紅)'이라는 기생과 목숨을 건 연애를 하였고, 그 관계는 두 사람이 이후 경성으로 돌아온 이후까지 계속되었다. 하지만 이후 여러 가지 사정으로 인해 그 둘은 결국 헤어지고 말았다. 금홍은 경성으로 올라와 이상이 경영하던 카페의 마담 역할까지 하였지만 카페의 경영난 등으로 인해 가출하여 집을 떠나버렸던 것이다.

김해경은 이후 1936년에는 역시 구본웅의 서모의 동생인 변동림을 만나 여름에 돈암동 흥천사에서 결혼식을 올렸다. 금홍과의 연애가 파격으로 시작되었고 파격으로 이어진 것이었다면, 변동림과의 결혼은 남들답게 살고자 하는 김해경의 욕망을 반영하였던 것이다. 그 무렵부터 회화와 시를 버리고 소설에 전념하기 시작했던 김해경의 창작은 이와 같은 이력과 맞물려 있는 것이었다. 「날개」, 「동해」 등의 소설이 이 결혼생활 무렵 발표되기 시작하였다. 변동림은 동경에서 김해경이 사망하였을 때 직접 가서 그의 유해를 거두어왔을 정도로 그의 아내로서 충분한 소임을 다하였고, 해경이 죽은 뒤 8년이 지난 뒤에 화가인 김환기와 결혼하여 미국과 프랑스 등지에서 생활하였다.

김해경에게 있어서 연애라는 주제가 흥미로운 것은 연애야말로 자신이 추구했던 20세기적인 첨예한 감각과 19세기적인 봉건의 감각이 철미하게 충돌하고 있는 대상이기 때문이다. 그는 가장 근대적인 연애의 감각을, 자신이 소지하고 있는 비장의 위트즘을 통해서 풀어내고자 한다. 하지만 언제나 그렇듯 젊은 날의 사랑이란 결코 이성이나 감각의 문제가 아니라 신체와 마음이 먼저 반응하는 문제이고, 산뜻한 논리로 풀리는 영역이 아니라 언제나 미적지근한 감정의 잔여를 남기는 것이어서, 김해경은 여러 글을 통해 사랑의 문제에 대한 자신의 감정적 동요에 대해서 때로는 위장의 태도로, 때로는 솔직한 태도로 그것을 드러내고 있는 것이다. 사랑이나 연애의 문제를 다룰 때라면 난폭해 보이기까지 하는 그의 글쓰기는 실상 스스로 현대적 감각의 최전선이라고 자만하는 정신과 사랑이라는 불명료한 감정 사이에서 비롯된다고 보아도 과언은 아니다.

화폐 경제의 찬란한 근대적 감각과 정조라는 19세기의 관념

1930년대 식민지 도시 경성을 산책하는 지식인이었던 이상은 바로 도시의 풍경 위에 이러한 화폐적 교환의 메커니즘이 형성되어 있던 것을 꿰뚫어보고 있었다. 그것이 이상이 소지한 날카로운 근대적 감각의 일단이었던 것이다. 물론 근대사회에서 모든 것이 화폐로 교환되어 완전히 새로운 것으로 변모하게 되어버리는 화폐화의 과정이 도시 자본주의화의 핵심인 것은 분명하다. 이와 같은 흐름은 전 세계적인 것이기 때문에 여기에 지체되는 것들은 새롭게 변모한 사회 속에서 자신의 새로운 실존을 획득하는 것에 실패한 채 배제되거나 버려진다.

하지만 예술의 자리는 어떠한가. 그것 역시 그러한 새로운 흐름에 동참하여 변모해 나가야 하는가. 예술이나 문학 등과 같이 당연하게도 교환을 거부하는, 교환되지 않는 가치 대상의 여지는 존재하지 않는 것일까, 하는 물음이 떠오른다. 이를 거창하게 근대 자본주의 경제의 피안이라고 이름 붙일 수도 있을 것이다. 일반적으로는 결코 수량화되거나 측정될 수 없을 것만 같은 감정과 관념의 체계들이 존재하며 그것이 예술적인 감정과 사유의 핵심인 것이 사실이기 때문이다. 예를 들어 인간성, 민족의식, 정조(貞操) 같은 것들 말이다. 정말로 자본주의의 사회 속에서는 과연 이러한 대상들마저 교환 가능한 재화들로 취급하도록 변모해 갈 것인가. 이상은 화폐를 매개로 근대 자본주의 도시의 교환 경제의 '치사(侈奢)'하고도 찬란한 감각을 인지하고 있는 한편, 그 교환 체계의 피안에 존재하는 교환 불가능성의 존재 가능성에 대해 예민하게 실험하고 있다.

나는 금홍이에게 노름채를 주지 않았다. 왜? 날마다 밤마다 금홍이가 내 방에 있거나 내가 금홍이 방에 있거나 했기 때문에 / 그 대신 / 우(禹)라는 불란서 유학생의 유치랑(遊治郎, 화류계의 바람둥이)을 나는 금홍이에게 권하였다. 금홍이는 우 씨와 더불어 '독탕(獨湯)'에 들어갔다. 이 '독탕'이라는 것은 좀 음란한 설비였다. 나는 이 음란한 설비 문간에 나란히 벗어놓은 우 씨와 금홍이 신발을 보고 언짢아하지 않았다. / 나는 또 내 곁방에 와 묵고 있는 C라는 변호사에게도 금홍이를 권하였다. C는 내 열성에 감동되어 하는 수 없이 금홍이 방을 범했다. / 그러나 사랑하는 금홍이는 늘 내 곁에 있었다. 그리고 우, C 등등에게서 받은 10원 지폐를 여러 장 꺼내놓고 어리광석게 내게 자랑도 하는 것이었다. / 그러자 나는 백부님 소상 때문에 귀경하지 않으면 안 되게 되었다. 복숭아꽃이 만발하고 정자 곁으로 석간수가 졸졸 흐르는 좋은 터전을 한 군데 찾아가서 우리는 석별의 하루를 즐겼다. 정차장에서 나는 금홍이에 10원 지폐 한 장을 쥐여주었다. 금홍이는 이것으로 전당 잡힌 시계를 찾겠다고 그리면서 울었다. (중략)

이번에는 내게 자랑을 하지 않는다. 않을 뿐만 아니라 숨기는 것이다. / 이것은 금홍이로서 금홍이 답지 않은 일일밖에 없다. 숨길 것이 있나? 숨기지 않아도 좋지. 자랑을 해도 좋지. (중략) 나는 또 이런 것을 생각하지 않았던 것도 아니다. 즉 남의 아내라는 것은 정조를 지켜야 하느니라고! / 금홍이는 나를 내 나태한 생활에서 깨우치게 하기 위하여 우정 간음하였다고 나는 호의로 해석하고 싶다. 그러나 세상에 흔히 있는 아내다운 예의를 지키는 체 해본 것은 금홍이로서 말하자면 천려의 일실(一失) 아닐 수 없다.

이상(李箱), 「봉별기」, 『여성』, 1936.12.

백천온천에서 금홍이를 만나던 때로부터 금홍과 경성에서 함께 살다가 헤어지고 변동림과 결혼하기까지의 일화를 그려내고 있는 자전적 소설에 가까운 글 「봉별기」에서 이상은 정조(貞操)에 대한 독특한 견해를 제시하고 있다. 이상은 금홍에게 일반인들이 그러하듯 정조를 강요하지 않고, 오히려 매춘을 권장하고 있기 때문이다. 이상은 자신이 사랑하는 금홍에게 때로는 '우'라는 프랑스 유학생을 권하고, 때로는 C라는 변호사를 권하기도 한다. 하지만 지금까지 일반적으로 해석된 바와는 달리 그가 일반 사람들과는 다른, 특이한 성관념을 갖고 있기 때문만은 아니다. 오히려 자본주의화한 현대사회에서 금홍이 기생이라는 직업을 갖고 있는 이상, 몸을 팔아 돈을 버는 것은 당연한 것이며, 그것을 거리낌 없이 자랑하는 것이 바로 20세기의 당연한 근대적 관념이라는 것이 이상이 파악한 근대도시적 감수성의 최전선이었기 때문이다. 첨단의 근대적 예술의 실천가로서 그는 이러한 자신의 감수성을 아낌없이 드러낸다. 고리타분한 정조라는 관념을 화폐 교환 경제 속에서 흘려버리고, 새롭게 재정의하는 것, 그것이 전위에 선 예술가가 소지한 가장 현대적인 교환의 감각이다.

하지만 금홍은 이상과의 관계에 대해서는 결코 돈을 받지 않는다. 그것은 그 둘의 관계가 결코 화폐적인 매개로는 환산되지 않는 성격의 것임을 알려준다. 기생인 금홍이 타인에게 몸을 팔아 돈을 버는 것이 근대 자본주의의 당연한 윤리를 의미하는 것이라면, 금홍이 이상에 대해서만큼은 돈을 받지 않는 것은 그 둘 사이에 존재하는 사랑의 감정이 결코 화폐의 교환 가치로 환산되지 않는 특별한 것임을 말해 주고 있다는 의미이다. 백천온천을 떠나 경성으로 돌아갈 때 이상이 건넨 최초이자 최후일 화대(花代)였던 10원으로 금홍은 다름 아니라 맡겨둔 시계를 찾겠다고 한다. 이상의 돈으로 술이나 밥을 사먹는 등 일상적인 재화로 교환하는 것이 아니라 맡겨둔 시계를 찾겠다는 금홍의 말이 퍽 의미심장하다. 이상이 준 돈이란 단지 자본주의 사회에서 재화를 교환하는 대상으로서 화폐의 성격을 갖는 것이 아님을 상징적으로 보여주는 발언이기 때문이다. 이상과 금홍 사이에 이루어진 교환은 화폐를 매개로 이루어진 자본주의적 교환과는 다른 특별한 의미를 갖고 있으며 이상은 이를 예민하게 포착하고 있는 것이다.

말하자면 이상과 금홍 사이에는 화폐의 수량적 등가성에 기반한 교환이 아닌, 의미적이고 가치적인 등가성에 기반한 교환이 이루어지고 있음을 의미한다. 이 교환은 화폐 경제의 측면으로 보아서는 부등가이나 가치 경제의 측면에서 본다면 등가이다. 이상이 포착한 근대 교환 경제의 피안, 즉 화폐를 중심에 둔 자본주의적 교환의 경제로는 해명되지 않는 새로운 가치 등가성의 경제는 마르셀 모스가 『증여론』*에서 살폈던 자본주의의 화폐적 등가 교환의 경제 구조와는 다른, 쿨라(Kula)나 포틀래치(Potlach)같이 선물(gift)의 순환을 중심으로 구축된 선물 경제를 떠올리도록 한다. 화폐가 존재하기 이전, 원주민의 경제는 기본적으로는 호혜성(reciprocity)에 기반한 선물을 중심으로 이루어지는 경제였으며, 단순히 양적인 등가교환이 아닌 명예나 자존심, 존중 등의 가치가 포함된 등가적 교환이었다.

이미 이상은 「날개」에서 급속도로 자본주의화한 근대도시 경성에서 모든 재화들에 가격표가 붙어 있는 것이 근대 경제의 속성임을 날카롭게 지적한 바 있

마르셀 모스와 자본주의 화폐 경제의 피안으로서의 선물 경제의 호혜성

마르셀 모스(Marcel Mauss, 1872~1950)는 프랑스의 인류학자로 에밀 뒤르켐의 조카이다. 『증여론(Essai sur le don)』(1924)을 통해 선물(gift)이 단지 공짜로 받는 것을 의미하는 것이 아니라 그것이 갖고 있는 일종의 마법적인 힘에 의해 원주민들의 경제를 떠받치고 있는 중요한 것이라는 사실을 제시한다. 이렇게 마르셀 모스가 살핀 원주민의 선물 경제는 레비 스트로스가 전개한 구조주의의 붐과 연관되어 인류학적 민족지 연구의 일환으로 주목받았다. 이는 당대에 이루어진 자본주의 화폐 중심의 등가교환이 아닌 선물 경제의 등가성이 근대 자본주의의 대안이 될 수 있을 것인가 하는 것에 대한 가능성의 탐색과 관련되어 있기 때문이다.

'이상(李箱)'이라는 현상

었으면서, 나아가 다른 한편으로는 자본주의 경제의 피안을 찾고자 애쓰고 있었던 것이다. 자전적 소설인 「봉별기」에서 그가 화폐적인 교환과 상관없는 등가성의 교환 경제의 존립 가능성을 보인 것이 바로 그 실례에 해당한다. 그렇다면 과연 교환되지 않는 그것은 무엇일까. 이를 일단 '사랑'이라고 불러보도록 하자. 화폐를 중심으로 형성된 청신한 근대적인 감각의 다른 편에 존재하는 교환되지 않는 감정의 움직임 말이다.

물론, 이러한 비교환의 영역은 결코 '정조(貞操)*라는, 전근대적인 19세기적 에티켓과 포개어지는 것은 아니다. 이상에게 있어 정조는 그저 낡은 예의(禮儀)적 관념에 지나지 않기 때문이다. 「봉별기」의 뒷부분의 내용에서도 이러한 사실은 분명하게 확인할 수 있다. 백천온천에서 이상과 금홍의 애틋한 이별 후, 다시 경성에서 재회하여 이상과 금홍이 함께 사는 생활이 시작되고 난 뒤, 둘의 생활은 어려워져 금홍이 옛 '사업' 즉 돈을 받고 몸을 파는 일을 다시 시작하게 된다. 하지만 금홍은 예전과 달리 이상에게 자신의 사업을 자랑하지 않고 숨긴다. 이러한 금홍의 달라진 태도 때문에 이상은 둘 사이의 관계가 바로 정조라는 간판 같은 예의 관념에 얽매이게 되었다는 사실을 발견하게 된다. 이상은 자신도 모르게 금홍에게 아내된 자의 정조를 강요하고 있으며, 금홍 역시 이상에게 자신의 매춘을 숨기는 방식으로 정조라는 관념에 얽매이고 있다. 이러한 두 사람 관계의 질적 변화는 일종의 정신적 타락이라고 할 만한 것이다. 과거 그들이 추구했던 이상적 관계의 원형적 구조가 자본주의적 화폐 교환 경제를 적극적으로 거부하며 그 피안에서 형성된 것이었다면, 이제 그들에게 정조는 부부 사이의 예의 혹은 간판으로만 남겨져 버렸기 때문이다. 이상은 이러한 허울뿐인 부부의 예의로부터 벗어나기 위해 오히려 자신의 방을 내어주는 등 오히려 금홍의 매춘을 장려하던 과거의 자신으로 돌아가고자 하나 금홍은 더 이상 이를 견디지 못하고 떠나버린다. 이상과 금홍은 정조와 사랑에 대해서 전혀 다른 의미 감각을 소유하고 있었던 것이다. 이상의 부부가 절름발이일 수밖에 없는 이유는 바로 이 때문이다. 사회의 일부로서 사회의 관념을 받아들일 것인가 말 것인가의 문제에 해당하는 것이다.

정조(貞操)

이런 경우—즉 '남편만 없었던들' '남편이 용서만 한다면' 하면서 지켜진 아내의 정조란 이미 간음이다. 정조는 금제가 아니요 양심이다. 이 경우의 양심이란 도덕성에서 우러나오는 것을 가리키지 않고 '절대의 애정' 그것이다. / 만일 내게 아내가 있고 그 아내가 실로 요만 정도의 간음을 범한 때 내가 무슨 어려운 방법으로 곧 그것을 알 때, 나는 '간음한 아내'라는 뚜렷한 죄명(罪名) 아래 아내를 내쫓으리라. / 내가 이 세기(世紀)에 용납되지 않는 최후의 한꺼풀 막이 있다면, 그것은 오직 '간음한 아내'는 내쫓으라는 철칙(鐵則)에서 영원히 헤어나지 못하는 내 곰팡내 나는 도덕성이다.

이상(李箱), 「19세기식」, 『삼사문학』, 1937.4.

오후 비는 멈추었다. / 다만 세상의 여자들이 왜 모두 매춘부가 되지 않는지 그것만은 이상스러워 못 견디겠다. 나는 그녀들에게 얼마간의 지폐를 교부할 것이다.

이상(李箱), 「哀夜－나는 한 賣春婦를 생각한다」, 『현대문학』, 1966.7.

이상은 「19세기식」이라는 산문에서 정조에 대한 자신의 견해를 분명하게 표시하고 있다. 당연히 정조에 대한 그의 규정은 꽤 까다로울 뿐만 아니라 보편적인 것에서 벗어나 있다. 그에 따르면 정조란 단지 금제가 아니라 일종의 양심이며, 이는 절대의 애정을 의미한다는 것이다. 그가 의미하는 정조가 단지 낡은 도덕의 영역에 국한되지 않는다는 점에 유의해야 한다. 오히려 그는 모든 종류의 철칙이나 금제로부터 벗어나지 못하는 것은 자신의 곰팡내 나는 도덕 때문이라

'이상(李箱)'이라는 현상

고 생각하기 때문이다. 중요한 것은 바로 연애 관계에 있어서 서로 간에 형성된 양심, 절대적 애정이다. 즉 이는 철저하게 정신적인 문제이지 명목이나 예의를 따르는 문제가 아닌 것이다. 그렇다면 이러한 정조에 대한 견해와 모든 여인은 매춘부라는 다소 도발적인 발언과는 어떻게 조화될 수 있을까. 이러한 발언은 사실 여성을 비하하려는 의도를 담고 있는 것이 아니다. 이는 앞서 「날개」에서 근대적인 시간과 공간이 화폐적인 가치를 통해 교환될 수 있었던 양상과 마찬가지로 여성이 가지고 있는 성이라는 것이 근대 자본주의 사회의 화폐 교환 경제 논리 속에서 교환의 대상이 될 수 있다는 의미인 것이다. 이에 대해 이상은 매춘부의 교환은 근대인의 당연한 감각이지 부끄러워할 대상이 전혀 아님을 강변하면서 그에 대해 지폐를 지불할 의사가 있음을 말하는 것이다. 이러한 이상의 일련의 생각 속에는 몇 가지 전제된 규칙을 읽어낼 수 있다. 즉 20세기에 있어서 여성의 정조는 단지 육체를 담보한 성(性)의 문제가 아니라 정신적인 문제라는 점, 오히려 여성의 성의 매매 혹은 교환은 자본주의 화폐 교환 메커니즘에 의해 긍정될 수 있다는 점, 다만 연인의 관계에 있어서 상호 간의 절대적인 애정 같은 정신적인 부분이 중요하다는 점들이 그것이다. 이러한 전제들을 통해 정조라는 단어의 의미는 19세기와 20세기의 관계망 속에서 복잡하게 분화해 나간다.

> 내 두루마기 깃에 달린 정조 뱃지를 내어보였더니 들어가도 좋다고 그런다. 들어가도 좋다던 여인이 바로 저에게 좀 선명한 정조가 있으니 어떠냐다. 나더러 세상에서 얼마짜리 화폐 노릇을 하는 셈이냐는 뜻이다. 나는 일부러 다홍 헝겊을 흔들었더니 요조하다던 정조가 성을 낸다. 그리고는 칠면조처럼 쩔쩔맨다.

이상(李箱), 「자서(自書)」, 위독 연작, 「조선일보」, 1936.10.6.

이 시에서 나는 매춘을 하러 가 내 두루마기 깃에 달린 정조의 배지를 내보

정조에 대한 당대의 논의 일절

이상의 정조(貞操)에 대한 견해가 동시대에 있어서 어느 정도의 의미를 갖고 있는 것인가 확인해 보기 위해 잡지 『삼천리』에 실려 있는 「남성의 무정조에 항의장」이라는 좌담회의 모두에 실려 있는 윤성상(尹聖相)의 「영웅호색적 치기를 타기(唾棄)」(『삼천리』, 1930.10, 53∼54쪽)의 몇 구절을 인용해 본다.

"'여자와 정조', '정조를 위한 여성' 이것이 즉 여성의 일생이다.

만약 여성된 자 모름지기 이 궤도 밖을 단 한 걸음이나마 벗어나게 될 때는 벌써 그는 파계자로서의 쓰라린 파멸을 당하고 마는 것이다. 그것이 설혹 실수였든 불가피의 사정이었든 것을 불문하고, 여성만이 지켜야 하는 이 편향적 정조의 실례는 이루 헤아릴 수 없으리만큼 많으니 '열녀불경이부'라는 과부나 혹은 파경녀의 정조는 차치하고라도 어떤 괴한에게 불의의 변을 당한 여성에게 그의 남편 혹은 그의 친척 한 걸음 나아가 일반사회의 그를 향하여의 태도는 어떠한가? 불문곡직하고 그는 더러워진 계집이란 낙인하에 가정(家庭)에서 족척(族戚)에서 사회에서 쫓겨나고 말지 않는가? (중략)

그러나 남성의 정조는 어떠한가? 그것은 절대(?) 자유이다. 어떠한 곳에서 어떠한 여성을 대했든, 어떠한 비행을 했든 그것은 절대(?) 자유이다. 법률상으로 제재하는(유부녀와의 관계) 것이 있으나 그것은 결국 남성 자신들의 각각 그 처에게 정조를 강요하는 점으로부터 나온 데 불과한 것이다. (중략)

이 정조에 대한 남성의 우월적 지위는 '정조를 위한 여성'의 그것에 비하면 실로 이 절대권한을 이행하기 위하여서만 사는 듯한 감이 있다."

나혜석의 정조취미론

조선의 대표적인 신여성이자, 화가이며, 문학가인 나혜석(羅蕙錫, 1896∼1948) 역시 정조(貞操)에 대해 예민한 감각을 가지고 있었다. 잡지 『삼천리』에 「이혼고백서」(1934.8∼9)를 통해 자신의 이혼 과정을 고백하기도 하고, 이른바 '정조취미론'으로 알려진 글을 실어 파란을 일으키며 당대의 지탄을 받기도 하였다. 사실 당대의 나혜석은 미술과 문학에 뜻을 품고 있었던 이상에게는 여러모로 관심의 대상이 아닐 수 없었을 것이다. 비록 성별은 다르지만, 이상에게 있어서 나혜석은 예술상에 있어서, 특히 연애라는 주제에 대해서 일종의 선구자로 여겨졌을 가능성이 크다. 어쩌면 이상의 정조론이란 나혜석의 정조론에 대한 문학적인 지원 내지는 답변이라고 볼 여지도 없지 않다. 여기에서는 당대에 큰 물의

나혜석, 자화상, 캔버스에 유화, 1928.

를 일으켰던 나혜석의 정조취미론으로 알려진 「신생활에 들면서」(『삼천리』, 1935.2.) 중 '정조'에 관한의 한 구절을 인용해 본다.

'이상(李箱)'이라는 현상

"정조(貞操)는 도덕도 법률도 아무것도 아니요 오직 취미다. 밥 먹고 싶을 때 밥 먹고 떡 먹고 싶을 때 떡 먹는 것과 같이 임의용지(任意用志)로 할 것이요 결코 마음의 구속을 받을 것이 아니다.

취미는 일종의 신비성이니 악을 선으로 해석할 수도 있고 추를 소(笑)로 화(化)할 수도 있어 비록 외형의 어느 구속을 받는 한이 있더라도 마음만은 자유자재로 움직일 수 있으니 거기에는 아무 고통이 없고 신산(辛酸)이 없이 오직 희열과 만족뿐이 있을 것이니 즉 객관이 아니요 주관이요 무의식적이 아니요 의식적이어서 마음에 예술적 정취를 깨닫고 행동의 예술화해지는 것이다. 서양서는 일찍이 19세기 초부터 여자교육에 성교육이 성행하였고 파리(Paris) 풍기(風紀) 그렇게 문란하더라도 그것이 악하게 추하게 보인다는 것보다 오히려 아름답게 보이는 것은 이미 그들의 머리에는 성적 관계를 의식하였고 동시에 취미로 알고 행동에 예술화한 까닭이다.

다만 정조는 그 인격을 통일하고 생활을 통일하는 데 필요하니 비록 한 개인의 마음은 자유스럽게 정조를 취미화할 수 있으나 우리는 불행히 나 외에 타인이 있고 생존을 유지해 가는 생활이 있다. 그리하여 사회의 자극이 심하면 심하여질수록 개인의 긴장미가 필요하니 즉 마음을 집중할 것이다. 마음을 집중하는 자는 그 인격을 통일하고 그 생활을 통일하는 자이다. 그럼으로 유래 정조 관념을 여자에게 한하여 요구하여 왔으나 남자도 일반일 것 같다."

인다. 물론 이는 이상이 겪은 실제의 일일 수도 있고 허구의 일일 수도 있지만, 시 속에서 정조의 배지를 내보였다는 행위만큼은 대단히 상징적이다. 이때 내가 내보인 정조는 이상적인 절대적 애정을 내보였다는 의미일 수도 있고, 성적인 순수성을 내보였다는 의미 양쪽의 가능성을 모두 갖는 것일 수도 있다. 하지만 여인은 자신에게 보다 선명한 '정조'가 있다고 말한다. 나는 그녀의 그 말을 화폐의 근대적 교환에 대한 비유로 이해한다. 즉 그녀의 말은 자신의 정조에 대한 대가, 즉 하루의 밤을 위해서 얼마의 액수를 내놓을 수 있느냐는 말이라는 것이다. 하룻밤과 정조의 화폐를 교환하는 행위. 근대 자본주의 사회에서 이만큼 선명함을 띤 행위라는 것이 또 있을 수 있을까. 하지만 이에 대해 나는 다홍 헝겊을 흔든다. 이 역시 포기를 의미하는 상징적인 행위이다. 그랬더니 여인의 요조하다던 정조가 성을 내더라는 것이다. 정조라는 관념은 단지 그것이 19세기식의 고리타분한 것이기 때문에 문제인 것만이 아니라 화폐의 가치와 접속되는 양상에 따라, 때로는 맥락에 따라 현격하게 변모하는 다층적인 구조를 가지고 있기 때문에 문제가 되는 것이다. '정조'가 일종의 이름표, 어떠한 맥락이 붙느냐에 따라 전혀 다른 기호가 되는 것은 바로 이 때문이다.

임(姙)이는 무용의 어떤 포즈 같은 손짓으로 / '지이가 됴-스의 女神입니다. 둘이 어디 모가지를 한번 바꿔 붙여보시지요, 안 되지요? 그러니 그만들 두시란 말입니다. 윤한테 내어준 육체는 거기 해당한 정조가 법률처럼 붙어갔든 거구요, 또 지이가 어저께 결혼했다구 여기도 여기 해당한 정조가 따라왔으니까 뽐낼 것도 없능거구 질투할 것두 없능거구, 그러지 말고 같은 선수끼리 악수나 하시지요. (중략) "불장난-정조 책임이 없는 불장난이면? 저는 즐겨합니다. 저를 믿어주시나요? 정조 책임이 생기는 나절에 벌써 이 불장난의 기억을 저의 양심의 힘이 말살하는 것입니다. 믿으세요." (중략) "당신은 무수한 매춘부에게 당신의 그 당신 말마따나 고귀한 육체를 염가로 구경시키셨습니다. 마찬가지지요." / "하하! 너는 이런 사회조직을 깜빡 잊어버렸구나. 여기를 너는 서장(西藏)으로 아느냐. 그렇지 않으면 남자도 포유행위(哺乳行爲)를 하던 피데칸트롭스 시대로 아느냐. 가소롭구나. 미안하오나 남자에게는 육체라는 관념이 없다. 알아듣느냐?" / "미안하오나 당신이야말로 이런 사회조직을 어째 급속도로 역행하시는 것 같습니다. 정조라는 것은 일대일의 확립에 있습니다. 약탈 결혼이 지금도 있는 줄 아십니까." / "육체에 대한 남자의 권한에서의 질투는 무슨 걸레 조각 같은 교양 나부랭이가 아니다. 본능이다 너는 아 본능을 무시하거나 그 치기만만한 교양의 장갑으로 정리하거나 하는 재주가 통용될 줄 아느냐?" / "그럼 저도 평등하고 온순하게 당신이 정의하시는 '본능'에 의해서 당신의 과거를 질투하겠습니다. 자- 우리 숫자로 따져보실까요?"

이상(李箱), 「동해(童骸)」, 『조광』, 1937.2.

소설 「동해」 속에서 이루어진 임과의 대화 속에서 정조의 의미는 퍽 다층적으로 드러나고 있다. '임'의 현란한 논리 속에서 정조가 담고 있는 의미는 전혀 다른 새로운 맥락으로 드러나는 것이다. 여인의 정조에 대한 우선 순위를 다투는 나와 '윤'에 대해서 '임'은 '윤'에게 내어준 육체에는 그에 해당하는 정조가, 나에게 내어준 육체에는 역시 그에 해당하는 정조가 따라붙어 갔음을 강변한다. 이는 정조가 처녀성이라는 형태로 육체에 붙어 있다는 관념을 논박하고자 하는 것이다. 정조가 육체와 상관없는 관념이라는 주장은 그것이 한번 남자에게 내어주었다고 하여, 헐거나 없어지는 것이 아니라 정신적인 맥락에서 혹은 관계적인 맥락에서 형성되는 관념이라는 전제를 깔고 있는 것이다. 또한 '임'은 정조에 대한 관념을 약속과 책임의 문제로 귀착시키고 있다. 자신은 정조 책임이 없는 불장난이라면 언제든 즐겨하지만, 정조 책임이 생기는 순간 그러한 불장난의 기억을 양심의 힘이 말살해 버릴 수 있다는 것이 그녀의 주장이다. 그녀의 이러한 주장 속에는 정조가 바로 자신과 사랑하는 사람 사이의 약속이라는 뉘앙스의 전제가 깔려 있다. 관계에 대한 약속에 대한 책임이 없는 경우라면 정조 관념은 성립되지 않고 정조 책임이 생기는 경우에만 그에 대해 충실하면 된다는 것이다. 얼핏 보면 결국에는 궤변에 불과한 것처럼 생각되나 이는 정조라는 관념을 전유하고 있는 것에 해당하며 이렇게 전유의 대상이 된다는 사실 자체가 정조의 관념이 얼마나 허약한 의미적 맥락에 근거하고 있는가를 보여주는 것으로 이해할 수 있을지도 모른다.

결국 새로운 근대적 차원의 정조에 대한 '임'의 주장은 남녀 간의 정조 관념의 차이에 대한 논쟁으로 옮아간다. 그녀와의 논쟁에서 궁지에 몰린 나는 남자에게는 육체와 결부된 차원의 정조는 존재하지 않는다는 사실을 주장하려 애쓴다. 정조를 시대에 따라 변동 가능성을 가진 유동적인 존재로 파악하면서 새로운 시대에 맞는 새로운 정조 관념을 갈파하는 '임'에 대해서 나는 여성의 육체와 관련된 정조에 대한 질투의 감정은 남자라는 동물의 본능이라고 맞받아쳐 보지만 이러한 변호는 남루한 것에 지나지 않는다. 게다가 '임'은 그마저도 여성의 육체에 대한 정조와 남성의 육체에 대한 정조가 차이가 없음을 지적하며 그를 공박하고 있는 것이다. 이와 같은 여성과 육체에 대한 새로운 정조 관념은 실제로는 '임'의 입을 통하여 구체화되어 진술되고 있으나 실제로는 작가 이상이 갖고 있던 생각이라고 보아도 틀림없을 것이다. 작가 이상은 바로 맥락에 따라 그 의미 자체가 변모해 버리는 정조라는 간판과도 같은 관념보다는 「봉별기」 속에서 밝히고 있듯 화폐 교환 경제의 피안에서 교환 불가능한 사랑이라는 존재를 확신하고 있었던 것이다.

나는 당신의 거미, 자본주의의 경제의 촘촘한 거미줄망

정조라는 낡아빠진 관념을 새롭게 전유하여 교환 불가능한 사랑의 존재를 확신하고 있었던 이상이었지만, 점차 자본주의화하는 도시 경성의 화폐 경제적 변화는 엄연하고 냉엄하였다. 「날개」보다 이전에 발표된 이상의 소설 「지주회시」 속에는 근대사회 속에 부부라는 관계를 매개로 화폐 교환을 통해 서로 기생하고 있는 자본주의의 인간 관계적 양상이 세밀하게 드러나고 있다. 이 소설에서 주인공인 그는 한없이 게으른 인물이면서 아내를 거미라고 생각하고 있다. 소설 「지주회시」 속에서 그가 아내를 거미라고 생각하는 까닭은 텍스트상에서는 분명하게 드러나 있지 않다. 다만 그의 강박적인 신경 속에서 아내는 거미로 환투 (metamorphosis)하였음이 시각적으로나 청각적으로 틀림없다고 생각될 뿐이다. 그에게 아내가 거미라는 사실은 이성적인 판단의 영역이 아니라 감각적인 확실성을 보증받고 있는 것이다. 그가 아내가 거미임을 확신하는 까닭을 굳이 찾는다면 그녀가 게으른 그에게 부부의 예의만을 강요하고 있기 때문이다.

또 거미. 아내는 꼭 거미. 라고 그는 믿는다. 저것이 어서 도로 환투를 하여서 거미 형상을 나타내었으면—그러나 거미를 총으로 쏘아 죽였다는 이야기는 들은 일이 없다. 보통 발로 밟아 죽이는데 신발 신기커녕 일어나기도 싫다. 그러니까 마찬가지다. 이 방에 그 외에 또 생각하여 보면—맥이 뼈를 디디는 것이 빤히 보이고, 요 밖으로 내어놓는 팔뚝이 밴댕이처럼 꼬스르하다—이 방이 그냥 거미인 것이다. 그는 거미 속에 가 넙적하게 들어누워 있는 것이다. 거미 내음새다. 이 후덥지근한 내음새는 아하 거미 내음새다. 이 방 안이 거미 노릇을 하느라고 풍기는 흉악한 내음새에 틀림없다. 그래도 그는 아내가 거미인 것을 잘 알고 있다. 가만둔다. 그리고 기껏 게을러서 아내—사람거미—로 하여금 육체의 자리—(혹, 틈)를 주지 않게 한다. (중략) 아내는 깜짝 놀란다. 덧문을 닫는 남편—잠이나 자는 남편이 덧문을 닫았더니 생각이 많다. 오줌이 마려운가—가려운가—아니 저 인물이 왜 잠을 깨었나. 참 신통한 일은—어쩌다가 저렇게 사(生)는지—사는 것이 신통한 일이라면 또 생각하여 보면 자는 것은 더 신통한 일이다. 어떻게 저렇게 자나? 저렇게도 많이 자나? 모든 일이 희한한 일이었다. 남편. 어디서부터 어디까지 부부람—남편—아내가 아니라도 그만 아내이고 마는 거야. 그러나 남편은 아내에게 무엇을 하였느냐—담벼락이라고 외풍이나 가려주었더냐. 아내는 생각하다 보니 참 무섭다는 듯이—또 정말이지 무서웠겠지만—이 닫은 덧문을 얼른 열고 늘 들어도 처음 듣는 것 같은 목소리로 어디 말을 건네본다. 여보—오늘은 크리스마스요— 봄날같이 따뜻(이것이 원체 틀린 화근이다)하니 수염 좀 깎소. / 도모지 그의 머리에서 그 거미의 어렵디어려운 발들이 사라지지 않는데 들은 크리스마스라는 한마디 말은 참 서늘하다. 그가 어쩌다가 그의 아내와 부부가 되어버렸나.

이상(李箱), 「지주회시」, 『중앙』, 1936.6.

소설 「지주회시」는 남편과 아내의 시선을 오가면서 시선이 상대적으로 중첩되는 양상을 보여주고 있다. 남편은 아내가 거미라고 확신에 가득 차 있으며,

심지어 아내의 그 방까지도 거미라고 생각한다. 물론 당연하게도 이는 교미 뒤에 수컷을 잡아먹는다는 거미의 습성에 대한 지식이 영향을 준 판단일 것이다. 이러한 반면에 아내는 그가 한없이 게을러 잠만 자고 있는 모습을 보고 부부 관계에서 응당 남편으로서 해야 할 일을 기대해 보기도 하지만 비상식적으로 게으른 남편 앞에서 다만 크리스마스니까 수염 좀 깎으라고만 말한다. 하지만 그럼에도 불구하고 그는 크리스마스라는 아내의 말에서 머릿속에 아직 사라지지 않은 거미의 이미지와 함께 서늘함을 느꼈다는 것이다. 그가 다름 아니라 '크리스마스'라는 단어에 서늘함을 느꼈던 것은 그것이 상기하는 가족 간의 당연한 예의 때문이다. 그는 세상에 존재한 예의라는 관념에 대해 혐오감을 갖고 있기 때문이다. 자신은 거미인 아내의 버선처럼 생긴 방 안에 갇혀서 밖으로 나오지 못하고 있다고 생각해 버린 것이다.

오(吳)는 어느 회전의자에 병마개 모양으로 뭉쳐 있었다. 꿈과 같은 일이다. 吳는 장부를 뒤져 주소씨명을 차곡차곡 써내려가면서 미남자인 채로 생동생동(生고) 있었다. 조사부라는 패가 붙은 방 하나를 독차지하고 방 사벽에다가는 빈틈없이 방안지에 그린 그림 아닌 그림을 발라놓았다. '저런 걸 많이 연구하면 대강은 짐작이 났으렸다' '방안지?' '그래 도통은?' '흐흠— 나는 도로 그림이 그리고 싶어지데' 그러나 吳는 야위지 않고는 배기기 어려웠던가 싶다. 술—그럼 색? 吳는 완전히 吳 자신을 활활 열어제쳐놓은 모양이었다. 흡사 그가 吳 앞에서나 세상 앞에서나 그 자신을 첩첩이 닫고 있듯이. 오냐 왜 그러니 나는 거미다. 연필처럼 야위어가는 것—피가 지나가지 않는 혈관—생각하지 않고도 없어지지 않는 머리—콱 막힌 머리—코 없는 생각—거미 거미 속에서 안 나오는 것—내다보지 않는 것—취하는 것—정신없는 것—방(房)—버선처럼 생긴 방이었다. 아내였다. 거미라는 탓이었나.

이상(李箱), 「지주회시」, 「중앙」, 1936.6.

눈물이 새금새금 맺혀 들어왔다. 거미-분명히 그 자신이 거미였다. 물뿌리처럼 야위어 들어가는 아내를 빨아먹는 거미가 너 자신인 것을 깨달아라. 내가 거미다. 비린내 나는 입이다. 아니 아내는 그럼 그에게서 아무것도 안 빨아먹느냐. 보렴- 이 파랗게 질린 수염 자국-퀭한 눈-늘씬하게 만연되나 마나 하는 형영 없는 영양(營養)을- 보아라. 아내가 거미다. 거미 아닐 수 있으랴. 거미와 거미, 거미와 거미냐. 서로 빨아먹느냐. 어디로 가나. 마주 야위는 까닭은 무엇인가. 어느 날 아침에나 뼈가 가죽을 찢고 내밀려는지- 그 손바닥만 한 아내의 이마에는 땀이 흐른다. 아내의 이마에 손을 얹고 그래도 여전히 그는 잔인하게 아내를 밟았다. 밟히는 아내는 삼경이면 쥐소리를 지르며 찌그러지곤 한다. 내일 아침에 펴지는 염낭처럼. 그러나 아주까리 같은 사치한 꽃이 핀다. 방은 밤마다 홍수가 나고 이튿날이면 쓰레기가 한 삼태기씩이나 났고-아내는 이 묵직한 쓰레기를 담아가지고 늦은 아침-오후 네 시-뜰로 내려가서 그도 대리하여 두 사람치의 해를 보고 들어온다. 금 긋듯이 아내는 작아 들어갔다. 쇠와 같이 독한 꽃-독한 거미-문을 닫자. 생명에 뚜껑을 덮었고 사람과 사람이 사귀는 버릇을 닫았고 그 자신을 닫았다. 온갖 벗에서-온갖 관계에서-온갖 희망에서-온갖 욕(慾)에서-그리고 온갖 욕(辱)에서-다만 방 안에서만 그는 활발하게 발광할 수 있었다.

이상(李箱), 「지주회시」, 『중앙』, 1936.6.

그는 친구인 오(吳)를 만나서 자신이 아내를 거미라고 생각했던 까닭을 분명하게 알아낸다. 자신이 야위어가는 까닭은 거미인 아내에 의해 기생당하고 있기 때문이다. 마치 친구인 오가 미술을 포기하고 자본주의 사회에서 돈을 버는 과정에서 그 사회의 구성원으로부터 기생당하여 야위어가는 것처럼, 그가 야위어가는 것은 거미인 아내로부터 기생당하여 정기를 빨리고 있는 까닭이다. 반면, 그 자신도 아내를 착취하는 거미다. 그의 기생 때문에 아내는 점점 말라 들어가

물뿌리처럼 야위어가고 있는 것이다. 그는 잔인하게 그의 아내를 밟아대고 있으며 그 때문에 아내는 찌그러진다. 그의 아내는 오후 네 시(게으른 그가 한 번 일어나는 시간)에 나가서 그를 대신하여 두 사람치의 해를 보고 들어오는 것이다. 이러한 사고의 꼬리를 물고 올라가다 보면 그들의 부부관계란 결국 거미와 거미 사이라는 사실을 알 수 있게 된다. 즉 그는 자본주의 사회에서 부부 관계가 서로가 서로를 착취하여 빨아먹을 수밖에 없는 거미와 거미의 기생 관계를 닮아 있다는 사실을 알아차리게 된 것이다. 소설 「날개」에서는 단지 시공간에 대한 화폐적 교환의 문제를 주로 다루었던 이상은 소설 「지주회시」에서는 보다 끈적거리는 감각을 통해 자본주의 경제 속에서 화폐가 매개하는 착취와 피착취의 상호적 메커니즘에 대해 묘파해 내고 있는 셈이다.

오(吳)의 귓속말이다. "이게 마유미야 이 뚱뚱보가─하릴없이 양돼지인데 좋아 좋단 말이야─ 금알 낳는 게사니(거위) 이야기 알지(알지) 즉 화수분이야─하루 저녁에 3원, 4원, 5원─ 잡힐 물건이 없는 데 돈 주는 전당국이야(정말?) 아─나의 사랑하는 마유미거든" 지금쯤은 아내도 저짓을 하렸다. 아프다. (중략) 계집이란 무엇이냐 돈 없이 계집은 무의미다

─아니, 계집 없는 돈이야말로 무의미다(옳다 옳다) 오(吳)야 어서 다음을 계속하여라. 따면 따는 대로 금시계를 산다 몇 개든지, 또 보석, 털외투를 산다, 얼마든지 비싼 것으로 잃으면 그놈을 끄린다. 옳다.(옳다 옳다) 그러나 이 짓은 좀 안타까운걸. 어떻게 하는고 하니 계집을 찰짜로 골라가지고 쓱 시계 보석을 사주었다가 도로 빼앗아다가 끄리고 또 사주었다가 또 빼앗아다가 끄리고─ (중략) 살을 저며 먹으려드는 데 하루에 아 3, 4원 털기쯤─ 보석은 여전히 사주니까 남는 것은 없어도 여러 번 사준 폭되고 내가 거미지, 거민 줄 알면서도─아니야, 나는 또 제 요구를 인 들어주는 것은 아니니까─그렇지만 셋방 하나 얻어가지고 같이 살자는 데는 학질이야─ 여보게 거기까지 가면 30까

지 100만 원 꿈은 세봉이지.(옳다? 옳다?) 소-바란 놈 있다가 부자 되는 수효보다는 지금 거지 되는 수효가 더 많으니까, 다, 저런 것이 하나 있어야 든든하지. 즉 배수진을 쳐놓자는 것이다. 오는 현명하니까 이 금알 낳는 게사니 배를 가를 리는 천만 만무다.

이상(李箱), 「지주회시」, 『중앙』, 1936. 6.

한편, 이와 같은 부부 관계에 대한 거미의 비유는 점차 사회 속 모든 관계적 원형을 향해 확장된다. 오는 귓속말로 카페 R 회관의 여급인 마유미에 대해 이야기하면서 둘 사이의 관계의 속성에 대해 까발린다. 오에게 있어 마유미는 황금알을 낳는 거위이자 잡힐 물건이 없는 데도 돈을 주는 전당국이라는 것이다. 오가 밝힌 비결은 이렇다. 미두취인소에서 돈을 따면 따는 대로 금시계나 보석, 털외투를 사서 아무나 여자를 골라 이를 주었다가 돈을 잃으면 다시 빼앗아서 보충하기를 반복하면 된다는 것이다. 하지만 절대로 셋방살림을 차려서는 안 된다. 그것은 금알 낳는 게사니(거위)의 배를 가르는 행위이기 때문이다. 황금알을 낳는 거위의 배를 갈라 더 많은 황금을 얻기를 바란 이야기와 거위를 팔아 소를 바란 이야기를 합쳐 이상은 오가 거미처럼 마유미에게 기생하는 방법에 대해 말해 두고 있다. 이에 비해 마유미의 입장은 어떨까. 마유미는 다음과 같이 이야기한다.

"저이가 거짓말쟁이인 줄 제가 모르는 줄 아십니까. 알아요(그래서) 미술가라지요. 생 딴청을 해놓겠지요. 좀 타일러주세요 - 어림없이 그러지 말라구요 - 이 마유미는 속는 게 아니라구요 - 제가 이러는 게 그야 좀 반하긴 반했지만 - 선생님은 아시지요(알고 말고) 어쨌든 저 따위 끄나풀이 한 마리 있어야 삽니다.(뭐? 뭐?) 생각해 보세요 - 그래 하룻밤에 3, 4원씩 벌어야 뭣에 쓰느냐 말이에요 - 화장품을 사나요? 옷감을 끊나요 허긴 한두 번 아니 열아믄 번까지는 아주 비싼 놈으로 골라서 그것도 하지요 - 하지만 허구헌 날 화장품을 사나요 옷감을 끊나요. 거 다 뭐 하나요— 얼마 못 가서 싫증이 납니다— 그럼 거지를 주나요? 아이구 참— 이 세상에서 제일 미운 게 거집니다. 그래두 저런 ꒜나풀을 한 마리 가지는 게 화장품이나 옷감보다는 훨씬 낫습니다. 좀처럼 싫증나는 법이 없으니까요— 즉 남자가 외도하는— 아니 좀 다릅니다. 하여간 싸움을 해가면서 벌어다가 그날 저녁으로 저 ꒜나풀한테 빼앗기고 나면— 아니 송두리째 갖다 바치고 나면 속이 시원합니다. 구수합니다. 그러니까 저를 빨아먹는 거미를 제 손으로 기르는 셈이지요. 그렇지만 또 이 허전한 것을 저 ꒜나풀이 다소곳이 채워주거니 하면 아까운 생각은커녕 저이가 되려 거민가 싶습니다."

이상(李箱), 「지주회시」, 「중앙」, 1936.6.

마유미는 자신이 다 알면서도 오에게 돈을 갖다 바치는 것이라고 천연덕스럽게 말한다. 오의 말과 달리 오가 거미처럼 자신에게 기생하는 것은 아니라는 것이다. 마유미는 카페에서 악을 써가면서 자신이 돈을 벌어서 ꒜나풀(오)에게 갖다 바치고 나면 속시원한 무언가를 얻는다고 말하면서 그가 자신의 허전한 것을 채워주겠거니 하면 아까운 생각이 들지 않고 오히려 자신이 거미라는 생각이 든다는 것이다. 즉 남녀의 연애 속에서 형성된 착취와 피착취의 관계성은 단순한 상품—화폐를 통한 단순한 교환을 통해 형성된 것이 아니라 보다 중층적이고 상호적인 착취 관계를 통해 드러나고 있는 것이다. 말하자면 이상은 여기에서 마유미와 오의 관계를 통하여 거미로 표상되는 착취와 피착취의 관계망이 단순히 그와 아내라는 부부 사이의 특별한 관계로부터 비롯된 것이 아니라 사회 전반에 걸쳐 항상 존재하는 모든 인간관계의 원형임을 드러내고 있는 것이다.[*]

이러한 거미로 상징되는 자본주의 내부의 기생적 인간 관계 원리 위에 「지주회시」의 중심 서사가 전개되고 있다. 물론 이러한 중심 서사 역시 거미로 상징되는 인간 관계와 무관하지 않다. 일전에 그는 백 원을 투자하면 5백 원으로 돌려주겠노라는 친구 오의 말을 믿고 카페 R 회관의 뚱뚱한 주인에게 백 원을 빌려

오에게 주었던 것이다. 하지만 오는 인천 미두 취인소에서 미두(米豆)를 하다가 원금마저 전부 날려버린다. 카페 R 회관의 여급인 아내는 그곳에서 술과 웃음을 팔고 있었는데, 아내는 바로 오가 일하고 있는 A 취인점의 전무와 싸움을 하다가 그의 발길에 채여 층계로 굴러떨어졌다. 그가 이 소식을 듣고 경찰서로 가니, 각각 그의 친구인 오는 전무가 자신이 일하는 회사의 높은 사람이라서, 카페 R 회관의 뚱뚱 주인은 내일 카페 R 회관에서 A 취인점의 파티를 하기로 했기 때문에, 라는 각자의 잇속만을 드러내며 그에게 화해(합의)를 종용한다.

뚱뚱 신사는 바로 그의 아내가 다니고 있는 카페 R 회관 주인이었다. 아내가 또 온 것 서너 달 전이다. 와서 그를 먹여 살리겠다는 것이었다. 빚 '백 원'을 얻어 쓸 때 그는 아내를 앞세우고 이 뚱뚱이가 보는데 타원형 도장을 찍었다. (중략) R 카페―뚱뚱한 유카다 앞에서 얻은 백 원―그러나 그 백 원을 그냥 쥐고 인천 吳에게로 달려가는 그의 귀에는 지난 5월 吳가―백 원을 가져오너라 우선 석 달 만에 백 원 내놓고 오백 원을 주마―는 분간할 수는 없지만 너무 든든한 한마디 말이 쟁쟁하였든 까닭이다. (중략) 吳와 뚱뚱 주인이 그의 어깨를 건드리며 위로한다. "다른 사람이 아니라 우리 A 취인점 전무야. 술 취한 개라니 그렇게만 알게나그려 자네도 알다시피 내일 망년회에 전무가 없으면 사장이 없는 것 이상이야. 잘 화해할 수는 없나" "화해라니 누구를 위해서" "친구를 위하여" "친구라니" "그럼 우리 점을 위하여" "자네가 사장인가" 그때 뚱뚱 주인이 "그럼 당신의 아내를 위하여" 백 원씩 두 번 얻어 썼다. 남은 것이 백오십 원―잘 알아들었다. 나를 위협하는 모양이구나. "이건 동화지만 세상에는 어쨌든 이런 일도 있소. 즉 백 원이 석 달 만에 꼭 오백이 되는 이야긴데 꼭 되었어야 할 오백 원이 그게 넉 달이었기 때문에 감쪽같이 한 푼도 없어져버린 신기한 이야기요."(吳야 내가 좀 치사스러우냐)

이상(李箱), 「지주회시」, 「중앙」, 1936.6.

모던 걸과 『도쿄(동경)퍽』

「지주회시」 속 마유미는 그 사고방식에서나 삶의 태도에서나 전형적인 모던 걸을 표상하고 있다. 당시 한국에서는 물론이고 일본에서는 이러한 모던 걸에 대한 더욱 적극적인 형상화를 발견할 수 있다.

동경에서 발간되었던 만화잡지인 『도쿄퍽(Tokyo Puck/東京パック)』에서 이러한 모던 걸의 세태와 삶의 방식 등을 주로 그렸던 작가는 오노 사세오(小野佐世男, 1905~1954)

(좌) 불량 걸 시대(不良 ガール 時代), 『東京パック』, 1929.11.
(우) X광선에 찍힌 모던 걸(X光線にかかつたモダンガール), 『東京パック』, 1929.2.

였다. 당시 『東京パック』을 만든 키타자와 라쿠텐(北澤楽天, 1876~1955)이 주로 외교 방면의 시사 풍자 만화를 그렸고, 오카모토 토오키(岡本唐貴, 1903~1986)가 프롤레타리아 중심의 만화를 그렸던 것에 비해 오노는 주로 당대의 세태에 있어서 모던 걸과 화폐를 통해 속물화된 연애 관계를 주로 그렸다.

이 만화 잡지 『도쿄퍽』은 정부와 자본가뿐만 아니라 전체주의화에 대한 비판을 수행하여 당대 지식인들의 큰 호응을 받았으며, 대만과 조선에도 널리 판매되었다. 물론 이상 역시 이 잡지를 보았을 여지가 충분히 존재한다. 특히 이상이 초기 시에서 드러내고 있는 기독교에 대한 비판과 알 카포네로 상징되는 자본주의 폭력에 대한 비판적 관점은 바로 이 잡지를 통해서 획득되었을 가능성을 배제하기 어렵다.

(좌) 살아 있는 그리스도(生きてゐるキリスト), 『東京パック』, 1930.2.
(우) 첨예화한 평화(尖鋭化せる平和), 『東京パック』, 1931.1.

오후 두 시-10원 지폐가 두 장이었다. 아내는 그 앞에서 연해 해죽거렸다. "누가 주드냐" "당신 친구 吳 씨가 줍디다" 오 오 역시 吳로구나(그게 네 백 원 꿀떡 삼킨 동화의 주인공이다) 그리운 지난날의 기억들 변한다 모든 것이 변한다. 아무리 그가 이 방 덧문을 첩첩 닫고 1년 열두 달을 수염도 안 깎고 누워 있다 하더라도 세상은 그 잔인한 '관계'를 가지고 담벼락을 뚫고 숨어든다. (중

'이상(李箱)'이라는 현상

략) 20원을 주머니에 넣고 집-방을 나섰다. 밤은 안개로 하여 흐릿하다. 공기는 제대로 썩어 들어가는지 쉬적지근하야. 또- 과연 거미다.(환투)- 그는 그의 손가락을 코밑에 가져다가 가만히 맡아보았다. 거미 내음새는-그러나 20원을 요모조모 주물르던 그 새금한 지폐 내음새가 참 그윽할 뿐이었다. 요 새금한 내음새- 요것 때문에 세상은 가만있지 못하고 생사람을 더러 잡는다-더러가 뭐냐. 얼마나 많이 축을 내나. 가다듬을 수 없는 어지러운 심정이었다. 거미- 그렇지- 거미는 나밖에 없다. 보아라. 지금 이 거미의 끈적끈적한 촉수가 어디로 몰려가고 있나- 쪽 소름이 끼치고 식은땀이 내솟기 시작이다.

이상(李箱), 「지주회시」, 「중앙」, 1936.6.

오는 친구 사이의 우정을 들먹이며 화해를 종용한다. 오의 이러한 화유가 통하지 않자, 아내가 일하는 카페 R 회관의 뚱뚱 주인은 그와 그의 아내가 진 빚 이백 원 중 남은 백오십 원을 상기시키며 A 취인점 전무와의 합의를 종용한다. 하지만 뚱뚱 주인에게 빌린 그 돈은 다름 아니라 오가 석 달 뒤에는 오백 원으로 돌려주기로 약속을 하고 투자를 유치했던 돈이었다. 오는 그 돈을 다 까먹어버렸던 것이다. 잉여의 자본이 다시 자본의 증식이 되는 자본주의 사회의 메커니즘 속에서 일확의 천금을 향한 자본주의적 욕망이 좌절되고 남겨진 잔여가 그로 하여금 자본주의의 착취-피착취의 거미줄 속에 옴짝달싹 못하도록 만들어버린 것이다. 그는 물론 이렇게도 저렇게도 선택을 하지 못하고 던지듯 돌아와버린다. 아무것도 모르는 그의 아내는 지폐 20원을 들고서 히죽거리면서 돌아온다. 물론 당연하게도 이 돈이 지폐인 까닭은 그것에 여하한 정신도 담기지 않은 화폐 교환에 해당하는 까닭이다. 여급 한 명이 계단을 굴러떨어진 것에 대한 죄책감이나 도의적 책임 등 잔여의 감정은 전혀 남지 않았다. 아내 역시 마찬가지다. 지폐 20원으로 모든 것은 남김없이 교환된 것이다. 하지만 그는 이러한 상황이 완전하게 납득되지 않는다. 오직 자신만이 거미인 듯한 자책 때문이다.

이러한 자책은 아직 19세기에 머물러 있는 그의 정신 때문일 터이다.

> 노한 촉수-마유미-몫의 자신 있는 계집-끄나풀-허전한 것-수단은 없
> 다. 손에 쥐인 20원-마유미-10원은 술 먹고 10원은 팁으로 주고 그래서 마유
> 미가 응하지 않거든 예이 양돼지라고 그래 버리지. 그래도 그만이라면 20원은
> 그냥 날러가-헛되다-그러나 어떻냐 공돈이 아니냐. 전무는 한 번 더 아내를
> 층계에서 굴러떨어뜨려 주려무나. 또 20원이다. 10원은 술값 10원은 팁. 그래도
> 마유미가 응하지 않거든 양돼지라고 그래주고 그래도 그만이면 20원은 그냥
> 뜨는 것이다 부탁이다. 아내야 또 한 번 전무 귀에다 대이고 양돼지 그래라 걸
> 어차거든 두말 말고 층계에서 나려 굴러라.

이상(李箱), 「지주회시」, 「중앙」, 1936.6.

그는 20원을 들고 집을 나가 술을 마시며 탕진해 버리기로 작정한다. 10원
은 술값으로 10원은 팁으로 써버리기로 한 것이다. 이러한 그의 태도는 단지 무
책임한 가장의 태도라고 보기에는 지나치게 상징적이다. 지폐 20원과는 교환될
수 없는 것을 어쩔 수 없이 교환해 온 아내의 행위와 연관성의 맥락 속에서 이해
되지 않으면 안 된다. 그의 이러한 태도는 자연스레 북아메리카 원주민의 포틀
래치*나 그에 기반하여 이를 예술에 적용했던 조르주 바타유의 '탕진'이라는 개
념을 떠올리게 하는 것이다. 인디언들은 포틀래치를 통해 재화를 소비하고 불태
워 파괴하여 자신의 관대함을 증명하고 잉여의 재화를 사회 전체로 순환하도록
돕는다. 자본의 누적과 축적이 미덕인 자본주의 사회와는 달리, 이러한 사회에
서 잉여의 재화는 죄악과 같은 것으로 탕진해 버리지 않으면 안 되는 것이다. 지
폐로 교환되어 아무런 정신성도 발현하지 않은 그러한 재화는 써버려 소비하지
않으면 안 된다. 따라서 이는 화폐를 중심으로 이루어지는 자본주의적인 교환
행위에 대한 적극적인 저항으로 읽힐 필요가 있을 것이다. 그는 지폐로 교환되지

않는 것을 교환해 온 아내에게 자기는 얼마든지 그것을 써버릴 테니, 또 A 취인점의 전무가 아내를 발길로 걷어차거든 두말없이 또 굴러떨어지고 그 대가로 다시 돈을 받아오라고 조소하고 있는 것이다. 물론 이는 아내에 대한 조소가 아니라 자신의 처지에 대한 조소였기에 이 소설에서 읽히는 뉘앙스는 슬프기 그지없다. 하지만 그의 이러한 자조는 달리 자본주의 사회 속에서 역설적으로 사랑의 존립 가능성을 거칠게 시험하는 이상 특유의 화법이라 생각되기도 한다. 근대 자본주의 사회에서 연애란 이상에게 있어서는 언제나 낡아빠진 예의 관념과, 화폐를 통해 매개되는 매매 관계와 여기에서 비롯된 기생적 관계 사이에서 피어나는 한 송이의 꽃과도 같은 것이었던 셈이다. 이상은 그 꽃 한 송이를 피우기 위해 자신이 소유한 냉소의 수사학을 총동원하여 가장 아프기 그지없는 현실을 풀어내었던 것이다.

은화를 통해 드러나는 새로운 차원의 정신성

이상은 이와 같은 교환 불가능이며, 해리 불가능한 정서들을 드러내기 위한 표현 전략으로 '은화/지폐'라는 독특한 상징체계를 사용한다. 이상이 기존의 화폐 체계 내에 존재했던 '금화/은화'라든가 '지폐/동전'이라는 일반적인 대립항이 아닌 '은화/지폐'라는 대립항을 사용한 것에는 분명 의도가 게재되어 있는 것이다. 이상에 있어서 은화라는 것이 얼마나 실감을 가지고 드러날 수 있는 대상이었겠는가 하는 바를 확인하기 위해서는 물론 당시 화폐제도에 있어서 은본위제와 금본위제라는 제도적 특징을 살피는 것도 의미가 있을 터이다. 개화기 무렵 아시아에서는 멕시코의 은화가 대량으로 유통되기 시작하여 일본의 메이지 정부에서는 은화를 중심으로 한 은본위제가 실시되었고, 이와 같은 은본위제가 점차 금본위제로 바뀌어가기 시작하여 1929년 대공황 무렵에는 완전히 금본위

쿨라와 포틀래치: 선물 경제의 호혜성

마르셀 모스의 『증여론』에는 대표적인 선물 경제의 사례로 파푸아 뉴기니의 트로브리안드 제도의 '쿨라(Kula)'와 북아메리카 지역의 '포틀래치(Potlach)'를 거론한다. 쿨라의 경우, 역시 인류학자인 말리노프스키(Bronislaw Malinowski, 1884~1942)가 스스로 제안한 원주민 부족에 대한 참여 관찰의 방법을 통해 처음으로 주목하여 학계에 발표한 것이다. 이 쿨라는 트로브리안드 제도에 퍼져 있는 섬들 간에 정해진 방향으로 둥글게 원을 그리면서 부족 추장이 선물을 전하는 풍습이다. 이 선물은 상용하는 물품이 아닌 목걸이 등이지만, 순수하게 부족의 권위와 힘을 상징하는 역사를 갖고 있는 물건이며, 한번 쿨라를 주고받아 좋은 관계를 이룬 부족들은 서로 물건들을 교환하면서 더욱 상호호혜적인 관계를 이어나간다.

포틀래치의 경우, 이는 북아메리카 원주민들의 축제의 일종을 의미하는 것이고 기본적으로는 재화의 재분배를 위한 것이다. 즉 출생이나 죽음, 입양, 결혼 등 중요한 행사에 사람들이 모여 춤추고 노래를 부르며, 선물을 주는 축제가 바로 포틀래치이다. 가문의 지위는 이 포틀래치에 수요되는 재산의 규모에 따라 정해졌으며, 나아가 경쟁이 치열해져 귀중한 물건을 파괴하거나 곡식을 불태우거나 하는 것을 통해 부족장의 넓은 아량을 표시하는 사례가 적지 않았다. 따라서 19세기 말에 캐나다 정부는 원주민들에게 포틀래치를 금지하였다.

마르셀 모스는 『증여론』 속에서 북서아메리카 원주민들의 포틀래치에 대해 다음과 같이 설명하고 있다.

"때로는 주거나 답례하는 것이 문제가 아니라, 답례받기를 원하지 않는다는 태도를 나타내기 위해서 단순히 물건을 파괴하는 일이 있다. 생선기름이나 고래기름의 통을 완전히 태워버리기도 하고 집과 수천 장의 담요를 태워버리기도 한다. 또 상대방을 압도하여 '끽소리 못 하게 만들기' 위해서 가장 비싼 동판을 파괴하기도 한다. 이렇게 하면 자기의 사회적 지위를 높일 뿐만 아니라 자기 가족의 사회적 지위도 높아진다. 따라서 이러한 종류의 법과 경제 체계에서는 막대한 부가 끊임없이 소비되고 이전된다. 이러한 이전을 –원한다면– 교환·교역 또는 판매라는 이름으로 부를 수도 있다. 그러나 이 교역은 예의와 후함으로 가득 차 있는 귀족적인 것이다. 그리고 어쨌든 그것이 다른 정신으로, 즉 직접적인 이득을 얻기 위해서 행해진다면 그것은 매우 뚜렷한 경멸의 대상이 된다."(마르셀 모스, 이상률 옮김, 『증여론』, 한길사, 2002, 143~144쪽.)

로 바뀌게 되었다. 이와 같은 역사적 배경을 생각하면, 일본의 작가들이 은화를 소재로 하여 글쓰기 속 상징으로 사용한 것과 이상이 은화를 상징으로 사용한 것 사이에는 근본적인 차이가 있을 수밖에 없다. 이상에게 있어서 어쩌면 은화는 실물의 대상이 아닌, 처음부터 정신적이자 예술적인 상징 그 자체였을 가능성이 농후하기 때문이다.

결국 이상에게 있어서 은화(銀貨)는 은으로 된 꽃(花)이라는 유비를 거쳐 화폐의 일률적인 교환의 방향을 거스르는 뚜렷한 상징이 되고 있다. 게다가 은화가 갖고 있는 묵직한 실물에 대한 감각, 반짝이는 재질은 일종의 정결성을 떠올리게 하는 실물의 감각을 불러일으키는 것이다.

양말-그는 아내의 양말을 생각해 보았다. 양말 사이에서 신기하게도 밤마다 지폐와 은화가 나왔다. 50전짜리가 딸랑하고 방바닥에 굴러떨어질 때 드는 그 음향은 이 세상 아무것에도 비길 수 없는 가장 숭엄한 감각에 틀림없었다. 오늘밤에는 아내는 또 몇 개의 그런 은화를 정강이에서 배알아놓으려나, 그 북어와 같은 종아리에 난 돈 자국-돈이 살을 파고들어가서-그놈이 아내의 정기를 쏙쏙들이 빨아내이나 보다. 아- 거미-잊어버렸던 거미- 돈도 거미- 그러나 눈앞에 놓여 있는 너무나 튼튼한 쌍거미-너무 튼튼하지 않으냐. 담배를 피워 물고- 참- 아내야. 대체 내가 무엇인 줄 알고 죽지 못하게 이렇게 먹여 살리느냐-죽는 것-사는 것-그는 천하다 그의 존재는 너무나 우스꽝스럽다 스스로 지나치게 비웃는다.

이상(李箱), 「지주회시」, 『중앙』, 1936.6.

밤에 일을 하고 돌아온 아내가 양말을 벗을 때 지폐와 은화는 그 사이에서 떨어져 나온다. 아내의 양말 사이에서 떨어져 나온 것이 지폐와 동전이 아니라 지폐와 은화라는 사실이 흥미롭다. 여기에는 앞서의 지폐/은화의 도식, 즉 교환성/비교환성의 체계가 그대로 적용되고 있는 것처럼 보인다. 50전짜리 은화가 땅에 떨어질 때 들리는 음향이 숭엄한 감각인 까닭은 그것이 지폐에 의해 행해지는 산뜻하고도 명확한 교환이 아니라 무언가 정신적 의미가 남겨져 있는 까닭이다. 그것은 예의이거나 정조같이 완전하게 교환되지는 않는 지체에 해당하는 감각이다. 매춘부에게 육체의 매매에 대한 대가로 주어지는 화폐 속에는 교환되는 부분과 교환되지 않는 부분이 존재하지 않을 수 없는 것은 당연하다.

언제나 교환의 잔여물은 남게 된다. 아내의 종아리 살을 파고들어가 정기를 빨아내는 것이 바로 은화인 것처럼, 부부라는 관계가 아내로 하여금 거미가 되도록, 남편인 그를 거미로 만들도록 하는 것처럼 말이다.

> 가자, 상(箱)! 가자꾸나─좋은 앨(媤女) 사자꾸나. / 아니야, 난 이젠 단념했어. 벌써 날도 샜어. 저것 봐. 제법 붉어왔는걸. (중략) 밤이 사라졌다. 벗어던져진 전등에는 아련한 애수와 외잡한 수다가 이국인처럼 오도카니 버림받고 있었다. / 은화(銀貨)에 의한 정조의 새 색칠─상(箱)의 생명은 이런 섬에 당도하여 비로소 찬란한 광망(光芒)을 발하는 것 같았다. / 모든 것은 현관 신발장께에 구두와 함께 벗어던져져 있다. 이제 이 지폐 냄새 물씬거리는 실내엔 고독이란 찾아볼 수가 없다. (중략) 계산과 같은 햇살이 유리 장지문을 가로질렀다. 그리하여 1회분 표를 가진 사나이가 하나 정조의 건널목을 바람을 헤치듯 가로질러 간다. 땀이 납덩이처럼 냉랭한 도면 위에 침전했다.
>
> 이상(李箱), 「불행한 계승」, 『문학사상』, 1976.7.

앞서 「동해」의 '임'이의 입을 통해서 진술된 것처럼 정조란 19세기식의 낡은 관념의 반영이면서 얼마든지 새로운 시대에 새롭게 해석될 수 있는 교환적 감각에 해당되는 대상되므로 그것을 끄집어내는 것은 새삼스럽다. 하지만 이러한 화폐에 의한 교환 경제의 피안에 존재하는 새로운 정신 혹은 감각은 쉽사리 드러나지 않는다. 이렇게 교환되지 않는 영역에 속해 있는 대상은 화폐 경제의 수평적 교환의 메커니즘을 고정시키는 수직적인 방향성을 띠면서 존재하지 않으면 안 된다. 그것을 사랑이라고 부르든, 존중이라고 부르든 그것이 쉽게 변하지 않는 본질적 차원의 이념과 그에 대한 지향으로 구성되어 있는 까닭은 그 때문이다. 이상의 시와 소설에서 화폐에 의해 교환 가능한 영역과 교환 불가능한 영역이 지폐와 은화로 표상되어 있는 것 역시 이러한 까닭이다. 한편으로 지폐는 단순한 종이 위에 적혀 있는 숫자를 통해 그만큼의 수량적 가치가 담보되는 기호적인 대상이며, 그러한 면에서 이전의 시대에는 화폐에 의해 교환되리라고 생각되지 않았던 신용과 같은 무형의 대상을 교환한다는 점에서 보다 근대적인 교환적 감각을 상기하도록 한다. 이에 비해 은화는 종이가 아닌 은이라는 실제의 재질을 가진 재료로 만들어져 보다 단단한 실물과 반짝거리는 표면이 드러내는 존재감이라든가 은이라는 재료 자체가 상징하는 정결성으로 인해 단지 교환의 도구만이 아닌 존재 사이의 동등한 가치 교환을 가능하도록 하는 대상이다.

이상은 자신의 작품 여기, 저기에서 분명 이러한 지폐/은화의 다른 의미적 층위를 가지고 구분하여 사용하고 있다. 예를 들어 「불행한 계승」에서 이상은 친구인 김소운과 함께 술을 마셨던 경험을 제시한다. 이상은 술을 마시던 끝에 사창가에 가서 은선(銀仙)이라는 창녀를 사기로 한다. 은선과 함께 방에 들어앉은 이상은 아련한 애수를 느끼며 두 가지 복합된 감정을 표현한다. 이 두 가지 복합된 감정은 바로 지폐와 은화가 매개하는 것이다. 그는 이 한편의 감정을 '은화에 의한 정조의 새 색칠'이라 표현한다. 날이 새도록 술을 마셔 피로하고 고독한 이상의 생명이 도달한 섬과도 같은 곳에서 그는 은화로 여인의 화폐 가치로 교환되지 않는 무언가를 사고자 한 것이다. 하지만 그 모든 것은 들어오는 신발장 근처에 구두와 함께 남겨져 있다. 방 안에는 지폐의 냄새만이 가득한 것이다. 이상이 바랐던 바와 교환하고자 했던 가치, 그리고 매춘부인 은선이 바랐던 바와 교환하고자 했던 가치는 조금도 서로 일치하지 않았던 것이다. 나의 은화는 매춘부의 가치 체계 속에서는 지폐로 계산될 수밖에 없다. 그러니 나의 바람은 늘 좌절되는 1회분의 표일 수밖에 없을 것이다.

여자의 표면에서 부침하고 있었던 표적이 실종했다. / 그러니까 나는 아직도 슬퍼해서는 안 된다고 그러는데. 마음을 튼튼히 갖지 않으면 안 된다. / 나는 호주머니 속의 은화를 세었다. 재빠르게-그리고 재촉했다. 선금 주문인 것이다. / 여자의 얼굴은 한결 더 훤하다. 지분은 고귀한 직물처럼 찬란한 광망조차 발했다. 향기 풍부하게- / 허나 이 은화로 교환될 것은 무엇인가 나는 그것을 깜빡 잊어버리고 있다. 이만저만한 바보가 아니다.

이상(李箱), 「哀夜 - 나는 한 매춘부를 생각한다」, 「현대문학」, 1966.7.

이러한 상황은 「슬픈 밤(哀夜) - 나는 한 매춘부를 생각한다」라는 시에서도 마찬가지로 잘 드러난다. 여기에서도 이상은 지폐와 은화라는 단어를 의도적으로 구분하여 사용하고 있다. 매춘부를 사기 위해 갔을 때 이상은 자기 호주머니 속에서 은화를 세어 선금 주문을 한다. 하지만 이때 그가 주문하면서 세었던 것이 지폐가 아니라 은화였다는 사실은 어쩌면 그의 정신이 아직 19세기식에 머물러 있기 때문일지도 모른다. 그는 여전히 20세기 화폐적 교환 경제의 피안에 교환되지 않는 가치 대상이 존재한다고 믿고 있는 것이다.

내게서 버림을 받은 계집이 매춘부가 되었을 때 나는 차라리 그 계집에게 은화를 지불하고 다시 매춘할망정 간음한 계집을 용서하지도 버리지도 않는 잔인한 악덕은 범하지 말아야 한다고 나는 나 자신에게 타이른다.

이상(李箱), 「19세기식」, 「삼사문학」, 1937.4.

이상이 「19세기식」이라는 시에서 지폐와 은화에 대해 쓰고 있는 것도 마찬가지이다. 그는 자신이 버렸던, 간음한 자신의 계집에게 지폐가 아닌 은화를 주어야 한다고 말하면서 용서하지도 버리지도 않는 악덕은 범하지 말아야 한다고 스스로 자신에게 타이르고 있다. 여인에 대한 사랑은 언제나 일정 이상의 잔여를 남기고 있으며 근대의 화폐로 깔끔하게 교환되지는 않는 것이기 때문이다. 슬픈 밤에 그가 매춘부에게 무심코 지폐가 아닌 은화를 끄집어내었던 것은 이러한 까닭이다. 하지만 과연 그 돈을 받는 여자가 그 둘 사이를 구분할 수 있을까. 이상에게는 20세기를 가름하는 차이를 가지고 전유되고 있는 이 두 단어가 구축한 의미망은 과연 타자에게도 온전하게 현상되어 드러날 것인가. 내가 끄집어내어 지불한 은화는 과연 그에 합당한 대가의 가치로 돌아올 것인가, 하는 의문이 당연하다. 오히려 그 매춘부가 이상이 내민 그것을 지폐로 오인해 버리지 않기란 어려운 일이 아니었을까. 은화를 지불하고 선금 주문해 버린 이상이 깜박 잊어버린 것은 바로 그 사실이었던 것이다.

이상에서 살펴본 바와 같이 이상은 지폐와 은화를 그 의미에 따라 세심하게 구분하여 쓰고 있으며 결코 혼동하지 않는다. 지폐에 대응되는 은화의 상징은 화폐적인 가치로서는 감히 교환되지 않는 추구하지 않으면 안 되는 순수한 정신성을 표상하고 있는 까닭이다. 이러한 은화의 의미가 가장 잘 드러난 텍스트는 물론 소설 「날개」이다. 이상은 서문에서부터 다음과 같이 쓰고 있다.

> 나는 또 여인과 생활을 설계하오. 연애 기법에마저 서먹서먹해진, 지성의 극치를 홀깃 좀 들여다본 일이 있는 말하자면 일종의 정신분일자 말이오. 이런 여인의 반–그것은 온갖 것의 반이오–만을 영수(領收)하는 생활을 설계한다는 말이오. 그런 생활 속에 한 발만 들여놓고 흡사 두 개의 태양처럼 마주 쳐다보면서 낄낄거릴 것이오. 나는 아마 어지간히 인생의 제행이 싱거워서 견딜 수가 없게끔 되고 그만둔 모양이오. 굿바이. (중략) 여왕봉과 미망인–세상의 하고많은 여인이 본질적으로 이미 미망인 아닌 이가 있으리오? 아니! 여인의 전부가 그 일상에 있어서 개개 '미망인'이라는 내 논리가 뜻밖에도 여성에 대한 모독이 되오? 굿바이.
>
> 이상(李箱), 「날개」, 『조광』, 1936.9.

이 「날개」에 쓰인 은화는 단지 비유로 쓰이고 있을 뿐이므로 크게 의미를 두

요코미쓰 리이치의 '은화'와 '위조지폐'

이상의 은화와 지폐의 관계는 흡사 요코미쓰 리이치(橫光利一, 1898~1947)가 「상하이(上海)」(1931)에서 제시했던 은화와 위조지폐 사이의 관계와 흡사하다. 이 작품 속에서 주인공 '산키'는 '상해'에서 만나게 된 수많은 여인들과의 관계 속에서 그 층위를 구분하기 위하여 '은화'와 '위조지폐'라는 상징적 구분을 사용한다.

"산키는 그 수많은 여자들이 자신의 몸을 씻겨줄 때마다 점점 욕정이 사라져갔다. 그는 의자에 앉아 담배를 피웠다. 테이블 위에 앉아 있는 여자들이 하늘거리며 뒤덮듯이 그의 얼굴을 들여다보았다. 그는 은화를 손바닥 위에 올려놓아보았다. 그러자 여자들이 고꾸라지듯 그의 손바닥을 덮쳤다. 그는 겹겹이 쌓여 있는 여자들 요코미쓰 리이치 밑에서 소금에 절인 야채처럼 납작해진 채 껄껄 웃음을 터뜨렸다. 은화를 찾는 여자의 손이 그의 가슴 위에서 서로 부딪쳤다."(요코미쓰 리이치, 최옥희 옮김, 『상하이』, 소화, 1999, 80~81쪽.)

요코미쓰의 '은화'는 주인공인 산키가 여인들에게 나누어주는 실물의 화폐이다. 그는 혼돈의 중국 땅에서 인간들의 관계에 있어서 예의와 같은 것에 얽매이고 있다. 이와 같은 사실은 위조지폐라는 상징을 대하는 그의 태도와 관련되어 있다. 산키는 다카시게의 여동생인 교코와의 사랑을 마음에 품고 그녀의 남편이 죽기만을 기다린다. 산키의 친구인 고야와 다카시게는 산키를 두고 다음과 같이 대화한다.

"여기(중국)는 이상이랄지 희망이랄지 그런 것은 전혀 가질 수가 없어. 우선 여긴 그런 것은 통용되지 않아. 통용되는 것은 돈뿐이지. 그것도 그 돈이 가짜인지 아닌지를 일일이 사람의 면전에서 살펴보고 나서야 아니면 통용되지 않아."

"그런데, 산키는 그 위조지폐를 모으는 것조차 싫다고 하니 도리가 없지" 하고 고야는 말했다.

"아니, 그야 물론 산키 군도 나와 마찬가지로 그 위조지폐를 쓰는 것을 좋아하지. 중국에서 돈을 모으는 놈이란 건 대개 어딘가 모자라는 부류들이지. 그러지 않는 한 중국에선 돈을 모으지 못해."(위의 책, 119쪽.)

다만 요코미쓰의 '은화'가 실제의 화폐를 가리키고 있으면서 그것에 담긴 상징성이 약했던 것에 비한다면, 이상의 '은화'는 상징만으로도 충분히 존재할 수 있을 정도로 개념성을 띤다는 차이가 있다.

기는 어렵다. 하지만 이를 통해서는 은화가 이상에게 어떠한 이미지로 투영되고 있는가 하는 사실만큼은 명료하게 확인할 수 있다. 은이라는 금속은 그에게는 순수하고 맑은 정신성을 상기하도록 하는 대상으로 표상되고 있는 것이다. 게다가 이상은 여인의 생활을 반만 영수(領收, 받다)하는 생활을 설계한다고 말한다. 이 반이란 그대로 지폐와 은화의 상징에 각각에 대응된다. 모든 여인이 매춘부로서 즉 자유로운 화폐 교환 경제 속에서 화폐적으로 자신의 성을 등가 교환

'이상(李箱)'이라는 현상

할 수 있다는 근대 자본주의 논리가 그 하나이고, 연인 관계에서 특별한 관계성에 놓인 여인이 교환되지 않는 연애 관념에 얽매이는 것이 그 다른 하나이다. 이는 정조라는 낡은 간판을 매개로 한 19세기적인 연인 관계가 아닌 20세기적인 연인 관계가 갖고 있는 두 측면이다. 종종 은화로 매개되는 비교환성은 19세기식인 것으로 오해될 수 있기도 하지만 단지 그렇게만 보기는 어렵다. 정조와 같이 예로부터 전해 내려오는 낡은 예의나 관념이 아닌, 현대에 있어 서로에 대한 약속에 기반한 새로운 예의 역시 존재하고 있는 까닭이다. 하지만 연인 관계에 있어서 이 두 가지 지향은 결코 둘 다 함께 충족될 수 없다. 서로 상반된 가치이기 때문이다. 이상은 이를 지폐가 상징하는 교환체계와 은화가 상징하는 비교환체계 사이의 대립으로 표현한다. 여인의 생활을 반만 영수할 수밖에 없다는 주장이나 자본주의적인 분열성에 대한 이상의 지적은 따라서 대단히 현대철학적인 주제의식을 담고 있는 것이다.

「날개」의 텍스트 속에서 이상은 은화(銀貨)와 지폐(紙幣)는 어떻게 구분하여 쓰고 있을까. 은화는 주로 소설 속에서 주인공이 화폐를 통해 재화를 사고 파는 기능을 명확하게 획득하지 못했던 순간에 아내로부터 받는 돈으로 드러난다. 은화는 은으로 만들어졌기 때문에 묵직한 무게와 손에 만져지는 단단한 재질을 통해 나의 감각을 자극한다. 「날개」에서 나는 아내가 꾸준히 나에게 갖다 주는 돈이 은화인 것도 당연히 그럴 수밖에 없는 것이다. 나와 아내는 화폐로 매개된 거래의 관계가 아니기 때문이다. 하지만 자본주의 사회 속에서 교환을 통한 경제활동을 하지 않는 나에게 이 은화는 얼마가 모인다고 하더라도 하등의 가치가 없는 것이다. 내가 외출을 하는 순간에 그 은화를 지폐로 바꾸어야만 하는 것이다.

나는 아내의 밤 외출 틈을 타서 밖으로 나왔다. 나는 거리에서 잊어버리지 않고 가지고 나온 은화를 지폐로 바꾼다. 나는 목적을 잃어버리기 위하여 얼마든지 거리를 쏘다녔다.

이상(李箱), 「날개」, 『조광』, 1936.9.

　나는 지금까지 모아둔 은화를 들고 지폐로 바꾸어 집 밖으로 나간다. 은화가 은으로 만들어져 돈 자체가 갖고 있는 물질적 가치와 그것에 새겨진 화폐의 수량적인 가치가 비교적 일치한다면, 지폐는 종이에 쓰인 금액의 정도만으로 가치가 정해지므로 자체의 물질적인 가치와 수량적인 가치가 비대칭이다. 즉 지폐는 그것에 적힌 금액만으로 사용 가치에 비해 높은 교환 가치를 확보한다. 지폐의 겉면에 적힌 액수만으로 사소한 종이 한 장이 무엇이든 사고 팔 수 있으며, 나아가 인간을 구매할 수 있는 가치를 가진 매개로 변모한다는 사실이란 얼마나 놀라운 일인가. 이상은 지폐를 통해 교환이 주는 근대적인 감각을 수용하는 한편으로, 이와 같은 근대적인 감각으로부터 벗어난 교환 불가능의 영역을 추구하고자 하였던 것이다. 이와 같은 교환 불가능의 영역은 지폐라는 대상에 대응되는 은화를 통해 상징적으로 드러난다. 은화는 바로 교환 경제의 체계 속에서 온전하게 교환되지 않는 일종의 정신성을 상징하는 것이면서, 교환 불가능의 예술성을 상징하는 것이었다. 이상은 문학 창작을 통해 예술성을 추구하면서 정신의 은화를 꽃피우고자 하였던 것이다.

좀 더 읽어볼 만한 글들

이상이 표현했던 기묘한 사랑의 방식의 대해서는 지금까지 많은 오해들이 존재할 수밖에 없었다. 특히 사소설로 보기 어려운 「날개」, 「지주회시」, 「동해」를 사소설로 읽는 경향을 통해서 이상은 사랑에 대해서는 기괴한 변태적인 성향을 가진 인물로 그려지기 일쑤였다. 최근 근대적 연애에 대한 일련의 학문적인 관심을 바탕으로 이상이 드러내고자 했던 사랑의 방식을 당대적인 자유연애, 정조, 매춘 등의 관념들을 통해 해명하고자 하는 시도들이 이어지고 있으며, 그러한 시도는 나름대로 충분한 성과를 보이고 있다. 특히 서영채는 『사랑의 문법』(민음사, 2004)에서 이광수, 염상섭에 이어 이상에 한 장을 할애하여, 이상이 추구했던 마조히즘적인 사랑이 글쓰기를 통해 어떻게 미적 주체의 형성으로 드러나고 있는가 하는 바에 대해 해명하고자 하였다. 특히 이상의 사랑은 그것이 근대성과 전근대성의 사이에서 실현되는 종류의 것이라는 사실을 간과하고서는 해명되기 어렵다는 점에서 특히 2000년대 중반 연애의 문제를 근대성과 관련시켜 논했던 권보드래의 『연애의 시대』(현실문화연구, 2004)라든가 김지영의 『연애라는 표상: 한국 근대소설의 형성과 사랑』(소명출판, 2007) 등의 성과를 확인해 둘 필요가 있다.

한편, 노지승은 논문 「이상의 글쓰기와 정사」(『겨레어문학』 44, 겨레어문학회, 2010)에서 사랑과 죽음 사이의 의례와도 같은 정사가 이상문학에서 어떻게 형상화되어 나타나고 있는가를 살핀 바 있다.

12

도취적 약물의 상징과
위약의 수사학

아편과 알로날, 아달린, 아스피린

나는 10년 긴– 세월을 두고

세수할 때마다 자살을 생각하여 왔다.

그러나 나는 결심하는 방법도

결행하는 방법도 아무것도 모르는 채다.

나는 온갖 유행약을 암송하여 보았다.

–「실화」

후일 이상의 처남이 되었던 변동욱이 산증(睾丸炎, 고환염)에 걸려서 내 집에 와서 눕게 되었다. 부모 형제들이 서울에 있는데도 워낙 어려운 형세라 병든 몸을 용납할 곳이 없었다. (중략) 변 군과 이상은 어렸을 적부터 같이 놀던 이른바 죽마 고우다. 때마침 '킹 호울'을 흥정하느라고 적지 않은 액수의 돈이 상의 수중에 있는 것도 알고 있었다. 설혹 그런 돈이 아니라도 '제비' 다방의 하루 수입이면 이 어질고 꿈 많은 로맨티스트 옛 친구 하나를 병원에 입원시키기로는 충분하리라-. 그런 생각을 하면서 나는 이상 쪽을 보았다.

눈이 마주치자 이상은 혼잣소리처럼 중얼거렸다. "어디 백단유(白檀油) 한 병, 외상으로 줄 데 없나?"

백단유가 그 당시로는 트리페르 질환의 전문약이라고 했다. 값도 싸지는 않아 손가락만 한 작은 병으로 오 원, 요즘 페니실린보다는 훨씬 비쌌던 셈이다. 외상으로 백단유 한 병만 구할 수 있으면 만사는 해결이라는 어투다.

- 김소운, 「이상(李箱) 이상(異常)」, 『하늘 끝에 살아도』, 동아출판공사, 1968.

상은 탕아도 주정뱅이도 아니었다. 술도 친구도 사랑마저도 사랑한 다정한 예술가요, 나약한 청년이이었다.

나는 상과 술을 생각하면 흥이 난다. 어깨가 으쓱해지는 마음이다. 상은 술을 좋아한다. 폭주가 아니다. 술을 사랑한다.

상은 술을 마시면 말을 잘한다. 떠들고 횡폭한 것이 아니다. 더 예술을 이야기하고 한담, 잡담이라도 그 독특한 화술로 상대방의 마음을 간지른다. 무지막한 억지 간지럼이 아니라 겨드랑 밑을 내밀고 또 간지려달라고 팔을 들어 내밀고 싶은 간지럼이다. (중략) 상과 나는 요정 같은 데서 술을 마셔본 일은 없다. 또 색주가 같은 데도 가본 일이 없다. 카페 같은 데는 가본 일이 있다. 이것은 내가 주동이요. 상은 수동이다. 하나 다찌노미(선술집)는 상이 주동이고 나는 수동이 된다. 상은 카페에서도 여급을 상대로 재롱을 피워 즐겁게 한다.

- 문종혁, 「심심산천에 묻어주오」, 『여원』, 1969.4.

김해경은 총독부 기사 생활을 하다가 폐결핵으로 각혈을 하였고, 오랜 기간 투병생활을 하였다. 폐 구석구석에 스며든 결핵균으로 인해 밤이면 호흡을 할 때마다 고통이 찾아왔을 것이다. 인간이 살아 있다는 당연한 징표일 호흡이 그에게는 고통이 되는 순간, 순간이 계속되었다. 살아 있다는 감각의 확인이 그에게는 매 순간 고통이 되고 말았던 것이다. 해경은 그 고통의 끝에 자연히 죽음을 떠올린다. 지리한 삶의 고통 속에서 결국 자살로 생을 마감했던 수없이 많은 작가들처럼 그 역시 스스로 그 굴레를 끊어낼 계기를 찾았던 것이다.

김해경의 작품 속에 표상되어 있는 수도 없이 많은 약물들은 바로 그러한 의미를 갖고 있었다. 그것은 결국에는 죽음의 향기를 피우는, 죽음을 촉진하는 매개였던 것이다. 알로날, 아달린, ……. 김해경은 입 안에서 맴도는 주문과도 같은 약물들의 이름을 되뇌이고, 되뇌이고 하였다. 하지만 그는 죽지 않았다. 그에게 있어서 그러한 약물들은 결국에는 실제가 아니라 기호였으며, 그는 죽음의 향기를 가진 그러한 약물들조차 자신의 기호적인 성채의 일부로 만들었다. 백천온천이며, 성천온천같이 요양을 갔던 곳에서 개화와 미개, 근대와 반근대마저도 실재가 아닌 기호로 취급할 수 있었던 그였기에 가능한 일이었을 터였다.

죽음의 실재를 환기하는 기호로서의 약물이라는 것은 얼마나 매혹적인가. 혹은 얼마나 근원적인가. 비록 위약에 지나지 않는 것이라고 할지라도 김해경에게 있어서 약물이 갖는 수사학이 중요한 까닭은 여기에 있다고 하지 않을 수 없다.

'모루히네'와 '아편연'−낭만적 기호로서 '아편'의 상징력

조선에 모르핀이 처음 들어온 것은 1897년의 일이었고, 이후 식민지 시기에 주사로 맞는 모르핀이 유입되면서부터 1920년대 식민지 조선 내에서 모르핀 중독자 수는 크게 증가하여 사회적 문제가 되었다. 이미 1924년경에 경성에는 모루히네(モルヒネ), 즉 모르핀의 중독자가 만연해 있었던 것이다. 당시 경성에만 중독자들이 모여 모르핀 침을 맞는 이른바 '모히굴'이 수백 곳이 있었고, 1930년에는 중독자수가 이미 1만여 명에 이른다는 기록이 있을 정도로 모르핀은 일반적으로 남용되고 있었다.

이렇게 식민지 조선에서 모르핀이 남용된 것은 당시 조선총독부의 잘못된 아편정책에서 비롯되었다는 것이 역사학계의 일반적인 분석이다. 조선총독부는 1차 세계대전이 끝날 무렵 진통제로서 모르핀의 수요가 대단히 클 것으로 예상하고 1919년에 '조선아편취체령'을 내려 아편 전매를 실시하였고, 대정제약주식회사에 제약용 아편에 대한 독점권을 불하하였던 것이다. 하지만 전쟁이 일찍 끝나 의료용 모르핀에 대한 수요가 감소하여 이 회사는 큰 손해를 보았고 남는 재고 모르핀을 조선 각지에 대량으로 밀매하였다. 이 재고 모르핀이 고스란히 경성의 모히굴로 유포되거나 일본으로 밀수되었던 것이다.

게다가 조선에서 이와 같이 모르핀의 남용이 이루어진 배경으로 바로 모르핀에 대한 법적 규정의 미비함에 그 원인이 있었다. 담배처럼 피워서 연기를 통해 소비하는 아편연(阿片煙)의 경우, 사용하는 것만으로도 3년 이하의 징역이었고, 밀매나 밀수를 할 경우, 6월 이상 7년 이하의 징역이 가능하였지만, 오히려 주사로 주입하거나 복용하는 형태의 '모루히네' 즉 모르핀을 사용하다가 적발된 경우에는 특별한 처벌을 받지 않았고 단지 밀매나 밀수를 한 경우에만 3월 이하의 징역이나 벌금형에 처해질 수 있었다.

폐에만 접촉하여 그로부터 영향을 받는 아편연을 피우는 것보다 모르핀을 주사 형태로 혈액에 투약하는 것이 중추신경계에 미치는 영향상 훨씬 위험성이 컸음에도 불구하고 오랜 기간 서구에서 모르핀 사용은 아편 복용에 비해 이른바 의료적 행위로 간주되어 사회적 불명예가 따르는 경우가 적었으며, 이 법령은 바로 그러한 사회적 풍조를 반영하고 있었던 것이다. 이 법령은 분명 당시의 현실을 왜곡하고 있는 면이 있었다. 앞서 조선총독부의 이른바 정책 실패로 인해 대정제약에 남게 된 모르핀 주사 재고분에 대한 신속한 처분을 목적으로 한 것이든, 주사 형태의 모르핀이 의료용으로 간주되었기 때문이든, 당시 식민지 조선에서는 피우는 형태의 아편은 거의 볼 수 없었고, 주사로 맞는 형태의 모루히네만이 만연해 있었던 것만큼은 분명하다. 이러한 상황은 1927년 대정제약회사의 모르핀 밀매사건이 드러나고 총독부가 나서서 1929년 모르핀을 전매하게 되고 1935년 '조선마약취체령'이 제정되기까지 계속된다. 이때에 이르러서야 모르핀 주사는 마약으로 간주되었던 것이다.

이와 같은 역사적 배경을 바탕으로 한, 이른바 문학적 상징의 영역에 있어서 이 문제를 살핀다면, 당시 단속과 처벌의 규정 때문에 식민지 조선에서 아편연을 거의 볼 수 없었다는 사실이나 그 때문에 '아편연'과 '모루히네'의 사용에 있어서 실질적인 차이가 존재하였다는 사실은 꽤 중요한 의미로 다가올 수밖에 없게 된다. 일단 아편연을 연기로 피워 날리는 행위와 어두운 굴과 같은 곳에서 모르핀이 담긴 비위생적인 주삿바늘을 찔러 맞는 행위 사이에는 이미지상 너무나 뚜렷한 차이가 존재함에도 불구하고 일반적인 인식과는 반대로 아편연의 경우가 불법이었고, 오히려 모르핀 쪽이 법적인 문제가 없었던 것이다. 문학적인 상상력은 언제나 법적이든 아니든 일종의 금제를 타고서 도래할 수 있다는 사실을 감안한다면, 식민지 조선의 문학자들이 실제로는 사용이 불가능했던 피우는 아편에 대한 일정한 환상을 갖고 있었을 가능성이 존재하는 것이다.

물론 이 자리에서 궁금한 것은 이상은 과연 실제의 약물로서 '아편'을 경험하였던 것일까 하는 것일 터이다. 실제로 오랜 시간 폐결핵을 앓고 있었던 그가 '모르핀'이라든가 '판토폰(pantopon)'[*]과 같은 아편을 베이스로 하여 만든 진정, 진통제를 처방받고 있었을 가능성은 분명 존재한다. 하지만 이와 같은 약물 수용은 실질적인 진통 행위에 해당하는 것으로 어느 정도는 금지되지 않는 합법적인 행위였다. 이광수나 김남천, 최명익의 글쓰기 속에도 이와 같은 아편으로 만든 진통제가 등장하나 그것은 고통으로 가득 찬 신체를 위안하기 위함이거나 현대인에게 내재된 우울증을 감소시키기 위한 행위였다. 이상의 글쓰기에 있어서도 아편의 표상은 자신의 지병인 결핵으로 초래된 고통을 감소시키기 위한

진통제 판토폰

이상은 「文學을 버리고 文化를 想像할 수 없다」에서 "도야지가 아니였다는데서 悲劇은 出發한다. 人生은 人生이라는 그만 理由로 이미 판토폰 三그람의 靜脈注射를 處方받아 있는 것이다"라고 말하면서, '판토폰(pantopon)'을 언급한 적이 있다.

이토 야스시(伊藤靖) 편, 『약학대사전(藥學大辭典)』 7, 非凡閣, 1935, 259쪽에는 이 판토폰에 대한 다음과 같은 설명이 있다.

판토폰(パントポン) Pantopon 신약(진통마취약) / [성상(性狀)] 일본약국방의 염산아편 염기에 상당한다. 분말, 정(0.01), 용액(11%), 주사액(11%), 시럽(0.05%)이 있다. / [응용(應用)] 내과, 외과, 산부인과 등에서 진통, 진정, 마취에 적용한다. / [용법(用法)] 대인 1회 양 분말은 0.01~0.03g, 정은 1~3정, 용액은 10~30방울, 주사는 1~2cc를 쓴다. / [제조(製造)]로슈(Roche).

이 설명에 따르면 판토폰는 로슈사에서 출시된 약품으로, 3그램이란 정맥 주사이므로 일반 성인의 정량보다 약간 더 강한 처방이라는 사실을 알 수 있다.

실질적인 목적으로 드러나는 경우가 존재한다. 예를 들어 「병상이후(病床以後)」 같은 글에서 이상은 병환으로 인한 자신의 고통을 고백하고 있으며, 그것을 감소시켜 주는 탕약 형태의 약물에 대해 거론했던 적도 있다. 또한 급격한 위통에 아편을 떠올리고자 했던 적도 있다.*

하지만 이러한 의학적으로 활용되는 진통의 약물로서의 모르핀, 혹은 아편의 기능적 성격 외에 불법적인 약물로서 아편이 환기하는 상징성이 존재한다는 사실을 잊어서는 안 된다. 아편의 직접적 상용이 제한될 수밖에 없었던 동아시

이상의 '아편'

이상은 「병상이후」라는 글에서, 자신이 폐병으로 인해 극심한 고통에 시달리고 있었다는 사실을 고백하고 있다.

"한밤중에 달여 들여오는 약을 볼 때 우선 그는 '먹기 싫다'를 느꼈다. / 그의 찌푸려진 지 오래인 양미간은 더 한층이나 깊디깊은 홈을 짓지 아니하면 아니 되었다. 아무리 바라보았으나 그 누르끄레한 액체의 한 탕기가 묵고묵은 그의 중병(단지 지금의 형세만으로도 훌륭한 중병환자의 자격을 가지고 있다)을 고칠 수 있을까 믿기는 예수 믿기보다도 그에게는 어려웠다. / 목은 그대로 타 들어온다. 밤이 깊어갈수록 신열이 점점 더 높아가고 의식은 상실되어 몽현간(夢現間)을 왕래하고, 바른편 가슴은 펄펄 뛸 만큼 아파 들어오는 것이었다. 무엇보다도 우선 가슴 아픈 것만이라도 나았으면 그래도 살 것 같다. 그의 의식이 상실되는 것도 다만 가슴 아픈 데 원인될 따름이었다.(저러고 그에게는 그렇게 생각되었다.) / '나의 아프고 고(苦)로운 것을 하늘이나 땅이나 알지 누가 아나.' 이러한 우스꽝스러운 말을 그는 그대로 자신에서 경험하였다. 약물이 머리맡에 놓인 채로 그는 그대로 혼수상태에 빠져 있었다. (중략) 약 들어온 지 10분. 그동안이 그에게는 마치 장년월(長年月)의 외국 여행에서 돌아온 것만 같은 느낌이었다. 약탕기를 들었을 때에 약은 냉수와 마찬가지로 식었다. '나는 이다지도 중요하지 않은 인간이다. 이렇게 약이 식어버리도록 이것을 마시라는 말 한마디하여 주는 사람이 없으니.' 그는 그것을 그대로 들이마셨다. 거의 절망적 기분으로, 그러나 말라빠진 그의 목을 그것은 훌륭히 축여주었다."

「동해」에서는 다음과 같이 쓰고 있기도 하다.

"임(姙)이와 윤(尹)은 인파 속으로 숨어버렸다. / 갸렐리 어둠 속에 T군과 어깨를 나란히 앉아서 신발 바꿔 신은 인간 코미디를 나려다보고 있었다. 아랫배가 몹시 아프다. 손바닥으로 꽉 누르면 밀려나가는 김이 입에서 홍소로 화해 터지려 든다. 나는 아편이 좀 생각났다. 나는 조심도 할 줄 모르는 야인이니까 반쯤 죽어야 껍적대이지 않는다."

위 두 가지 경우를 보면, 이상이 혹시 아편을 베이스로 한 모르핀 같은 진통제를 처방받고 있었을 가능성이 아예 없다고 할 수는 없다.

'이상(李箱)'이라는 현상

아, 특히 일본과 조선의 작가들에게 있어서 아편이란 아무래도 서구의 텍스트를 매개로 상상된 낭만적 기호였을 가능성이 높았던 것이다. 단순하게 글쓰기 내에서 아편을 언급했다는 사실만으로 이를 똑같은 현상으로 취급하기 보다는 그것의 표상이 어떠한 상징적 기호 체계를 구축하고 있는가 하는 바를 좀 더 조심스럽게 해명해 볼 필요가 있다. 즉 이상에게 있어서 의료적인 목적의 아편이 아닌, 낭만적 기호를 상징하는 아편이라는 표상이 존재한다는 것이다. 이상이 요양차 성천으로 떠나며 썼던 글인「첫 번째 방랑(放浪)」은 바로 이 문제에 대해 어느 정도 시사하는 바가 있다.

> 통화(通化, 중국 길림성의 도시)는 시굴이라고들 한다. 그리고 아직껏 위험하다고들 한다. 그는 진도(陣刀) 모양의 끈 달린 지팡이를 가지고 있었다. 나는 그것이 금새 칼집에서 불쑥 알맹이를 드러내는 것이나 아닌지 겁이 났다. 나는 또 그에게 아편을 본 적이 있느냐고 물어보았다. 그가 어떤 대꾸를 했는지, 그건 잊어버렸다. / 그ㅡ그는 작달막하고 이쁘장하게 생긴 사나이다. 안경 쓰는 걸 머리에 포마아드 바르는 것처럼이나 하이칼라로 아는 그는 바로 요전까지 종로의 금융조합에 근무하고 있었단다. 그가 나를 어떻게 생각하고 있는지는 모르지만, 나는 그를 아주 사람 좋고 순진하고 인정이 넘치는 사람인 줄 알고 있다. 그를 멸시할 생각도 자격도 나에게 추호도 있을 수 없다. / 그리고 그는 현재 만주의 통화라는 곳에 전근해 있다고 하지 않는가.

이상,「첫번째 방랑」,「문학사상」, 1976.7.

경성에서 신의주까지 경의선을 타고 가는 6시간 20분의 시간 동안, 이상은 자신의 옆자리에 앉은 사람과 이야기를 나눈다. 그는 금융조합에 근무하는 인물로 만주의 '통화(通化)'라는 곳으로 전근해 있다고 자신을 소개한다. 아마도 그는 잠시 집에 다녀왔다가 근무지로 돌아가는 길이었을 것이다. 만주의 통화

지역은 예로부터 마적이 출몰하는 위험한 지역이었으며 인근 신경(新京, 현 장춘)이나 봉천(奉天, 현 심양)에 비하면 아직도 위험한 지역임에 틀림없었다. 그는 분명 만주국에 설치된 금융조합의 지점에 파견되어 근무하고 있는 인물이었을 것이다. 이상은 그의 말을 듣고서 만주의 위험한 기운을 떠올리면서 그에게 아편을 본 적이 있는지 물어본다. 이 대목은 퍽 중요한데, 이상이 아편을 상용하고 있었다면 그에게 아편을 본 적이 있는가와 같은 질문을 하지는 않았을 것이기 때문이다. 말하자면 이상이 본적이 있느냐고 물었던 '아편'은 아마도 생아편이거나 조선에서는 금지되어 있던 '아편연'이었을 터이지, '모루히네'는 아니었을 것이다. 즉 이상에게 있어서 모르핀은 실제의 대상일 수는 있었겠으되, 아편이라는 것은 실제의 대상이 아니라 일종의 기호였으며, 약리적인 지식과 글쓰기에 표상되어 있던 의미적 그물망을 통하여 도래한 것이었다. 따라서 그러한 표상이 어디에서부터 도래하였는가, 어떤 양상으로 도래하였는가 하는 것은 분명 연구 과제가 될 수 있다.

아쿠타가와 류노스케(芥川龍之介, 1892~1927)는 1926년 11월에 『세계』라는 잡지에 「아편(鴉片)」*이라는 잡문을 실었다. 그는 이 글 속에서 아편의 냄새와 함께 떠도는 죽음의 냄새가 바로 포와 보들레르의 작품에서도 맡을 수 있는 죽음의 냄새였다고도 말한다. 또한 그는 아편에서 죽음의 냄새를 상기하도록 한 것은 서구의 그 작가가 처음이었던 것이 아니라 중국 청대 말에도 이미 같은 종류의 상상력이 드러났다는 사실을 지적하고 있기도 하다. 즉 아쿠타가와 류노스케에게 있어서 아편이란 실제의 약물이라기보다는 프랑스 작가의 소설이라든가, 중국의 고전으로부터 인유된 기호적인 대상이었던 셈이다. 말할 것도 없이, 아쿠타가와가 아편의 냄새와 함께 죽음의 냄새를 맡았던 이 아편은 모르핀 주사를 가리키는 것이 아니라 피워 날리는 '아편연'이었다.

일본에서는 이미 1918년에 츠지 준(辻潤)이 토머스 드 퀸시(Thomas de Quincey, 1785~1859)가 자신의 아편 중독 경험을 기반으로 쓴 『아편익애자의 고

아쿠타가와의 아편

아쿠타가와 류노스케는 다음과 같이 쓰고 있다.

"클로드 파렐의 작품을 처음 일본에 소개했던 것은 아마 호리구치 다이가쿠(堀口大學) 씨일 것이다. 나는 이미 6~7년 전에 『미타문학』에 호리구치 씨가 번역한 「'키츠네' 함의 이야기」를 기억하고 있다. / 「'키츠네' 함의 이야기」는 물론, 파렐의 작품에 침염되어 있는 것은 동양의 아편(鴉片) 연기다. 나는 이 무렵 야노메 겐이치(矢野目源一, 1896~1970) 씨가 번역한, 역시 파렐의 「정적(靜寂)의 밖으로」를 읽으며, 한 번 더 이 연기를 들이마시게 되었다. 무엇보다도 이 「정적의 밖으로」는 향기로운 아편의 냄새 외에도 죽은 자의 냄새가 떠다니고 있다. '포와 보들레르' 형제 상회에서 만든 죽은 자의 냄새가 떠다니고 있다. (중략) 이것은 포의 「때 이른 매장(Premature Burial)」이 대서양의 피안에 전했던 수도 없이 많은 반향의 하나이다. 그런데 그런 것은 가장 좋다. 나에게 좀 재미있었던 것은 아래의 인용된 일절이다.

'어딘가에서 벌써 불란서의 토지에서 아편을 키우려다 실패를 계속하면서 이러저러하게 고심했다. 동경으로부터 가져왔던 씨앗을 죽은 시체로 비옥해진 묘지에 심어보자고 생각한 끝에 성적이 좋아서 그 특징을 발휘하게 할 수 있었다. 지금은 그 독즙으로 부풀어오른 양귀비 열매를 자르면, 바라는 대로 차 색깔의 눈물 같은 것이 그렁그렁하게 맺혀 떨어진다'"

이처럼 아쿠타가와는 '아편'의 냄새를 죽음의 냄새로 등치시킨다. 물론 그에게 있어서도 아편은 실제의 대상이라기보다는 '보들레르'와 '포'를 거슬러 도래한 이미지였다.

백(阿片溺愛者の告白)』을 번역하였던 바 있었다(Thomas de Quincey, 辻潤 訳, 『阿片溺愛者の告白』, 東京: 三陽堂, 1918). 이 책은 드 퀸시가 1822년에 쓴 책으로 그는 주로 생아편을 물에 타서 복용하였고 아편을 복용하고 난 뒤 자신의 정신과 몸에 따르는 변화를 사실적으로 기술하였으며, 이후 중독 치료를 받는 상황까지를 고백적으로 진술하고 있었다. 파리의 문인이나 예술가들이 그러하듯이 그 역시 압상트(Absinthe)와 아편에 중독되어 있었지만, 드 퀸시는 자신이 쓴 문학의 경향처럼 아편에 중독된 자신마저도 날카로운 눈으로 살피면서 이를 '고백'이라는 자기 관찰적 문학 양식 속에 담아냈던 것이다.

드 퀸시 이후, 아편을 문학적 계기로 삼았던 이는 바로 포와 보들레르였다. 물론 포는 아편에 관한 글을 남기지는 않았지만, 그가 아편을 널리 사용하는 아편 중독자였다는 사실만큼은 잘 알려져 있었고, 보들레르는 1860년에 쓴 『인공낙원(Les Paradis artificiels)』 속에서 술(알코올)과 아편, 해시시가 예술적 창작에 미치는 영향을 다루었던 바 있다. 이『인공낙원』은 일본에서는 다소 늦은 1935년에 마츠이 요시오에 의해서 번역되었다.

내가 인공적 이데아라고 부르는 그러한 곳을 창조하는 데 있어서, 가장 적당한 약물은, 술은 논외로 하더라도, 사용법이 편리하고 용이하게 입수할 수 있기 때문에, 아편과 해시시를 거론할 수 있다. 이 인공적 이데아를 창조하는 독물은, 육체를 급속도로 일시적으로 광란의 상태에 빠지게 하여, 정신력을 깨부수는 것이다. 그러나 그 냄새와 과도한 사용은 인간의 상상력을 극도로 예민하게 하여, 점차 그 육체적 능력을 소모하는 것이다. / 이 때문에, 본 연구의 주제는 이 약물이 야기하는 신비적 효과, 병적 쾌락, 다시 그 오래된 사용의 결과로 오는 필연적인 징벌과 최후에 대해 이 잘못된 사상의 추궁에 담긴 부도덕 등을 분석하는 데 있다. / 아편에 관한 업적은, 이미 빛나는 것이 있어, 의학적으로나 문학적으로 행해져 있다. 그런고로, 이 아편에 관한 비유 없는 글이 프랑스에 있어서는 아직 완전한 번역을 볼 수 없으나 이러한 즈음이야말로 분석을 시도하여, 얼마간이라도 공헌하는 바가 있다면, 그것으로 만족이라고 생각한다. / 강하고 예리하고, 우수한 상상력을 갖고 있던 이 저명한 저자는 금일에는 은퇴하여 침묵을 지키고 있지만, 그는 그가 일찍이 아편 가운데에서 발견했던 쾌락과 고통의 이야기를 천진난만하게 감행하고 있다. 그의 글의 가장 극적인 부분은 그가 조심스럽지 않게도 자기에게 주어진 지옥의 고뇌로부터 도망치기 위하여 발전하지 않을 수 없었던 의지의 초인간적인 노력을 서술하고 있는 부분이다.

샤를 보들레르, 마츠이 요시오(松井好夫) 역, 『인공낙원(人工樂園)』, 耕進社, 1935, 13~14쪽.

이『인공낙원』속에서 보들레르는 앞선 드 퀸시의 작업의 연장선에서 글쓰기를 통해서 만들어내는 인공적인 낙원 혹은 인공적인 이데아를 창조하는 데 있어서 그것을 촉진하는 촉매제로서의 술이나 아편, 해시시 등에 대해서 다루고 있다. 인용된 부분에서 이미 보들레르는 드 퀸시의 저작을 언급하고 있으며, '비유 없는' 고백으로 되어 있는 그의 글이 아직 프랑스에서는 완역되지 않아 볼 수 없으나 이때야말로 자신이 글을 써서 공헌할 때라고 쓰고 있다. 즉 보들레르는 앞선 드 퀸시가 다룬 아편복용자의 글을 좀 더 확장하여 대상을 늘리고 이를 사회학적인 관찰이나 문학적인 고백이 아닌 좀 더 예술적인 합일의 계기로 다루고자 하였던 것이다. 즉 아편의 표상은 서구 내에서도 일정한 참조항들을 구성하면서 그 예술과의 상관성이 다뤄졌던 것이다.

> 아편을 피우면서 산보하거나, 오페라를 보러 가는 것을 말하는 딘시(역자주. 『아편끽식자(阿片喫食者)의 사고 방식』의 저자 토머스 드 퀸시)는 나를 놀라게 한다. 어떤 이유인고 하면, 약간의 포즈를 바꾸는 것만으로, 약간의 조명이 바뀌는 것만으로, 정밀(靜謐)한 대건축을 붕괴해 버리기에 족한 것이기 때문에. / 2명이 피우는 것도 결코 쉽지 않다. 3명이 피우는 것은 어렵다. 4명이 피우는 것은 불가능하다.
>
> 장 콕토, 호리구치 다이가쿠(堀口大學) 역, 『아편』, 第一書房, 1932, 113쪽.

물론 이는 장 콕토에게도 마찬가지였다. 그는 1930년에 낸 에세이집 『아편』*에서 위 두 선배인 드 퀸시와 보들레르의 작업을 좀 더 진전시켜 아편이라는 계기가 자신에게 어떠한 예술적 실천성을 부여했는가 하는 바에 대해 감각적으로 다루었던 바 있었다. 일본에서는 이 책이 나온 지 2년도 채 안 되는 시기인 1932년에 호리구치 다이가쿠가 이 책을 번역하여 출간하였던 바 있었다. 이 책은 콕토 특유의 아포리즘 형태의 단문 글쓰기를 통하여 아편이라는 일종의 계기가 장 콕토 자신에게 어떤 의미를 갖고 있는가 하는 바를 명쾌한 수사를 통해 드러내고 있기도 하다.

장 콕토의 『아편』

프랑스의 시인인 샤를 보들레르와 장 콕토에게 있어서 '아편(opium)'이라는 마약은 대단히 중요한 창작적 소재였다. 보들레르는 아편과 해시시(대마초의 일종)의 상습 복용자였고, 장 콕토는 자신의 소중한 친구인 레이몽 라디게 (Raymond Radiguet)가 죽었을 때, 아편을 통해서 그 슬픔을 잊으려 하였다. 장 콕토는 이 책에서 아편을 피우는 행위가 얼마나 엄격하고 예술적으로 무거운 의미를 갖는 것인지 강조하고 있다. 그에게 있어서 아편을 피우는 것은 마약을 하는 것과는 다르며, 예술적 창작의 고통에 비견된다. 그는 폐를 통해서 아편을 피우고 궁극적인 쾌감을 얻는 과정이 얼마나 고통을 동반하는가 하는 점을 강조하고 그러한 중독을 치료되는 과정을 생생하게 들려줌으로써 아편을 피우는 행위가 얼마나 책임감을 동반하는 일인지를 이 책에서 말하고 있다.

장 콕토, 堀口大學 역, 『아편』, 第一書房, 1932

아편끽연자(阿片喫煙者)와, 아편흡식자(阿片吸食者)를 혼동하지 않을 것. 이 두 가지는 별개의 현상이다. // 아편을 피운 뒤에는, 육체가 생각한다. 데카르트의 소위, '몽롱한 생각(さだかならぬ思ひ, 현실과 꿈이 구분되지 않는 상태)'과는 물론 별개의 것이다. / 육체가 생각한다, 육체가 꿈꾼다, 육체가 비단을 잘게 찢는 것같이 춤춘다, 육체가 하늘을 난다. 아편을 피우는 인간은 살아 있는 미이라다. // 아편을 피우는 인간은, 스스로를 조감적(鳥瞰的)으로 관찰한다.

장 콕토, 호리구치 다이가쿠(堀口大學) 역, 『아편』, 第一書房, 1932, 156쪽.

마약(痲藥)과 아편을 혼동해서는 안 된다. (중략) 아편은 자신 스스로의 힘을 시험하는 것이 아니다. 사람은 아직 그것을 가지고 즐기거나 하는 것도 불가능하다. 아편은 맞아들이는 것이다. 최초의 교섭은 배신한다. 효험은 서서히 나타난다. 도취감은, 아편 없이는 살아날 수 없게 된 즈음에 최초로 생긴다. 나에게는 아편으로부터 멀지 않다고 하는 때로부터 아편에 가까워졌다고 하는 때에 이르는 데 노력이 필요했다. 아편의 연기는 나의 기분을 나쁘게 했던 것이

'이상(李箱)'이라는 현상

다. 이 비행융단이 종횡으로 요동치는 것에 익숙해지기 전까지, 나는 거의 3개월의 가슴통증을 참아내지 않으면 안 되었다. 나는 끝까지 버텼다. 문학이 아편 위에 던져져 귀양을 가는 것도, 아직 언짢은 사람들이 대하는 것에 아편을 사랑하는 자가 하나같이 뒤집어쓰고 있는 바보스러움도, 어떤 것도 참기 어려운 기분이다. / 나는 나의 이 경험을 후회하지 않는다. 그래서 나는 단언한다. 아편은 그 사용법의 기미(機微)에 적절할 수 있기 때문에, 많은 영혼에 고상한 본바탕을 준비해 주는 효능이 있는 것이라고.

장 콕토, 호리구치 다이가쿠(堀口大學) 역, 『자크 마리탄에게 보내는 편지(ジャック マリタンへの手紙)』, 第一書房, 1931, 45~47쪽.

장 콕토는 『자크 마리탄에게 보내는 편지』에서나 『아편』에서 '(피우는)아편'과 '마약'을 철저하게 구분하고 있다. 또한 그는 아편을 끽연하는 사람과, 아편을 코나 입으로 들이마시는 사람을 구분하기도 한다. 콕토에게 있어서 아편이란 폐로 아편의 연기를 넘기는 고통을 감수하고서야 다다를 수 있는 예술적 계기이기 때문에 모르핀이나 헤로인과 같이 간편하게 주사로 맞는 것과는 질적인 차이가 존재한다고 보았던 것이다.

이상과 같이, 서구 문학에 드러나 있는 아편에 대한 표상이 이루고 있는 일련의 체계와 더불어 당시 아편에 대한 금지의 이원적인 체제를 고려하게 되면, 과연 이상이 그리고 있었던 아편이라는 상징이 어떠한 것일까 하는 것이 어느 정도는 머릿속에 그려지게 된다. 무엇보다도 예술가들에게 있어서 주사를 찔러서 맞는 모르핀 혹은 모루히네는 경멸의 대상이었던 것이고, 오직 아편을 피워서 맞이하는 연기가 드러내는 상징성이 예술적 초월성을 담보하는 대상이었다는 사실은 분명하다.

알로날과 아달린: 위약(僞藥)의 수사학

앞서 살펴본 바와 같이 이상에게 있어서 아편은 실제적 향유의 대상이었다고 보기 어렵다. 그에게 있어 아편은 오히려 일본을 경유하여 도래한 서구의 문학, 예술적 상징이었던 것이다. 오히려 이상은 알로날이나 아달린같이 인간을 최면에 이르게 하거나 진정하도록 하는 합법적인 약물에 대해 큰 관심을 갖고 있었다. 이러한 약물들은 인간의 신경계에 관여하여 환각, 최면, 진정, 진통을 일으키거나 나아가 죽음에 이르게 할 수 있는 것으로, 실재의 대상으로서나 문학적 상징으로서 의미를 갖고 있었기 때문이다.

이는 마치 아쿠타가와 류노스케가 「어느 바보의 일생」에서 언제나 머리를 맑게 깨어 있기 위해서 베로날 0.8그램을 상복했다는 사실을 말하고 있는 것이라든가 다자이 오사무가 맹장염으로 입원한 뒤 '파비날'을 통해 약물 중독에 빠진 것이나 마찬가지의 궤에 속하는 것일 터이다. 그러한 약은 보통 그냥 들어서는 그 성격이나 기능을 알 수 없는 외국어로 되어 있는데다가, 예술적 실천을 의미하면서 동시에 죽음을 상징하고 있는 것이다. 이는 박태원의 「소설가 구보씨의 일일」에 등장하는 수도 없이 많은 병명과 약들이 결국 현대성의 기호로서 그것 하나하나가 현대를 여는 문이 된다는 일종의 백화점의 쇼윈도와 같은 효과를 낸다는 것과는 일정 부분 상통하면서 또한 차이 나는 부분을 갖는다. 이상에게 있어서 그러한 약들은 분명 단순한 약이라기보다는 어떤 다른 의미를 환기하도록 하는 상징적인 기호로 작동하고 있기 때문이다.

해가 서산에 지기 전에 나는 이삼일 내로 반드시 썩기 시작해야 할 한 개 '사체'가 되어야만 하겠는데, 도리는? / 도리는 막연하다. 나는 십 년 긴─ 세월을 두고 세수할 때마다 사살을 생각하여 왔다. 그러나 나는 결심하는 방법도 결행하는 방법도 아무것도 모르는 채다. / 나는 왼갖 유행약을 암송하야 보았다. / 그리고 나서는 인도교(人道橋), 변전소(變電所), 화신상회 옥상(和信商會屋上), 경원선(京元線), 이런 것들도 생각해 보았다. / 나는 그렇다고- 정말 이 왼갖 명사의 나열은 가소롭다.

이상, 「실화(失花)」, 『문장』, 1939.3, 69쪽.

이상은 일본 동경에서 쓴 「실화(失花)」에 이르러서야 자신이 10여 년을 두고서 아침마다 자살을 생각해 왔노라고 고백하고 있다. 그것은 그가 첫 각혈을 했던 시기와 겹칠 뿐만 아니라 공교롭게도 아쿠타가와 류노스케가 자살한 시기와도 겹쳐 있다. 하지만 문제는 방법이다. 그 자신은 결심하는 방법도, 결행하는 방법도 아무것도 모르고 있더라는 것이다. 그래서 그는 당시에 유행했던 음독자살용 약의 리스트를 암송하는 것으로 이를 대리한다. 이상에게 있어서 '자살'이란 단지 삶을 종료한다고 하는 물리적인 사건만은 아니었으며, 그것은 오히려 막다른 길에 내몰린 인간이 선택할 수 있는 정사(情死)라는 사건과 마찬가지로 일종의 의미 찾기와 가까운 것이었다. 따라서 그에게 자살이 가장 낭만적일 뿐만 아니라 시대의 불온한 유행과 인간 내면의 불안을 잘 담아내고 있는 행위였다면 그가 읊었을 유행약이란 당시 실제로 자살에 소용되었던 '쥐약'이나 양재물이나 소독약 같은 실질적인 약물은 아니었을 것임에 틀림없다. 그보다는 알로날이나 판토폰, 아달린 같은 이상의 다른 작품에 등장했던 약물들이었을 터이다. 그러한 약물들이 실제의 대상이면서도 일종의 죽음을 상징하는 낭만성의 기호라면 그 기호들의 실질과 위계를 파악해 보는 과정은 이상의 기호 체계의 일단을 이해하는 데 분명 중요한 작업이 아닐 수 없을 터이다.

십 분 후 나와 순영이 송 군 방 미닫이를 열었을 때 자살하고 싶은 송 군의 고민은 사실화하여 우리들 눈앞에 놓여져 있었다. / 아로나-르 서른여섯 개의 공동 곁에 이상(李箱)의 주소와 순영의 주소가 적힌 종이 조각이 한 자루 칼보다도 더 냉담한 촉각을 내쏘으면서 무엇을 재촉하는 듯이 놓여 있었다. / 나는 밤 깊은 거리를 무릎이 척척 접히도록 쏘다녀 보았다. 그러나 한 사람의 생명은 병원을 가진 의사에게 있어서 마작의 패 한 조각 한 컵의 맥주보다도 우스꽝스러운 것이었다. 한 시간 만에 나는 그냥 돌아왔다. 순영은 쩡쩡 천정이 울리도록 코를 골며 인사불성된 송 군 위에 엎더 입술이 파르스레하다. / 어쨌든 나는 코고는 '사체'를 업어내려 자동차에 실었다. 그리고 단숨에 의전병원으로 달렸다. 한 마리의 세파-드와 두 사람의 간호부와 한 분의 의사가 세 사람(?)의 환자를 맞아주었다. / 독약은 위에서 아즉 얼마밖에 흡수되지 않았다. 생명에는 '별조'가 없으나 한 시간에 한 번씩 강심제주사를 맞아야겠고 또 이 밤중에 별달리 어쩌는 도리도 없고 해서 입원했다.

이상, 「幻視記」, 『靑色紙』, 1938.6, 62쪽.

『청색지』에 유고로 발표되었던 「환시기」 속에서 삼각을 그리고 있는 연애 전의 한 축에서 있던 송 군은 자살을 하고자 '아로나르' 즉 알로날 서른여섯 개를 입에 털어 넣고 자살을 시도한다. 이상과 순영이 송 군의 방을 열었을 때, 그의 눈에 들어온 것은 알로날 36개가 비어 있는 약포장이었다. 이상이 소설 「날개」에 그려둔 알로날의 그림*처럼 당시 알로날이 6개의 태블릿이 한 패키지로 포장되어 있었다면, 방 안에는 총 6개의 패키지가 텅 비어 있는 채로 놓여 있었던 것이다. 비어 있는 약포장이 줄지어 늘어서 있는 장면은 퍽 극적이다. 이상은 이 장면에 대한 묘사를 통해서 이 상황이 송 군이 정말로 세심하게 공들인 자살의 '미장센(Mise-en-Scène)'일 뿐만 아니라 궁극적으로는 무언가 메시지라도 전달하는 기호에 해당한다는 사실을 넌지시 알리고 있는 것이다. 물론 그 곁에는 이상과 순영의 주소가 무엇인가 항변이라도 하는 것처럼 놓여 있었던 것 역시 하나의 구성 요소에 해당히는 것이다. 사실싱 그닐의 자살 사고는 신짜 죽음을 위한 것이었다기보다는 이상과 순영이라는 청자에게 보내는 편지였던 셈이다. 이상이

「날개」 속 알로날의 삽화

이상은 소설 「날개」 속에 알로날(Allonal) 갑을 스케치해 두었던 적이 있다. 이 삽화 속의 약 알로날은 분명 6개의 태블릿이 포장된 패키지가 그려져 있다. 하지만 이 포장에 쓰여 있는 글을 살펴보면 6개의 태블릿이 'Physian's sample', 즉 의사들이 사용해보도록 제공된 샘플이었다는 사실을 알 수 있게 된다. 이 샘플은 2개의 패키지, 즉 12개의 태블릿이 제공되었다. 원래 이 약은 100개의 태블릿이 함께 들어 있는 병 타입의 약이었던 것이다.

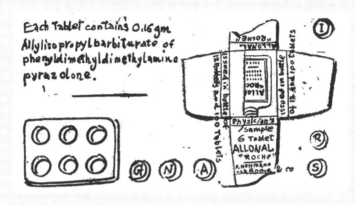

'코고는 '사(死)체" 같은 식으로 이 상황을 희화화할 수 있었던 것은 그가 송 군이 보낸 메시지를 받아 읽어내었기 때문이다. 이른바 수신된 메시지라는 것은 더이상 위장의 효과를 발휘하지 못한다. 읽혀버린 메시지의 의미는 그대로 고정되어버려서 실체로 남겨지는 까닭이다.

여기에 등장하는 알로날이란 약은 이상이 이미 「날개」 속에 삽화로 그렸던 적이 있는 진통제이다. 「날개」에 이상이 묘사해 둔 바에 따른다면, 송 군은 의사에게 주어진 샘플 3묶음, 36정을 한꺼번에 먹은 것이다. 이 알로날*은 당시 로슈(Roche)라는 제약회사에서 발매하던 신약으로 진통, 진정의 치료성분을 갖고 있었다. 이 약은 특히 수술 전후의 불안을 진정시켜 주는 역할을 하여 수술 목적 외에 사용되는 것은 엄격하게 제한되어 있었는데, 수술 전후의 경우에만 최대 3~4정을 넘지 않도록 그 용법이 제한되어 있었다. 그러니 당연히 문제가 되지 않을 수 없다. 물론 이 약은 아편과 같은 중독성 약물도 독약이 아니었고, 단지 합성 진통제일 뿐이었지만, 이상에게는 자살, 곧 죽음에 맞닿아 있는 약물로 표상되어 있었던 것이다.

이 정도까지 이르게 되면, 다시 궁금해지는 것은 바로 소설 「날개」에서 알로날의 역할이다. 더 구체적으로 질문해 보면, 과연 이상은 알로날 갑을 도대체 왜 삽화로 그렸던 것일까 하는 것이 궁금하지 않을 수 없는 것이다. 실제로 알로날이라는 약은 「날개」의 서사 내에서는 등장하지도 않는데 말이다. 이 질문을 풀어내는 것은 꽤 중요하다. 「날개」 속에는 알로날이 아니라 아스피린과 아달린이 등장하고 있으며, 「날개」의 주인공이 이를 혼동하는 장면은 이 소설의 가장 중요한 국면을 구축하고 있다고 해도 과언은 아니기 때문이다.

진통제 알로날의 약리적 설명

앞서 이상의 영어 스승이었던 이토 야스시가 편찬한 『약학대사전(藥學大辭典)』(非凡閣, 1935) 속에는 진통제인 알로날에 대한 설명이 다음과 같이 등재되어 있다.

알로날(アロナ一ル) Allonal 신약(진통진정최면제)

[성상(性狀)]   이소프로필, 프로페닐, 바르비츨산과 아미노피린의 합제. 약간 쓰고 무취 백색의 분말임.

[작용(作用)]   진통진정의 치료성분이 함께 있어, 특히 3차 신경 영역에 대한 작용을 보임.

[적응증(適應症)] ① 민감성환자의 완화, 수술 전 또는 수술 중의 불안 진정, 카리우스(carius) 충치, 발치, 절단, 절제법 등 ② 염증과 전염성질환(골막농증, 담종, 괴저)과 발치, 부식수술후의 진통 ③ 신경성 또는 동통에서 기인한 불면.

[용법(用法)]   민감성의 환자 진정의 목적에는 수술 전 밤 잠들기 반시간 전에 2정을 또 동통으로 인한 스트레스와 불면을 동반하는 경우에는 3~4정을 쓴다. 그리고 수술 1시간 전에는 1정, 혹시 처리 곤란한 경우, 예를 들어 국소마취를 행할 수 없는 것 같은 때는 2정을 투여한다. 신경성 혹은 동통으로 인한 불면의 경우에는 1~3정을 투여한다. 소아와 민감성 또는 건상한 환자는 적절한 소량을 써도 효과를 나타낸다.

[제조(製造)]   로슈(Roche).

그러나 다음 순간 실로 세상에도 이상스러운 것이 눈에 띄었다. 그것은 최면약 아달린 갑이었다. / 나는 그것을 아내의 화장대 밑에서 발견하고 그것이 흡사 아스피린처럼 생겼다고 느꼈다. 나는 그것을 열어보았다. 꼭 네 개가 비었다. / 나는 오늘 아침에 네 개의 아스피린을 먹은 것을 기억하고 있었다. 나는 잤다. 어제도 그제도 그끄제도…… 나는 졸려서 견딜 수가 없었다. 나는 감기가 다 나았는데도…… 아내는 내게 아스피린을 주었다. 내가 잠이 든 동안에 이웃에 불이 난 일이 있다. 그때에도 나는 자느라고 몰랐다. 이렇게 나는 잤다. 나는 아스피린으로 알고 그럼 한 달 동안을 두고 아달린을 먹어온 것이다. 이것은 좀 너무 심하다. / 별안간 아뜩하더니 하마터면 나는 까무러칠 뻔하였다. 나는 그 아달린을 주머니에 넣고 집을 나섰다. 그리고 산을 찾아 올라갔다. / 인간 세상의 아무것도 보기가 싫었던 것이다. 걸으면서 나는 아무쪼록 아내에 관계되는 일은 일체 생각하지 않도록 노력하였다. 길에서 까무러치기 쉬우니까다. 나는 어디라도 양지가 바른 자리를 하나 골라 자리를 잡아가지고 서서히 아내에 관하여서 연구할 작정이었다. 나는 길가의 돌장판, 구경도 못한 진개나리꽃, 종달새, 돌멩이도 새끼를 까는 이야기, 이런 것만 생각하였다. 다행히 길가에서 나는 졸도하지 않았다. / 거기는 벤치가 있었다. 나는 거기 정좌하고 그리고 그 아스피린과 아달린에 관하여 연구하였다. / 그러나 머리가 도무지 혼란하여 생각이 체계를 이루지 않는다. 단 오 분이 못 가서 나는 그만 귀찮은 생각이 번쩍 들면서 심술이 났다. 나는 주머니에서 가지고 온 아달린을 꺼내 남은 여섯 개를 한꺼번에 질겅질겅 씹어 먹어버렸다. 맛이 익살맞다. 그러고 나서 나는 그 벤치 위에 가로 기다랗게 누웠다. 무슨 생각으로 내가 그따위 짓을 했나, 알 수가 없다. 그저 그러고 싶었다. 나는 게서 그냥 깊이 잠이 들었다. 잠결에도 바위틈으로 흐르는 물소리가 졸졸 하고 언제까지나 귀에 어렴풋이 들려왔다. / 내가 잠을 깨었을 때는 날이 환히 밝은 뒤다. 나는 거기서 일 주야를 잔 것이다. 풍경이 그냥 노오랗게 보인다. 그 속에서도 나는 번개처럼 아스피린과 아달린이 생각났다. / 아스피린, 아달린, 아스피린, 아달린, 마르크스, 말사스, 마도로스, 아스피린, 아달린…… 아내는 한 달 동안 아달린을 아스피린이라고 속이고 내게 먹였다. / 그것은 아내 방에서 이 아달린 갑이 발견된 것으로 미루어 증거가 너무나 확실하다.

이상(李箱), 「날개」, 「조광」, 1936.9.

소설 「날개」 속에서 이상이 수면제로 등장시켰던 것은 알로날이 아니라 바로 아달린이었다. 소설 속 주인공인 '나'의 아내는 감기가 걸린 '나'에게 아스피린이라고 속이고 오랫동안 아달린을 먹여왔다. '나'는 아내의 화장대 밑에서 아달린 갑을 발견하고 그 모양이 흡사 아스피린 같다고 생각하고 열어보니 그 갑 속은 10개의 자리 중에서 4개만이 비어 있었던 것이다. 그날 아침에 '나'는 네 개의 아스피린을 먹었던 기억이 남아 있었다. 자신이 먹은 4개의 아스피린과 비어 있는 4개의 아달린. 그 두 가지 유사성으로부터 미루어 '나'는 결국 아내가 아스피린이라고 속이고 아달린을 먹여왔으리라고 판단한다. 그렇다면 다시 내가 주야를 계속으로 잠을 잤던 것은 바로 이 아달린 때문이었다는 결론에 이르게 될 수밖에 없는 것이다. 그러한 결론에 이르자 '나'는 까무러칠 뻔하면서 아달린 갑을 주머니에 넣고서 산으로 간다. 산속에서 '나'는 주머니에 가져온 아달린 6알을 먹고서 하루 낮밤을 그대로 자버린다. 그러면서 아스피린과 아달린 사이에서 속고 속이는 인간 세계의 허위적인 의식 구조에 대한 실망을 금치 못하게 된다. 이처럼 이 아스피린과 아달린을 혼동하는 대목은 「날개」의 대단원에 이르는 중요한 장면이다. 이 속에는 대단히 교묘한 이상의 창작적 장치가 숨어 있다.

이토 야스시가 편찬한 『약학대사전』에 등재된 아달린에 관한 설명[*]을 보면, 이 '아달린'은 아스피린과 같은 바이에르(Bayer)사의 제품으로 특히 불면증, 신경성 증상, 신경쇠약, 히스테리 등 정신병을 다스리는 약물로 쓰이고 있다. 소설 「날개」 속에서 약을 먹고 '나'는 끊임없이 잠이 들었으니 내가 먹었던 것은 바로 최면제인 아달린이었음에 틀림없었을 것이다. 하지만 『약학대사전』에 등재된 설명을 보면, 이 아달린이라는 약물은 그리 대단히 위험한 약으로 볼 수는 없다. 설명을 보면, 아달린은 불면증이나 신경쇠약, 히스테리 등에 범용하게 쓸 수 있는 약이었던 것이다. 소설 속에서 아스피린과 아달린이라는 극적인 대비와 내가 표명하고 있는 아내에 대한 장황한 배신감으로 인해 대단히 위험한 약물처럼 인식되나 실제로는 알로날에 비한다면 그리 위험한 약물이라 볼 수는 없었다. 게다가 일반적으로 1일 허용량이 2~4회 0.25~0.5그램씩으로 설명되어 있는 것을 보면, 아내가 '나'에게 준 4알이라는 약의 개수 역시 그리 위험한 양이라고 볼 수는 없다. 적어도 이 사실들을 종합하면 내가 마치 아내가 '나'를 독살할 목적

최면제 아달린의 약리적 설명

역시 이토 야스시가 편찬한 『약학대사전(藥學大辭典)』(非凡閣, 1935) 속에는 최면제인 아달린(Adalin)에 대한 설명이 다음과 같이 등재되어 있다.

아달린(アダリン) Adalin 신약(최면진정제)

[성상(性狀)]	화학상의 프롬제틸아세틸 요소. 무미무취백색의 결정성 분말. 미량의 냉수를 끓인 물이나 알코올에 쉽게 녹는다.
[작용(作用)]	(최면) 마취적 성질을 가져 중추신경계에 이상흥분을 진정시키고, 확실히 생리적인 목적의 수면을 오게 한다. 각성 후 불쾌한 작용을 남기지 않는다. 강도는 브롬칼리나 길초제(吉草劑)와 같고, 강렬한 최면제로서는 중간 정도 위치이다.(진정) 진정의 목적에 응용하는 경우, 다른 약과 배합은 금기되지 않고 투여 가능하고, 후에 부작용이 없어, 특히 심장장애, 축적 작용 없이, 맛이 없기 때문에 부인, 소아, 노인, 심장병자에 대해 투여할 수 있다.
[적응증(適應症)]	최면진정제로서 모든 종류의 원인으로부터 오는 불면증. 신경성 질환. 신경쇠약, 현기증, 히스테리, 성적신경쇠약, 소아마비, 야경(夜驚), 만성 알코올중독과 모르핀중독, 정신병 등.
[용법(用法)]	최면제로서는 잠들기 전 30분 내지 1시간에 1회 0.5~0.75~1g을 다량의 온수 또는 미약한 온도의 차 등에 녹여서 써야 한다. 진정제로서는 그 분해와 흡수를 늦추기 위해서 냉수에 소량씩을 나눠 써야 한다. 1일 2~4회 0.25~0.5g씩, 소아에게는 연령에 따라 감량해야 한다.
[발매(發賣)]	바이에르(Bayer).

으로 아달린을 먹인 것처럼 생각하는 것은 대단히 큰 오해이며, 어느 정도 '나'의 과장에 해당한다는 사실만큼은 분명하게 확인할 수 있다.

오히려 아내는 '나'를 광인(狂人) 취급하여, 아내의 내객이 들었을 때 아내의 방에 나타나는 것 같은 '나'의 돌발적인 행위를 제한하고자 하는 목적으로 최면제이자 수면제인 아달린을 주었던 것이다. '나'의 상태는 어린아이와 같이 자의식이 존재하지 않는 상태에서 벗어나 화폐와 시공간 사이의 가치 상관성을 깨닫는 과정을 통해 점차 완연한 한 명의 주체로 변모해 가는 와중이었다. '나'는 바야흐로 남편의 권리를 요구하기 시작하는 때였던 것이다. 따라서 아내가 '나'에게 주었던 아달린이란 동등한 부부의 예의보다는 근대 자본주의 사회의 정상적인 물질적 삶(매춘과 화폐의 등가 교환)을 따르겠다는 선언과 같은 것이었던 것이다. 아스피린의 자리를 차지하고 있던 아달린을 발견한 내가 충격에 빠질 수밖에 없었던 까닭은 바로 이 때문이었던 것이다. 아내와 '나'는 서로 지향하는 바가 달랐던 것이다. 어쩌면 그가 남은 아달린 여섯 알을 다 먹어버린 것은 그러한 충격으로 인해 자살해 버리고자 하는 뜻이 있어서였는지도 모른다. 하지만 아달린 여섯 알 정도를 한꺼번에 먹는다고 해서 죽지는 않는다. 낮밤 내내 자고 일어난 '나'는 바로 그 사실을 깨달았던 것이다. 만약 아내가 내가 죽기를 바란다면 그것은 그것대로 문제이지만, 마치 '거미'처럼 살지도 죽지도 않은 채 기생하기만을 바란다면 그것은 그것대로 큰 문제이다. 「날개」의 주인공인 내가 이러지도 저러지도 못하고 거리를 쏘다닐 수밖에 없는 것은 그 때문이다. 그가 완연한 근대인으로 살아가기 위해서는 눈앞에서 벌어지고 있는 엄연한 위약(僞藥)의 수사를 고스란히 모른 체하여야 하는 까닭이다. 이는 중요한 선택의 기로이다.

즉 소설 「날개」 속에 등장하는 수면제가 알로날이 아니라 굳이 아달린이었던 까닭은 바로 아내가 내가 죽기를 바란 것은 아니었다는 사실을 말하기 위함이었다. 「날개」에는 자살을 위한 서사가 예비되어 있지 않았다. 「날개」의 서사는 부부 사이의 '치정극'을 표현하고자 한 것이 아니라 화폐를 중심으로 한 자본주의 현대사회에 대한 정교한 알레고리를 제시하기 위함이었기 때문이다. 아내는 내가 죽기보다는 살아있되, 자신이 자신의 성을 화폐로 교환하는 것을 방해하지 않기만을 바랐던 것이다. 물론 그것은 현대인의 당연한 에티켓이다. 그런데 알로날이란 앞서 「환시기」에서 살펴보았던 것과 마찬가지로, 자살을 위한 '유행약'이었으므로 「날개」의 서사에 채용되기는 적절치 않았다.

당시 「마이니치신문」에 실려 있던 아달린의 광고[*]에는 "신경쇠약, 불면증, 심계항진증, 히스테리에 쓰며, 무색 무취로 복용이 쉽고, 장기간 복용하여도 부작용이나 습관성이 되지 않는다"고 쓰여 있다. 또한 "각성 후에 불쾌감이 없다"고

아달린과 아스피린의 광고
아래 왼편의 사진은 아달린의 광고로 신경쇠약, 불면증, 심계항진증, 히스테리에 쓰며, 무색 무취로 복용이 쉽고, 장기간 복용하여도 부작용이나 습관성이 되지 않는다고 쓰여 있다. 또한 각성 후에 불쾌감이 없다고 광고되어 있다. 30정들이와 10정들이 포장이 되어 있었다. 오른편은 아스피린(aspirin)의 광고이다. 두통, 신경통, 류마티스성 동통, 해열진통제 등에 쓰며, 2, 6, 20개들이로 포장되어 있었다.

(좌) 아달린(アダリン) 광고, 「마이니치(毎日)신문」, 1931.6.17.
(우) 아스피린(アスピリン) 광고, 「마이니치(毎日)신문」, 1934.6.21.

광고되어 있다. 물론 어느 정도 광고적 과장이라는 것을 인정한다고 할지라도 장기간 복용하여도 부작용이나 습관성이 되지 않는다고 광고하고 있는 사실은 이 아달린이 그리 위험하지 않은 약품이라는 사실을 방증해 준다. 게다가 창작적 관점에서 본다면, 당시 아달린과 아스피린은 같은 바이에르사에서 출시된 약품이었을 뿐만 아니라 비슷한 포장이 되어 있어서 이 둘을 혼동하는 서사를 갖추기에 딱 맞는 대상이었다. 당시 아달린과 아스피린은 같은 바이에르사에서 제조하고 있던 제품으로, 로슈사에서 제작하고 있던 알로날과는 달리, 충분히 혼동할 여지가 있었다. 당시 광고 속의 아달린은 각각 30정과 10정이 한 패키지로 포장되어 있었으며, 아스피린은 2, 6, 20개들이로 포장되어 있었지만, 10개들이 소매 포장도 가능했을 것이다.

게다가 아스피린과 '아달린'이라는 단어가 앞, 뒤의 운이 딱 맞는 단어여서 비슷한 울림을 갖는다는 사실 역시 거론하지 않을 수 없을 것이다. 아스피린과 아달린은 여러모로 「날개」 속에서 벌어진 오해와 혼동을 구축하는 데 대단히 유용한 소재였던 셈이다. 말하자면 이상은 위약의 수사를 통해 오해와 혼동을 겪고 있는 현대사회 속의 절름발이 부부의 존재론을 구축하였던 것이다.

'이상(李箱)'이라는 현상

좀 더 읽어볼 만한 글들

　이상이 구사했던 화려한 수사학의 배경에 존재하고 있는 거대한 지식의 원천과 기호 세계를 밝혀내고자 하는 연구는 필연적으로 그가 학교에서, 그리고 책을 통해 배웠던 여러 지식들과 이상의 텍스트 사이의 상관성을 밝혀내는 세밀한 작업을 통해 이루어질 수 있었다. 특히 이경훈은 이상 연구자들 중에서 이상이 의탁하고 있던 근대적 지식에 대해 가장 철저하게 밝히고자 했던 연구자로 거론될 수 있다. 그는 『이상, 철천의 수사학』(소명출판, 2000)에서 다방과 백화점이 구축한 근대의 지도 위에 병리학과 건축학, 기독교와 범죄 등의 동시대적인 지식을 늘어놓는 방식으로 이상문학에 대한 새로운 해석에 이르고자 시도하였다. 물론 근대적 지식을 넘어서 이상의 텍스트와 연관하는 과정에서 다소 근거 없는 추정이 이루어지고 있는 문제를 지적할 수 있겠으나 이상 텍스트의 새로운 해석에 이를 수 있는 여러 가지 단초들을 제공하고 있는 성과를 간과하기는 어렵다.

　특히 이경훈은 「아스피린과 아달린」(『한국근대문학연구』, 한국근대문학회, 2000.12, 72~99쪽)이라는 글에서 이상이 아편을 상용했을 가능성을 제기하고 아스피린을 정상적인 의약품으로, 아달린을 환각제에 닿아 있는 위험한 의약품으로 분류하고 이 둘 사이의 공존이 이상의 문학적 특질인 것으로 규정한 바 있다.

13

영화광 이상의 서구 영화 체험

활동사진? 세기의 총아—

온갖 예술 위에 군림하는

'넘버' 제8의 예술의 승리.

그 고답적이고도 탕아적인 매력을

무엇에다 비하겠습니까?

—「산촌여정—성천 기행 중의 몇 절」

이상과 나는 그 당시에 상영하던 르네 크레르 감독의 「최후의 억만장자」라는 영화를 보고서 명동 뒷골목에 있던 카페 A. 1에서 술을 나누었다. 그날도 이상은 독한 술인 진을 마시고 있었다. 그는 항상 독한 술만을 찾았었다. 그때 같은 감독의 「유령, 서쪽으로 가다」의 이야기도 나왔다. 항상 유쾌하게만 보이는 이상은 당번 여급에게 전과 조금도 다름없이 그의 독특한 해학을 퍼부었다.

"얘, 르네 크레르의 아이러니가 참 멋지더라. 고놈의 독재자인 수상이 그만 머리가 돌아서 사루마다(잠뱅이) 바람으로 침실에서 뛰어나오니까 독재주의 국가의 백성들은 모조리 잠뱅이 바람으로 길에 나서서 전주(電柱)를 얼싸안고 맴을 돌더라. 이 왜(倭)나라 상전들도 그렇게 되기가 십중팔구지. 우리들 엽전(葉錢)이야 성명 삼자도 없는 외인부대지만 말야." 이렇게 떠드는 이상은 일본이 그렇게 되어가는 꼴이 깨가 쏟아지도록 재미있다고 손뼉까지 치면서 유쾌해했다. 그것만이 아니라, 이어서 독재자 히틀러를 풍자한 영화의 여러 장면이 재미있다고 세밀하게 그것을 묘사까지 하였다.

- 윤태영, 「자신이 건담가라던 이상」, 『현대문학』, 1962.12.

"박형, 어제 저녁에는 과용을 해서 미안하지만, 남는 돈이 있거든 혹시 나를 데리고 명치좌(明治座) 구경을 시켜줄 아량이 없겠소? 요새 명치좌에서는 유명한 르네 클레르 감독의 「최후의 억만장자」라는 영화가 상영되어서 큰 인기를 끌고 있답디다. 지금 내 주머니는 문자 그대로 공랑(空囊)이라 무일푼이지만, 천하 사람을 우롱한 주인공의 행동을 한번 보고 싶단 말이오."

이 말의 뜻을 벌써 알아차리고 구보는 언뜻 승낙하였다. (중략)

다방에 들어가서 차를 마시면서 이상은, 히틀러를 모두들 악한이라고 부르고 있고, 이 영화도 그렇게 보이도록 만들었지만 그러나 히틀러는 천재라고 칭찬하였다.

"이 다음에는 같은 르네 클레르 감독의 「유령, 서쪽으로 가다」가 나온다는데, 그것도 박 형한테 구경시켜 달라고 예약합시다."

하고, 이상은 너털웃음을 웃었다.

- 조용만, 「이상 시대, 젊은 예술가들의 초상」, 『문학사상』, 1987.4~6.

1930년대 경성의 도시를 거닐었던 김해경에게 있어서 영화관은 끽다점과는 또 다른 정류의 지점이었다. 종로통에 모여 있었던 단성사(團成社), 조선극장(朝鮮劇場), 우미관(優美館)이라든가, 태평통의 경성부민관(京城府 民館), 명동(본정)에 있던 명치좌(明治座)나 희락관(喜樂館), 앵정정(櫻井町)의 대정관(大正館), 황금정(黃金町)의 황금관(黃金館) 등 경성에 깔려 있던 영화관들은 해경에게는 근대적인 취향과 더불어 또 다른 세계로 열린 창과도 같은 것이었다. 영화는 그 자체로서 예술 작품이면서, 근대적인 취향의 총체였다.

이처럼 김해경에 있어서 동시대의 예술과 함께 공존하고 있는 기호품(嗜好品)들은 이른바 취향의 감각을 통하여 예민하고도 명징하게 형성되어 있었다. 이미 이 시기는 기호품에 대한 취향이 단순한 호/불호의 차원을 넘어서 자신의 정체성마저 구축하는 시대였던 것이다. 신문이나 잡지 같은 매체를 통하여, 영화나 문학을 통하여 드러나는 기호품들의 이름이 30년대라는 시대의 공기를 자체를 규정하는 것처럼, 김해경이 즐겼던 'M.J.B커피(M.J.B.Coffee)'라든가 '웨스트민스터 궐련(Westminster Virginia Tobacco)'이라든가 '리글리 추잉껌(Wrigley Chewing Gum)' 등은 단지 자본주의 현대사회 속에서 생산된 공산품에 지나지 않았던 것이 아니라 김해경의 자의식과 정체성을 규정하는 취향의 도회적 감각을 반영하고 있는 것이었다. 영화 역시 그러한 관점에서 이해할 필요가 있다. 김해경의 서구 영화 체험은 그의 근대적인 예술적 취향을 반영하는 것이었던 셈이다.

이상의 '스크린'적 사유와 모던 '프레임'

이상은 영화광이었다. 일찍부터 서구의 모던한 미술과 음악, 문학에 관심을 갖고 있었던 그였으니 당연하게도 그의 관심은 새로운 시대의 총아와 같은 제8의 예술, 영화라는 매체에 대해서도 이르러 있었다. 이러한 사실을 반영하듯 그의 작품들 속에는 영화 속에 담긴 수많은 이야기들이 별처럼 총총히 박혀 있었다. 예를 들어 폐병에 걸려 각혈을 한 이상이 요양차 성천에 갔을 때의 기록을 다루고 있는 산문 「산촌여정」에서 이상은 온갖 도회에 두고 온 것들에 대한 그리움을 토해 내는 동시에 영화에 대한 이야기도 풀어내고 있다.

파라마운트 회사 상표처럼 생긴 도회 소녀가 나오는 꿈을 조금 꿉니다. 그러다가 어느 사이에 도회에 남겨두고 온 가난한 식구들을 꿈에 봅니다. 그들은 포로들의 사진처럼 나란히 늘어섭니다. 그리고 내게 걱정을 시킵니다. 그러면 그만 잠이 깨어버립니다. / 죽어버릴까 그런 생각을 하여봅니다. 벽 못에 걸린 다 헤어진 내 저고리를 처다봅니다. 서도천리를 나를 따라 여기 와 있습니다그려! (중략) 수수깡 울타리에 오렌지빛 여주가 열렸습니다. 땅콩 넝쿨과 어우러져서 세피아빛을 배경으로 하는 한 폭의 병풍입니다. 이 끝으로는 호박 넝쿨 그 소박하면서도 대담한 호박꽃에 스파르타식 꿀벌이 한 마리 앉아 있습니다. 농황색에 반영되어 세실 B. 데밀의 영화처럼 화려하며 황금색으로 치사(侈奢)합니다. 귀를 기울이면 르네상스 응접실에서 들리는 선풍기 소리가 납니다.

이상(李箱), 「산촌여정」, 「매일신보」, 1935.9.27.~10.11.

　폐병으로 평안남도 성천의 온천에서 요양하고 있던 이상은 도회에 두고 온 근대적인 기호들을 그리워하며, '파라마운트'의 로고에 등장하는 도회 소녀가 나오는 꿈을 잠깐 꾼다. 성천이라는 시골에서 도시에 대한 향수에 빠져 있는 이상이 꾸었던 도시의 꿈의 대상은 하필이면 영화였던 것이다. 말하자면 이상에게 있어서 영화는 근대의 총체 같은 것이었으리라. 근대적 예술의 총체로서의 영화적 스크린은 일종의 감각과 사유의 프레임으로 작동하면서 모든 근대적이고 비근대적인 기호들을 담아낼 수 있는 까닭이다. 그러다가 꿈에서 도회에 두고 온 가난한 식구를 보기도 한다. 이상에게는 가장 아픈 것이었을 자신의 가족에 대한 기억들 역시 영화의 스크린=꿈이라는 프레임 속에 등장하는 것이다. 이상에게 있

콜럼비아와 파라마운트 영화사의 로고

왼쪽은 콜럼비아 프로덕션(A Columbia Production)의 로고, 오른쪽이 파라마운트 픽처스(A Paramount Pictures)의 로고이다. 콜럼비아의 로고는 여인이 빛을 들고 있는 모양이고, 파라마운트 로고는 로키 산을 배경으로 하고 있다. 이상은 콜럼비아 영화사의 로고를 파라마운트의 것으로 착각한 것이다.

　　'이상(李箱)'이라는 현상

어서 영화라는 매체가 얼마나 근대적인 것이었는가 하는 바를 알려주는 대목이면서, 이상의 창작적 세계를 구성하고 있는 그의 감각과 사유가 영화의 스크린을 통해 구축되어 있다는 사실을 알려주는 대표적인 부분이다.

흥미롭게도 이 글에서 이상은 파라마운트 영화사의 상표와 콜럼비아 영화사의 상표를 혼동하고 있다. 파라마운트사는 전통적으로 멀리 보이는 로키산(Mt. Rocky)을 배경으로 별들로 장식된 로고를 쓰고 있었고, 콜럼비아사는 소녀가 빛나는 횃불을 들고 있는 로고를 쓰고 있었던 것이다. '파라마운트의 상표처럼 생긴 도회 소녀'라는 대목은 따라서 잘못된 것이다. 이상은 원래는 '콜럼비아의 상표처럼'이라고 말해야 할 부분을 실수한 셈이다. 물론 이러한 그의 사소한 실수보다도 중요한 것은 그 로고가 언제나 영화가 시작되기 전, 새로운 영화적 세계가 펼쳐지기 직전에 등장하는 것이라는 사실이다. 성천이라는 시골에서 이상이 그리워하고 있었던 것은 영화관의 불이 꺼지고 영화사의 로고가 올라오는 약간의 기대와 흥분이 시작되는 관극 경험의 순간이었다. 따라서 이상이 근대의 도시에 대해 회상하는 순간에 바로 이 영화사의 로고를 떠올린 것은 결코 우연이 아닌 것이다. 이상은 바로 영화라는 매체가 근대를 소환하는 핵심적인 기호라는 사실을 드러내고자 한 것이었다.

또한 이상은 울타리에 올라온 호박 넝쿨에 앉아 있는 꿀벌을 보고서는 단박에 '세실 B. 데밀'의 영화를 떠올린다. 당시 이상이 거론한 영화는 세실 B. 데밀(Cecil B. Demille, 1881~1959)의 영화 중 「황금침대」가 아닐까 생각되는데, 세실 B. 데밀은 이 영화에서 흑백무성영화필름에 컬러 착색(color tinting)을 활용하여 환상적인 느낌을 주었던 때문이다. 이 영화는 1927년 2월 14일에 단성사에서 『금색침상(金色寢牀)』으로 개봉된 바 있다. 비록 이상이 이 이상 언급하고 있지는 않아 분명하게 확신하기는 힘들지만 이상이 당시 개봉했던 세실 B. 데밀의 영화를 언급하고 있는 것이라면 그의 영화 중 가장 화려한 영화로 손꼽히고 있는 이 「황금 침대」일 가능성이 높다.

세실 B. 데밀의 「황금 침대」

세실 B. 데밀의 영화들 중에서도 가장 화려한 영화로 손꼽히고 있는 이 「황금 침대(the golden bed)」(1925)는 흑백필름에 색을 입히는 방식으로 황금색의 색깔이 드러나도록 하였고 여주인공의 옷차림 등을 고풍스럽게 처리하여 이국적인 느낌을 주고 있다.

「황금 침대」는 전반적으로 근대적인 분위기를 재현하고 있는 영화가 아니라 이상의 표현대로 '르네상스'적인 정조를 담고 있는 영화이다. 이상은 수수깡 울타리에 여주가 열리고 땅콩 넝쿨이 어우러져 '세피아(sepia)' 빛을 내는 풍경을 보면서 그 광경을 하나의 영화 속 스크린으로 이해한다. 게다가 그 풍경은 세실 B. 데밀의 영화가 그러하듯 황금색의 화려하고도 사치스러운 영화 속 화면이었던 것이다. 근대의 테크놀로지의 총체로서의 영화는 어떤 시대의 어떤 꿈이든지 담아낼 수 있다. 마치 일종의 시각적 레이어(layer)처럼 이상은 자신이 보고 있는 풍경에서 근대의 스크린을 발견하고 있는 것이다. 결국 영화는 이상에게 있어서 단순한 대상을 넘어서 세상을 바라보는 일종의 방법론이자 '프레임'의 기능을 하고 있었던 셈이다.

활동사진? 세기의 총아―온갖 예술 위에 군림하는 넘버 제8예술의 승리. 그 고답적이고도 탕아적인 매력을 무엇에다 비하겠습니까. 그러나 이곳 주민들은 활동사진에 대하여 한낱 동화적인 꿈을 가진 채 있습니다. 그림이 움직일 수 있는 이것은 참 홍모 오랑캐의 요술을 배워가지고 온 것 같으면서도 같지 않은 동포의 부러운 재간입니다. / 활동사진을 보고 난 다음에 맛보는 담백한 허무ー장주의 호접몽이 이러하였을 것입니다. 나의 동글납작한 머리가 그대로 카메라가 되어 피곤한 따블랜즈로나마 몇 번이나 이 옥수수 무르익어가는 초가을의 정경을 촬영하였으며 영사하였던가ー플래시백으로 흐르는 엷은 애수ー도회에 남아 있는 몇 고독한 팬에게 보내는 단장의 스틸이다. / 밤이 되었습니다. 초열흘 가까운 달이 초저녁이 조금 지나면 나옵니다. 마당에 멍석을 펴고 전설 같은 시민이 모여듭니다. 축음기 앞에서 고개를 갸웃거리는 북극 펭귄 새들이나 무엇이 다르겠습니까.

이상(李箱), 「산촌여정」, 「매일신보」, 1935.9.27.~10.11.

또한, 이상은 마을 안에서 금융조합의 주관으로 열린 활동사진회를 보면서, 영화라는 매체의 주, 객관적 위상에 대해 다시금 정리하고 있다. 영화는 제8의 예술이자 온갖 예술 위에 군림하는 세기의 총아이다. 그것은 물론 영화가 미술이나 음악, 문학과 같이 단일한 매체가 아니라 다중의 감각을 활용하는 다중한 매체라는 사실과 관련되어 있다. 이는 마치 입체파 예술가인 장 콕토가 초기 피카소, 사티와 협업을 통하여 실험적인 오페라극 「퍼레이드」와 같은 단일 매체를 넘어서는 다차원적이고 입체적인 예술을 실천하려고 했다가 이러한 경험을 영화 매체로 옮겨 「시인의 피」와 같은 영화를 창작하는 데 이르게 된 것과 마찬가지의 궤에 놓여 있는 것으로 해석될 수 있다. 모더니스트였던 장 콕토에게 있어서 지상 과제는 예술적 실천에 있어서 평면성을 극복하고 다차원성을 획득하는 것이었으며, 영화는 단일한 매체를 뛰어넘는 차원적 다층성을 추구하는 데 있어 관객의 복합적인 감각을 자극하는 데 가장 효과적인 테크놀로지를 담보하고

장 콕토의 영화 「시인의 피」

장 콕토는 1930년에 결국 영화를 연출하기에 이른다. 그가 연출한 「시인의 피(Le Sang d'un poète)」(1930)는 전위적인 영화로 장 콕토가 연출한 영화 3부작의 시작에 해당한다. 나머지 영화는 「오르페(Orphée)」(1950)와 「오르페우스의 유언(Testament of Orpheus」(1959)이 그것이다. 이 영화는 4개의 큰 부분으로 되어 있으며, 장 콕토 시에서 드러난 비너스 동상, 아편 흡연자, 거울 등 다양한 이미지들이 종합적으로 드러난다. 하지만 이 작품의 반기독교적인 메시지 때문에 오랫동안 상영되지 못했다.

있는 다중 매체였다. 장 콕토는 현대의 가장 상업적인 매체였던 영화를 자신의 초현실주의 예술적 실천을 위한 대상으로 삼았던 것이다. 장 콕토와 마찬가지로, 이상도 이러한 영화의 예술적 가능성을 높게 평가하고 있었다. 하지만 이상이 판단하기에 영화는 자본주의적 욕망이 만들어낸 고도의 문화상품이라는 점에서 고답적이고도 탕아적인 매력을 드러내는 것이 아닐 수 없다. 그것은 이상에게 끊임없이 근대의 인공적 감각을 상기시키도록 하는 매개였던 것이다. 즉 영화는 이상에게 있어서 머나먼 태고의 과거와 첨단의 근대를 동시에 담아낼 수 있는 프레임이었으며, 예술과 상품의 양면적인 속성을 갖는 것이었다.

결국, 이상이 활동사진을 보려고 몰려든 사람들을 '펭귄'으로 비유했던 것은 단지 이상 자신은 보다 현대적인 인간으로서 새로운 신문명에 무지하고 과거의 동화적 꿈에 젖어 있는 마을 주민을 폄하하고 조롱하기 위한 것만은 아니었다. 이상에게 있어서 성천의 마을 풍경 하나하나는 세실 B. 데밀의 영화의 한 장면, 장면이나 다를 바 없었던 까닭이다. 근대의 도시를 떠나와 도시를 그리워하였

'이상(李箱)'이라는 현상

던 이상이었으나 그는 자신의 눈을 마치 카메라의 렌즈처럼 움직여 자신의 눈에 들어오는 성천의 황혼 무렵의 풍경을 그대로 영사하여 드러내고 싶어했던 것이다. 하지만 이상이 눈이라는 일종의 카메라적 연장(extension)을 통하여 찍는 풍경에 등장하는 성천의 마을 사람들은 오히려 자신들이 스크린 속의 주인공임을 망각하고 오히려 사진이 움직인다는 근대적 활동사진의 신기성에 매혹되어 마당에 모여들고 있는 것이다. 이는 말하자면, 인간이 원숭이의 삶을 궁금해하고 따라잡고자 하는, 보는 대상과 보이는 대상 사이의 전치, 즉 궁극적으로 장자의 호접몽에 닿아 있는 역도병적 세계다. 영화는 이상에게 있어서는 시공간적인 어떤 사유든 담아낼 수 있는 방법론이자 프레임이었던 것이다.

이상의 서구 영화 체험 1: 영화 「만춘」

여기 더 앉았다가는 복어처럼 탁 터질 것 같다. 아슬아슬한 때 나는 T군과 함께 바(bar)를 나와 알맞게 단성사 문 앞으로 가서 3분쯤 기다렸다. / 윤과 임이가 1조, 2조 하는 문장처럼 나란히 나온다. 나는 T군과 같이 「만춘」 시사를 보겠다. (중략) 갤러리 어둠 속에 T군과 어깨를 나란히 앉아서 신발 바꿔 신은 인간 코미디를 내려다보고 있었다. 아래 배가 몹시 아프다. 손바닥으로 꽉 누르면 밀려나가는 김이 입에서 홍소로 바뀌어 터지려든다. 나는 아편이 좀 생각났다. 나는 조심도 할 줄 모르는 야인이니까 반쯤 죽어야 껍적대지 않는다.

이상(李箱), 「동해(童骸)」, 「조광」, 1937.2.

소설 「동해」에서 나는 자신이 사랑하는 임을 자존심과 허세 때문에 윤에게 보내고 T군을 만나 술을 한잔한 뒤 단성사 극장 앞에서 그 두 사람이 나오는 것을 기다린다. 이때도 역시 나는 임과 싸움을 하고 T군과 함께 단성사에서 하고 있는 「만춘(晩春)」의 시사를 보기로 한다. 당시 나와 T군이 보았던 「만춘」은 에드먼드 굴딩(Edmund Goulding) 감독의 연출로 앤 하딩(Ann Harding)이 주연한 1935년 작 「내면의 불길(Flame within)」이었다. 이 영화는 단성사에서 1936년 6월 경에 개봉되었다.

이 영화에는 정신병리학을 공부하고 있는 메리 화이트(Ann Harding)와 외과 의인 고든(Herbert Marshall)이 등장한다. 고든은 수면제를 과다복용한 릴리언(Maureen O'Sullivan)을 치료하기 위해 그녀를 정신과 의사인 메리에게 보낸다. 메리는 그녀를 진료하다가 그녀가 잭의 이름을 부르며 창 밖으로 뛰어내려 자살을 하려고 하자 그녀의 스트레스의 근원이 알코올중독자인 잭임을 알게 되어 그들 둘을 모두 치료하고 잭은 릴리언에게 청혼을 하여 행복하게 된다. 이러

당시 신문에 실린 영화 「만춘」의 리뷰

"정신병리학을 연구하는 여의사 메리 화이트는 고든 의사의 열렬한 청혼도 거절하고 다만 연구에만 몰두하여 간다. 거기에 나타난 것이 부자의 딸 릴리언이었다. 이 여자는 잭이라는 청년을 사랑하고 있지만 그는 매일 장취로 술만 먹고 그 여자에게 냉정하게 하는 것이었다. 릴리언은 낙망이 되어가지고 자살하려고 독약을 먹기까지 하였다. 메리는 이 릴리언을 치료하기로 되었는데 이 여자를 완전히 치료하려면 잭의 술 먹는 버릇부터 고쳐야 하겠으므로 메리는 전력을 다하여 잭의 버릇을 고치려고 하였다. 그 결과 잭은 그 버릇이 완전히 고쳐지고 발명가가 되었으며 릴리언과 결혼하였다. 그러나 결혼한 지 1년 만에 메리를 찾아온 잭은 자기가 메리를 사랑하고 있다는 말을 고백하였다. 메리도 역시 잭에게 호의를 가지고 있노라는 것을 고백은 하였으나 피차에 그것은 사도(邪道)라는 것을 말하여 돌려보냈다. 그러나 이 일 때문에 다만 연구에만 몰두하고 있던 메리가 따스한 인간성에 부딪혀 비로소 고든 의사의 마음을 이해할 수 있게 되어 연구를 버리고 결혼하게 된다는 것이 이 영화의 경개(줄거리)이다. 이 영화의 후반은 매우 극적으로 진행하여 자못 흥미가 있고 여자의 두 개의 타입과 남자의 두 개의 타입을 잘 대조하여 읽어간 점과 연기의 능한 점이 좋았다. 다만 연구와 결혼이 양립(兩立)하지 못한다는 조건 위에 전체의 스토리를 세운 데는 좀 불만이었다."("新映畵 M·G·M作 「晩春」", 「동아일보」, 1936.6.23., 3면.)

던 와중에 고든은 메리에게 의사 일을 그만두고 자신과 결혼하자고 하나 메리는 자신의 일에 몰두하고 싶은 마음에 이를 거절한다. 릴리언은 잭에 대한 소유욕이 너무 커서 급기야는 메리를 의심하는데 메리는 이를 치료하는 과정에서 고든에 대한 사랑을 깨닫게 된다. 이 영화의 핵심적인 뼈대는 이성적인 존재인 의사 메리와 내면에 불꽃을 가지고 타인에 대한 사랑의 감정을 숨기지 않고 드러내는 릴리언 사이의 대비이다. 메리는 사랑 때문에 죽음마저도 감행하려고 하는 릴리언을 치료하면서 그녀의 마음속에 존재하는 불꽃과도 같은 감정을 이해하게 되고 그에 공감하게 되는 것이다.

이 영화의 원제가 "내면의 불길"인 까닭은 역시 이러한 주제와 관련되어 있을 것이다. 이상이 이 영화를 두고서 '신발 바꿔 신은 인간 코미디'라고 지칭했던 까닭 역시 여기에 있다. 이상이 이 영화에 대해 차용하고 있는 바를 좀 더 상세히 인용해 보도록 하자.

> 스크린에서는 죽어야 할 사람들은 안 죽으려 들고 죽지 않아도 좋은 사람들이 죽으려 야단인데 수염 난 사람이 수염을 혀로 핥듯이 만지작만지작하면서 이쪽을 향하더니 하는 소리다. / "우리 의사는 죽으려 드는 사람을 부득 부득 살려가면서도 살기 어려운 세상을 부득부득 살아가니 거 익살 맞지 않소?" / 말하자면 굽 달린 자동차를 연구하는 사람들이 거기서 이리 뛰고 저리 뛰고 하고들 있다.
>
> 이상(李箱), 「동해(童骸)」, 『조광』, 1937.2.

이와 같은 「동해」 속의 인용은 사실 영화 「내면의 불길」의 내용을 이해하지 않고서는 전혀 이해될 수 없다. 특히 이상이 말하고 있는바 죽어야 할 사람과 죽지 않아도 좋은 사람이 누구인지, 수염 난 사람은 누구이며, 그가 하는 말은 도대체 이 소설에서 어떤 의미를 갖는지 등등은 영화를 매개로 해명되지 않고서

영화 「Flame within」에 등장하는 배우들

영화 속의 주인공들인 메리 화이트, 고든 역을 맡은 배우들이다. 메리에게는 '살고자 하는(who tried to live)'이라는 수식어로, 고든에게는 '그녀와 결혼하고자 하는(who tried to marry her)'이라는 수식어로 소개되어 있다.

영화 속에서 릴리언(Lillian)과 그 상대역인 잭(Jack)을 맡은 배우들이다. 릴리언에게는 '죽으려 하는(who tried to die)'이라는 수식이, 잭에게는 '변하고자 하는(who tried to reform)'이라는 수식이 붙어 있다.

또한 이 영화에는 이 '모두를 사랑하는(who loved them all)' 프레이저 박사 역할을 하는 배우가 등장한다. 그는 영화에 등장하는 이들에게 충실한 조언자의 역할을 한다.

는 전혀 이해되지 않는다.

당시 영화 「내면의 불길」의 광고에 제시되어 있는 등장 인물의 성격에 대한 소개를 보면 그제야 이 이상이 했던 발언의 핵심이 이해될 수 있을 것이다. 주인공인 '메리' 역의 앤 하딩에게는 "살고자 하는"이라는 수식어가 붙어 있고, '고든' 역의 허버트 마샬(Herbert Marshall)에게는 "그녀와 결혼하고자 하는"라는 수식어가 붙어 있다. 또한 '릴리언' 역을 맡은 모린 오설리번은 "죽고자 하는", '잭' 역을 맡은 루이스 헤이워드(Louis Hayward)는 "바꾸고자 하는(Who Tried To Reform)"으로 설명되고 있다.

이를 보면 「동해」에서 바로 이상이 '죽어야 할 사람'으로 간주했던 존재가 주인공인 '메리'였다는 사실을 알 수 있으며, '죽지 않아도 좋은 사람들'이란 '릴리언'이었음을 알 수 있다. 즉 이상이 보기에는 영화 속에서는 오히려 사랑이라는 감정을 느끼지 못하고 있는 '메리 화이트'가 오히려 동정을 받아야만 하는 대상이며, 사랑의 열병을 앓고 있는 '릴리언'은 당연한 감정을 겪고 있는 인물이었던 것이다. 하지만 영화 속에서는 오히려 정신과 의사인 '메리'가 '릴리언'을 치료하는 상황이니 아이러니한 것이 아닐 수 없다. 마치 환자가 의사를 치료하고 있는 형국이다.

즉 이상은 이 영화의 헤로인인 '메리 화이트'보다는 '릴리언'의 인간다움에 공감하고 있으면서 「동해」 속에서 다루고 있는 기호로서의 세계에 대한 파악과 인간들 사이의 사랑의 존재 가능성에 대한 탐색을 어느 정도 이어가고 있는 것이다. 따라서 이상이 "수염 난 사람이 수염을 혀로 핥듯이 만지작만지작하면서 이쪽을 향하더니 하는 소리"라는 것은 따라서 당연하게도 '프레이저' 박사가 '메리 화이트'에게 하는 말이라는 사실을 알 수 있다. 즉 "우리 의사는 죽으려 드는 사람을 부득부득 살려가면서도 살기 어려운 세상을 부득부득 살아가니 거 익살 맞지 않소?"란 '메리'가 죽으려 드는 사람을 살리면서도 스스로 살아가고자 하는 사람이라는 인간 관계의 역설에 대한 지적이었던 것이다.

이 「만춘」이 단성사에서 개봉된 것은 1936년 6월이었고 「동해」가 『조광』에 연재된 것은 1937년 2월의 일이므로 고작해야 7~8개월의 시간차가 존재한다. 즉 이상이 이 영화를 자신의 소설 배경으로 사용한 것에는 이중의 고려, 즉 당대의 문화적 기호를 자신의 작품 속에 차용했다고 하는 동시대성을 환기하는 의미와 더불어 이상 자신이 내보이고자 하는 사상의 일단이 숨어 있다는 점에서 대단히 흥미롭다.

이상의 서구 영화 체험 2: 영화 「지킬 박사와 하이드 씨」

이상이 쓴 산문인 「혈서삼태(血書三態)」에는 다음과 같이 영화 「지킬 박사와 하이드 씨가 언급되어 있다.

　　매춘부에 대한 사사로운 사상, 그것은 생활에서 얻는 노련에 편달되어 가며 몹시 잠행적으로 진화하여 가는 것이었습니다. 그러기에 영화로 된 스티븐슨의 「지킬 박사와 하이드 씨」 1편이 그 가장 수단적인데 그칠 예술적 향기 수준이 퍽 낮은 것이라고 해서 차마 '옳다, 가하다' 소리를 입 밖에 못 내어놓는 것이 아니겠습니까. 사실에 소하(小霞)의 경우를 말하지 않고 나에게는 가장 적은 지킬 박사와 훨씬 많은 하이드 씨를 소유하고 있다고 고백하고 싶습니다. 나는 물론 소하의 경우에서도 상당한 지킬 박사와 상당한 하이드를 보기는 봅니다만은 그러나 소하가 퍽 보편적인 열정을 얼른 단편으로 사사오입식 종결을 지어버릴 수 있는 능한 수완이 있는데 반대로 나에게는 런던(London) 시가에 끝없이 계속되는 안개와 같이 거기조차 컴마나 피리어드를 찍을 재주가 없습니다. / 일상생활의 중압이 이 나에게 교양의 도태를 부득이하게 하고 있으니 또한 부득이 나의 빈약한 이중성격을 지킬 박사와 하이드 씨에서 하이드 씨와 하이드 씨로 이렇게 진화시키고 있습니다.

이상(李箱), 「혈서삼태」, 「신동아」, 1934.6.

　　"하이드 씨"라는 부제가 붙은 이 산문에서 이상은 가공의 인물인 '소하(小霞)'에게 보내는 편지의 형식을 취하고 있다. 이 소하가 누구인지 분명치는 않다. 경성고공 주임교수였던 사람의 이름이 소하(小河, 오가와)였다는 사실을 우선 떠올릴 수 있으나 문맥상 그다지 적확해 보이지는 않는다. 이상이 굳이 이 오가와라는 교수에게 편지를 쓸 이유를 찾기는 어렵기 때문이다. 오히려 문맥상으로 본다면 이 소하란 소설을 쓰는 작가, 그중에서도 일본 쪽의 작가 이름을 가리킬 가능성이 높다고 생각된다.

　　한편 여기에서 이상이 인용하고 있는 지킬 박사와 하이드는 바로 로버트 루이스 스티븐슨(Robert Louis Stevenson, 1850~1894)이 쓴 원작 『지킬 박사와 하이드 씨(The Strange Case of Dr. Jekyll and Mr. Hyde)』(1886)에서 온 것인데, 특히 그는 이 소설을 원작으로 하여 루벤 마물리안 감독이 1931년 파라마운트 픽처스에서

영화 「지킬 박사와 하이드 씨」의 영화 효과들

이 작품에서는 공포 영화다운 괴기성을 증대시키기 위해 다양한 영화적 효과들이 사용되고 있다. 예를 들어 초반부 지킬 박사가 외부 세계를 볼 때 주변부를 암흑으로 필터링하여 중앙만을 강조하여 1인칭의 주관적 시점을 나타내기도 하고 거울을 활용하여 주인공의 현재 상태를 알 수 있도록 하기도 한다. 또한 지킬 박사가 하이드로 변신할 때 플래시백과 디졸브를 사용하여 과거 회상신을 보여주기도 하고(아래 왼쪽) 자연스러운 변신을 위해 숏(shot)을 나누지 않고 변신하는 장면을 직접적으로 드러내기도 한다.

당시 신문에 실린 영화 「지킬 박사와 하이드 씨」의 리뷰

"로버트 · 루이스 · 스티븐슨의 원작을 영화화한 「지킬 박사와 하이드 씨」를 보앗다. 사람의 령에 내재하는 악을 해방하면 조흔 자아의 자유로운 성장을 어들 수 잇다는 지설을 가진 지킬 박사는 약들의 힘으로써 자기 자신이 악의 화신이 되여본다. 그리하야 이 새로운 제二의 자긔를 '하이드'라 이름한다. 여기서부터 괴괴하고 처참한 사건이 전개되어 드디어는 비극격 결말을 짓고 만다. 몸서리 치이는 영화이다. 그리고 기술로 보아서도 놀랠 만한 점이 만히 잇다(九일부터 조극상영)."(「新映畵 지킬 박사와 하이드 씨」, 「동아일보」, 1932.7.10, 5면.)

"사람의 선악의 성질을 약으로 분해할 수 잇다는 공상을 하는 지길박사와 그의 약혼한 녀자 뮤리엘 매춘부, 아 이뷔 등을 싸고 드는 성적갈등으로 일어나는 비극 그것은 보통 비극이 아니요 모도가 괴기(怪奇) 그것으로."(「映畵紹介 怪奇劇 지길博士와하이드氏」, 「조선일보」, 1932.7.9, 4면.)

만든 동명의 영화로부터 끌어오고 있는 것이다. 이 영화는 1932년 7월 9일 조선극장에서 개봉하였다. 당시 이 영화는 그 형식이라든가 괴기함으로 인해 개봉 당시 조선에서도 상당한 센세이션을 일으켰다.

이 영화에서 '지킬 박사'는 발표할 때마다 놀라운 학설을 제시하는 과학자로 이번에는 인간의 마음(soul)이 하나가 아니라 둘이라는 학설을 제시한다. 하나는 고귀함을 담당하는 좋은 자아(the good self)이고 다른 하나는 짐승과 같은 충동을 그대로 발산하는 자아(the evil self)이다. 이 두 가지 자아가 끊임없이 싸우고 있는 것이 주체의 상태이며 '지킬'의 학설은 이를 인위적으로 나눌 수 있다는 데까지 나아간다. 영화 속에서 '지킬 박사'는 결국 그 두 가지 자기 자신을 나눌 수 있는 약을 개발하여 '지킬 박사'일 때는 차마 범하지 못했던 매춘부 '뮤리엘'을 '하이드 씨'로 변하여 마음껏 유린하고 폭행한다. '지킬'은 점차 '하이드 씨'로 변했을 때를 기억하지 못하지만 '뮤리엘' 등을 만나 '하이드 씨'가 나쁜 일들을 하고 다닌다는 사실을 알게 된다. 게다가 '지킬'은 점차 자신이 의도하지 않게 '하이드 씨'로 변하게 되고 더욱 나쁜 일들을 벌이게 된다. 결국 '하이드 씨'는 경찰의 손에 죽음을 당하게 되고 '지킬' 역시 최후를 맞이하게 된다.

흥미로운 부분은 이 영화의 초반부에 '지킬 박사'가 학회에서 다음과 같이 연설하는 대목이다. "여러분, 런던은 안개로 가득 차 있어서 그것은 우리의 마음을 파고들어와 우리의 시각에 경계를 만듭니다(Gentleman, London is so full of fog that it has penetrated our minds set boundaries for our vision.)."

이 내용은 여러모로 낯익다. 다름 아니라 이상이 썼던 "런던 시가에 끝없이 계속되는 안개와 같이"라는 구절이 바로 이 지킬의 연설에서 따온 것이기 때문이다. 이상이 영화 「지킬 박사와 하이드 씨」를 차용해 온 것은 우연이 아니라 지킬 박사의 이성적인 부분과 하이드 씨의 열정적인 부분(이상 자신의 용어로)이 분리되지 않는 자신의 상황을 드러내기 위해서였다. 앞서 「만춘」에 대해서도 마찬가지였지만 이상은 지나치게 이성적인 자아의 존재보다는 이성과 본능이 구분되

'이상(李箱)'이라는 현상

지 않는 지점에서 자신의 성격을 찾고자 하였던 것이다.

이상의 서구 영화 체험 3: 영화 「죄와 벌」과 영화 「프랑켄슈타인」

한편 1936년 3월 「매일신보」에 연재된 수필 「조춘점묘」에도 영화에 대한 언급이 있다.

> 길을 걷자면 "저런 인간일랑 좀 죽어 없어졌으면"라고 골이 벌컥 날 만큼 이 세상에 살아 있지 않아도 좋을 산다고 해야 되려 가지가지 해독이나 끼치는 밖에 재주가 없는 인생들을 더러 본다. 일전 영화 「죄와 벌」에서 얻어들은 '초인법률초월법(超人法律超越論)'이라는 게 뭔지는 모르지만 진보된 인류 우생학적 위치에서 보자면 가령 유전성이 확실히 있는 불치의 난병자, 광인, 주정중독자, 유전의 위험이 없더라도 접촉 혹은 공기 전염이 꼭 되는 악저(惡疽)의 소유자 또 도무지 어떻게 해도 손을 댈 수 없는 절대 걸인 등 다 자진해서 죽어야 하든지 그렇지 않으면 모종의 권력으로 일조 일석에 깨끗이 소탕을 하든지 하는 게 옳을 것이다. 극흉극악의 범죄인도 물론 그 종자를 멸절시켜야 옳을 것인데 이것만은 현행의 법률이 잘 행사해 준다. 그러나―법률에 대한 어려운 이론을 알 바 없거니와―물론 충분한 증거와 함께 범죄사실이 드러난 경우에 한해서이다. 영화 「후랑켄슈타인」에 나오는 지상최대의 흉악한 용모의 소유자가 여기도 있다면 그 흉리(胸裏)에는 어떤 극악의 범죄계획을 포함하고 있다 하더라도 다만 그의 그 용모 골상이 흉악하다는 이유만으로는 법률이 그에게 판재(判裁)나 처리를 할 수는 없으리라. 법률은 그런 경우에 미행을 붙여서 차라리 이 자의 범죄현장을 탐탐히 기다릴 것이다. 의아한 자는 벌치 않는다니 그럴 법하다.

이상(李箱), 「차생윤회(此生輪廻)」, "조춘점묘", 「매일신보」, 1936.3.3.~26.

이 글에는 두 편의 영화가 언급되고 있다. 하나는 조셉 폰 스턴버그(Josef von Sternberg, 1894~1969) 감독의 「죄와 벌(Crime and Punishment)」(1935)이고 다른 하나는 제임스 웨일(James Whale, 1889~1957) 감독의 「프랑켄슈타인(Frankenstein)」(1931)이다. 「죄와 벌」은 1936년 2월에 단성사에서 개봉하였고, 「프랑켄슈타인」은 1933년 2월에 조선극장에서 개봉하였다. 서로 개봉일이 3년 정도 차이가 나는 영화를 한꺼번에 묶어서 언급하고 있는 것은 이상이 자신이 영화를 본 기억에 의존하여 이를 쓰고 있다는 사실을 알려준다.

영화 「죄와 벌」의 경우, 이상이 언급하고 있는 '초인법률초월법'은 라스콜리니코프가 범죄를 저지르고 난 뒤 검사가 그를 조사하면서 몰아붙이는 대목에 등장한다. 영화 속에서 검사는 라스콜리니코프의 집에 찾아와 우선 그의 집에 걸려 있는 나폴레옹과 베토벤에 대해 언급한다. 이 두 사진은 실제로 영화 속에서 라스콜리니코프가 범죄를 저지르도록 하는 데 주요 요소로서 등장하는 것으로 검사가 라스콜리니코프를 압박하고 있는 대목이다. 여기에서 검사는 라스콜리니코프에게 "흩어져 있던 일들에 하나의 패턴이 나타나기 시작했네(I began piecing things into a pattern). 너의 절망적인 가난(Your desperate poverty). 너 때문에 결혼해야 하는 너의 누이(Your sister marrying for your sake). 체포된 사람이 나왔을 때 네가 기절했던 것(Your fainting when the arrested man was brought in). 이 모든 것들은 법률 위에 군림하는 초인을 말하고 있네(All this talk about supermen being above the law)"라고 말하고 있는 것이다. 즉 검사는 라스콜리니코프의 절망적인 가난과 누이가 결혼하는 것에 대한 책임, 체포된 사람이 연행됐을 때 라스콜리니코프가 기절했던 것과 같은 단서들을 모아보면, 이 모든 것이 법 위에 존재하는 초인(超人/superman)에 대해 가리키고 있다고 말하고 있는 것이다. 이는 검사가 범죄를 저지르고도 그것을 숨기고 있는 라스콜리니코프의 태도를 초인이라고 부름으로써 암묵적으로 조롱하고 겁을 주어 수사에 도움이 되도록 하기 위하여 꺼낸 것이다. 이상은 하지만 이 구절을 가져와 구절 그대로 해석하

'이상(李箱)'이라는 현상

여 우생학적 견지의 초인이 법률을 넘어설 수 있다는 식으로 해석한 것이다.

이 밖에도 이 글 「조춘점묘」에는 영화 「프랑켄슈타인」에 대한 언급이 있다. 이 영화는 영국의 작가인 메리 셸리(Mary Shelley, 1797~1851)의 소설인 『프랑켄슈타인 혹은 근대의 프로메테우스(Frankenstein; or, The Modern Prometheus)』(1818)를 원작으로 하고 있다. 이 영화의 내용은 프랑켄슈타인 박사가 영원한 생명에 대

영화 「죄와 벌」

영화 「죄와 벌」(1935)의 스틸로, 왼쪽은 라스콜리니코프가 노파를 살해한 직후의 장면이고, 오른쪽은 검사가 라스콜리니코프의 집으로 찾아와 '초인' 이야기를 꺼내면서 라스콜리니코프를 정신적으로 압박하는 장면이다. 특히 이상이 언급했던 장면은 오른쪽의 것에 해당한다.

이 영화에서 흥미로운 부분은 영화 속에서 중요한 오브제로 사용되고 있는 두 명의 위인, 베토벤(왼쪽)과 나폴레옹(오른쪽)과 그 위에 겹쳐진 이미지로 라스콜리니코프의 주변인물들이 말을 하면서 라스콜리니코프의 정신적인 혼돈을 표현한 대목이다.

당시 신문에 실린 영화 「죄와 벌」의 영화평

"라스꼴리니코프는 천재적 대학생으로 기이한 기벽으로 빈곤한 생활을 하여간다. 그런 중 불행한 여성 쏘니아와 알게 되었다. 그의 누이 아소토니아는 돈으로 해서 마음에 마땅치 않는 일 관리와 결혼케 되자 그 누이를 구하고자 전당포의 노파를 죽이고 돈을 빼앗었다. 그는 양심의 고민을 참지 못하여 쏘니아에게 모든 것을 고백한다. 쏘니아는 자수를 권하는데 처음에 반대하던 그도 구경(究竟) 쏘니아의 사랑에 동화되어 자수하고 말았다. 그는 시베리아로 유형을 당한다. 쏘니아도 그를 따라 시베리아로 향한다."(「罪와 罰」, 「조선일보」, 1936.2.29, 6면.)

한 꿈을 위해 실험실에서 뇌를 훔치고 이를 파낸 시체에 이식하여 몬스터를 만든다. 하지만 이 몬스터는 프랑켄슈타인 박사의 뜻대로 움직이지 않는다. 몬스터는 세계를 자신의 방식으로 이해하여 아이를 물에 빠뜨려 죽이기도 하고 프랑켄슈타인 박사의 약혼녀를 위협하여 공격하기도 한다. 마을 사람들은 대대적으로 수색대를 조직하여 몬스터를 해치우려 나선다. 몬스터는 프랑켄슈타인 박사를 인질로 잡고 풍차에서 그를 떨어뜨리고 마을 사람들은 풍차를 불태워 몬스터는 풍차와 함께 사라지고 만다. 이 영화는 인간의 영원한 생명에 대한 소망이 얼마나 그릇될 수 있는가 하는 것을 잘 보여주고 있으면서 몬스터가 그저 악하기만 한 존재가 아니라 세상의 규칙을 잘 모르기 때문에 악할 수 있다는

영화 「프랑켄슈타인」

이 영화 「프랑켄슈타인」(1931)은 제임스 웨일이 감독을 맡았고, 프랑켄슈타인 박사 역은 콜린 클라이브(Colin Clive)가 맡았다. 흥미롭게도 초반에 몬스터 역할은 물음표로만 표시되어 그 정체가 밝혀지지 않지만 엔딩 타이틀 롤에는 보리스 칼로프(Boris Karloff)라는 이름이 드러난다. 극중 몬스터의 역할은 왼쪽 사진처럼 괴기스러운 외양을 띠고 있으며 아기처럼 아무것도 모르는 백치 상태로 표현되고 있다.

프랑켄슈타인에 대한 당대의 영화평

"젊은 과학자(科學者) 프랑켄슈타인이 생명(生命)의 부활(復活)에 대하여 광적 연구(狂的研究)를 하는 것으로부터 이 괴기 영화(怪奇映畵)는 시작된다. 잘못하여 범죄자(犯罪者)의 뇌를 시체(屍體)에 넣고 사인 재생(死人再生)의 실험을 한 결과 놀랍고 무시무시하고 알맞은 여러 가지 기괴한 장면이 전개된다." ("(신영화소개) 「부랑켄슈타인」", 「중앙일보」, 1936.2.10, 3면.)

'이상(李箱)'이라는 현상

사실을 보여주고 있다. 이상은 하지만 이 영화에서 몬스터의 기괴한 얼굴에만 주목하여 차용하고 있다.

이상의 서구 영화 체험 4: 영화 「장미신방」과 아르놀트 판크의 영화

한편, 이상은 김기림에게 보냈던 서신에서 이상은 파(FUA)사에서 제작된 「장미신방」이라는 영화를 보았다고 쓰고 있기도 하다.

> 사흘 전에 FUA 「장미신방」이란 영화를 보았소. 충분히 좋습디다. '조촐한 행복'이 진정한 황금이란 타이틀은 아르놀트 판크 영화에서 보았고 '조촐한 행복'이 인생을 썩혀버린다는 타이틀은 「장미의 침상」에서 보았소. 아- '철학의 한없이 헛됨아' 그랬소.
>
> 이상(李箱), 「김기림에게 보낸 서신」, 「여성」, 1936.4.

지금까지 이 파(FUA)사는 독일의 영화사인 우파(UFA)를 잘못 쓴 것으로 간주되어 왔지만, 당시에 '파'사(社)라고 하면 파라마운트 영화사를 가리키는 것이 일반적이었다. 아마도 이상이 착각을 했거나 잘못 썼을 가능성이 높다. 당대 신문기사에서 이 영화 「장미신방」에 대한 조선 내 개봉 기록을 찾기는 힘들다. 여러 가지 정황을 참고할 때 이상이 거론한 「장미신방」이라는 영화는 조선 내에서 개봉했던 영화인 「장미의 침상」 즉 「Bed of Roses」(1933)를 가리키고 있는 것이 아닐까 생각되지만, 이 영화는 RKO 라디오 픽처스에서 만들어진 것이므로 좀 더 확인해 볼 여지는 있다.

이 「장미의 침상」은 그레고리 라 카바(Gregory La Cava, 1892-1952) 감독의 연출로 할리우드의 대표적인 여배우 콘스탄스 베넷(Constance Bennet, 1904~1965)과 조엘 맥크리어(Joel McCrea, 1905~1990)가 주연했던 영화이다. 이상은 이 영화를 보고서 조촐한 행복이 인생을 썩힌다는 교훈을 발견하면서 감상적인 사랑의 위험성을 지적하였다.

또한 이상이 언급하고 있는 아르놀트 판크(Arnold Fanck, 1889~1974)는 산악

영화 「장미의 침상」

영화 「장미의 침상(Bed of Roses)」의 포스터와 스틸컷

미국의 5대 메이저 스튜디오 중 하나였던 RKO 라디오픽처스에서 제작된 「장미의 침상(Bed of Roses)」(1933)은 1931년 M.G.M에서 RKO로 옮긴 할리우드의 대표적인 여배우 콘스탄스 베넷을 전면에 내세운 영화였다. 콘스탄스 베넷이 주연한 주인공 로리는 창녀로 감옥을 나와 부자와 결혼하여 좋은 삶을 살고자 하나 면화를 싣는 바지선의 주인인 댄(조엘 맥크리어)과 만나 사랑에 빠지게 되면서 부자인 스

티븐 페이지와의 인연과 사랑 사이에서 고민한다는 내용이다.

아르놀트 판크의 산악 영화

영화 「몽블랑의 폭풍우(Stürme über dem Montblanc」(1930)의 포스터와 스틸컷

독일의 영화감독 아르놀트 판크(Arnold Fanck, 1889~1974)는 지리학 박사학위를 받고 산악 영화, 스키를 중심으로 한 스포츠 영화를 주로 제작하였다. 그는 몽블랑(Montblac)이나 피즈 팔류(Piz Palü) 등의 산을 배경으로 광활한 스펙터

클을 살린 영화를 찍었다. 그는 1930년대 초 무렵부터는 독일의 레니 리펜슈탈 등을 도와 나치 체제에 부합하는 영화를 찍었고, 1936년 무렵부터는 일본에서 로케이션을 한 「사무라이의 딸The Daughter of the Samurai」(1937)을 찍기도 했다.

영화 제작 전문가인데, 아마도 이상이 보았던 것은 "몽블랑의 왕자"라는 제목으로 소개되었던 「몽블랑의 폭풍우(Stürme über dem Montblanc)」였을 것으로 생각된다. 이상은 이 영화를 통해서는 오히려 조촐한 행복이 진정한 황금이라는 교훈을 얻었다고 말하고 있는 것이다. 즉 이 두 가지 교훈을 합쳐 읽으면, 이상이 지향하고자 했던 행복이란 전체주의하의 영화와 할리우드 영화 사이의 그것이었다는 사실을 금방 알 수 있게 된다. 곧 이상은 「장미의 침상」에서 제시했던 조촐한 사랑과 행복이나, 「몽블랑의 폭풍우」가 제시했던 전체주의의 메시지도 거부하고 그 사이의 새로운 행복의 방향성을 제시하고자 했던 것이다.

이상의 서구 영화 체험 5: 영화 「맨해튼의 모험」

이상은 소설 「실화」에서도 에드워드 루드비히(Edward Ludwig) 감독의 1936년 작 「Adventure in Manhattan」을 언급하고 있다.

이 영화는 미국에서 1936년 10월에 개봉하였으므로 이 무렵에는 동경으로 떠나 있었던 이상이 이 영화를 조선에서 보았을 리는 없다. 아마도 일본에서 개봉한 것을 보았을 가능성이 크다. 실제로 조선에서의 개봉기록은 아직까지 발견되지 않았다. 영화 「Adventure in Manhattan」은 진 아서(Jean Arthur)와 조엘 맥크리어(Joel McCrea)가 주연을 맡았다. 연일 특종을 터트리는 뛰어난 민완기자인 조지 멜빌(George Melville, 조엘 맥크리어)은 뉴욕에서 연속적으로 벌어지고 있는 범죄 사건을 취재하기 시작한다. 그는 어느 날 저녁에 수상한 행동을 하는 한 여성을 추적한다. 그녀는 다름 아니라 클레어 페이튼(Claire Payton, 진 아서)인데 부유한 집안의 상속녀로 유산을 둘러싼 음모에 휘말려 있었다. 오랫동안 그녀의 아버지를 모신 집사가 그녀를 속이고 유산을 빼앗으려고 하고 있었기 때문이다. 조지와 클레어는 이러한 음모를 풀어가는 과정에서 서로 사랑에 빠진다.

영화 「맨해튼의 모험」

영화 「맨해튼의 모험(Adventure in Manhattan)」(1936)은 주로 두 주인공 사이의 로맨스가 중심이 되어 이야기가 전개된다. 왼쪽은 조엘 맥크리어가 커피를 마시는 장면이고 오른쪽은 진 아서가 커피를 마시는 장면이다. 우아하게 마시는 진 아서에 비해 조엘 맥크리어는 스푼을 사용하여 커피를 마시는 등 약간 경박스러움을 연출하고 있다.

집사 일당들은 클레어가 출연하는 연극의 폭발 장면에서 클레어 아버지의 비밀 금고를 탈취하기로 계획을 세우고 이를 실행하여 재산을 가지고 도망치나 조지는 이를 폭로하는 기사를 쓰고 조지와 클레어는 결혼하기로 약속한다.

> 맨해튼의 모험(ADVENTURE IN MANHATTAN)에서 진-아-더가 커피 한 잔 맛있게 먹드라. 크림을 타 먹으면 소설가 구보씨(小說家 仇甫氏)가 그랬다―쥐오좀내가 난다고. 그러나 나는 조-엘 마크리-만큼은 맛있게 먹을 수 있었으니
>
> 이상(李箱), 「실화」, 『문장』, 1939.3.

여기에서 이상은 꽤 단편적으로 영화의 장면을 차용하고 있는 셈이다. 사실 이 영화는 할리우드의 전형적인 로맨틱 코미디 장르에 약간의 스파이적인 요소

'이상(李箱)'이라는 현상

를 가미한, 이상이 관심을 둘 만한 여지가 있는 영화는 아니었다. 다만 대도시인 동경에 방문한 이상은 카페에 들르면서 이 영화 속에 등장하는 장면을 떠올린 것뿐이다. 이상은 이 영화 속에서 진 아서가 맛있게 커피를 마시더라고 이야기한다. 따라서 이것은 영화에 대한 이야기라기보다는 커피에 대한 이야기에 가까운 것이다.

이상의 서구 영화 체험 6: 영화 감독 르네 클레르

이상은 김기림에게 보낸 다른 서신에서도 프랑스의 영화 감독인 르네 클레르(René Clair)에 대해 비교적 가감 없는 소회를 들려주고 있기도 하다.

> 「유령 서쪽에 가다(幽靈西へ行く)」는 명작(名作) 「홍길동전(洪吉童傳)」과 함께 영화사상(映畵史上) 굴지(屈指)의 잡동사니입디다. 르네 클레르 똥이나 먹어라.
>
> 이상(李箱), 「김기림에게 보낸 편지」, 「여성」, 1936.10.

당시 르네 클레르는 장 르누아르(Jean Renoir)나 쥘리엥 뒤비비에(Julien Duvivier) 등과 함께 한국에 가장 널리 소개된 프랑스 영화감독 중 하나였다. 그의 영화들 중 「파리의 지붕 밑」, 「백만」, 「우리들은 마음대로」, 「최후의 억만장자」, 「유령 서쪽으로 가다」 등 많은 작품이 경성의 극장에서 여러 회에 걸쳐 개봉된 바 있었다.

당시 이상은 르네 클레르의 영화에 대해 지대한 관심을 갖고 있었던 것으로 생각된다. 르네 클레르는 1920년대 중반에는 파리의 아방가르드의 일원으로 앞서 장 콕토와 어울렸던 이들과 공동 작업으로 영화를 만들기도 했던 전력이 있었던 것이다. 아마도 이상은 르네 클레르의 영화가 개봉될 때마다 찾아가

프랑스의 영화 감독, 르네 클레르

르네 클레르(René Clair, 1898~1981)는 프랑스의 영화 감독으로 1920년대 초기에는 파리 아방가르드 초현실주의자의 일원으로 무성으로 된 단편 「막간(幕間/Entr'acte)」(1924) 등을 통해 시인 프란시스 피카비아(Francis Picabia, 1879~1953)나 음악가인 에릭 사티(Erik Satie, 1866~1925), 미술가인 마르셀 뒤샹(Marcel Duchamp, 1887~1968), 만 레이(Man Ray, 1890~1976) 등과 함께 공동작업으로 영화를 만들었다. 1930년 이후 그는 본격적으로 장편을 만들기 시작하여 「파리의 지붕 밑(Sous les toits de Paris)」(1930), 「백만(Le Million)」(1931), 「우리에게 자유를(À nous la liberté)」(1931), 「최후의 억만장자(Le Dernier Milliardaire)」(1934) 등의 영화를 만들었고, 이후 영국으로 옮겨가 「유령

르네 클레르

서쪽으로 가다(The Ghost Goes West)」(1935) 등의 영화를 만들었다. 1940년 이후 미국으로 건너가 할리우드에서 몇 편의 영화를 제작하였고, 이후 다시 프랑스로 돌아와 활발한 활동을 전개하였다.

당시 경성에서 개봉했던 르네 클레르의 영화

개봉제목	원제목	제작년도	개봉일	
파리의 지붕 밑	Sous les toits de Paris	1930.	조선극장	1932.1.22.
우리들은 마음대로	À nous la liberté	1931.	조선극장	1932.10.6.
파리제	Paris Qui Dort	1925.	중앙관	1933.5.31.
백만	Le Million	1931.	미상	미상
최후의 억만장자	Le Dernier Milliardaire	1934.	미상	미상
유령, 서쪽으로 가다	The Ghost Goes West	1935.	단성사	1936.9.9.

당시 「매일신보」 1933년 5월 27일자 3면에는 다음과 같은 기사가 실려 있어, 경성에서 르네 클레르의 영화가 자주 상영되었다는 사실을 알 수 있다.

"불란서의 세계적 명감독인 르네 클레르 씨의 제4회 작품 파리제(巴里祭)는 경성일보사 후원(後援) 아래에 오는 오월 삼십일일부터 중앙관에서 상연하게 되었다. 르네 클레르 씨의 작품 「파리의 지붕 밑」, 「백만」, 「자유」 등 우리들에게 영화예술의 신기원(新紀元)을 획(劃)한 명작들이 차례로 경성에서 상연되어 일반 영화 팬들에게 절대의 지지를 받아왔거니와 이제 봉절될 씨의 제4회 작품 「파리제」도 이전의 것에 비해서 더욱 기술이 연마된 대작이다."

'이상(李箱)'이라는 현상

서 빠짐없이 보았을 것으로 생각된다. 특히 이상의 친구였던 윤태영은 60년대에 이상을 기억하면서 쓴 글 속에서 이상이 카페에서 르네 클레르의 영화를 언급하면서 즐거워했던 일화를 기록하고 있다. 르네 클레르의 표현 속에 당시 히틀러 같은 독재주의 파시즘에 대한 비판정신이 살아 있는 것을, 이상은 높게 평가하고 있었던 것이다. 하지만 이러한 평가는 「최후의 억만장자」에 국한된 것이었고, 「유령, 서쪽에 가다」에 대해서는 대단히 혹평하고 있다. 그는 아마도 르네 클레르의 새 영화를 잔뜩 기대하고 있다가 정작 영화를 보고서는 실망했었음에 틀림없다.

이상의 서구 영화 체험 7: 영화배우 '케이트 폰 나기'와 '레이몬드 해튼'

이상은 지속적으로 영화배우의 이미지를 자신의 글쓰기 속으로 끌어들인다. 그는 아마도 할리우드에서 출간되고 있었던 『모던 스크린』이라든가 일본에서 출간되던 영화예술 잡지들을 즐겨 애독하면서 관련된 정보를 얻고 있었음에 틀림없다. 어디까지나 이상은 서구의 근대적 예술 매체에 대한 깊은 이해를 갖고 있었던 것이다.

오늘밤은 둘이 함께해야 하나 보다. 그 언짢은 그림자의 사나이와 상(箱)은 한 의자 위에 걸터앉고 이젠 요리도 아주 한 사람 몫이다. / 누이처럼 생각한 적도 있답니다. / 케이트 폰 나기같이 아름다운 오뎅집 딸한테 그는 인제 그야말로 전혀 의미 없는 말을 한마디 해보았다. / 누굴 말입니까?(정말 별난 소리 다 한다. 누이처럼 생각했던 사람이란 대체 누구를 말하는 건가)

난 야단친 적도 있답니다, 좀 더 견문을 넓히라고요. / 허어, / 한데 그 여자와 악마가 걸으니까 거 참 지독한 절름발이였지요. 하지만 어느 쪽이 길고 어

느 쪽이 짧은지는 전혀 알 수 없었지요. / 나기 양은 웃었다. 그건 상(箱)의 수
다에 언제나 반짝이는, 더럽게 기독교 냄새만 나는 사고방식을 슬쩍 조소한 것
일까. 어떻든 그는 별안간 아연해지고 말았다.

이상(李箱), 「불행한 계승(不幸한 繼承)」, 『문학사상』, 1976.7.

예를 들어 그는 오뎅집 딸에게서 여배우인 케이트 폰 나기의 이름을 떠올린
다. 이 여배우인 나기의 이름은 이상의 또 다른 가상의 연인이자 자기 자신을 지
칭했던 마드모와젤 나시(Modemoiselle Nashi)=이 양(梨樣)=리 상과 묘하게 비슷한
울림을 갖는 것이면서 예술가인 모홀리 나기의 이름과도 같은 것으로 이상은
비록 여배우의 삶과는 아무런 관련은 없을지언정 미묘한 연결에 대한 감정을
갖기에는 충분했다고 생각할 수 있다. 이와 같은 감정의 연장선에서였을까? 이
상은 그 케이트 폰 나기를 닮은 여인에게 쓸데없는 과거의 이야기를 던져본다.
하지만 그녀는 슬쩍 웃어버리고 말아버렸다는 것이다. 이상은 이처럼 눈앞의 여
인을 보면서 먼 이국의 여배우를 떠올리는 데 익숙하였던 것이다.

다만 이 인용된 부분에서 이상이 '나기' 양에게 던지는 과거의 이야기라는 것
이 퍽 흥미롭다. 상은 뜬금없이 '누이같이 생각한 적도 있다'며 '나기' 양에 대해
서인지, 누군가 다른 여인에 대해서인지 애매모호하게 울리는 말을 던진다. 이는
물론 퇴로가 확보된 전형적인 연애 수작이다. '나기' 양이 '누굴 말입니까'라고 하

니 이상은 슬쩍 뒤로 빠져 다른 이야기를 꺼낸다. 이상은 여인과 악마(자신)가 걸으니 절름발이였으며 어느 쪽이 길고 짧은지는 알 수 없었다고 말한다. 즉 이 길고 짧은 길이의 서로 맞지 않는 다리는 기독교에서 예수가 못 박힌 십자가의 길고 짧은 2개의 막대를 가리키는 것이다. 십자가의 열십자는 길고 짧은 두 개의 낱직선으로 되어 있다. 하지만 그 직선 사이에는 기름이 묻어 있다. 그 둘은

영화 잡지 『모던 스크린』

　『모던 스크린(Modern Screen)』은 미국 뉴욕의 델 컴퍼니에서 1930년 11월부터 발간되기 시작한 영화 관련 월간 잡지였다. 이 잡지는 당시 영화 매체의 인기에 힘입어 빠르게 유명세를 누리기 시작하였다. 초기에는 10센트씩에 판매되었고, 주로 여배우의 사진을 이용한 초상화 예술작품을 잡지의 커버로 내세운 것이 특징이었다. 당시 여러 가지 증언을 통하여 '낙랑팔라'와 같은 카페에 이 『모던 스크린』 잡지가 비치되어 있었음이 확인된다. 당시 영화에 관심을 갖고 있던 이들은 이 잡지를 통해 할리우드의 동향을 파악하고 정보를 습득하였을 것을 짐작할 수 있다.

좌로부터 1932년 10월호의 콘스탄스 베넷(Constance Bennett), 1934년 1월호의 앤 하딩(Ann harding), 1936년 10월호의 진 아서(Jean Arthur)

레이몬드 해튼

　레이몬드 해튼(Raymond Hatten, 1887~1971)은 미국 아이오와에서 태어나 1909년부터 영화를 찍기 시작하여 거의 500편이 넘는 영화에 출연하였다. 그는 20년대에는 월러스 비어리(Wallace Beery)와 콤비를 이뤄 코미디 영화에 출연하였으며 이후 주로 단역으로 출연하여 거의 눈에 띄지 않는 미미한 역할을 맡으면서도 수도 없이 많은 영화에 출연하였다.

떨어질 수밖에 없으며, 평행을 그을 수밖에 없었다. 마치 여인과 그가 이루고 있는 절름발이의 관계처럼. 그 이야기를 듣더니 '나기' 양(을 닮은 오뎅집 딸)은 웃더라는 것이다. 이상은 그 웃음 속에서 자신에게서 나는 기독교 냄새에 대한 조소를 감지한다.

또한 다른 글인 「공포의 기록」 속에서 이상은 자신을 할리우드의 배우인 레이몬드 해튼에 비유하고 있기도 하다.

나를 배반한 계집이다. 3년 동안 끔찍이도 사랑하였던 끝장이다. 따귀도 한 개 갈겨주고 싶다. 호령도 좀 하여주고 싶다. 그러나 여기는 몰려드는 사람이 하나도 내 얼굴을 모르는 사람이 없는 다방이다. 장히 모양도 사나우리라. / "자네 만나면 할 말이 꼭 한마디 있다네" / "어쩌라누" / "사생결단을 허겠대네" / "어이쿠" / 나는 몹시 놀래어 보이고 레이몬드 해튼같이 빙글빙글 웃었다.

이상(李箱), 「공포의 기록(恐怖의 記錄)」, 『문학사상』, 1986.10.

레이몬드 해튼은 그리 유명한 배우는 아니었지만, 500편에 달할 정도의 영화에 출연했던 다작의 배우였고, 특히 코미디 연기에 능했던 배우였다. 이상은 빙글거리고 웃으면서 자신이 할리우드의 배우인 레이몬드 해튼과 비슷하게 웃는다고 말하였던 것이다.

좀 더 읽어볼 만한 글들

이상문학에 나타난 영화 매체의 영향을 다룬 연구는 크게 두 가지 방향성을 띠고 있다. 첫 번째 연구 방향은 이상이 직, 간접적으로 거론한 구체적인 영화를 확인하여 그 원-텍스트로부터 그가 인용한 서사적 맥락의 참조를 밝히는 영화적 전고의 재구축을 통하여 이상의 창작적 영역에 대한 영화적 개입 양상을 밝히고자 하는 것이다. 예를 들어 이상이 보았던 르네 클레르의 영화적 세계의 재구축을 통해 이상 텍스트의 시학적 특성을 밝히고자 한 연구(조영복, 「이상의 예술 체험과 1930년대 예술 공동체의 기원: '제비'의 라보엠적 기원과 르네 클레르 영화의 수용」, 『한국현대문학연구』 23, 한국현대문학회, 2007)뿐만 아니라 아벨 강스(Abel Gance, 1889~1981)의 1923년 영화인 「철로의 백장미(鐵路의白薔薇, 원제 La roue)」에 대한 영화적 경험이 이상의 소설 「12월 12일」의 서사 구축에 영향을 주었을 가능성에 대해 밝히고자 한 연구(김승구, 「이상의 초기 텍스트에 나타난 영화적 상상력」, 『인문과학연구논총』 33, 명지대학교 인문과학연구소, 2012)가 그러하며, 루이 뷔뉴엘(Luis Buñuel, 1900~1983)의 단편영화 「안달루시아의 개(Un Chein Andalou」(1929)가 이상의 초기 일문시 「흥행물천사(興行物天使)」 등과의 상관성을 밝히는 연구(蘭明, 「"여자의 눈"은 왜 찢어졌는가: 이상과 전위영화 및 『詩と詩論』의 그 주변」, 『한국현대문학연구』 29, 한국현대문학회, 2009) 등이 그러하다. 또한 이상문학에 드러나 있는 영화적 체험의 구체적인 면모를 살피고 있는 권영민의 『이상문학의 비밀 13』(민음사, 2012) 역시 빼놓을 수 없다.

이러한 경향성 외에 창작 방법론의 측면에서 영화적 영향을 밝히고자 하는 연구 경향들이 존재한다. 「산촌여정」 등 이상이 밝혀놓은 영화에 대한 추상화된 이론적 감상을 바탕으로 이상의 서사 구축 방식이 상당 부분 영화에 대한 태도와 관련된다는 사실을 밝히고자 하는 성격의 연구가 이에 해당한다. 즉 박태원과 이상, 그리고 단층파, 최명익 등 모더니즘 소설가들이 영화로부터 차용된 글쓰기를 어떻게 전개해 나갔는가 하는 바를 밝히고자 했던 연구(김양선, 「1930년대 모더니즘 소설의 영화기법 - 근대성의 체험 및 반응을 중심으로」, 『한국문학이론과 비평』 9, 한국문학이론과 비평학회, 2000)라든가, 좀 더 구체적으로 이상의 소설 「동해」나 「실화」 등의 서사 구조가 다중 프레임이나 교차적 편집 등의 영화적인 구성을 취하고 있다는 사실을 드러낸 연구(표정옥, 「이상소설 「동해」와 「실화」의 영상성 연구」, 『국어국문학』 139, 국어국문학회, 2005) 혹은 이러한 관점을 더욱 진척시켜 소설 「실화」를 중심으로 더 고차원적인 사유의 측면에서 소설 서사와 영화의 제휴 양상을 살피고자 한 연구(전우형, 「이상 소설의 영화적 제휴 양상과 의미: 소설 「실화」의 환술과 스크린 이미지」, 『한국현대문학연구』 33, 한국현대문학회, 2011)가 존재한다.

14

모더니티의 첨단과
암실 사이의 공간(들)

이상, 에로셴코, 나카무라 쓰네

꽃이 향기롭다. 꽃은 보이지 않는다. 향기가 만개한다.

나는 잊어버리고 다시 거기 묘혈을 판다.

묘혈은 보이지 않는다.

보이지 않는 묘혈로 나는 꽃을 깜빡 잊어버리고 들어간다.

나는 정말 눕는다. 아아 꽃이 또 향기롭다.

보이지도 않는 꽃이

보이지도 않는 꽃이

─「절벽」

그날은 모두 다 취했다. 돌아가는 길에 그와 우연히 같은 방향으로 가게 되었다. 그는 술이 모자라는 듯하였다. 어쩌면 헤어지기 아쉬워서인지, 날더러 한잔 더 살 용의가 없느냐는 것이다. 나는 서슴지 않고 그와 둘이서 이집 저집, 있는 돈을 다 털어 밤이 깊어가는 줄도 모르고 술을 했다. 그날 밤의 교분이 인연이 되어 그는 사흘이 멀다 하고 내게 속달 편지를 보내왔다. 꼭 만나야 할 일은 없다. 그러나 좀 만나자는 것이다. 그러면 나는 지체 없이 칸다(神田)에 있는 그의 하숙으로 찾아갔다. 그의 방은 해도 들지 않는 이층 북향으로 다다미 넉 장 반밖에 안 되는 매우 초라한 것이었다. 짐이라고는 별로 없고, 이불과 작은 책상, 그리고 책 몇 권, 담배 재떨이 정도였다. 처음 그의 집을 방문한 것은 어느 날 오후 3시쯤이었는데 그는 그때까지 자리에 누워 있었다. 며칠이나 청소를 안 했는지 먼지가 뽀얗게 앉아 있고, 어두침침한 방은 퀴퀴한 헌 다다미 냄새마저 났다. 늘 이렇게 늦게 일어나느냐 했더니 그는 오후 4시쯤 되어야 일어나게 된다며, 그제서야 부시시 일어나는 것이다. 하숙집 일본 마나님도 그가 그리 달갑지 않은 듯, 대하는 품이 시원치 못했다. 그때 그는 폐병을 앓고 있던 때였다. 아마 각혈도 하고 있었는지 모른다.

– 이진순, 「동경 시절의 이상」, 「신동아」, 1973.1.

진보쬬오(神保町) 뒷골목, 햇살이 들지 않는 좁은 2층 방에 이상이 풀려나왔다는 말을 듣고 찾아갔더니, 옛날 연건동에서 이불 속에 파묻혀 자던 그대로 한여름에 상이 이불을 둘러쓰고 앓고 있었다(잠만 들면 땅속에 끌려 들어가는 것만 같다던 그 시절에서 5년이 지났으니 무던히 견딘 셈이다).

프랑스식 코페 빵이 먹고 싶다고 해서 거리로 나왔으나, 학생가의 과자 가게에 그런 것이 있을 리 없다. 레스토랑을 몇 집 찾아다니다가 도리 없이 택시를 잡아타고 빵 한 쪽을 사러 긴자(銀座)까지 갔다. 후지야(不二屋)에서 돌덩이같이 거죽이 딴딴한 코페에다 버터니 잼들을 사 들고 돌아왔더니, 상은 트집쟁이 어린애처럼 이런 게 아니라면서 짜증을 부린다. 땀을 뻘뻘 흘리면서 빵 한 쪽을 사려고 돌아다닌 내게 이상은 이런 짜증으로 친애의 정을 표시했다.

– 김소운, 「하늘 끝에 살아도」, 동아출판공사, 1968.

김해경은 1936년 겨울, 잠시 다녀오겠다는 말만을 남기고 그렇게 동경으로 떠났다. 그렇게 그것이 그의 마지막이 되었다. 1934년 「조선중앙일보」에 연재된 「오감도」 연작이 독자들의 호된 질책을 받고 난 뒤에 소설로 전향하여 발표한 「날개」 등이 서서히 좋은 평가를 받고 있던 즈음이었다. 과연 이러한 즈음에 해경이 일본 동경을 향하여 떠난 이유는 무엇이었을까. 해경의 동생인 옥희 씨는 그가 가족들에게도 제대로 일본행에 대해 설명하지 않고 떠났다고 기억한다. 하지만 자신이 일본에 가려 하니 지인에게 편지를 보내달라는 부탁을 하였다는 김소운의 증언을 보거나 일본 입국 수속이 몇 번 통과되지 않는 등 어려움을 겪었다고 하는 소문을 들으면, 그의 일본행은 단지 즉흥적인 것만이 아니라 이미 충분히 준비된 것이었다고 보는 것이 맞다.

과연 그가 일본으로 떠난 이유는 무엇이었을까. 책을 통하여서라면 그 전까지 이미 충분히 일본의 미술계나 문학계를 넘어 서구에까지 그 경향성을 섭렵하고 있었던 그였기에 그의 돌발적인 동경행에 대해서는 여전히 의견이 분분한 편이다. 물론 식민지 지식인으로서의 자각이라는 한계를 갖고 있기는 했지만, 모더니즘 예술에 대해 충분한 예술적 자의식을 갖고 있던 해경이었기에 일본에서 무언가를 배우고자 했던 것은 아니었을 것이다. 오히려 그는 자신이 쌓아올렸던 사유의 높이가 일본의 어디쯤에 닿아 있는지 확인하고자 마지막으로 병든 몸을 일으켜 일본을 향했으리라는 것이 보다 설득력이 있다.

하지만 김해경은 일본에 도착하자마자 마치 기다리기라도 한 듯 실망해 버린다. 모더니티의 높이란 아무래도 밖에서 볼 때는 측정되지 않기에 과장되게 마련인 것이다. 수사와 소문으로 쌓아올려진 그 체계란 너무나 허망하게 무너지고 만다. 하지만 모더니티의 비밀을 알아버렸다고 하더라도 그뿐인 것으로, 개인에게 그것을 바꿀 힘이라는 것은 존재하지 않는다. 제국에 나타난 식민지의 지식인이 바랄 수 있는 것은 오직 환대의 공간이었지만, 이미 동경에는 그러한 공간이 존재하지 않았던 것이다. 해경은 비의를 품은 채, 그렇게 동경에서 화석화되어 갈 수밖에 없었던 것이다.

'이상(李箱)'이라는 현상

모더니티의 안쪽 혹은 바깥쪽, 환대의 공간을 찾아서

일본이 본격적인 태평양전쟁의 준비 체제로 돌입하기 직전의 시기였던 1937년 무렵, 일본으로 건너가 동경 진보초(神保町) 근방 쿠단시타(九段下) 뒷골목을 떠돌듯 기거하고 있던 이상은 제국의 수도이자 아시아에서는 가장 발전한 국제도시였던 동경을 치사(侈奢)스런 도시라 명명하였다.

기림(起林) 형 / 기어코 동경(東京) 왔소. 와보니 실망이오. 실로 동경이라는 데는 치사스런 데로구려! / 동경 오지 않겠소? 다만 이상을 만나겠다는 이유만으로라도—

이상(李箱), 「私信(六)」, 김주현 주해, 『정본 이상문학전집』 3, 소명출판, 2005, 249쪽.

동경이란 참 치사스런 도십니다. 예대 대면 경성이란 얼마나 인심 좋고 살기 좋은 '한적한 농촌'인지 모르겠습디다. / 어디를 가도 구미가 땡기는 것이 없소그려! 아니꼬운 표피적인 서구적 악취의 말하자면 그나마도 그저 분자식(分子式)이 겨우 여기 수입되어서 진짜 행세를 하는 꼴이란 참 구역질이 날 일이오. / 나는 참 동경이 이따위 비속 그것과 같은 가짜인 줄은 그래도 몰랐소. 그래도 뭐이 있겠거니 했더니 과연 속 빈 강정 그것이오.

이상(李箱), 「私信(七)」, 김주현 주해, 『정본 이상문학전집』 3, 소명출판, 2005, 250~251쪽.

　내가 생각하던 '마루노우찌 빌딩'-속칭 마루비루-는 적어도 이 '마루비루'
의 네 갑절은 되는 굉장한 것이었다. 뉴욕 '브로드웨이'에 가서도 나는 똑같은
환멸을 당할런지-어쨌든 이 도시는 몹시 '개솔린' 내가 나는구나! 가 동경의 첫
인상이다.

이상(李箱), 「동경」, 『文章』, 1939.5, 140쪽.

　그는 자신의 눈앞에서 있는 '마루노우치 빌딩'을 직접 보고 환멸하였던 자
신의 감정을 동경에 대한 첫인상으로 제출하였던 것이다. 그는 자신이 늘 상상
해 오던 눈앞의 '마루노우치 빌딩'이 실제로는 너무나도 낮고 작았던 것에 실망
하였다. 아니, 오히려 그 건물에 대한 지금까지 자신의 상상이 너무나 컸던 사
실에 실망했었다고 해야 할까. 일본에서 건너온 책과 신문, 그리고 일본을 다녀
온 사람들의 입을 통해서만 얻을 수 있었던 동경에 대한 이상의 상상은 실제보
다 훨씬 더 과장된 것일 수밖에 없었을 터였다. 4배는 더 클 줄 알았던 그 빌딩
이 실제로는 퍽 왜소한 것이었음을 깨닫고 그는 자신이 뉴욕 브로드웨이에 가
도 똑같은 환멸을 경험하리라는 사실을 절감하였다. 이처럼 동경에 대해 이상이
표현하고 있는 환멸의 구조를 주의 깊게 분석해 본다면, 그것이 단지 대상으로
서의 동경이라는 도시만을 향해 있는 것이 아니라 바로 주체를 포함한 모더니
티의 체제 전부를 향해 있다는 사실을 금방 감지할 수 있게 된다. 이상이 표현
했던 환멸의 감정은 단지 동경이라는 도시 자체를 향해 있는 것만은 아니라, 결
국은 그 속의 모든 존재들을 위계화시켜 직선적 시간성 아래 귀속시키는 모더니
티 체제 전부에 대한 비판을 포함하는 것이었다.
　중심부와 주변부가 이루고 있는 공간적 위계와 '현대'에 대한 시간적 위계가

접합되는 지점에서 형성되는 모더니티의 지형도적 구조란 결국에는 도시 표면의 파사드(Façade)의 형태나 도시의 기능적 부분들을 움직이고 있는 압도적인 기계의 위용과 관련되는, 이른바 감각적 실재 혹은 스펙터클의 문제인 것만은 아니다. 그것은 철저히 모더니티 지형도의 내부에 존재하고 있는 인간에 내재된 지향성과 관련된 현상학적인 문제일 터이다. 애초에 모더니티의 시공간적인 지형도를 조감할 수 있는 시선은 까마귀에게나 허락되는 것이지, 인간에게 허여되는 것은 아닌 까닭이다.

동경에서 술회했던 모더니티에 대한 이상의 환멸은 바로 여기에서 비롯하고 있다. 건축을 전공했던 이상은 건축으로는 실현 불가능한 상상적 세계의 구축을 문학이라는 예술적 장르를 통해 어느 정도 달성할 수 있었으며, 이를 통해 자신이 도시의 철골 구조를 꿰뚫어 조감할 수 있는 시선의 자리를 갖고 있으리라고 생각하였을 터였지만, 동경에서 그는 실제로 자신 역시 모더니티적 체계에 걸려 있는 한계를 갖는 존재에 불과하다는 사실을 깨닫게 된 것이다. 중심이라는 의식을 경험해 보지 못한 주변부의 인간들에게 모더니티의 첨단은 더욱더 뾰족한 것으로 상상될 수밖에 없다. 그렇다면 당연하게도 이상이 영위하고 있던 상상 속의 동경이 어떤 방식으로 존재하고 있으며, 어떤 정신적 회로를 구축하고 있는가 하는 것을 밝히는 것이 이상 연구에서 중요한 문제가 될 수밖에 없다.

지금까지 이상의 동경행에 담긴 의미를 밝히고자 하는 연구들은 대부분 이를 식민지와 제국 사이의 국가적 경계와 자본을 중심으로 하는 초국가적 근대성의 국면에서 사이에 걸려 있는 주체의 자기확인적 계기로 이해하고자 하는 경향을 드러낸다. 거칠게 요약한다면 이러한 이해는 이상은 언제나 일본의 예술계 너머에 존재하는 서구의 예술적 중심에 대해 동경하고 있었으며, 결국에는 자신이 도달한 예술적 높이를 확인하기 위해 현해탄을 건너 일본으로 떠났다는 것이다. 이상은 늘 일본 동경에서 일어나고 있는 예술적 사건들에 관심을 가지고 일본의 예술계의 동시대적 상황에 늘 주목하고 있었을 뿐만 아니라 이를 따라

잡고자 하는 의욕을 보였던 적도 있으니, 그러한 해석은 그리 무리한 것만은 아닐 것이다. 요컨대 이상은 자신의 내부에 끝도 없이 커져만 가고 있던 모더니티라는 유령의 실체를 확인하기 위해 병든 몸을 이끌고 제국의 수도인 동경으로 건너갔던 것이고 마치 예정이라도 한 듯 그에 실망하였던 것이다. 이상은 자신이 피로 쓴 시였던 「오감도」에 대한 조선의 냉담한 반응에 절망하고 있었고 스스로 예술적 모더니티의 첨단에 있던 자신에 대해 자만에 가까운 자신감을 보이기도 했으니 그에게는 분명 보다 높은 예술적 수준을 가진 동경에서 자신의 언어의 현대적 위치를 확인받고자 하는 대결적 의식에서 비롯된 궁극적인 승인적 욕망이 내재되어 있었다는 사실을 부인하기는 어렵다는 의미이다.

하지만, 하나 간과되어서는 안 되는 것은 모더니티 구조에 대한 이상의 감상이 단편적이 아니라 중층적으로 구축되어 있다는 사실이다. 자신의 눈앞에 그토록 그려두고 있었던 근대도시 동경을 눈앞에 두고 선 이상이 표현했던 절망의 의미를 알아내기 위해서는 바로 그가 어떤 기대를 갖고 있었는가 하는 바를 세밀히 분석할 필요가 있을 터이나, 하나 단언할 수 있는 것은 그가 가진 동경이라는 도시에 대한 기대가 결코 빌딩의 높이로 대표되는 모더니티의 첨단을 향해 있었던 것만은 아니었다는 사실이다. 이상은 온통 콘크리트로 뒤덮인 드높은 건물들이 솟아 있는 스펙터클이나 자본주의 상징으로서 자동차의 가솔린 냄새가 가득한 세련된 도시 동경을 바랐던 것만은 결코 아니었다. 이상의 사유 내부에 지도와 달력으로 대표되는 시공간적 모더니티의 첨단에 대한 인식의 다른 한 편에, '암실(暗室)'이라는 교환 불가능성의 사유의 공간이 존재하고 있다는 사실은 결코 간과되어서는 안 된다. 오히려 그는 모더니티의 첨단과 암실 사이의 공간들, 즉 경성의 '낙랑팔라*'와 다방 '제비', 동경의 '나카무라야 살롱'을 거쳐 파리의 '에콜 드 파리(École de Paris)'까지 이어지는 예술적 연대와 그러한 정신의 연결을, 그리고 국적이나 자본의 경계를 뛰어넘는 환대를 기대했을 터였다. 그러한 환대는 자본의 체제와 주체의 확실성마저 무너뜨리는 의미를 갖는 것이다.

'낙랑팔라'와 이상

이상은 화가였던 이순석이 경영하고 있던 끽다점 낙랑팔라(樂浪Parlour)를 위한 글을 쓴 적이 있다.

"낙랑! 이것은 그의 고독한 꿈의, 아주 작은 표현인 동시에 그가 갖가지 사람의 꿈을 향해 악수를 청하는 것이기도 하다. 저 가늘고 긴 포인티드 아치 밑에서 젖은 눈과 같이 페이브먼트를 엿보이고 있는 창문을 보면 누구라도 그에게 악수를 청하고 싶어진다. 모두 해준다. 그리고 저마다 별도의 의미로 천진한 꿈을 꾼다. 그리고 물건을 잃고 돌아간다. / 그런 점에서 낙랑은 순수하고 좋으며, 그윽한 매력이 되어 언제까지나 좋아진다고 생각한다. -箱-"

이 글은 사에구사 도시카츠(三枝壽勝)가 1991년의 논문에서 이상이 끽다점 '낙랑팔라(樂浪Parlour)'에 대해 엽서에 쓴 소개문을 구하여 공개한 것이다. 그는 여기에서 최초의 소유자였던 송해룡(宋海龍)이라는 사람에게 구했음을 밝히고 있다.(「三枝壽勝, 「李箱のモダニズム－その成立と限界」, 『朝鮮學報』 141, 朝鮮學會, 1991, 172쪽, 여기에서는 심원섭의 번역을 따랐다.)

이상은 스스로 제비다방 등의 끽다점을 경영하기 전에는 끽다점 낙랑팔라에 자주 드나들었으며 생각된다. 스스로 화가였던 이순석이 경영하던 그 끽다점은 문인들뿐만 아니라 화가들도 드나들었으며 각종 행사도 벌어지는 살롱의 역할을 하고 있었다. 이상이 쓴 소개문을 보면 낙랑팔라의 자유로운 분위기와 그 속에 있는 누구와도 인사를 나누는 환대의 감정을 읽어낼 수 있다. 말하자면 낙랑팔라는 이상에게는 단지 한 끽다점에 지나지 않는 것이 아니라 예술적 꿈을 꿀 수 있는 매개체였던 것이다.

죽음을 초월한 예술적 보편에 대한 매혹: 나카무라 쓰네

나는 차가운 에나멜의 끝이 뾰죽한 구두를 신고 있다. 나는 성큼성큼 걷기 시작한다. 얼마 후 꿈같은 강변(江邊)으로 나선다. 강 저편은 목멘 듯이 날씨가 질척거리고 있다. 종(鐘)이 울리는가 보다. 허나 저녁 안개 속에 녹아버려 이쪽에선 영 들리지 않는다. / 나처럼 창백한 얼굴을 한 청년이 헌책을 팔고 있다. 나는 그것들을 뒤적거린다. 찾아낸다. 나카무라 쓰네의 자화상(自畵像) 뎃상 말이다. / 멀리 소년(少年)의 날, 린시이드유(油)의 냄새에 매혹(魅惑)되면서 한 사람의 화인(畵人)은 곧잘 흰 시이트 위에 황달색(黃疸色) 피를 토하곤 했었다.

이상(李箱), 「첫 번째 방랑」, 『문학사상』, 1976. 7.

이상은 「첫 번째 방랑」이라는 글에서 일본의 화가인 나카무라 쓰네(中村彝, 1887~1924)[*]를 언급하고 있다. 그는 강변에서 자신처럼 창백한 얼굴의 청년이 팔고 있는 헌책 더미 속을 뒤져 나카무라 쓰네의 화집을 찾아내었다. 1924년에 사망한 쓰네가 생전에 그렸던 자화상 소묘는 이상으로 하여금 멀리 자신이 미술에 매혹된 소년이었던 시기를 떠올리도록 하는 매개가 된다.

이상 역시 유화 물감을 녹이는 재료 중 하나였던 린시드 유(linseed oil, 아마씨 기름)의 냄새에 매혹되어 시간 가는 줄 모르고 그림을 그렸던 미술 청년이었던 것이다. 쓰네가 그러했듯이 이상도 역시 결핵에 걸려 있었다. 쓰네가 자신이 결핵에 걸린 것을 알고서 미술을 시작함으로써 죽음에 대한 공포를 극복하고자 하였던 것과 마찬가지로, 결핵에 걸렸던 이상은 문학을 그 탈출구로 삼았다. 쓰네가 그러했듯 그 역시 언젠가는 죽음을 맞이할 것이다. 하지만 예술이라는 대상에 매혹된 인간을 겨우 죽음 따위의 공포가 완전히 점유할 수 있겠는가. 결코 그럴 수는 없었을 것이다.

당시 이상이 보았던 나카무라 쓰네의 작품집은 아마도 그의 사망 직후에 나카무라 쓰네 작품집 간행 위원회에서 펴낸 『나카무라 쓰네 작품집(中村彝作品集)』(中村彝作品集刊行会, 1926)이나 미술전문출판사인 아트리에사(Atelier 社)에서 펴낸 『나카무라 쓰네 화집(中村彝画集)』(アトリエ社, 1927) 둘 중에 하나였을 가능성이 높다. 이 중에서도 이상이 본 책은 아트리에사에서 출판된 화집이었을 것이다. 1926년에 출간된 그의 작품집에도 자화상은 6~7점가량 실려 있으나 이들은 데생(dessin), 즉 소묘(素描)로 된 것은 아니었기 때문이다. 이상은 그가 찾아낸 그림을 자화상의 '뎃상'이라고 하고 있으니 그가 본 그림은 1927년의 화집에 실려 있는 것일 확률이 높다. 하지만 이상이 이 작품집을 처음으로 나카무라 쓰네에 대해서 알게 되었을까 하는 물음을 던져본다면, 오히려 이상은 훨씬 일찍부터 그에 대해 알고 있었을 가능성이 높다. 여러 가지 면모를 살펴볼 때 이상은 쓰네의 삶과 예술로부터 영향을 받은 바가 적지 않아 보이는 까닭이다.

'이상(李箱)'이라는 현상

나카무라 쓰네의 삶과 미술

나카무라 쓰네(中村彝, 1887~1924)는 어린 시절에 가족을 모두 잃고 자신 역시 결핵에 걸려 학교를 중퇴하고 요양을 위해 각 지역을 돌아다니다가 1905년부터 독학으로 미술을 공부하기 시작한다. 백마회연구소(白馬会研究所), 태평양화회연구소(太平洋画会研究所) 등에서 양화를 배우고 1909년 이후에는 문전(文展)에서 입선하고 계속하여 수상하는 등 화가로서의 길을 걷기 시작한다. 1916년부터 신주쿠(新宿)에 아틀리에를 열고 창작활동을 계속하였다. 그는 주로 르누아르(Pierre-Auguste Renoir, 1841~1926)의 영향을 받은 창작 세계를 지향해 나갔으며, 조각가인 로댕(François-Auguste-

나카무라 쓰네

René Rodin, 1840~1917)의 작품에 대해서도 깊은 감명을 받았던 것으로 보인다. 그는 러시아의 맹인 시인으로 아시아 각지를 여행하고 있던 에로셴코(Vasili Eroshenko, 1890~1952)와 어울리면서 1920년에는 자신의 대표작인 「에로셴코 씨의 상(エロシェンコ像)」(아래 왼쪽 그림)을 그렸다. 1920년 이후 그의 병세는 점차 악화되어 1921년에는 유서를 썼고, 와병 생활을 하면서 작품 활동을 중단하였고, 1923~4년에는 마지막 작품으로 「두개골을 들고 있는 자화상(頭蓋骨を持てる自画像, 아래 오른쪽 그림)」을 남기고 1924년 12월에 만 37세의 나이로 사망한다.

(좌) 나카무라 쓰네, 「에로셴코 씨의 상(像)」, 캔버스에 유화, 1920.
(중) 『中村彝作品集』(中村彝作品集刊行会, 1926)의 표지.
(우) 『中村彝画集』(アトリエ社, 1927)의 표지.

나카무라 쓰네는 어린 시절에 가족을 모두 잃고 자신 역시 결핵에 걸려 학교를 모두 중퇴하고 요양을 위해 각 지역을 돌아다니다가 1905년부터 독학으로 미술을 공부하기 시작한다. 이후, 백마회연구소(白馬会研究所), 태평양화회연구소(太平洋画会研究所) 등에서 양화를 배우고 1909년 이후에는 문전(文展)에서 입선하고 계속하여 수상하는 등 화가로서의 길을 걷기 시작한다. 그 무렵 그는 신주쿠(新宿)에 있는 나카무라야(中村屋) 뒤편에 아틀리에를 열고 작품 활동에 몰두하였다. 나카무라야의 안주인이었던 소마 곡고(相馬黑光)는 예술가들이 모이는 살롱을 열고 있었으며, 나카무라 쓰네를 아껴 그를 식탁에 자주 초대하는 등 가족의 일원처럼 대우하였다. 특히 소마 부부의 장녀인 토시코(俊子)는 쓰네를 위해 자주 모델이 되어주곤 하였는데 그는 초상을 그려서 문전에 입상하기도 하여 쓰네는 토시코에게 연정을 품기도 하였으나 결국 소마 부부는 쓰네의 병환 등을 생각하여 장녀를 그에게 접근하지 못하도록 하였고, 나카무라 쓰네는 이에 1914년에 나카무라야를 떠나 이사하여 오오시마(大島)의 아틀리에로 옮겨갈 수밖에 없었다.

바로 나카무라 쓰네가 떠난 나카무라야에 머물게 된 것이 바로 러시아의 맹인 시인인 에로셴코였다. 쓰네의 친구였던 쓰루타 고로(鶴田吾郎, 1890~1969)는 나카무라야에서 에로셴코를 보고 그를 그리고 싶다고 생각하였고, 쓰네 역시 그에게 요청하여 부탁을 받은 에로셴코와 소마 곡고는 1920년에 8일 정도 쓰네의 아틀리에를 방문하였다. 쓰네와 쓰루타는 동시에 루바시카를 입고 있는 에로셴코의 그림을 그렸던 것이다. 하지만 같은 모델로 그림을 그렸음에도 쓰네의 「에로셴코 씨의 상(エロシェンコ氏の像)」만 제2회 제전(帝展)에서 입상하게 되었다. 1920년 이후 그의 병세는 점차 악화되어 1921년에는 유서를 썼고, 와병 생활을 하면서 작품 활동을 중단하였고, 1923~4년에는 마지막 작품으로 「두개골을 들고 있는 자화상(頭蓋骨を持てる自画像)」을 남기고 1924년 12월에 만 37세의 나이로 사망하였다.

이상과 같이 나카무라 쓰네가 실천했던 죽음을 넘어서는 예술성은 식민지 조선의 작가 이상에게도 적지 않은 영향을 주었음에 틀림없다. 이미 앞서 인용했던 「첫 번째 방랑」에서 이상이 자신이 소년이었던 시절 피를 토하면서 죽어갔던 쓰네에 대한 기억을 떠올리고 있는 것이 이미 그 한 가지 증거가 될 수 있을 뿐 아니라 그의 친구인 문종혁 역시 이상이 일찍부터 나카무라 쓰네의 1920년

작 「에로셴코 씨의 상」으로부터 크게 영향을 받았다는 사실을 증언*하고 있기 때문이다.

문종혁의 증언을 들어보면, 이상이 초기에는 마네와 같은 인상파가 쓰는 분명하고 확실한 선을 더 선호했으나 이후 나카무라 쓰네가 그린 「에로셴코 씨의 상」의 영향을 받아 가늘고 떠다니는 듯한 선과 중간색들을 쓰기 시작했다고 한다. 이상의 자화상*은 현재 두 점이 남아 있다. 1928년에 그린 것으로 알려진 것과 1931년 선전에 출품했던 것이 그것이다. 1928년의 자화상이 처음으로 공개된 것은 임종국의 『이상전집』에서이다. 임종국은 이 자화상을 김해경의 자당(慈堂) 박세창(朴世昌) 씨가 소장하고 있었던 것이라고 밝히고 자당의 증언에 따라 김해경이 19세가 되던 때의 것임을 표시해 두었다. 세간에 이 작품이 1928년의 자화상으로 알려진 것은 바로 이와 같은 기록으로부터이다. 1928년의 자화상의 경우, 이미지가 선명하고 흑백의 명암이 분명하며 선이 굵고 확실하다. 이에 비해 1931년의 자화상은 선전에 출품되어 가작으로 선정되어 선전

문종혁의 증언과 이상 회화에 대한 나카무라 쓰네의 영향

이상의 친구인 문종혁의 증언을 들어보면 애초에는 초기 인상파의 그림 같던 이상의 그림이 변화한 것은 바로 나카무라 쓰네의 영향인 것으로 판단된다. 수직선, 사선, 강한 선을 쓰던 초기의 경향과 달리 가늘고 떠다니는 듯한 선과 중간색들을 쓰기 시작한 것은 바로 나카무라 쓰네의 「에로셴코 씨의 상」(1920)의 영향일 수 있다는 것이다. 문종혁은 다음과 같이 말한다.

"그는 큰 화포(畵布)를 쓰는 일이 없다. 그러나 이것이 그가 가난해서만은 아니다. 그는 적은 화포라도 알진 그림을 만들려고 했다. 선(線)도 수직선, 사선, 강한 선을 쓴다. 구도도 복잡하고 색채도 강렬하다. 그의 최대의 화포가 30호다. 그것도 두 장인가뿐이었다. 물론 미완성이었다. 그리고는 전부가 10호 내외다. 그는 6년 내외를 10호 내외의 화포만으로 씨름을 하다가 화필을 던지고 말았다. 초기의 상은 초기 인상파의 그림에 속한다. 즉 마네의 그림 같은 ― 그러나 그가 스무 살을 넘어서자 그의 개성적 길을 찾아들기 시작했다.

그의 선은 가늘다. 그리고 유영한다. 수직이니 사선이니 웅장하고 강한 선은 하나도 없다. 선녀의 옷자락 같은 선이다. 색채도 마찬가지다. 원색에 속하는 강한 빛깔은 전혀 없다. 전부가 엷은 중간색들이다. 특히 그가 심혈을 기울이는 점은 「에로셴코 씨의 상」에서 볼 수 있는 유영하는 선들이다."(문종혁, 「심심산천에 묻어주오」, 『여원』, 1969.4.)

이상의 자화상

이상 자신이 그린 자화상은 낙서가 아닌 본격적인 그림으로는 현재 2점이 남아 있다. 하나는 1931년 선전에 출품하여 입선된 것이고, 다른 하나는 어머니인 박세창이 소장하고 있는 것을 임종국이 발견해 내어 공개한 것이다. 1928년의 자화상은 형상도 또렷하고 대비가 뚜렷한 반면, 1931년의 자화상은 흐르는 듯한 선으로 되어 있고, 대비가 뚜렷하지 않지만 한복 비슷한 옷을 입고 있다. 이 두 가지 자화상은 이상의 화풍의 변화를 보여주는 훌륭한 대상이다.

(좌) 1928년에 그린 것으로 알려진 이상의 자화상
(우) 1931년 선전에 출품되어 입선된 이상의 「자상(自像)」

의 자료집에 등재되어 있던 것인데, 1928년의 그것에 비한다면 특히 얼굴 부분의 선이 희미하고 전반적인 명암 대비도 충분하지 않으며 주로 흐르는 듯한 선들로 그려져 있는 것은 즉 이 두 자화상 사이의 변화가 바로 나카무라 쓰네의 영향으로부터 비롯된 것이라는 사실을 알려준다. 앞서 쓰네의 「에로셴코 씨의 상」과 비교하면 머리 부분의 묘사 방식과 디테일이 상당히 유사해 보이는 것도 사실이다.

물론 이러한 이상과 나카무라 쓰네 사이의 유사성은 단지 화폭 위의 기법에만 국한되는 것은 아니다. 그는 자신의 침대 시트 위에 담황색의 피를 쏟았던 나카무라 쓰네의 삶에 대해서 깊숙한 공감을 하고 있었다. 즉 이상은 결핵이라는 동류의 병을 앓고 있으면서도 죽음을 넘어서는 예술적 실천을 감행하였던 한 예술가에 대한 공감에 이르고 있었던 것이다.

의사도 다녀가고 며칠 후, 의사에 대한 그의 분노도 식고 그의 의식에 명랑한 시간이 차차로 앉아셨을 때, 어느 시간 그는 벌써 알지 못할(根據) 희망에 애태우는 인간으로 날아났다. "내가 이러나기만 하면⋯⋯" 그에게는 단테의 『신곡』도 다빈치의 「모나리자」도 아무것도 그의 마음대로 나올 것만 같았다. 그러나 오직 그의 몸이 불건강한 것이 한 탓으로만 여겨졌다. 그는 그 친구의 기다란 편지를 다시 꺼내어들었을 때 전날의 어둔 구름을 대신하여 무한히 굳센 '동지'라는 힘을 느꼈다. "XX씨! 아무쪼록 광명을 보시요!" 그의 눈은 이러한 구절의 쓰인 곳에까지 다다랐다. 그는 모르는 사이에 입 밖에 이런 부르짖음을 내이기까지 하였다. "오냐 지금 나는 광명을 보고 있다"고.

이상(李箱), 「병상이후」, 『청색지』, 1939.5, 99쪽.

이상은 각혈 이후 자신의 상태를 다루었던 수필 「병상이후」에서 죽음의 고통을 이겨내는 두 가지 희망에 대해 말한다. 하나는 예술을 향한 것이고, 다른 하나는 우정이다. 단테와 다빈치로 대표되는 고전적인 문학과 미술은 이상이 꿈꾸었던 보편적 예술성에 대한 기호였을 터였다. 그것은 죽음을 직감한 인간에게 있어서 죽음을 초월한 목적이 되고 있는 것이다. 미래파와 입체파 등 서구 예술의 모더니티적 첨단을 두루 확인하고 있었던 이상이었지만, 정작 죽음과 맞닥뜨렸을 때 그가 끄집어낸 것은 인간이 추구할 수 있는 예술적 보편성이었다.

또 한편으로 그는 친구가 쓴 편지를 거론하며 우정을 통한 희망에 대해 말하고 있다. 우정과 사랑이 가장 인간적인 감정이라는 사실을 감안하면, 그는 '인간'에게서, '인간'을 통해서 희망을 발견하고 있는 것이다. '삼차각설계도' 연작에서 빛의 속도를 예찬하고 인간의 자리를 폐했던 그였기에 이러한 그의 글은 그가 죽음에 맞서 얼마나 인간적인 불안을 갖고 있었는가 하는 사실과 또한 그 불안을 이겨내기 위하여 얼마나 애쓰고 있었는가 하는 사실을 절감하도록 한다. 따라서 나카무라 쓰네에 대한 이상의 공감의 저변에는 바로 흰 시트 위에 황달색 피를 토하면서도 그림을 그렸던 예술가에 대한 경외가 놓여 있었다고 하지 않을 수 없다. 게다가 그가 그린 에로셴코로 대표되는 제국과 식민지의 경계를 넘어서는 연대의 존재 방식에 대한 희망이 놓여 있었던 것이다.

예술적 연대에 대한 상상과 '환대'의 정신 구조 – '에로셴코'와 '나카무라야 살롱'

이상은 러시아의 문학에 대해 일반적인 관심 이상의 유대를 갖고 있었다. 그는 고리키를 언급하기를 좋아하였고, 톨스토이에 대한 평가는 다소 미묘하였으나 도스토예프스키의 위대성만큼은 대단히 찬탄하고 있었다. 사실 이상 자신이 19세기와 20세기를 가르는 기준으로 도스토예프스키에 대한 인정의 여부를 제시하고 있었을 정도로 도스토예프스키에 대한 그의 태도는 절대적이었다.

> 19세기는 될 수 있거든 봉쇄하여 버리오. 도스토예프스키 정신이란 자칫하면 낭비인 것 같소. 위고를 불란서의 빵 한 조각이라고 누가 그랬는지 지언(至言)인 듯싶소. 그러나 인생 속은 그 모형에 있어서 디테일 때문에 속는다거나 해서야 되겠소? 화를 보지 마시오. 부디 그대께 고하는 것이니……

이상(李箱), 「날개」, 「조광」, 1936.9.

도스토예프스키와 초현실주의 사이의 관련성

발터 베냐민(Walter Benjamin) 역시 도스토예프스키와 초현실주의와의 관련성을 다음과 같이 논했던 바 있다.

"1865년에서 1875년 사이에 거물급 무정부주의자들 몇 명은 서로에 관해 모른 채 그들의 지옥의 기계를 갖고 작업하고 있었다. 그리고 놀라운 것은 그들이 서로 독립되어 있으면서 그 기계의 시계를 동일한 시각에 정확히 맞춰놓고 있었다는 점인데, 40년이 지나자 서유럽에서 도스토예프스키, 랭보, 로트레아몽의 저작들이 똑같은 시기에 폭발한 것이다. 더 자세히 보자면 우리는 도스토예프스키의 전 저작에서 실제로 1915년이 되어서야 발표된 한 구절을 인용해 볼 수 있겠다. 「악령」에 나오는 '스타브로긴의 고해'가 그것이다. (중략) 이 구절은 오늘날 초현실주의를 대변하는 어느 작가가 할 수 있던 것보다 더 강렬하게 초현실주의의 모티프를 표현해 주고 있다. 왜냐하면 스타브로긴이란 초현실주의자의 선구이기 때문이다."(발터 베냐민, 최성만 옮김, 「초현실주의」, 「발터 벤야민 선집」 5, 도서출판 길, 2008, 159쪽.)

즉, 발터 베냐민에 따르면, 도스토예프스키나 랭보, 로트레아몽 등이 40년이 지나서야 재해석되고 인용되기 시작했던 것은 바로 초현실주의와 그들 사이의 예술적 실천성이 맞닿아 있기 때문이다.

'이상(李箱)'이라는 현상

말하자면 이들 러시아 문학가들은 이상의 모더니티적 사유의 일부로서 존재하고 있는 것이었으며, 현실에 머물러 있을 것이냐, 아니면 현실을 넘어 쉬르-리얼(sur-real)을 향해 나아갈 것이냐 하는 이른바 예술적 태도와 모더니티의 사유가 겹치는 지점에 바로 도스토예프스키에 대한 표상이 놓여 있었던 것이다. 물론 이는 러시아를 중심으로 한 예술적 모더니티의 한 극점에 대한 인식에서 비롯되고 있다. 말하자면 이상에게 있어서 도스토예프스키의 표상은 현대 유럽의 문예적 모더니티의 내부에 계열화되어 현대의 예술성을 판단할 수 있는 중요한 상징적 지표로 존재할 수 있었던 셈이다. 이상이 동경에서 이시우, 신백수 등 삼사문학파들을 만나 그들과 뜻을 같이하며 동인으로 활동하면서도 그들과의 결정적인 차이를 확인하였던 것은 다름 아니라 도스토예프스키에 대한 태도 여하*였다. 한 예술가에 대한 태도의 여하가 자신이 처해 있는 시대적인 위치를 가늠하는 척도로 활용하는 방식이란 현대라는 시간대로부터 그 시간적 낙차를 측정하는 모더니티적 사유의 핵심적 메커니즘에 해당한다.

　　반면, 이와 같이 '도스토예프스키'를 19세기와 20세기, 그리고 궁극적으로는 현대라는 시간성을 파악하기 위한 중심적인 대상으로 삼고자 하는 모더니티적인 사유와는 어느 정도 다른 계열에, 러시아의 맹인(盲人) 시인이었던 바실리 에로셴코*의 표상이 놓여 있다. 이상의 글에 그리 자주 등장했던 예술가는 아니나 그가 분명 에로셴코를 언급하고 있으며, 일반적인 러시아의 문학 예술가와는 꽤 다른 표상으로 나타나고 있다는 사실은 흥미로운 것이 아닐 수 없다. 이상이 꽤 일찍부터 에로셴코를 읽고 있었다는 사실은 그가 이미 1932년에 쓴 「지도의 암실」에서 이 에로셴코에 대해 언급해 두고 있다는 사실을 보아도 확인할 수 있다. 그는 이렇게 쓰고 있다.

　　그는 에로셴코를 읽어도 좋다. 그러나 그는 본다. 왜 나를 못 보는 눈을 가졌느냐 차라리 본다. 먹은 조반은 그의 기도를 거쳐서 바로 에로셴코의 뇌수

로 들어서서 소화가 되든지 안 되든지 밀려나가던 버릇으로 가만가만히 시간
관념을 그래도 아니 어기면서 앞선다. 그는 그의 조반을 남의 뇌에 떠맡기는
것은 견딜 수 없다고 견디지 않아 버리기로 한 다음 곧 견디지 않는다. 그는
찾을 것을 곧 찾고도 무엇을 찾았는지 알지 않는다.

이상(比久), 「지도의 암실」, 『朝鮮』, 1932.3.

이상은 자신이 '에로셴코'를 읽고 있으나 실제로 '에로셴코'가 눈먼 맹인이어
서 아무것도 보지 못하는 데 비해 자신은 보고 있다고 말한다. 오히려 이상에
게 있어서는 볼 수 있다는 것이 장애(障碍)가 되고 있는 형국인 것이다. 말하자면
그는 보고 있으면서도 그것을 '에로셴코'처럼 언어로 표현하지 못하고 있다. 상
황이 이러하다고 한다면 그가 볼 수 있다는 사실은 과연 어떤 의미라도 있다고
할 수 있을까. 마치 이러한 상황은 그가 먹은 아침밥(朝飯)이 에로셴코의 뇌수
(腦髓)에 들어가는 것과 마찬가지인 것이다. 그가 체내로 받아들인 소화되지 않
는 감상들, 시의 재료들은 에로셴코를 읽어 그의 뇌수를 갖게 된 그의 체내에는
결국에는 소화되지 않는다. 그는 이러한 상황이 말도 되지 않는다고 생각하면
서, 남의 뇌에 의존하는 습관 같은 것은 버리고자 하지만, 그것은 의도적으로는
되지 않는다.

이와 같은 이상의 발언은 얼핏 보면 단순히 자신의 표현력의 한계를 질책하
는 예술가의 심리를 표현하고 있는 것처럼 읽힌다. 언어를 매체로 사용하는 작
가에게 있어서 종종 자신의 언어적 표현의 경계를 확인하는 작업이 도래하곤 하
는 것이다. 좀 더 천천히 그의 발언들을 곱씹어본다면, 이것이 사실은 이상이 자
신의 뇌수의 깊은 곳의 예술적 중추에서 이루어지고 있는 일련의 전이들에 대해
예민하게 감지하고 있는 것이라는 사실을 알 수 있게 된다. 말하자면 이상은 나
의 사고를 지배하는 사유의 주인은 누구인가, 그는 말할 권리를 갖는가, 갖지
않는가 하는 문제에 대해 골몰하고 있었던 것이다. 과연 나는 내가 하는 '말'의,

바실리 에로셴코

바실리 에로셴코(Vasili Eroshenko, 1890~1952)는 러시아 태생의 작가로 4세 때 실명하였고, 이후 모스크바, 영국 등의 맹학교를 다니면서 에스페란토를 배웠고, 이후 세계 각지를 여행하면서 에스페란토 보급과 시각장애인의 생활을 위한 계몽을 펼쳤다. 그는 1914년에는 일본을 처음으로 방문하여 동경맹학교에서 공부하면서 시각장애인의 자립을 위하여 애썼고, 에스페란토를 보급하였다. 1919년에는 러시아 혁명을 피해 상하이를 경유하여 일본으로 건너왔다. 그는 일본에 능하여 일본어로 아동문학을 저술하였을 뿐만 아니라 신주쿠의 카페였던 나카무라야에서 진보적인 문학자들과 어울렸던 것이다. 이때 같이 어울렸던 화가

바실리 에로셴코

인 나카무라 쓰네는 1920년에 에로셴코의 그림을 그렸다. 이후 일본의 사회주의자 그룹에 가담한 죄목으로 체포되어 국외 추방되었고, 하얼빈, 상하이, 북경 등을 옮겨다니면서 루쉰 등과 교류하다가 만년에는 모스크바로 돌아가 그곳에서 여생을 마쳤다.

일본에서 출간된 에로셴코의 창작집

편집자	제목	출판사항	설명
아키타 우자쿠 (秋田雨雀)	최후의 류식 (最後の溜息)	叢文閣, 1921.	에로셴코의 동화, 소설 등을 모아 편집한 것
아키타 우자쿠	야명 전의 노래 (夜明け前の歌)	叢文閣, 1921.	에로셴코의 동화, 소설 등을 모아 편집한 것
에로셴코 (Eroshenko)	인류를 위하여 (人類の為めに)	東京刊行社, 1924.	에로셴코의 일본 방문 동안의 에세이 등을 모은 것

에로셴코는 일본에 체류하면서 수많은 예술가 친구들과 교류하면서 일종의 국제적인 관점에서의 문화 예술적 연대를 조성하였다. 그의 친구 중 하나인 아키타 우자쿠(秋田雨雀, 1883~1962)는 에로셴코의 동화, 소설 등을 모은 작품집을 편집하여 『최후의 류식(最後の溜息)』(叢文閣, 1921), 『야명 전의 노래(夜明け前の歌)』(叢文閣, 1921) 등을 내었고, 이후 에세이 등을 모은 『인류를 위하여(人類の為めに)』(東京刊行社, 1924) 등을 출판하기도 하였다.

아니 그보다 앞선 나의 사유의 주인이 될 수 있는가? 그것을 사유와 언어의 투명성이라고 할 수 있다면 그러한 투명성은 실제로 가능한 영역이 아니라 일종의 환상에 가까운 것이다. 「지도의 암실」에 등장하는 시계, 달력, 지도, 글자 등 근

대성의 시각적 체제를 담보하는 매개들은 전부 그러한 근대적인 투명성에 대한 환상을 반영하고 있는 것들이다.

앙뿌을르에 봉투를 씌워서 그 감소된 빛은 어디로 갔는가에 대하여도 그는 한 번도 생각하여 본 일도 없다면 그는 속히 잠들지 아니할까 누구라도 생각지는 아마 않는다 인류가 아직 만들지 아니한 글자가 그 자리에서 이랬다 저랬다 하니 무슨 암시이냐 무슨 까닭에 한 번 읽어 지나가면 또 무소용인 글자의 고정된 기술 방법을 채용하는 흡족지 않은 버릇을 쓰기를 버리지 않을까를 그는 생각한다 글자를 저것처럼 가지고 그 하나만이 이랬다 저랬다 하면 또 생각하는 것은 사람 하나 생각 둘 말 글자 셋 넷 다섯 또 다섯 또 또 다섯 또 또 또 다섯 그는 결국에 시간이라는 것의 무서운 힘을 믿지 아니할 수는 없다

이상(比久), 「지도의 암실」, 『朝鮮』, 1932.3.

친구를 편애하는 야속한 고집이 그의 밝은 몸뚱이를 친구에게 그는 그는 그렇게도 쉽사리 내어맡기면서 어디 친구가 무슨 짓을 하기도 하나 보자는 생각도 않는 못난이라고도 하기는 하지만 사실에 그에게는 그가 그의 밝은 몸뚱이를 가지고 다니는 무거운 노역에서 벗어나고 싶어하는 갈망이다 시계도 치려거든 칠 것이다 하는 마음보로는 한 시간 만에 세 번을 치고 삼 분이 남은 후에 육십삼 분 만에 쳐도 너 할대로 내버려주어 버리는 마음을 먹어버리는 관대한 세월은 그에게 이때 시작된다

이상(比久), 「지도의 암실」, 『朝鮮』, 1932.3.

태양에 상응하는 인조의 '앙뿌을르(ampoule, 전구)'는 빛을 매개로 하여 시공간을 균질하게 만드는 내개이다. 그 빛은 그 아래의 모든 대상을 밝게 만든다. 그 빛을 그대로 받아들이는 행위와 의도적으로 봉투를 씌워 가리는 행위는 곧

근대의 시공간적 균질성을 내면화하는 주체의 문제와 관련되어 있다. 즉 이상에게 있어서 이는 모더니티적 사유와 암실의 사유로 대별될 수 있는 것이다. 시계와 달력이 근대인들이 공유하는 공통적 시간성의 매개들이 될 수 있다면, 지도는 공간성의 매개가 될 수 있을 것이다. 의미적 잔여를 남기지 않는 투명한 소통의 영역이 근대의 효율성을 담보하는 모더니티적 사유라면 이를 의도적으로 위반하고자 하는 이상의 태도는 암실의 그것일 터이다. 이상은 인조 태양에 비추인 밝은 몸을 가지고 살아가는 무거운 노역에서 벗어나서 시계가 4시를 알릴 때 1시간 만에 3번을 치고 3분이 남으면 나머지는 63분 뒤에 치면 어떨까 하는 생각을 제시하기도 한다. 이것이 바로 근대의 규칙성을 깨는 암실의 사유다.

글자의 '고정된 기술방법' 역시 이러한 균질화의 문제와 관련되어 있다. 글자가 글자로서 본연의 역할을 담당하기 위한 전제는 사람들이 동일한 읽기의 방법을 채용하는 것에 있으며 이상 자신은 그러한 버릇을 그다지 흡족하게 생각하지 않고 있지만 자신만이 이렇게 저렇게 다르게 읽으면 같은 사람 안에 두 가지 이상의 생각과 수도 없이 많은 글자가 생기게 될 것이라는 불안을 표현하고 있는 것이다. 이상의 정신 내부에 원래의 주인인 이상과 에로셴코가 공존하는 상황은 이렇게 형성되는 것이다.

즉 이상이 에로셴코를 인용하였던 맥락에는 바로 *그가* 예민하게 자각하였던 언어적 환경과 그 속에 놓인 주체의 문제가 놓여 있다. 그렇다면 이상이 한국어와 일본어뿐만 아니라 불어나 영어, 중국어 등의 외국어를 열심히 배우고자 했던 배경에는 바로 국가적인 경계를 넘어 예술적 활동을 전개했던 에로셴코라는 존재에 대한 이해가 놓여 있었던 것은 아닌가 하는 판단이 가능하게 된다. 즉 이상은 에로셴코를 통해 동아시아적인 예술적 연대에 대한 일정 정도의 감각을 갖고 있었던 것은 아니었겠는가 하는 추측을 해볼 수 있다는 의미이다.

이러한 추측을 좀 더 진전시키는 의미로 여기에서는 에로셴코에 관한 사항을 좀 더 확인해 볼 필요가 있을 것이다. 바실리 에로셴코는 러시아 태생의 작가로 4세 때 실명하였고, 이후 모스크바, 영국 등의 맹학교를 다니면서 에스페란토를 배웠으며, 이후 세계 각지를 여행하면서 에스페란토 보급과 시각장애인의 생활을 위한 계몽을 펼쳤다. 그는 1914년에는 일본을 처음으로 방문하여 '동경맹학교'에서 가르치며 시각장애인의 자립을 위하여 애썼고, 에스페란토를 보급하였다. 이때 일본에서 에로셴코는 아키타 우자쿠(秋田雨雀, 1883~1962)를 처음 만났고, 그의 소개를 통해 카타가미 노부에(片上伸, 1884~1928)와 요시에 타카마츠(吉江喬松, 1880~1940), 카츠라이 토우노스케(桂井当之助, 1887~1915), 카미치카 이치코(神近市子, 1888~1981), 소마 곡고(相馬黑光, 1876-1955) 등을 만나 신주쿠에 있던 '나카무라야(中村屋)*의 끽다실(喫茶室)에 드나들게 되면서 그들의 환대를 받아 그곳에 머무를 수 있게 되었고 잡지 『희망(希望)』이나 『와세다문학(早稻田文學)』 등에 시 등을 발표하였다. 이후 1916년 무렵 그는 다시 여행을 떠나 동남아시아 등지의 맹학교에서 강의를 하다가 1919년에는 인도에서 추방을 당하여 다시 일본의 나카무라야로 돌아와 친구들의 환대를 받았다. 앞서도 언급한 바 있지만, 1920년에는 나카무라 쓰네(中村彝)는 에로셴코를 그린 초상화 「에로셴코 씨의 상」을 그려 제2회 제전(帝展)에 출품하였을 뿐만 아니라 1922년에는 파리에서 열린 프랑스와 일본 사이의 교환미술전에도 나가게 되어 에로셴코를 국제적인 인물로 만들었다.

하지만 이에 앞선 1921년에 일본 정부는 에로셴코에 대한 추방 명령을 내렸고, 그의 친구들의 노력에도 불구하고 그는 일본을 떠나지 않으면 안 되었다. 그는 중국으로 건너가 상하이에서 상해 세계어학교에서 강사를 하면서 1922년에는 북경세계어전문학교의 교수가 되었고 북경의 주작인(周作人)의 집에 머물렀다. 이 시기에 루쉰과도 교유하여 루쉰은 에로셴코가 낸 동화집에 대한 평론을 쓰기도 하였고 주작인은 에로셴코와의 일을 기억하는 여러 글을 남기기도 하였다. 1924년 이후에는 모스크바의 극동노동자공산주의대학의 일본어 통역이 되어 러시아에 주로 머물렀고 1952년에 고향에서 세상을 떠났다.

'이상(李箱)'이라는 현상

이와 같이 에로셴코는 일본과 중국 등지에 체류하면서 수도 없이 많은 예술가 친구들과 교류하면서 일종의 국제적인 관점에서의 문화예술적 연대를 조성하였다. 특히 나카무라야가 일종의 자유로운 예술적인 살롱으로 자리매김하게 된 것은 눈이 보이지 않는 러시아의 시인을 환대하면서 그를 위해 공간을 내어주고 눈이 안 보이는 그를 위해 희곡 낭독회를 매주 열었던 것에서 비롯되었다고 하여도 과언은 아니다. 이를 통하여 에로셴코의 친구인 아키타 우자쿠는 에로셴코가 일본을 추방당한 뒤에도 그가 남긴 동화, 소설 등을 모은 작품집을 편집하여 『최후의 류식(最後の溜息.)』(叢文閣, 1921), 『야명 전의 노래(夜明け前の歌)』(叢文閣, 1921) 등을 편찬하였고, 이후 에세이 등을 모은 『인류를 위하여(人類の爲めに)』(東京 刊行

소마 곡고의 나카무라야 살롱

나카무라야 살롱(中村屋サロン)은 1900년대 초부터 지속되어 온 일본의 예술 후원의 살롱 문화의 대표격으로, 일본에서 자본과 예술이 연대하는 장을 연 대표적인 공간이라고 할 수 있다. '나카무라야 살롱'의 시작은 조각가인 오기와라 록산(荻原綠山, 1879~1910)에서부터라고 할 수 있는데, 이 오기와라의 본명은 오기와라 모리에(荻原守衛)였으나 나쓰메 소세키(夏目漱石)의 소설 『이백십일』의 주인공의 이름을 따서 스스로 개명하였다. 이 오기와라는 1901년에 미국과 프랑스에서 회화를 배우나 로댕의 영향을 받아 조각가로 전향하였고, 1908년에는 귀국하여 '망각암(忘却菴/oblivion)'이라는 이름의 아틀리에를 신주쿠 근방에 만들고 작업에 몰두하면서 오후에는 당시에는 빵집이었던 나카무라야를 방문하여 그들의 가족과 교분을 쌓는다. 나카무라야는 1909년에는 오기하라의 아틀리에에 지점을 내면서 그와 좀 더 적극적으로 교유하기 시작한 것이 나카무라야 살롱의 시초이다.

1910년에 오기하라가 요절하고 난 뒤, 나카무라야의 안주인이었던 소마 곡고는 오기하라의 아틀리에 일부를 나카무라야의 건물 뒤로 옮겨 '록산관(綠山館)'이라고 이름지었다. 오기하라의 사후, 이 나카무라야 살롱의 중심은 나카무라 쓰네(中村彝)였는데 그는 신주쿠에 아틀리에를 열고 나카무라야 살롱에 드나들면서 소마 곡고의 환대를 받으며, 예술과 종교에 대해서 심도 깊은 토론을 나누었다. 나카무라 쓰네가 아틀리에를 옮기고 떠난 뒤, 그 자리에 찾아든 것이 바로 에로셴코였던 것이다. 소마 곡고는 에로셴코에게 록산관을 내어주고 희곡 낭송회를 여는 등 문화예술적 활동을 지속하였다.

이 나카무라야 살롱은 1915년에는 인도 독립 운동과 관련된 라스 비하리 보스((Rash Behari Bose) 같은 인물이 방문하여 소마 부인이 그를 일본 경찰로부터 숨겨주고 자신의 딸과 혼례를 시키기도 하였고, 3·1운동과 관련된 조선인들도 잠시의 거처로 삼기도 하는 등 정치와 별개로 존재하는 예술적 환대의 공간으로 상징되어 있다. (中村屋社史編纂室 編, 『中村屋100年史』, 東京: 中村屋, 2003.)

社, 1924) 등을 출판하기도 하면서 그의 예술적 활동을 도왔던 것이다.

제국 일본의 내부에 이처럼 국적을 넘어서는 환대의 장면이 존재하고 있다
는 사실은 지금의 관점에서 본다고 하더라도 퍽 인상적인 것이 아닐 수 없다. 에
로셴코를 읽고 있었던 이상 역시 단지 에로셴코의 문학적 성취만이 아니라 이처
럼 모더니티의 체계 내부에서 그를 둘러싼 환대의 구조가 존재하였다는 사실에
감화되었으리라는 사실은 넉넉히 짐작 가능하다. 이상 등을 위시한 식민지 조선
의 모더니스트들 역시 '낙랑팔라' 등의 살롱이나 '구인회' 등의 자유로운 문인 조
직을 통하여 궁극적으로는 제국주의의 피안에서 예술적 보편성에 기반한 연대
의 공간을 희망하였던 것이다. 에로셴코의 표상은 바로 그러한 연대의 중심에
놓여 있었을 터이다.

(A) 나를 배반한 계집이다. 3년 동안 끔찍이도 사랑하였던 끝장이다. 따귀
도 한 개 갈겨주고 싶다. 호령도 좀 하여주고 싶다. 그러나 여기는 몰려드는
사람이 하나도 내 얼굴을 모르는 사람이 없는 다방이다. 장히 모양도 사나우
리라. / "자네 만나면 할 말이 꼭 한마디 있다데" / "어쩌라누" / "사생결단을
하겠다데" / "어이쿠" / 나는 몹시 놀래어 보이고 '레이몬드 하튼'같이 빙글빙글
웃었다. '아내-마누라'라는 말이 낮잠과도 같이 옆구리를 간지른다. 그 '이미지'
는 벌써 먼 바다를 건너간다. 이미 파도 소리까지 들리지 않느냐. 이러한 환상
속에 떠오르는 자신은 언제든지 광채나는 '루바슈카'를 입었고 퇴폐적으로 보
인다. 소년과 같이 창백하고도 무시무시한 풍모이다. 어떤 때는 울기도 했다.
어떤 때는 어딘지 모르는 먼 나라의 십자로를 걸었다.

이상(李箱), 「恐怖의記錄(遺稿)」, 「每日申報」, 1937.5.4, 1쪽.

(B) 나는 모든 것을 잊어버리지 않으면 아니된다. 나 자신을 암살하고 온
나처럼 내가 나답게 행동하는 것조차 금지되지 않으면 아니된다.

'이상(李箱)'이라는 현상

『세르빵』을 꺼낸다. 아뽈리네에르가 즐겨 쓰는 테에마 소설이다. '암살 당한 시인' 나는 신비로운 고대의 냄새를 풍기는 주인공에게서 '벵께이'를 연상한다. 그러나 그것은 시인이기 때문에, 낭만주의자이기 때문에, 저 벵께이와 같이-결코-화려하지는 못할 것이다. 글자는 오수(午睡, 낮잠)처럼 겨드랑이 밑에 간지럽다. 이미지는 멀리 바다를 건너간다. 벌써 바닷소리마저 들려온다. / 이렇게 말하는 환상 속에 나오는 나, 영상은 아주 반지르르한 루바시카를 입은 몹시 퇴폐적인 모습이다. 소년 같은 창백한 털북숭이 풍모를 하고 있다. 그리곤 언제나 어느 나라인지도 모를 거리의 십자로에 멈춰 서 있곤 한다.

이상(李箱), 「첫 번째 방랑」, 『문학사상』, 1976.7.

이상의 유고로 남겨진 두 편의 글에서 강조된 부분은 사실 거의 같은 의미의 내용을 담고 있다. 하지만 맥락은 서로 다르다. (A)의 글이 이상의 아내와의 사이라는 현실적 관계로부터 촉발된 이미지였다면, (B)는 일본에서 발간된 『세르팡』을 읽다가 그 글자들로부터 촉발된 이미지였다. 하지만 어느 것이나 그것은 먼 바다를 건너간다. 게다가 그러한 환상 속에 등장하는 이상 자신의 모습은 광채 나는 루바슈카를 입고 있다. 혹 그가 떠올렸던 루바슈카의 이미지란 다름 아니라 일본을 방문했던 에로셴코의 그것은 아니었을까. 1920년 나카무라 쓰네가 그린 「에로셴코 씨의 상」에서도 역시 에로셴코는 루바슈카를 입고 있었고 에로셴코가 머물고 있었던 나카무라야에서는 루바슈카를 종업원들의 제복으로 삼기도 하였던 것이다.*

이 루바슈카는 1931년 이상이 그린 「자상」에서 이상 자신이 한복을 입고 있는 것과는 여러모로 대비될 수 있는 대목이다. 루바슈카로 말한다면 러시아의 민속의상이니, 그에 대응하는 것은 한복일 터이지만, 먼 바다를 건너는 이상의 상상 속에서는 한복이 아니라 루바슈카를 입은 모습으로 그려지고 있는 것이다. 즉 이상은 동경에서 예술가로서 환대받았던 에로셴코의 형상 속에 자신을

나카무라야가 사랑했던 에로셴코의 루바시카

나카무라야의 루바시카를 입은 종업원들
(1936년경) – 「中村屋100年史」

동경 신주쿠에 있던 나카무라야는 러시아의 시인인 에로셴코가 일본에 방문했던 1920년 무렵에 머물렀던 상점이었다. 이 나카무라야의 웹사이트에는 왼쪽의 그림과 함께 다음과 같은 소개가 있다.

"나카무라야는 에로셴코가 평소 착용하고 있던 러시아의 민족의상 '루바시카(ルパシカ)'를 점원의 제복으로 채용합니다. 당시(다이쇼시대), 이 루바시카는 대단한 화제가 되었습니다. 전쟁 전 사내보에 실린 종업원의 말에 따르면, 상점에서 기숙사로 돌아가는 도중 루바시카를 입지 않고 있었기 때문에 경찰관의 의심과 검문을 받았다고 쓰여 있었습니다. 그 경찰관은 루바시카를 '옷'이라 말하면서 그 '옷'으로 나카무라야의 점원을 분별하고 있었던 것 같고, 당시 신주쿠에서는 신분 증명을 대신할 만큼 유명했던 것 같습니다."

투영하고 있었던 것이다. 그가 한복을 입고 있는 자신을 환상 속에서나마 그릴 수 없었던 까닭은 이상이 체현하는 제국과 식민지 사이의 경계가 너무나도 단단했던 까닭일 것이다. 자유로운 예술적 연대는 국가적 경계를 횡단할 수 있다는 사실을 에로셴코는 보여주었으되, 그것이 에로셴코가 백인이면서 맹인이라는 화제성을 띠고 있었기 때문에, 그리고 에스페란티스트로서 국제성을 담보하는 인물이었기 때문에 그러한 것이지, 그러한 환대가 과연 조선의 시인에게도 적용될 수 있을 것인가 하는 것은 누구라도 확신할 수 없는 것이다. 따라서 이상에게 있어서 루바슈카란 결국 환상으로 남는 환대를 상징하는 기호일 수밖에 없었던 셈이다.

　나도 보아서 내달 중에 서울로 도로 갈까 하오. 여기 있댔자 몸이나 자꾸 축이 가고 겸하여 머리가 혼란하여 불시에 발광할 것 같소. 첫째 이 개솔린 냄새 가득찬 세트 같은 거리가 참 싫소. / 여하간 당신 겨울 방학 때까지는 내 약간의 건강을 획득할 터이니 그때는 부디부디 동경 들러가기를 천 번 만 번 당부하는 바이오. 웬만하거든 거기 여학생들도 잠깐 도중 하차를 시킵시다그려.

이상(李箱), 「김기림에게 보낸 편지」.

이상이 동경에서 실망해 버리고 경성으로 돌아갈 마음을 갖고 말아버린 것은 그것이 환상이라는 사실을 직면했기 때문이었던 것이다. 하지만 중요한 것은 이상이 예술적 보편의 세계를 추구하면서 여전히 그 아래 따스하게 빛나는 환대의 경험을 발견하고자 했다는 사실이다. 그는 마치 사막을 떠도는 '카라반'처럼 자신의 마음이 정주할 곳을 찾고자 했던 것이다.

좀 더 읽어볼 만한 글들

고은은 이상이 절망과 파산 속에서 마지막 전환으로서 동경행을 택하였으리라고 판단한다. 즉 그는 경성에서 문학적 장을 얻지 못하다가 동경에서 화려하게 문학적 부활을 꾀하였으리라는 것이다(고은, 『이상평전』, 민음사, 1974, 339~366쪽). 김윤식의 분석은 훨씬 더 정교하지만 기본적인 발상은 여기에서 그리 멀지 않다. 즉 동경을 일종의 마지막 예술적 탈출구로 삼았으리라는 것이다(김윤식, 『이상연구』, 문학사상사, 1987). 죽음을 대가로 그는 현해탄 너머에 존재하는, 그곳을 확인하고자 하였으며, 그곳에서 마지막 예술적 꽃을 피우려고 하였다. 이상의 동경행을 경성으로부터의 탈출로 보았던 권영민의 견해(권영민, 『이상문학의 비밀13』, 민음사, 2012) 역시 이와 같은 조선과 일본 사이에 펼쳐진 모더니티의 틀의 경계를 의식한 결과인 셈이다.

하지만 이상의 동경행을 단지 현해탄 사이의 모더니티의 확인이라는 관점에서만 읽게 되면, 오히려 그의 절박감이 희석되고 만다. 그의 동경행은 20세기를 향해 나아가고자 한 것만이 아니었기 때문이다. 「실화(失花)」의 작품론인 방민호의 「한복을 입은 이상」(이상문학회 편, 『이상소설작품론』, 역락, 2007)이 더욱 의미있게 다가오는 것은 바로 이러한 맥락 때문이다.

15

촉각이 도해한 풍경과
감각의 원근법

나는 울창한 삼림 속을 진종일 헤매고
끝끝내 한 나무의 인상을 훔쳐오지 못한
환각의 인이다.

―「동해(童骸)」

반 년 만에 상(箱)을 만난 지난 삼월 스무날 밤 동경거리는 봄비에 젖어 있었다. 그리로 왔다는 상의 편지를 받고 나는 지난겨울부터 몇 번인가 만나기를 기약했으나 종내 센다이(仙臺)를 떠나지 못하다가 이날에야 동경으로 왔던 것이다.

상의 숙소는 쿠단시타(九段下) 꼬부라진 뒷골목 이층 골방이었다. 이 '날개 돋친' 시인과 더불어 동경 거리를 산보하면 얼마나 유쾌하랴 하고 그리던 온갖 꿈과는 딴판으로 상은 '날개'가 아주 부러져서 기거도 바로 못 하고 이불을 둘러쓰고 앉아 있었다. 전등불에 가로 비친 그의 얼굴은 상아보다도 더 창백하고 검은 수염이 코밑과 턱에 참혹하게 무성하다. 그를 바라보는 내 얼굴의 어두운 표정이 가뜩이나 병들어 약해진 벗의 마음을 상하게 할까 염려스러워 나는 애써 명랑한 체, "여보 당신 얼굴이 아주 피디아스의 제우스 신상 같구려" 하고 웃었더니 상도 예의 정열 빠진 웃음을 껄껄 웃었다. 사실은 나는 듀비비에의 「골고다의 예수」의 얼굴을 연상했던 것이다. 오늘 와서 생각하면 상은 실로 현대라는 커다란 모함에 빠져서 십자가를 걸머지고 간 '골고다의 시인'이었다.

– 김기림, 「고 이상의 추억」, 『조광』, 1937.6.

나는 열두 시간 기차를 타고 여덟 시간 연락선을 타고 또 스물네 시간 기차를 타고 동경에 닿았다. 동대(東大) 병원 입원실로 직행하다. 이상의 입원실, 다다미가 깔린 방들, 그중의 한 방문을 열고 들어서니 이상이 거기 누워 있었다. 인기척에 눈을 크게 뜨다. 반가운 표정이 움직인다. 나는 무릎을 꿇고 그 옆에 앉아 손을 잡다. 안심하는 듯 눈을 다시 감는다. 나는 긴장해서 슬프지 않았다. 어떻게 해야 살릴 수 있나, 죽어간다고는 믿어지지 않는다. 상은 눈을 떠보다 다시 감는다, 떴다 감았다—

귀를 가까이 대고 "무엇이 먹고 싶어?" "센비키야(千匹屋)의 메론"이라고 하는 그 가느다란 목소리를 믿고 나는 철없이 센비키야에 메론을 사러 나갔다. 안 나갔으면 상은 몇 마디 더 낱말을 중얼거렸을지도 모르는데…… 메론을 들고 와서 깎아서 대접했지만 상은 받아넘기지 못했다. 향취가 좋다고 미소 짓는 듯 표정이 한번 더 움직였을 뿐 눈은 감겨진 채로, 나는 다시 손을 잡고 앉아서 가끔 눈을 크게 뜨는 것을 지켜보고 오랫동안 앉아 있었다.

– 김향안, 「이상(理想)에서 창조된 이상(李箱)」, 『문학사상』, 1986.8.

김해경이 동경에서 죽음을 맞이하기 전에 그가 마지막으로 레몬 향기를 맡기를 원했다는 일화는 한동안 꽤 유명하게 남겨져 있었다. 천재 이상에 대한 이미지와 함께, 그가 죽음에 맞닿은 순간까지 실체보다는 미세하고도 세련한 감각을 택했음을 보여주는 일화로 사람들의 입에 오르내렸던 것이다. 하지만 김해경의 미망인이자 훗날 화가인 김환기의 아내가 되었던 변동림, 즉 김향안 여사가 한국에 귀국하여 전했던 천재 작가 이상의 마지막 순간은 여느 죽음에 가까이 다가가 있는 이들의 그것에 다름 아닌 것이었다. 그는 다름 아니라 마지막 힘을 짜내어 자신의 부인에게 센비키야(千匹屋)에서 파는 멜론을 사다 달라고 부탁하였던 것이다. 센비키야의 멜론이라면 이국적인 풍취를 품고 있는 과일로 예나 지금이나 가장 비싼 축에 드는 것이다. 아마도 동경에서 외롭디외로운 생활을 했던 김해경은 늘 센비키야 앞을 지나다니면서 호사롭기 그지없게 포장되어 있던 멜론을 쳐다보았을 것이다.

　　감각은 언제나 힘이 세다. 그것은 머릿속의 느릿한 사유의 메커니즘보다는 늘 즉각적이고 분명하다. 치사했던 도시 동경에서 죽음을 기다리고 있던 김해경에게 있어 자신의 온몸의 기관 말단들을 통하여 받아들이는 감각들은 더욱 예민해져만 갔을 것이다. 지칠 대로 지친 몸에, 예민해질 대로 예민해진 감각만 남아버린 것은 분명 부조화가 아닐 수 없다. 그것이 자신의 모든 예술성을 소진해 버린 예술가에게 남아 있는 마지막 동력이었을 것이다. 그것이 동경을 떠나기 직전, 그리고 동경에서 김해경이 맞이했던 감각의 실재였을 터였다. 게다가 그것은 타인과의 관계 속에서 한층 더 손에 넣을 수 없는 불가해한 것이 되고 만다. 저기에 존재하는 저 뚜렷한 생의 감각들을 언어 기호와 그 얼기설기한 연쇄들로 포획하고자 하는 불가능의 기획이 천재 작가 이상이 마지막으로 떠맡은 예술적 임무였던 셈이다.

촉각이라는 대안의 감각과 장난감 신부가 밀감을 찾았던 까닭

이상에게 있어서 '레몬'이라는 과일이 오직 향기만으로 존재할 수 있는 개념과 감각의 극단을 상기하도록 하는 것이었다면, 그에 못지않게 '밀감(蜜柑)'이라는 과일이 갖는 의미 역시 너른 스펙트럼을 갖는다. 사실 이상에게만이 그러한 것이 아니라 앞서 이상이 영향을 받았을 것이라고 상정하였던 많은 작가들의 경우가 마찬가지였다. 예를 들어 아쿠타가와 류노스케에게 있어서, '밀감*'이란 점차 현대로 치닫는 문명 제국 일본에서 잠시나마 권태를 벗어날 수 있는 기분을 느끼도록 하는 소중한 대상이었다. 멀리 도회로 더부살이를 하러 가는 누이가 동생들을 위해 먹지 않고 남겨준 밀감 몇 알을 던져주는 장면은 그 자체로 사람의 마음을 울리는 감동을 이끌어낼 뿐만 아니라 바쁘게 흘러가는 근대의 시간성을 잠시 붙잡는 힘을 가지고 있었던 것이다.

즉 밀감이라는 과일 자체가 갖고 있는 향기와 그 과육의 질감은 예민한 작가에게 있어서는 이성을 넘어서는 감각을 일으키도록 하는 것이다. 이상에게 있어서도 역시 마찬가지이다. 소설 「동해」와 깊은 관련이 있는 것으로 알려진 시 「나는 장난감 신부와 결혼했다(I Wed a Toy Bride)」에서 이상은 밀감의 의미를 의미심장하게 드러내고 있다.

밤

장난감 신부에게 내가 바늘을 주면 장난감 신부는 아무것이나 막 찌른다. 일력, 시집, 시계 또 내 몸 내 신경이 들어앉아 있음직한 곳. / 이것은 장난감 신부 마음속에 가시가 돋아 있는 증거다. 즉 장미꽃처럼…… / 내 가벼운 무장에서 피가 좀 난다. 나는 이 생채기를 고치기 위하여 날만 어두우면 어두운 속에서 싱싱한 밀감을 먹는다. 몸에 반지밖에 가지지 않은 장난감 신부는 어둠을 커텐 열듯 하면서 나를 찾는다. 얼른 나는 들킨다. 반지가 살에 닿는 것을 나는 바늘로 잘못 알고 아파한다. 촛불을 켜고 장난감 신부가 밀감을 찾는다. 나는 아파하지 않고 모른 체한다.

이상(李箱), 「I WED A TOY BRIDE」, 『삼사문학』, 1936.10.

때는 밤이고 장난감 신부는 바늘을 가지고 나를 찌른다. 달력과 시계, 시집 같이 나의 예민한 근대적 감각이 첨예하게 들어 있는 곳을. 시계와 달력이 시간

아쿠타가와 류노스케의 「밀감」

아쿠타가와 류노스케

일본의 소설가 아쿠타가와 류노스케(芥川龍之介, 1892~1927)의 소설 「밀감(蜜柑)」은 1919년 잡지 『신조(新潮)』에 게재된 소설이다. 저녁에 기차를 타고 가던 작가는 한 여자아이가 창을 열어둔 것을 보고 처음에는 못마땅하게 생각하지만, 이내 그 여자아이가 소중하게 쥐고 있던 밀감을 자기를 배웅하고 있던 동생들에게 던져주는 모습을 보게 되어 그렇게 생각했던 자신을 반성하게 된다는 이야기다. 아쿠타가와는 이렇게 쓰고 있다.

"저녁노을빛을 띤 변두리 마을의 건널목과 작은 새처럼 목청을 높인 세 명의 어린아이와, 그리고 거기에 어지럽게 떨어지는 선명한 밀감 색깔. 모든 것은 기차 창문 밖에서 눈 깜짝할 사이에 지나갔다. 하지만 내 마음에는 안타까울 만큼 또렷이 이 광경이 낙인이 되어 찍혔다. 그리고 거기에서 어떤 정체를 알 수 없는 명랑한 기분이 솟구치는 것을 의식했다. (중략) 나는 그때 비로소 말할 수 없는 피로와 권태를, 또한 불가해하고 하등한, 따분한 인생을 문득 잊을 수 있었다."(아쿠타가와 류노스케, 손순옥 옮김, 『아쿠타가와 류노스케 전집』 3, 제이앤씨, 2012.)

이 소설에서 아쿠타가와는 여자아이가 기차에서 던진 밀감의 선명한 빛깔을 통해서 자본주의 사회의 숨막히게 하는 화폐적 교환 체계를 잠시나마 잊을 수 있는 기분을 경험한다.

에 대한 모던한 근대적 감각을 상기하도록 하며, 시집은 내가 추구해 마지않는 예술적인 성취의 핵심을 가리킨다고 본다면, 장난감 신부는 이상이 가지고 있는 근대적인 감각, 즉 일종의 허위로서의 그것을 마구 공격하고 있는 것이다. 나는 그 상처를 치유하기 위하여 어두운 곳에서 싱싱한 밀감을 먹는다. 밀감을 먹는 행위가 어찌하여 치유의 행위가 되는가 하는 것은 소설 「동해」를 읽지 않고서는 알기 어렵다. 그렇게 어둠 속에 숨어 있는 나를 장난감 신부는 찾아 돌아다니며, 밀감을 찾는다. 그 와중에 나는 장난감 신부가 가지고 있는 바늘이 실은 바늘이 아니라 반지였다는 사실을 알게 된다. 반지가 닿아서 아픈 것을 나는 바늘로 찌르는 것으로만 생각하였던 것이다. 반지와 바늘 사이의 거리. 이는 곧 사랑의 징표와 독이 오른 따가운 공격 사이의 거리이다. 장난감 신부가 나를 바늘로 찔러대었던 것은 실은 촉각을 통해 나에게 닿고자 하는 시도였던 것이다. 말하자면 그것은 장난감 신부가 내 마음이 작동하는 로직(logic), 즉 기호들의 연쇄를 통해 내가 구축한 세계를 발견하여 그 속으로 파고들어가고자 하는 의도였다. 물론 나는 오해해 버렸지만.

사랑이란 결국 누군가 구축해 놓은 완결성의 세계를 찢고 틈을 내어 그 속으로 들어가지 않으면 시작되지 않는 것이다. 따라서 장난감 신부가 나에게서 찾으려 했던 그 밀감은 나에게 가장 귀중한 것이다. 비밀이 재산이 되는 것처럼, 그것은 비밀일 수도 있고 내가 가진 한 줌의 수사법일 수도 있다. 어쨌거나 그 귀중한 것은 나에게 있어서는 타인에게 틀켜서는 안 되는 것이다. 나는 필사적으로 그것을 숨기고, 장난감 신부는 그것을 필사적으로 찾으려 한다. 그 과정에서 두 사람은 마치 절름발이 부부가 그러하듯 상처 입고, 상처 입고 하는 것이다. 따라서 이상에게 있어서, 적어도 「나는 장난감 신부와 결혼했다(I Wed a Toy Bride)」와 「동해」에 있어서 사랑이란 시각의 문제가 아니라 촉각의 문제이다. 칠흑 같은 어둠 속에서 이 둘은 더듬거리면서 서로에게 상처를 내고 있기 때문이다. 따라서 「동해」의 시작이란 당연히 이러할 수밖에 없다.

○촉각

촉각이 이런 정경을 도해한다.

이상(李箱), 「동해(童骸)」, 「조광」, 1937.2.

소설 「동해」의 첫 장면에서, 이상은 '유구한 세월(悠久한歲月)'이라는 시간과 공간이 중첩된 비현실이자 꿈의 공간으로부터 눈을 뜬 자아가 촉각이라는 감각적 수단을 동원하여 자신의 앞에 던져진 세계를 인식해 가는 과정을 이와 같이 표현하고 있다. 도해(圖解). 그림으로 풀어낸다는 의미이니 시각에나 쓸 법한 술어를 촉각에 쓴 것이다. 마치 곤충의 더듬이와 같은 손끝, 발끝이 감각이 자신 앞에 펼쳐진 정경을 눈으로 그려내듯 풀어놓는다는 의미일 것이다. 여기에서 하나의 질문을 던져보자. 근대의 일반적인 감각은 당연히 시각이다. 시각은 인간에게 있어서 가장 중요한 감각이다. 이상은 자신의 소설 첫머리에서 이러한 시각을 제쳐두고 혹은 제2, 혹은 제3 이상의 감각일 촉각을 거론하고 있는 것일까, 라기보다는 도대체 왜 시각이 아닌 것일까.

이 문제를 풀기 위해서는 일단 시각이 어떠한 경로로 가장 근대적인 감각이 되었는가 하는 바에 대해서 해명할 필요가 있다. 이를 해명하기 위해서는 멀리 데카르트의 문제의식으로 거슬러 올라가야 할 필요가 있다. 데카르트는 자신의 주저 중 하나인 『성찰』을 통해 감각적인 사실, 즉 감각을 통해 인식하게 되는 세계란 의심스럽다고 주장한 바 있다. 그는 감각적 주체는 각성과 수면을 구별할 수 없으며 꿈을 꾸고 있는 것이나 아닐까 할 정도로 불분명함을 내포하고 있다는 것이다. 따라서 이러한 위험에 대한 대안으로 그는 감각과 정신의 분리를 주장하고 이를 위한 수단으로서 방법적 회의(cogito ergo sum, 나는 생각한다. 고로 존재한다)를 제시한다. 방법적 회의를 통해 인간은 분명한 주체를 구성하고 외부 세계를 바르게 인지할 수 있게 되는 것이다.

결국 데카르트는 마음과 신체를 이원론으로 분리하여 지적인 시각, 오성에 기초한 시각만을 중시하고 정신의 공간을 창출하기 위하여 시각적인 공간의 내용들은 비워낸다. 이렇게 형성된 공간은 합리적이고 동질적인 공간들이며 관념화된 도식적인 형상들로 구성되는 공간이다. 곧 현대성의 시각은 신체의 두 눈으로부터 추상된 마음의 눈이다. 근대적인 시각 모델에 있어서 감각과 신체의 기능은 이성의 작용에 종속되는 것이다.

방송국 넘어 가는 길 성벽에 가 기대선 순영의 얼굴은 달빛 속에 있는 것처럼 아름다웠다. 항라 적삼의 성긴 구멍으로 순영의 소맥빛 호흡이 드나드는 것을 나는 내 가장 인색한 원근법에 의해서도 썩 가쁘게 느꼈다. 어떻게 하면 가장 민첩하게 그러면서도 가장 자연스럽게 순영의 입술을 건드리나- / 나는 약 3분가량의 지도를 설계하였다. 우선 나는 순영의 정면으로 다가서보는 수밖에- / 그때 나는 참 이상한 것을 느꼈다. 달빛 속에 있는 것처럼 아름다운 순영의 얼굴이 웬일인지 왼쪽으로 좀 삐뚜러져 보이는 것이다. 나는 큰 범죄나 저지른 사람처럼 냉큼 오른편으로 비켜섰다. 나의 그런 불손한 시각을 정정하기 위하여- / (그리하여) 위치의 불리로 말미암아서도 나는 순영의 입술을 건드리지 못하고 그만두었다. (실로 사 년 전 첫여름 어느 별빛 좋은 밤) 경관이 무슨 일인지 왔다. 내가 삼천포읍에 사는 사람이라고 그러니까 순영은 회령읍에 사는 사람이라고 그런다. 내 그 인색한 원근법이 일사천리 지세로 남북 2천5백 리라는 거리를 급조하여 나와 순영 사이에다 펴놓는다. / 순영의 얼굴에서 순간 달빛이 사라졌다.

이상(李箱), 「환시기(幻視記)」, 『청색지』, 1938.6.

소설 「환시기(幻視記)」의 한 대목에서는 이상이 시각과 원근법을 어떻게 근대적인 이성의 작용과 연관되고 있는가를 보여준다. 월광 속에 싸여 있는 순영의 얼굴이 이상에게 애정을 불러일으키는 대상으로 떠오르는 것은 대상의 실체가 어떠한가 하는 사실과 상관없이 주관적인 감각적 이미지에 의한 일종의 아우라(aura)가 작용하고 있음을 의미한다. 우리가 대상에 대해 판단하게 되는 데에는 시각적인 명증성 외에 다양한 감각적인 이미지들과 정황들이 미적 판단의 배후에 존재하게 마련인 것이다. 이상이 자신이 소유한 '인색한 원근법'에도 불구하고 순영의 '소맥빛 호흡'이 주는 감각적 매력에 끌리게 된 이유는 그곳에 있을 것이다. 하지만 그렇게 이상이 애정을 느끼며 순영에게 입맞춤을 하려고 하는데 그때 이상은 어쩐 일인지 순영의 얼굴이 왼쪽으로 삐뚤어져 있다는 사실을 발견하게 된다. 이는 착시를 의미하는 것이 아니다. 시각 외에 존재하는 풍요로운 감각들을 통해 인색한 원근법*을 넘어서고자 했지만 결국 시각적 객관이라는 명증성의 지점에 의해 그러한 시도가 실패하게 되었다는 의미로 받아들여야 할 것이다. 이러한 이상의 태도는 감각이 구성하는 이미지가 오류일 수 있다는 가능

근대 원근법의 탄생

15세기 건축가인 필리포 브루넬레스코(Filippo Brunellescho, 1377~1446)는 거울을 이용하여 소실점의 효과를 보이는 실험을 통해 원근법을 증명하였다. 이후 같은 플로렌스인인 레온 알베르티(Leon Battista Alberti, 1404~1472)는 『회화론』을 통해 이러한 원근법을 체계적인 이론으로 정리하였다. 알베르티가 정리한 원근법의 구성은 크게 나누어 '소실점'과 '거리점'을 설정하는 것으로 이루어져 있다. 소실점은 보는 사람과 보이는 대상이 동일 평면상에 위치하도록 정해져야 하며 이는 그림 속에서 깊이를 확립한다. 거리점은 소실점과 같은 높이에서 거리와 심도를 나타내어 깊이의 정도를 주는 것이다. 이렇게 15세기에 창안된 근대적인 원근법은 이후 미술사에 있어서 평면 속에 입체의 환영을 주는 리얼리즘 미술의 발전에 가장 중요한 역할을 하였다. 16세기 독일의 알브레히트 뒤러(Albrecht Dürer, 1471~1528)는 그림과 같이 알베르티의 이론에 따라 격자판을 통해 원근법에 의거하여 그림을 그리는 장면을 기록한 판화를 다수 남겼다. 근대 원근법의 탄생에 대해 좀 더 알고 싶다면 주은우의 책(『시각과 현대성』, 한나래, 2003, 157~189쪽) 내용을 참고할 수 있다.

원근법에 대한 알베르티의 이론에 대해 보여주는 뒤러의 판화

'이상(李箱)'이라는 현상

성을 확인하고 감각적인 표상보다는 정신에 투영되는 형상을 포착하는 인식적인 토대로서 주체의 이성을 내세우고자 했던 데카르트의 그것과 흡사한 것이다. 물론 데카르트는 대부분의 감각을 온전히 신뢰하지 않았다. 감각이 주는 환영을 배제하고 이성의 작용을 통해 주체의 확실성을 해명하고자 하는 것이 그의 코기토 프로젝트(cogito project)*였다.

시각은 현실 세계의 이해에 있어서 여타의 감각에 비해 절대적으로 우세한 감각이다. 따라서 내가 눈을 통해 보고 있는 눈앞의 현실의 시각적 이미지가 대상 그 자체라고 착각해 버리기 쉽다. 하지만 여타의 감각과 마찬가지로 눈 역시 이성의 지배, 즉 마음의 교정을 받는다. 시각이 근대적인 감각인 까닭은 이성과의 연동성이 원활하기 때문인 것이다.

「환시기」에서 나는 '월광에 싸여 있는 순영'에 대해 나의 인색한 원근법에도

데카르트적인 원근법주의

역사학자인 마틴 제이(Martin Jay)는 「모더니티의 시각 체계들」이라는 글에서 데카르트적인 원근법주의에 대해 다음과 같이 설명하고 있다.

"근대의 지배적인, 심지어 전반적으로 헤게모니적이기까지 한 시각 모델이라고 통상 주장되어 온 것에서부터 시작하도록 하겠다. 우리는 그 같은 시각 모델을 시각 예술에서의 르네상스적 원근법 개념과, 그리고 철학에서는 주체의 합리성에 대한 데카르트 사상과 동일시할 수 있다. 따라서 우리는 또한 그 모델을 편리하게 데카르트적인 원근법주의(Cartesian Perspectivalism)라 부를 수 있을 것이다. 이러한 데카르트적 원근법주의가 종종 근대적인 시각 체제 그 자체와 같은 것으로 상정되었다는 점은, 잘 알려진 두 학자의 언급을 통해서 예증된다. 그 첫 번째는 미술사가인 윌리엄 아이빈스 2세의 주장으로서, 그는 1946년 자신의 저서인 『미술과 기하학(Art and Geometry)』에서 다음과 같이 말하고 있다. "알베르티의 저술 이후 지난 5백 년 동안의 미술사는 그의 관념들이 유럽의 미술사가들과 사람들을 통해서 서서히 확산되어 온 것에 대한 이야기에 다름 아니다." 두 번째는 1979년에 출판되어 널리 거론되어 온 리처드 로티(Richard Rorty)의 『철학과 자연의 거울(Philosophy and the Mirror of Nature)』에 나오는 다음과 같은 언급이다. "데카르트의 모델에서, 지성은 망막의 이미지들을 바탕으로 한 실체들을 검사하는(inspect) 것이다. … 데카르트의 구상 - '근대적인(modern)' 인식론의 토대가 됐던 - 에 있어서, 형상은 '정신' 속에 존재하는 표상들이다." (할 포스터(Hal Foster) 편, 최연희 옮김, 『시각과 시각성(Vision and Visuality)』, 경성대학교 출판부, 2004, 24~25쪽.)

불구하고 애정을 가지게 되었지만 순영의 얼굴에 가까지 다가가보니 이상하게
도 코가 삐뚤어져 있더라는 것이다. 그는 착각적 애정과 시각적 명증성 사이에
서 당황하다가 자신과 순영의 고향이 이천오백 리, 즉 약 1000킬로미터의 거리
를 갖는다고 변명처럼 늘어놓으니 순영의 얼굴에서 달빛이 사라지더라는 것이
다. 애초에 내가 월광에 싸여 있는 순영에게 착각적 애정을 가졌던 것은 시각적
왜곡의 탓이었다. 여름밤 달빛의 로맨틱한 분위기가 마음의 교정을 일으켜 그
리 만들었을 것이다. 하지만 순영의 정면─거울의 반사면이자 대상의 좌우 대칭
성을 암시하는─을 응시하니 얼굴이 삐뚤어져 있는 것이 시각에 들어온다. 물론
시각에 들어온 이미지가 그대로 실재라고 믿을 수는 없다. 인간의 얼굴에 부착
된 눈은 각도에 따라 얼마든지 시각적 왜곡의 위험을 안고 있기 때문이다. 하지
만 이 문맥에서 중요한 것은 시각적 이미지로 들어온 감각적 명증성(얼굴이 삐뚜
러졌다)이 시각적 왜곡을 통해 발생한 착각적 애정을 돌이킬 만큼 큰 힘을 가진
다는 사실이다. 그는 자신의 인색한 원근법을 최대로 동원하여 시각에 근거하여
대상과의 관계성을 재조정하고 있는 것이다. 이러한 시각적 우세를 중시하는 이
상의 태도는 시각적인 미의 충족에 예민해진 근대인의 것이다.

> 소녀는 작은 배 가운데 있었다─군중과 나비를 피하여. 냉각된 수압이─냉
> 각된 유리의 기압이 소녀에게 시각(視覺)만을 남겨주었다. 그리고 수많은 독서
> 가 시작된다. 덮은 책 속에 혹은 서재 어떤 틈에 곧잘 한 장의 얇다란 것이 되
> 어버려서는 숨고 한다.
>
> 이상(李箱), 「소녀」, 실락원 연작, 『조광』, 1939.2.

「소녀」라는 시에서 이상은 '냉각된 수압이─냉각된 유리의 기압'이 소녀에게
'시각'만을 남겼고 그로부터 허다한 녹서가 시작되었다고 쓰고 있다. '소녀'가 작
가 이상의 많은 자아들 중 하나일 것이라는 판단을 해볼 수 있다면 '냉각된 유

리의 기압'이란 바로 앞서 살폈던 차가운 거울 속의 세계일 것이고 시각이 지배하는 근대 세계일 것이다. 시각만을 남긴 소녀에게는 다양하고 풍요로운 감각의 세계가 아닌 책과 서재가 상징하는 근대 지식 세계의 내부에서 '얇다란 것'으로 변해 갈 수밖에 없게 되는 것이다. 조선총독부의 건축기사로 근무하며, 한편으로는 식민지적인 지배구조 속에서 사유와 관념의 모험을 통해 근대의 세계를 넘어서고자 했던 이상이 그러한 탈주와 초월의 방법론으로 택할 수 있었던 수단은 결국 근대의 도서관과 독서라는 이성에 기반한 지식이었던 것이다. 이것이 이상이, 그리고 식민지 근대문학가들이 처한 공통적인 모순의 지점이었다.

여기 한 페이지 거울이 있으니 / 잊은 계절에서는 / 얹은머리가 폭포처럼 내리우고 // 울어도 젖지 않고 / 맞대고 웃어도 휘지 않고 / 장미처럼 착착 접힌 / 귀 / 들여다보아도 들여다보아도 / 조용한 세상이 맑기만 하고 / 코로는 피로한 향기가 오지 않는다. (중략) 설마 그러랴? 어디 촉진…… /하고 손이 갈 때 / 지문이 가로막으며 선뜩하는 차단뿐이다. // 5월이면 하루 한 번이고 / 열 번이고 외출하고 싶어 하더니 / 나갔던 길에 안 돌아오는 수도 있는 법 // 거울이 책상 같으면 한 장 넘겨서 / 맞섰던 계절을 만나련만 / 여기 있는 한 페이지 / 거울은 페이지의 그냥 표지-

이상(李箱), 「명경」, 『여성』, 1936.5.

이상은 시 「명경」에서 거울 속의 나에게서 시각으로부터 느껴지는 것 이상의 어떠한 감각적인 접근도 불가능하다는 사실을 깨닫는다. 즉 그것에는 자신의 청각, 후각, 심지어 촉각조차 닿지 않는다. 「선에 관한 각서」에서 「오감도」에 이르는 과정에서 이상은 분명 '거울'이라는 자아를 복수화하는 효율적인 도구를 발견하였지만 결국 차가운 거울의 표면에서 일종의 틈, 마치 「오감도」 시 제10호 「나비」에서와 같은, '유계'와 '락역(絡繹)'되는 통화구를 발견하지 못한다면 결국 거울은 근대 세계의 감옥이자 '표지'에 불과할 뿐이다. 나비가 장자적인 사유, 장주의 꿈을 의미하는 기호라는 사실을 상기해 본다면 시각만 남아 있는 거울은 결국 단지 현실 세계와 주체의 명증성을 구축하는 데카르트적인 계기에 불과하다. 가령 장자의 호접몽과 같이 이쪽 세계와 저쪽 세계, 현실 세계와 '유계'를 오고 갈 수 있는 전이적인 사유가 불가능하다면 궁극적으로 '태고'적인 곳에는 이를 수 없다.

'실락원(失樂園)' 연작 속 「자화상」에서도 이상은 자신의 얼굴의 여러 기관들이 환기하는 감각을 대비시켜 시각의 한계를 말한다. 시각을 넘어 청각, 후각, 촉각 등 보다 풍요로운 감각을 되살리고자 하는 데에는 이상의 사상적 배치 속에 '유구한 것', 근원적인 지향점이 동공에, 혹은 거울 속에 맺힌 영상에 존재하는 것이 아니라 '코' 혹은 '전신'이 호흡하는 감각 속에 존재한다는 깨달음이 전제되어 있는 것이다.

> 피라미드와 같은 코가 있다. 그 구멍으로 유구한 것이 드나들고 있다. 공기는 퇴색되지 않는다. 그것은 선조가 혹은 내 전신이 호흡하던 바로 그것이다. 동공에는 창공이 의고하여 있으니 태고의 영상의 약도다. 여기는 아무 기억도 유언되어 있지는 않다. 문자가 닳아 없어진 석비처럼 문명의 잡답한 것이 귀를 그냥 지나갈 뿐이다.

이상(李箱), 「자화상(습작)」, 실락원 연작, 『조광』, 1939.2.

이렇게 이상의 작품에 드러난 감각의 문제를 검토해 보면, 왜 이상이 「동해」의 시작 부분에서 촉각의 작용을 강조하고 있는가 하는 이유가 드러난다. 그는 마치 발터 베냐민이 밤의 세계라고 불렀던 세계를 파악하는 감각으로 촉각을 제시하며, 밍증한 시각이 구성하는 근대 세계에 대한 대안을 찾아내고자 하고 있는 것이다. 「동해」에서 '유구한 세월'이라는 현실의 피안으로부터 '락역(絡繹)'

한 주체가 촉각을 이용하여 더듬거리며 '도해'한 '정경'이란 비록 그것이 현실이라고 하더라도 기존에 형성되어 있던 근대적인 원근법의 풍경과는 전혀 다른 경치를 보여준다. 우선 기존에 확립되어 있던 기호 체계라든가 언어 관습 등은 나에게는 아무런 의미가 없다. 꿈과 무의식의 세계에서 도래하여 현실 세계에 단독자로서 나타난 나는 눈앞에 던져진 세계를 한없이 낯설게 인식할 뿐인 것이다.

물론 이렇게 기존에 자동적으로 성립되어 있었던 주체의 기능적 고리를 해체하여 낯설게 만드는 방식이 이상의 일종의 지적 실험에 해당한다는 사실은 소설 「날개」에서 기능 상실의 주체가 등장하고 있는 것에서도 확인할 수 있다. 「날개」에서 이상은 자본주의 화폐 경제 메커니즘에서 유리된, 돈을 쓰는 기능을 상실한 자아를 화자로 내세우면서 제도 바깥에서 그것이 가진 관계성과 자아에게 미치는 영향을 예민한 감각으로 다루고 있는 것이다. 마찬가지로 「동해」에서 이상은 감각과 언어에 있어서 기존의 관습적으로 형성된 기호 관계를 통해 대상을 기계적, 관습적으로 인식하는 데 반기를 들고 그렇게 인식의 수단으로서의 언어적인 기능을 상실한 주체를 내세우고 있다. 이렇게 특정한 기능을 상실한 주제를 설정하여 기능 자체를 낯설게 함으로써 얻을 수 있는 효과는 그것이 주체 내부에서, 그리고 사회 속에서 그러한 관습적인 기능의 생성과 영향력을 새삼 환기한다는 데 있을 것이다. 「동해」의 앞부분에서 촉각이 도해하는 정경을 따라 더듬거리며 방 안을 확인하는 내가 하나, 하나 놓인 대상들을 발견하면서 낯설어하는 것도 당연한 일이다.

언어 기호의 애매성과 '나츠미캉(여름밀감)'의 의미적 이중성

촉각이 이런 정경을 도해한다. / 유구한 세월에서 눈 뜨니 보자, 나는 교외 정건한 한 방에 누워 자급자족하고 있다. 눈을 둘러 방을 살피면 방은 추억처럼 착석한다. 또 창이 어둑어둑하다. 멀지 않은 순간 나는 굳이 지킬 한 개의 수트케이스를 발견하고 놀라야 한다. 계속하여 그 수트케이스 곁에 화초처럼 놓여 있는 한 젊은 여인도 발견한다. / 나는 실없이 의아하기도 해서 좀 쳐다보면 각시가 방긋이 웃는 것이 아니냐. 하하 이것은 기억에 있다. 내가 열심으로 연구한다. 누가 저 새악시를 사랑하든가! 연구 중에는 / "저게 새벽일까? 그럼 저묾일까?" / 부러 이런 소리를 했다. 여인은 고개를 끄덕끄덕한다. 하더니 또 방긋이 웃고 부시시 5월 철에 맞는 치마저고리 소리를 내면서 수트케이스를 열고 그 속에서 서슬이 퍼런 칼을 한 자루만 꺼낸다. / 이런 경우에 내가 놀래는 빛을 보이거나 했다가는 뒷갈망을 하기가 좀 어렵다. 반사적으로 그냥 손이 목을 눌렀다 놓았다 하면서 제법 천연스럽게 / "임자는 자객(刺客)입니까요?"

이상(李箱), 「동해(童骸)」, 『조광』, 1937.2.

꿈의 세계 혹은 태고 이전의 원초적 기억의 세계인 '유구한 세월'로부터 깨어나 의식의 영역으로 이동한 나는 내 앞에 놓여 있는 방을 낯설게 바라본다. 나는 과거의 기억이나 관습에 의해 지탱되는 언어의 지시적 기능을 소유하지 못하고 있기 때문에 자신의 방이나 수트케이스를 든 여인이 누구인지 인식할 수 없는 것이다. 아직 내 앞에 놓여 있는 대상의 언어적 기호들이 관계성을 이루며 명료한 하나의 풍경으로 들어오지 않는 까닭이다. 적어도 이 소설에서만큼은 처음부터 근대적인 감각인 시각보다 촉각을 선택하기로 선언했던 이상에게 눈앞의 풍경은 2차원 평면이면서도 3차원의 착각을 주는 근대회화의 원근법처럼 자연스러운 착시를 통해 드러나는 것이 아니라 마치 곤충이 더듬이를 통해서 대상을 확인하듯, 부분, 부분 너무나 낯선 존재의 형식을 취하고 나타나는 것이다. 하지만 시각이 주는 당연한 착각을 배제하고 오히려 더듬거리며 눈앞의 대상들의 존재성을 확인해 나갈 때, 주체는 오히려 신경을 곤두세우고 대상들이 이루는 관계

'이상(李箱)'이라는 현상

에 주목할 수 있게 된다. 이상이 이렇게 촉각이 도해한 낯선 풍경을 강조하고 있는 것은 과연 인간이 어떻게 언어라는 도구를 통하여 세계를 인식할 수 있는가 하는 인식적 메커니즘을 드러내고자 하는 의도였다.

따라서 소설 「동해」의 앞부분의 원초적인 풍경이 환기하고 있는 의미는 이러하다. 나의 앞에 놓인 낯선 대상들은 원래부터 정해진 의미와 거리를 소유하고 있는 것이 아니라 대상들 사이의 연쇄와 이에 따른 의미화를 통해서만 새로운 의미를 갖게 된다는 것이다. 말하자면 '유구한 세월'에서 돌아와 나에게 촉각을 통해 나타나는 사물들은, 데카르트의 이성적 원근법에 의해 그 위치와 거리가 정해지기 이전의 원초적인 기호들이다. 따라서 나는 당연하게도 어느 정건한 방 안에 놓인 수트케이스와 나를 향해 방긋이 웃는 여인을 보고서, 또한 그 여인이 문득 꺼내든 날이 시퍼런 칼을 보고서 낯설어하지 않을 수 없는 것이다. 정상적인 이성이나 기억의 작용에 의한다면 자신의 방에 있는 수트케이스를 든 여인이라는 존재를 낯설어한다는 것은 당연히 말도 되지 않는다. 하지만 어디까지나 '유구한 세월'로부터 건너와 아직 그 세계의 영향권 아래에 놓여 있는 나에게는 너무나 자연스러운 인식 작용이다.

내가 전혀 기억하지 못하는 어둑어둑한 방 안에서, 내 기억에 전혀 존재하지 않았던 여인이 웃으면서 수트케이스를 열고 서슬이 퍼런 칼을 꺼내고 있다. 이러한 장면들을 종합하여 나는 너무나 당연하게도 '여인=자객'이라는 관여성(relevance)*에 입각한 판단을 내린다. 서슬이 퍼런 칼을 들고서도 방긋이 웃는 여인이라는 의미적 연쇄가 산출하는 생경함과 그로테스크함은 가령 누구에게라도 '자객'으로 분(扮)한 여인이 등장하는 영화의 미장센을 떠올리지 않을 수 없도록 하지 않을까. 아직 나의 의식이 현실 세계에 정착하지 못하고 '유구한 세월'이라는 꿈과 무의식의 세계, 그리고 영화적이고 환상적인 세계로부터 빠져나오지 못한 상태라는 점을 감안한다면 이러한 나의 판단은 전혀 이상하지 않고 당연하며, 정상적이다. 다만, 이러한 나의 판단이 틀렸다면, 이는 나의 인식적 세계와 근대의 이성이 지배하는 세계가 충돌을 일으키고 있기 때문이다. 여인은 이러한 방식으로 나의 착오를 넌지시 지적한다.

"임자는 자객(刺客)입니까요?" / 서투른 서도 사투리다. 얼굴이 더 깨끗해지면서 가느다랗게 잠시 웃더니, 그것은 또 언제 갖다 놓았던 것인지 내 머리맡에서 나쓰미깡을 집어다가 그 칼로 싸각싸각 깎는다. / '요것 봐라?' / 내 입안으로 침이 좌르르 돌더니 불현듯이 농담이 하고 싶어 죽겠다. / "가시내요. 날 좀 보이소, 나캉 결혼할랑기요? 맹서되나? 듸제?" / 또─ / "윤(尹)이 날로 패아주몽 내사 고마 맞아 주울란다. 그람 늬능 우엘랑가? 잉?" / 우리 둘이 맛있게 먹었다. 시간은 분명히 밤이 쏟아져 들어온다.

이상(李箱), 「동해(童骸)」, 『조광』, 1937.2.

여인이 꺼냈던 서슬이 퍼런 칼이 사람을 찌르고 베는 자객의 그것이 아니라 단지 과일을 깎는 용도의 것일 뿐이라는 사실은 여인의 다음 행동, 즉 그 칼을 가지고 여름밀감(나츠미캉)을 깎는 행위에 의해서만 확인될 수 있다. [어둑어둑한 방─수트케이스─방긋이 웃는 여인─서슬이 시퍼런 칼]이라는 장면들의 시퀀스가 나로 하여금 여인=자객이라는 타당한 판단을 내리게 하였다면, 다시 [어둑어둑한 방-수트케이스-방긋이 웃는 여인-서슬이 시퍼런 칼-여름밀감]이라는 장면들의 시퀀스는 나로 하여금 전혀 다르면서도 여전히 타당한 판단을 하도록 하는 것이다. 이 판단의 확실성은 내 입 안으로 좌르르 돌고 있는 침의 감각이 보증하고 있다.

앞의 연쇄들은 여전히 그대로 남아 있는 채, 단지 마지막 기호만이 바뀐 것만으로 전체의 의미가 바뀌어버린 것이다. 이 경험은 우리가 일상적으로 기억에 의해 구성해 두고 있는 언어적 맥락을 배제할 때 주체가 일상적으로 당연하다고 여기는 기호들의 연쇄가 내포하는 의미적 확실성이 실제로는 위태롭고도 애매한 영역에 속해 있다는 사실을 우리에게 알려준다. 문제는 내가 여름밀감(나츠미캉)이라는 요소를 통해서 일상적인 의미의 맥락을 복구하자마자 비로소 나는 여인과의 기존 관계를 깨닫게 되었다는 사실이다. 나는 여름밀감을 통해서 이전까지는 알려지지 않았던 이 여인이 바로 '윤'의 여자라는 사실, 그리고 자신과 함께 일종의 사랑의 도피를 행했다는 현실적인 맥락에 접속하게 된 것이다. 그러면서 밤이 되었다. 이전까지는 새벽인지, 저물인지 알 수 없었던 어둑어둑한 시간은 현실적인 맥락과 함께 확실한 밤이 되어버린 것이다.

이처럼 소설 「동해」 초반부에 제시되어 있는 장면은 바로 인간이 언어의 연쇄를 통해서 타인의 맥락에 어떻게 접속할 수 있는가 하는 의문을 표현하고 있다고 볼 수 있다. 기호의 연쇄는 그 자체만으로는 온전하게 해석될 수 없으며, 어떤 다른 기호가 연결되느냐에 따라서 완전히 다른 의미를 내포하게 될 수도 있는 것이다. 소설 「동해」 속에는 기호의 애매성을 환기하는 소재들이 곳곳에 배치되어 있다.

나는 들창이 어득어득한 것을 드나드는 안집 어린애에게 1전씩 주어가면서 물었다. / "얘, 아침이냐, 저녁이냐" (중략) / 그동안 나는 심심하다. 안집 어린아기 불러서 같이 놀까, 하고 전에 없이 불렀더니 얼른 나와서 내 방 미닫이를 열고, / 아침이에요. / 그런다. 오늘부터 1전 안 준다. 나는 다시는 이 어린애와는 놀 수 없게 되었구나 하고 나는 할 수 없어서 덮어놓고 성이 잔뜩 난 얼굴을 해 보이고는 뺨 치듯이 방 미닫이를 딱 닫아버렸다. 눈을 감고 가슴이 두근두근하자니까, 으아 하고 그 어린애 우는 소리가 안마당으로 멀어가면서 들려왔다.

이상(李箱), 「동해(童骸)」, 「조광」, 1937.2.

'들창이 어둑어둑한 것'이란 내게 있어 어떤 감각적인 상태, 시간이 몇 시 몇 분이라는 분명한 구획을 가지고 나타나지 않고 불분명한 상태로 나타나고 있음을 알려준다. 꿈의 세계와 현실의 세계를 오고 가는 나의 입장에서, 마치 갑자기 내 방 안에 나타난 여인의 의미를 알아낼 수 없는 것처럼, 단지 어둑어둑한 창 밖의 상태만을 가지고 계속적으로 반복되는 시간의 순환 속에서 그것이 아침인지 저녁인지 알 수는 없는 것이 당연하기 때문이다. 따라서 '나'는 '안집 어린 아기'에게 돈을 주어가며 아침인지, 저녁인지 묻는다. 하지만 '나'의 묻는 행위는

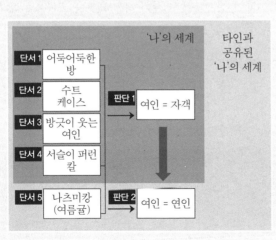

인지적인 화용론에 입각한 「동해」의 기호 연쇄와 인지 과정 도식

「동해」의 첫 장면에서 벌어지고 있는 인지와 판단의 과정은 그림과 같이 도식화할 수 있다. 즉 '유구한 세월'이라는 꿈의 세계로부터 아직 벗어나지 않은 나는 내 앞에 놓인 단서 1, 2, 3, 4를 촉각으로 인지하여 눈앞의 여인이 자객이라는 논리적으로 가장 타당하고도 관여적인 해석을 내린다. 하지만 여인이 그 칼로 단서 5인 나츠미캉을 깎으니 기존의 판단은 완전히 뒤집히는 것이다. 타인과 공유되는 새로운 맥락들이 도입되어 눈앞의 여인이 연인이라는 판단이 가능해진다.

아침과 저녁을 정확히 구별하고 인식하기 위한 행위가 아니다. '나'는 오히려 연쇄에 의해서 이렇게도 혹은 저렇게도 해석될 수 있는 불분명한 기호에 관심을 갖고 있으며 그 애매성의 상태를 유희적으로 즐기고 있기 때문이다. 안집 어린애가 내가 묻기도 전에 '아침'임을 얘기했을 때 내가 화를 낸 것은 바로 그러한 까닭에서이다. '나'에게 있어서는 기호가 내포하고 있는 애매성은 그 자체로 즐김이자 유희의 대상이지, 결코 분명한 의미로 확정되어야 하는 대상이 아닌 것이다.

소설의 다른 부분에서 등장하는 '초가을옷이 늦은 봄옷과 비슷하렸다'라는 대목 역시 마찬가지이다. 초가을옷과 늦은 봄옷은 그 시기적인 차이에도 불구하고 비슷한 모양새를 가지고 있으므로 옷만을 보아서는 결코 그것이 '초가을옷'인지 '늦은 봄옷'인지 알 수 없다. 어떤 기호를 파악하는 데에는 그 기호 자체의 내용적 실질보다도 그것을 둘러싸고 형성되는 감각적인 세계가 그 기호와 어떻게 연쇄되고 있는가 하는 사실이 더욱 중요한 것이다.

지난가을 아니 늦은 여름 어느 날―그 역사적인 날짜는 임(姙)이 잘 기억하고 있을 것이다만―나는 윤의 사무실에서 이른 아침부터 와 앉아 있는 임이의 가련한 좌석을 발견한 것이다. 그러나 그것은 온 것이 아니라 가는 길인데 집의 아버지가 나가 갔다고 야단치실까 봐 무서워서 못 가고 그렇게 앉아 있는 것을 나는 일찌감치도 와 앉았구나 하고 문득 오해한 것이다. 그때 그 옷이다. / 같은 슈미즈, 같은 듀로워스, 같은 머리쪽, 한 남자 또 한 남자, / 이것은 안 된다. 너무나 어색해서 급히 내다 버린 모양인데 나는 좀 엄청나다고 생각한다. 대체 나는 그런 부유한 이데올로기를 마음놓고 양해하기 어렵다.

이상(李箱), 「동해(童骸)」, 『조광』, 1937.2.

이 대목에서도 이상은 마찬가지로 하나의 기호가 그것이 맥락하고 있는 인지적인 환경이나 통사구조에 의해 그 의미가 어떻게 달라지는가 보여준다. 나는 임이가 윤의 사무실에 앉아 있는 당시의 상태만을 보고 (자신을 보기 위해) 아침 일찍도 왔구나라고 생각하고 가련하게 여긴다. 하지만 실제로 임이는 밤을 새우고 집에 가기 직전의 상황이었다. 나는 앞서 여인-칼의 경우와 나의 감각적 세계를 통해 구축된 상황과 맥락에 의거하여 가장 관여적인 판단을 한 셈이지만, 이러한 나의 판단은 애매성 속에서 부정확한 것이 되고 말았던 것이다. 이 상황을 올바르게 파악하기 위해서는 또 다른 기호의 연쇄가 덧붙여지지 않으면 안 된다.

결국 '나'는 주변의 정황이 지시하는 맥락을 참조하여, 내게 주어진 눈앞의 정경을 해석해 내었지만 결국에는 사태를 '올바르게' 파악하는 것에는 이르지 못한 것이다. 즉 이러한 상황을 통해 이상은 기호 자체가 가진 결정적인 애매성, 즉 해석 불가능성을 표현하고자 하였던 것이다. 어떤 상황 자체는, 혹은 기호 자체는 본질적인 실재와 연결되어 있지 않기 때문에, 또한 언어의 기표와 기의는 일대일로 정확히 대응하지 않기 때문에, 타자의 언어를 해석하는 '나'의 입장은 관여성을 가질 수는 있을지언정 실제로는 늘 불충분하고 불완전한 것일 수밖에 없다.

이는 주체가 대상의 판단에 대해 동원할 수 있는 인지환경 혹은 세계가 주

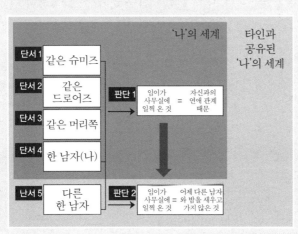

「동해」 속 판단과 인지 과정 2번째 도식

「동해」의 두 번째에서 벌 어진 인지와 판단의 도식은 이 그림으로 정리된다. 「동해」의 주인공은 단서 1, 2, 3, 4를 통해 새벽같이 윤의 사무실에 와 있는 임을 보고서 자신을 보기 위해서 왔다고 오해해 버린다. 하지만 단서 5를 통해 달리 생각하면, 그것은 어제 집에 가지 않은 재 다른 남자와 밤을 새우고 와 있는 것이었다.

'이상(李箱)'이라는 현상

관적일 수밖에 없다는 한계에 대한 인식과 관계된다. 그렇다면, 우리는 저 밖에 존재하는 타자와 어떻게 소통할 수 있는가. 이는 마치 가라타니 고진(柄谷行人)이 마르크스의 경제학과 비트겐슈타인의 언어게임의 유비를 통해 상품의 가격이 매겨지는 과정과 의미를 파악하고 타자에게 의미를 전달하는 과정을 유사하게, 타자를 향한 '목숨을 건 도약'이라 지칭했던 문제와 같다.

폭풍이 눈앞에 온 경우에도 얼굴빛이 변해지지 않는 그런 얼굴이야말로 인간고의 근원이리라. 실로 나는 울창한 삼림(森林) 속을 진종일 헤매고 끝끝내 한 나무의 인상(印象)을 훔쳐오지 못한 환각(幻覺)의 인(人)이다. 무수한 표정의 말뚝이 공동묘지처럼 내게는 똑같이 보이기만 하니 멀리 이 분주한 초조를 어떻게 점잔을 빼서 구하느냐.

이상(李箱), 「동해(童骸)」, 『조광』, 1937.2.

이래도 안 되겠고 간발을 놓지 말고 다른 방법으로 고문을 하는 수밖에 없다. / "그럼 윤 이외에?" / "하나" / "에이!" / "정말 하나예요" / "말 말아" / "둘" / "잘 헌다" / "셋" / "잘 헌다, 잘 헌다" / "넷" / "잘 헌다, 잘 헌다, 잘 헌다" / "다섯" / 속았다 속아 넘어갔다. 밤은 왔다. 촛불을 켰다. 껐다. 즉 이런 가짜 반지는 탄로가 나기 쉬우니까 감춰야 하겠기에 꺼도 얼른 켰다. 밤이 오래 걸려서 밤이었다.

이상(李箱), 「동해(童骸)」, 『조광』, 1937.2.

23일 밤 열 시부터 나는 가지가지 재주를 피워가면서 연이를 고문했다 / 24일 동이 훤-하게 터올 때쯤에야 연이는 겨우 입을 열었다. 아-장구한 시간! / "첫뻔-말해라" / "인천 어느 여관" / "그건 안다. 둘째뻔-말해라" / "⋯⋯⋯⋯" / "말해라" / "N삘딩 S의 사무실" / "셋째번-말해라" / "⋯⋯⋯⋯" /

"말해라" / "동소문 밖 음벽정(飮碧亭)" / "넷째뻔-말해라" / "…………" / "말해
라" / "…………" / "말해라"

이상(李箱), 「실화(失花)」, 「문장」, 1939.3.

이상은 이에 절망적인 태도로 타자에 대한 이해와 더불어, 자신과 타자가 관
계된 상황이 어떤 의미를 담고 있는가 하는 것을 확인하는 것조차 얼마나 어
려운가 하는 것을 고백한다. 그는 마치 울창한 삼림처럼 기호들이 빽빽이 심겨
져 있는 인간 세계를 헤매 다니다가 돌아왔지만 한 나무의 인상조차 훔쳐오지
못했다는 것이다. 임(姙)의 알기 어려운 얼굴 표정을 보고서 그 얼굴 표정이 어
떤 의미를 담고 있는 것인지 알아내기 위해서는 마치 상품의 화폐상 교환 가치
가 결정되는 과정처럼 목숨을 건 도약을 벌이지 않으면 안 되는 까닭이다. 세계
를 이루고 있는 단서들을 아무리 잘 조직하여 타당한 판단을 내린다고 하더라
도 그 판단은 결국에는 틀릴 수밖에 없다. 그 판단은 그 단서들과 엮여 있는 다
른 단서들과의 관계에 따라서 새로운 세계로 이행하지 않고서는 결코 이루어질
수 없기 때문이다. 그 과정은 결코 점잔을 빼고서는 확인하기 어려운 것이다. 이
상이 「동해」의 앞부분에서 임을 상징적으로나마 고문하여 답을 얻고자 했던 것
도, 그러한 과정이 「실화」에도 다시금 반복되고 있는 것도 이 때문이다. '나'를 둘
러싼 주변의 해석적 환경은 마치 캄캄한 암흑과도 같아서 이와 같은 몸부림을
치지 않을 수 없는 것이다.

이러한 경험을 통해 '나'는 꿈과 현실, 환상과 실재라는 구분선을 얻게 된다.
이는 그가 일종의 상징계적인 규제를 의식하기 시작하고 그것에 고착된다는 사
실을 의미한다. 그가 꾸는 다음의 꿈이 바로 그것을 보여주는 적절한 예가 된다.

이런 정경은 어떨까? 내가 이발소에서 이발을 하는 중에― / 이발사는 낯
익은 칼을 들고 내 수염 많이 난 턱을 치켜든다. / "임자는 자객입늬까" / 하고

싶지만 이런 소리를 여기 이발사를 보고도 막 한다는 것은 어쩐지 안해라는 존재를 시인하기 시작한 나로서 좀 양심에 안 된 일이 아닐까 한다. / 싹뚝, 싹뚝, 싹뚝, 싹뚝, / 나쓰미깡 두 개 외에는 또 무엇이 채용이 되였든가 암만해도 생각이 나지 않는다. 무엇일까. / 그러다가 유구한 세월에서 쫓겨나듯이 눈을 뜨면, 거기는 이발소도 아모 데도 아니고 신방이다. 나는 엊저녁에 결혼했단다. / 창으로 기웃거리면서 참새가 그렇게 으젓스럽게 싹뚝거리는 것이다. 내 수염은 조곰도 없어지진 않았고. / 그러나 큰일난 것이 하나 있다. 즉 내 곁에 누어서 보통 아침 잠을 자고 있어야 할 신부가 온 데 간 데가 없다. 하하, 그럼 아까 내가 이발소 걸상에 누워 있든 것이 그쪽이 아마 생시더구나, 하다가도 또 이렇게까지 역력한 꿈이라는 것도 없을 줄 믿고 싶다.

이상(李箱), 「동해(童骸)」, 『조광』, 1937.2.

이발소에서 칼을 든 이발사에게 '나'는 "임자는 자객입니까?"라고 물으려다가 '어쩐지 안해라는 존재를 시인하기 시작한' 자신으로서 그러한 소리를 하는 것이 우습다는 생각이 들어서 그만둔다. 여기에서 '나'는 이미 '칼'을 둘러싸고 겪었던 의사소통 실패의 경험으로 인해 자신의 판단하는 세계의 진위를 의심하고 '안해'로 표상되는 상호주관적인 현실을 참조하기 시작하는 것이다. '낯익은 칼'이라는 구절이 보여주는 것은 바로 이 상황이 앞선 상황의 반복임을 '내가 깨닫고 있다'는 의미이기 때문이다. 따라서 칼−남자의 연쇄로부터 얻을 수 있는 남자=자객이라는 자연스러운 판단은 일종의 상상계적인 환상으로 바뀌고 남자=이발사라는 보다 현실적인 판단에 자리를 내주게 되는 것이다. 그가 꿈속 세계로 상징되는 '유구한 세월'로부터 쫓겨나는 것은 바로 그가 이렇게 현실적인 문맥을 참조하지 않을 수 없게 되었기 때문이다.

이러한 두 가지 경험을 바탕삼아 '나'는 환상과 현실의 명백한 경계 감각을 소유한 이전과는 다른 주체로 변화한다. 이후의 그의 모든 활동은 점점 더 현실적으로 바뀌게 된다는 사실은 바로 이러한 '나'의 변화에 대한 하나의 근거가 된다. 환상과 현실이 미분화된 양상 속에서 오히려 유희적인 태도를 얻었던 이전의 '나'의 태도와는 달리 환상과 현실의 명백한 구분선을 갖게 된 '나'는, 「날개」에서 다양한 사용 가치를 갖는 재화가 화폐 경제 속에서 교환 가치를 획득하고 나아가 화폐 체계 내에 등록되어 오히려 가능성의 박탈과 같은 소외를 겪게 되는 것처럼, 윤과 임 사이의 삼각관계 속에서 끊임없이 초라해지며 '패배'를 경험하게 되는 자신의 모습을 목도하게 된다. '재력'으로 상징되는 물질적인 측면에서든, 임이와의 '정조' 논쟁에서 그렇듯 정신적인 낙후성의 측면에 있어서든 '나'는 현실적인 관계에 구애되면서 계속적으로 침몰하듯 현실적인 패배감만을 내포하게 되는 것이다.

이는 '유구한 세월'이 내포하는 보다 근원적인 세계로부터 쫓겨나, 교환 경제논리가 지배하는 근대의 철저하게 명증한 세계에 갇히게 된 주체가 당연히 겪을 수밖에 없는 패배이다. 이는 물론 '이상' 자신의 패배이기도 할 것이다. 그렇다면 어떻게 하여야 할 것인가. 여기에서 이상은 섣불리 다시 '유구한 세월', '유계'로 귀환하라는 선언을 하지 않는다. 이미 주체는 다른 세계로 전이해 왔기 때문에 다시 그곳으로 돌아갈 수는 없는 것이다. 꿈의 세계로부터 현실의 세계로 전이한 주체가 이미 현실원칙의 지배를 받게 되는 것처럼, 또 풍요로운 감각의 세계로부터 시각 중심의 원근법적 근대 세계로 옮겨온 주체가 이미 시각이라는 이성 중심의 감각의 지배를 받지 않을 수 없는 것처럼, 원래의 세계로 복귀하는 것은 불가능한 기획이다.

결국 '나'는 임을 윤에게 보내고 나서 자살에 대해 고민하기에 이른다. 현실적인 문맥에서는 아무래도 자신이 소유한 '유구한 세월'이나 '몽상'이 내포하는 예술 혹은 환상의 세계를 옹호할 수 없다. 퍼덕거리는 날개가 없는 비행기나 굽이 없는 자동차를 고민하는 공상가로서의 사신은 새의 날개의 유비로서의 퍼덕이는 날개를 가진 비행기를 구상하고 말의 발굽을 흉내 내어 자동차를 만들려는 사람들 사이에서는 자연스레 그 존재 가치가 상실되는 것이다. 당연히 그는 자살을 고민하기 시작한다. 현실의 극단에서 그에게 남은 유일한 선택은 죽음뿐이라는 것이다. 임을 윤에게 보내고 '나'는 T군과 함께 영화를 보는데 '나'는 그 영화라는 환상적인 공간 속에서도 치열한 현실의 논리를 반복해서 읽어낸다.

> 스크린에서는 죽어야 할 사람들은 안 죽으려 들고 죽지 않아도 좋은 사람들은 죽으려 야단인데 수염난 사람이 수염을 혀로 핥듯이 만지적만지적하면서 이쪽을 향하더니 하는 소리다. / 우리 의사는 죽으려 드는 사람을 부득부득 살려가면서도 살기 어려운 세상을 부득부득 살아가니 거 익살맞지 않소? / 말하자면 굽 달린 자동차를 연구하는 사람들이 거기서 이리 뛰고 저리 뛰고 하고들 있다. / 나는 차츰차츰 이 객 다 빠진 텅 빈 공기 속에 침몰하는 과실 씨가 내 허리띠에 달린 것 같은 공포에 지질리면서 정신이 점점 몽롱해 들어가는 벽두에 T군은 은근히 내 손에 한 자루 서슬 퍼런 칼을 쥐여준다. / (복수하라는 말이렷다) / (윤을 찔러야 하나? 내 결정적 패배가 아닐까? 윤은 찌르기 싫다) / (임이를 찔러야 하지? 나는 그 독화 핀 눈초리를 망막에 영상한 채 왕생하다니) / 내 심장이 꽁꽁 얼어들어온다. 빼드득 빼드득 이가 갈린다. / (아하 그럼 자살을 권하는 모양이로군, 어려운데 어려워, 어려워, 어려워) / 내 비겁을 조소하듯이 다음 순간 내 손에 무엇인가 뭉클 뜨뜻한 덩어리가 쥐여졌다. 그것은 서먹서먹한 표정의 나쓰미캉, 어느 틈에 T군은 이것을 제 주머니에 넣고 왔던구. / 입에 침이 좌르르 돌기 전에 내 눈에는 식은 컵에 어리는 이슬처럼 방울지지 않는 눈물이 핑 돌기 시작하였다.
>
> 이상(李箱), 「동해(童骸)」, 『조광』, 1937.2.

이때 T군은 나에게 문득 칼을 한 자루를 쥐여준다. 나는 내 앞에 던져진 칼이라는 단독적인 기호를 보면서 바로 그것의 의미를 복수 혹은 자살로 한정해 버린다. 물론 이 역시 마찬가지로 당연하게도 관여적인 해석에 해당한다. 사랑을 잃었다는 충격으로 인해 시야가 좁아질 대로 좁아져 있는 내게 던져진 칼은 복수 혹은 자살이라는 양분된 선택지밖에는 확보하지 못하고 있는 것이다. 이는 물론 「동해」의 첫 부분에서 칼이라는 기호를 자객이라는 존재가 갖는 낭만적이고 환상적인 기호와 연쇄시켰던 태도와도 전혀 상이한 것이다. 이미 내가 영위하는 세계의 성격이 아까와는 판이하게 현실적인 것이기 때문이다. 나는 실연을 하고, 사회 속에서 초라한 위치를 가진 자신을 재확인하여 자신의 처지를 비관하고 있으며, 그러한 연장선에서 친구가 쥐어주는 칼에 자살 혹은 복수라는 기호를 덧붙여 이어나가 환유적 연쇄를 통해 기호적인 맥락을 구성하고 그 속에서 고민하기 시작하고 있는 것이다. 하지만 T군은 내 손에 나츠미캉을 쥐어줌으로써 내가 현실 세계의 맥락으로부터 한정지었던 칼이라는 기호의 의미를 새롭게 전유해 버린다. 내가 한정지었던 상호주관적인 현실 세계는 그 자체로 완결된 세계가 아니었던 셈이다. 입 안에 감도는 밀감의 신맛. 미각적 자극이 나에게 그 세계가 유일한 완결성을 지니지 않고 있음을 넌지시 알려주고 있는 것이다.

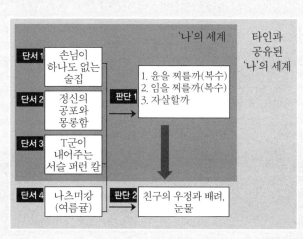

「동해」 속 판단과 인지 과정에 대한 3번째 도식

「동해」의 마지막. 임을 윤에게 떠나보내고 친구 T와 함께 술집에 남아서 하는 마지막 판단은 이 그림과 같이 도식화할 수 있다. '나'는 역시 단서 1, 2, 3을 통해 3가지 가능한 선택지를 구축한다. 그것은 T군이 건네준 칼로서 윤이나 임을 찌르거나 자살하는 것, 하지만 T군은 나에게 단서 4인 나츠미캉을 건네준다. 그것은 그동안 내가 구축한 인지적 판단의 내용을 완전히 뒤바꾸는 역할을 한다.

따라서 이 부분이 갖는 창작적인 메시지는 명확하다. '유계'로부터 빠져나와 시각의 원근법이 지배하는 근대적인 세계의 현실 논리에 갇혀 있게 된 나는 친구의 우정과 밀감이 갖는 미각적 이미지를 통해서 구원되고 있는 것이다. 칼이라는 기호가 단독으로 존재한다면 그것은 찌르고 베는, 복수와 살인을 떠올리도록 하는 기호지만, 밀감과 연쇄될 경우, 그것은 친구의 우정과 배려를 상징하는 기호로 바뀌게 되는 것이다. 즉 언제나 하나의 기호는 다른 기호의 연쇄를 통해서만 그 세계의 전모가 드러난다는 사실과 이를 통해 원래 있던 세계의 불완전성이 드러날 때 새로운 세계에 대한 전이 가능성이 발견된다는 것이 바로 이상이 전하고자 한 메시지였던 것이다.

좀 더 읽어볼 만한 글들

이상이 1936~7년에 발표한 소설 대표작이라고 할 수 있을 3부작인 「날개」, 「동해」, 「종생기」 중 유독 「동해」에 대해서만큼은 그다지 많은 연구가 이루어져 있지 않다. 이는 「동해」라는 소설이 유독 해석하기 어려운 텍스트였기 때문에 접근하기 어려웠던 까닭이라고 볼 수 있다. 하지만 1997년을 중심으로 수행된 몇 가지 연구들 속에서 본다면, 이 「동해」라는 소설 텍스트를 읽어내기 위한 중심적인 키워드가 꿈과 현실, 그리고 감각이라는 사실을 분명하게 확인할 수 있다. 예를 들어 고원은 「「날개」 삼부작의 상징체계-「날개」「동해」「종생기」에 설정된 꿈과 현실의 관계」(「문학사상」 300호, 문학사상사, 1997.10, 199~222쪽)라는 글에서 이 삼부작을 관통하는 핵심적인 경계로서 바로 꿈과 현실 사이의 관계를 제안하였다. 그의 연구는 이상에 대한 기존의 정신분석학적인 연구의 연장선이면서도 그로부터 텍스트의 기호학으로 펼쳐지는 의의를 담고 있다. 이후 고현혜는 「이상의 「동해」와 '공통감각'으로서의 '촉각'」(「현대소설연구」 41, 한국현대소설학회, 2009, 37~68쪽)에서 노장사상의 관점에서 이상의 「동해」에 드러난 꿈과 현실의 비경계성과 그를 획득하기 위한 공통감각으로서 촉각이 어떻게 형상화되어 있는가 살피고 있다.

16

죽음이라는 것에 대하여

이상의 겹·상자의 수사들

사람이 비밀이 없다는 것은

재산 없는 것처럼

가난하고 허전한 일이다.

一「실화」

여보, 상(箱)- 당신이 가난과 병 속에서 끝끝내 죽고 말았다는 그 말이 정말이오? 부음(訃音)을 받은 지 이미 사흘, 이제는 그것이 결코 물을 수 없는 사실인 줄 알면서도 그래도 좀처럼 믿어지지 않는 이 마음이 서럽구려. 재질과 교양이 남달리 뛰어나며, 우리는 모두 당신에게 바라고 기다리던 바 컸거늘, 이제 얻어 잃은 것이, 이 갑작한 죽음이었소? 사람이 어찌 욕되게 오래 살기를 구하겠냐만 28년은 너무나 짧소.

여보, 상- 당신이 아직 서울에 있을 때 하룻저녁 술을 나누며 내게 일러 주던 그 말 그 생각이 또한 장하고 커서 내 당신의 가는 팔을 잡고 마른 등을 치며 한 가지 감격에 잠겼던 것이 참말 어제 같거늘 이제 당신은 이미 없고 내 가슴에 빈 터전은 부질없이 넓어 이 글을 초(草)하면서도 붓을 놓고 멍하니 창 밖을 바라보기 여러 차례요.

여보, 상- 이미 지하로 돌아간 당신은 이제 참마음의 문을 열어, 내게 일러 주지 않으려오? 당신은 참말 무엇을 위하여, 무엇을 구하여 내 집, 내 서울을 버리고 멀리 동경(東京)으로 달려갔던 것이오? (중략) 여보, 상- 그러나 모든 말이 이제는 눈꼽만 한 보람도 없는 것이구려. 돌아오면 하리라고 마음먹었던 많은 사설도, 이제는 영영 찾아갈 곳을 잃은 채 이 결코 충실치 못하였던 벗은 이제 당신의 명복만을 빌려 하오. 부디 상은 평안히 잠드시오.

- 박태원, 「이상애사(李箱哀詞)」, 「조선일보」, 1937.4.22.

머리끝에서 발끝까지 불쌍하기만 한 이상이었다. 1937년 4월 17일 오후 3시 25분 동경제대 병원 물료과 병실에서 객사할 때까지 26년 동안의 이상의 생활은 암담- 이 두 글자의 연속이었던 것이다. 이상이 죽었다는 전보 받은 날 아침 나는 얼마 동안 멍하니 자리 속에 누운 채 불쌍하다, 불쌍하다 속으로 뇌이며 슬퍼할 줄도 몰랐다. 충격이 너무 컸기 때문이다.

-더운 물 한모금 길어줄 사람은 어디 있소. 다시는 고향땅 밟지 못하고 이대로 죽나 보오. 억울한 일이오-

이런 엽서 받은 지 며칠 되지는 않았으나 역시 한 개의 수사요 과장으로 생각하였고, 무슨 신앙과도 같이 나는 이상의 기사회생을 믿고 있었던 것이다. 지금 생각하면 그것은 한 개의 어리석은 기원인 듯싶기도 하다. 겨우 정신을 가다듬어 일어나서 세수를 하고 밥상을 대하니 비로소 눈물이 펑펑 쏟아져서 나는 남부끄러운 줄도 모르고 한참 동안을 느껴 울었다.

- 정인택, 「불쌍한 이상」, 「조광」, 1937.12.

김해경은 '치사'스러운 도시 동경에서 스물여덟의 짧디짧았지만 아마도 스스로에게는 지나치게 길고 지루하였을 생을 마감하였다. 시대의 평균에 비해 약간 다른 시간을 누리고 있었던 그는 그답게 시대의 평균에서 약간 다른 방식으로 먼 타국에서 운명하였던 것이다. 그의 죽음이 조선에 전해지자 그가 만들어낸 시대의 평균에 미만하거나 혹은 초월했던 예술적 시공간에 대해 공명하였던 예술가 친구들과 친구들의 조사(弔詞)가 신문과 잡지에 답지하기 시작하였다. 그것은 어쩌면 김해경, 아니 이상이라는 보통이 아니었던 인간 존재가 과연 죽음이라는 대타자 앞에서 다른 모든 인간과 마찬가지로 죽음을 맞이할 것인가, 하는 짓궂은 궁금증이 당연하게도 확인된 것인지도 몰랐다. 그 정도로 김해경은 식민지였던 조선의 문화예술계의 어려웠던 '기형'이자, 시대를 초월한 '천재로 간주되었던 까닭이다.

물론 아무리 시대의 평균을 초월한 인간이라고 하더라도 죽음과 무관하게 그것을 이겨낼 수 있는 인간 같은 것은 존재하지 않는다. 그것은 모든 인간의 앞에 엄연하게 존재하고 있는 차갑고도 당연한 사실이다. 죽음이란 모든 인간에게 너무나 당연하게 펼쳐져 있으나 막상 그것을 당한 사람이 아니라면 그 사실을 체감할 수 없는 것이기 때문이다. 하지만 '이상'인, 김해경은 자신에게 유일하게 허여되었던 수사학을 가지고 죽음이라는 영역에 대면하였을 뿐만 아니라 그것에 대해 실컷 웃어버릴 수 있었던 사람이었다. 적어도 주변에게 그런 기대를 갖도록 만드는 영민한 사람이었을 것이다. 친구들의 조사에서 느껴지는 안타까움 속에서는 '이상 역시 죽는구나', '그가 그럴진대 누구든 그러하지 아니할 것인가', 하는 의외의 놀람이 읽히는 것은 그 때문이다.

비록 상투적인 수사이기는 하지만, 분명 그에게 죽음이란 생의 마침표는 아니었을 것이다. 그의 필사적인 수사학은 여전히 지금에도 남아서 그 존재의 공간감을 드러내고 있는 것이다. 여기에 공명하는 인간들이 여전히 이상의 글을 읽고 권하고 있는 것이다. 그가 남겼던 글이 이와 같은 시대에도 아직도 유효하다고 생각되는 것은 이 때문일 터이다.

죽음이라는 실재에 대응하는 겹-상자 구조의 수사적 체계

이상의 「종생기(終生記)」는 지금까지 '종생(終生)'이라는 단어가 갖고 있는 의미상의 뉘앙스로 인해 동경에서 실망에 빠진 그가 막다른 벽에 몰려 마지막으로 쓴 유서 정도로 간주되어 왔다. 그가 그토록 건너가기를 원했던 일본 동경에서 맞닥뜨린 모더니티의 선형적 체계 앞에서 이른바 '세계의 끝'에 닿아버린 이상은 참담한 절망을 접하고 이제 오직 자신에게 남아 있는 마지막 무기였던 수사학을 통해 자신에게 닥쳐올 죽음마저 조롱하였다는 것이다. 동경에서 완성한 「종생기」 원고, 즉 유서를 고국에 보내어 잡지 『조광』에 실었던 시기가 그가 죽기 이전이었다는 사실은 이 「종생기」와 이상의 죽음 사이의 관계를 너무나 특별한 것으로 만들어주었다. 실은 이상이 동경에서 자살한 것이나 다름없었다는 평가 역시 여기에서 비롯된다. 물론 이상의 '유서' 「종생기」에는 이러한 이해를 가능하게 할 만한 충분한 소지가 있다. 일찍이 이상이 식민지였던 조선에서 남들이 이제까지 보지 못했던 예술적 실천을 행하고서는 그 예술성을 알아보지 못하고 비난하는 이들에게 뒤돌아서서 웃어버릴 수 있었던 예술가적인 내면은, 사실 그에게 마지막으로 남은 수사학, 구체적으로는 아이러니와 위티즘이 아니고서는 성립 불가능한 것이 었기 때문이다. 한낱 아이러니와 위티즘에 불과한 것을 가지고서도 자신의 죽음마저 조롱할 수 있었던 인간의 예술적 위대성이라는 것은 얼마나 대단한 것인가. 그는 분명 그러할 수 있는 특별한 인간이었던 것이다. 화폐, 가족, 사랑(결혼) 등 모든 근대의 문명적 형식과 제도들을 비웃고 조롱했으며, 나아가 마침내 자신이 인간이라는 사실, 한 가족의 가여운 자식으로 태어나 살아가다가 죽지 않으면 안 된다는 사실마저 비웃을 수 있었던 존재, 그것이 이상이었다. 이상의 글쓰기가 그것이 갖고 있는 두터운 언어의 상징적 체계 속에 내장된 역설의 수사를 통해 세상의 일반적인 원칙을 비웃어버릴 수 있는 힘을 가지게 된 것은 필연일 수밖에 없었다.

하지만 이와 같은 신화적인 인간으로서의 초월적 존재인 이상에 대한 이해의 다른 한편에, 모든 일반적인 사람들과 마찬가지로 숨 쉬고 있던 인간인 이상의 존재가 놓여 있다. 모든 인간이 두려움 속에서 맞이하지 않을 수 없는 대타자로서의 죽음을, 그에 대한 끝도 없는 공포를 조롱하고 한갓 아이러니와 위티즘 같은 무력한 수사를 통해서 극복할 수 있는 인간이란 존재할 수 있을까. 아니 그보다 그러한 공포를 이겨낼 심리적 자리를 확보할 수 있는 인간이란 것조차 가능한가, 하는 문제가 필연적으로 떠오르지 않을 수 없는 것이다. 물론 이 문제는 그가 화려한 수사 속에 꺼내어 펼쳐놓은 죽음이라는 대상이 글쓰기 속에 내장된 상징인가, 아니면 실재하는 것이면서 인간이라는 굴레 속에서 모두가 겪을 수밖에 없는 그것인가 하는 물음을 선결하지 않으면 절대로 해결되지 않는다.

하지만 언제나 가면 위에 가면을 쓰고 있는 이상의 글쓰기 속에서 그러한 단단한 고정점(anchoring point)을 발견한다는 것은 과연 쉬운 일일까. 죽음마저 위조하는 인간이라는 것은 과연 존재할 것인가, 하는 물음에 우리는 선뜻 그렇지 않다고 단언할 수 있을 것인가. 우리에겐 신화가 되어버린 이상이라는 존재에 대해 과상된 해석을 배제하고 죽음에 대한 공포로 인해 떨고 있는 인간 이상의 맨얼굴을 들여다보고자 하는 악취미와도 같은 짓궂음과 더불어 아이러니와

위티즘을 통해 말 그대로 인간을 초월해 버린 이상의 신화에 선뜻 동의하고자
하는 이중의 시선이 공존되어 있는 것을 고백하지 않으면 안 된다.

(A) 얼마 동안이나 그의 의식은 분명하였다. 빈약한 등광(燈光) 밑에 한쪽
으로 기울어져가며 담벼락에 기대어 있는 그의 우인(友人)의 '몽국풍경
(夢國風景)'의 불운한 작품을 물끄러미 바라다보았다. 평소 같으면 그
화면(畵面)이 몹시 눈이 부시어서(밤에만) 이렇게 오랫동안 계속하여 바
라볼 수 없었을 것을 그만하여도 그의 시각은 자극에 대하여 무감각이
되었었다. 몽롱히 떠올라오는 그동안 수개월의 기억이(더욱이) 그를 다
시 몽현 왕래(夢現往來)의 혼수 상태로 이끌었다. 그 난의식(亂意識) 가
운데서도 그는 동요(童搖)가 왔다.—이것을 나는 근본적인 줄만 알았다.
그때에 나는 과연 한때의 참혹한 걸인이었다. 그러나 오늘날까지의 거
짓을 버리고 참에서 살아갈 수 있는 '인간'이 되었다.—나는 이렇게만 믿
었다. 그러나, 그것도 사실에 있어서는 근본적은 아니었다. 감정으로만
살아나가는 가엾은 한 곤충의 내적 파문에 지나지 않았던 것을 나는
발견하였다. 나는 또한 나로서도, 또 나의 주위의—모든 것에 대하여 굉
장한 무엇을 분명히 창작(?)하였는데, 그것이 무슨 모양인지 무엇인지
등은 도무지 기억할 길이 없는 것은 당연한 일이다.

(B) 그동안 수개월—그는 극도의 절망 속에 살아왔다(이런 말이 있을 수 있다
면 그는 '죽어왔다'는 것이 더 정확하겠다). 급기야 그가 병상에 쓰러지지 아
니하면 아니 되었을 순간—그는 '죽음은 과연 자연적으로 왔다.'를 느
꼈다. 그러나 하루 이틀 누워 있는 동안 생리적으로 죽음에 가까이까지
에 빠진 그는 타오르는 듯한 희망과 야욕을 가슴 가득히 채웠던 것이
다. 의식이 자기로 회복되는 사이사이 그는 이 오래간만에 맛보는 새 힘
에 졸리었다(보채어졌다). 나날이 말라 들어가는 그의 체구가 그에게는

마치 강철로 만든 것으로만, 결코 죽거나 할 것이 아닌 것으로만 자신(自信)되었다.

그가 쓰러지던 그날 밤(그 전부터 그는 드러누웠었다. 그러나 의식을 잃기 시작하기는 그날 밤이 첫 밤이었다) 그는 그의 우인에게서 길고긴 편지를 받았다. 그것은 글로서 졸렬한 것이겠다 하겠으나 한 순한 인간의 비통을 초(抄)한 인간 기록이었다. 그는 그것을 다 읽는 동안에 무서운 원시성(原始性)의 힘을 느꼈다. 그의 가슴속에는 보는 동안에 캄캄한 구름이 전후를 가릴 수도 없이 가득히 엉키어 들었다. '참을 가지고 나를 대하여주는 이 순한 인간에게 대하여 어째 나는 거짓을 가지고만밖에는 대할 수 없는 것은 이 무슨 슬퍼할 만한 일이냐.' 그는 그대로 배를 방바닥에 댄 채 엎드리었다. 그의 아픈 몸과 함께 그의 마음도 차츰차츰 아파 들어왔다. 그는 더 참을 수는 없었다. 원고지 틈에 끼기어 있는 3030 용지를 꺼내어 한두 자 쓰기를 시작하였다.

'그렇다, 나는 확실히 거짓에 살아왔다. ─ 그때에 나에게는 체험을 반려(伴侶)한 무서운 동요가 왔다. ─ 이것을 나는 근본적인 줄만 알았다. 그때에 나는 과연 한때의 참혹한 걸인이었다. 그러나 오늘까지의 거짓을 버리고 참에서 살아갈 수 있는 '인간'이 되었다. ─ 나는 이렇게만 믿었다. 그러나 그것도 사실에 있어서는 근본적은 아니었다. 감정으로만 살아나가는 가엾은 한 곤충의 내적 파문에 지나지 않았던 것을 나는 발견하였다. 나는 또한 나로서도 또 나의 주위의 모오든 것에게 대하여서도 차라리 여지껏 이상(以上)의 거짓에서 살지 아니하면 안 되었다…………운운.' 이러한 문구를 늘어놓는 동안에 그는 또한 몇 줄의 짧은 시(詩)를 쓴 것도 기억할 수도 있었다. 펜이 무연(無聊)히 종이 위를 활주하는 동안에 그의 의식은 차츰차츰 몽롱하여 들어갔다. 어느 때 어느 귀절에서 무슨 말을 쓰다가 펜을 떨어뜨렸는지 그의 기억에서는 전혀 알아낼 길

'이상(李箱)'이라는 현상

이 없다. 그가 펜을 든 채로, 그대로 의식을 잃고 말아버린 것만은 사실이다.

이상(李箱), 「병상이후(病床以後)」, 「청색지」, 1939.5.

　이상이 의주통의 전매청 공사장에서 현장소장으로 활동할 당시에 쓴 것으로 기록되고 있는 이 「병상이후(病床以後)」 속에는 폐결핵에 걸려 처음으로 각혈하고 났을 무렵인 이상의 죽음에 대한 원초적인 공포가 솔직하게 표현되어 있다. 그는 병인들이 당연히 그러하듯 앞부분에서 자신의 병을 돌보아주지 않는 무정한 의사를 원망하고 심리적으로는 초월되지 않는 물질적인 대상인 병을 이겨내기 위하여 꿈과 현실 세계를 오가는 일을 반복하게 된다. 죽음을 대면하면서 그는 기존의 거짓된 삶으로부터 벗어나 보다 근본적인 삶을 추구하는 방향으로 나아가고자 하면서 몇 가지 창작을 하였던 것이다. 그러자 그는 죽음에 가까이 빠졌던 절망으로부터 벗어나 타오르는 듯한 희망과 야욕을 느낀다. 자신이 결코 죽을 것 같지 않기라도 할 것처럼 자신되었다고도 적고 있다. 그렇다면 그때 그가 썼던 것이란 무엇이었을까. 이때 그가 썼던 것은 바로 다름 아니라 그가 위에서 생각했던 것, (A)에서 강조된 그것이었다. 이상이 (A)의 뒤를 이어 (B)를 덧붙이고 있는 것을 보면 이와 같은 정황이 분명하게 드러난다.

　(B)에서 그는 친구가 보낸 참으로 투박한 문장으로 된 편지를 받고서 자신의 거짓된 삶을 깨닫고 3030용지를 꺼내어 무언가를 쓰기 시작한다. 그것은 다름 아니라 앞서 인용된 부분에서 자신이 생각했던 내용 바로 그것이었다. 물론 몇 가지 문장은 생각을 그대로 옮긴 것도 있고 수사나 문장이 덧붙여진 것도 있다. 또한 이와 같은 문구를 늘어놓으면서 그는 몇 줄의 시를 쓰기도 한다. 병석에 누웠던 자의 사념에 불과하다고 간주될 수도 있었던 몇몇 생각들이 문자를 통하여 옮겨져 실체를 이루게 되는 과정, 그것을 문학적 창작의 경험에 대한 상징이라고 본다면 이상에게는 그러한 경험이 죽음이라는 절대적이고 절망적인

상황을 이겨낼 수 있도록 하는 중요한 계기가 되었던 셈이다. 이를 문면 그대로 읽는다면 말이다.

하지만 이 정도 해석에서 만족하기엔 아직 이르다. 여기에서 조금만 더 나아가보자. 우선 「병상이후」에서 (A)와 (B) 사이의 틈이 미묘하게 벌어져 있는 것이 마음에 걸린다. (A)에서 말하고 있는 주체가 '나'인데 비해, (B)에서는 '그'로 바꾸어 있는 것이 중요한 원인이다. 물론 (A)가 아직 문자화되지 않은 사유이고, (B)가 문자화된 서사이니 이러한 차이가 빚어진 것은 당연하다. 하지만 '문자화'라는 것은 하나의 가설적인 상황이다. 이 두 가지 인용은 현재 이미 모두 문자화되어 있는 것이기 때문이다. 다만 (A)에서 '나'라는 1인칭이 토로하고 있는 아직 정형화되지 않은 문자들의 나열과 (B)에서 '그'라는 3인칭을 통해 제시되고 있는 보다 완성된 문자들의 나열과 그를 둘러싼 서사 전개 때문에 자연스럽게 비정형의 생각이 문자화되는 과정을 드러내고자 했다고 이해해 버린 것이다. 하지만 사실 이 두 인용 사이에는 적어도 세 가지 국면이 관련되어 있다. 그것은 ① '작은따옴표'로 인용되어 생각이 글쓰기를 통해 형태를 갖추게 되는 국면(두 인용 글들에서 강조된 부분) ② 1인칭의 '나'를 3인칭의 '그'로 객관화하고 다양한 맥락(친구의 편지)을 부여하여 서술의 양상을 창작화의 단계로 바꾸는 국면 ③ 이 두 가지 이질적인 글을 연결하여 이 둘이 연결되어 발전해 나간 것이라는 사실을 의도적으로 보여주고자 했던 외부 창작자의 국면 등이 그것이다. 즉 이는 창작의 방법론상으로 볼 때 상자(箱) 구조 밖에 개별적인 상자 구조들이, 그 구조들 밖에 다시 커다란 상자가 놓여 있는 형국이었던 것이다.

바야흐로 이는 외부에 철책과 같이 단단한 벽을 이루고 있던 죽음과 같은 현실의 원칙들에 대응하는 이상의 위장의 수사학이 만들어지게 되었던 순간인 것이다. 수도 없이 많은 상자의 겹침 구조로 이루어진 그의 수사학적 체계는 삶/죽음, 진실/허위 등의 기준에 의해 쉽게 훼손되지 않는다. 다만 이 「병상이후」에서 하나의 상자 (A)와 다른 상자 (B) 사이의 거리가 너무 가까웠던 것은 문제였다. (A) 부분에서는 '나'를 운운하다가 갑자기 연결된 글 (B)에서는 '그'라는 대상에 대한 서사로 바꾸면, 당연히 그와 같은 의도를 쉽게 들키지 않을 수 없게 되는 것이다. 이 글이 이상의 생전이 끝내 발표되지 않고서 이상의 죽음 뒤에야 유고로 발표될 수 있었던 것은 아마도 그러한 이유 때문이었으리라. 그렇다면 끝내 이 글을 숨기고자 했던 이상의 정신은 이 모든 상자 구조들을 둘러싸고 있는 또 다른 ④번째의 상자 구조에 해당한다고 볼 수도 있지 않을까.

결국 이상이 「병상이후」에서 보여준 수많은 상자구조의 겹침으로 이루어진 수사학적 체계는 그에게 있어서는 죽음을 이겨내는 예술적 성취의 과정과 관련되어 있다. 이와 같이 문자화되어 글이 고착되는 과정을 보여주는 것은 그에게 있어서는 죽음에 맞서 그것을 무화(無化)하고 피안의 자리를 마련하고자 하는 적극적인 시도였기 때문이다. 어쩌면 「종생기」에서 이상이 호화롭게 영위하고 있었던, 죽음의 순간까지 악착같이 그 존재를 쥐고 놓치지 않으려 했던 '산호편'이란 결국 바로 그것이 아니었을까. 그리고 보면 이상은 「종생기」에서도 「병상이후」와 마찬가지로 비정형의 사고들이 글쓰기의 수면 위로 떠오르는 장면을 서술하고 있다.

'치사(侈奢)한 소녀는', '해빙기의 시냇가에서', '입술의 낙화지듯 좀 파래지면서', '박빙(薄氷) 밑으로는 무엇이 저리도 움직이는가고', '고개를 갸웃거리는 듯이 숙이고 있는데' '봄 운기를 품은 훈풍이 불어와서', '스카-트', 아니 아니, '너무나', 아니, 아니, '좀' '슬퍼보이는 홍발을 건드리면' 그만. 더 아니다. 나는 한마디 가련한 어휘를 첨가할 성의를 보이자. / '나븟 나븟' / 이만하면 완비된 장치에 틀림없으리라. 나는 내 종생기의 서장을 꾸밀 그 소문 높은 산호편을 더 여실히 하기 위하여 우와 같은 실로 나로서는 너무나 과람히 치사스럽고 어마어마한 세간사리를 장만한 것이다. / 그런데- / 혹 지나치지나 않았나. 천하에 형안이 없지 않으니까 너무 금칠을 아니 했다가는 서툴리 들킬 염려가 있다. 허나– / 그냥 어디 이대로 써(用)보기로 하자.

이상(李箱), 「종생기(終生記)」, 『조광』, 1937.5.

「종생기」의 이 구절은 앞선 「병상이후」의 인용된 부분과는 대구를 이룰 수 있는 대목이다. 죽음을 맞서고 있는 이상이 그 죽음을 넘어설 수 있는 수사의 체계 속에서 이를 어떻게 창작으로 실현해 나갔는가 하는 바를 단적으로 보여주고 있기 때문이다. 이상은 사치스러운 소녀가 해빙기의 시냇가에서 얼음 밑으로 무엇이 움직이고 있는가 하는 것을 살펴보다가 갑자기 훈풍이 불어와 스커트를 날렸다고 쓰려다가 말고, 그녀의 슬퍼 보이는 홍발(紅髮, 붉은 머리카락)을 건드려 날렸다고 쓰고 있다. 물론 이것만 가지고서는 이것이 왜 그가 가지고 있는 소문 높은 산호편을 위한 세간살이가 되는지 알기 어렵다. 앞서 살펴본 것처럼 이 문장은 하나의 상자구조일 뿐 다른 상자의 구조들과 만나지 않으면 아무런 의미도 생겨나지 않는 까닭이다. 「종생기」 속에서 이 인용된 부분을 쓰고 나서 조금 지나고 난 뒤, 이상은 다음과 같이 쓰고 있다.

날은 저물었다. 아차! 아직 저물지 않은 것으로 하는 것이 좋을까 보다. / 날은 아직 저물지 않았다. / 그러면 아까 장만해 둔 세간도구를 내세워 어디 차근차근 살림살이를 한번 치러볼 천우의 호기가 배 앞으로 다다랐나 보다. 자– / 태생은 어길 수 없이 비천한 '티'를 감추지 못하는 딸– /(앞에 쓴(前記) 치사한 소녀 운운은 어디까지든지 이 바보 이상의 호의에서 나온 곡해다. 모–팟상의 「지방덩어리」*를 생각하자. 가족은 미만 14세의 딸에게 매음시켰다. 두 번째는 미만 19세의 딸이 자진했다. 아– 세 번째는 그 나이 스물두 살이 되던 해 봄에 없은 낭자를 내리우고 게다가 다홍 댕기를 들여 늘어뜨려 편발 처자를 위조하여는 대거하여 상행으로 매끽(賣喫)하여 버렸다.) / 비천한 뉘 집 딸이 해빙기의 시내스가에 서서 입술이 낙화 지듯 좀 파래지면서 박빙(薄氷) 밑으로는

'이상(李箱)'이라는 현상

무엇이 저리도 움직이는가고 고개를 갸웃거리는 듯이 숙이고 있는데 봄 방향을 품은 훈풍이 불어와서 스카ー트 아니 너무나, 슬퍼 보이는, 아니, 좀 슬퍼 보이는 홍발을 건드리면ー / 좀 슬퍼 보이는 홍발을 나븟나븟 건드리면ー

이상(李箱), 「종생기(終生記)」, 『조광』, 1937.5.

앞서 아직 미완된 문장을 가지고서 이상은 좀 더 완성된 글을 써나가기 시작한다. 날이 저물었거나 저물지 않았거나, 그러한 디테일은 사실상 중요한 것이 아니다. 마치 앞서 「병상이후」에서 우인(友人), 즉 친구가 편지를 보냈거나 보내지 않았거나 하는 디테일이 중요하지 않았던 것처럼 말이다. 하지만 치사(侈奢)스러웠던, 사실은 사치(奢侈)스러웠던 소녀가 태생을 어길 수 없이 비천한 티를 감추지 못하는 딸로 바뀌는 내막은 흥미롭다. 이는 다름 아니라 '나'와 소녀 사이의 심리적 거리가 그 사이에 뜻밖에 가까워졌음을 의미하는 것이기 때문이다. '나'는 아직 소녀와 먼 거리를 유지하고 있었을 때 그녀가 사치하다고 곡해해 버렸던 것이다. 하지만 모파상의 소설 「지방덩어리」*를 생각하니 뜻밖에 거리가 가까워져 그 소녀는 비천한 누군가의 딸이 되었다는 것이다. 비천하다는 수사에 마음을 빼앗겨서는 안 된다. 그것은 신분에 대한 판단을 의미하는 것이 아니기 때문이다. 이는 오히려 소녀가 처한(처했을지도 모르는) 운명적 불행에 깊이 공감했다는 의미적 수사에 더 가깝다. 즉 「종생기」의 이 글 속에서는 다음과 같은 국면들이 존재한다. ① 치사한 소녀에 대한 묘사적 현재의 국면 ② 치사한 소녀가 불행하고 비천한 누군가의 딸로 바뀌는 과정에 대한 국면 ③ 이 두 가지 텍스트를 하나의 글 속에 이어붙임으로써 수사적인 차원에서 일련의 변모가 드러나는 과정을 보여주고자 했던 국면 등의 창작적인 상자 구조가 존재한다. 물론 ④ 이러한 글쓰기 과정 전부를 산호편을 위한 세간살이라고 지칭하며 표나게 드러나고자 하는 이상의 자의식이 반영된 국면이라는 것이 모든 상자 구조의 겉면을 둘러싼 외부로서 존재하고 있음은 물론이다.

하지만 여기까지는 아직 소녀에 관한, 정확히는 소녀를 바라보고 몇 마디의 수사를 통해 그것을 풀어낸 '나'의 이야기일 뿐이다. 소설 「종생기」의 글쓰기 구조는 얼기설기 복잡한 상호 참조의 구조를 이루고 있기 때문에 이곳은 단지 시작 지점에 불과하다. 이제 겨우 하나의 상자를 열었을 뿐이니 그것에 겹쳐져 있는 수많은 상자들이 아직 그대로 남아 있을 터이다. 우선 일단 해빙기의 소녀에 대해 대칭적인 '나'에 관한 이야기부터 살펴보기로 하자.

나는 지금 가을바람이 자못 소슬(蕭瑟)한 내 구중중한 방에 홀로 누워 종생하고 있다. / 어머니 아버지의 충고에 의하면 나는 추호의 틀림도 없는 만 25세와 11개월의 '홍안 미소년'이라는 것이다. 그렇건만 나는 확실히 노옹이다. 그날 하루하루가 '인생은 짧고 예술은 길다랗다' 하는 엄청난 평생이다. / 나는 날마다 운명하였다. 나는 자던 잠-이 잠이야말로 언제 시작한 잠이더냐-을 깨면 내 통절한 생애가 개시되는데 청춘이 여지없이 탕진되는 것은 이불을 푹 뒤집어쓰고 누웠지만 역력히 목도한다. / 나는 노래(老來)에 빈한한 식사를 한다. 12시간 이내에 종생을 맞이하고 그리고 할 수 없이 이리 궁리 저리 궁리 유언다운 어디 유실되어 있지 않나 하고 찾고, 찾아서는 그중 의젓스러운 놈으로 몇 추린다. / 그러나 고독한 만년 가운데 한 구의 에피그람을 얻지 못하고 그대로 처참히 나는 물고(物故)하고 만다. / 일생의 하루- / 하루의 일생은 대체(우선)이렇게 해서 끝나고 끝나고 하는 것이었다. / 자- 보아라 / 이런 내 분장은 좀 과하게 치사스럽다는 느낌은 없을까 없지 않다. / 그러나 위풍당당 일세를 풍미(風靡)할 만한 참신무비(嶄新無比)한 햄릿(망언다사(妄言多謝))을 하나 출세시키기 위해서는 이만한 출자는 아끼지 말아야 하지 않을까 하는 느낌도 없지 않다.

이상(李箱), 「종생기(終生記)」, 『조광』, 1937.5.

나는 가을. 소녀는 해빙기. / 어느제나 이 두 사람이 만나서 즐거운 소꿉장난을 한번 해보리까. / 나는 그해 봄에도- / 부질없은 세상이 스스로워서 상설(霜雪) 같은 위엄을 갖춘 몸으로 한심한 불우의 일월을 맞고 보내지 않으면 안 되었다. / 미문(美文), 미문(美文), 애하(噯呀)! 미문(美文) / 미문이라는 것은 저윽이 조처하기 위험한 수작이니라 / 나는 내 감상의 꿀방구리 속에 청산 가든 나비처럼 마취혼사 하기 자칫 쉬운 것이다. 조심조심 나는 내 맵씨를 고쳐야 할 것을 안다.

이상(李箱), 「종생기(終生記)」, 『조광』, 1937.5.

해빙기를 맞은 소녀의 나붓거리는 산뜻함에 비한다면 나의 삶은 내 방과 마찬가지로 구중중하기 짝이 없다. 해빙기 소녀에 관한 글쓰기가 앞에서 살펴보았듯이 그것을 쓰는 '나'와의 심리적 거리와 관련되어 얼마든지 그 모양새가 바뀔 수 있는 것이었음을 감안한다면 소녀에 관한 이야기 다음에 등장하는 '나'에 관한 이야기는 그것이 혹시 위장의 수사는 아닐 것인가 하는 가능성을 촉발한다. 소녀에 관한 글과 '나'에 관한 글이 나란히 놓여 대칭을 이루고 있었기 때문에 산출된 효과는 바로 이것이다. 묘사된 '나'의 삶이 실상은 글쓰기를 통해 분장된 것일 가능성이 떠오르는 것이다. 종생에 다다른 듯한 '나'의 삶이나 구 중중한 생활이 실제의 이상의 삶인지 아닌지 그러한 진위 따위는 결코 중요하지 않게 된다. 오직 두 장면들의 연쇄를 통해 산출된 효과만이 중요하다. 「종생기」가 결코 이상 자신의 사소설(私小說)일 수 없는 것은 이 때문이다. 이상은 이 소설 내에 놓여 있는 상징적인 장면들을 중심으로 지금까지 자신의 창작이 이루어온 체계(산호편)가 이루고 있는 설계도를 세상 사람들의 눈앞에 그려보였던 것이다.

틈 사이로 빠뜨린 '산호편'이라는 기호

「종생기」가 펼쳐두고 있는 죽음의 풍경을 한편에 젖혀두고서, 그가 자만심에 가까운 태도로 내어놓고 있는 수사학을 좀 더 살펴보아야 할 필요가 있다. 「종생기」는 「날개」, 「지주회시」, 「동해」를 거쳐 시도되었던 언어적 실험이 극한에 다다라 그것과 연동되어 있는 수많은 풀어야만 하는 상자들이 겹쳐 있는 겹-구조의 상자들의 무한 체계와도 같은 구조를 갖고 있기 때문이다. 앞에서 살펴본 바와 같이 「종생기」 속에는 텍스트의 씨줄과 날줄이 엮여 조직되어 가는 과정, 그리고 그러한 과정에서 진실과 위장이 겹쳐 더 이상 어느 것이 사실인지 알기 어려워지거나 알 필요가 없는 상태가 놓여 있다.

「종생기」의 이 구절 속에는 오랫동안 이상을 읽는 독자들을 괴롭혔던 모순과 역설의 언어가 도사리고 있다. 이상은 '극유산호(郤遺珊瑚)'라고 하며 겨우 4자의 문자밖에 말하지 않고서는 당당히 다섯 자 중에 두 자 이상의 오자를 범했다고 말하고 있는 것이다. 물론 '극(郤)'이란 틈 혹은 벌어진 구멍을 의미하는 것이므로, '극유산호'란 문구는 틈에 산호를 빠뜨렸다는 의미일 것이다. 이 구절은 최국보의 「소년행(少年行)」에서 따온 것이라고 보는 것이 현재까지의 가장 정확한 견해랄 수 있다. 특히 중국과 조선에서 이 「소년행」의 첫 번째 구절은 遺却珊瑚鞭인데, 일본에서 발간된 『당시선(唐詩選)』에 들어 있는 「소년행」의 첫 번째 구절은 遺郤珊瑚鞭이다. 말하자면 각(却)이 극(郤)으로 바뀐 셈인데 각(却)은 각(郤)의 속자로 충분히 이해가 가는 면이 있으나 각(郤)과 극(郤)은 전혀 다른 글자이다. 즉 이상은 일본에서 출간되었던 최국보의 「소년행」을 참조로 하였던 것이다. 즉 이 '극유산호'에서 표면적으로 드러나는 2개의 오자란 '유(遺)'와 '극(郤)'의 위치를 바꾼 것, 그리고 마지막의 '편(鞭)'자를 생략한 것 등이다.

하지만 오자의 정체가 무엇인지 밝히는 것도 중요하지만 그것은 도리어 핵심은 아니다. 이상이 기대한 바와 같이 천하에 눈 있는 선비들이 산호 뒤에 남겨진 삭제된 글자가 무엇일까 찾아내려고 애쓰는 동안, 이상은 그 속에 의미심장한 언어적 장난을 쳐두었기 때문이다.

그 장난의 정체란 이러하다. 「종생기」에 따르면 이상은 틈에 '산호'를 빠뜨렸다. 그것은 실제로는 산호로 된 채찍, 즉 산호편이었다. 문면으로만 본다면 이상은 '산호'를 빠뜨린 것이 아니라 실제로는 '편(鞭)'자 하나만을 빠뜨린 것이다. 만약 후세에 눈 밝은 선비가 있어 이상의 「종생기」를 읽는 사람 중에 이 구절이 「소년행」에서 따온 것임을 아는 사람이 있다면, 그는 '산호'라는 단어만 보고서 그것이 '산호편'이었다는 사실을 뽐내듯 알아낼 것이다. 하지만 과연 이상이 빠뜨린 것은 '편'자가 맞을까? 혹시 빠진 하나의 글자를 채워서 읽고자 하는 욕망이 오히려 읽는 사람에게 문자적으로든 학식으로든 상투적으로 연결되어 있는 자동적인 인식적 연쇄를 확인하도록 강요했던 것은 아닐까. 의도적으로 '편'자를 삭제한 이상의 장난이 무의식적으로 텍스트를 읽어내는 이들을 낯설게 만들어 조롱하기 위한 목적이라고 본다면 말이다.

이미 이상은 전작인 「날개」에서는 돈을 쓰는 기능을 상실한 자아를, 「지주회시」에서는 남편과 아내로서의 관계적 역할을 망실한 자아를, 그리고 「동해」에서는 바로 언어에서 의미적 연쇄 속에서 대상에 대한 올바른 의미를 파악해 내는 기능을 상실한 자아를 등장시켜 그들이 바라보는 낯선 세상을 형상화했던 적이 있다. 만약 텍스트 속에서 그들은 마치 인간으로서는 필수라고 생각되는 자동적인 기능적 연쇄의 한 축을 삭제하면 자신의 주변을 둘러싼 대상을 한없이 낯설게 바라볼 수밖에 없게 된다. 이상에게 있어서 소설이란 짓궂게도 당연한 기능을 잃어버린 주인공들이 세계 속에서 세계의 논리적 체계 속에서 빠져 허우적거리다가 패배하는 이야기였던 것이다. 결국 「종생기」의 이 첫 문장 속에는 이상의 소설 창작적 방법론의 일단이 요약적으로 제시되어 있는 셈이다.

물론 이 문장에 숨겨져 있는 함의는 그것뿐만이 아니다. 「종생기」의 화자인 이상은 우매하게도 '편'자를 빠뜨렸으면서도 아직 그것을 빠뜨렸다는 사실을 인지하지 못한 채, '다섯 자'라고 쓰고 있다. 한편에 '편'자 하나를 빠뜨리고 망연해하는 하나의 주체가 있다면, 그 모양을 보고서 두 자 이상의 오자를 범했다고 낄낄거리는 또 하나의 주체가 있다. 이러한 주체들의 난립은 퍽 낯익다. 앞서 살폈던 겹-상자 구조의 수사학인 것이다. 하나의 진술을 하고 있는 주체의 메타적 차원에 그의 진술을 비웃는 또 다른 주체가 존재하고, 존재하고, 그러한 주체의 연쇄는 끝날 줄을 모르고 계속되는 것이다.

> 거울을 향하여 면도질을 한다. 잘못해서 나는 생채기를 낸다. 나는 골을 벌컥 낸다. 그러나 와글와글 들끓은 여러 '나'와 나는 정면으로 충돌하기 때문에 그들은 제각기 베스트를 다하여 제 자신만을 변호하는 때문에 나는 좀처럼 범인을 찾아내기는 어렵다는 것이다. 그러기에 대저 어리석은 민중들은 '원숭이가 사람 흉내를 내이네' 하고 마음을 놓고 지내는 모양이지만 사실 사람이 원숭이 흉내를 내고 지내는바 짜 지당한 전고를 이해하지 못하는 탐이니라.

이상(李箱), 「종생기(終生記)」, 「조광」, 1937.5.

나는 거울을 보면서 면도를 한다. 면도를 하다 잘못하여 상처가 난다. 나는 화를 벌컥 내지만 도대체 누가 상처를 낸 것인지 알 수가 없다. 내 속에는 수많은 '나'들이 와글와글거리면서 들끓고 있는 까닭이다. 게다가 그들은 모두 제각기 베스트를 다하면서 내가 저지른 일이 아니라고 자신을 변호하고 있어서 누가 상처를 낸 것인지 알 수가 없다는 것이다. 제각기의 주체들이 최선을 다해 마련해 둔 완결된 수사의 알리바이(alibi)는 그 주체들과 동일한 차원에 놓여 있는 일개 주체의 입장에서는 깨기 어려울 뿐만 아니라 불가능하기까지 한 것이다. 이 수사들은 모두 제각기 가장 자연스러운 맥락에 의거하여 변호되고 있는 까닭이다. 대저 어리석은 민중들이 이상을 두고서 원숭이에 불과하다고 비난할 수 있는 것도 마찬가지의 이유에서이다. '원숭이가 사람 흉내를 낸다'는 설명과 '사람이 원숭 흉내를 낸다'는 것은 제각기 세계에 대한 각각의 설명인바 그 자체만으로는 도대체 누구의 의견이 맞는가 하는 것을 결정하기는 어렵다. 이 두 가지 주장은 각각 겹치지 않은 두 가지 세계에 대한 설명이며 스스로 자신만이 맞다는 사실을 와글거리면서 변호하고 있기 때문이다. 오직 태고의 맥락에서부터 비롯된 전고만이 진위를 밝혀줄 수 있는 잣대가 될 것인바 그 전고란 수이 얻을 수 있는 것은 아니다.

한편, 이상이 '편'자를 빠뜨렸던 그 틈은 도대체 어디였을까. 이상이 산호 채찍을 빠뜨린 틈이란 당연하게 19세기와 20세기의 사상 혹은 감각, 나아가 정신들 사이에 존재하는 간극을 의미하는 것이다. 그것은 사상일 수도 있고, 감각의 간극일 수도 있다. 그리고 보면 이상은 자신 스스로를 '19세기와 20세기 틈사구니에 끼여 졸도하려 드는 무뢰한'이라 자칭한 적이 있다.

암만 해도 나는 19세기와 20세기 틈사구니에 끼여 졸도 하려 드는 무뢰한인 모양이오. 완전히 20세기 사람이 되기에는 내 혈관에는 너무도 많은 19세기의 엄숙한 도덕성의 피가 위협하듯이 흐르고 있소그려. 이곳 34년대의 영웅들은 과연 추호의 오점도 없는 20세기 정신의 영웅들입니다. 도스토예프스키는 그들에게는 선조에 지나지 않는다는 것을 그들은 생리를 가지고 생리하면서 완벽하게 살으오. 그들은 이상도 역시 20세기의 스포츠맨이거니 하고 오해하는 모양인데 나는 그들에게 낙망을(아니 환멸) 주지 않게 하기 위하여 그들과 만날 때 오직 20세기를 근근히 포즈를 써 유지해 보일 수 있을 따름이구려! 아! 이 마음의 아픈 갈등이어.

이상(李箱), 「김기림(金起林)에게 보낸 편지」, 『여성』, 1936.11.

물론 편지 속에 존재하는 자연스러운 겸양의 수사적 뉘앙스를 제외하고 읽더라도, 이상이 설정해 둔 19세기라는 하나의 극과 20세기라는 하나의 다른 극 사이가 이루고 있는 경계만큼은 아찔할 만큼 뚜렷하다. 그 경계를 구분짓는 기준은 바로 '생리'다. 즉 이성으로 통제되는 예술이 아닌, 본능과 감각, 그리고 신체에 의해 추동되는 예술을 의미하는 것이다. 윤리나 도덕에 의거한 계몽 같은 19세기적인 예술성의 전형과 달리, 20세기를 대표하는 초현실주의 예술가가 스포츠맨이 되어야만 하는 까닭은 그 때문이다. 예술의 관습 자체에 대한 저항, 즉 반-예술에 대한 지향으로부터 뛰고 달리는 스포츠와도 같은 예술은 바로 다다이스트와 쉬르레알리스트들이 과거의 예술과 결별하고자 하는 행위의 스펙터클만으로도 성립 가능한 것이고 기존에 성립되어 있는 예술의 관습과는 무관한 것이 아니다.

하지만 결국 이상은 19세기를 온전하게 버릴 수는 없었으며, 20세기의 스포츠맨은 될 수 없었다. 달리 말하면 그가 그만큼 예술이 갖는 의미적 관습에 구애받고 있었다는 사실을 의미한다.

이미 「차8씨의 출발」에서 근대적인 문명이 건설해 둔 아찔한 근대성의 성채를 아크로바틱(acrobatic)으로 비유한 바 있었던 이상은 근대의 스포츠 맨으로 이성이 아니라 생리에 의해 근대성을 받아들이는 인간은 절대로 될 수 없었던

『34문학』

연희전문 출신인 신백수(申百秀), 이시우(李時雨), 정현웅(鄭玄雄), 조풍연(趙豊衍) 등이 1934년 9월에 창간하였으며, 1935년 12월 통권 제6호로 종간되었다. 창간호는 등사판으로 200부를 찍어냈으며, 제1·2호는 B5판, 제3호부터는 A5판으로 인쇄하였다. 제4호까지는 서울에서, 제5·6호는 동경(東京)에서 발행하였다. 1934년에 창간하였다고 하여 "삼사문학(三四文學)"이라는 제목을 붙였다고 한다. 『삼사문학』의 동인으로는 제2호에 장서언(張瑞彦)·최영해(崔暎海)·홍이섭(洪以燮) 등이 참가하였으며, 제3호 이후에 황순원(黃順元)·한적선(韓笛仙) 등이 참가하였다.

것이다. 즉 19세기와 20세기 사이에 존재하는 틈에 빠져 허우적거리면서도 19세기와 20세기라는 직선적 시간성으로부터 멀찍이 벗어나 파안대소하고 있는 인간이 바로 이상이었던 것이다. 「종생기」에서 이상이 사용했던 원숭이와 인간의 인유는 바로 이러한 태도 속에서 기원한 것이다. 이상의 주변 사람들이 이상을 두고서 원숭이가 사람 흉내를 낸다고 할 때, 그러한 그들의 발언 속에는 다름 아니라 다윈의 진화론적인 도식이 숨겨져 있다. 즉 ① 원숭이가 인간으로 진화할 수 있다는 다윈의 진화론적 도식에 대한 피상적 이해에 더불어 ② 하등한 원숭이가 고등한 인간을 흉내 내어 의미를 알 수 없는 행위를 하고 있다는 판단으로부터 비롯된 발언인 것이다. 보다 정확히는 19세기의 원숭이인 이상이 20세기의 인간을 흉내 내고 있다는 의미쯤 될 것이다. 하지만 이상은 이를 뒤집어 오히려 인간인 자신이 원숭이의 흉내를 내고 있을 뿐이라고 반박한다. 물론 보다 정확히는 20세기의 인간인 자신이 19세기의 원숭이의 흉내를 내고 있을 뿐이라는 것이다.

옥상정원. 원숭이를 흉내 내이고 있는 마드무아젤.

이상(李箱), 「AU MAGASIN DE NOUVEAUTES」, 『朝鮮と建築』, 1932.7, 25쪽.

> 원숭이가 사람의 흉내를 내이는 것이 내 눈에는 참 밉다. 어쩌자고 여기 아
> 이들이 내 흉내를 내이는 것일까? 귀여운 촌아이들을 원숭이를 만들어서는 안
> 된다.
>
> 이상(李箱), 「권태」, 「조선일보」, 1937.5.4.~5.9.

옥상정원 위에서 한 마드모아젤이 원숭이를 흉내 내고 있다. 이는 당연히 카
무플라주(camouflage, 위장)이다. 이미 인간사의 도덕을 깨우쳐버린 여인은 원숭
이들의 도덕에 맞는 몸가짐을 하고서 원숭이를 흉내 내면서 다른 사람들을 안
심시키고 있는 것이다. 또한 시골에 나타난 현대인인 이상을 본 아이들은 이상
을 따라다니며 이상의 흉내를 내기에 바쁘다. 「권태」 속에서 이상은 자신을 신기
해하고 업신여기고 조롱하기 바쁜 세간의 사람들을 시골의 아이들에 빗대어 넌
지시 비판하고 있는 것이다. 즉 이상은 원숭이와 인간 사이의 진화적인 도식 속
에 내재되어 있는 직선적인 시간성을 역으로 돌려 오히려 비난하는 이들을 비판
하는 무기로 삼고 있는 것이다. 하지만 사실 이와 같이 원숭이와 인간의 역진이
란 이상의 진의라기보다는 장난기와 같은 것이다. 이상이 말하고자 하는 본의
란 결코 과거에서 미래로 직선적으로 이어진 시간성에 의해 더 나아진다고 하는
발전적인 사고에 대한 옹호는 아니기 때문이다. 이상에게 있어서 과거와 미래는,
구체적으로는 19세기와 20세기는 직선적으로 이어져 있기보다는 둥글게 만나
매 순간 반복되는 영원회귀에 가까운 것이기 때문이다.

원숭이와 절교한다. 원숭이는 그를 흉내 내이고 그는 원숭이를 흉내 내이
고 흉내가 흉내를 흉내 내이는 것을 흉내 내이는 덕을 흉내 내이는 것을 흉내
내이는 것을 흉내 내인다. 견디지 못한 바쁨이 있어서 그는 원숭이를 보지 않
았으나 이리로 와버렸으나 원숭이도 그를 아니 보며 서서 있어버렸을 것을 생
각하면 가슴이 터지는 것과 같았다. 원숭이 자네는 사람을 흉내 내이는 버릇

을 타고난 것을 자꾸 사람에게도 그 모양대로 되라고 하는가 참지 못하여 그렇게 하면 자네는 또 하라고 참지 못해서 그대로 하면 자네는 또 하라고 그대로 하면 또 하라고 그대로 하면 또 하라고 그대로 하여도 그대로 하여도 하여도 또 하라고 하라고 그는 원숭이가 나에게 무엇이고 시키고 흉내 내이고 간에 이것이 그만이다 딱 마음을 굳게 먹었다 그는 원숭이가 진화하여 사람이 되었다는 데 대하여 결코 믿고 싶지 않았을 뿐만 아니라 같은 여호와의 손에 된 것이라고도 믿고 싶지 않았으나 그의?

이상(比久), 「지도의 암실」, 『朝鮮』, 1932.3.

「지도의 암실」에서 이미 이상은 원숭이가 인간을 흉내 내는 것인가, 인간이 원숭이를 흉내 내는 것인가 하는 문제로부터는 초월하여 있었다. 물론 그 도구는 겹-상자의 수사학이었다. 원숭이는 인간을 흉내 내고, 인간은 원숭이를 흉내 내고, 흉내라는 행위가 흉내라는 관념 그 자체를 흉내 낸다. 이와 같은 사고 속에서라면 원숭이와 인간 사이에 존재하는 진화론에 입각한 직선적인 시간성 따위는 아무런 문제가 되지 않는다. 오직 상자와 상자, 그리고 그 상자들을 포함하고 있는 상자, 상자라는 끊임없는 연쇄만이 남아 문제가 되는 것이다. 여기에서 중요한 것은 이상이 원숭이나 인간의 어느 한쪽에서 자기 자신의 정체성을 찾고 있는 것이 아니라 이른바 상호 주관의 자리를 확보했다는 사실이다. 이상은 원숭이와 인간 모두를 담을 수 있는 상자를 갖고 있었다는 의미이다.

문제는 오히려 원숭이와 인간의 본성 차이에서 비롯될 것이다. 원숭이는 인간을 흉내 내는 것이 생리이자 본능이다. 특기이자 기능이라고 말해 볼 수도 있을 것이다. 하지만 인간은 그렇지 않다. 문제는 원숭이가 자신의 예에서 비추어 인간인 이상에게 왜 자꾸 흉내를 내느냐고 비판하는 것에서 비롯된다. 인간인 이상은 흉내를 낸 적이 없기 때문이다. 그러면서 이상은 원숭이가 진화하여 인간이 된다는 사실을 믿고 싶지 않다고 말하고 그와 반대편의 창조론 역시 믿고 싶지는 않다고 말하면서 말끝을 흐리고 만다. 어쩌면 그는 이 모든 견해들을 새로운 겹-상자의 수사학 속에 넣어서 초월해 버리고 싶었을지도 모르는 일이다.

이상의 산호편, 생의 의미적 경계에 놓인 수사적 한계

결국 「종생기」는 이상이라는 한 광인이자 천재인 인간이 자신의 인간됨조차 하나의 수사학적 대상으로 삼았음을 단적으로 드러내는 텍스트다. 온몸에 여실히 피가 흐르고 있는, 누구에게 대타자의 영역에 존재할 수밖에 없는 죽음을 바라보일 만큼 눈앞에 두고서 그것을 초극해 버리는 태도가 얼마나 어려운가 하는 것은 두말할 나위가 없다. 이는 소설 「동해」에서 보여주었던 기호적 연쇄에 관한 실험의 연장선에 놓여 있는 것이면서 그 수사법이 어떻게 구축되었는가 하는 바를 기원까지 올라가 절묘하게 보여주고자 한 것이다. 기실 이것이 이상의 자랑할 만한 '산호편'이었을지도 모를 일이다.

나는 그날 아침에 무슨 생각에서 그랬던지 이를 닦으면서 내 작성 중에 있는 유서 때문에 끙끙 앓았다.

열세 벌의 유서가 거의 완성해 가는 것이었다. 그러나 그 어느 것을 집어 내 보아도 다같이 서른여섯 살에 자살한 어느 '천재'가 머리맡에 놓고 간 개세의 일품의 아류에서 일보를 나서지 못했다. 내게 요만 재주밖에는 없느냐는 것이 다시 없이 분하고 억울한 사정이었고 또 초조의 근원이었다. 미간을 찌푸리되 가장 고매한 얼굴은 지속해야 할 것을 잊어버리지 않고 그리고 계속하여 끙끙 앓고 있노라니까(나는 일시 일각을 허송하지는 않는다. 나는 없는 지혜를 끊이지 않고 쥐어짠다) 속달편시가 왔다. 소녀에게서다.

이상(李箱), 「종생기(終生記)」, 『조광』, 1937.5.

'열세 벌의 유서'란 분명 문맥상 그가 지금까지 창작해 두었던 그의 대표작들을 지칭하는 것이리라. 물론 그 내역이나 목록은 알 길이 없다. 하지만 이상은 그 어느 것을 꺼내어 보아도 36세에 자살한 천재의 일품의 아류에서 벗어나지 못했다고 말한다. 이 36세에 자살한 천재란 바로 일본의 소설가인 아쿠타가와 류노스케를 가리킨다는 것이 지금까지 연구자들의 공통된 견해이다. 이상이 아쿠타가와라는 이전 세대의 천재로부터 큰 영향을 받고 있었으리라는 사실은 그리 놀라운 일은 아니다. 하지만 이상이 아쿠타가와에 빗대어 자신의 작품에 대해 자신감을 잃고 있더라는 발언을 문면 그대로 받아들이는 것은 그야말로 실수에 가까운 것이다. 앞서도 살펴보았듯이 이 「종생기」 속에는 액면에 드러나 있는 주체의 글쓰기와 그 글쓰기를 하나의 상자 속에 넣고 있는 또 다른 외부적인 주체들의 연쇄가 존재하기 때문이다. 아쿠타가와에 대해 기가 죽어 있는 이상이라는 주체의 한편에 그러한 이상과 소녀 사이에 존재했던 사건에 대해 쓰고 있는 또 다른 이상이 있다. 그렇게 「종생기」 속의 수도 없이 많은 '나'들은 서로 베스트를 다하여 서로를 변호하고 있다.

선생님! 어젯저녁 꿈에도 저는 선생님을 만나 뵈었습니다. 꿈 가운데 선생님은 참 다정하십니다. 저를 어린애처럼 귀여워해 주십니다. / 그러나 백일 아래 표표하신 선생님은 저를 부르시지 않습니다. / 비굴이라는 것이 무슨 빛으로 되어 있나 보시려거든 선생님은 거울 한번 보아보십시오. 거기 비치는 선생님의 얼굴빛이 바로 비굴이라는 것의 빛입니다. (중략) R과도 깨끗이 헤어졌습니다. S와도 절연한 지 벌써 다섯 달이나 된다는 것은 선생님께서도 믿어주시는 바지요? 다섯 달 동안 저에게는 아무것도 없습니다. 저의 청절(淸節)을 인정해 주시기 바랍니다. / 저의 최후까지 더럽히지 않은 것을 선생님께 드리겠습니다. 저의 희멀건 살의 매력이 이렇게 다섯 달 동안이나 놀고 없는 것은 참 무엇이라고 말할 수 없이 아깝습니다. 저의 잔털 나스르르한 목 영한 온도가 선생님을 기다리고 있습니다. (중략) 3월 3일날 오후 두 시에 동소문 버스정류장 앞으로 꼭 와야 되지 그렇지 않으면 큰일나요 내 징벌을 안 받지 못하리라. / 만 19세 2개월을 맞이하는 / 정희 올림 / 이상 선생님께

　물론 이것은 죄다 거짓뿌렁이다. 그러나 그 일촉즉발(一觸卽發)의 아슬아슬한 용심법이 특히 그중에도 결미의 비견할 데 없는 청초함이 장히 질풍신뢰를 품은 듯한 명문이다. 나는 까무러칠 뻔하면서 혀를 내어둘렀다. 나는 깜빡 속기로 한다. 속고 만다.

이상(李箱), 「종생기(終生記)」, 『조광』, 1937.5.

　「종생기」 속에서 이상은 정희로부터 이와 같은 편지를 한 장 받는다. 그 편지는 한편으로는 이상의 자존심을 살짝 긁으면서도 다른 한편으로는 이상에게 사랑을 고백하며 유혹하는 전형적인 연애편지의 수사이다. 이상은 물론 그것이 거짓이라는 사실을 잘 알고 있다. 하지만 그는 굳이 그 거짓에 속는다. 속기로 한다. 거짓임을 알고 있으면서도 속아 넘어가는 것이다. 아쿠타가와 류노스케를 떠올리면서 자신의 모든 작품들이 그에 미치지 못한다는 열등감에 시달리고 있는 이상이 한 소녀의 연애편지에 속고 있다. 당연히 합리화가 필요하지 않을 수 없다. 그 합리화란 이러하다.

　여기 이 이상 선생님이라는 허수아비 같은 나는 지난밤 사이에 내 평생을 경력했다. 나는 드디어 쭈글쭈글하게 노쇠해 버렸던 차에 아침(이 온 것)을 보고 이키! 남들이 보는 데서는 나는 가급적 어쭙지 않게(잠을) 자야 되는 것이어늘, 하고 늘 이를 닦고 그리고는 도로 얼른 자 버릇 하는 것이었다. 오늘도 또 그럴 세음이었다.

　사람들은 나를 보고 짐짓 기이하기도 헤서 그러는지 경천동지(驚天動地)의 육중한 경륜을 품은 사람인가 보다고들 속는다. 그러니까 그렇게 하는 것이

내 시시한 자세나마 유지시킬 수 있는 유일무이한 비결이었다. 즉 나는 남들 좀 보라고 낮에 잔다.

　　그러나 그 편지를 받고 흔희작약(欣喜雀躍), 나는 개세의 경륜과 유서의 고민을 깨끗이 씻어버리기 위하여 바로 이발소로 갔다. 나는 여간 아니 호걸답게 입술에다 치분(齒紛)을 허옇게 묻혀가지고는 그 현란한 거울 앞에 가 앉아 이제 호화장려(豪華壯麗)하게 개막하려 드는 내 종생을 수수히 즐기기로 거기 해당하게 내 맵시를 수습하는 것이었다.

이상(李箱), 「종생기(終生記)」, 「조광」, 1937.5.

　　이상은 자신이 원래 낮에 자는 이유는 그걸 보고서 사람들이 자신을 무거운 경륜을 품고 있는 사람이구나 하고 착각하도록 하기 위하여 그렇게 낮에 자는 것이라고 말한다. 그것이 자신이 비록 시시한 자세나마 유지할 수 있는 유일한 비결이라는 것이다. 즉 이상이 남들이 보기에 기괴한 행동을 하는 것은 결국 타인을 의식한 이상의 자의식이 시키는 행위였다는 변호이다. 하지만 이상이 그 편지를 받고 나니 이상에게는 모든 고민이 사라지고 달리 중요한 것이 모두 없어져 작품(유서)에 대한 고민이나 아쿠타가와에 대한 열등감 같은 것들은 모두 이발소에서 단장한 맵시와 같이 사라져버리더라는 것이다. 결국 예술적 전위에 놓여 있던 이상 역시 인간이었으며, 한 여인과의 관계에서만큼은 모든 위장을 내려놓지 않을 수 없었던 것이다. 게다가 앞서 이상이 아쿠타가와를 언급하면서 자못 심각한 태도로 그에 대한 열등감을 고백했던 것은 이러한 상황을 위한 복선에 해당하는 것이었다.

　　그러면 맨 처음 발언으로는 나는 어떤 기절참절(奇絶慘絶)한 경구를 내어 놓아야 할 것인가. 이것 때문에 또 잠깐 머뭇머뭇하지 않을 수도 없었지만 그렇다고 바로 대이고 거 어쩌면 그렇게 똑 제정 로서야적 우표딱지같이 초초하니 어쩌니 하는 수는 차마 없다. 나는 선뜻 / '설마가 사람을 죽이느니' / 하는 소리를 저 뱃속에서부터 우러나오는 듯한 그런 가라앉은 목소리에 꽤 명료한 발음을 얹어서 정희 귀 가까이다 대이고 지껄여버렸다. 이만하면 아마 그 경우의 최초의 발성으로는 무던히 성공한 편이리다. 뜻인즉, 네가 오라고 그랬다고 그렇게 내가 불쑥 올 줄은 너 꿈에도 생각하지 못했으리라는 꼼꼼한 의도다. 나는 아침반찬으로 콩나물을 3전어치는 안 팔겠다는 것을 교묘히 무사히 3전어치만 살 수 있는 것과 같은 미끈한 쾌감을 맛본다. 내 딴은 다행히 노랑돈 1푼도 참 용하게 낭비하지는 않은 듯싶었다. 그러나 그런 내 청천에 벽력이 떨어진 것 같은 인사에 대하여 정희는 실로 대답이 없다. 이것은 참 큰일이다.

이상(李箱), 「종생기(終生記)」, 「조광」, 1937.5.

「동해」에서도 마찬가지였지만 이상에게 있어서 여인은 언제나 의식 너머에서 의미를 형성하는 존재이다. 그 존재들은 이상이 갖고 있는 합리성이나 도덕관념 등의 언어나 포즈를 통해서는 닿을 수 없는 의미 영역을 구축하고 있기 때문에 여기 존재하고 있는 이상에게는 불가해한 대상이 아닐 수 없는 것이다. 따라서 이상은 여인에 대해서만큼은 자의식에 남겨진 바의 안정된 의미를 전달하지 못한다. 여인에 대해서만큼은 내가 꺼낸 발화가 어떻게 전달될지 몰라 결코 의미의 안정을 꾀할 수 없는 것이다. 화려한 수사법을 소지했던 이상이 여인의 발에 걸려 참사(慘死)하는 형국이다. 이 인용에서도 이러한 상황은 마찬가지이다. 정희가 편지에 이르는 대로 나는 정희와 3월 3일에 동소문 버스 정류장에서 만난다. 하지만 나는 말을 고르고 고르며 섣불리 한마디를 떼지 못한다. 그러다가 뜬금없이 "설마가 사람을 죽이느니"라고 하고 만다. 그의 설명에 따른다면, 설마 네(정희)가 오라고 했다고 내가 올 줄을 몰랐겠지, 라는 의미의 발화였다는 것이다. 하지만 이 어구는 부가적인 설명이 없다면 어떻게 읽어도 그렇게 읽히지는 않는다. 나는 내가 꺼내어놓은 어구에 매끈한 만족감을 느꼈으되 실제로

이는 정희에게 전달되지 않았을 가능성이 큰 것이다. 정희의 침묵은 의사소통에 실패하였다는 사실뿐만 아니라 이상 자신의 얄팍한 자존심까지도 상기하도록 만든다. 그러한즉, 이 아니 공포스러운 침묵일까.

이러한 상황을 찬찬이 두고 보면, 「종생기」가 바로 이상의 화려한 수사법이 더 이상 그 의미를 갖지 못하는 지점으로부터 쓰이고 있다는 사실을 알 수 있게 된다. 물론 이는 연애에 대한 이야기만은 아니다. 오히려 창작에 대한 이야기이다. 즉 이상은 그가 쌓아올린 수사로 이루어진 모든 예술적 편력이 무화되는 지점에까지 이르게 된 것이다. 이상은 끊임없이 메타(meta)의 차원으로 올라가면서, 작가 이상이 자신이 소지했던 화려한 산호편의 수사학을 19세기와 20세기 사이의 틈에 빠뜨리고 황망해하는 꼴을 예민하게 관찰하고 있는 중인 것이다.

예술이라는 허망한 아궁지 근처에서 송장 근처에서보다도 한결 더 설설 기고 있는 그들 해반주룩한 사도의 혈족들 뗏국내 나는 틈에 가 끼기어서, 나는 ― / 내 계집의 치마 단속곳을 갈갈이 찢어놓았고, 버선 켤레를 걸레를 만들어놓았고, 검던 머리에 곱던 양자, 영악한 곰의 발자국이 질척 디디고 지나간 것처럼 얼굴을 망가뜨려놓았고, 지기 친척의 돈을 뭉청 떼어먹었고, 좌수터 유래 깊은 상호를 쑥밭을 만들어놓았고, 겁쟁이 취리자(取利者)는 고랑때를 먹여놓았고, 대금업자의 수금인을 졸도시켰고, 사장과 취체역(取締役)과 사둔과 아범과 애비와 처남과 처제와 또 애비와 애비의 딸과 딸이 허다중생으로 하여금 서로 서로 이간을 부치고 부치게 하고 얼버무려져 싸움질을 하게 해놓았고 삭월세방 새 다다미에 잉크와 요강과 팥죽을 엎질렀고, 누구누구를 임포텐스를 만들어놓았고 ― / '독화'라는 말의 콕 찌르는 맛을 그만하면 어렴풋이나마 어떻게 짐작이 서는가 싶소이까. / 잘못 빚은 증편 같은 시 몇 줄 소설 서너 편을 괴어차고 조촐하게 등장하는 것을 아 무엇인 줄 알고 깜박 속고 섣불리 손뻑을 한두 번 쳤다는 죄로 제 계집 간음당한 것보다도 더 큰 망신을 일신에 짊어

지고 그리고는 앙탈 비슷이 시치미를 떼지 않으면 안 되는 어디까지든지 치사

스러운 예의절차—마귀(터주가)의 소행(덧났다)이라고 돌려버리자?

이상(李箱), 「종생기(終生記)」, 『조광』, 1937.5.

여기에 인용된 「종생기」 속의 고백은 그간 이상의 예술적 창작과 관련된 일

종의 반성장에 해당한다. 그는 예술이라는 허망한 아궁지 근방에서 사도의 혈족

들(예술가들) 틈에 끼어서 이러이러한 것들을 하였다고 고백하고 있는 것이다. 물

론 이러이러한 것들이란 전부 이상의 창작에 해당하는 것이다. 즉 내 계집의 속

옷을 갈갈이 찢어놓았다거나 버선 켤레를 걸레로 만들었다는 운운의 일련의 내

용들은 모두 이상이 창작했던 「날개」나 「동해」 같은 작품 속의 이야기인 것이다.

그것이 지금까지 이상이 소지했던 수사학이다. 하지만 이와 같은 이상의 몇 푼

안 되는 수사학은 정희의 얼굴에 핀 독화를 보면서 모두 무너져 버렸다. 이 독화

란 말하자면 나의 발화를 듣고 있는 청자(聽者)의 얼굴에 떠오른 불편의 기운, 내

작품을 읽고 있는 독자의 얼굴에 떠오른 불만이 이상의 상상 속에서 구체화되어

드러난 것이다. 그 침묵과 함께 찾아오는 그 독화는 당연하게도 공포를 불러일

으킨다. 그 침묵 앞에서 온전하게 자유로울 수 있는 예술가는 존재하지 않는다.

그 침묵과 함께 찾아오는 그 독화는 당연하게도 공포를 불러일으킨다. 그래서,

묘지명이라. 일세(一世)의 귀재(鬼才) 이상(李箱)은 그 통생의 대작 「종생기」

일편을 남기고 서력 기원후 일천구백삼십칠년 정축 삼월 삼일 미시 여기 백일

아래서 그 파란만장(?)의 생애를 끝막고 문득 졸하다. 향년 만 이십오 세와 십

일 개월. 오호라! 상심 크다. 허탈이야 잔존하는 또 하나의 이상 구천을 우러러

호곡하고 이 한산 일편석을 세우노라. 애인 정희는 그대의 몰후 수삼 인의 비

첩(婢妾)된 바 있고 오히려 장수하니 지하의 이상 아! 바라건댄 명목하라.

이상(李箱), 「종생기(終生記)」, 『조광』, 1937.5.

눈을 다시 떴을 때는 거기 정희는 없다. 물론 여덟 시가 지난 뒤였다. 정희는 그리 갔다. 이리하여 나의 종생은 끝났으되 나의 종생기는 끝나지 않았다. 왜? / 정희는 지금도 어느 삘딩 걸상 위에서 듀로워즈의 끈을 푸르는 중이오 지금도 어느 태서관별장 방석을 비이고 듀로워즈의 끈을 푸르는 중이오 지금도 어느 송림 속 잔디 벗어놓은 외투 위에서 듀로워즈의 끈을 감히 푸르는 중이니까다. / 이것은 물론 내가 가만히 있을 수 없는 재앙이다. / 나는 이를 간다. / 나는 걸핏하면 까무러친다. / 나는 부글부글 끓는다. / 그러나 지금 나는 이 철천의 원한에서 슬그머니 좀 비켜서고 싶다. 내 마음의 따뜻한 평화 따위가 다 그리워졌다. / 즉 나는 시체다. 시체는 생존하여 계신 만물의 영장을 향하여 질투할 자격도 능력도 없는 것이라는 것을 나는 깨닫는다. / 정희, 간혹 정희의 후틋한 호흡이 내 묘비에 와 슬쩍 부딪는 수가 있다. 그런 때 내 시체는 홍당무처럼 확끈 달으면서 구천을 꿰뚫어 슬피 호곡한다. / 그동안에 정희는 여러 번 제(내 꼼때기도 묻은) 이부자리를 찬란한 일광 아래 널어 말렸을 것이다. 누누한 이 내 혼수 덕으로 부디 이내 시체에서도 생전의 슬픈 기억이 창공 높이 훨 훨 날아가나 버렸으면— / 나는, 지금 이런 불쌍한 생각도 한다. 그럼— / — 만 이십육 세와 삼십 개월을 맞이하는 이상 선생님이여! 허수아비여! 자네는 노옹일세. 무릎이 귀를 넘는 해골일세. 아니, 아니. 자네는 자네의 먼 조상일세. 以上 / 십일 월 이십 일 동경서

이상(李箱), 「종생기(終生記)」, 「조광」, 1937.5.

이상은 스스로 종생을 선언한다. 그 종생이란 물질적인 죽음 그 자체를 의미하는 것이 아니라 지금까지 그가 영위했던 모든 언어적 수사학의 종언을 의미하는 것이다. 어떤 화려하고도 격절한 수사학으로도 한 여인이 표방하는 생의 의미에는 닿을 수 없으니 죽음을 선언할 수밖에. 그러면서 이상은 자신의 종생은 끝났으되, 종생기는 아직 끝나지 않았다고 말한다. 정희는 아직 나의 의식이나

감각이 닿지 않는 곳에서 나의 의지와는 상관없이 '듀로워즈'의 끈을 풀고 있을 것이므로 말이다. 「동해」의 도식을 기억한다면 이 듀로워즈의 끈이란 정희로 대표되는 일종의 생의 의지가 나의 미적 기대를 배반하는 상징적인 대상이라는 사실을 충분히 이해할 수 있을 것이다. 나의 죽어버린 수사와 상관없이 저기 생의 아름다움은 나의 기대를 벗어나 저 멀리로 도망쳐버리고 있다.

따라서 이상에게 있어서 「종생기」는 유서로서 쓰인 것이 아니다. 그것은 이상이 지금까지 쌓아올린 의미의 수사학이 펄펄 뛰면서 살아 움직이는 생의 의미들과 닿아 의미를 잃어가는 그 경계의 순간을 칼로 베일 듯 날카롭게 드러내고 있기 때문이다. 이상은 이 소설을 통하여 자신의 입술 끝을, 자신의 손끝을 떠난 언어들이 결국에는 그 대상에 닿지 못하고 결정화되어 부서지는 장면을 바라보았던 것이다. 「종생기」는 따라서 완결되지 않는, 완결될 수 없는 아직 열려 있는 텍스트이다. 마치 이상은 죽어 더 이상 존재하지 않지만 그가 사유한 겹-상자의 메타적 수사학이 일종의 성으로 남아, 수없이 많은 이들에게 의미의 통로를 제공하고 있는 것처럼 말이다.

'이상(李箱)'이라는 현상

좀 더 읽어볼 만한 글들

　이상의 「종생기」의 세계에 처음으로 주목하고 그것에 대해 접근하고자 했던 연구자는 역시 김윤식이다. 그는 『이상연구』(문학사상사, 1987)에서 이상의 텍스트에 등장하는 여성을 정희 계열과 금홍 계열로 나누고 정희 계열은 이상을 자극하고 혼란에 빠뜨리는 존재로, 금홍 계열은 어머니와 같이 이상을 받아주는 존재로 파악하고 있다. 아마도 정희 계열은 변동림으로 귀착시키고자 하는 해석일 것으로 미루어 짐작할 수 있다. 게다가 그는 이 「종생기」 속에 등장하는 '극유산호'의 수수께끼를 풀고자 「소년행」을 끌어들이기도 한다.(김윤식, 「「소년행」으로서의 「終生記」」, 『이상문학텍스트 연구』, 서울대 출판부, 1998, 227~233쪽.)

　한편, 김주현은 이 종생기를 복화술, 즉 의식의 아래에서 남이 알아차릴 수 없을 정도로 발화하는 것과 연관짓는다(김주현, 「「종생기」와 복화술」, 『이상소설연구』, 소명출판, 1999). 이는 박현수가 「종생기」의 문면에 드러난 것이 아니라 생략된 여백에 주목하고자 했던 것과 마찬가지의 사유 방식에 해당하는 것으로 이해할 수 있다(박현수 「이상 시학과 「종생기」의 생략법」, 『국어국문학』 134, 국어국문학회, 2003. 9, 287~312쪽).

이상이 남긴 것들

유고와 습작

나는 이곳에서 외롭고 심히 가난하오.

오직 몇몇 장 편지가

겨우 이 가련한 인간의 명맥을 이어주는 것이오.

당신에게는 건강을 비는 것이 역시 우습고

그럼 당신의 러브 아페어에 행운이 있기를 비오.

―「김기림에게 보낸 편지」

원작이 일문으로 된 다음 9편의 미발표 유고는, 왕년 상(箱)이 작고했을 무렵 상의 미망인이 동경서 가지고 나온 고인의 사진첩 속에 밀봉된 채 있던 것이다. 그 후 20년간을 유족―자당(慈堂, 어머니)과 영매(令妹, 누이)―께서도 사진첩으로만 여기고 보관하던 중, 이번 출판을 계기로 비로소 발견이 된 것이다. 제작 연도는 불상(不詳)한, 그러나 지질(紙質)이 동일한 점 등 기타 제반 사정이 동경 시절에 제작 혹은 개작한 것으로 지목케 하는 이 유고는, 상의 작품―특히 말기―의 거개(擧皆)가 멸실(滅失)된 오늘 극히 귀중한 위치를 점하리라 믿는 바이다. 편자의 목전에서 그 밀봉이 뜯길 때, 그것이 고인의 많은 말인 양, 감무량(感無量)이었음을 말하며, 이상 작품 입수 경위를 밝힌다.

―임종국 서문, 『이상전집』 2, 태성사, 1956.

　　우연한 일로 이상(李箱)의 미발표 유고가 발견되었다. 이것이 발견되고 또 그것이 나의 수중에 들어오게 된 경위는 다음과 같다. 얼마 전 현재 한양공대 야간부에 재학 중인 이연복(李演福) 군이 낡은 노오트 한 권을 가지고 나를 찾아왔다. 이 군(李君)은 초면이었으나 그가 문학청년이며, 특히 이상을 좋아하고 있음을 곧 알 수 있었다. 그가 내보이는 노오트는 이상의 일본어 시작(日本語詩作) 습작장(習作帳)임이 곧 짐작되었다. 그 노오트를 이 군이 발견하게 된 것은 그의 친구인, 가구상을 하는 김종선(金鍾善) 군의 집에 놀러 갔다가 그곳에서 그것을 보게 된 것이었다. 김종선 군의 백씨가 친지인 어느 고서점에서 휴지로 얻어온 그 노오트는 그 집에서 그야말로 휴지로 사용되고 있었던 것으로서 1백 면 내외의 노오트가 이미 십분지구쯤 파손되고 십분지일쯤이 남아 있었던 것이다.

―「조연현이 밝힌 이상의 습작 노트 입수 경위」, 『현대문학』, 1960.11.

작가인 김해경은 그의 사후 퍽 독특한 방식으로 자신의 창작 노트를 남긴 셈이 되었고, 이는 훗날 그를 연구했던 연구자들로 하여금 그의 창작 세계를 확정하지 못하도록 하는 데 기여하였다. 아직 여전히 발견되지 못한 작품들이 남아 있을지도 모른다는 사실, 나아가 그에 대한 문학적 해석이 결코 완결될 수 없으리라는 불안이 그의 텍스트를 끊임없이 다시 읽도록 하는 원천 중 하나가 되었으리라는 추정은 그리 무리한 것은 아닐 것이다. 해석을 통해 비로소 완결되는 작가적 세계의 전모가 아무리 애써도 완결될 수 없다는 두려움이란 얼마나 대단한 것일까. 아직 발견되지 않은 이른바 여백의 지점에서 새로운 텍스트가 발견되어 지금의 해석을 뒤집어버릴 수도 있으리라는 불안 혹은 기대감이란 얼마나 치명적인 것일지.

한국 근대문학계의 작가들 중에서 이상만큼 많은 전집이 발간된 작가가 없다는 것은 어쩌면 바로 이상 텍스트의 범위를 확정하고자 하는 욕망이 얼마나 대단한 것인가 하는 사실을 알려주는 지표와도 같다. 하지만 이 장에서는, 그것이 긍정적일지 부정적일지 모르겠지만, 이미 이상의 텍스트로 간주되어 온 텍스트들이 실은 타인의 언어였을 가능성에 대해서 다룬다. 물론 이 책의 대부분의 장에서 이상에게 있어 존재해 온 외부성의 사유와 그에 대한 이상의 적극적인 예술적 자의식의 문제를 다뤄왔다. 하지만 그야말로 습작 노트에 무엇을 적든지 그것은 그 소유자의 자유이므로 그것을 생전에 발표된 작품과 같이 취급하고 있는 현재의 학계의 태도는 분명 문제가 없다고 하기 어렵다.

사실, 이상의 유고나 습작 노트의 불균일성이나 외부성을 밝히고자 하는 시도가 이상에 대한 정전화의 관점에서 온당한 해석에 기여할 것인지, 아니면 이상의 신화에 대한 해체로 기능할 뿐인지 아직 분명히 확신하기는 어렵다. 하지만 분명한 것은 이와 같은 모든 시도들이 결국에는 이상을 '온전하게' 읽어내고자 하는 다소 불가능한 시도들에서 비롯된 것이며, 우리는 한동안은 결코 그러한 욕망으로부터 벗어날 수 없으리라는 것이다.

이상의 죽음 뒤 남은 것들

동경제국대학 병원에서 이상이 별세한 이래, 수많은 그의 지인들은 여러 가지 사유로 인해 자신들이 보관하고 있었던 그의 원고들을 꺼내어 발표하면서 자신들 나름대로의 조문의 뜻을 표시하기 시작하였다. 「오감도」를 발표하여 세간에 물의를 일으켜 문단의 기인으로 평가받고 있던 그였기에 아마도 어느 출판사에든 원고를 받아 보관하고 있으면서도 차마 싣지 못했던 원고들이 누군가의 서랍 속에 고이 놓여 있었을 것이다. 이상의 죽음과 함께 이상이 남긴 문학에 대한 가치가 새롭게 재평가되면서, 이러한 원고들이 하나둘씩 세상에 나오기 시작하였다. 이상이 죽은 직후인 1937년과 38년에는 아마도 잡지사나 출판사에 보관되어 있었을 원고 몇 편 정도가 나오기 시작했고, 39년에는 기존에 이상이 동경에서 개인적으로 보관하고 있었던 원고들, 동경에서 추가로 썼던 글들이 하나둘씩 발표되기 시작하였다. 당시 이상의 아내였던 변동림은 동경에서 이상의 임종을 맞이하고 그의 짐들을 정리하면서 남겨진 육필 원고들을 경성으로 가져온 것으로 알려져 있다. 아마도 그 원고들이 수습되어 정리된 39년에야 「실화」나 「단발」, 「동경」 등이 발표될 수 있었던 것은 그러한 연유에서였을 것이다.

이후 이상의 유고 발견의 역사는 해방 이후로 이어진다. 이는 이상문학에 대

이상의 사후 발견된 유고 목록

제목	발표지면	출판연도	설명
공포의 기록	매일신보	1937.4.25.〜5.15.	
슬픈 이야기	조광	1937.5.	
파첩(破帖)	자오선	1937.11.	
환시기(幻視記)	청색지	1938.6.	
문학과 정치	사해공론	1938.7.	
실락원(失樂園)	조광	1939.2.	
실화(失花)	문장	1939.3.	
단발(斷髮)	조선문학	1939.4.	
동경(東京)	문장	1939.5.	
최저낙원(最低樂園)	조선문학	1939.5.	
병상이후(病床以後)	청색지	1939.5.	
김유정	청색지	1939.5.	
이상서간	중앙	1939.6.	
아포리즘	문장	1939.7.	
청령(蜻蛉) 한 개의 밤(一つの夜)	朝鮮詩集	1943.8.	이상이 보낸 편지를 김소운이 시로 개작한 것
囚人이만들은小庭園 외	이상전집	1956.7.	임종국이 새롭게 발견하여 전집에 포함
이 아해들에게 장난감을 주라 외	현대문학	1960.11.〜61.2.	조연현이 발굴하여 발표한 것
회한의 장 외	현대문학	1966.7.	
불행한 계승 외	문학사상	1976.6.〜7.	
공포의 기록 외	문학사상	1986.10.	조연현의 사후, 처인 최상남이 공개한 것

'이상(李箱)'이라는 현상

한 정전화 작업과 본격적인 연구가 이루어진 것과 밀접한 관련을 갖는다. 문학계에서 이상문학의 가치가 재발견되면서 그동안에는 작품성이 낮아 평가의 대상이 되지 못하고 유실되었던 원고들에 대한 새삼스러운 관심이 촉발되었던 것이다. 그 시초가 되었던 것은 역시 임종국이었는데, 그는『이상전집』3권을 묶는 전집 정리 작업을 통해 이상문학의 텍스트 확정을 시도하고 그동안 발표되지 않았던 원고들을 공개하여 학계에 이상문학에 대한 새로운 관심을 이끌어내었다. 또한 그의 전집 작업은 이전까지 발표된 이상의 시, 소설, 수필을 망라하여 이상문학 텍스트를 확정하는 작업을 통해 1960년 이후로 이상문학에 대한 본격적인 연구를 가능하게 하는 기반을 마련하였다.

임종국 이후 1960년대에는『현대문학』에 조연현이 발견한 이상의 습작 노트 속의 원고들이 공개되었다. 이 습작 노트를 통해 발표된 이상의 작품들은 이상이 초기에『조선과 건축』에 발표한 시들과 함께 이상문학의 의미적 불확정성을 높이는 역할을 하였다. 특히 일본어로 쓰였던 시들의 경우, 난해하기 짝이 없는 「오감도」적인 세계를 넘어 난삽하고도 풍요로운 이상의 문학적 세계를 상기하도록 하여 이상의 문학적 신화를 형성하는 데 중요한 기여를 하였던 것이다. 게다가 습작 노트의 일부분만이 발견된 것은 오히려 이상의 문학적 영역을 개방하여 연구자들로 하여금 지금까지 드러난 텍스트 외에 좀 더 발견되지 않은 불명료의 영역이 존재한다는 환상을 일으켰던 것이다. 이상문학에 대한 연구적 욕망은 바로 이러한 미지의 영역을 따라 증폭되어 이상의 원고를 발견하고 소개하여 완벽하게 정리하고자 하는 욕망이 앞다투어 일어나기 시작한 것도 이 이후일 것이다.

1960년대에 조연현이『현대문학』에 발표한 원고*들은 그나마 상태가 나쁘지 않고 조연현 자신이 평가할 때 충분히 발표할 가치가 있는 작품들이 발표되었던 것이고, 나머지 원고들은 발표되지 않은 채 보관되다가 1970~80년이 되어 이 원고를 건네받은 문학사상 자료조사부의 해독 과정을 통해 다시 대량으로 발표되기에 이르렀다. 이 노트에 실려 있던 자료들은 후일에 김윤식에 의해 『이상문학 텍스트연구』와 『이상의 글쓰기론』에 전부 원문이 공개되었다.

이상의 습작 노트의 비균질성: 요다 준이치와 쓰키하라 테이치로

이상의 사후 발견된 그의 원고들 중 1970년대에 조연현이 입수하여 정리, 발표한 이상의 노트 속에는 유독 특이한 제목의 시 두 편이 있다. 「요다 준이치(與田準一)」*와 「쓰키하라 테이치로(月原橙一郎)」*라는 시가 그것이다. 두 편의 시작품들은 각각 일본의 실제 시인들의 이름을 제목으로 하고 있다는 점에서 퍽 특이한 경우라고 할 수 있다. 이 시들은 1976년 7월에 『문학사상(文學思想)』에서 유정이 번역해 소개한 이래로, 이후 출판된 모든 이상 관계 문헌 및 전집에 그대로 이상의 작품인 것으로 간주되어 포함되어 왔다.

이상이 일본의 시인들 이름을 제목으로 한 시들을 왜 창작했으며 노트에 남

요다 준이치

요다 준이치(與田準一, 1905~1997)는 후쿠오카현 출신의 시인, 아동문학가이다. 1923년 『붉은 새(赤い鳥)』라는 잡지에 동요를 투고하여 아동문학가로 활동하기 시작했으며 키타하라 하쿠슈와 동향이어서 동경으로 올라온 뒤에는 키타하라의 집에서 기숙하면서 그의 전집을 교정하였던 그의 가장 아끼는 제자였다. 일본문학사에서는 아동문학의 개척자로 간주되고 있다.

쓰키하라 테이치로

쓰키하라 테이치로(月原橙一郎, 1902~1989)는 가나가와현 출신으로 1923년에는 와세다대학 정경과를 졸업하였고 이후 시인으로 활동하였다. 주로 민요시 계열의 작품을 창작하였다. 1954년에 창립된 일본민요시인협회 창립 멤버이다. 주요 작품으로 『冬扇』(1928), 『南有集(詞華集)』(1932·編), 『三角洲(街の歌謠集)』(1933) 등이 있다.

쓰키하라 테이치로의 작품 목록

당시 조선총독부도서관에서 확인할 수 있는 쓰키하라 테이치로(月原橙一郎)의 작품은 다음과 같다.

시 제목	수록된 책 제목	출판사항
소년시대(少年時代)	녹청(綠靑)	交欄社, 1927.
안개가 건너는(霧の渡し場), 작은 봄날(小春日)	현대신민요시선집(現代新民謠選集) 제1집	全日本民謠詩聯盟, 1928.
심상스케치(心像すけつち)	1930年詩集	アルス, 1930.
겨울 서신(冬信)	1931年詩集	アトリヱ, 1931.
그림자의 소리(影の聲)	新日本民謠年刊 第1	帝都書院, 1932.
개인시집	南有集	東北書院, 1932.

겼는가 하는 사실은 지금까지 밝혀진 바가 없으며, 그저 이 시인을 모티프로 하였거나 오마주의 형태로 쓴 시라는 것이 지금까지 가능한 해석의 전부였다. 하지만 이 시들이 일본 시인에 대한 오마주의 차원으로 창작된 시라면, 이상과 관련성이 적극적으로 감지되어 오던 『시와 시론(詩と詩論)』 같은 모더니즘을 실천했

던 시인들이 아니라 요다 준이치라든가 쓰키하라 테이치로 같은 시인을 대상으로 하여 시를 썼을 것인가 하는 의문이 자연스럽게 제기될 수 있지만, 지금까지 이 시들은 대부분의 이상 관련 논의에서 철저하게 배제되어 그 의미 또한 적극적으로 해석되기 어려웠다.

결론부터 말한다면, 노트에 적혀 있던 이 시들은 "요다 준이치(與田準一)"라든가 "쓰키하라 테이치로"라는 제목으로 이상이 직접 창작한 시가 아니라 동명의 일본 시인들이 직접 창작한 시들의 일부분을 노트에 옮겨 적어둔 것이다. 1930년과 31년에 일본 시인협회는 각각 일본에서 발표된 시 전체 중에서 해당년도를 대표하는 시 모음집을 발표한 바 있었는데, 이상은 이중 1930년에 출판된 『1930년시집』*에 실려 있던 요다 준이치와 쓰키하라 테이치로의 시를 자신의 노트에 베껴두었던 것이다. 이 1930년 시집은 1930년 6월 8일 일본의 아루스(ARS, アルス) 출판사에서 출판되었는데, 공교롭게도 이상이 자신의 습작 노트 한 켠에 베껴둔 시 두 편은 이 책에 실려 있었던 것이다. 이와 같은 사실은 이상이 바로 이『1930년 시집』을 애독하고 있었다는 사실을 알려주는 것이다.

우선 사실의 확인을 위하여 먼저 지금까지 이상의 작품으로 간주되어 번역

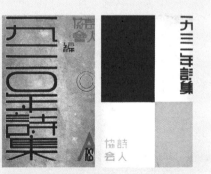

『1930년시집』과 『1931년시집』

일본시인협회에서는 1930년과 1931년에, 각각 그해에 발표된 시들을 망라하여 각각의 연도를 제목으로 한 시집으로 출간하였다. 이 시집들은 일본시인협회를 이끌고 있었던 키타하라 하쿠슈 등이 편집하였기 때문에 당시 1930년 무렵에 서구 모더니즘과 초현실주의 문학의 번역과 창작을 중심으로 활동하고 있었던 『미타문학』이라든가 『시와 시론』 등의 시인들은 참여하지 않았다. 하지만 이 시집들은 시인협회가 중심이 되어 해당하는 해를 대표하는 시집이라는 상징성을 갖고 있었던 것으로 보인다.

(좌) 일본시인협회(日本詩人協會) 편, 『1930년시집(1930年詩集)』, ARS, 1930.
(우) 일본시인협회(日本詩人協會) 편, 『1931년시집(1931年詩集)』, アトリエ社, 1931.

'이상(李箱)'이라는 현상

되고 실린 시 「요다 준이치(與田準一)」의 전문을 살펴보자. 이 시는 2행으로 이루어진 대단히 짧은 시이다.

해병이 범람했다 해병이-

군함이 구두짝처럼 벗어던져져 있었다.

이상(李箱), 「요다 준이치(與田準一)」, 「문학사상」, 1976.7, 209쪽.

이 시는 앞서 언급한 바와 같이 『1930년 시집』에 실려 있던 요다 준이치의 「해항풍경(海港風景)」이라는 시의 마지막 일부분을 이상이 자신의 습작 노트에 베껴둔 것에 해당한다. 이 시 역시 그리 길지는 않다.

유니온잭이 삼색과 같이 // 가옥의 공간에 황색 마스트가 준동한다.//

해병이 범람한다. 해병이-.

-군함이 장화처럼

벗겨져 있다. -.

ユニオンジャツクガ、三色菫ノヤウニ揉マレル。//

家屋ノ空間に、黄色イマストガ蠢動スル。//

海兵ガ氾濫シタ。海兵ガ—。

—軍艦ガ靴ノヤウニ

脱ギステラレテ アツタ。—。

요다 준이치(與田準一), 「해항풍경(海港風景)」, 詩人協會編, 『1930年詩集』, 1930, 277쪽.

요다 준이치의 이 시는 바다 항구에서 벌어지는 풍경을 묘사하듯 그려낸 것이다. 이 인용에서 강조한 부분이 바로 지금까지 이상의 시 「요다 준이치」로 오

해되어 왔던 부분이다. 이 부분을 이상이 실제로 손으로 쓴 일본어 노트의 원본과 비교해 보면, 원작에는 가타카나로 쓰인 부분이 한자로 고쳐져 있는 것을 제외하고(脫ギステラレテ → 脫ギ捨テラ レテ) 원작에서 요다 준이치가 지금 표기법으로는 히라가나로 쓰여야 할 곳을 가타카나로 표기하고, 가타카나로 써야 할 부분은 히라가나로 쓰고 있는 표현양식까지 모두 일치한다. 이상은 이렇게 히라가나와 가타카나를 서로 바꾸어 쓰는 일본어 표기법에 대해 매우 흥미로워했던 것 같다.『조선과 건축』의 대부분의 시들은 이와 같은 표기법으로 쓰여 있다.

다음으로, 지금까지 이상의 시로 알려졌던「쓰키하라 테이치로」의 전문을 살펴보자. 이 시는 서로 이어지지 않는 6개의 짧은 시들의 연작 형태로되어 있다.

① 낙지(章魚)를 처음 먹은 건 누구냐. 계란(鷄卵)을 처음 먹은 건 누구냐. 어쨌든 충분히 배가 고팠던 모양이다.

② 돌과 돌이 맞비비어 오랜 동안엔 역시 아이가 생겨나나 보다 돌은 좋아하는 돌에게 갈 수가 없다.

③ 나의 길 앞에 하나의 패말뚝이 박혀 있다 / 나의 부도덕이 행형(行刑)되고 있는 증거이다.

④ 나의 마음이 죽었다고 느끼자 나의 육체는 움직일 필요도 없겠다 싶었다.

⑤ 달이 둥그래지는 내 잔등을 흡사 묘지를 비추듯하는 것이다.

⑥ 이것이 내가 참살 당한 현장의 광경이었다.

① 章魚ヲ始メテ食ベタノハ誰カ　鷄卵ヲ始メテ食ベタノハ誰カ　何シロ十分腹
　力空イテタメ二違ヒナイ

② 石ト石トカスレ合ツテ　長イ間二ハヤハリ子供ガ出來ルラシイ　石ハ好キナ
　石ノトコヘハ行ケナイ

　　'이상(李箱)'이라는 현상

③ 私ノ路ノ前方ニ一本ノ標杭ガ打ツデアル / 私ノ不道徳ガ行刑サレテイル証
  據デアル

④ 私ノ心ガ死ンデイルト思ツテ私ノ肉體ハ動ク必要モアルマイト思ツタ

⑤ 月ガ私ノ丸クナル背中ヲ恰モ墓墳ヲ照ラス氣持デアル

⑥ コレガ私ノ惨殺サレタ現場ノ光景デアツタ

이상(李箱), 「月原橙一郎」, 『문학사상』, 1976. 7, 209쪽, 번호는 인용자가 붙임.

이 시 중에서 강조 표시된 앞부분의 ①과 ②는, 앞선 경우와 마찬가지로 『1930년 시집』에 실려 있는 쓰키하라의 「심상스케치(心像すけつち)」라는 연작시 중의 일부인 ①과 ②를 이상이 자신의 습작 노트에 옮겨 적은 것에 해당한다. 이 시의 전문을 번역하여 인용해 보면 다음과 같다.

I. 담

울타리의 새싹이 향기가 나고 / 울타리 위로부터 복숭아꽃이 엿보고 / 개가 장난치거나 한다. // 담이 없는 길로 오면 / 갑자기 눈이 넓어져 / 쭉 향해 있는 산을 보며 걷는다.

II. 돌

돌과 돌을 문지르고 // 오랜 시간에는 역시 아이가 생기려나 // 돌은 좋아하는 돌에게는 갈 수 없다.

III. 언덕

언덕 / 언덕은 언제까지나 비에도 흘러내려 가지 않는가. 언덕에서 보는 경치는 좋다. // 나는 언덕을 내려가고 있다, / 언덕 위를 잊어버리고, / 언덕을 내려서 걷는다.

IV. 거울

거울 앞에 붉은 동백을 꽂았다. / 동백은 거울 앞에서 미소지었다 // 나는 거울 앞에서 웃지 않는 꽃을 알지 못한다.

V. 공복

낙지를 처음 먹은 것은 누구인가, / 계란을 처음 먹은 것은 누구인가 // 어쨌든 충분히 배가 고팠던 것에 틀림없다.

VI. 사과

그 녀석의 눈동자는 호수를 지나고 있다. / 나체로 수영하고 싶다 / 그 녀석의 입술은 꽃봉오리를 머금고 있다 / 숨을 쉬고 싶다 // 곤란한 일은 껍질을 벗겨서는 사과는 안 된다.

VII. 배꼽을 만든 남자

철골 리벳을 박는 남자는 건물의 배꼽을 만든다. / 배꼽은 옷에 숨어도 그 남자는 배꼽을 알고 있다. // 배꼽을 알고 있는 남자는 침묵하고 있다.

I 垣

か塀らたちの新芽か匂つたり / 塀の上から 桃の花が覗いたり / 犬がじやれついたりする // 垣のない道へ来ると / 急に目が廣くなる / ずつと向うの山を目あてに歩かう

II 石

石と石とがすれ合つて / 長い間にはやはり 子供が出來るらしい // 石は好きな石のと こへは行けない。

III 坂

坂 / 坂はいつまでも雨にも流れないのか。/ 坂から見るけしきはいゝ。// ぼくは坂を下りてゐる、/ 坂の上を忘れる、/ 坂を下りて歩く、

IV 鏡

鏡の前に紅椿をさした / 椿は鏡の前で微笑した // ぼくは鏡の前で笑はない花を知つ てゐる。

V 空腹

章魚を始めて食べたのは誰か、/ 鷄卵を始めて食べたのは誰か、// 何しろ十分腹か空いてたのに違ひない。

VI 林檎

あいつの瞳は湖をたゝへてゐる / 眞裸で泳ぎたい / あいつの唇は蕾をふくんでゐる / 息を吹きかけたい // 困る事は皮をむくと 林檎は駄目だ。

VII 臍を造る男

鐵骨のリベットを打つ男を建物の臍を造る。/ 臍は着物にかくれてもその男は臍を知つてゐる。// 臍を知つてゐる男は默つてゐる。

쓰키하라 테이치로(月原橙一郎), 「심상스케치(心像すけつち)」, 詩人協會編, 「1930年詩集」, 1930, 255~257쪽.

쓰키하라의 이 시는 7편의 독립된 시들의 연작으로 되어 있으며 "심상스케치"라는 제목이 그러하듯 각각 '담(垣)', '돌(石)', '언덕(坂)', '거울(鏡)', '공복(空腹)', '능금(林檎)', '배꼽을 만든 남자(臍を造る男)' 등의 개별적인 제목을 가지고 각각의 소재에 대해 시각적인 이미지화를 꾀하고 있다. 이 시 중에서 기존에 「쓰키하라 테이치로」라는 이름으로 알려져 있던 부분은 바로 II와 V이며 II는 앞서 인용한 「쓰키하라 테이치로」의 뒷부분에, V는 앞부분에 해당한다. 역시 이를 이상이 직접 쓴 일본어 노트 원문과 비교하면 오기로 보이는 자잘한 실수들을 제외하고, 원본에는 히라가나로 되어 있는 표기를 이상은 가타카나로 하고 있다는 사실을 제외하면 내용상 완전히 일치한다. 이상은 앞서 「요다 준이치」가 표기된 방식 그대로 히라가나와 가타카나를 바꾸어 「쓰키하라 테이치로」를 옮겨 적어두었던 것이다.

이상 미발표 노트 속 작품의 텍스트 확정 문제와 그 의미

이렇게 지금까지 이상 작품 중 하나로 알려져 왔던 미발표된 노트 속의 작품들이 실제로는 일본 시인의 시를 필사해 둔 것이었다는 사실은 단순히 연구상 착오를 바로잡는 데 그치는 것이 아니라 그동안 다소 침체에 빠졌던 이상문학 연구에 있어서 여러 가지 의미로 새로운 방향성을 발견해 낼 수 있다고 하는 가능성을 던져준다.

그동안 한국 근대문학사에 있어서 이상이 차지하고 있는 위치에 비해 이상문학의 형성 과정이 어떤 의미적인 층위 내에서 존재하고 있는가 하는 문제에 대한 구명이 제대로 이루어질 수 없었던 것은 특히『조선과 건축』을 중심으로 발표해 왔던 시와 유고로 발견되어 발표된 시, 특히 일본어 텍스트들이 과연 어떤 지적 배경에 의해서 형성된 것인가 하는 문제가 정밀하게 논의되지 못한 채, 이상문학 텍스트의 기원 없는 출현을 은연중에 내포하며 그 천재적인 높이를 강조하거나 반대로 당시의 이상문학 텍스트는 일본 문단의 모방에 불과하다는 무조건적인 폄하에 그치거나 하는 극단적인 경향에 치우쳤기 때문으로 볼 수 있다. 따라서 일제강점기 이상이 실제로 일본의 문단에서 일어나고 있는 새로운 움직임들을 얼마나 참조하고 있었으며 그를 통해 혹은 넘어서 새로운 자기 문학의 전개로 나아갔는가를 확인하는 작업은 그동안 추정이나 방법론적 해석에만 의존해 왔던 이상문학의 해석적 차원을 진동하도록 함으로써 오히려 새롭고 정밀한 해석에 이를 수 있도록 하는 여지를 보여주는 것이라 할 수 있다.

즉 이상의 미발표 노트 속 몇 편의 시가 실제로는 일본 시인의 시를 필사한 것이라는 사실은 그동안 '이상'이라는 작가의 이미지 속에 갇혀 접근하기조차 어려웠던 이상의 미발표 노트 속 텍스트 구조를 다층화하는 효과를 낳을 뿐 아니라 그동안 이상이나 수변 인물들의 언급에 의해 추정되던 이상의 독시행위를 실증적으로 파악할 수 있다는 의미를 갖는다.

'이상(李箱)'이라는 현상

그렇다면 지금 가장 의문스러운 것은 과연 이러한 이상의 노트 속 필사 행위가 단지 여기에만 해당하는가 아니면 다른 텍스트에도 해당하는 것인가 하는 것일 것이다. 물론 이 문제는 바로 해결될 일은 아니며 지속적인 검토를 통해서, 당대 일본 문단과의 교차적인 읽기를 통해서야 비로소 확인 가능할 부분일 터이지만, 다만 지금 여기에서는 텍스트 확정의 문제에 있어서 지금까지 「月原橙一郎」라는 시로 알려져 왔던 텍스트의 확인된 나머지 부분은 그렇다면 과연 어떤 것이며 앞부분과는 어떤 관계를 갖는가 하는 것을 확인하는 것이 긴요하다. 이를 확인하기 위해서는 물론 이상의 노트 원문에 이 시가 어떻게 쓰어 있는가 살펴볼 필요가 있을 것이다.

이상이 실제로 남긴 노트를 통해서 보면, 실제로 왼쪽부터 앞서 요다 준이치가 쓴 것으로 확인한 시가 있고 그다음으로 앞서 쓰키하라 테이치로가 쓴 것으로 확인한 ①과 ②가 있으며 일정한 간격의 공백을 두고 나머지 ③~⑥의 텍스트가 놓여 있음을 확인할 수 있다. 즉 ①과 ② 그리고 ③~⑥은 노트의 한 면 안에 함께 있기는 하지만 실제로는 전혀 다른 텍스트라는 것이다. 다만 ③~⑥에는 제목이 붙어 있지 않았기 때문에 후대에 이상문학 텍스트를 정리했던 사람이 ①~⑥을 이어져 있는 하나의 텍스트로 파악하고 "쓰키하라 테이치로"라는 제목 아래 정리했던 것으로 이해할 수 있다.

이러한 착오는 이 시가 이상의 이름으로 발표된 것이 아니라 노트에 기록된 것이라는 사실 때문에 발생한 것이라고 볼 수 있다. 작가의 창작 노트는 작가가 기록한 육필 원고(원고지에 쓰인)와는 또 다르게 창작상 참고할 만한 메모라든가 인용이라든가 단상들이 경계 없이 어지럽게 기록되어 있는 경우가 대부분이기 때문이다. 따라서 이상의 미발표 창작 노트 속에 실은 다른 작가의 시가 인용되어 있다는 상황 자체는 그리 놀라운 일은 아니다. 이러한 난처한 상황은 오히려 이상이 한국 근대문학에서 차지하고 있는 위상 때문에 발생하는 것인데 지금까지 이상은 한국 근대문학의 위치와 수준을 확인하는 일종의 바로미터의

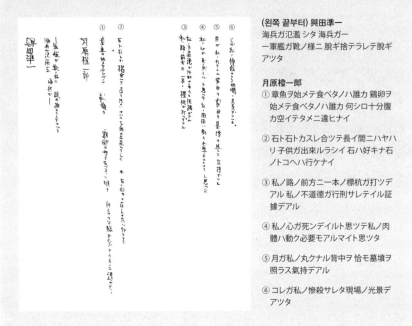

이상의 창작 노트 중 「요다 준이치」와 「쓰키하라 테이치로」

(왼쪽 끝부터) 與田準一
海兵ガ氾濫 シタ 海兵ガ一
一軍艦ガ靴ノ様ニ 脱ギ捨テラレテ脱ギ
アツタ

月原橙一郎
① 章魚ヲ始メテ食ベタノハ誰力 鷄卵ヲ
始メテ食ベタノハ誰力 何シロ十分腹
力空イテタメニ違ヒナイ

② 石ト石トカスレ合ツテ長イ間ニハヤハ
リ子供ガ出來ルラシイ 石ハ好キナ石
ノトコヘハ行ケナイ

③ 私ノ路ノ前方ニ一本ノ標杭ガ打ツデ
アル 私ノ不道德ガ行刑サレテイル証
據デアル

④ 私ノ心ガ死ンデイルト思ツテ私ノ肉
體ハ動ク必要モアルマイト思ツタ

⑤ 月ガ私ノ丸クナル背中ヲ恰モ墓墳ヲ
照ラス氣持デアル

⑥ コレガ私ノ慘殺サレタ現場ノ光景デ
アツタ

이 이상의 창작노트는 김윤식의 『이상문학 텍스트 연구』(서울대출판부, 1998), 455쪽에서 인용하였다.

역할을 해왔기 때문에 이상의 작품은 매체를 통해 발표된 것이든, 발표되지 않은 것이든 그것이 활자화된 것이든 활자화되지 않은 것이든-혹은 활자화되지 않았다는 바로 그 사실 때문에-어느 것이나 소중히 정리될 필요가 있었던 것이다. 그동안 수많은 연구자들이 이상의 전집을 발간하고 텍스트 확정을 시도했던 것에는 바로 그러한 배경이 놓여 있는 셈이다. 따라서 이제 이상문학 텍스트 확정에 관한 연구는 단지 이상의 작품들을 빠짐없이 모으는 단계를 넘어서 텍스트의 형식적인 차원과 내용적인 차원에서 검증과 확인하는 단계로 넘어갈 필요가 있을 것이다.

그러한 문제의식을 가지고 다시 이상의 창작 노트를 살펴본다면, 이제는 인용으로 밝혀진 ①과 ② 외의 ③~⑥의 텍스트는 어떻게 볼 수 있는가 하는 문

'이상(李箱)'이라는 현상

제가 남는다. 물론 가능성은 여러 가지가 있을 수 있겠지만 대략 정리해 보자면 ① '쓰키하라 테이치로'의 다른 시의 인용 ② 다른 작가의 시의 인용 ③ '요다 준이치'와 '쓰키하라 테이치로'의 인용된 시에 대한 감상의 차원의 기록 ④ 전혀 독립된 이상의 창작적 기록 등이 될 수 있을 것이다. 이중 우선 ① 혹은 ②의 가능성은 아직까지는 확인 및 대조작업이 이루어지지 않은 한, 완결되지 않고 남겨진 가능성이 되겠으나 다만 앞서의 예를 볼 때, 이상이 노트에 시를 인용할 때 시인의 이름을 기재하고 있었다는 사실을 감안하면 다른 시인의 작품일 가능성은 어느 정도 배제할 수 있다. 또한 현재까지 확인 가능한 '쓰키하라 테이치로'의 어떤 작품과도 ③~⑥의 텍스트는 겹치지 않으므로, 조심스럽게 ①과 ②의 가능성은 유보해 둘 수 있다. 그렇다면 이보다는 나머지 것들이 가능한 것이 될 수 있겠는데 일단 ③은 '요다 준이치'와 '쓰키하라 테이치로'의 시의 내용과 ③~⑥ 텍스트 사이의 상관성을 따지는 치밀한 해석이 전제되어야 하는 것이며 이상문학에 끼친 일본 문단의 영향에 대한 포괄적인 연구가 전제되어야 비로소 가능할 수 있는 것이긴 하지만 우선 내용적으로만 볼 때는 그 연관성이 분명하게 잘 드러나지는 않는다. 그렇다면 ③~⑥의 텍스트는 앞의 인용된 텍스트와는 관련성이 있는 것이 아니라, 단지 제목 없이 기록된 이상의 창작이라고 일단 잠정적으로 판단을 내릴 수 있다.

'이상(李箱)'이라는 현상

ㅎ